国家社科基金
后期资助项目
GUOJIA SHEKE JIJIN HOUQI ZIZHU XIANGMU

# 《红楼梦》文本图像渊源考论

## The Iconic Origin of the Text of
## *A Dream of Red Mansions*

王怀义 著

中华书局
ZHONGHUA BOOK COMPANY

**图书在版编目(CIP)数据**

《红楼梦》文本图像渊源考论/王怀义著. —北京:中华书局,
2022.12
(国家社科基金后期资助项目)
ISBN 978-7-101-15913-4

Ⅰ.红…　Ⅱ.王…　Ⅲ.《红楼梦》研究　Ⅳ.I207.411

中国版本图书馆 CIP 数据核字(2022)第 179672 号

| 书　　名 | 《红楼梦》文本图像渊源考论 |
| --- | --- |
| 著　　者 | 王怀义 |
| 丛 书 名 | 国家社科基金后期资助项目 |
| 责任编辑 | 齐浣心 |
| 责任印制 | 陈丽娜 |
| 出版发行 | 中华书局 |
|  | (北京市丰台区太平桥西里 38 号　100073) |
|  | http://www.zhbc.com.cn |
|  | E-mail:zhbc@ zhbc.com.cn |
| 印　　刷 | 三河市宏盛印务有限公司 |
| 版　　次 | 2022 年 12 月第 1 版 |
|  | 2022 年 12 月第 1 次印刷 |
| 规　　格 | 开本/710×1000 毫米　1/16 |
|  | 印张 38　插页 8　字数 650 千字 |
| 国际书号 | ISBN 978-7-101-15913-4 |
| 定　　价 | 198.00 元 |

# 国家社科基金后期资助项目出版说明

后期资助项目是国家社科基金设立的一类重要项目,旨在鼓励广大社科研究者潜心治学,支持基础研究多出优秀成果。它是经过严格评审,从接近完成的科研成果中遴选立项的。为扩大后期资助项目的影响,更好地推动学术发展,促进成果转化,全国哲学社会科学工作办公室按照"统一设计、统一标识、统一版式、形成系列"的总体要求,组织出版国家社科基金后期资助项目成果。

全国哲学社会科学工作办公室

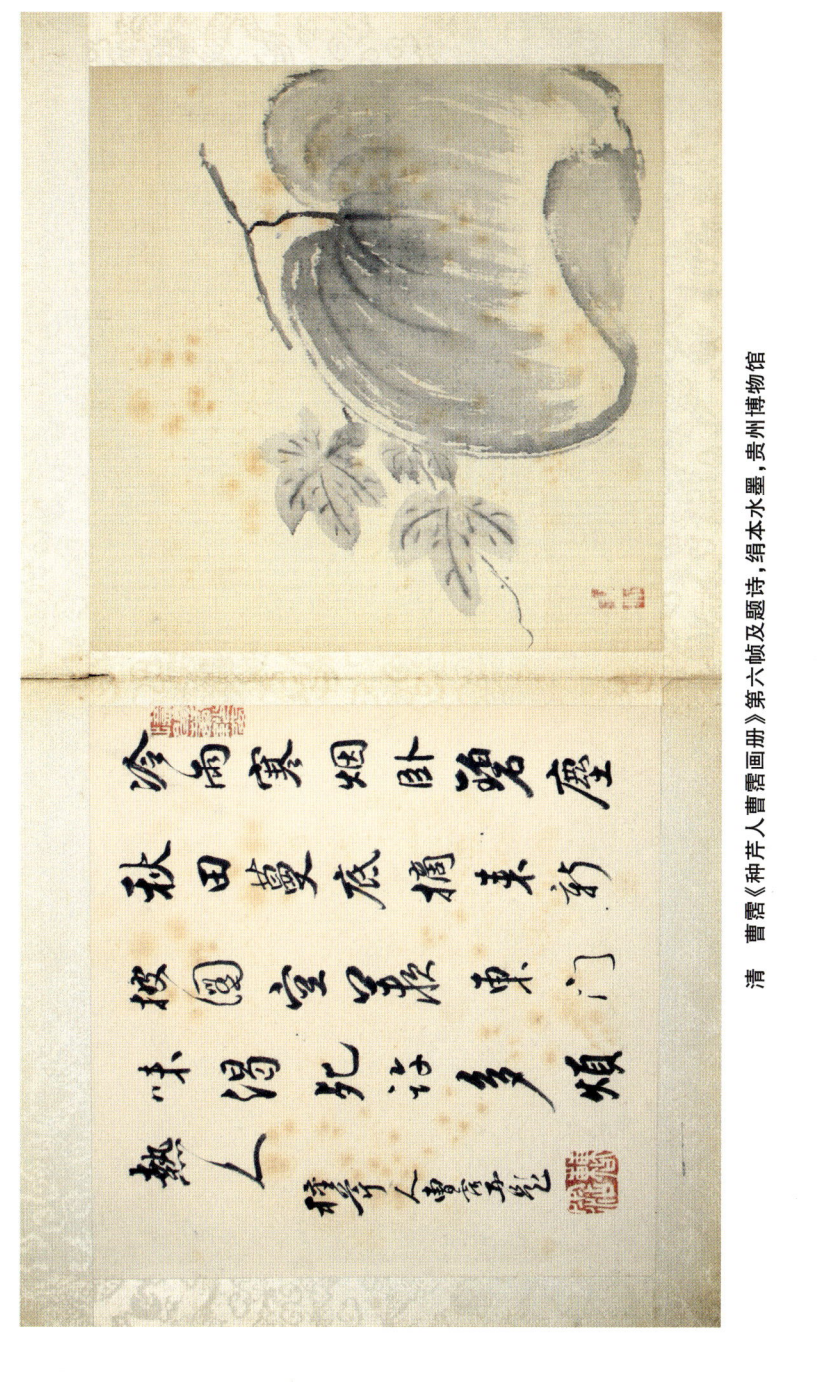

清　曹霑《种芹人曹霑画册》第六帧及题诗，绢本水墨，贵州博物馆

清　冷枚《雪艳图》，绢本设色，天津博物馆

清　禹之鼎《双英图》，绢本设色，清华大学美术学院

清　冷枚《春闺倦读图》, 绢本设色, 天津博物馆

清　佚名《孝贤纯皇后朝服像》，绢本设色，北京故宫博物院

清　佚名《宴寝怡情图册》其六，纸本设色，美国波士顿美术馆

清　陈枚《月曼清游图册·闲亭对弈》,绢本设色,北京故宫博物院

葛覃观採
太姒武王之母能嗣
太任之徽音詩人頌
其勤儉之德曰葛之
覃兮施于中谷維葉
莫莫是刈是濩為絺
為綌服之無斁

清　焦秉贞《历朝贤后故事图册·葛覃亲采》,绢本设色,北京故宫博物院

明　仇英《仕女图》,纸本设色,高居翰数字图书馆

清　顾见龙《金瓶梅》插图，美国纳尔逊艺术馆

# 目　录

# 序

## ——后《拉奥孔》时代的文学研究路径

高建平

王怀义又有一本新书即将出版了,可喜可贺。记得前几年,给他写过一本关于神话的书的评论。这本书谈《红楼梦》,与那本书不一样,但承继了那本书的做法:用细密的功夫考证虚幻的故事。神话考证是如此,《红楼梦》的考证也是如此。

记得此前曾与一位朋友讨论过关于林黛玉是从扬州的哪个码头上船北上的事。我觉得这个问题很有趣。依仗着对扬州历史地理的熟悉,我一口气说出三个可能的码头,还说出分别应经过哪些街,哪些路,这些路原来叫什么名字。我向来不研究红学,终于有了向研究红学的朋友炫耀一得之见的机会。等读了怀义的这本书,才知道一部《红楼梦》,其中要考证的太多了。《红楼梦》提到的任意一幅画,或者一句诗,都可说出来龙去脉,带出一串知识。

有一句著名的评语,说《红楼梦》是百科全书。这句话是对是错,其实也看如何去读。至少可以说,这是一本可以读成百科全书的书。鲁迅说,"一部《红楼梦》,经学家看见《易》,道学家看见淫,才子看见缠绵,革命家看见排满,流言家看见宫闱秘事……"在鲁迅以后,读法更有大发展。有人将之当历史来读,要反封建专制;有人从中看世态人情,寻找其中人的行动的合理性。更多的人从中研究诗词、戏曲、建筑、造园、服装、烹调……在这林林总总的读法中,怀义选择的是图像和绘画。经过他的考证,我们惊喜地发现,一部《红楼梦》,处处与绘画有关,可由此研究中国画史,丰富我们对明清画学,甚至中西绘画交流史的了解;同时,画史的知识也有助于我们读《红楼梦》。

从图画的角度研究《红楼梦》,可分多个方面,多个角度。这本书共有十二章,再加上绪论和结语,共有十四个部分,是一部既很专门,又很厚重的书。为了读这本书，我将书稿放在书包里，在办公室和宿舍间来回背，感受着书的分量。从这种种细密的分析中，我想，可抽取三个方面来说画。

第一是书中所提到的图画。这包括唐寅、仇英等明代著名画家的作品。这些画的真迹，可能曹雪芹看过，甚至他家里就曾有过。还有米芾、李公麟等宋人的画作，在那个绘画展览还没有兴起的时代，曹雪芹能否见到真迹，我不敢肯定。小说中提到，或者是拟托，或是见过仿作。既然《红楼梦》是一部小说，可以真做假来假做真。但书中提到画作，意义在于展示当时人如何"用画"：居室中挂画有什么讲究，客厅挂什么画，卧室挂什么画；所挂之画与居室主人的关系，画如何成为主人性情、趣味、性格的表现；当时人的挂画习俗，挂画主人的选择，小说情节和人物塑造的需要。如此等等，可以做出很多的分析。如果说，文学经典需要细读的话，那么，这里的问题是：也许第一遍是读情节，第二遍是读人物，那么第三遍读什么？第五遍呢？这些都是细读的成果。

第二是大观园作为一幅画。书中写了贾母命惜春作大观园图。中国的园林，原本就受中国山水画观念的影响，是一种摆出来的山水。一幅山水画，绝不是面对真实山水的临摹，而是面对自然风景，受它的启发，构想创造出一个有山有水，摆布有序、有节奏韵律、平衡对称得当的画。山水画成为一个传统，形成一些固定的程式，有一些必不可少的要素。这种山水画传统，反过来影响了造园，使造园要求有山有水，有树有石，亭台楼阁点缀其间，成为一些要素的组合。画园当然也可以这么画，但惜春所作的画，正如这本书所点出的，不是大观园图样，而是大观园中人的行乐图。作者提到了《清明上河图》，这构成了一个范本，要在一个长卷中，画出人的群像。怀义的这本书，就是意在从长卷的角度读这一长篇。

第三是书中的情节具有"如画"性。在西方，"如画"是一种风景画的范畴。我们赞美自然景色时，可以说"风景如画"。这在暗示我们可以从作画的角度，以是否入画的眼光来看风景。同样，读《红楼梦》，我们也可以说"文字如画"，使所写之情之景如在目前。这包括对人的相貌神情、穿着打扮的描写。贾宝玉初见林黛玉，林黛玉初见王熙凤，都有一番形象描写，这些描写有"文字如画"之感。《红楼梦》中有许多著名的场景，宝钗扑蝶、黛玉葬花，等等，这些场景栩栩如生，非常入画。这本书中还多次提到《冬闺集艳图》，也是取场景如画之意。小说固然要写好故事，写好人物，但写出好画面来，也是《红楼梦》这部小说的伟大之处。怀义的这部书在这方面给予了很好的开掘。

这部书的可贵之处，还在于结合绘画史，对曹雪芹的绘画观，做出深入分析。根据一般绘画史，中国绘画在明清时期，文人画占据了上风。从明末董其昌、莫是龙倡导"南宗画"起，著名画家都是文人画家，画风以写意为主。到了曹雪芹所生活的康、雍、乾三代，北有"四王"，南有"四僧八怪"，在画坛占据统治地位。这本书指出，在当时，曹雪芹所代表的，却是另一种风格。这里的叙述融合了重视色彩，强调细密的青绿山水传统；对工匠出身的仇英的重视；对来华天主教传教士服务宫廷，所带来的西方绘画传统的重视；以及清代宫廷，特别是康熙皇帝的喜好所带来的宫廷趣味，等等。这给我们对画史的认识打开了另一扇窗户，显示出由于久远的时间筛选而逐渐丧失的画史的另一条线索。对天主教传教士的引入及其在朝廷的影响，后来的"礼仪之争"最终导致驱逐天主教传教士，他们与中国清代绘画史之间的关系，也是一个值得重视的视角，本书也有所提及。

最后，本书对图画的渊源关系做了细致的考证。读者可能会觉得考证繁琐，这种考证和对多种可能性的展示，正是以实证虚所需要采取的做法。诗有诗史，诗人都是熟读前人的诗，才能有所创新，同样，图有图史，画家作画也要通过学习、仿作，然后才能有所继承，有所创造。积累这方面的材料，展示出这方面的渊源关系，具有重要的学术意义。

在莱辛的《拉奥孔》出版后，对图像与文学的区分引起了美学界的高度重视。美学界的关注点大多在"诗"与"画"的区分上。后来有多种研究，承续这一思路。特别是在新媒体高度发展所引发的读图时代，这一"图"与"文"的关系变得愈加复杂交错。怎样从"文"中读出"图"来，这是一个新的追求。本书给出了一个很好的范例。天下大势，分久必合，合久必分。"图"与"文"分开后，还要在其间搭起桥来，这是当代艺术理论的新趋势。

再次祝贺怀义完成了这部大作，也希望读者能喜欢它。

# 绪　论

## ——中国古代艺术摹仿说视域中的《红楼梦》

明清小说是中国文学遗产中的宝贵财富,也是中国文艺理论和美学理论不断发展创新的重要资源,《红楼梦》是这一资源极端重要的组成部分,《红楼梦》研究也应为此做出应有的贡献。当人们用"《红楼梦》是常读常新的""一千个读者眼中有一千个林黛玉"之类的话语盛赞《红楼梦》的艺术魅力的时候,这似乎说《红楼梦》的艺术性是无需证明的。这种观点虽赋予《红楼梦》文本意义生成的开放性,却掩盖了一个至关重要的问题:除了运用诠释学的文本理论和阅读理论外,我们还无法找到一种有效的理论或方法,对《红楼梦》艺术性之所以形成的问题做出新的有效的回答。《红楼梦》文本所具有的双值性特征,似乎可以对此做出部分说明:学界对《红楼梦》文本意义生成的历史条件及其与诗歌、建筑、音乐、服饰、饮食、风物等其他艺术形式之关系,做出了全面深入的研究。但这仍并未解决上述难题,因为这种情况也存在于其他文本之中。

## 一、"形""意""神":中国古代艺术理论中的摹仿说

我们可将思路从关注不同文本与艺术形式相互关联的角度,转移到对中国古代艺术创作方式本身的研究上。《红楼梦》几乎吸收了此前所有文化和文学艺术形式并予以改造,这种艺术关联突出地表现在诗歌与绘画方面。中国古代艺术理论中蕴含着一种颇为独特的艺术创作观念。我们看到,在绘画领域尤其是宋元以来的创作实践与理论主张,艺术家都宣称自己的创作是对古人作品及其意象、情境的"摹"、"仿"、"临"、"拟"。李龙眠、倪瓒、唐寅、董其昌、恽寿平、石涛、八大等,他们不仅不隐晦自己从古人处所获得的艺术灵感,而且还要将给其创作以灵感和启发

的源头直接告诉世人。这与我们印象中艺术天才依靠自己的情感和想象进行创作的想法有所不同。在独尊艺术个性和独创性的现代社会,人们或许会对这种做法感到疑惑。实际上,这既是作者以自己的创作对伟大的艺术家和艺术传统致敬,同时又表达出一种独特的艺术创造观:将自己的作品纳入到一个悠久的艺术传统中以获得永存,就像一滴水只有融入大海才能永存一样。这不是要泯灭作者的艺术个性,而是艺术家认识到有一种比自我艺术个性拥有更为永恒的价值的东西存在,自我的艺术个性和独创性应该为这种永恒价值服务并使之得以延长。

　　另外一种更容易观察到的情况,可能遮蔽了某种难以眼见的事实。人们更喜欢说中国古代艺术创作的基本方式是一种"仿拟"行为,尤其是中国晚期绘画似乎只是艺术家依靠艺术史上固定的程式和技法进行创作的结果。但是,我们看到,清初正统派领军人物王翚(1632—1717)对古代以摹仿为核心的艺术创作方式有过系统的总结和理论阐述,他将"摹"分为"摹形"、"摹意"和"摹神"三个不同层面。类似的话语词汇也出现在以彰显自我个性为特点的石涛、八大和恽寿平等人的著作中。我们经常可以看到他们在自己作品题上"仿米氏云山""拟云林笔意""摹元人笔意"等字样,《红楼梦》第八十九回写林黛玉房间悬挂《斗寒图》,上题"全仿李龙眠笔意",指的也是这种情况。中国古人的书法、绘画等艺术创作无不从对前代大师作品的临摹与学习开始,他们的作品似乎成为这一艺术形式的最高范本,值得后学者不断学习,以为自己以后的独立创作奠定基础。而不论是"仿""拟"还是"摹",都是一种"复制":主体通过学习范本而不是自然复制前代的艺术大师。在这种情况下,我们可以看到中国艺术理论中的悖论成分:在从魏晋到元明清的艺术家的论述中,他们宣称自然是艺术的最高范本,艺术以表现自然之理为根本目的,而在实际创作中,大师本人的作品却逐渐取代了自然而获得崇高地位。换言之,艺术品本身替代了自然在艺术创造过程中的神圣性。当然,我们也可这样解释:中国古代的艺术家没有类似于柏拉图"艺术是对真理的'模仿的模仿'因而与真理隔着两层"的观念,在他们的思想观念中,艺术中的自然与真实的自然本身并无二致,而且他们根据早期自然哲学设定的理路,认为自然与道之间虽是两个名称,但二者之间不可须臾分离,这样后学者所仿拟、学习的范本与自然本身甚至最高的哲理("道")之间当然也不存在隔阂。因此,人们不仅提倡临摹前代艺术大师的经典作品,而且他们还将这些经典作品中的艺术呈现方式加以概括,从中抽离出一般性的艺术表现法则,独一无二的艺术创作被程式化了,《芥子园画谱》之类的著作就是如此。人们认为学习它们不会阻碍自己的个性化创作。中国数千年的艺术创作基本上是在这种过程中发展和演进的。如果我们把曹雪芹创作《红楼梦》的方式也纳入这个传统,按照古代画家给画作命名的方法给曹雪芹的创作行为命名,那《红楼梦》的题款就应该是"仿《金瓶梅》而作此书"之类。这似乎与《红楼梦》崇高的艺术地位不相称:它怎么可能是一部以"摹"或"仿"的方式创作出来的作品呢?

正像王翚将"摹"分为三个依次递升的层次,这三层次之间所构成的关系颇富有弹性和张力。古代艺术家并不认为模仿会妨碍艺术个性的表达,人们所批评的没有个性的模仿实际上仅局限于第一层次。因而"摹"的三种类型又可简化为两种:"形"偏重于艺术作品的外在形式;而"神"和"意"侧重于艺术作品的内在意蕴,后者虽内在于艺术作品的形式,但并不是形式自身所拥有的,而是来源于艺术作品所呈现的自然万物本身或者艺术家对其中所蕴含的哲理的领悟,亦或者是艺术家本人的精神世界。这与西方语境下人们对模仿的限制似乎有一致之处,因为希腊罗马时期的批评家就已经开始鼓励人们去"摹仿"那些被大家公认的经典作品:"他们认为除了个别'有独创性的天才'之外,诗人创作的适当途径应该是摹仿希腊罗马名家诗歌作品的规范形式与风格。这种观点一直到18世纪都颇具影响力。然而,所有主要的批评家同时也都坚信:单纯的照搬摹仿是不够的,一部好的文学作品所摹仿的必须是古典典范的形式与精神而非其枝节。"[1] 曹雪芹的创作,或许也是如此。


## 二、"枯""残"之争:曹雪芹创作中的自我防御机制

曹雪芹在创作《红楼梦》的过程中,或许会存在"影响的焦虑":他不

---

[1]〔美〕M. H. 艾布拉姆斯、杰弗里·高尔特·哈珀姆:《文学术语词典》(中英对照),吴松江等编译,北京大学出版社2014年版,第345页。

断对前代作品提出批评,同时他还以自己诗、词、曲、赋、诔、文等不同文体的创作向他的前辈挑战;而且,他在书中一再强调了这一点。即使对于绘画,他也表达了自己颇有先锋意味的观点。这些现象或能证明曹雪芹试图通过对前代经典作品的超越而成就自己。在西方,浪漫派美学兴起后,人们对模仿基本持否定态度,因为他们认为真正伟大的作品是原创性的产物。按照布鲁姆的观点,一切经典作品的伟大之处在于其原创性,以及由这种原创性所创造的陌生性美感,这一切会对后来作者形成"影响的焦虑",在这种情况下,对经典的误读变得不可避免——作者通过这种或有意或无意的误读创造自己的作品:"任何强有力的作品都会创造性地误读并因此而误释前人的文本。一位真正的经典作家或许会或许不会把这种焦虑在作品中予以内化,但这无关大局:强有力的作品本身就是那种焦虑。"①布鲁姆认为后来的作者会或有意或无意地对前人的文本进行误读或误释并将之内化在自己的作品中。这与摹仿论者所指出的情况基本一致:在摹仿的第二层含义上,"'摹仿'还用于描述那种有意仿效某一古典作品,但借以表现作者本人时代题材的文学作品,通常以讽刺形式出现。"②这种对前代伟大作品的误读或误释,或者"讽刺形式",在《红楼梦》中大量存在。例如,在引用前人诗词经典时,作者往往会根据行文需要而做出相应的改动。引起读者较多关注的,是作者将李商隐"留得枯荷听雨声"诗句中的"枯"字改为"残"字,而作者将陆游《村居书喜》"花气袭人知骤暖"之"骤"字改为"昼"字则少为人知③。我们可以把类似的改动看作布鲁姆所说的作者对前代伟大作品的"误读"或"误释",这似乎是一种缓解创作焦虑的修辞策略。

更有甚者,作者及与他合作的评点家还直接对历史上的经典作品做出否定性评价。在第七回的评点中,脂砚斋对托名仇英的一幅画作提出了批评,认为该作品板滞机械,没有像作者的侧面烘托那样准确传达出类似事件的神韵;而在第五十回的描写中,作者直接借人物之间的对话

---

① 〔美〕哈罗德·布鲁姆:《西方正典·序言与开篇》,江宁康译,译林出版社 2011 年版,第 6—7 页。

② 〔美〕M. H. 艾布拉姆斯、杰弗里·高尔特·哈珀姆:《文学术语词典》(中英对照),吴松江等编译,北京大学出版社 2014 年版,第 345 页。

③ 周绍良:《红楼论集——周绍良论〈红楼梦〉》,文化艺术出版社 2006 年版,第 215—216 页;王怀义:《〈红楼梦〉与传统诗学》,上海三联书店 2012 年版,第 5—7 页。

和评论,对仇英的另一幅作品《艳雪图》提出了批评:

> 一看四面粉妆银砌,忽见宝琴披着凫靥裘站在山坡上遥等,身后一个丫鬟抱着一瓶红梅。众人都笑道:"少了两个人,他却在这里等着,也弄梅花去了。"贾母喜的忙笑道:"你们瞧,这山坡上配上他的这个人品,又是这件衣裳,后头又是这梅花,像个什么?"众人都笑道:"就像老太太屋里挂的仇十洲画的《艳雪图》。"贾母摇头笑道:"那画的那里有这件衣裳?人也不能这样好!"①

宝琴身上这件以野鸭子毛织成的氅衣,是当时中外商贸文化交流的结果:它来自于俄罗斯,材料亦十分难得,自然是明代中后期漆工出身的仇英所无法见到的;而且仇英画作中的女性一般为宫闱女子,她们是被男性观看的对象,亦无宝琴尊贵的身份。但是,最近的研究发现,仇英作品在盛清宫廷的艺术收藏和创作中极为重要,他的《汉宫春晓图》等经典作品成为传达新时代宫廷审美趣味的重要载体。即使如此,《红楼梦》的作者仍借用贾母挑剔的艺术眼光和标准,对仇英的画作做出否定性的评价。书中类似的例子不胜枚举。但是,按照这种思路强调《红楼梦》对前代文本和艺术形式的超越,仍未解决《红楼梦》文本本身的独特性问题。这不仅是因为经典作品的形成原因是历史性的,更主要的还在于将《红楼梦》界定为伟大的作品无助于我们加深对它的理解和认识。

无论是摹仿论、互文性理论还是影响理论,它们所解决的都是一文本与另一文本之间的关系问题,无论这种关系是继承还是反对,亦或是在继承的基础上反对。在这种理论视野中,文本自身相对的封闭性与自洽性问题没有得到合理解释,尤其是规模庞大的文本(也包括作家本人作品的合集或全集,以及明代中后期大量出现的多米长卷)更是如此。更何况,如此众多的文学作品相互指涉、彼此互文,文学作品本身的意义处于被消解的危险之中;读者自由选择的阅读权利也可能被剥夺:一个人如果不具备丰富的知识和文学经验,几乎不具备进入作品的能力。荣格的原型理论也试图解决这一问题:来自原始神话和宗教中的原型意象使不同时代、地区和族群的文学作品被整合成一个整体,无论作品内容

---

① (清)曹雪芹:《红楼梦》,人民文学出版社 2008 年版,第 681 页。

和形式如何不同,但原型意象和结构却始终如一。荣格的理论还具有延展的可能性:在同一文本内部,原型意象仍具有极强的自我繁殖和再生能力,它们可以通过不断自我复制形成意象群,从而不断形成新的事件结构和情境。几乎所有经典作品都存在这种情况,《红楼梦》尤其如此。

## 三、《红楼梦》:意象与情境的自我再生产

正像故宫长春宫的《红楼梦》壁画一样:在走廊的尽头处,人们发现了一个更加深邃而悠远的空间,充满青春气息的美丽少女正在邀请你进入其中。这正是《红楼梦》文本立体、深邃而包罗万象的视觉语法。在这个图像世界中,现实与虚幻的边界被打破了,更准确地说是融合了,它吸引读者进入其中一探究竟。这也是《红楼梦》文本世界的基本特征:以图像仿拟的形式建构了自身的世界。正像西方学者将 Text(文本)一词理解为"编织"一样,《红楼梦》作者的"编织行为"似有所不同:他无意使用对观者来说陌生的材料,因为这种陌生感会产生阅读的阻隔从而阻碍读者对文本世界的沉浸;他似乎更喜爱使用为大家所熟知的意象和情境,这些熟知的材料能够迅速拉近读者与文本的距离,具体言之,就是能迅速建立读者与文本的亲密关系。为此,作者要将文本的编织工作转变为对历史材料和现实生活的仿拟工作。仿拟的结果就是模糊边界。可以发现,在《红楼梦》文本世界内部,充斥了各种对立因素的交织与融合,诗与画的融合与分离只是其中的一部分。《红楼梦》从女娲补天的鸿蒙时空开始,直接转移到"红尘中一二等富贵风流之地"的姑苏城,又从姑苏转移到金陵,然后再到京城,以及京城内外正在展开的中西文化和艺术的碰撞与融合。通过它所蕴含的母题和意象的联系,所有时间与空间的界限均被打破了,各种文本和艺术形式的边界模糊了,我们似乎看到了所有世界,但所有世界又都回转身指向了当下正在阅读的《红楼梦》的文本世界——曹雪芹仿拟了他之前几乎所能接触到的所有信息而成就了自己的创作。

因此,文学文本内部原型意象和情境的再生与复制,推动了行动和事件的不断发展。这种情况不仅存在于文学领域,还广泛存在于其他艺

术形式之中。不存在与其他艺术隔绝的艺术。器物、绘画、雕刻、音乐、建筑等,会通过原型意象的再生与复制发生广泛的互渗现象,从而使所有艺术作为一个整体而存在,就像夜空中璀璨闪耀的群星的存在使夜空成为夜空一样。《红楼梦》的阅读和理解也是如此:我们可以在过往的艺术形式中发现某些类型化的意象、事件、场景及其变体,从而让我们产生"似曾相识燕归来"的感觉——历史与现实之间,历史文本与当下文本之间,艺术形式之间甚至线性时间等,都被打破了。例如,明代中后期商品社会和艺术品消费的繁荣与发展,使《清明上河图》《汉宫春晓图》一类绘画长卷成为新的绘画类型,反映出一种对世俗生活无限享受、留恋的审美趣味。与此同时,长篇小说《金瓶梅》也闪亮登场,与之相互呼应,彼此强化。在创作形式上,长卷与长篇之间也具有较为惊人的一致性。正像人们所看到的,明代中后期长卷《清明上河图》的创作不仅在数量上极其庞大,而且多与仇英及其门人有关;更重要的是,仇英本《清明上河图》呈现的繁华市井生活,与《金瓶梅》有诸多重合之处。而且,它们的创作方式和艺术结构与《金瓶梅》《红楼梦》等著作也惊人的一致:经过几代人的持续努力,人们将艺术史上的相关画作集合成多米长卷,从而形成一件集大成式的作品,创造了艺术的巅峰:"(《清明上河图》)所有后期版本都源于同一个原作,但在被再次创作的时候,不断融入画家个人的意识,在向下传承的过程中,变得更加复杂精致。……从上一个世纪传承到下一个世纪,我们目睹了仿本的主题内容与原作的图像本质差距越来越大。"[①]艺术边界的变动不居,使原型意象和情境的自我再生、复制的能力极大增强了。这一点也存在于《红楼梦》的文本之中。

除此之外,《红楼梦》文本内部的结构、事件、形象、意象之间也形成了极其复杂的关联。《红楼梦》文本内部这种循环式的自我复制,不断给读者提供新鲜但不陌生的阅读经验,而这种阅读经验既在以往经验基础上产生,同时又有自己的特质。这种文本内部的自我复制,有效避免了互文性批评将其他文学经验语境化而导致的语义无限扩大的弊端,进而

---

① 〔英〕韦陀:《张择端的〈清明上河图〉》,徐戎戎等译,见辽宁省博物馆编:《〈清明上河图〉研究文献汇编》,万卷出版公司 2007 年版,第 200 页。

将不断生成的意义限制在封闭的文本内部,将文本意义的开放性与"潜在的封闭性"[①]融合在一起。在荣格极具想象力的论证中,原型意象来自于最为久远的历史深处,是人类根本的生命诉求的凝结物。他的名言"不是歌德创造了浮士德,而是浮士德创造了歌德",有力地说明了原型意象本身所具有的生命活力 —— 与生物基因一样,原型意象是最为根本的文化基因,早已成为人类生命的一部分,在人类的血液和精神中持续流淌,它要通过宗教、文学、艺术等形式不断实现自己、表达自己。换句话说,作家创作并不是发自内在生命的驱动,或者说生命之所以因创造的需要变得躁动不安,是因为原型意象无时无刻不在寻找机会或合适的代理人来实现自己。作家创作完成后,原型意象就获得了进一步生长、繁殖的母体。借用新冠病毒大流行期间的一个俗语来说,这个"母体"就是各种原型意象所寄存的"宿主"。在这个"宿主"中,原型意象不断自我复制、扩张,形成不同的事件结构。每一个新的事件结构,与此前的事件结构既类似又不同,由此形成作品本身的再生和发展。在同一文本内部,原型意象的这种复制和变异构成了文本自身的有机性和完整性,同时也使文本意义的生成实现了无限开放性和有限封闭性的合理并存。《红楼梦》中大量存在相似事件、情节、意象的叠加和重复,类似于一个同心圆,在不断循环运动的过程中,其范围和强力逐渐加大,中心意象的制约能力随之越来越强。例如,为写第二十七回的黛玉葬花,则先写第二十三回的葬花;为写傻大姐在山洞里发现绣春囊,则先写小红见到司琪从山洞里出来系裙子;既写宝玉病中给黛玉送手帕,又写小红与贾芸的手帕情缘;既写黛玉与宝玉的情感,又写龄官与贾蔷的爱情故事;茗烟与丫鬟卍儿在宁国府小书房所干的"警幻所训之事",与这里悬挂的一幅"极画的得神"的美人图,亦可形成摹仿与比照关系。如此等等,都是原型意象和事件的不断重复叠加。

第四十一回宝玉、黛玉、宝钗到栊翠庵妙玉处吃茶,黛玉因问所吃是否也是旧年的雨水,妙玉道:"这是五年前我在玄墓蟠香寺住着,收的梅花上的雪,共得了那一鬼脸青的花瓮一瓮,总舍不得吃,埋在地下,今年夏天才开了。"蒙府本在此侧批道:"妙手! 层层叠起,竟能以他人所画之

---

① 孙绍振:《跨界文化明星现象忧思》,《中华读书报》2020 年 2 月 4 日。

天神作纵(众)神矣。"① 这个"层层叠起"就是《红楼梦》文本不断自我复制和再生能力的强化,也是作者以他人所画天神做我之众神的创作方式的体现。吸纳了各种艺术形式及其原型意象的文本成为一个有机体,使其获得存在的母体或土壤,为大量的自我复制提供了条件。

## 四、长卷与长篇:仇英及其作品的文学意义

敏感的读者或许已经注意到,在上文论述中多次出现了"仇英"的名字:他的创作似乎与《金瓶梅》《红楼梦》之间有某种千丝万缕的联系,有待我们仔细探寻。与明四家中的其他三位不同,仇英出身漆工,没有显赫的家世,一生从事画工的工作,终生依靠给别人作画为生。其以临摹为主的作画方式,使人觉得他的工作缺乏创造性。因此,仇英的创作难以获得文人集团的特别兴趣,人们虽不断称赞其画作精妙,说他是"赵伯驹之后身"、"龙眠后身",但这些都是泛泛而谈,无关宏旨。因此,除了这些零星而带有传闻性质的记述,我们无法获得更多详实而准确的资料,以至于我们连他的生卒年都无法确知。苏州片作品的大量盛行,让尊崇独创和个性的现代人,也对仇英作品产生了否定性的评价。有些无德而极端的士大夫,甚至还从维护礼教的角度对仇英展开人身攻击:他之所以短命,是因为他所创作的高度精细的画作太耗费精力,这导致了他的早逝,而制作这类画作是有伤风雅的,故而他的短命是一种"报应"。仇英本人似乎也认识到自己的先天不足,故而我们也无法看到任何他本人的言论 —— 他是画史上的一位失语者或无声者,他的历史只能由他人评说。

但是,社会群体的喜爱和独特的时代,使其获得了无法被人忽视的艺术史地位。以乾隆为代表的清宫皇帝似乎对仇英作品有着异乎寻常的兴趣:他们大规模地收藏、仿制他的《百美图》《汉宫春晓图》等著名长卷。即使是枯燥而不解风情的康熙皇帝,似乎也流连于仇英作品的意境之中,并让宫廷画师冷枚仿制了这件作品。这是对仇英的再发现,也

① (清)曹雪芹:《红楼梦》,脂砚斋等评,徐少知新注,里仁书局 2017 年版,第 1013 页。

说明仇英在明清之际的艺术史上具有重要地位,盛清统治者似乎借助对他作品的仿制而确定了新时代的艺术典范和审美趣味。康熙朝颇受欢迎的工艺品《汉宫春晓》围屏已经实现批量生产,这些作品远销海外,成为这个新生政权塑造良好自我形象的重要工具。因而《红楼梦》及其评点者屡次提到仇英,让我们必须重新审视仇英及其创作与以《金瓶梅》《红楼梦》为代表的明清小说之间的关系。曹雪芹和他的合作者不断通过否定仇英画作来确证自己,这种欲盖弥彰的做法反而说明了后者的重要性。

　　除《红楼梦》之外,仇英《清明上河图》的创作与《金瓶梅》的成书过程和描写内容之间亦具有高度相似的艺术关联。可靠的文献证明,在王世贞(1526—1590)家族与严嵩父子的世代交恶过程中,屡次出现了仇英的身影:王忬(1507—1560)因不想把自己收藏的古画献给严嵩,而使仇英制作了仿本,后被严嵩发现,两家由此结下仇恨。上世纪三十年代,吴晗在通过张本《清明上河图》研究《金瓶梅》的成书时间时,虽注意到《清明上河图》的重要性,却忽略了仇英作品对解决这一问题的重要作用。仇英本《清明上河图》长约八米,庞大的形制呈现了明代中后期市井生活的各方面内容,其画面结构和事件呈现与《金瓶梅》的高度关联,让我们仿佛觉得在阅读一部画卷上的《金瓶梅》。正像浦安迪所指出的,其宅院、河道设置的独特结构,与《金瓶梅》《红楼梦》中的相关设计蕴含着相同的艺术精神:深宅大院的中心是一座封闭的花园,宅院通常临运河而建,同时与京都相连,通向天下①。

　　除《艳雪图》《幽窗听莺暗春图》两幅作品外,《红楼梦》第九十二回还提到了一件《汉宫春晓》围屏,这件作品是以仇英绘制的另外一幅六米长卷《汉宫春晓图》为摹本而制作的。如果说,这些都是仇英作品对《红楼梦》产生重要影响的细节,那么这类长卷所呈现的"莳花""对弈""扑蝶""观花""弄婴""博古""传真""结社""针黹""垂钓"等闺阁女子的日常生活场景,同样一一出现在《红楼梦》中。《汉宫春晓图》《百美图》的这种场景呈现,来自于更为久远的雅集图和文会图,但

---

① 〔美〕浦安迪:《明代小说四大奇书》,沈亨寿译,生活·读书·新知三联书店2015年版,第65页。

仇英将历史上这类画作呈现的男性主体转换为闺阁中的女性,从而使封闭而失去自由的庭院生活具有了有限度的自由和诗意。我们可以做出合理的推测:曹雪芹充分吸收了此类长卷容纳万有的艺术手法,同时将其呈现人物、事件和场景的艺术结构转化为小说结构,从而使自己的文本具有鲜明的可感性或可视性。《红楼梦》中最具诗意而零散的叙述,几乎都与这种呈现方式一致。

　　更值得玩味的是,《红楼梦》文本内部意象与情境的自我复制机制,同样存在于仇英本《清明上河图》《汉宫春晓图》等长卷中。例如在台北本《清明上河图》中,一位身着红色官服的中年男子在画卷上出现了十数次之多,他不断地展开交游、巡查、听曲、赏春、品茶等活动,由于他的存在,整个画卷变得十分富有生活气息;人物、场景与情境的事件化,使静止的画卷被赋予了时间的流动性。仇英本《清明上河图》《汉宫春晓图》等长卷的内容和艺术结构,与《金瓶梅》《红楼梦》等长篇小说之间具有如此密切的关联,实在出人意外。而且,如此众多的画作(尤其是人物故事画和肖像画)对小说文本的深度参与,形成了一种带有支配性和凝聚力的创作思维方式,影响甚至决定了中国文学叙事传统的形成——艺术形式之间相互借鉴、影响的复杂性,还需要我们付出更多的努力加以揣摩、体会和总结。

　　然而,随着时间的推移,百年来的《红楼梦》研究所提出的各种问题甚至谜团,似乎变得越来越难以解答了。我们似乎已经忘记了历史上各种艺术形式之间的原始生态,故而也无法对其中的艺术逻辑有所领悟,而这种潜在的艺术结构关系或原则又无时不在影响着我们对文学作品的认识。巴赫金在长期阅读陀思妥耶夫斯基的作品后发现,"他创造出一种全新的艺术思维类型"并将之称为"复调型",其意义"不仅仅局限在小说创作上,并且还涉及到欧洲美学的一些基本原则。甚至不妨这么说,陀思妥耶夫斯基简直是创造出了世界的一种新的艺术模式;在这个模式中,旧艺术形式中的许多基本因素都得到了根本的改造"。巴赫金认为,以往有关陀思妥耶夫斯基作品的研究主要集中在思想方面,而"由于这个思想性的问题一时很尖锐,这就掩盖了他的艺术视觉中那些较为深藏而又稳定的结构因素",其原因是"人们常常几乎根本忘记了:陀思妥耶夫斯基首先是个艺术家(固定属于一种特殊类型),而不是哲学家,也不是政论家"①。如果我们把巴赫金对陀思妥耶夫斯基作品及其研究的分析用以评价《红楼梦》及其研究,似乎并无不妥:《红楼梦》文本内部蕴含的"原则性创新"尚未得到完整揭示,而较多的一般性研究亦掩盖了《红楼梦》中"较为深藏而又稳定的结构要素"。人们隐隐觉得在《红楼梦》文本内部似乎也存在着这样一种独特的艺术结构或模式。在结构主义研究显得落后、落伍而理论贫乏的时代,探索它,似乎显得不合时宜。

这些客观性的论述,早已妨碍我们进入那些在历史长河中沉睡却鲜亮如初地呈现在古画之上的幽雅境界。《红楼梦》《清明上河图》《汉宫春晓图》《汉宫百美图》《四季美人图》《葬花仕女图》……这些作品,光名称就已具有无限的魔力,它们像黑暗夜空中的星子一样具有感召力;它们在以沉默的方式启发着我们:通过画作进入小说,通过长卷进入长篇,我们对这些艺术杰作内部"较为深藏而又稳定的结构要素"的探索,也应从这里开始。

---

① 〔俄〕巴赫金:《陀思妥耶夫斯基诗学问题》,白春仁、顾亚铃译,钱中文主编《巴赫金全集》第五卷,河北教育出版社 1997 年版,第 1—2 页。

# 第一章 "梦去如醒醒似梦"

## ——作为家族记忆的绘画与文本

随着视觉文化和图像批评的盛行,文学图像学理论建设和批评实践的展开,各种《红楼梦》插图、册页等图像资料成为学界关注的重要内容。与周汝昌等早期研究者的印象式的批评方法不同,近年来的论著多借用了西方视觉艺术和图像批评的方法,切入角度多种多样,专题性增强,极大丰富了人们对《红楼梦》及其图像资料的认识和理解。有学者对此前六十余年来这一问题的资料整理、研究现状等进行了分类评述①。随着新材料的发现和研究方法的更新,近年来这一领域又出现了一些新的论题。例如,曹雪芹祖辈及其本人与石涛、禹之鼎、张纯修、陈本敬等画家的交游情况,得到了细致的梳理,对我们认识曹雪芹绘画才能的形成亦有重要帮助;对《百美图》《汉宫春晓图》《雍正妃画像》《雪艳图》等明清人物画和宫廷绘画的研究,为我们认识《红楼梦》中的"葬花""扑蝶""博古""鉴画""探梅""围炉""针黹"等诗意化的场景、情节的来源提供了新的图像证据;满族皇室和贵族阶层对西方幻视绘画的重视与实践,也为我们理解《红楼梦》以"全书只演凹凸二义"为主要特征的视觉语法和"真—假"主题的形成提供了新材料。而张新之、姚燮等清代评点家对《红楼梦》中出现的画作的深刻分析,还没有引起研究者的注意。近年来曹学研究的持续推进,使人们看到更多有关曹氏家族在绘画的创作、鉴藏、题跋、贡赋等方面的画迹史实。

## 第一节 曹氏家族画迹史实

明清时期是中国绘画创作,尤其是宦迹图、雅集图、故事画、肖像画

---

① 张克锋:《近六十年来〈红楼梦〉与绘画研究述评》,《红楼梦学刊》2011年第2辑。

创作兴盛的时期。中国传统文人的知识结构向来诗、书、画兼通,文人学士、达官贵人也会采用绘画的方式记录家族盛世、交游宦迹等内容。画作创作完成后,人们还邀请至交亲友、名流官宦在画作之上吟咏题跋,以记录他们之间交游的概况和深厚的情谊。这些作品直观形象地呈现了家族兴盛的历史,因而成为家族历史及其文化资本的象征物。例如,康熙三十四年(1695),曹寅(1658—1712)于江宁织造任上邀请友人张纯修会晤,后者为其创作《楝亭夜话图》(图1-1),后施世纶、张纯修、顾贞观、王方歧等十人均在画作上题诗纪念。此图画面内容极其简单:简易而独立的亭子隐没在周围丛生的树林间,让人无法想象这是一座坐落于织造署或私家庭院中的建筑物。画面周围则是顾贞观等人的题诗,占据了画卷的主体部分。这说明此画是曹寅与张纯修、顾贞观等人交游的纪念物,而不仅仅是一幅绘画作品。而围绕《楝亭图》展开的吟咏题跋活动持续数十年之久,参与人数众多,更加彰显了此层意涵。纳兰性德(1655—1685)在《楝亭图》第一卷跋语中追叙了此图创作的历史轨迹:根据曹寅的叙述,他知道所谓"楝亭"者,是指曹寅先人在江宁织造任上所植之树旁建的一座亭,这座亭子后来成为曹氏家族中人学习、聚谈的

图1-1　清　张纯修《楝亭夜话图》,局部,国家图书馆

场所;而今先人已去,"昔日之树,已非拱把之树;昔日之人,已非童稚之人矣",在抚今追昔的感怀之后,作者又重启文笔写道:"此一树也,先人之泽,于是乎延;后世之泽,又于是乎启矣。"①所以,作为家族记忆和命运的物质载体,《楝亭夜话图》等绘画作品,以图像的方式引发人们对曹氏家族悠久历史、清正家风和辉煌未来的仰慕和祝愿。

迄今为止,人们已发现大量曹氏家族的画迹史实,充分显示了这个家族在绘画方面所具有的悠久传统。这也有理由让我们将这个"赫赫扬扬,已近百载"的家族传统纳入到中国古代的文人艺术传统之中。曹氏家族中,曹寅、曹宣(1658—1705)二人的画迹史实尤其值得关注,对我们理解《红楼梦》及其形成过程有直接的帮助。

据周汝昌研究,曹宣是曹雪芹本生祖父,后改名"曹荃";他是康熙皇帝的贴身侍卫,帮助康熙皇帝管理图书典藏,有时还代康熙到江南巡查;其子曹颀亦善画,被曹寅看作是继承了他父亲的特长("喜颀能世其业也"②)。曹宣有两件画迹史实与《红楼梦》相关,需要注意:其一,曹宣本人善画,尤其善画梅花,他所创作的《探梅图》为周围至交称赞,甚至还得到过康熙的肯定。当然,曹雪芹在书中特意突出"踏雪寻梅"的情节设计,是否是他以这种方式向他的本生祖父致敬,现在无法准确判断。其二,王翚(1632—1717)率领各位画家创作《康熙南巡图》期间,曹宣还担任过"监画"一职。这期间,他同参与创作《南巡图》的诸多画家有过交往,因而亦可能同参与《南巡图》画稿起草工作的青年画家冷枚有过交往。这为我们研究冷枚《红楼梦图》奠定了基础(详见本书第十章)。而且,冷枚的《雪艳图》让人不由自主联想到曹宣的《探梅图》和《红楼梦》第五十一回出现的托名仇英的《艳雪图》。也可能存在另外一种情况:曹宣的"监画"一职为纳捐所得,只是虚职,亦无实权,真正负责这项工作的宫中侍卫是宋俊业及其恩师王翚,曹宣很可能没有参与《南巡图》创作的具体过程,因而与冷枚等人并不相识。关于两人交往的具体情况,还需要更多可靠的资料予以佐证。

根据《楝亭集》记述,曹寅除了与顾贞观、纳兰性德、禹之鼎等有世

①周汝昌:《红楼梦新证》,中华书局 2016 年版,第 254 页。
②周汝昌:《红楼梦新证》,中华书局 2016 年版,第 26 页;方晓伟:《曹宣生平主要活动系年》,《曹雪芹研究》2013 年第 1 期。

交之谊的官员兼画家的人来往密切之外，还与石涛、朱赤霞、陈凯、戴本孝等画家有过交往。他本人的题画诗也很多，惜其本人未有画作留存。曹寅画迹史实颇多，有些与《红楼梦》关联较为密切。这里举以下数例以说明之。

第一，曹寅曾经收藏过秦淮名妓马湘兰的画作《突干生花兰卷》，并在马守真(号湘兰)《兰竹图》上题跋。曹寅对马湘兰的为人和画作极为称赞："明时贡院邻近曲中，赴试者多僦其屋，梁伯龙水墨盒子会所由作也。马校书少负侠气，摆脱故习，一时有季布之称"，并称赞其《兰竹图》有"真情妙韵"①。这幅扇面现藏北京故宫博物院。可以看到，马湘兰将兰竹和山石集中在扇面的最右边，留下左边大片空白区域供人题咏，至今仍可见八位男性文人在画面上留下题诗和跋语。按照巫鸿的解释，马湘兰之所以选择带有独特内涵和中性色彩的兰竹意象，"所指涉的是超越二元性别结构的另一种可能性"②。曹寅称其"少负侠气"，这一评价正被纳入马湘兰所期望的指涉结构之中，同时也被纳入明末清初时期女性自我指涉的艺术结构之中。实际上，《红楼梦》中的诸多情节和描写同样也是这种结构的产物。

第二，曹寅曾收藏有《桂花图》和唐寅《美人图》，蒋景祈曾应曹寅之邀在两画上题跋，人们认为曹寅收藏的唐寅美人图可能是《红楼梦》第五回唐伯虎《海棠春睡图》的原型(详见本书第八章)。

第三，曹寅曾在石涛所绘《对牛弹琴图》上题诗、和韵③，而"对牛弹琴"的典故曾出现在《红楼梦》第八十六回"寄闲情淑女解琴书"的情节中，是宝、黛二人互通款曲的最终一见。

第四，曹寅特爱梅花，有踏雪寻梅的举动和诗作，在其朋友圈中颇受赞誉，后者为他创作《踏雪寻梅图》，这方面已有研究④，不再详述。

第五，康熙三十八年(1699)，曹寅到京城公干，与一干王公贵族交游，他曾在辅国将军博尔都(1649—1708，号问亭)府中见到石涛仿作仇英的《百美争艳图卷》并在图上题跋："此巨卷《百美图》，乃大涤子所制，

①张万基：《曹雪芹的祖辈与绘画》，《红楼梦学刊》1985年第2辑。
②巫鸿：《中国绘画中的"女性空间"》，生活·读书·新知三联书店2019年版，第312页。
③朱良志：《石涛研究》，北京大学出版社2017年版，第476页。
④张志：《曹寅爱梅原因蠡测》，《铜仁学院学报》2013年第2期。

今为问亭先生藏玩。己卯仲春,过白燕堂,始得一观。见是卷中人物山水、亭格殿宇,风采可人,各各出其意表,令观者不忍释手,真石老得意笔也。于是乎跋其后。"① 这是仇英画作与曹氏家族发生关联的又一证据。

博尔都命石涛仿制仇英《百美争艳图卷》,反映出当时京城皇室贵族与士大夫阶层对收藏仇英作品的浓厚兴趣,《红楼梦》多次提到仇英作品应与这种文化环境有关。据博尔都记述,他随康熙皇帝南巡时,"觅得仇实父《百美争艳图》,内宫中物也。余得时恐为本朝士大夫所妒,是以索清湘先生写之。余即以旧藏宫幋一机邮寄,临摹三载始成。比归我,即求在朝诸公题咏,无不赏识者"② 。石涛仿制完成后便寄给博尔都,但他"欲装潢时则鲜有其人",便又将画作寄给石涛装裱,装裱完成后石涛在画作上题跋,后李光地、曹寅、王世禛、胡赓善等人均在画卷上题跋纪念。

针对博尔都的记述,需要说明两个问题:

其一,康熙南巡时会有收藏书画古玩等活动,各地官宦亦借此机会进献类似物品给皇帝。例如,曹玺就曾收购李龙眠等人的书画作品、古物器皿等敬献给康熙。同时也有民间画家趁此机会将自己的画作敬献给皇帝,以期获得进入宫廷为皇帝服务的机会。博尔都随康熙南巡得到此画却没有敬献给康熙而自己占有,应该是件危险的事情,而且这幅作品本身就是"宫中物"。当然,他得到此画也不容易,"觅得"二字透露出其中的艰辛。当时仇英《百美图》之类巨型长卷是士大夫收藏的重要对象,容易引起大家的注意,所以博尔都担心为人所妒、招来祸患,因而大费周折地邀请石涛仿制了副本。博尔都的担心并非没有原因。《红楼梦》第四十八回写石呆子藏了几十把古扇,上面"皆是古人写画真迹",被贾雨村以讹欠官银的罪名抄家入官献给贾赦,其本人亦一命呜呼;在王忬与严嵩的交恶中,古画是重要的导火索,并最终造成王忬被杀,形成明代历史上著名的"伪画致祸"事件。这与严嵩父子抢夺莫怀古玉器"一捧雪"的事情一样,是当时社会现实的写照,可为印证。如果有人向

①（清）释道济:《大涤子题画诗跋》,黄宾虹、邓实编:《美术丛书》第三集第十辑,浙江人民美术出版社 2013 年版,第 74 页;张万基:《曹雪芹的祖辈与绘画》,《红楼梦学刊》1985 年第 2 辑。

②（清）释道济:《大涤子题画诗跋》,黄宾虹、邓实编:《美术丛书》第三集第十辑,浙江人民美术出版社 2013 年版,第 73 页。据许承尧（1874—1946）《歙事闲谭》卷二十记载,这幅画民国间由程霖生收藏:"清湘老人《百美图》大卷,粗如牛腰,世间奇物也。今藏程霖生遂初庐,余辛未见之。"见朱良志辑注:《石涛诗文集》,北京大学出版社 2017 年版,第 314 页。

皇帝举报此事,后果是很严重的。曹寅所题《百美争艳图》已是石涛仿制的作品,原作可能已被博尔都献入宫廷了。但现在我们没有见到这件作品。

其二,博尔都"恐为本朝士大夫所妒"的记述,不仅说明他私自收藏此画可能被举报,而且还说明在当时京城文人圈和包括皇室在内的贵族阶层,仇英作品是极为重要的收藏对象。康熙四十一年(1702)冷枚奉命仿作仇英《汉宫春晓图》,历经十个月,于次年十月完成,与石涛仿制《百美争艳图》所用时间大致相仿。这说明仇英作品在康熙朝就已经受到了重视。尤其在乾隆时期,乾隆皇帝下令宫廷画师仿制仇英的作品多达数十次。博尔都所谓"向随驾南巡",是指1689年康熙皇帝的第二次南巡。石涛的仿制工作则在康熙丁丑年(1697)秋季完成,等他装帧完毕邮寄到北京博尔都收到,估计已经是1698年的春季时分了。曹寅第二年赴京时,正好有机会鉴赏这幅作品。根据石涛的题跋,可知仇英此幅《百美图》是仿唐周昉士女图所作。根据曹寅的记述,仇英这幅作品也是一幅巨型长卷[①],上有亭台楼阁和美人的活动,与《汉宫春晓图》类似。曹雪芹和脂砚斋批语提到了仇英《汉宫春晓图》《艳雪图》《幽窗听莺暗春图》等三幅作品,虽然后两幅的名称可能是作者涉笔成趣的产物,但仍可说明他们对仇英的作品是相当熟悉的(详见本书第九章)。

黄一农等人近年结合《种芹人曹霑画册》《废艺斋集稿》真伪问题,对曹氏家族与同时期画家交游的情况展开了详细的研究[②]。樊志斌对与曹寅关系密切的苏州织造李煦(1655—1729)的研究,对于理解曹氏家族(尤其是曹寅)的画迹史实和《红楼梦》多有助益。例如,曹寅曾在康熙戊寅年(1698)修禊日于《竹村居士小照》上题跋,有"东吴占断闲风月,却留潇湘一段秋"之句。据冯其庸等人考证,李煦十分喜爱幼年时的曹雪芹,经常将他带到苏州织造署玩耍。李煦在苏州为康熙南巡所

---

① 根据许承尧"粗如牛腰"的描述,可以推测,这幅长卷的规模可能比《汉宫春晓图》还要大一些。李光地(1642—1718)在题跋中说这幅画是"巨卷巨册,乃目之罕见","其高过丈半,景长数丈"。黄钺(1750—1841)《壹斋集》卷八记述得更为具体:"《石涛摹仇英百美争艳图》,图高四尺一寸,长三丈三尺,绢本,康熙丁丑石涛为辅国将军博尔都作。"朱良志辑注:《石涛诗文集》,北京大学出版社2017年版,第314—315页。由此可见,这幅画大约横10米,纵1.36米,其规模形制几乎是《汉宫春晓图》两倍有余。
② 黄一农:《二重奏:红学与清史的对话》,中华书局2015年版,第471—506页。

建别墅,直可与潇湘馆对看。张云章于康熙四十五年(1706)一月所书《御书修竹清风图记》:"公之始至苏,以其署为上之所驻跸,加辟而增新之,敞以亭阁,延以廊庑,翠竹碧梧,交荫于庭,清风徐引,则飒然衣袂间。三十八年(1699),驾果复幸,圣心怡悦,因题'修竹清风'四字为额以锡诸公。……初,公于郊外种竹成林,结屋数楹,杂树墟间,时一往游,遂自号竹村。"① 李煦对竹子的喜爱以及他"竹村"的雅号,使人想到潇湘馆院中的"千百竿翠竹遮映"的场景。朱良志则对石涛与丰润曹氏、曹寅的交往史实进行了细致的考证,认为曹寅、石涛"二人应有很深的性灵交往"②,为我们认识曹寅其人提供了新的参照。丰润曹氏中曹鼎望及其三子(分别为曹靖选、曹宾及、曹冲谷),都与石涛(1642—1707)有交往关系,曹寅则可能是通过曹宾及等人的介绍与石涛结识。曹鼎望父子均精通绘事,尤其是曹宾及在黄山任职时于石涛多有助益,后者在他的资助下创作了一些重要作品。

这里之所以强调石涛在曹氏家族画迹史实中的重要性,是因为石涛的诗文画作及其自传性的表达方式,可能与《红楼梦》的创作有一定关系。

其一,石涛诗句意境与《红楼梦》的关联。此类证据颇多,这里仅举两例证明之。例证一:石涛《题山水人物图卷·铁脚道人》:"铁脚道人尝赤脚走雪中,兴发则朗诵《南华·秋水篇》,又爱嚼梅数片,和雪咽之。或问此何为,曰:'吾欲寒香沁人肺腑。'"③ 此可与《红楼梦》中薛宝钗及冷香丸的描写相互参看、领略。这里所记的"铁脚道人"和同一套画册中隐居于重庆府白龙山观音寺且好读《楚辞》的"雪庵和尚",亦可与《红楼梦》所写的"跛足道人"和"癞头和尚"相对看④。例证二:石涛在1689年康熙第二次南巡到扬州时,曾作画题诗以表忠心,有《客广陵平山道

---

① 樊志斌:《修竹·清风:康熙悉臣李煦研究》,阅文出版社 2019 年版,第 53—54 页。
② 朱良志:《石涛研究》,北京大学出版社 2017 年版,第 476 页。
③ 朱良志辑注:《石涛诗文集》,北京大学出版社 2017 年版,第 321 页。
④ 石涛《题山水人物图卷·雪庵和尚》:"和尚壮年剃发,走重庆府之大竹善庆里,山水奇绝,欲止之。其里隐士杜景贤知和尚非常人,与之游,往来白龙诸山。见山旁松柏滩,滩水清驶,萝筐松蔚,和尚欲寺焉。景贤有力,亟为之寺。和尚率□数人居之。昕夕诵易之乾卦,已而改诵观音,寺因名观音。好读楚辞,时□一册,袖之登小舟,急棹滩中流,朗诵一叶,辄投一叶于水,投已辄哭,哭已又读,叶尽乃返。又善饮,呼樵人牧竖和歌,歌竟瞑然而寐。"见朱良志辑注:《石涛诗文集》,北京大学出版社 2017 年版,第 322 页。

上见驾纪事二首》,中有"松风滴露马行迹,花气袭人鸟道攀"①之句。从诗句中,我们可以感受到石涛受到康熙皇帝接见并被亲呼其名时的喜悦心情。"花气袭人"一语出现在《红楼梦》第二十三回,贾政听到王夫人提到"袭人"这个名字时颇为诧异,宝玉解释说:"因素日读诗,曾记古人有一句诗云:'花气袭人知昼暖。'因这个丫头姓花,便随口起了这个名字。"②这里出现的诗句来自于陆游《村居书喜》,表达作者对村居时节春天骤然来临的喜悦之情,贾政则斥之为"秾词艳赋",颇为奇怪。当然,我们没有证据证明石涛诗句中的"花气袭人"与陆游诗作、《红楼梦》之间有必然联系,但石涛是明皇室后裔的身份,以及他在南京、扬州一带画坛活动和创作的经历,都与《红楼梦》诞生的文化背景有密切关系。

其二,一般认为石涛以山水画著名,实际上他也擅长美人画。根据高居翰的研究,十八世纪的扬州,存在大量工作坊式的美人画创作机构,这些机构以一位绘画大师为主,他的亲戚和朋友参与工作坊的工作,批

图1-2 明 杜堇《千秋绝艳图》,局部,绢本设色,北京故宫博物院

---

① 朱良志辑注:《石涛诗文集》,北京大学出版社2017年版,第181页。
② (清)曹雪芹:《红楼梦》,人民文学出版社2008年版,第310—311页。

量生产这类作品并远销京城,影响到清宫廷绘画的创作,《红楼梦》所写的几幅美人画可能就属于这类作品[1]。从曹寅和博尔都的记述可以看出,石涛临摹仇英《百美争艳图》亦能达到惟妙惟肖之境界[2]。仇英此幅作品仿周昉作品而作,是精细工整的人物画,由此可见石涛在人物画和界画创作方面亦有很深的功底,否则博尔都也不会让他负责此项工作。据记载,石涛在康熙第二次南巡结束后于1690年北上京城,希望在康熙皇帝的帮助下在佛教教团中获得重要职务。这期间他得到博尔都的赏识和引荐,博尔都让他与王原祁、王翚等馆阁重臣合作创作以墨竹为题材的画作,以期迎合康熙的艺术口味而得以面见康熙,但最终没有成功,这是因为"石涛到北京时正是康熙皇帝对朝中汉人知识分子掌控最严密的时刻"[3]。但这幅作品并不是在此时绘制。根据博尔都的题跋,知石涛仿制这幅作品前后用了三年时间,从1696至1698年,即石涛北京之行失败返回扬州定居大涤堂之后,博尔都将绘制画作所需的绢、矾等物邮寄给石涛,这时石涛在扬州安顿下来约六个月时间。石涛本人则说他花费了1697年从春季到秋季的完整时间才完成这项工作。根据李光地等记载的此画的尺寸看,石涛绘制这幅作品确实花费了很多的时间和精力。研究发现,仇英《百美争艳图》《汉宫春晓图》等画作与《红楼梦》有着极为

---

[1] James Cahill. *Pictures for Use and Pleasure: Vernacular Painting in High Qing China*, University of California Press, 2010, pp.31—65.

[2] 石涛在题跋中详述了整个仿制工作的过程。对石涛来说,仿制仇英这件作品确实是个挑战:一方面,此时他年事已高,时常患病,而且他这时主要靠售卖画作维持生计,来自各地的订单让他感觉时间十分紧张;另一方面,石涛本人擅长山水、草虫、神像等作品的创作,对于人物画则较少涉及,存在一定的难度。当然,这类作品的技法他是掌握的。但是,对于以售卖画作为生的石涛来说,创作这类原由画工完成的作品会让他的文人品格或皇室身份受损,而且也不符合当时艺术市场对他画作大量需求的现实。即使如此,他仍然接受了博尔都的委托,历经约十个月的时间完成了这项工作。他在两次题跋中详细介绍了这一过程:"盖唐人士女悉尚丰肥秾艳,故周昉直写其习见。实父能尽其神情,纤悉逼真,不特其造诣之功,彼用心仿古,亦非人易所习也。丁丑春月摹写至秋始克就绪,幸得其万一也。……余于山水、树石、花卉、神像、虫鱼,无不摹写;至于人物,不敢辄作也。数年来得越东皋博氏收藏人物甚富,皆系周昉、赵吴兴、仇实父所绘,余得领略其神采风度,则俨然如生也。今将军亦以宫帧索摹,不敢方命,依样写成,邮寄京师,复为当代公卿题咏,余何当得也。越多年,复寄来,索余觅良装潢并索再题,是以赘此始末也。"(清)释道济:《大涤子题画诗跋》,黄宾虹、邓实编:《美术丛书》第三集第十辑,浙江人民美术出版社2013年版,第71—72页;朱良志辑注:《石涛诗文集》,北京大学出版社2017年版,第314页。

[3] 〔美〕乔迅:《石涛:清初中国的绘画与现代性》,邱士华等译,生活·读书·新知三联书店2016年版,第129页。

重要的关联:《红楼梦》不仅在情节、场景的描写方面从这些画作获得灵感,而且其独特的"百美图式"的叙述方式更是直接来自于对此类图像的模仿与改造[①]。

其三,更为重要的是,在十七世纪末期,向来缺乏自传性表达的中国文化传统中突然出现了石涛的诗文作品以及他在画作上的自传性题跋,似乎昭示着一种新的表达方式的兴起:"石涛生在一个自传体裁才刚开始日趋普及与复杂的时代,其形式横跨文字与视觉领域,可说是十七世纪最特出的发展之一。而石涛自传手法的广度与强度则使他成为这方面的代表人物。"[②] 作为明皇室遗孤的石涛,他十分担心自我的生平事迹随着历史的展开而湮灭,他的画作某种程度上是他"以画抒情"的产物,因而我们在他的画作中可以时常看到他对自己飘零、坎坷身世的感慨和自我孤绝形象的塑造;即使是在商家订制的山水花卉册页上,他也题上长篇律诗,对自己"六十年来身是客,五湖四海近飘忽"[③] 的经历予以记录。而且,这一时期画作订制的现象如雨后春笋般涌现,作为赞助人,他们要求画家把自己的生平和生活的环境通过绘画的方式加以呈现,石涛本人就创作了许多类似作品,这也是他能够以商业化的创作方式生存下去的原因之一。这种现象的出现说明,一种迫切的将自我生命影像留存下来的心理渴望变得十分普遍,无论是文学还是绘画,都出现了"高度个人性书写的黄金时代"[④]。乔迅( Jonathan Hay )指出:"17 世纪简短、自制又自成一格的自传作品持续存在,但渐渐流于公式化而缺乏个人性,为己立传的冲动便窜入其他文学形态,寻求最具个人性的表达,最明显的文类便是小说。"[⑤] 这里提到的自传性质的小说作品很多,但首先让人想起的是《红楼梦》。因此,石涛画作及其自传性的文字书写形式,为我们重新理解《红楼梦》的自传书写模式及其形成的文化语境,提供了新的

---

① 王怀义、陈娟:《〈红楼梦〉文本的图像渊源考论》,《红楼梦学刊》2018 年第 3 期。
② 〔美〕乔迅:《石涛:清初中国的绘画与现代性》,邱士华等译,生活·读书·新知三联书店 2016 年版,第 135 页。
③ 朱良志辑注:《石涛诗文集》,北京大学出版社 2017 年版,第 286 页。
④ Wu, Pei-yi, *The Confucian's Progress: Autobiographical Writings in Traditional China*, Harvard University Press, 1990. pp.235–237.
⑤ 〔美〕乔迅:《石涛:清初中国的绘画与现代性》,邱士华等译,生活·读书·新知三联书店 2016 年版,第 137 页。

资料和视角。

此外还有学者认为曹雪芹关于绘画创作的思想,可能与扬州八怪等人的绘画思想有所关联[①],也有人认为曹雪芹的绘画思想可能受到唐寅的诸多影响[②]。传为曹雪芹佚文的《废艺斋集稿》《懋斋记盛的故事》等文献保存了一些与曹雪芹绘画思想相关的资料,吴恩裕等人展开了详细的研究[③];周汝昌《红楼梦新证》等提及到多幅可能是曹雪芹创作的画作,这里不再详细介绍了。有关曹氏家族画迹史实颇多,上面仅就与《红楼梦》关系较为密切者略做简述。这些画迹史实对于我们了解曹雪芹成长的文化环境、他的绘画修养的形成等有重要作用,对我们理解《红楼梦》有关场景、意象的图像来源等亦有重要的参考价值。

## 第二节 《红楼梦》及脂批中的画作与画法

在中外文学史上,将图像置入文本或以文本呈现图像的现象均具有悠久的历史,其渊源可上溯至古老、久远的"以图设教"的神话与宗教传统。在西方,中世纪时期人们即已创造了专有词汇"Ekphrasis"(译作"艺格敷词"),用以指称这一现象。在中国,其显著表现可以从唐代诗歌与绘画之间相互借用的创作和批评实践中见出[④],也可从当时新兴、发达的经传故事、笔记小说和传奇文中发现。我们对《红楼梦》文本的图像渊源进行溯源和分析,亦应在这一传统中加以考察。《红楼梦》不仅在这个传统中占有重要位置,而且其对图像所赋予的隐喻和叙述功能使这个传统变得更加完善,从而使这一传统在完成其古典形态的同时走向了现代。而从图像视角考察《红楼梦》的文本,使我们看到了它的独特性:这是一个充满了可知可感因素的文本,同时又是一个不断自我复制、循环发展的文本。

---

① 张兵:《"扬州八怪"的绘画美学思想与曹雪芹的艺术思想》,《徐州师范学院学报》1988 年第 3 期。
② 黄立新:《红楼梦十论》,复旦大学出版社 1990 年版,第 162 页。
③ 吴恩裕:《曹雪芹〈废艺斋集稿〉丛考》,当代中国出版社 2010 年版,第 102—109 页。
④ 陶文鹏:《唐诗与绘画》,漓江出版社 1996 年版,第 9 页。

　　曹雪芹精通绘事,对中国古代绘画的历史与传统多有了解。在《红楼梦》创作中,他对当时宫廷画家创作的情况有所涉及,对受到传教士影响的绘画作品亦比较熟悉。故而他在《红楼梦》中多次提到米芾(1050—1107)、唐寅(1470—1524)、仇英(约1498—1552)等人的作品,如墨龙大画、烟雨图、唐伯虎《海棠春睡图》、仇英《艳雪图》等,他可能还根据他们的画作及其所依循的固定程式设计了相关情节。有时曹雪芹还借人物之口为书中情节、场景以画作的方式命名。例如,第四十二回,林黛玉以戏谑的方式,将刘姥姥在大观园中吃喝玩乐的场景命名为"携蝗大嚼图";第五十二回,贾宝玉到潇湘馆,见到宝琴等围坐在熏笼上叙家常,不由赞道:"好一幅冬闺集艳图!"同时,曹雪芹还把画家常用的"云龙雾雨""两山对峙""烘云托月""背面傅粉"等方法作为叙事和写人的方法加以使用。曹雪芹在《红楼梦》中设置了很多有关绘画、装饰、图案、古物的情节和细节,使故事情境变得精致逼真又迷幻动人。以图册方式出现的《金陵十二钗》正副册、惜春创作的《大观园行乐图》,成为《红楼梦》以图像呈现自我的表现形式。脂砚斋、畸笏叟等评点家不断将书中情节命名为《金闺夜坐图》《绣窗仕女图》《采芝图》等画作,并有将"黛玉葬花"等情节、场景呈现为画作的想法。

　　书中这些与画作有关的内容,很早就引起了研究者的注意。姚燮(1805—1864)、张新之(生卒年不详)等早期评点家多次指出"黛玉葬花""湘云醉卧"等场景是"美人粉本""绝妙一幅仕女图",就是用历史悠久的仕女画对《红楼梦》进行评批的例子。他们还说《红楼梦》的描写"胜周昉粉本",指出《红楼梦》场景之境界超越了以周昉画作为代表的仕女画的境界。张新之是最早对《红楼梦》中出现的画作进行关注的批评家之一。他对上述画作的批评带有极强的整体性视野,把《红楼梦》中出现的画作皆看作是全书的隐喻和表征。例如,他把宁国府小书房中的美人画及其指涉的事件看作《红楼梦》的象征,认为"一部《红楼》,作如是观"[①];他还以谐音的方式把第四十二回的《携蝗大嚼图》命名为"凄惶大觉图",认为这幅图暗指"红楼梦醒"[②]。因此这些画作虽以不同

①冯其庸辑校:《重校〈八家评批红楼梦〉》,青岛出版社2015年版,第539页。
②冯其庸辑校:《重校〈八家评批红楼梦〉》,青岛出版社2015年版,第1100页。

的面目出现,但均可看作是同一幅画作的不同分身:它们是惜春所创作的《大观园行乐图》的不同表现形式。所以,张新之说宝玉本来是到惜春房中看画却来到黛玉房中而引出《冬闺集艳图》:"本看惜春画,却来看此画,同一画也。"[1] 由此或可这样认为:《红楼梦》所提到的画作,皆可看作是《大观园行乐图》的分身作品,因而也是整部《红楼梦》的组成和象征。

事实确实如此。

张新之以《易》道为总的指导思想,将这些画作看作是整部《红楼梦》的隐喻,在这种情况下,《携蝗大嚼图》与《冬闺集艳图》虽境界不同,但都是《红楼梦》的组成部分,都是《红楼梦》的图像呈现,不仅具有叙述组织的功能,而且还具有深厚多样的象征性内涵:"大观园图画起于刘姥姥,结于薛宝琴,同一《易》道也。自此回以后绝不再提,人但见其糊糊涂涂而止,何不详察此处必先之以赤身肉翅女子一画,后之以真真国女子一诗,中间用宝玉往惜春处看画,而乃至潇湘馆看《冬闺集艳图》?盖《冬闺集艳图》即《携蝗大嚼图》也。其收拾之严密有如此。"[2]张新之对《红楼梦》中出现的画作的分析,极有见地,我们可在其基础上展开进一步的研究。

脂砚斋、畸笏叟等评点家延续叶昼、李卓吾等明代评点家以画评小说、戏曲的思路和方法,多次使用"画""画境""真是画境""画工"等词语,指出红楼情境与绘画之间的渊源关系,认为这是作者独创之"秘法"。同时,他们也与作者一样,常将书中情节、场景以画作的方式命名。例如,把第二十三回林黛玉"肩上担着花锄,锄上挂着花囊"的情景形象命名为"采芝图",将第二十七回黛玉夜坐的情景命名为"金闺夜坐图"等。他们在评点中还提到仇英《幽窗听莺暗春图》以及吴道子(680—759)等人的作品。畸笏叟还提到,多年来他一直想把"黛玉葬花"的场景绘制成画作,但一直没有灵感而不敢下笔。有学者认为脂砚斋等人具备深厚的绘画修养和知识,故而能够援画入稗,展开这一颇具新意的

---

[1]冯其庸辑校:《重校〈八家评批红楼梦〉》,青岛出版社 2015 年版,第 1317 页。
[2]冯其庸辑校:《重校〈八家评批红楼梦〉》,青岛出版社 2015 年版,第 1333 页。

批评①。胡晴则将脂砚斋等人借用绘画术语进行批评的情况总结为间接借鉴、直接借用和暗含体现等三种形式,认为脂批的这种批评方法与《红楼梦》文本能够契合,"在风格韵味上与小说达成了一致。"②

现代学者对此亦有关注和研究。胡文彬等曾对书中出现的三幅西洋美人画及其西画渊源等问题,进行了详细的梳理③。静轩对《红楼梦》中出现的绘画作品进行过归类分析,借对《海棠春睡图》《艳雪图》的分析,讨论了仕女画与《红楼梦》的关系;借对《烟雨图》的分析,讨论了曹雪芹与米芾的艺术关系;同时还对"墨龙大画""一张春宫"等相关画作的文化背景做出分析,认为作者对这些名家画作的使用,增加了小说的文化内容和艺术含量,为《红楼梦》增加了厚重的历史感,进一步提升了小说的艺术品位④。还有学者从"宝琴立雪"这一画面感鲜明的情节设计入手,探讨了曹雪芹在绘画方面的才艺以及《红楼梦》对绘画的借用现象⑤。美国学者乔迅从物质文化和视觉文化的角度,对明清时期的古物欣赏和设计活动进行了研究,其中有些内容涉及到《红楼梦》,如怡红院的视觉设计、贾府中使用的器皿图案等,并将这些古物与设计的物质性特点赋予"隐喻的(metaphoric)和触动人的(affective)可能性"。例如,他对刘姥姥饮酒使用的连环套杯上"雕镂奇绝"的"一色山水树木人物,并有草字以及图印"进行了关注:"与贾府中的人一样,刘姥姥也被赋予了一种内在的主体性,正是这内在的资源,促使她能够体验木杯子的物质性,并从而作出认知的区分和享受愉悦感。"⑥这些研究对《红楼梦》文本中出现的画作、图像,或进行文化溯源,或分析其艺术功能,拓展了此前相关研究的维度。

高居翰(James Cahill,1926—2014)对盛清时期宫廷绘画和世俗

①白岚玲:《从"诗中有画"到"稗中有画"——脂砚斋小说评点的新变》,《红楼梦学刊》2014年第2辑。

②胡晴:《信手拈来无不是——论脂批引用绘画术语及其合理性》,《红楼梦学刊》2007年第5辑。

③胡文彬:《红楼梦与中国文化论稿》,中国书店2005年版,第128—130页;刘道广:《曹雪芹眼中的西画法》,《红楼梦学刊》1985年第2辑。

④静轩:《〈红楼梦〉中的绘画》,《曹雪芹研究》2011年第2期。

⑤刘丽莎:《从"宝琴立雪"看〈红楼梦〉与绘画的关系》,《红楼梦学刊》2009年第2辑。

⑥〔美〕乔迅:《魅感的表面:明清的玩好之物》,刘芝华、方慧译,中央编译出版社2017年版,第199页。

绘画进行研究时,对《红楼梦》中出现的四幅美人图进行了分析,角度新颖,值得关注。与前期专注于中国绘画史和山水画的专门研究不同,高居翰晚年专门撰写了 *Pictures for Use and Pleasure: Vernacular Painting in High Qing China* 一书,对长期以来备受冷落、忽视的中国世俗绘画展开了研究。高居翰指出,明末清初时期,以南京、扬州为核心的江南地区兴起了青楼文化,商品经济的发展和社会阶层的变动,极大促进了人们对美人画的需求,这时便出现了以某一位专业画家为核心的工作坊,专门从事此类画作的批量生产。这些作品从南方传到北方,焦秉贞、法若真、冷枚等山东画家很快掌握了这类画作的创作技法并进入宫廷创作,使这类画作很快在皇室贵族和文人圈中盛行。在江南地区,这些画作一般在青楼、酒馆和旅店等公共场合悬挂,有些带有明显的色情意味,有些则通过一些隐喻性的意象符号传达色情内涵。

图 1-3 清 华煊《八美图》,绢本设色,纵 32 厘米,横 330 厘米,美国私人收藏

图 1-3 是落款为 1736 年的作品。高居翰考证,这幅作品的尺寸说明它不适合在私人住所悬挂,因而可能是在青楼等公共场合使用的大型作品。余辉也持同样的观点,他更加直白地指出:"这件巨幅之作的用途显然是出于广告的需要,以便于招徕嫖客。"[1] 画面中的八位美人站在栏杆边,顾盼生姿,看着楼下来往的人群,一边谈话一边做出各种柔美的动作;画面中,她们的纤纤玉指裸露在外,她们手中的鲜花和团扇上的双蝶都带有强烈的隐喻意味:这些意象都含有强烈的色情意涵。高居翰进一

① 余辉:《清代民间肖像画初探》,见澳门艺术博物馆编:《像应神全:明清人物肖像画学术研讨会论文集》,故宫出版社 2015 年版,第 104 页。

步指出,与其他美人画一样,她们搭在栏杆上的衣袖敞开着,是女性私密部位的象征:"她抬起手臂张开衣袖,这是另外一种性暗示,因为女人展开的衣袖是进入其身体私密部位的象征。可以看到,通过衣袖显著张开的特征,这一含义被强化了,因为它的形状和多层的性状都与女人的外阴比较相似。当一个男性观者在妓院里看到画中的场景,这幅画就可以帮助他对这种露骨的要求做出回应。"① 除此之外,"《八美图》的作者还增加了另外一种幻觉技巧:使用了一种框架结构,使观者能清晰观察到花格栅栏和每一个人所占据的显著位置,美人们的纤纤玉指和柔软的长袖看起来延伸到观者所在的空间,我们似乎伸手就能触摸到她们。"② 就像赛珍珠( Pearl S. Buck,1892—1973 )《大地》中所写的一样,在青楼这种场所悬挂的类似作品,画中人很可能就是青楼中的某一位妓女,如果客人对画上某一位美人表现出兴趣,青楼的经营者就可以直接让他的愿望实现。但是,在北方宫廷和贵族阶层,这类画作越发精致典雅,其色情意味逐渐被程式化的创作所掩盖,而且,人们逐渐采用描绘青楼妓女的技法来绘制出身高贵的知识女性,或者说青楼妓女被转化为"高贵的妇人"。随着社会需求的逐渐扩大,文人画家和职业性画家都参与到这类作品的创作中。《康熙南巡图》的创作长达五年,宫廷画师和文人画家通力合作,更加模糊了二者之间的边界。这类画作逐渐成为一种装饰品。具体如何使用这类作品,高居翰认为《红楼梦》提供了最好的例证。

高居翰关注的四幅画分别是第五回秦可卿房中悬挂的唐伯虎《海棠春睡图》、第十九回贾珍小书房中的"一轴美人"、第四十一回贾宝玉房间中真人大小的美人画和第五十一回提到的贾母房中悬挂的仇英《艳雪图》。高居翰将这四幅画分为两组:唐伯虎《海棠春睡图》、仇英《艳雪图》为一组,另外两幅匿名作品为一组,然后进行分析:"首先,从时间方面看,悬挂在女性房间里的画作是古老的作品,具有独一无二的艺术价值,而且艺术作品本身被与它们的对象分开;而挂在男性房间里的绘画,根据他们的描述,可能是带有十八世纪艺术风格的当代作品。其次,从

---

① James Cahill, *Pictures for Use and Pleasure: Vernacular Painting in High Qing China*, University of California Press, 2010, pp.156–157.
② James Cahill, *Pictures for Use and Pleasure: Vernacular Painting in High Qing China*, University of California Press, 2010, p.152.

作者角度看,女性房间里画作的作者都是著名的艺术大师,而男性房间里画作的作者则是匿名的,或者是不知名的艺术家。第三,从类型上看,女性房间画中的女性处于室外而且非常得体、端庄,而男性房间画中的女性则采用了新的幻视技法并变得易于接近,而且很可能被设置在室内且充满了性唤醒的意味。"① 高居翰认为悬挂在秦可卿和贾母房间中标明作者的古老画作,不带有更多的色情意味,具有明显的"冷感";而两幅无名之作可能属于从江南地区订制的作品,其幻视技法的使用带有更多引诱性内容,且与"热感"结合在一起。

换言之,与一般认为《海棠春睡图》是色情性作品的观点不同,高居翰认为这幅作品是古代艺术大师的作品,同时也是独一无二的作品,而且与贾母房间中的仇英《艳雪图》、探春房间中的米芾《烟雨图》一样,它们所悬挂的房间都是用来接待客人的,属于公共空间。只不过,探春房间悬挂米芾的《烟雨图》,可能暗示了她具有儒家哲学的清醒和理智以及高尚的情感,而《海棠春睡图》中"美人入睡"的情境则可能暗示秦可卿是一位多情的女子。高居翰最后指出,宁荣二府悬挂无名的订制性作品与他们的贵族身份并不冲突,因为"像曹雪芹小说中所描写的贾氏家族一样十分富有的阶层,甚至更高阶层的家族,例如皇室贵族或皇帝本人,美人画在他们收藏、欣赏的画作中也是常见的"②。

高居翰指出,怡红院中的美人画明显使用了西方幻视绘画的技法,"除了使房间弥漫着色情的氛围之外,它同时还打开了广阔的描绘空间从而为想象式的融入奠定了基础。"③ 同时他还找到一幅几乎同时期也可能稍晚一些的匿名作品(图1-4),对怡红院的美人画做了对比分析。值得注意的是,这幅作品的尺寸也是真人大小,也使用了西画技法:"女孩面部的颜色非常真实、自然,她的衣服以及衣服上的金色等颜色和花纹设计,都是对真实衣服的再现;她衣服上的褶皱,以及她抱着的罐子上的立体阴影,很可能代表着曹雪芹对宝玉房间里那幅画像的构思与设计。

---

① James Cahill, *Pictures for Use and Pleasure: Vernacular Painting in High Qing China*, University of California Press, 2010, p.162.

② James Cahill, *Pictures for Use and Pleasure: Vernacular Painting in High Qing China*, University of California Press, 2010, p.165.

③ James Cahill, *Pictures for Use and Pleasure: Vernacular Painting in High Qing China*, University of California Press, 2010, p.162.

图1-4　清　佚名《抱瓮仕女》,纵147.3厘米,横65.4厘米,美国大都会艺术馆

男性观者能够读懂女孩的表情:她把头转过去,将视线斜移,害羞而顺从。这一切的细节组合,都非常适合激发男性观者的想象。她打开的长袖也能够产生一种诱惑力。如果一个人有过类似经验,他就能进入这幅作品。"①

需要指出的是,高居翰可能忽视了两幅画作中女孩与观者关系的差别:如高居翰所言,这幅画作中的女孩呈现出害羞而顺从的表情和动作,带有对男性观者的诱惑性,这说明她处于被动位置,是一位被观看的对象,她与她的观者之间无法形成有效的互动关系;而根据刘姥姥的观感,怡红院画卷中的女孩子则是"满面含笑迎了出来",带有极强的主动性,她与她的观者之间能够形成有效的互动关系。因而可以推测,怡红院中的这幅美人画虽然使用了幻觉绘画的技法,召唤着观者对画面的沉浸与进入,但色情意味可能更为淡泊,或者几乎没有,并不会"使房间弥漫着色情的氛围"。况且,怡红院是大观园诸多建筑中"最为要紧之处",也是元妃省亲时首先要临幸之地,装饰此类画作显然是不合适的。

正因为《红楼梦》中出现的画作或图像内容如此引人注目且具有隐喻性,因而有人将它称为"画中的小说":"小说中所出现的图画并不仅仅是装饰品,而且是文学模拟呈现的一种隐喻。许多描述图画的章节都

① James Cahill, *Pictures for Use and Pleasure: Vernacular Painting in High Qing China*, University of California Press, 2010, pp.164-165.

被语言讨论、叙述描写以及不同阶层所体现的雅俗文化等较大主题所框定。在文学自觉性与社会差异的主题处理这一语境内,曹雪芹在某种程度上巧妙地通过语象叙事(ekphrasis)将绘画艺术用作转移至类似媒介、分析文学艺术的工具。"①所谓"画中的小说",不仅仅是指小说中出现了众多画作,或者说画作成为修辞手法而带有隐喻性质,更重要的是,这些画作本身对小说叙述产生了极为强烈的影响或制约:图像像一个具有颇大力量的凝聚器,将事件发展过程中的诸多要素吸纳、凝结在画面之上,它既是对叙述的重现,又是叙述的结果。

受佛教经传故事的影响,"画中人"(与之相关的有屏风、美人画、镜中人等)的母题在唐代传奇故事中开始成为一种叙述方式,而在明清小说戏曲作品中成为一种常见的叙述结构——这是一种颇为重要的叙事传统,理应引起我们的重视。例如,在《水浒传》的叙事中,宋江杀害阎婆惜的那个晚上并无人所见,但在阎婆惜的房间中则悬挂着"一轴仕女",这位画中人正是宋江事件的见证者。这幅画在书中所起的作用至今还没有得到研究者应有的重视。在《红楼梦》中,惜春创作的《大观园行乐图》正是一幅长卷或巨幅作品,画面的人物、事件、场景,正是大观园和贾府事件的凝缩。《红楼梦》使用图像的情况颇为复杂,为我们认识中国小说独特的叙述方式提供了很好的样本。

总之,《红楼梦》中出现的诸多画作和脂砚斋等人借用绘画术语进行评点的现象,引起了学界的关注,得到了较为深入的研究。从张新之等清代学者开始,人们就已对《红楼梦》中出现的画作的独特功用、技法来源及其可能的象征内涵等做出了总结,同时结合《三国演义》《金瓶梅》等明清小说以画评稗传统,对脂批所涉及的绘画理论、使用规律和独特价值诉求进行总结和梳理。高居翰结合明末清初时期美人画盛行的社会环境,将《红楼梦》中四幅美人画分为两组,对它们不同的象征内涵进行分析,有一定的新意,同时也留下可以进一步拓展的空间。此外,《红楼梦》中还有些图像资料尚未引起研究者的注意。例如,第五十三回出现的贾氏家族的"遗真影像",完整呈现了当时宗族祭祀时使用祖先神

---

① 〔美〕贝一明:《画中的小说——曹雪芹〈红楼梦〉中的一种文学隐喻》,《曹雪芹研究》2018年第1期。

像的状况,颇为重要,需要展开深入的研究。

## 第三节 《红楼梦》与清宫视觉艺术

在《红楼梦》诞生的同一时期,中西方文化艺术的交流与融合达到了很高的程度,西方的视觉艺术大量引进宫廷,法国宫廷的时尚风潮也在清宫内盛行,易妆成为时尚;而中国的园林、瓷器、屏风等工艺也在欧洲掀起了"中国风"。根据《活计档》档案记载,当时围绕圆明园的建造,在乾隆皇帝的主持下,清宫皇帝、大臣和艺术家一方面展开传世艺术品的收藏,另一方面也创作当代作品进行装点。其中很多作品是根据圆明园建筑的规模、形制、功能等而专门订做的。我们现在阅读活计档的记载,就像在游览圆明园,其装饰之富丽、美观,的确可以让人感觉到这座"万园之园"不可企及的气势与美感。根据敦敏等人"画苑难忘立本羞"的记载,人们推测,曹雪芹可能在清宫画苑供职过;也有人说他曾在圆明园担任过短期的侍卫,因而对其中的工艺品和绘画装饰较为熟悉。因此,清宫的建筑、绘画、雕塑、珐琅、鼎彝等视觉艺术对《红楼梦》的创作亦有重要的影响。

有人认为雍、乾时期的宫廷画风与《红楼梦》有某种程度的联系,同时根据这一时期宫廷类似画作的形制,对惜春创作的《大观园行乐图》的材料使用和尺寸形制等,进行了推测性分析[①]。在 1997 年发表的论文中,巫鸿对《红楼梦》与清宫建筑、绘画等视觉文化的内在关联进行了细致、深入的分析。巫鸿借用了西方艺术和文学分析中的"陈规"(stereotype)概念,这一概念通常是指不同的文学和艺术作品在题材、风格与图像学上的概括化、类型化特征。因此,他的研究将《红楼梦》中的建筑想象、十二钗、故事主题等,与清宫建筑、《十二月令图》《雍正妃画像》以及《悦容编》《花底拾遗》等著作中时常出现的意象、主题、情节等进行对比分析,对于我们理解《红楼梦》的图像渊源有所帮助。例如,

---

① 奚沛翀:《论雍乾时期清代宫廷绘画风范在〈红楼梦〉中的表达》,《曹雪芹研究》2019 年第4 期。

在讨论第五回宝玉所见太虚幻境的建筑时,作者提出了"想象之建筑"(architecture of imagination)的概念,分析《红楼梦》中建筑的想象性质。所谓想象性,是指《红楼梦》所写之建筑布局,不仅给小说叙述提供了一个物质环境,而且还决定了小说的叙述结构。当然,所谓想象性,并非指曹雪芹在书中的建筑设计完全是出于叙述的需要而虚拟的,他也有自己的灵感来源,"太虚幻境的结构布局与明清宫殿建筑的空间结构及象征意义相当一致"①。巫鸿提出的"想象之建筑"的概念与索隐派和考证派执着于寻找现实生活中的王宫府邸、皇家园林作为大观园真身的研究方法截然不同,具有启发性。

与巫鸿的"想象之建筑"的概念不同,朱青生在哈佛大学的讲座中将《红楼梦》中的建筑空间看作是"礼仪性的",提出了"礼仪之建筑"的概念,即《红楼梦》中的建筑及其空间布置带有强烈的礼仪性质,呈现了宗法社会中建筑设计对等级制度的强化等特点②。当下仍有论著延续考证派的思路,力图准确绘制出大观园的各种建筑及其空间关系。这种研究应充分考虑到《红楼梦》作为文学作品的艺术性质,以及它诞生时社会环境的礼仪特点,实现实证研究与艺术研究的统一。

实际上,巫鸿所使用的"陈规"概念及其研究方法,可以克里斯蒂娃提出的"互文性"(intertextuality)概念及其研究方法加以阐释,但二者又有所不同,后者可以对巫鸿的研究有所补充。互文性研究方法的价值"在于文本之间的异质性和对话性。如果原文本的一部分进入当前文本,与原来相比没有产生异质性,在新文本中没有生成新的意义,形成对话关系,那么,这样的互文性就没有多大的研究价值"③。"陈规"概念主要解决文本与文本、文本与其他艺术形式之间的相似性或共通性问题,即它主要是一个类型学或风格学的概念,差异性不是它所考察的问题。同样,艺术风格中的类型化或相似性,也不必然成为艺术作品性质相同的判断依据。巫鸿对此有清晰的认识:"以'陈规'概念为出发点的讨论忽视了一个复杂的历史过程:这种概括与类型化蕴含了某种流行化了的想

① 巫鸿:《陈规再造:清宫十二钗与〈红楼梦〉》,《时空中的美术》,生活·读书·新知三联书店2016年版,第261页。
② 参见朱青生在哈佛大学的讲座内容。
③ 李玉平:《互文性:文学理论研究的新视野》,商务印书馆2014年版,第60—61页。

象形态和表现模式,不仅控制着对虚构性人物和历史人物的建构,也控制着作者、读者和观众的自我想象与自我表现。"[1]按照巫鸿的分析,《红楼梦》中的金陵十二钗与清宫绘画中的"汉妆美人"的柔弱性(图1-5),一同成为清代统治者对江南文化的形象化塑造与表征,带有他所指出的"文学艺术创作中主导型的模式在本质上都带有保守、类型化的倾向",《红楼梦》所使用的历史上的"陈规"的异质性仍然没有凸显。

　　当然,即使探寻到这些陈规的异质性也不是研究的终点,因为按照互文性研究探寻异质性的内在诉求,这些陈规在每一部作品中都会存在自己独特的"异质性",但仍未解决一个文本自身独特的属性到底何在的问题。同样,对于《红楼梦》文本来说,探寻其中的"陈规"及其与其他文本的互文和异质并不是终点,因为这种探寻无法将《红楼梦》与其他文本区别开来。实际上,《红楼梦》在使用这些历史上的"陈规"进行再创造时并不是一次完成的,《红楼梦》文本内部有着自己的"陈规"——

图1-5　清　康熙时期《桐荫仕女》屏风,纵128.5厘米,横326厘米,北京故宫博物院

①巫鸿:《陈规再造:清宫十二钗与〈红楼梦〉》,《时空中的美术》,生活·读书·新知三联书店2016年版,第258页。

它不断对自己所使用的意象、事件、母题进行复制而创造新的文本世界，而且这种复制是不断滚动叠加的，由此形成《红楼梦》文本意义无限开放性和有限封闭性相统一的特点。

商伟对《红楼梦》与清宫视觉文化之间的关联进行了较为系统的研究，认为流行于清宫里的易妆、假花制作、幻觉通景画等艺术实践，使"假"至此成为一个独特的审美范畴得以成立："'假'自此成为一个富有成效的认知范畴和审美概念，并发展成为一个视觉艺术的修辞语汇，广泛应用于清代宫廷室内装饰、绘画艺术和物质生活的方方面面。"[1] 这是《红楼梦》中不断转化的"真—假"主题形成的重要现实基础之一。雍、乾宫廷以假为核心的审美理念广泛渗透到奢侈品、工艺品、室内装饰和园林景观设计中，《红楼梦》第十七、十八回有关大观园设计和元妃省亲的细致描写是对这种情况的回应；清宫盛行的以营造逼真幻境为目的的通景画，与怡红院的室内设计和刘姥姥、贾政、贾芸等在怡红院的幻视境遇之间，亦具有密切的互文性关系。此外，作者还对怡红院真人大小的贴落美人壁画和薛宝琴说的"真真国美人"与西洋美人画的关系进行了图像志式的分析。而在怡红院中，那面巨大镜子的视觉效果使贾宝玉产生了自我认同的困惑，某种程度上宣示了通达《红楼梦》主题的曲折性："隐藏在文字或影像迷宫中的真相，必须也只可能通过悖论的方式接近，从来没有一次性抵达的直径坦途。"随后，作者又从十七、十八世纪中西物质文化交流的时代语境入手，指出了《红楼梦》的现代性质。这一研究的目的不仅在于揭示《红楼梦》与清宫视觉文化之间的对应关系，更主要的是要将此前学术界一般将《红楼梦》"真—假"主题的分析与"习见的文学母题和修辞策略"相等同或者"一味沉浸在抽象的哲学思辨或宗教冥想"中的做法区别开来，进而指出曹雪芹"以个人的独到方式，为真与假的认知和审美、小说的视觉想象与叙述修辞等方面，带来了一系列全新的变化"[2]。在作者看来，《红楼梦》"真—假（幻）"主题的异质性和现代性，是它区别于其他作品的根本标志。

---

[1] 商伟：《假作真时真亦假：〈红楼梦〉与清代宫廷的视觉文化》，骆耀军译，《文学研究》第 4 卷第 1 期。

[2] 商伟：《假作真时真亦假：〈红楼梦〉与清代宫廷的视觉文化》，骆耀军译，《文学研究》第 4 卷第 1 期。

正像作者所指出的，"真—假（幻）"主题是中外文学和哲学著作中的一个"习见母题"，所谓"习见"，是指这一母题在众多作品中反复出现，因而可以称之为"传统"，这说明《红楼梦》对这一母题的呈现，不仅具有鲜明的时代色彩，同时也是对这一传统的回应和改造。在十七、十八世纪现代物质文化有效渗透到文本叙述之前，人们已经在《绣屏缘》《画图缘》《金瓶梅》《玉环记》等相关作品中以此种方式对这一母题进行呈现。因此对《红楼梦》中相关描写进行物质文化影响的分析的同时，亦应在习见之文学、哲学和心理传统的基础上展开分析，探寻文学艺术幻觉性质存在的客观依据。

例如，针对文学作品中的幻觉性质，荣格反对将之作为作家本人无意识心理的产物而将之客观化，以凸现其对文学的根本价值："倘若我们坚称幻觉的来源是个人经验的话，那么，便得称幻觉是次生的，是现实的替代物。如此一来，我们势必将幻觉的原始性剥夺了，而且只视之为一病症而已。于是那无所不包的混沌境界竟萎缩成精神的纷扰。如此一来，我们又能心安理得地回归到那井然有序的宇宙里了。"[1]可见，荣格反对将文学的幻觉性质归结为作家无意识心理的产物，人们之所以这样做实际上是将这部分内容纳入井然有序的世界或宇宙之中，从而获得心理的安全感。这就把幻觉所具有的深邃精神价值剥夺了，失去了它的原始性和混沌性。同样，如果我们将《红楼梦》中关于"真—假（幻）"等内容的描写归结为是对盛清宫廷摹仿风的移植和再造，那就在某种程度上是说《红楼梦》中的这部分内容并不是内在于它自身的产物，而是"某种现实的替代物"。更进一步说，《红楼梦》开篇所设置的鸿蒙时空的幻觉性质及其混沌境界的精神价值便会无限制地萎缩下去，从而失去它对全篇的统摄作用和精神价值。

现代美学关于"物"的追问，带有存在论的性质："物"构成了主体生存的基本环境，为主体活动提供场所，因而具有属人的性质。从这个角度看，晚明开始兴起的人们对"长物"的趣味的繁盛，某种程度上说明这时人们已具有了现代性特征，因而我们除了可以将《红楼梦》中的相关描写看作是某种原始性或物质性的文本呈现之外，还可从中捕捉到一

---

[1]〔瑞士〕荣格：《寻求灵魂的现代人》，黄奇铭译，上海译文出版社2013年版，第171页。

些主体生命经验的因子。可以看到,在十八世纪的中国,器物制作的技巧十分成熟,人们对富丽细致图绘的需求变得更为迫切,对器物表面的图像设计也提出了更高的要求,因而在制作器物时往往需要画工和画家参与,反过来也是一样:"到了18世纪,绘画包括文人画成为设计直接的借鉴来源,有时候画家也从事瓷器的装饰工作(同时,珐琅画家必要时也被征召绘制手卷绘画)。这一风尚在宫廷中尤甚。"① 同样,《红楼梦》对古物、装饰的重视异乎寻常。在书中,众多的物质图绘具有呈现逼真场景和情境的功能;同时,它们还是记忆的集束,是现在和过去的连接点,从而使它所存在的空间变成一个独特的场域,熟悉是书创作的读者通过它们能够回到消逝已久的繁华时光,从而使之带有迷离恍惚的怅惘之美。

　　例如,在螃蟹宴后,黛玉"拿起那乌银梅花自斟壶来,拣了一个小小的海棠冻石蕉叶杯","乌银梅花壶"和"蕉叶杯"是可见的器物,"蕉叶杯"还曾出现在曹玺给康熙的贡物之中,因而有人将此处描写看作是对康熙朝历史事件的影射;而且脂砚斋本随后在"将那合欢花浸的酒烫一壶来"旁边批道:"伤哉! 作者犹记矮顿坊前以合欢花酿酒乎? 屈指二十年矣。"② 显然,脂砚斋目睹此情此景此物,恍若回到了二十年前的青春时光和繁华盛世。而对于读者来说,作者如果除去"自斟""冻石"字样,根本不影响读者对此处情节的阅读和领会,之所以如此细致描写,就是通过语言的曲折拉长读者对此器物的感受和想象,使书中情境如在目前。因此,书中物质图绘尤其是鼎彝器皿的使用,对其逼真情境的创构亦起到十分重要的作用——人们对"物"的关注,实质上也是对自我生命经验的关注。

　　根据书中所写可知,这些鼎彝器皿或为上古器物,或为世代家传,别致新颖,引人注目,因而需要读者在阅读时停下来细致玩赏,从而造成事件的停顿,使事件意象化、空间化、画面化,增强了文本的直观性和逼真性。《红楼梦》中的物质陈设极为繁复,我们固然可以将之看作是作者对当时宫廷或贵族家庭生活装饰的实录,但这些物质陈设一旦进入文本就

① 〔美〕乔迅:《魅感的表面:明清的玩好之物》,刘芝华、方慧译,中央编译出版社2017年版,第173页。
② (清)曹雪芹:《红楼梦》,脂砚斋等评,徐少知新注,里仁书局2018年版,第937页。

成为叙事的一部分,从而影响读者阅读行为的展开和阅读效果的形成。我们阅读《红楼梦》,如果仅专注于人物事件的发展而忽略点缀其间的物质图绘,则很难真正进入书中情境。例如,如果我们在阅读黛玉七月份展开的祭奠描写而忽略作者特特提出的"龙纹鬲"(第六十四回),恐怕无法领会此刻黛玉面带泪痕时的悲痛心情——"鬲",这种上端收敛、口小的青铜鼎彝,带有内敛而低调的闺阁风范,一如黛玉在贾府中的行事。而且,黛玉的这件龙纹鬲在书中仅此一见,这说明她只是在祭奠逝去的父母时才拿出来焚香使用;它可能是黛玉从苏州老家带来的家族遗物,承载着黛玉对衰落消逝的温馨时光的回忆。

再如,我们在阅读"品茶栊翠庵"一节文字时,如果忽视了精致纯净的绿玉斗形象(第三十九回),恐怕亦难以明了妙玉细微情感的表达,更何况,在宝玉和唐寅的诗作中"绿玉"还是一个常见的意象。在诗社作诗落败后,宝玉被李纨罚到栊翠庵乞红梅,遂"命丫鬟将一个美女耸肩瓶拿来"(第五十回),结合书中所写众人装扮,这个"美女耸肩瓶"实为黛玉、岫烟等凄苦女子的写照。如果联系后文宝玉《访妙玉乞红梅》诗中"槎枒谁惜诗肩瘦"的诗句来看,这"美女耸肩瓶"的象征意味更为明显。

总之,《红楼梦》中诸如此类的器物点缀、图像装饰,多带有使叙事停顿从而使事件意象化的作用。黛玉的"龙纹鬲"、妙玉的"绿玉斗"和刘姥姥见到的连环套杯,等等,都迫使我们停下阅读的步伐而对它们仔细打量,从而将自我融入当时当境,以实现对红楼情境的真实再现——图像、物件、书法等就是以其形象与纹饰的逼真性造成读者的阅读停顿,从而生成《红楼梦》独特的艺术空间。作为真实记录盛清时代贵族阶层生活的巨著,《红楼梦》对绘画、图绘、器物等视觉文化的重视,无疑与雍乾宫廷中的视觉文化有着内在的关联。探寻清宫视觉文化对《红楼梦》文本意蕴生成的影响机制,仍是富有魅力的课题。


## 第四节　以《红楼梦》为基础的绘画和插图

程高本《红楼梦》的印行,开启了人们以图像呈现、阐释《红楼梦》的新时代。据钱塘吴士鉴《清宫词》记载,在满族宫廷,瑾妃、珍妃二人曾"令画苑绘《红楼梦》大观园图,交内廷臣工题诗"①。这幅《大观园图》无从查找,但可能创作于1884年,当年为慈禧祝寿而创作的长春宫《红楼梦》壁画至今可见。满族宫廷贵族对《红楼梦》中描写的人物、事件和场景心领神会,并利用自己得天独厚的条件将之转化为视觉图像。孙温耗时三十余年创作的《红楼梦图》,设色典雅鲜丽,图画细致工整,至今仍为人们喜爱。可以想见,《红楼梦》中"黛玉葬花""踏雪寻梅"等画面感鲜明的场景和众多给人深刻印象的人物形象,必然成为图像制作者垂青的对象——画家为《红楼梦》制作插图是早晚的事情。自从带有大量插图的程本《红楼梦》行世以后,以《红楼梦》为题材创作的画作和插图不断涌现。据徐恭时回忆,长期以来中国"凡能绘仕女画者,无不以《红楼》人物为题材,品类极多"②。徐啸《红楼梦绘画史略》一文对此曾有梳理③。此类画作的数量极为庞大,自然成为《红楼梦》研究的重要内容。

如前所述,脂砚斋等人在批语中不断将《红楼梦》的情节、场景以画作的方式命名,如《金闺夜坐图》《冬闺集艳图》《采芝图》等,以凸显《红楼梦》场景描写的诗意性。这一方面与《红楼梦》的某些情节、场景来自于作者对经典画作的转换有关,另一方面也说明《红楼梦》的读者充分意识到可以将前者转化为后者。在第二十三回,脂砚斋对"(黛玉)肩上担着花锄,上挂着行囊,手内拿着花帚"评道:"一幅《采芝图》,非《葬花图》也。"④针对这一情节描写,畸笏叟在乾隆己卯年(1759)写下批语,由此可知,他一直有为"黛玉葬花"制作插图的计划:"此图欲画之心久矣,誓不遇仙笔不写,恐袭(褒)我颦卿故也。"⑤直到丁亥年(1767)春季,他遇到了一位浙省画家,他委托这位画家为他制作这幅美人画像,但由于事态紧急,没过多久这位画家就离京南下,以至于给畸笏叟带来无法弥补的遗憾。这说明,在曹雪芹创作、修改《红楼梦》的过程中,畸笏叟、脂砚斋甚至包括曹雪芹本人,就已经有了根据《红楼梦》创作绘画作品的打算了。

①(清)吴士鉴等:《清宫词》,北京古籍出版社1986年版,第17页。

②徐恭时:《湘云犹是醉醺眠——记清代女画家徐湘雯〈红楼梦人物画〉》,《红楼梦研究集刊》第4辑。

③徐啸:《红楼梦绘画史略》,《红楼梦学刊》1985年第2辑。

④(清)曹雪芹:《红楼梦》,脂砚斋等评,徐少知新注,里仁书局2018年版,第612页。

⑤(清)曹雪芹:《红楼梦》,脂砚斋等评,徐少知新注,里仁书局2018年版,第612页。

　　作为见证甚至参与《红楼梦》创作和修改过程的畸笏叟,他对自己能够创作出符合《红楼梦》文本情境或者由这种情境所引发的自我情感想象的《葬花图》充满了怀疑,这也从一个侧面说明他对《红楼梦》中的人物、场景充满关爱、敬畏之心,生怕一不留心损害了其中的美感。或者也可说,他对自己的绘画技艺是不自信的,因而他把实现心中绝美图景的任务委托给善画美人的浙江籍画家(据推测,这位画家可能是刚刚中榜的浙江人余集)。可能的情况是,这位画家对实现畸笏叟的这一愿望也充满了疑惑。从畸笏叟类似于苛责的爱护心意中他感受到了压力,便以宦缘缠身为由推脱了。作为一名资深的美人画创作者,他应该十分明了将文本转化为画作的难度。

　　事实确实如此。可以看到,从程甲本开始,图像的制作者就根据自己对文本的理解用图像对文本加以重新诠释;而且,后来的刻本制作者在制作插图时,也会在借用此前插图的基础上进行创新,这一方面使新插图又一次成为《红楼梦》文本的阐释主体,另一方面也使新旧图像体系之间结成相互关联的内在结构。例如,有人发现,插图制作者在以图像呈现《红楼梦》中的闺阁空间时,逐渐呈现出一个共同特征:小说情节的叙事性逐渐向抒情性转化,插图在呈现某个时间性的情节时重点不再是再现事件,而是选择如鹦鹉、竹子、花卉等带有特定内涵的意象符号系统,着意凸显处在特定事件情境中的人物心理和情绪①。于是,不同版本、不同时期的《红楼梦》图像本身便自成体系,越来越具有摆脱《红楼梦》文本限制的能力。正像有人所指出的,对这些插图的"阅读"实际上造成了小说叙事的"停顿",从而使读者从"阅读"转向"凝视",对文本的阅读转向了对图像的观看②。这进一步促进小说插图获得独立地位而离文本越来越远。从改琦《红楼梦图咏》开始,单独成册的《红楼梦》册页逐渐增多,即是这种情况的反映——图像在借助文本的同时强烈要求回复到自身以获得独立性。这种独立性的获得,某种程度上也是图像制作者自我确证的产物。

　　例如,《红楼梦》第十七回写贾政诸人游览大观园时,贾政嘱咐贾珍

---

① 颜彦:《〈红楼梦〉插图的"闺阁空间"》,《红楼梦学刊》2012年第6辑。
② 陆涛:《叙事的停顿与凝视——关于〈红楼梦〉插图的图像学考察》,《红楼梦学刊》2010年第3辑。

把园门关上，要"先瞧了外面再进去"。显然，作者正是要用这个细节将大观园正门的图案设计呈现给读者："贾政先秉正看门。只见正门五间，上面桶瓦泥鳅脊；那门栏窗槅，皆是细雕新鲜花样，并无朱粉涂饰；一色水磨群墙，下面白石台矶，凿成西番草花样。左右一望，皆雪白粉墙，下面虎皮白石，随势砌去，果然不落富丽俗套。"脂砚斋在此批道："门雅，墙雅，不落俗套。"① 若从寓言批评的角度看，作为大观园入门之处，此处描写或有深意藏焉。张新之就将这五间门面比作本书的五个名称：《石头记》《情僧录》《风月宝鉴》《金陵十二钗》以及《红楼梦》②。洪秋藩则明确指出"此寓言也"："谓此书含情绵邈，结构谨严，五花八门，千磨百炼，布局则巧翻新样，不以涂饰为工。行文虽挥洒自如，莫不包罗至理，而且写富贵不以其盛，状豪华亦得乎中，此真壁垒一新，蹊径独辟，洋洋乎大观之文也。惟不入窥底蕴，但从外面游观，便如正墙面而立，终其身为门外汉耳。"③

　　但是对于制作大观园图的后代画家来说，他们一般不会以这种寓言眼光来看此处描写，他们首先思考应如何通过画面呈现大观园的正门。

图1-6　清　孙温《红楼梦图·大观园正门》，纵43.3厘米，横76.5厘米，旅顺博物馆

---

① （清）曹雪芹：《红楼梦》，脂砚斋等评，徐少知新注，里仁书局2018年版，第427页。
② 冯其庸辑校：《重校〈八家评批红楼梦〉》，青岛出版社2015年版，第484页。
③ 冯其庸辑校：《重校〈八家评批红楼梦〉》，青岛出版社2015年版，第506页。

正像前文所说,作者通过贾政之口关上园门,就是要突出大观园正面设计的独特性:时尚新潮的纹饰雕刻、自然流畅的墙裙设计和清雅怡人的整体观感,与人们设想省亲别院应该富丽堂皇的想象截然不同。颇为奇怪的是,后来画家在描绘此处建筑时多将作者强调的"雪白粉墙"涂饰为朱红色,完全违背了此处原有的艺术风格和审美趣味:"《红楼梦》后来的一些插图者(对此)根本不予理会。他们我行我素,把大观园正门和门柱都画成了朱红色,其中的优秀者如孙温也未能免俗。"①(图1-6)孙温耗费三十余年时间为《红楼梦》绘制图像,如果说他没有注意到此处描写,显然不符合实际情况,但是他仍然按照自己的理解绘制了与原文描写截然不同的大观园正门图像。这说明《红楼梦》插图或图像的制作者不仅仅是要通过画卷呈现《红楼梦》,他们在制作这些图像时带有鲜明的自我意识;虽然这种操作方法有可能使观者产生对原著的误导,但这也向观者说明他们所观看的是另一部《红楼梦》。

可以看到,这种对《红楼梦》进行再解读、再创造的情况,普遍存在于孙温《红楼梦图》、改琦《红楼梦图咏》、汪惕斋《红楼梦粉本》等作品中,而且这些图像的抒情成分越来越浓厚,《红楼梦》中的人物、场景或事件越来越虚化而成为一个个特定的意象符号,作者的创作由此成为一种"独创"。例如,长春宫壁画在呈现"宝钗扑蝶"场景时,题名"别墅秋香"而不是"滴翠亭";在呈现太虚幻境时,作者没有使用《红楼梦》原作中的对联,而是重题一联:"庭有余香,谢草郑兰燕桂树;家无别况,唐诗晋字汉文章。"②显然,这副对联比书中表达悲剧意味的"厚地高天,堪叹古今情不尽;痴男怨女,可怜风月债难偿"的联语更适合长春宫。这是壁画制作者根据慈禧太后祝寿的需要对《红楼梦》所做的改动。我们可以将之看成从诗到画的转化过程。由此,关于《红楼梦》插图或图像的研究,首先成为《红楼梦》的接受研究,其次转变为关于"作为文本的《红楼梦》"与"作为图像的《红楼梦》"的区别与联系的研究。这样两种研究与对《红楼梦》文本的艺术世界的研究,都存在不小的距离。由此反观畹笏叟对创作《葬花图》的谨慎态度,就不能不引起我们的思考:时刻

---

① 商伟:《假作真时真亦假:〈红楼梦〉与清代宫廷的视觉文化》,骆耀军译,《文学研究》第4卷第1期。
② 吴美渌:《记故宫〈红楼梦〉壁画》,《红楼梦研究集刊》第3辑。

保持呵护、敬畏、谨慎之心,成为我们对《红楼梦》进行再创作的根本原则和前提。

## 第五节　《废艺斋集稿》、冷枚(款)《红楼梦图》等相关问题

本书带有考证的性质,需涉及有关图像与史料的考订等问题,而在《红楼梦》研究领域,相关资料鱼龙混杂、真伪难辨,给研究工作增加了难度。具体而言,涉及到以下三个论题时资料的选择尤需慎重:第一是贵州博物馆藏《种芹人曹霑画册》的重新发现以及由此引发的讨论,第二是关于曹雪芹《废艺斋集稿》《懋斋记盛的故事》等文献真伪的争辩,第三是此前学术界尚未关注的盛清时期宫廷画家冷枚与《红楼梦》的关系问题。关于第一个问题,其他章节已有涉及,下面谈后两个问题。

自二十世纪六七十年代吴恩裕从孔祥泽处发现这些资料并发表系列论文开始,关于《废艺斋集稿》等文献真伪的争论一直存在,诸多名家的参与使问题变得更加扑朔迷离。目前已有较为客观、公允的论著对这一公案进行追溯、分析和讨论,并指出双方各应解决的关键问题①。2019 年 4 月 18 日,台湾学者黄一农在中国艺术研究院做了"曹雪芹《废艺斋集稿》的重探与证真"的学术报告并同步网上直播,引起社会各界人士的关注。近期,黄一农、胡德平等人又考证出《懋斋记盛的故事》中"钮公""惠哥"等关键人物的现实身份及其所涉及到的《元人如意平安图》《秋葵彩蝶图》两幅画作的真实性,并在北京故宫博物院和台北"故宫博物院"找到了两幅作品的真迹,极大推进了《废艺斋集稿》证真的研究②。当然,这两幅作品为真与《废艺斋集稿》为真是两个问题,无法完全证明其与曹雪芹之间有必然联系。人们认为这两幅画作的图片在 1933 年《故宫书画集》第 30 期、1936 年《故宫书画集》第 8 期、1959 年《中国历代名画集》和 1965 年《大公报》等资料上都曾以照片的形式刊出过,

① 段江丽:《〈废艺斋集稿〉的来龙去脉及真伪论争》,《曹雪芹研究》2019 年第 3 期。
② 黄一农、高树伟:《史实与故事之间——〈懋斋记盛的故事〉所涉两幅古画辨正》,《曹雪芹研究》2019 年第 3 期;胡德平:《曹雪芹、乾隆鉴审过的〈秋葵图〉是同一幅画》,《曹雪芹研究》2019 年第 3 期;黄一农:《曹雪芹〈废艺斋集稿〉的证真》,《中国文化》2019 年第 1 期。

而且时间均早于孔祥泽向吴恩裕提供资料的时间(1970 或 1972 年),因而"从逻辑上说孔祥泽有看到这些资料的可能"①。2020 年 1 月 27 日,手抄曹雪芹《废艺斋集稿》的孔祥泽去世,享年一百岁。但是,由于前后时期可在人际传播的新型冠状病毒蔓延,孔祥泽的去世几乎没有引起红学界的关注,也未见到相关学术机构的正式公开报道。他生前虽然留下了一些录音和访谈材料,但对于这些材料的真实性,学术界至今仍存在不同的声音:"到目前为止,主伪方未能提出有杀伤力的证伪证据",而主真者"就目前所取得的成果看,离证真还有相当的距离"。为佐证曹雪芹在西方绘画、绘画思想等方面具备的修养问题,本书在论证过程中使用了《废艺斋集稿》《懋斋记盛的故事》等文献中的部分内容作为辅助材料,以期有助于理解曹雪芹和《红楼梦》中的相关内容。

此外,还有一个新论题需要专门交待,即本书第十章"冷枚(款)《红楼梦图》"的问题。巫鸿等在对《红楼梦》与清宫视觉文化进行比较研究

图1-7　清　冷枚款《红楼梦图·滴翠亭扑蝶》,纸本设色,纵 28 厘米,横 37 厘米,2012 年日本东方 21 世纪酒店拍卖会

①段江丽:《〈废艺斋集稿〉的来龙去脉及真伪论争》,《曹雪芹研究》2019 年第 3 期。

时，注意到焦秉贞、陈枚等人以及盛清宫廷中一些无名画家的作品所呈现的美人形象和思想主题与《红楼梦》之间的意蕴关联，但有一位十分重要的宫廷画家却被大家忽视了，那就是历经康、雍、乾三朝的冷枚。在2012年日本东方二十一世纪酒店举行的拍卖会上出现了一套落款"冷枚恭画"的《红楼梦图》，上有"乾隆御览之宝"印章（图1-7、图1-8）。该图册为上、下两册，每册12幅，共24幅。后来几经周折，这套图册在2014年上海道明拍卖公司举行的拍卖会上被人买走，从此不知所踪。目前所能见到的这套画册的图像均为网传资料，尚无法见到原本。人们根据聂崇正等人的研究成果推测冷枚可能的生卒年，认为这套图册很可能是托名作品。即使如此，这套图册的出现仍具有重要的价值和意义：它向我们提出了"冷枚与《红楼梦》"的论题。

更重要的是，冷枚年轻时还参与了《康熙南巡图》稿本的起草工作。现存有关冷枚生平及其创作的资料极其稀少，这使我们全面考察这个问

图1-8　清　冷枚款《红楼梦图·稻香村课子》，纸本设色，纵28厘米，横37厘米，
2012年日本东方21世纪酒店拍卖会

题面临诸多困难①。由于曹雪芹本生祖父曹宣曾为《康熙南巡图》监画，冷枚很可能与其有过交集，这就涉及到曹雪芹家世问题。这些都是学界此前尚未关注的问题。为此，在充分利用《清史稿》《桐阴论画》等文献和造办处档案史料的基础上，笔者又找到与冷枚同时期的王沛恂《匡山集》、清道光二十五年（1845）纂修《胶州志》、清同治八年（1869）纂修《冷氏族谱》等文献，对冷枚生卒年、师承情况及其生活状态等进行了初步的考证和还原，并在《故宫博物院院刊》发表了相关研究成果②。在此过程中，笔者在各种拍卖图录上又找到一些冷枚款且与《红楼梦》有关的画作。这些作品，有的俗艳低劣，明显是现代人的伪作或仿作；有些则工整细致、难辨真伪，如2008年香港长风国际拍卖公司拍卖的《董小宛真照》等。因为根据王沛恂的记述，冷枚在清宫画画时尤其是后来被雍正皇帝赦出宫廷的十三年间，生活贫困，家里人口又多，他经常到城外集市、庙宇等处售卖自己创作的宗教画和人物画。这就使得他的作品大量流入民间。即使如此，笔者在对冷枚作品的南传、冷枚与曹氏家族的可能性交往、冷枚是否有可能见到过早期版本的《红楼梦》等问题进行考证、阐述时一直极为小心。这里先提出上述问题并做出初步的回答，如能引起学术界的关注，有更多人参与解决，则是再好不过的。如果此后有其他资料发现，证明本书所论是错误的或使用的资料存在问题，我将修正自己的观点。

实际上，对曹雪芹尤其是《红楼梦》研究来说，最重要、最真实可靠的资料就是《红楼梦》文本本身，其次是脂砚斋等人的评点，再次是王希廉、张新之等清代学者所做的批评和分析。对于前两种资料的重要性无须说明。由于受到某种思想、思潮的影响，张新之等评点家的观点受到新时期以来研究者的否定，认为他们是"封建文人"，多有"落后""腐朽"的思想，因此他们对《红楼梦》做出的解读、阐释，是"猜笨谜"，是"比附"，不是科学的研究。但与现代教育体制培养出来的时代新人相

---

① 关于冷枚研究，可参见聂崇正：《宫廷艺术的光辉——清代宫廷绘画论丛》，台湾东大图书股份有限公司1996年版；杨伯达：《清代院画》，紫禁城出版社1993年版；潘深亮：《清代宫廷画家冷枚生平及其艺术考析》，《荣宝斋》2008年第5期；李亦梅：《清代宫廷画家冷枚人物画研究》，台湾"中大"艺术学研究所2010年硕士学位论文等。
② 王怀义：《清代宫廷画家冷枚生平补正》，《故宫博物院院刊》2017年第5期。

比,张新之等人比前者离曹雪芹和《红楼梦》更近。

　　二百多年来红学研究的历史说明,对曹雪芹和《红楼梦》进行考证,始终充满了挑战和危险。除了资料本身的问题外,更重要的原因在于历史考证工作,基本违背了作者开篇指出的创作事实:《红楼梦》所记的人物与事件,"朝代年纪""地舆邦国"均已"失落无考",他所采取的叙事策略是"寓言叙事",即"将真事隐去"而使"假语存焉"。而且,由于作者和成书时间的不确定性,致使各种相互对立的观点乃至奇谈怪论层出不穷。二十世纪以来,《红楼梦》又与各个历史时期的重要事件结合在一起,在社会历史进程中充当了重要角色,这越发遮蔽了很多基本且重要的事实。然而无视这些问题,读者又不能很好地进入《红楼梦》的艺术世界和精神世界。由于论题所需,我们不可避免涉及到曹氏家族和《红楼梦》成书等颇具争议的论题;同时由于涉及到新发现的材料与论题,又不能不利用这些资料进行考证,以期还原某些事实。

　　谈到学术研究的资料考订问题,人们首先会想到1931年陈寅恪为冯友兰著《中国哲学史》(上册)所写的审查报告。在这篇报告中,陈寅恪指出当代学者对古代学术进行研究时所应秉持的立场、态度和方法。陈寅恪所谓"了解之同情"就是抛除功利眼光,无成见、无立场,不先入为主,在合理使用残存资料的基础上利用想象重建时代语境。陈寅恪批评的现象不仅在中国哲学史研究领域存在,同时也大量存在于《红楼梦》研究领域。秉持传记批评和历史考据精神的学者,试图依靠各种散存资料重建曹雪芹的生平及其创作过程,然而今天的学者对此的了解是"极难推知"的,因为"吾人今日可依据之材料,仅为当时所遗存最小之一部"。按照陈寅恪的观点,资料稀少而要还原历史的前提条件,是"必须备艺术家欣赏古代绘画雕刻之眼光及精神"[1]。

　　根据上下文的语境,可以推测,此即陈寅恪自己所说的"了解之同情"。这种方法就是文艺欣赏与批评的方法——采取艺术欣赏过程中的无功利心态,心无成见地面对各种资料。它要求研究者充分发挥自己的想象力和判断力,对古人提出观点的社会条件做到充分了解,同时不

---

[1]陈寅恪:《冯友兰中国哲学史上册审查报告》,《金明馆丛稿二编》,生活·读书·新知三联书店2009年版,第279页。

能以今天的眼光、视角、观点、思维方式对古人的观点进行评判,从而让自己与研究对象处于同一层次、同一境界,然后才能做到对古人言说的"真了解"。其弊端是"最易流于穿凿附会之恶习",因为研究者本人的知识才学、识见判断不同,因而无法真正做到"真了解",从而走向"穿凿附会"。面对学术研究中资料的真伪问题,陈寅恪指出:"然真伪者,不过相对问题,而最要在能审定伪材料之时代及作者,而利用之。盖伪材料亦有时与真材料同一可贵。如某种伪材料,若径认为其所依托之时代及作者之真产物,固不可也。但能考出其作伪时代及作者,即据以说明此时代及作者之思想,则变为一真材料矣。"①

这些情况在曹雪芹和《红楼梦》研究中,比在一般学术研究领域(如陈寅恪所谈的中国哲学史等)更为常见。百余年来,由于曹雪芹和《红楼梦》研究牵涉许多学科和不同历史时期,各种资料都可进入研究者的视野,由此形成资料的繁杂、多样。而且,由于曹雪芹和《红楼梦》的巨大影响,不少人还会炮制假资料。这使本就复杂多样的研究资料愈发真伪难辨,由此形成了红学研究中独特的"资料恐惧症"。

《红楼梦》研究资料不外四种:(一)《红楼梦》文本,(二)脂砚斋等人的批语,(三)曹学资料,(四)与前三种资料相关的文物、文献。根据目前研究来看,这四类资料都存在某种真伪层面的问题。如果搁置争议看,这些资料的可靠性是依次递减的。在研究过程中,对以往学界存在较大争议的资料,笔者一般搁置不论,但有些却无法回避。例如,欧阳健提出"程前脂后"的观点,认为脂砚斋等人评点的版本均是陶洙等书商为了卖书而伪造的。但是,我们不能因为这种观点而回避对脂批的使用。脂砚斋等人对《红楼梦》(有时也称《石头记》《风月宝鉴》等)的精准解读和深刻理解,目前来看还没有哪一位红学家能与之媲美;脂批提到的知识、风俗、背景,与曹雪芹的家世渊源、《红楼梦》诞生时期的社会文化等高度契合,也是后来研究者无法做到的。存在较多争议的资料多集中在与曹氏家族和曹雪芹本人有关的文物、文献上。研究者要通过零散的资料复原出真实而完整的历史难度可想而知,因而不可避免存在

① 陈寅恪:《冯友兰中国哲学史上册审查报告》,《金明馆丛稿二编》,生活·读书·新知三联书店 2009 年版,第 280 页。

争议。

本书一般使用较为准确、较少存在争议的部分,例如故宫档案中关于曹宣等人纳捐监生的咨文等。当然,在讨论曹雪芹本人绘画修养和各种资料所提到的托名为曹雪芹画作的问题时,有些资料是不可靠的,已经过学术界的辨别。但有些资料可以存疑,一概斥之为"伪作"可能不妥。例如,贵州博物馆藏《种芹人曹霑画册》与《李谷斋墨山水陈紫澜字合册》同时提到了陈本敬父子,因为这两种绘画资料都是近年发现后展开讨论而引起大家关注的,伪造的可能性不大。而且,曹雪芹与陈氏父子认识、结交的关系,也是极难伪造出来的,所以有学者说"雪芹有可能与本敬相识,伪造者想象不来"①。这些资料似乎也能与《红楼梦》文本内部众多与绘画有关的论述,形成某种程度上的"互证",同时可以证明曹雪芹确实拥有这方面的才能。

事实上,在曹雪芹和《红楼梦》研究领域,几乎不存在没有争议的资料和论题。更为极端的观点甚至认为曹雪芹不是《红楼梦》的作者,历史上也没有曹雪芹这个人。这就失去讨论和研究的基础了。胡适在《藏晖室札记·小说丛话》中写道:"《石头记》,著者不知何人,然决非曹雪芹也。第六十九回评有云'作者无名氏,但云胡老明公而已'。今遍阅今本,乃不见此四字,可见曹雪芹之前,必另有原本作者自署'胡老明公',后为雪芹删去。"②胡适虽说"此书为雪芹作也可",但本质上还是否定曹雪芹是《红楼梦》的作者。这为各种奇谈怪论的出现预留了空间。这种观点至今仍时有所见,只不过会变换形式出现。这些争议固然可以促使人们做出更深入、细致的分析和讨论,但也形成了曹雪芹和《红楼梦》研究中的"一些死结",极大阻碍了红学的发展。曹雪芹和《红楼梦》的研究不能因为这些争议而停滞不前。当然,如果今后发现一些确凿可靠的资料,证明本书使用的上述材料存在问题,我将及时修正自己的观点。

---

① 沈治钧:《〈种芹人曹霑画册〉面面观》,《曹雪芹研究》2017年第3期。
② 耿云志主编:《胡适遗稿及秘藏书信》第14册,黄山书社1994年版,第66—67页。

# 第二章　"须自揣自身是宝林之流"

## ——进入《红楼梦》文本世界的可能性

由于明清小说产生时间较晚且文本规模庞大,因而具有更大的吸纳此前文本而重新创造的可能性。相比于阅读早期作品,阅读明清小说需要读者具备更多的知识储备,尤其是此前各种文学和艺术方面的储备,包括历史、情节和意象、隐喻等手法。因此,无论中外古今,学者在讨论明清小说时,都十分强调"读法"问题。如何读,成为人们进入小说文本的一个重要但十分可疑的问题,好像此前人们在阅读文学时不需要考虑这个问题。情况正是如此。正像浦安迪在《明清小说四大奇书》中所论述的那样,明清小说具有鲜明的"文人性"①,虽然它们都借用了"通俗"的形式。因此,怎么读,如何读,就成为我们进入明清小说的首要问题。对于《红楼梦》来说,情况更是如此:首先,"文备众体"的文体特征,使它与此前各种文学体式之间均有千丝万缕的联系;其次,由于其诞生的历史时期,时代变迁、朝代更替和家族兴衰交织在一起,无法让人以纯文学视之;再次,作者曹雪芹同时具有诗人、画家和小说家等多重身份,这使他所创造的语言文本与中国传统的各种艺术形式,尤其是诗歌和绘画之间形成有效的互动。这些情况的存在,使人们阅读《红楼梦》的方法变得多样化了,同时也为其他读法的存在提供了可能。

## 第一节　错觉与梦境感:两种《红楼梦》

如果我们进入《红楼梦》的描写,可以发现,《红楼梦》所写的人物故事还以另外两种形式存在,由此形成另外两种《红楼梦》:一种是记载于

---

① 〔美〕浦安迪:《明代小说四大奇书·序》,沈亨寿译,生活·读书·新知三联书店 2008 年版,第 1 页。

大荒山无稽崖青埂峰崖壁上的《红楼梦》，一种是存在于惜春所画的《大观园行乐图》上的《红楼梦》。这说明，我们除了将《红楼梦》看作是"刻在石头上的故事"以凸显其永恒性外，还可以将《红楼梦》看作是"画在画上的故事"以凸显其可视性。如果这幅画卷真实存在，它应是类似于《汉宫春晓图》《清明上河图》之类长达数米的巨幅画卷，从大荒山无稽崖下的鸿蒙时空开始，历经悲欢离合，到贾宝玉悬崖撒手为止，我们应该会为这幅画作而惊叹、而感伤！

根据书中描写可知，惜春的画也应是这样一幅长卷（也有人认为是立轴），为绢本设色的作品，前后用了约一年时间，内容极为丰富。第四十八回，香菱作诗入魔，李纨说："咱们拉了他到四姑娘房里去，引他瞧瞧画儿，叫他醒一醒才好。"第五十二回，晴雯生病时，麝月告诉宝玉"明日是舅老爷生日，太太说了叫你去呢"，宝玉不耐烦，"便起身出门，往惜春房中看画。"这说明惜春的画是长卷，需要一个场景、一个场景地去画，这样宝玉才有可能去看已经完成了的部分；也只有这样，惜春才有可能将她们生活中的重要事件画在画上。对于李纨和宝玉来说，惜春的画成了两种不同的东西：在李纨眼中，惜春画面上的事件是"真人真事"，可以让香菱从诗的梦魇中醒来，画中世界与现实世界是一样的；在宝玉眼中，迎来送往之事是琐屑而无意义的，惟有与姐妹们一起才可让他获得心灵的安宁，因而他在心情烦闷时要到惜春房中看画解闷——画中世界成为审美的世界。值得玩味的是，贾母曾于雪天到惜春房中看画儿，惜春以"天冷效果不好"为由将画收了起来（第五十回），因而贾母并未目睹过画中的内容。

由此或可思考：《红楼梦》与绘画之间，到底是否具有如此密切的关系？不然，作者何以让惜春长年累月地进行这项工作？如果我们将《红楼梦》看作是一幅长卷，随着阅读的展开，其实也是在逐步打开这幅长卷，一幕幕的场景便逐渐展现在我们的眼前。换言之，如果在曹雪芹创作《红楼梦》之前存在类似作品，那是否说明曹雪芹创作《红楼梦》时从中获得了艺术灵感？《红楼梦》第四十回至五十回，是关于惜春作画的内容。脂砚斋曾说："最爱他中幅惜春作画一段"，就是将整部书比喻为一幅长卷，而惜春作画的内容正处于这幅长卷的中部。

在《红楼梦》流传的过程中，历代读者会有这样一种阅读体验：书中的经典场景总给人似曾相识之感——它们似乎在哪里出现过,我们似乎曾经见到过,但我们又无法对此确认。这种感觉类似于我们对那些自己曾经经历过,切身、切己而又优美难测的梦境的回忆。对于梦境的释读永是隔膜、没有止境的,同样,要明晰解释阅读《红楼梦》带给我们的这种"梦境感"何以产生也是件难事。例如,《红楼梦》问世后,人们不断根据书中的描写为大观园寻找现实的依据或原型。俞平伯早在上世纪二十年代就对大观园所属南北问题进行了细致分析[1],后来又有许多学者为此展开争论,周汝昌的经典论文《芳园筑向帝城西》是其代表。但人们又发现,大观园这座为全书事件展开提供场所的诗意园林具有更为鲜明的综合性特征,以至于我们无法将之确指为某一个具体的所在。换句话说,我们可在所有具有诗意性的园林中看到它的影子,无论是它的布局、结构,还是它的植物、建筑,都是如此。这又像我们对自己梦境的寻觅:它似曾相识又无可捉摸,因而我们可以在不同的时空中不断与之相遇。

　　然而,对于受到二十世纪以来西方现代美学观念影响的读者来说,如果说某一部作品(包括诗歌)的文本、情节等具有"程式化",好像是否定了这部作品的独创性[2]。对于《红楼梦》的读者来说,情况更是如此。我们似乎无法接受这样一种观点:《红楼梦》中那些感人至深、优美纯净的场景、情节是某种程式的产物,而非作者的独创。我们怎能相信诸如"黛玉葬花"、"湘云醉卧芍药裀"、"宝钗扑蝶"、"白雪红梅"、"芦雪广赏雪"、"凹晶馆月夜联句"等情节不是作者的创造而是程式的产物?

　　实际上,在评批《红楼梦》的过程中,脂砚斋等人反复提醒读者注意书中情节与《金瓶梅》《西厢记》《牡丹亭》等前期文本和情节的内在关联。此外,无论是早期评点家还是现代研究者,均在不断指出《红楼梦》

①俞平伯:《红楼梦辨》,商务印书馆2011年版,第131—141页。
②自梁启超、王国维、宗白华、鲁迅、郭沫若等将西方现代美学和艺术观念引入中国,尤其是康德《判断力批判》对艺术创作和天才问题的讨论,百余年来我们对这样一种观念已习以为常:文学和艺术是天才独创的产物,是不可重复、不可模仿的。这种观念背后的含义是指任何优秀的文学艺术作品都是独一无二、不可替代的。对于二十世纪以来的中国读者来说,这种观念牢不可破,而尤其体现在《红楼梦》的读者群体之中。虽然《红楼梦》的读者群是庞大的,其中也不乏认为《红楼梦》在艺术方面表现平平的人(例如胡适),但总体上看还是第一种读者占绝大多数。

的人物、情节与历史上那些诗意化的文本、人物、事件之间的联系。比如，人们往往将"黛玉葬花"与唐六如和曹寅的葬花事件对比阅读；我曾指出苏轼"隔花荫，人远天涯近"、杜牧《怅诗》"狂风落后深红色，绿叶成荫子满枝"等诗句，与《红楼梦》相关情节之间的意蕴关联①。巫鸿在他的文章中对《红楼梦》十二钗形象与盛清宫廷流行的以"十二"命名的图像场景进行了细致分析，认为这是一种"陈规再造"的行为，甚至太虚幻境的建筑结构也可在紫禁城那里得到反映②。可以看到，这些论述所揭示的《红楼梦》人物、事件、场景的程式化问题并未削减《红楼梦》独特的艺术价值，它反而向我们说明后者强大的容纳力量。我们似乎可以这样认为：众多前期文本（包括图像）为《红楼梦》的创作提供了灵感。与其说这是"灵感"，不如说这是"程式"——后者为前者提供了事件和场景展开的基本模式和结构。实际上，如果我们把《红楼梦》中的这类场景置于更为广阔的背景中加以考察，可以发现，它们与艺术史上的那些类似图像、事件、场景、意境及其蕴含的情感、思想皆有内在关涉。

　　无论是我们的生命体验还是红楼情境，都存在这种"似是而非"的情况。对于我们的生活和生命来说，"是""非"之间的变动总会引发我们对过往与未来的回忆和思索；我们会觉得正在发生的或将要发生的某一时刻、某一事件、某一景象曾经存在过，时间的延续性由此被打破而获得共时性。对于《红楼梦》来说，这种"是""非"感的存在，正说明《红楼梦》本身艺术结构的复杂性："是"让我们觉得《红楼梦》中的人物、事件、场景和情境等，与其他图像、文本中的人物、事件、场景和情境是一致的，它们之间可能存在因袭承续的关系，因而让我们获得一种熟悉感和亲切感；然而，正当我们在这种熟悉感和亲切感中沉迷时，我们又会突然明白自己正在阅读的是《红楼梦》而不是其他文本，因而我们又感觉"非"的存在——"是"就是程式化，"非"是独创性；"似是而非"体现的正是程式与创造之间的复杂、互动关系。伟大的艺术家都是在传统模式的基础上创造，他们一方面以此向伟大的传统致敬，一方面又通过对传统的超越而实现自己。

---

① 王怀义：《红楼梦诗学精神》，里仁书局 2015 年版，第 98—100 页。
② 巫鸿：《陈规再造：清宫十二钗与〈红楼梦〉》，《时空中的美术》，生活·读书·新知三联书店 2016 年版，第 257—298 页。

## 第二节　"个中人"：进入《红楼梦》的条件

在中国文化传统中,语言是否能准确传达语义,向来存有争议。先秦时期的儒家语言观和道家语言观为此提供了截然相反的解答。而对于小说阅读来说,人们又超越这种两者语言观而寻找另外的思想基础,原本作为神学思想的感应观念由此成为人们可以阅读并领会不同时期、不同文本的思想基础;作为生命个体,即使存在时空差距,仍具备通感共生的可能性。余国藩说:"大家都认为说部的阅读必须就自己亲身所历加以了解,方能竟其全功一事。……读者会看到从古至今,'感应'这种美学确实宰制着中国传统,致使《红楼梦》的作者认为自己的七情六欲也可见于古往今来的文字媒介中。即使是个人的经验,即使是亲身的感受,亦然。"[1] 所谓"感应"者,亦即《红楼梦》作者和评者所谓"个中人",它成为陌生读者进入《红楼梦》文本情境的基石。

阅读《红楼梦》是何感受,各人自有各人的体会,但总会有一致之处。《红楼梦》的特殊性,让我们的阅读经验迥异于其他文本。我们可借宝黛初会的那个场景解释这种经验。似可这样描述:我们对于《红楼梦》的阅读,正像宝玉之初见黛玉——虽为初见但至为熟悉,是一种知己与知己"远别重逢"的感觉。

> 贾母因笑道:"外客未见,就脱了衣裳,还不去见你妹妹!"宝玉早已看见多了一个姊妹,便料定是林姑妈之女,忙来作揖。……宝玉看罢,因笑道:"这个妹妹我曾见过的。"贾母笑道:"可又是胡说,你又何曾见过他?"宝玉笑道:"虽然未曾见过他,然我看着面善,心里就算是旧相识,今日只作远别重逢,亦未为不可。"[2]

由于宝玉"早已看见多了一个姊妹",我们无法确定宝玉"这个妹妹我曾见过的"这句话的真实含义到底为何:是发自内心的真实感受,还是仅仅是一种修辞的策略,亦或二者兼而有之。同时,我们也无法确定这

---

① 〔美〕余国藩:《重读石头记》,李奭学译,麦田出版社 2004 年版,第 32 页。
② (清)曹雪芹:《红楼梦》,人民文学出版社 2008 年版,第 49—50 页。

句话的受众到底是谁：它既像是说给贾母等旁观者听的，又像是说给林黛玉听的，或者二者兼而有之。这些问题没有答案，也无法通过考证而明确。我们意在指出，这里宝玉见黛玉时的感受，正像我们第一次读《红楼梦》："这本书我曾见过的，今日只作远别重逢！"陌生的读者，成为书中情境的体验者。

　　即使如此，也不代表所有人都可成为《红楼梦》的理想读者，就像经典作品只能为少数人欣赏一样。"如果不是林黛玉，而是一个缺乏文化知识的普通丫头，即使看到《牡丹亭》的演出，也不一定产生共鸣，至少不会如此强烈，达到这样高层次的美学境界。"① 道理是一样的：成为《红楼梦》的"个中人"亦须具备相应的条件。脂砚斋，这位自视最有权利、最有资格评论《红楼梦》的读者兼批评者，反复以自己曾亲身经历书中所写事件而赋予自己一种独特的权威："亲历亲闻"，似乎是我们成为《红楼梦》合格读者的先决条件。这种做法显然是要将普通读者从《红楼梦》的读者群中驱逐出去；或者说，《红楼梦》在唤起一种亲切感的同时也在抵制无法进入书中情境的读者 —— "亲切感"的产生是有条件的。为此，作者和脂砚斋常用"个中人"来指称前者。《红楼梦》第五回写贾宝玉欣赏警幻新制《红楼梦十二支》，警幻评说道："此曲不比尘世中所填传奇之曲，必有生旦净末之则，又有南北九宫之限。此或咏叹一人，或感怀一事，偶成一曲，即可谱入管弦。若非个中人，不知其中之妙。料尔亦未必深明此调。若不先阅其稿，后听其歌，反成嚼蜡矣。"② 即使如此，宝玉仍觉"无甚趣味"，"忙止歌姬不必再唱"而"告醉求卧"。众所周知，《红楼梦十二支》即《红楼梦》的别名，书中直称为"《红楼梦》原稿"，因而警幻所谓"若非个中人，不知其中之妙"，即指出阅读《红楼梦》的先决条件：阅读原稿，成为"个中人"。宝玉的表现说明仅靠阅读文本无法成为"个中人"，因而他即使阅读了"原稿"仍觉"无甚趣味"而恹恹欲睡。无奈之下，警幻只得创设条件，让宝玉亲身经历曲中所写情境、与曲中人事磨荡交接，使之成为真正的"个中人"。脂砚斋等人所谓"真有其人，真有是事"，就是强调作为"个中人"对于理解《红楼梦》的重要性。对

---

① 刘梦溪：《〈牡丹亭〉与〈红楼梦〉·自语》，文化艺术出版社 2010 年版，第 22 页。
② （清）曹雪芹：《红楼梦》，人民文学出版社 2008 年版，第 81 页。

于他们所谓实有的"真人""真事"的了解,"个中人"自然具有优先权。然这种"个中人"无疑具有排他性,因为并不是所有读者都能对这些人物、事件"亲历亲闻"。所以,对于数量更多的读者来说,除了理解这些实有的人事外,对于书中呈现的情感、情境的体验,显然更为重要。这时,读者也应是真正的"个中人"。一旦具备这个条件,读者在阅读《红楼梦》时自然会获得一种亲切感和新奇感:"我"的体验在书中出现,"我"亦为红楼梦中人矣!

这正像脂砚斋所指出的:"若观者必欲要解,须自揣自身是宝林之流,则洞然可解;若自料不是宝林之流,则不必求解矣。"①

可以看到,无论是《红楼梦》的作者还是早期评点者,他们都在频繁使用"解"字,以说明"理解""体悟"对进入红楼情境的重要性。在《说文解字》的语境中,"解"含有分开之意,同时还有将原本覆盖的东西打开的意味,由此而引申出"理解"、"明了"之义。这正与《红楼梦》中诸多语言修辞的使用相吻合。这就暴露了作者创作中的一个吊诡局面:他一方面使用修辞掩盖"真意",从而使全书"真事隐去,假语存焉";另一方面又希望他人能顺利解开自己布置的层层迷障,以至于脂砚斋在批语中时常提点观者"不可草草从事"②。即使如此,作者仍有对得遇知音不抱希望的绝望感,因而有"都云作者痴,谁解其中味"的感慨。除了那些显见的谜语式的修辞外,《红楼梦》情节、情境方面的修辞谜语更不计其数。因而在《红楼梦》中,作者屡次使用"解语"字样,称黛玉为"解事人"(第四十一回),以说明理解对方的重要性;在脂砚斋等人的批语中,"解"更作为一个理解本书的关键性词语加以使用。在全书开篇不久,脂砚斋指出:"能解者方有辛酸之泪,哭成此书。壬午除夕,书未成,芹为泪尽而逝。余尝哭芹,泪亦殆尽。每意觅青埂峰再问石兄,奈不遇癞头和

---

① 〔法〕陈庆浩:《新编石头记脂砚斋评语辑校》,台湾联经出版事业股份有限公司2010年版,第402页。

② 根据陈庆浩统计,脂砚斋等人在批语中反复使用"客""念书人""看官""看者""看是书者""看书人""观者""观书者""先生""观者诸公""读书者""诸公""诸君""看观者""诸大众""诸卿"等词指称读者,其中使用量最大的分别是"看官"和"观者",分别是32次和43次。脂砚斋等人似有意揭破谜底,使普通观者转变为"个中人"以进入书中情境。见陈庆浩:《新编石头记脂砚斋评语辑校》,台湾联经出版事业股份有限公司2010年版,第816页。

尚何？怅怅！今而后惟愿造化再出一芹一脂，是书何幸，余二人亦大快遂心于九泉矣。"[1]知音难觅的孤独感，是作者和批书人共有的；他们对有人能真正理解本书不抱期望，因而他们不仅反复对此提出质疑，甚至把这种人的出现寄托在不可捉摸、虚而不实的苍天造化身上。这无疑将二者生命体验的私有性极端化，进而对他者进入文本提出质疑。生命体验的私有性具有排他性，因而无法向他人传递，有时即使是当事者本人，也可能无法准确理解、把握这种体验的缘由或本质。这就像维特根斯坦对语言私有性的解读一样，语言背后真正的内涵是无法传递的，人们似乎只能通过沉默的方式才能使彼此相互理解。

在第四十二回，宝玉、黛玉二人因相互不理解而发生争执，宝玉说道："难道你就知你的心，不知我的心不成。"脂砚斋指出："此二语不独观者不解，料作者亦未必解；不但作者未必解，想石头亦不解；不过述宝林二人之语耳。石头既未必解，宝林此刻更自己亦不解，皆随口说出耳。若观者必欲要解，须自揣自身是宝林之流，则洞然可解；若自料不是宝林之流，则不必求解矣。方不可记此二句不解，错谤宝林及石头作者等人。"[2]在脂砚斋的陈述中，"解"字被循环使用，用来指称这一事件中而无法言说的神秘情感。首先，他认为这种纠结心中而无法言说的"未发之情"在当事者本人亦未必能说清楚，作者即使捕捉到这样的场景也无法准确传达个中情由，读者不必以此责难作者；其次，为了推卸无法传达之责任，他把对这种神秘体验解释的任务推给读者，让读者自己领会；其三，他同时指出，如果观者自己要进入此情境而强做解语者，须本身具备当事人的条件，如若自己不具备这一条件，则可不必对此强做领会，亦不必对作者、批书人等进行责备。

当然，"个中人"的身份处于游离变动的状态：如果除"余二人"之外其他人都不是"个中人"，《红楼梦》显然失去了存在价值，这迫切要求有更多"个中人"参与到对本书的阅读中。所以脂砚斋在警幻提到的"个中人"三字旁批道："三字要紧。不知谁是个中人。宝玉即个中人乎？然

---

① 〔法〕陈庆浩：《新编石头记脂砚斋评语辑校》，台湾联经出版事业股份有限公司2010年版，第12—13页。

② 〔法〕陈庆浩：《新编石头记脂砚斋评语辑校》，台湾联经出版事业股份有限公司2010年版，第402页。

则石头亦个中人乎？作者亦系个中人乎？观者亦个中人乎？"① 脂砚斋的发问正指出"个中人"身份的不确定性和变动性，以及它所可能蕴含的开放性。如果按照前述脂砚斋等人和警幻设定的条件，即作者本人亦非"个中人"，因为作者在创作时已远离了那个"繁华烟柳地，温柔富贵乡"。王熙凤说："可恨我小几岁年纪，若早生二三十年，如今这些老人家也不薄我没有见世面了"，这未尝不是作者的遗憾。根据最新的研究，人们发现，曹雪芹约生于雍正三年（1725），卒于乾隆二十九年（1764），在雍正六年元宵节曹家被抄时，他才三岁，"不可能亲自去体验贾宝玉那种'富贵闲人'式的生活方式"②。可靠的文献显示，曹家被抄后没有出现过所谓"中兴"，曹頫也没有被重新任用，直到曹雪芹在贫病中死去，他一直都生活在饥寒交迫、穷困潦倒之中。因而警幻所谓"个中人"，即使是作者亦不符合要求。蔡义江指出，曹雪芹对《红楼梦》的创作更多是依靠祖母亲友的传闻和他自己的生活经历，他从未走进过敦诚等人反复提到的"秦淮旧梦"。但这并不妨碍他成为"个中人"：他的创作已然说明这种情况的实现。这正好给读者阅读《红楼梦》并成为"个中人"提供了条件："我"虽不曾进入"此时、此地、此事"，但亦不妨"我"对书中所写作"同情的理解"。这样，"个中人"式的创作方式由此转化为我们的阅读方式，为我们进入《红楼梦》奠定了基础③。

---

① 〔法〕陈庆浩：《新编石头记脂砚斋评语辑校》，台湾联经出版事业股份有限公司 2010 年版，第 128 页。
② 蔡义江：《红楼梦是怎样写成的》，浙江文艺出版社 2012 年版，第 25 页。
③ 这个问题并非仅关涉《红楼梦》的阅读。实际上，整个二十世纪甚至新世纪以来的《红楼梦》研究，一直局限在胡适设定的逻辑框架中而不能抽身。这种研究方式和观念在二十世纪五六十年代的研究中得到进一步强化。这两种做法的思想基础不同，但在强调历史性和现实性方面则是一致的。说《红楼梦》是自然主义的作品"与说《红楼梦》是一部反封建主义的作品"，其本质是一样的——两者均强调历史而否定虚构。余国藩将之称为"错置的历史主义美学"："打从二十世纪初以来，我们对于《红楼梦》版本的了解，对于作者家庭背景的认识，对于是书成书的部分过程之所知，甚至是对于我们据以批评的文化与社会历史的知识，中国学者的研究嘉惠良多。不过话说回来，其中满布我所谓'错置的历史主义美学'，也是不争的事实。中国学者在研究倾向上的问题，症结就在这里。所谓'错置的历史主义美学'，我指的是大家总以为《红楼梦》惊人的艺术价值，仅仅和小说反映或重现历史及社会现实的忠实程度有关。在这层意义上，脂砚斋圈内那些早期评点家的态度，基本上便和晚近许多读者无异。他们颂扬《红楼梦》，因为他们总觉得是书'真有其人，真有其事'。"见余国藩《重读石头记》，李奭学译，麦田出版社 2004 年版，第 16 页。蔡义江引用宝钗"不过是白海棠，又何必定要见了才作。古人的诗赋，也不过是寄兴寓情耳。若都等见了才作，如今也没这些诗了"的言论，认为《红楼梦》是虚构的结果，而人们对《红楼梦》做现实主义的解释，"实在与受到阶级斗争（转下页）

　　因此,无论作者和他周围的评点家如何强调《红楼梦》文本的私有性,都不妨碍读者成为"个中人",因为谜语的背后蕴藏的是渴望被了解的灵魂,游离于他人之外的姿态,体现的正是一种渴望与他人融入的心态。正像宇文所安所说:"没有一首诗是纯粹个人的行为:它是个人对公众的回应。宣称自己与社会格格不入的诗人,同时也正是以一种最特别的姿态重新融入社会。"①

　　当然,进入红楼情境,确非易事,它需要读者以两种截然相反的方式同时阅读,方可一窥其中奥妙。正像脂砚斋等批者所言,《红楼梦》一书存在正反两面,因而需要不同读法。虽然作者在书中强调"只可看反面,不可看正面",但并不是所有读者都能时刻保持这种高度的警惕性。在第五回的描写中,警幻仙子拟"将新制《红楼梦》十二支演上来",但因为"此曲不比尘世中所填传奇之曲","此或咏叹一人,或感怀一事,偶成一曲,即可谱入管弦",因而如要读懂、领悟曲中所写人事、所感情怀,非个中人不可。这就将能够进入此书的人群大大缩小了。警幻担心宝玉不解,"料尔亦未必深明此调。若不先阅其稿,后听其歌,翻成嚼蜡矣",但即使阅读了原稿,宝玉仍觉"散漫无稽,不见得好处"。宝玉有自己的阅读方式:"但其声韵凄婉,竟能销魂醉魄。因此也不察其原委,问其来历,就暂以此释闷而已。"②可以看到,这里所谈正是作者提请读者注意的三种阅读《红楼梦》的方式:第一种,类似于作者的读者,深知书中所感所谈之人事原委者,能够很快读懂书中原意;第二种是以阅读文本的方式进入此书情境,但这种方式的效果不甚了然;第三种是抛开一切成见,纯粹欣赏其形式美感,"不查其原委,问其来历",将之作为释闷消遣之工具,也能让人"销魂醉魄"。第一种阅读方式,是《红楼梦》诞生之后各种索隐、寓意解读的基础,均力求探寻到本书背后的"原委"或寓意;第二

---

（接上页）为纲年代里的思潮影响密切相关。比如说强调《红楼梦》的伟大,就在于它是反封建主义的,对小说人物形象的褒贬评论,也是以这样唯一标准来划线的,看其是封建叛逆呢还是封建卫道士,以此确定其是正面人物还是反面人物。"参见蔡义江:《红楼梦是怎样写成的》,浙江文艺出版社2012年版,第49页。蔡义江此论和余国藩的"错置的历史主义美学"反思的问题是一致的。实际上,作者和早期评点家都在反复提醒读者本书实乃一部虚构之作,除了作者说其创作是"真事隐去,假语存焉",脂砚斋还说这部书是"许多故事"、"一部鬼话"。

① 〔美〕宇文所安:《迷楼:诗与欲望的迷宫》,程章灿译,生活·读书·新知三联书店2014年版,第20页。

② (清)曹雪芹:《红楼梦》,人民文学出版社2008年版,第82页。

种阅读方式更为普遍,人们仅将之作为一般文学文本,读者与文本之间两两外在,毫不关涉,因而无法引起更多共鸣;第三种阅读方式是纯粹的审美化阅读,不问原委,只关注文本带给自己的情感享受,没有功利性,反而可以起到怡情养性的作用。实际上,欣赏《红楼梦》本应如此:破除故事原委,自我身心与书中所写相通相融,从而实现人书合一。故而脂砚斋在此批道:"妙!设言世人亦应如此法看此《红楼梦》一书,更不必追究其隐寓。"①

除此之外,应该存在第四种阅读《红楼梦》的方式:将三者融合为一,《红楼梦》的情感世界或许才能完整呈现。例如,第四十三回写宝玉到水仙庵,"也不拜洛神之像,却只管赏鉴",最后"不觉滴下泪来"。宝玉对洛神像的赏鉴,首先破除了洛神故事来源的真实性("古来并没有个洛神,那原是曹子建的谎话"),而只关注女神像本身,一旦这尊塑像的原始依据不存,它就转变为一件纯粹的女性画像,或者说是金钏的替身——他将自己与金钏的感情经历融入到对图像的观赏之中,故而能够触动真情,人像合一。

## 第三节 《红楼梦》与《红楼梦》之前的《红楼梦》

正像上文所说,我们对《红楼梦》,即使是一开始阅读也会感觉它是我们的老朋友,我们曾经在哪里见过,而且相识、相知,就像宝玉第一次见到黛玉所说的那样。这种亲切感存在于一切经典作品之中,就像我们不会与自己的知己隔膜一样。与这种亲切感并存的是新奇感。经典的新奇感不是"人生若只如初见"的那种新奇——这种"新奇"带有"惊异""新鲜"的意味,一旦日常经验渗透其中,新奇感便会消失,"何事秋风悲画扇",悲剧的结局是新奇感的丧失所引起的——而经典的新奇感是我们与它熟悉后再与它接触时,仍会感觉这是一个新的世界,无论我们对它多么熟悉。"熟悉之前的亲切感"和"熟悉之后的新奇感"存在于一体,正是经典作品的魔力所在。

①（清）曹雪芹:《红楼梦》,脂砚斋等评,徐少知新注,里仁书局 2018 年版,第 147 页。

贾宝玉"这个妹妹我曾见过"之言,表达的含义与此相同,所点明的正是他与黛玉之间的独特情感关系:他与黛玉初见时就熟悉,熟悉后仍感新奇。回到《红楼梦》中的人物、事件、场景和情境,这种情况仍然存在,以至于我们有理由相信在《红楼梦》产生以前,《红楼梦》中的人物、事件、场景和情境就已经以其他方式存在了。正像卡尔维诺所说:"一部经典作品是一本每次重读都像初读那样带来发现的书","一部经典作品是一本即使我们初读也好像是重读的书","一部经典作品是一部早于其他经典作品的作品;但是那些先读过其他经典作品的人,一下子就认出它在众多经典作品的系谱中的位置。"①显然,我们对《红楼梦》的阅读和研究,不能采用贾母的方法:"可又是胡说,你又何曾见过他!"

按照这一思路,似可得出这样一种观点:在《红楼梦》之前的文本中存在着《红楼梦》。这正是那种"新奇的亲切感"之所以产生的原因。

《红楼梦》没有产生之前,为何会在其他文本中存在另一部《红楼梦》呢? 这个说法指的是,在《红楼梦》之前的文学、绘画等艺术作品呈现的内容中,其人物、情节、事件、情境等,与《红楼梦》存在较高的一致性,从而使我们觉得它们可能是《红楼梦》的前身。这些具有较多一致性、带有程式化的,在不同时代、不同类型文学和艺术作品中反复出现的东西,被称之为"范型":"不存在文学作者必须服从的、强制性的综合文学传统权威,也不存在一部文学作者必须赞同的神圣文本和权威解释。只有大量的特定作品和各种类型的作品,以及体现在这些作品中的范型。"②

正是"范型"的存在,让大量看似无关的艺术作品构成一个有机整体。它们出现在诞生于共同文化母体的艺术作品中,拥有共同的起源。更多事例证明,即使处于不同文化母体的艺术也会存在类似的"范型",这是由人类在生存、发展过程中所遇到的问题、遭遇的体验的相似或相同决定的。

正像多数研究者或读者认识到的那样,《红楼梦》并不是仅以故事性取胜的小说,人们津津乐道的是书中"宝黛读《西厢》"、"黛玉葬花"、

---

①〔意〕卡尔维诺:《为什么读经典》,黄灿然、李桂蜜译,译林出版社2012年版,第3、4、7页。
②〔美〕希尔斯:《论传统》,傅铿、吕乐译,上海人民出版社2014年版,第156页。

"宝钗扑蝶"、"湘云醉酒"、"月夜联诗"、"芦雪广赏雪"、"雪里折红梅"等经典的场景或情境。这些场景或情境是意象化的、诗化的，不以情节曲折见长。人们在这些场景或情境中发现到美和诗意，这种阅读与普通的小说阅读具有区别。更多的证据显示，这些场景和情境并非作者独创，而是中国文学艺术经过长期积累所形成的基本模型。在此前的数百年间，这些场景和情境的基本框架、意象构成、人物行动都已成型，并成为艺术家创作的基础，作者可根据需要对这些模型进行细微改动然后将之纳入自己的作品。只要稍微翻阅明清时期的仕女画和文人画，以及焦秉贞、冷枚、陈枚等人的宫廷作品，就可发现，上面提到的经典场景早在《红楼梦》之前即已广泛存在，成为人们长期咏叹和描绘的对象。具体到《红楼梦》中的诸多才女，作者对她们日常生活和思想情感的描述，也带有更多陈规的特点——这些内容是明清时期才女生活的再现。在《悦容编》《美人谱》《花底拾遗》等作品中，人们将美人的日常生活归纳为多种具体而微的行动，她们的居室陈设是固定的，她们在时令节庆中展开的活动是固定的，她们诗词中的意象和情感也是固定的。

例如，人们将当时女性创作中常出现或使用的场景、意境和意象归纳为一百五十多条，以"诗骨"称之，如"调鹦鹉舌，教诵百花诗"、"带花春睡，惹浪蝶阑入红绡"、"借郎书拾残红点记"、"凭栏细数落花乱风时一声娇怨"、"斗草湿罗裙"、"修竹里别建文房"、"拈花瓣盛相思泪"等[1]。熟读《红楼梦》的人，对这些场景和意象再熟悉不过，无需论证即可明了两者间的关系。《红楼梦》好像是将这些场景连缀的产物。从小说人物塑造角度，我们也可看到《红楼梦》作者对诸女子形容特点的描述也存在对这一传统的借鉴。例如，书中写林黛玉眉眼特征时道："两弯似蹙非蹙笼烟眉"，后又借宝玉之口说道："这林妹妹眉尖若蹙"，"莫若颦颦二字最妙"。张芳《黛史》对《诗经》"巧笑倩兮，美目盼兮"进行了批评，着力强调眉对美人的重要性："眉之居首，居质于空有之间，而著文于发囟之际，所谓无用之地也。闲靓而明惠者，善藏于无用，非倩与盼之所可尽。是故雅步以安目也，善睐以安眉也"，"喜颦语默，黛之四仪。……暗景含

① (清)黎遂球:《花底拾遗》,(清)虫天子编:《香艳丛书》第一卷,上海书店出版社2014年版,第27页。

蓂,黛之喜也;微云拂汉,黛之颦也;朱弦拂袖,黛之语也;清月罥林,黛之默也。"① 各种资料证明,《红楼梦》对金陵十二钗的塑造多是对上述传统的"再造"②。

与这些场景或情境相关的,是《红楼梦》的片段性特点。这些场景或情境,由于具有诗的高度凝练而含蕴丰厚的特点,因而可以单独存在,它既是整个故事情节的组成部分,同时又独立自足。把这样的场景或情境从书中拿出来单独欣赏,并不影响其审美价值,同时也不影响全书故事和情节的完整。《红楼梦》经典场景和情境的片段性,与《红楼梦》整体之间不仅不是对立和否定关系,反而有一种相互构成、相互强化的关系。《红楼梦》固然是一个严密整体,但这种整体性的形成不是依靠故事或情节的完整性实现,而是通过这些场景和情境之间的意蕴关联实现,是通过读者对这些场景和情境的沉浸、玩味实现 ——《红楼梦》的文本是真正的"召唤结构"。

例如,将"湘云醉卧芍药裀"的场景(从"正说着,只见一个小丫头笑嘻嘻的走来"到"一时又命他喝了一些酸汤,方才觉得好了些")去掉并不影响阅读"寿怡红群芳开夜宴"的效果。这个场景可能是从"带花春睡,惹浪蝶阑入红绡"类似场景化出,具有独立性。为了让这个场景呈现,作者单单让"一个小丫头笑嘻嘻的走来",但并不提及她的姓名 ——可以推测,这个场景是单加上去的,虽然作者在前文已写湘云多次输拳而多喝几杯酒以做铺垫;或者说,此前众多铺垫只是为了呈现这个诗意化的场景。与此相关,一个完整事件的断裂同样不影响读者对《红楼梦》的阅读。第三十五回结束时,"只听黛玉在院内说话,宝玉忙叫快请",但在第三十六回开始时却写贾母吩咐贾政不许严格了宝玉等事,与上回莺儿打络子一事没有关系,且后文再未提及此事。此处缺省并不影响读者对相关事件的理解。

《红楼梦》文本的这一特点潜在地抵制着人们对它的故事进行补写。《红楼梦》中的故事或情节可以梗概的方式存在,而无需详细铺陈。对于阅读了八十回书的读者来说,阅读这些内容足以唤起他们的兴衰之叹、

---

① (清)张芳:《黛史》,(清)虫天子编:《香艳丛书》第一卷,上海书店出版社2014年版,第48页。
② 巫鸿:《陈规再造:清宫十二钗与〈红楼梦〉》,《时空中的美术》,生活·新知·读书三联书店2016年版,第257—298页。

无奈之情。在前八十回中,有时作者对他所呈现的场景极尽描写之能事,繁琐到事无巨细、一概呈现之地步,这种描写方式实际上是在强化某个场景的真实性和不可替代性。同时,在更多的描述中,作者对书中人物命运、故事前因后果及其转折的叙述多是介绍性的,这种描写方式本质上是在弱化事件的整体性,以凸显某一个阶段或场景的重要性。本雅明指出:"对于伟大的作家来说,完成的作品的分量要轻于他们毕生写作的断简残篇。因为只有性格比较软弱和精神比较散漫的人才能从完整中获得无与伦比的快感,感觉到他们因此而重获生命。"[①] 这个世间并不存在所谓"残缺"的事与物,它只不过是我们软弱的灵魂进行自我安慰的产物而已。

我们应该认识到,片段与残缺并不影响《红楼梦》的价值,也不影响人们对其中美的领悟和欣赏。片段性与残缺性,正让《红楼梦》文本具有更为开放和包容的特性,更易于让此前的文学艺术作品进入自己的世界,并成为自己的一部分。

## 第四节 《红楼梦》文本的双值性

《红楼梦》文本与此前文本所呈现的这种关系,就是文学理论家所讨论的互文性问题。针对这种现象,文学理论家已进行了较为深入、系统的解释。虽然荣格、弗莱、哈里生、巴赫金等心理学家、神话学家、宗教学家和文学批评家均未使用过这一概念,但他们讨论问题的实质是一致的。神话-原型批评一直在努力寻找后世文学中所蕴含的原型意象或永恒的神话模式;仪式学派则将祭祀仪式中的主体行动及其结构普泛化,认为它们也为后世戏剧情节的结构架设提供了基本模板。荣格将集体心理学扩展到文学领域,提炼出"原型意象"概念,将不同时代文学中反复出现的意象、情境、结构统一纳入该概念,从而将处于不同历史时空和文化环境的单个文学作品组合为一个整体,并对作家创作过程中所出

---

① 〔德〕本雅明:《单向街》,《本雅明文选》,陈永国、马海良译,中国社会科学出版社 1999 年版,第 348 页。

现的幻觉化场景做出心理学的解释,认为这些场景和人类集体的文化心理体验是紧密关联的。

克丽斯蒂娃对这种现象提出了新的解释。她在细读巴赫金著作的基础上,提出了文学的"互文性"(intertextuality)、"自反性"(self-reflexivity)等概念,从语言学角度将不同文本整合为一个共时性存在。这对概念一方面将伟大的文学作品纳入此前传统之中,同时又指出了该部作品本身所应具有的独特性,很好解释了作家的个性创造与文学传统之间的关系。同时,她使用"双值性"概念指称文本与文本之间的对话关系:"巴赫金的对话理论认为书写(écriture)既有主体性又有交际性,或者更确切地说,是一种互文性。面对这种对话理论,'个人即写作主体'的概念渐渐消退,让位于另一种概念,即'书写的双值性(l'ambivalence de l'écriture)'概念。术语'双值性'蕴含着历史(社会)植入一个文本和文本植入历史的性质;对于作家来说,这两者是一回事。当巴赫金提及'叙事中交汇的两种路径'时,他认为写作是对先前文本集合的阅读,而文本是对另一文本的吸收和回应。"[①]克里斯蒂娃更进一步指出,文本中的"诗意语言"具有更多的与其他多种文本产生对话和双值性关联的可能性。克里斯蒂娃将传统理论家对不同文学作品之间的关联现象从神话学、心理学转移到文学本身使用的独特媒介语言上来,是对此前观点的推进,更贴近文学作品本身的情况。正像"双值性"这一概念所显示的,它不仅指作家在创作时对先前文本的阅读和吸纳,由于这些文本诞生后同时被植入历史,文本与文本之间的关系也就同时从文本之间的关联扩展到与此前文本所被植入的历史的关联。由此,文本与文本之间的互文性关系,便扩展到文本与绘画、历史、哲学等整个社会文化的构成部分中。此前关于《红楼梦》哲学思想、与庄子和魏晋风度之精神关联的研究等,充分体现了这种关系。本书要解决的是《红楼梦》与此前绘画艺术(尤其是明清绘画)作品之间的这种关系。

一般认为,经典作品(杰作)具有鲜明的个性特点,带有背离此前作品的反叛性:"杰作之间的相似之处如此之少,每一部都像是绝对的唯

---

[①] 〔法〕克里斯蒂娃:《符号学:符义分析探索集》,史忠义等译,复旦大学出版社2015年版,第91页。

一。没有一部杰作与其他作品相似,未来的杰作也不会有一部与前辈们相似。杰作是一种决裂,与平庸的决裂。这也是它会令人震惊的原因。"[1] 正像希尔斯指出的,这种观念是浪漫主义美学家和艺术家所鼓吹的,以表达他们追求个性、想象、创造的艺术审美理想。这种观念迄今为止仅有二百多年的历史,与历史上以伟大经典传统为基础的创作观相比,它还是一个新生儿。丹齐格的观点忽略了文学传统在为作家创作提供基本营养之外所具有的推动力量:"这一传统形成了一种压力,它不断地迫使作家与包容在前人作品中的成就以及包容在他自己以前的作品中的成就分道扬镳。每一部新作都必须与它之前的作品有所区别。"[2] 这种观念有将文学经典与其他作品割裂开来的倾向,同时也将前者与它诞生的母体对立起来。这种倾向一直弥漫在《红楼梦》的研究中。

具体到《红楼梦》,这个问题要分几个层面看:

其一,作为一部古代文化和艺术的集大成式著作,《红楼梦》与此前的文化艺术形式有着千丝万缕的联系,作为在这个文化环境中成长的人自然更容易进入《红楼梦》的情境,以至于我们会产生一种似曾相识的感觉。无论是早期评点家还是现代学者,都不断指出这个问题。而且,《红楼梦》与中国古典文化的关系在周汝昌、胡文彬、刘梦溪等人的著作中有着更为系统的呈现。当然,这种呈现不是机械的挪用,而是与全书的人物、事件、情境融合为一个和谐有机的整体,它们是《红楼梦》文本的构成者,被高度艺术化。

其二,作为一部文学作品,《红楼梦》吸收了此前文学、绘画、音乐等艺术形式中的诸多因素,由此形成《红楼梦》与它们之间的互文性关系,它们以《红楼梦》为连接点而成为一个相互联系的有机整体。作者和脂砚斋等评点者反复表明《红楼梦》对这些经典作品的借鉴、化用。实际上,如果我们将《红楼梦》中诸多事件、情节、场景、情境进行分割,可以发现,它们均可在此前的文学、绘画等作品中找到原型。也就是说,《红楼梦》中诸多事件、情节、场景、情境等是程式化的,而借助一个高度

---

① 〔法〕夏尔·丹齐格:《什么是杰作:拒绝平庸的文学阅读指南》,揭小勇译,广西师范大学出版社 2015 年版,第 28 页。
② 〔美〕希尔斯:《论传统》,傅铿、吕乐译,上海人民出版社 2014 年版,第 157 页。

凝练的诗意程式进行创作几乎是古代闺阁作家一贯的创作方式①。我曾指出,《红楼梦》对人物、事件、场景在描写方面存在着鲜明的片段性特征,即这些情节、场景、情境并不是一个完整事件的必备的组成部分,除了作者往事书写所内含的心理学基础外②,它们很有可能来自更早的文本或图像资料,而非作者完全的独创,这也正是中国古代小说创作的一贯传统。然而,正是这种片段性让《红楼梦》文本获得了诗的特点。朱光潜指出,诗人正是从生活中截取"一微点"而加以永恒化,从而使事件片段成为独立自足的生命空间③。对于《红楼梦》的读者来说,阅读《红楼梦》不必从开始去读,随手翻看处即可阅读,其原因即在于《红楼梦》的整体是由诗意的片段构成的,而不像西方传奇小说那样存在一个完整的情节结构,这个情节结构不能打断,否则读者将很难进入文本,从而失去阅读的乐趣。阅读《红楼梦》与此相反:无论你从哪一页开始,都不会出现断裂感,除非你在根本上即无法进入。

其三,即使我们知晓了《红楼梦》与此前文化和艺术的所有关联,但我们仍很清楚地知道自己阅读的是《红楼梦》而不是与《红楼梦》相似的其他文本(例如《牡丹亭》),阅读的亲切感不排除新奇感的产生。

可分两种情况:一种情况是作者在创作时有意借用、化用了此前作品的立意、场景、事件等,这种情况较多,学界对此进行了系统研究;另一种情况是作者所写之场景、事件、情感完全是独创而偶然与此前作品相合。第三十二回"诉肺腑心迷活宝玉"即属于这种情况。庚辰本回前批云:"前明显祖汤先生有怀人诗一截,读之堪合此回,故录之以待知音:无情无尽却情多,情到无多得尽么。解到多情情尽处,月中无树影无波。"④此诗见于《汤显祖诗文集》卷十四,原题《江中见月怀达公》。批者明确指出此回情节、情境与汤显祖此诗之间的偶然性意蕴关联。在这首诗中,除了出现了《红楼梦》及其批语中较为敏感的字眼"解"字外,诗作还延续了汤显祖一贯以情反思的路数。

①巫鸿:《陈规再造:清宫十二钗与〈红楼梦〉》,《时空中的美术》,生活·新知·读书三联书店2016年版,第270页。
②王怀义:《红楼梦诗学精神》,里仁书局2015年版,第199—203页。
③朱光潜:《诗论》,中华书局2012年版,第49页。
④〔法〕陈庆浩:《新编石头记脂砚斋评语辑校》,台湾联经出版事业股份有限公司2010年版,第552页。

不过,即使在对"情"的表达方面,《红楼梦》与《桃花扇》《牡丹亭》等著作都存在诸多一致性,例如它们都使用"情根"一词对相关事件的本源性进行评价,但正像刘梦溪分析的那样,"同为写情,《牡丹》和《红楼》可是两种格调。《牡丹》所写之情是美丽、圆融而又比较容易舒解之情。两性之间情感的欢悦过程并未因当事人之一的死亡而中断。情和欲、灵和肉、情爱和性爱、爱情和婚姻,是合一的。《红楼梦》反是,所写的爱情故事,情和欲、灵和肉、情爱和性爱、爱情和婚姻,是分离的而不是合一的。……《红楼梦》既写了有爱情却不能结合的'痛',又写了有情爱而不能实现性爱的'苦',此外还有大量的既无情爱又无性爱的'悲'。"①因此,《红楼梦》对此前文本的借用、化用,一方面使文本具有了较为深厚的文学艺术来源,同时也显示了自己的独特性。

另外,在以往研究中,人们在确认《红楼梦》与此前文本之联系的同时,大多忽略了风格学的分析方法,而这一方法在确认艺术作品之间的承续关系时却相当重要。一般认为具有相同或相近的艺术风格的艺术品之间具有共同或相近的文化来源;而且,由这种风格塑造而成的审美情境也成为确认不同作品之间关系的重要表征。因而我们对《红楼梦》中具有"范型"特征的场景、情境进行研究,需要借助风格研究。风格的时代性、地域性、民族性、个体性等,让一部作品在具有自身特点的同时,寻找到自己所属的更为广阔的来源和群体。风格也是许多艺术文物鉴定专家所依据的重要标准之一。我们在阅读《红楼梦》时会感到"似曾相识",其本质是风格问题。

因此,《红楼梦》呈现的情境和风格特征具有显明的文化属性,它与此前中国古典艺术尤其是明清时期的小说、戏曲、绘画等具有较多一致性。希尔斯指出:"文学传统是带有某种内容和风格的文学作品的连续体。这些内容和风格体现了沉淀在作者的想象力和风格中的那些作品之特征。文学传统也是正规文学作品的精华存积,它们以不同的方式在某个时刻为一个时代中具有文化素养的读者和作者所接触。"②正像作者指出的,"一部文学作品的创作依赖其他文学作品的存在",其他文学作

---

① 刘梦溪:《〈牡丹亭〉与〈红楼梦〉·自语》,文化艺术出版社 2010 年版,第 2 页。
② 〔美〕希尔斯:《论传统》,傅铿、吕乐译,上海人民出版社 2014 年版,第 157 页。

品为作家想象力的生成提供基础,并在风格一致的基础上,让这部新作融入整个群体而成为传统的一部分,只有那些"具有文化素养的读者和作者"才能一窥其中奥秘。对于《红楼梦》来说,情况也是这样:我们一直在强调这部作品的艺术独创性和其思想内涵的深度,以至于我们把它作为中国古典文化和小说的最高峰来看待。这种做法有将《红楼梦》从它所属的整体中切割出来,加以玩赏、点评,以隔断它与传统整体的联系的危险。这不仅不能让我们更好地理解它,反而还会因为使之脱离自己原属的母体而丧失生命力。

我们现在所做的工作,就是将《红楼梦》重新置于它曾经所属的文化艺术母体之中。就像我们要把一条鱼重新放置到水中一样,只有在水中,鱼作为鱼的特点才能真正地呈现出来;只有回复到它的文化母体中,《红楼梦》的诗意的美,才能真正呈现。

# 第三章 "门外山川供绘画"

## ——画家曹雪芹及创作

根据现有文献记载和《红楼梦》关于绘画的描写,我们可做如下推测:读书、写诗、作画,是曹雪芹青年时期日常生活的主要内容,而这些活动又与他当时的家族期待存在冲突。这种按照自我兴趣生活的方式,形成曹雪芹的独特个性和艺术修养。吴世昌说:"家里要他作八股文,准备考举人,他却要吟诗、作画、看小说。这是非常现实的一个矛盾。后来也突出地表现在他的小说中。"① 作为诗人和小说家的曹雪芹,有《红楼梦》及书中的诗词作品为证,但是关于曹雪芹在绘画方面的修养和技术水平,现在尚无法准确裁定。目前,我们只能根据相关文献记载对曹雪芹的绘画才能和创作做出可能性推测,因而本章有些地方的论述和判断只能论其大概。这是首先需要说明的。

## 第一节 曹雪芹的绘画才能及创作:一个推测性分析

根据脂砚斋等人的批语,我们知道曹雪芹善于将画法作为文法使用(见附录3)。这种写作方法遍布全书。在书中,作者还在不少地方专门对画作和作画应注意的问题发表看法。这些迹象说明作者对绘画技法和具体创作都是较为熟悉的。从第四十二回宝钗、黛玉、宝玉、惜春等人论画的描写,可以看出曹雪芹是精通画理的,举凡人物、亭台、山水、布色等皆十分精通。他不仅在理论上对绘画有深刻的认识,在实践上也应是较出色的画家,所以他才能"卖画钱来付酒家";钱虽然仅够买酒,但也说明他的画能卖得出去,水平自然是不错的。根据曹雪芹残篇,吴恩裕

---

① 吴世昌:《〈红楼梦〉探源》,北京出版社2013年版,第48页。

发现曹雪芹不仅精通中国画，而且对当时宫廷盛行的西洋画法也颇有钻研①。书中借宝钗之口论述界画的内容，与盛清时期界画盛行的情况应有呼应关系。黄一农指出："曹雪芹在小说中有关界画的运用，不能不让人联想起其家久官扬州的地缘关系。……前述勾连起指画派宗师高其佩、界画派大师袁江与江宁织造曹寅三人的交游圈，以及所串接出之扬州与北京的地缘关系，很可能提供了曹雪芹创作其小说中有关绘画内容的重要知识背景。"②曹雪芹生活的艺术氛围，为他提供了这方面的知识基础。

关于曹雪芹善画的记述，主要依据敦诚兄弟和张宜泉的诗作，以及《李谷斋墨山水陈紫澜字合册》中的一处题跋。如下：

敦敏《题芹圃画石》："傲骨如君世已奇，嶙峋更见此支离。醉余奋扫如椽笔，写出胸中块垒时。"③

敦敏《赠芹圃》："碧水青山曲径遐，薜萝门巷足烟霞。寻诗人去留僧舍，卖画钱来付酒家。"④

张宜泉《题芹溪居士》："爱将笔墨逞风流，庐结西郊别样幽。门外山川供绘画，堂前花鸟入吟讴。羹调未羡青莲宠，苑召难忘立本羞。借问古来谁得似，野心应被白云留。"⑤

《李谷斋墨山水陈紫澜字合册》第八幅陈浩书李白《秋登宣城谢朓北楼》诗后："曹君芹溪携来李奉常仿云林画六幅质予，并索便书。秋灯残酒，觉烟云浮动在尺幅间，因随写数行。他时见谷斋，不知以为何如也。生香老人再笔。"⑥

除这些纪念诗作外，李放《八旗画录》转引《绘境轩读画记》云，雪芹"工诗画，为荔轩通政文孙。所著《红楼梦》小说，称古今平话第一"⑦。根据这些记述，可以做如下推测：

其一，曹雪芹后来移居北京西郊，这里人烟稀少，荒寒寂寞，他往往

---

① 吴恩裕：《曹雪芹佚著浅探》，天津人民出版社 1979 年版，第 42—44 页。
② 黄一农：《曹雪芹现存诗画考论》，《红楼梦研究辑刊》2015 年总第 11 辑。
③ 一粟：《红楼梦资料汇编》，中华书局 1964 年版，第 6 页。
④ 一粟：《红楼梦资料汇编》，中华书局 1964 年版，第 7 页。
⑤ 一粟：《红楼梦资料汇编》，中华书局 1964 年版，第 8 页。吴恩裕根据王冈壬午年所绘《独坐幽篁图》曹雪芹像和张宜泉的题诗，认为这首诗可能是张宜泉在这幅画上的题。
⑥ 朱新华：《关于曹芹溪的一则史料》，《文汇报》2011 年 3 月 30 日。
⑦ 一粟：《红楼梦资料汇编》，中华书局 1964 年版，第 26 页。

以自己居所附近的山川景色作为诗画的题材,张宜泉可能见到过这些作品,而且能够辨识画作中的景观与曹雪芹居住场所之间的关系。

其二,曹雪芹的画作在技法方面应该不错,不然别人也不会买他的画,只不过他并不经常出售自己的画作。

其三,曹雪芹尤喜以石头为题材创作绘画作品,比如他曾创作《怪石图》一幅,敦敏在此图上题跋。这幅作品可能是曹雪芹酒后所作,因而用笔比较随意而又有表现力,表现了曹雪芹傲世孤高的人格精神。从敦敏的题跋看,这幅作品画风任意恣肆、不守常规,与传统自然平和的写物作品有较大差距。而且,人们通常认为曹雪芹无论是人格还是画风,均与元四家之一倪瓒(云林)颇为接近①。

其四,根据张宜泉的诗作,曹雪芹似乎曾经被友人举荐进入乾隆画馆任职,但因其不愿像其他宫廷画家那样严格按照规制作画而泯灭自我个性,不久就辞职了。曹雪芹可能在当时为乾隆制作画作的如意馆待过一段时间,但时间很短,约为乾隆二十四年(1759)冬夏之际。根据黄一农的分析,"考量该推荐者须与曹雪芹有合理的年龄差距,且还需在官场及画界有足够发言权,则李世倬(乾隆元年任通政使司右通政,至十八年休致前均在京任官)、董邦达(自乾隆七年庶吉士散馆后至乾隆三十四年卒前一直任京官,历官至礼部尚书)、钱陈群(自康熙六十年成进士后至乾隆十七年因病解职前一直任京官,里居时亦与皇帝保持密切关系)等人应较有此条件。"②根据敦敏《瓶湖懋斋记盛》一文和孔祥泽、吴恩裕等人的记述和研究,这三人中直接与曹雪芹有过交往且对其画艺、智慧、为人高度赞服的人是董邦达③,因而举荐曹雪芹进入画院的最有可能是他。这与现存最早的《红楼梦》抄本"甲戌本"《脂砚斋重评石头记》的抄录

---

① 宋庆中:《"曹君芹溪携来李奉常仿云林画"及〈种芹人曹霑画册〉漫谈》,《曹雪芹研究》2015年第2期。

② 黄一农:《曹雪芹现存诗画考论》,《红楼梦研究辑刊》2015年总第11辑。

③ 吴恩裕说:"'苑召'是由董邦达的介绍。我从前读张宜泉'苑召难忘立本羞'这句诗时,曾经认为:是王南石把雪芹介绍给董邦达而后才由董邀请雪芹去的。现在,我们既知道董和曹在乾隆二十三年以前就已相识,又知他们在二十三年腊月有瓶湖懋斋之会,可见他们是相当熟的了。那么,所谓'苑召'当时董直接邀请雪芹;王南石二十三年虽也在北京,却并非由他介绍曹认识董。故'苑召'之举,与王无关。董邀曹大约在乾隆二十四年春夏之际,那时董邦达正主持皇帝画苑的事。"更详细的论述,参见吴恩裕:《曹雪芹〈废艺斋集稿〉丛考》,当代中国出版社2010年版,第42—85页。

时间(乾隆十九年,甲戌年,1754)比较接近。

　　然而,曹雪芹的绘画水平到底如何,学界却存有争论。近年来,《种芹人曹霑画册》成为《红楼梦》研究的一个热点问题。这个画册自1988年赵竹在《贵州文史丛刊》第4期发表《〈种芹人曹霑画册〉真伪初辨》一文后,沉寂了二十余年才重新引起学界的关注并为此作展开了系列的讨论。2016年9月9日,北京曹雪芹学会、贵州省博物馆联合主办了"《种芹人曹霑画册》品鉴会"。与会专家对这幅作品属于清乾隆时期的作品基本达成共识,认为没有作伪的可能。

　　在品鉴过程中,专家学者对曹雪芹的绘画造诣进行了初步判断。朱良志指出:"曹家非常有艺术传统,书法和画都非常了得。从画册初步判断,曹霑的书法水平相当高,但画不及书,印章的水平也不高。……从画页的题材瓜果,以及题签、印章来看……画作受到禅宗的影响。"① 冯其庸于本年9月8日鉴别画册后认为:"杨仁恺先生等人鉴定这一画册的时间,正是他们精力、年纪最好的时候……对曹雪芹,我们不能以大画家的标准要求,他是一个大作家,不能苛求他的画作具有很高的水平。"② 朱良志并未直接指出曹雪芹(曹霑)的绘画水平不高,"曹霑书法水平相当高,但画不及书",这样来看,其绘画水平也不低。冯其庸的言论似乎暗含着《种芹人曹霑画册》中的作品技法造诣不高的看法。刘梦溪认为此图册"笔墨臃堆鄙俗,无论如何无法与'击石作歌声琅琅'而又善画石的雪芹曹子联系起来"③。有学者认为这个评价"贬损过甚,恐属思维定式,是曹即优,非曹即劣,先入为主"④。有人根据画册第六页题诗"冷雨寒烟

---

① 北京曹雪芹学会:《〈种芹人曹霑画册〉品鉴会综述》,《曹雪芹研究》2016年第4期。在《废艺斋集稿》中有一册专讲刻图章印信的《蔽帚馆鉴印章金石集》,"'蔽帚'两字是'弊废'的谐音,是帮助有废疾的人之意。"吴恩裕《曹雪芹〈废艺斋集稿〉丛考》,当代中国出版社2010年版,第184页。这说明曹雪芹在印章方面是有基础的,但由于这是教残疾人手艺谋生的实用手册,估计也很难对印章的趣味、格调等进行细致的阐述。周汝昌《红楼梦新证》第八章《文物杂考》之四"曹雪芹笔山"节:"至于刻工,题记者曾加说明,略云:'字划精工,深刻如《玉版兰亭》,乾隆工也。'……印记是我们看到的曹雪芹唯一的一处正式'落款'。"见周汝昌:《红楼梦新证》,中华书局2014年版,第680页。
② 北京曹雪芹学会:《〈种芹人曹霑画册〉品鉴会综述》,《曹雪芹研究》2016年第4期。
③ 刘梦溪:《红学研究的集成之作:读黄一农教授〈二重奏:红学与清史的对话〉》,《清华学报》第45卷2015年第1期;黄一农:《曹雪芹现存诗画考论》,《红楼梦研究辑刊》2015年总第11辑。
④ 沈治钧:《补谈〈种芹人曹霑画册〉真赝》,《红楼梦研究辑刊》2016年总第12辑。

卧碧尘,秋田蔓底摘来新。披图空羡东门味,渴死许多烦热人"及其画作(图3-1),说"画得差,诗作也不佳",樊志斌认为,"曹雪芹的画作到底在什么水准上,因没有直接实物性证据,无法据以做出对《种芹人曹霑画册》非曹雪芹作的判断"①。

图3-1　曹霑《种芹人曹霑画册》第六帧及题诗,
纵31.5厘米,横29.4厘米,贵州博物馆

　　但是,正像前述诸人指出的,这幅画册乃"逸笔草草"之作,很难据此说曹雪芹的绘画水平高或不高。即使是这首题诗,也很难说就不是曹雪芹的作品,水平高低亦难以评判。例如,甲戌本第二回有大段文字,疑是被抄手误抄的批语,有诗云:"一局输赢料不真,香销茶尽尚逡巡。欲知目下兴衰兆,须问旁观冷眼人。"诗旁有朱批云:"只此一诗便妙极。此等才情自是雪芹平生所长。"②这首诗与画册上的题诗,无论是风格、韵脚还是思想内涵,都比较接近,为什么不能是曹雪芹的作品呢?

　　实际上,人们常因《红楼梦》的缘故而认为曹雪芹对诗、书、画、印等各艺术门类都很精通,都能达到很高的造诣。这其实是很难达到的境界。即使在文学之内,诗、词、曲、赋、文亦各有擅长,一个人也很难每种文体都写得很好。周汝昌《红楼梦新证》第八章《文物杂考》之五"曹雪

①樊志斌:《论〈种芹人曹霑画册〉的真伪及研究中存在的几个问题》,《曹雪芹研究》2016年第4期。
②〔法〕陈庆浩:《新编石头记脂砚斋评语辑校》,台湾联经出版事业股份有限公司2010年版,第37页。

芹词曲家数"："曹寅诗词曲俱工，而自己品评，曲第一，词次之，诗又次之。曹雪芹在《红楼梦》中所表现的诗词曲，读者评论，也多说是曲子最高，词次之，诗又次之。"[①] 这个评价是符合实际情况的。

但是周汝昌在将程伟元和曹雪芹画作进行比较时却很不客观。在评述程伟元绘折扇米家山法墨笔山水题跋"辛酉夏五，临董华亭写意。程伟元"时，周汝昌认为"字尚挺朗，间架微近李北海"，这些题跋格式"系照录或套用董其昌题画原语"，"今据此扇，知他不仅亦能文墨之事，而且还是'功名'之士。他的字写得比高鹗要高明些，但不管字法还是画法，都没有什么创造性特色可言。'臣元'的印记，更说明这不过是乾隆朝代的一个'正统'派小官僚。……比如曹雪芹，他是绝不会刻用什么'臣霑'的印记的。曹雪芹作画，也绝不肯照临什么董华亭。这点看似细微，实在重要。"[②] 笔者未见到程伟元扇面原件或影本，因而无法对其书画水平进行评述，但从周汝昌所用"尚挺朗""微近""'正统'派小官僚"等词语，可以看出，他是极端看不起程伟元的书画水平和人格修养的。由于周汝昌认为曹雪芹有独立的人格，《红楼梦》前八十回写得好，就认为曹雪芹既不会用"臣霑"之类的印信，也不会临摹前人的画作进行创作。这显然是爱屋及乌之词，有意拔高曹雪芹。临摹前人画作、在临摹中创新，是古人创作画作的基本方法，不见得曹雪芹就不这样创作。曹雪芹固然有表现自我个性的《怪石图》，但不代表他的所有作品都是这类"嶙峋""支离"的怪诞风格。《种芹人曹霑画册》中的作品就不全是如此，第六页的书法潇洒飘逸，但仍体现出传统书家的一贯风格，不见有什么"如椽"式的笔法，有人甚至以此认为画册是假的。这都是不客观的情感评价，对我们全面、客观认识曹雪芹是不利的。

正像有学者指出的，"判断诗画优劣颇具主观色彩，不易一致。尤须注意，优劣不等于真假，曹雪芹也会弄出庸常笔墨来，造假也可能造出好诗好画来。曹雪芹是一个人，不能把他奉作一尊神"[③]，这是认识曹雪芹画作的客观、负责的态度。

我们对于曹雪芹艺术人格和创作才能的认识，可能受到敦敏等人诗

①周汝昌：《红楼梦新证》，中华书局 2014 年版，第 684 页。
②周汝昌：《红楼梦新证》，中华书局 2014 年版，第 683 页。
③沈治钧：《补谈〈种芹人曹霑画册〉真赝》，《红楼梦研究辑刊》2016 年总第 12 辑。

作和回忆的误导从而出现偏差。敦敏记述中"傲骨嶙峋"且不时"酒渴如狂"的曹雪芹,不一定完全符合实际情况——这种反常的举动或者只是偶然的现象,"如椽巨笔"也只是他对曹公画作的主观印象。通过曹公对刘姥姥、贾瑞等人物形象的描写,可以看出他对世人均带有一种包容、悲悯的情怀。就《红楼梦》文本所呈现出的冷静而深刻的精神世界而言,只有包容、安静而单纯的艺术人格才能通达如此境界,那种如倪瓒般的精神洁癖以及由此支配所产生的怪异行为,本身就带有极强的排他性,无论如何都无法真正领悟世界和生命存在的本原。曹雪芹不是让醉酒的刘姥姥把怡红院搞得臭气熏天吗? 怡红院那种看似雅致的封闭环境,是狭小而脆弱的灵魂的居所,无法容纳更为广阔的世界和天地。就像王昆仑所指出的,贾宝玉只有作为一个叛逃者走向更广阔的世界,才能实现精神的救赎。那种按照天才艺术家不会受到任何艺术规则束缚的思想来反向考察曹雪芹画作的做法,本身就是这一狂热性原则的产物。如果没有某种严格的自律性的艺术规则存在,曹雪芹为何要反复修改自己的作品? 其修改的标准是什么? 他是掌握一切规则而又超越规则的人吗?

曹雪芹与脂砚斋等人反复商量,他不断修改自己的作品,本身就打破了我们根据自我想象而建构的关于曹雪芹的刻板印象。那种狂热情感或许可能创作出一些感情充沛、易于感人的诗作,但创作《红楼梦》这种规模庞大而又冷静澄澈的巨作,必然要将这种浓烈的情感经过严酷寒冬的考验和沉淀,方可清澈而鉴照万物。对于曹雪芹的绘画创作,我们无法依靠技法或风格鉴别做出准确回答,这不仅是因为他的绘画创作本身就不隶属于这个技法或风格的历史序列,而且曹雪芹本人也不是长期从事此类创作的人。

## 第二节　文献记载中曹雪芹(款)画作辑录及分析

除友人记述曹雪芹善画外,根据孔祥泽的回忆,曹雪芹还有一些书画作品留存,当时被礼王府收藏。孔祥泽的母亲瑾瑜是富竹泉的女儿,富竹泉是恭王府的总管,其长子出继王姓,名王承荫,给溥儒做过伴读,接触过这批作品:"孔祥泽少时,就曾看见过溥儒由礼王府借来的一批曹雪芹的书画,他的母亲还描摹下来曹雪芹画的一个墨蝶。《废艺斋集稿》就是礼王的后人金鼎臣卖给那个所谓金田氏,后来经孔祥泽回忆,叫做□信武夫的日本人。"① 由此可见,曹雪芹曾留下一些书画作品并被他人收藏,这可与敦敏"卖画钱来付酒家"的记述相互印证。只不过,这些作品后来都散佚了。在敦敏、敦诚兄弟的诗作中,敦敏多次提到曹雪芹的画作及其题诗,而敦诚则一般性提及而无具体的说明。据吴世昌推测,曹雪芹从西山居所到北京城内多住在敦敏在太平湖边的别墅槐园②,因而两人的交往更为频繁一些,除了敦敏提到的《怪石图》,曹雪芹赠给敦敏的画作可能还有多幅。

根据张宜泉等人的记述和吴恩裕《曹雪芹〈废艺斋集稿〉丛考》、周汝昌《红楼梦新证》等书,我们可以为曹雪芹创作的画作列出一个清单,共计 16 件、36 幅(见附录 1,曹雪芹为芳卿所绘纹样彩图稿本未计算在幅数内)③。

根据这些作品和相关记述,可以看到,曹雪芹是一个典型的、传统的并且是非职业的文人画家;他的画作题材广泛,以表达情谊和思想为主,有些作品与文人画传统之间可构成关联。同时还可看到,曹雪芹在多数情况下把自己的画作作为礼物赠送给与自己存在情感关系的友人,而不会将之作为商品出售。例如,他多次将自己的作品赠送给意气相投的张宜泉和敦敏兄弟,他甚至还将之作为纯粹的技艺传授给因身体残缺而丧失繁重体力劳动的于叔度等人。同样,他在回南的过程中受到沈氏家族的友好对待,他便以传达宗教福佑为意图的画作赠送给后者;在他看来,此幅画作的价值和他对沈氏宗族的诚意期待之间是匹配的。因而曹雪芹的绘画创作基本上排除了现实性的物质利益的属性,而是情感的产物,为保存他和朋友们间的情感和友谊服务。这或许是曹雪芹的作品几乎没有流传下来的缘故。相比于那些以绘画创作谋生的职业画家(如

---

① 吴恩裕:《曹雪芹〈废艺斋集稿〉丛考》,当代中国出版社 2010 年版,第 220 页。
② 吴世昌:《〈红楼梦〉探源》,北京出版社 2013 年版,第 59 页。
③ 文献记载中的曹雪芹画作,除了贵州博物馆所藏《种芹人曹霑画册》和北京曹雪芹纪念馆藏曹雪芹书箱上的兰花图,其他均已无法见到实物,其真伪亦尚存争议,故此处列入附录之中,仅供参考。

石涛）和宫廷画家（如陈枚），这种脱离世俗性的创作行为根本无法使其作品的数量达到大量传世的目的。即使他的画作偶尔与金钱联系起来，我们也可看到，他并未将之作为意外获得的利益加以收藏，而是在开怀畅饮的过程中消耗掉，因而这种世俗化的饮酒行为也就转变为彰显高尚品格的精神行为。在这种情况下，人们有理由相信，曹雪芹的绘画创作与元代那位具有高度精神洁癖的画家倪瓒具有精神上的契合，因为"倪瓒是有素养的中国业余画家的典范，其艺术风格代表着儒家高尚的品格"①。

最新发现的记载显示，曹雪芹曾携带其友人临摹的倪瓒的画作去邀请其他知名人士进行题跋②。这些信息虽然琐碎，却呈现出一个颇具文人品格的、作为画家的曹雪芹的形象——他的画作是其人格形象的体现。例如，敦敏认为《顽石图》无论是内容还是笔法都体现了曹雪芹的独特人格和精神；其书箱上的《兰花图》《墨蝶图》和新近引起讨论的《种芹人曹霑画册》，清新自然，让我们发现了《红楼梦》中一贯强调的自然审美观；而《抚松远眺图》，从其题名可让我们对这位处于"远眺"状态的主人公引起敬意，因为"松"的传统含义带有苍劲而坚强的精神指向，这位"远眺"中的人本身也是一位陷入沉思中的思想者形象，两者的结合，类似于曹雪芹本人的写照。

按照陈寅恪提出的考订历史材料的标准，我们同样有理由相信，这些记述所呈现的曹雪芹绘画创作的情况很难说是一种事实，而毋宁说是一种想象性建构的产物。如果曹雪芹晚年的生活境况真的如某些诗句所描述的那样几乎生活在崩溃的边缘，而仅仅因为性格或人格的原因眼睁睁看着自己的妻儿忍冻挨饿甚至生活在痛苦的疾病中而无钱医治，这无论如何都不符合一个人的正常状态。正像人们所分析的那样，回到北京后的曹雪芹虽在生活上存在一些问题，但相对于那些社会底层的平民来说，他仍然拥有昂贵、富有的物质遗产和文化资本（如家族的声望和关系等）作为自己生活的基础。这反而有助于他社交的展开：依靠这些资本，他不仅可以继续与当时处于统治集团核心的人士结交，而且因为家

---

① 〔美〕高居翰：《画家生涯：传统中国画家的生活与工作》，杨贤宗等译，生活·读书·新知三联书店 2012 年版，第 3 页。
② 朱新华：《关于曹芹溪的一则史料》，《文汇报》2011 年 3 月 30 日。

族衰败的缘故,他还可以获得那些在王室集团中不得意的贵族的同情进而和他们成为朋友。因而曹雪芹绘画创作的实际情况可能会更复杂一些,他的创作活动也可能更为频繁,而不像记述中所呈现的那样稀少,这样他才有成"批"的作品在王府中出现;同样,他也极可能多次将自己的画作以赠送的名义给过他所认识的达官贵族,后者也会给他一些补偿,或者以礼尚往来的形式赠送给他一些财物以补贴生计。只不过,他并没有专门将绘画作为谋生或换取财物的手段。如果文献所记属实,那么,曹雪芹的绘画创作可能游移在职业性和业余性之间。

实际上,这些记述无论如何都不符合从明代中后期即开始大量出现而一直延续到盛清时代的职业性绘画现象。这一现象鲜明呈现了此前人们所塑造的商品经济发展与传统的文人独立性精神品格之间的对立关系的瓦解。经济的发达、教育水平和规模的扩大,将众多接受文人教育的人卷入其中,他们一方面脱离了传统的农业劳动,享受着商品繁荣所带来的文化产品,一方面自己又得在商品大潮中凭借自身掌握的文人化技能(如诗歌、书法、绘画等创作)生存下去,因而即使是具备孤傲人格的石涛也不得不和有关雇主就绘画的价格进行细致的商讨,甚至还为此而进行辩解,将获得钱财作为自己创作的基本目的之一。

正像高居翰指出的,囿于儒家观念和凸显艺术的精神性和独创性观念,以及大量高级贵族和知识分子参与到创作之中,中国传统绘画批评往往将画家的创作从他所处的日常生活状态中剥离出来并将画家的艺术人格纯粹化、精神化,将之与物质利益形成某种对立的紧张关系,否则人们就有理由对一幅画作的艺术价值产生怀疑甚至否定。然而,"我们的写作,经常好似在淡化我们欣赏的画家用艺术谋利的实际情况,从而为那些画家辩护:在真实的艺术创作世界里(浪漫式的及文人学士的神话除外),部分的由经济上的需要、部分的由外在的需求所激发的创作活动,不见得比没有这些外部约束、在相对自由的环境里进行的另一种创作活动,更有可能产生拙劣的作品"[1]。高居翰发现,"随着更多证据材料的发现:有关中国画创作时的情境,雇主和藏家如何得到这些作

---

[1]〔美〕高居翰:《画家生涯:传统中国画家的生活与工作》,杨贤宗等译,生活・读书・新知三联书店2012年版,第12页。

品,以及画家是怎样获得酬劳的,还有画家职业方面的具体细节等,对中国画家的标准记述,其理想化的、未能忠实反映画家所处现实环境的程度,便要变得日益明显。"① 这种情况同样适用于作为画家的曹雪芹,他的友人们的"标准记述"无疑也将其"去语境化"而孤立地呈现给后世观者,以让我们相信曹雪芹仅仅为了友谊、情感、自我精神和灵感进行创作,而不是为了财物进行创作,尽管后一种情况极有可能大量存在。正像我们所看到的藏于王府中而流落出的大量曹雪芹的作品,它们是如何被创作出来的,又是如何被王府收藏的,曹雪芹是否为此收受了相关人员的财物,如此等等,都应在这种批评传统和时代语境中被重新思考。

最后,针对张宜泉提到的《北风图》,它的内容或内涵可能还需进一步探讨。吴世昌评说道:"'北风图'当即雪芹为宜泉所画,故在宜泉诗注中两次说到他'善画'。'白雪'则泛指其文,用'阳春白雪,和之者寡'一典。但下文'梦'字则有双关意义,既指雪芹之长眠地下,又指其《红楼梦》之曲高和寡,残稿未完。"② 根据张宜泉的描写,这首诗可能是张宜泉在曹雪芹去世后,看到后者所赠之《北风图》有感而作。对于《北风图》的内容我们可做些推测。因为"北风"乃无形迹之物,雪芹无法将之表现为具体的形象,因而只能借助他物衬托"北风"的到来及风势如何等,联想到《红楼梦》第五十回"芦雪广争联即景诗"中"一夜北风紧,开门雪尚飘"的描写,最有可能说明"北风"情势的当是"北风"到来时或来后的大雪。因而我们推测这幅《北风图》应该是一幅以大雪写北风的雪景图。下句中的"白雪"所指可能与吴世昌的理解有些差距:此句中的"白雪"就是对《北风图》内容的呼应,而且极可能是曹雪芹题在画上的一首《白雪歌》,其内容应与《红楼梦》第五十回众姐妹所联即景诗差不多。《北风图》的意境不由让人想到《红楼梦十二支》〔收尾·飞鸟各投林〕中的句子:"好一似食尽鸟投林,落了片白茫茫大地真干净。"

---

① 〔美〕高居翰:《画家生涯:传统中国画家的生活与工作》,杨贤宗等译,生活·读书·新知三联书店 2012 年版,第 5 页。
② 吴世昌:《〈红楼梦〉探源》,北京出版社 2013 年版,第 63—64 页。

## 第三节　《红楼梦》中出现的绘画作品

关于《红楼梦》中出现的绘画作品,已有学者关注、研究。静轩《〈红楼梦〉中的绘画》一文,对此做出了较为细致的梳理、分析。作者认为,《红楼梦》"以中国历代名画家之作融入到对人物的塑造、环境氛围的营造之中,增加了小说的文化内容和艺术容量,为《红楼梦》增加了厚重的历史感和文化感,进一步提升了小说的艺术品位"①。这个评价是符合实际情况的,但仍有诸多细节问题需要展开研究,如作者对《红楼梦》中出现的绘画作品的辑录不尽完整,宁国府外书房中的美人图(第十九回)、薛宝钗提到的《太极图》(第五十二回)和贾母生日上出现的围屏《满床笏》《百寿图》(第七十一回),就没有注意到。再如,在分析中,作者不涉及后四十回出现的两幅重要画作:一幅《汉宫春晓》围屏(第九十二回),一幅卷轴《斗寒图》(第八十九回),而这两幅作品与整部书的关系同样不能忽视,尤其是后者所题"仿李龙眠笔意",更是不可忽略的重要细节。作者不涉及后四十回中的作品,应与红学界将前八十回和后四十回相对立的传统观念有关。此外,《红楼梦》中出现的绘画作品与《红楼梦》某些情节来自某些绘画作品是分属于不同领域的问题,应分开研究。这里主要对前一个问题展开分析。

据笔者统计,《红楼梦》中共有 26 处提到了古今中外的艺术作品,提到唐寅、仇英、张僧繇、李公麟等画家的近 30 幅画作(见表 3–1),其中有具体名称的画作有《燃藜图》《海棠春睡图》《艳雪图》《太极图》《汉宫春晓图》《烟雨图》《斗寒图》等 7 幅,其他多是虚指,如"墨龙大画""一轴美人""列祖遗影""百寿图"等,还提及了两尊塑像(即城外破庙中的"瘟神像"和水月庵中泥塑的"洛神像")。这些作品有文人画、有工艺品、有塑像和雕刻作品,形制多样。这些画作有的指明作者,有的是无名作品,其类型涉及人物画、故事画、山水画、风俗画、神像等。这些作品多是人物故事题材,山水画仅有一幅。这与这些画作被作者用来描写人物和叙述事件有关。

---

① 静轩:《〈红楼梦〉中的绘画》,《曹雪芹研究》2011 年第 2 期。

## 表 3-1　《红楼梦》提到的画作一览表

| 编号 | 回数 | 名称 | 托名作者 | 情节及原文 |
|---|---|---|---|---|
| 1 | 第三回 | 墨龙大画 | 不详 | 林黛玉在荣禧堂看到一幅《墨龙大画》："大紫檀雕螭案上,设着三尺来高青绿古铜鼎,悬着待漏随朝墨龙大画。" |
| 2 | 第五回 | 燃藜图 | 不详 | 贾宝玉在宁国府赏梅花后,秦氏带他到上房休息,见到一幅《燃藜图》："宝玉抬头看见一幅画贴在上面,画的人物固好,其故事乃是《燃藜图》,也不看系何人所画,心中便有些不快。" |
| 3 | 第五回 | 海棠春睡图 | 唐伯虎 | 宝玉在秦可卿房中看到一幅题为唐寅画的《海棠春睡图》："入房向壁上看时,有唐伯虎画的《海棠春睡图》,两边有宋学士秦太虚写的一副对联,其联云:嫩寒锁梦因春冷,芳气笼人是酒香。" |
| 4 | 第十九回 | 美人图 | 不详 | 宁国府邀请贾母等去看戏,为《孙行者大闹天宫》等热闹戏,宝玉不喜欢,"宝玉见一个人没有,因想'这里素日有个小书房,内曾挂着一轴美人,极画的得神。今日这般热闹,想那里自然无人,那美人也自然是寂寞的,须得我去望慰他一回'。" |
| 5 | 第二十六回 | 春宫图 | 唐伯虎 | 薛蟠提到自己看到的"庚黄"画的"春宫图":"昨儿我看人家一张春宫,画的着实好。上面还有许多的字,也没细看,只看落的款,是'庚黄'画的。真真的好的了不得!"等宝玉写出来,众人都看时,原来是"唐寅"两个字。 |
| 6 | 第三十九回 | 瘟神像 | 不详 | 茗烟去郊外寻找茗玉塑像,却发现了瘟神像。茗烟道:"那庙门却倒是朝南开,也是稀破的。我找的正没好气,一见这个,我说'可好了',连忙进去。一看泥胎,唬的我跑出来了,活似真的一般。"宝玉喜的笑道:"他能变化人了,自然有些生气。"茗烟拍手道:"那里有什么女孩儿,竟是一位青脸红发的瘟神爷。" |
| 7 | 第四十回 | 大观园行乐图 | 惜春 | 贾母听说,便指着惜春笑道:"你瞧我这个小孙女儿,他就会画。等明儿叫他画一张如何?" |
| 8 | 第四十回 | 烟雨图 | 米襄阳 | 王熙凤等见探春房中挂了一大幅米襄阳(米芾)的《烟雨图》："西墙上当中挂着一大幅米襄阳《烟雨图》,左右挂着一副对联,乃是颜鲁公墨迹,其词云'烟霞闲骨格,泉石野生涯'。" |

| 编号 | 回数 | 名称 | 托名作者 | 情节及原文 |
|---|---|---|---|---|
| 9 | 第四十一回 | 山水人物 | 不详 | 刘姥姥一看，又惊又喜：惊的是一连十个，挨次大小分下来，那大的足似个小盆子，第十个极小的还有手里的杯子两个大；喜的是雕镂奇绝，一色山水树木人物，并有草字以及图印。 |
| 10 | 第四十一回 | 美人画 | 不详 | 刘姥姥醉酒误入怡红院，"只见迎面一个女孩儿，满面含笑迎了出来。刘姥姥忙笑道：'姑娘们把我丢下来了，要我碰头碰到这里来。'说了，只觉那女孩儿不答。刘姥姥便赶来拉他的手，'咕咚'一声，便撞到板壁上，把头碰的生疼。细瞧了一瞧，原来是一幅画儿。刘姥姥自忖道：'原来画儿有这样活凸出来的。'一面想，一面看，一面又用手摸去，却是一色平的，点头叹了两声。" |
| 11 | 第四十二回 | 携蝗大嚼图 | 黛玉拟名 | 黛玉一面笑的两手捧着胸口，一面说道："你快画罢，我连题跋都有了，起个名字，就叫作《携蝗大嚼图》。" |
| 12 | 第四十三回 | 洛神像 | 不详 | 宝玉与茗烟到郊外水月庵祭典金钏，却见到洛神像："宝玉进去，也不拜洛神之像，却只管赏鉴。虽是泥塑的，却真有'翩若惊鸿，婉若游龙'之态，'荷出绿波，日映朝霞'之姿。宝玉不觉滴下泪来。" |
| 13 | 第四十八回 | 写画真迹 | 不详 | 石呆子的古扇上有古人写画真迹："谁知就有一个不知死的冤家，混号儿世人叫他石呆子，穷的连饭也没的吃，偏他家就有二十把旧扇子，死也不肯拿出大门来。……据二爷说，原是不能再有的，全是湘妃、棕竹、麋鹿、玉竹的，皆是古人写画真迹。" |
| 14 | 第五十回 | 艳雪图 | 仇十洲 | 众人提到仇十洲(仇英)的《艳雪图》：贾母喜的忙笑道："你们瞧，这山坡上配上他的这个人品，又是这件衣裳，后头又是这梅花，象个什么？"众人都笑道："就像老太太屋里挂的仇十洲画的《艳雪图》。" |
| 15 | 第五十二回 | 冬闺集艳图 | 宝玉拟名 | 宝玉笑道："好一幅'冬闺集艳图'！可惜我迟来了一步。" |
| 16 | 第五十二回 | 美人图 | 不详 | 晴雯生病，麝月去取了"一个金镶双扣金星玻璃的一个扁盒"，"里面有西洋珐琅的黄发赤身女子，两肋又有肉翅"，"晴雯只顾看画儿，宝玉道：'嗅些，走了气就不好了。'" |

| 编号 | 回数 | 名称 | 托名作者 | 情节及原文 |
|---|---|---|---|---|
| 17 | 第五十二回 | 太极图 | 疑为周敦颐所作 | 宝钗因笑道:"下次我邀一社,四个诗题,四个词题。每人四首诗,四阕词。头一个诗题《咏〈太极图〉》,限一先的韵,五言律,要把一先的韵都用尽了,一个不许剩。" |
| 18 | 第五十二回 | 美人图 | 不详 | 宝琴笑道:"我八岁时节,跟我父亲到西海沿子上买洋货,谁知有个真真国的女孩子,才十五岁,那脸面就和那西洋画上的美人一样,也披着黄头发,打着联垂,满头带的都是珊瑚、猫儿眼、祖母绿这些宝石;身上穿着金丝织的锁子甲洋锦袄袖;带着倭刀,也是镶金嵌宝的,实在画儿上的也没他好看。" |
| 19 | 第五十三回 | 遗真影像 | 不详 | 贾府祭宗祠:"且说贾珍那边,开了宗祠,着人打扫,收拾供器,请神主,又打扫上房,以备悬供遗真影像。" |
| 20 | 第五十三回 | 遗真影像二祖遗像列祖遗影 | 不详 | 贾府祭宗祠:"里边香烛辉煌,锦幛绣幕,虽列着神主,却看不真切。……众人围随着贾母至正堂上,影前锦幔高挂,彩屏张护,香烛辉煌。上面正居中悬着宁荣二祖遗像,皆是披蟒腰玉;两边还有几轴列祖遗影。" |
| 21 | 第五十四回 | 遗真影像 | 不详 | 贾府祭祀结束:"十七日一早,(贾母)又过宁府行礼,伺候掩了宗祠,收过影像,方回来。" |
| 22 | 第五十六回 | 字画 | 不详 | 宝钗正在地下看壁上的字画,听如此说一则,便点一回头,说完,便笑道:"善哉,三年之内无饥馑矣。" |
| 23 | 第七十一回 | 百寿图 | 不详 | 贾母生日,贾母因问道:"前儿这些人家送礼来的共有几家围屏?"凤姐儿道:"共有十六家有围屏,十二架大的,四架小的炕屏。内中只有江南甄家一架大屏十二扇,大红缎子缂丝'满床笏',一面是泥金'百寿图'的,是头等的。还有粤海将军邬家一架玻璃的还罢了。" |
| 24 | 第七十六回 | 一乘寺壁画 | 张僧繇 | 林黛玉与湘云联诗时谈论古人对"凸"、"凹"二字的使用时提到"一乘寺壁画":"也不只放翁才用,古人中用者太多。如江淹《青苔赋》,东方朔《神异经》,以至《画记》上云张僧繇画一乘寺的故事,不可胜举。" |

| 编号 | 回数 | 名称 | 托名作者 | 情节及原文 |
|---|---|---|---|---|
| 25 | 第八十九回 | 斗寒图 | 不详 | 宝玉来到黛玉房间,提到了黛玉房中的《斗寒图》:"一面看见中间挂着一幅单条,上面画着一个嫦娥,带着一个侍者;又一个女仙,也有一个侍者,捧着一个长长儿的衣囊似的,二人身边略有些云护,别无点缀,全仿李龙眠白描笔意,上有'斗寒图'三字,用八分书写着。"……宝玉道:"是什么出处?"黛玉笑道:"眼前熟的很的,还要问人。"宝玉笑道:"我一时想不起,妹妹告诉我罢。"黛玉道:"岂不闻'青女素娥俱耐冷,月中霜里斗婵娟'。"宝玉道:"是啊。这个实在新奇雅致,却好此时拿出来挂。" |
| 26 | 第九十二回 | 汉宫春晓图 | 原作作者仇英,围屏作者不详,为仿作 | 冯紫英拜见贾政,说"广西来的同知"带了"四种洋货":一件围屏、一个钟表、一颗"母珠"、一挂鲛绡帐。这件围屏名为"汉宫春晓":"一件是围屏,有二十四扇楠子,都是紫檀雕刻的。中间虽说不是玉,却是绝好的硝子石,石上镂出山水人物楼台花鸟等物。一扇上有五六十个人,都是宫妆的女子,名为《汉宫春晓》。人的眉目口鼻以及出手衣褶,刻得又清楚又细腻。点缀布置都是好的。" |

　　这些作品中,有的画作,曹雪芹直接点出作者,然细按深究则可发现,凡点明作者的作品,在该作者名下均无此幅作品;但即使该作者没有这幅作品,却有与这幅作品类似、接近的作品。有的画作,曹雪芹故意不点明作者,"也不看系何人所画",只给出作品名称,而这幅作品又并非真实存在,只是作者根据情节需要从相关典故截取素材、自己命名的作品,如第五回《燃藜图》。因而曹雪芹描述这些画作的笔法真假参半、虚实掩映,不能一概斥之为假,也不能一概当之为真。

　　这些托名古人的作品似繁星般点缀在《红楼梦》的文本中,颇为醒目且关涉重要情节的展开,有的虽一闪而逝(如宁国府书房中的美人图),好像无关紧要,是作者的无意点染,但亦是我们理解书中有关情节设计的"风口"。实际上,这些作品在《红楼梦》中是一个整体,无论其是否被作者浓墨重彩地描写,其作用都是重要的,值得深入分析。《红楼梦》涉及的画作,形式多样,题材广泛,中西兼备,与全书的旨趣、思想、书中人物的情趣等联系密切。从形式上看,这些画作有卷轴画、有厅堂装饰画、有屏风画、有装饰小画;从内容上看,有表达忠君思想的,有表达福寿愿望的,有表达励志精神的,有表现个人情趣的,还有表现私人生活内容的,但更多的是以供欣赏的美人画。这里选择几例稍作分析。

　　第三回"待漏随朝墨龙大画"含"朝拜"之意,表示贾府对朝廷的尊敬和忠诚,并无题款,亦无作者,是当时显赫世家常用的厅堂画作。图3-2是《康熙便服写字像》,神清俊朗的康熙正陷入执笔书写前的沉思中,他的身后即是一架"墨龙大画"屏风,以与他的皇帝身份相符合。对于贾府的这幅画,应从荣禧堂陈设的整体来理解。实际上,对于整部《红楼梦》来说,物质陈设都是极为重要的内容。为了塑造人物,作者对他们的居住环境进行了细致描述,为读者理解人物提供体验场所。对于荣禧堂的描写同样如此,它是我们进入贾府的第一站。荣禧堂是荣国府正堂,"四通八达,轩昂壮丽",黛玉进入堂屋中,"抬头迎面先看见一个赤金九龙青地大匾,匾上写着斗大的三个大字,是'荣禧堂',后有一行小字:'某年月日,书赐荣国公贾源',又有'万几宸翰之宝'。大紫檀雕螭案上,设着三尺来高青绿古铜鼎,悬着待漏随朝墨龙大画,一边是金蜼彝,一边是玻璃盒。地下两溜十六张楠木交椅,又有一副对联,乃乌木联牌,镶着錾银的字迹,道是:座上珠玑昭日月,堂前黼黻焕烟霞。下面一行小字,道是:'同乡世教弟勋袭东安郡王穆莳拜手书'。"① 可以看出,荣禧堂的陈设充满着权力色彩:

图3-2　清　佚名《康熙便服写字像》,绢本设色,纵50.5厘米,横31.9厘米,北京故宫博物院

①(清)曹雪芹:《红楼梦》,人民文学出版社2008年版,第43—44页。

皇帝御赐匾额、世袭郡王手书对联，显示出贾府与皇室之间的密切关系；"青绿古铜鼎""金蜼彝""玻璃盒""楠木交椅"，典雅古朴，彰显出贾府悠久的世家传统。而居于整个厅堂正中的正是这幅待漏随朝墨龙大画，在这些古老、厚重、肃穆的物质陈设的烘托下，越发显示出无上的威严，也体现出贾府对于皇帝的忠敬之心。

第五回《燃藜图》无作者，历史文献上也未记载这幅作品。一般认为，这幅作品是曹雪芹虚构之作。它所用的是六朝著作《三辅黄图·阁部》所记刘向得太乙仙翁燃藜杖做烛以授《五行洪范》之书的典故，喻读书人勤奋刻苦之意。宝玉素不喜读书，把读书求取功名的人称为"禄蠹"，因而"虽人物画的固好"，但"心中便有些不快"，及看到"世事洞明皆学问，人情练达即文章"一副对联，"纵然室宇精美，铺陈华丽，亦断断不肯在这里了"。这幅画所流露的励志、刻苦、求取功名的思想与后面他所看到《海棠春睡图》正好形成比照：后者是传统的美人图，流露出一种慵懒、惆怅、华丽而寂寞、哀伤的美感，与贾宝玉此时的心态颇为契合，也符合他一贯的审美情趣——他的房间里也悬挂了一幅巨幅美人图。

第四十回米芾《烟雨图》也是虚指，米芾并无这幅作品。米芾以善画烟雨著称，人称"米氏云山"。此处的画作和对联显示了探春的品性和趣味，没有确指的必要。颜真卿的书法朴拙雄浑、大气磅礴，配上超逸淡远的米芾《烟雨图》与"烟霞闲骨格，泉石野生涯"的对联，将探春爽烈奇伟而又才情逸志的人格活脱画出。这一处描写还与第三十七回相印证，在这一回中，探春给宝玉的函中写道："昨蒙亲劳抚嘱，复又数遣侍儿问切，兼以鲜荔并真卿墨迹见赐，何痌瘝惠爱之深哉！"可见，宝玉深知探春喜爱颜真卿的书法并予以相赠。当然，此处对联是否为宝玉所赠还不能肯定，因为探春既喜爱颜真卿书法，则其本人很可能此前既已拥有，非仅有宝玉所赠者。但此处写于宝玉馈赠之后，又似有意说明其为宝玉所赠。这里不敢妄拟。根据曹雪芹的描述（"西墙上当中挂着一大幅米襄阳《烟雨图》，左右挂着一副对联"），探春房中所挂米芾作品不是《潇湘奇观图》《云山墨戏图卷》等横幅作品，而应是《郭升归鱼图》《远岫晴云图》之类立轴作品。就曹雪芹想表达探春的人格特点这个角度看，此处悬挂《郭升归鱼图》最合适，相比于《远岫晴云图》的"戏作"，此画气势更为雄浑磅礴、辽阔深远，可配探春胸襟，与"烟霞闲骨格，泉石野生涯"的对联也相匹配;而且,后者纵横的尺度太小,称不上"一大幅",也不能在两边悬挂颜真卿的五言对联。

第四十一回刘姥姥所见用黄杨木整抠的一套十个大套杯,每个杯子上又刻着山水树木人物以及图印等,且"雕镂奇绝",足见是上好的工艺品,刘姥姥此前从未见过,因而引起了她的极大兴趣。她反复表达了自己的惊喜感:"我因为爱这样范,亏他怎么作了。"在喝酒使用的过程中,刘姥姥对鸳鸯说"这套杯是黄杨树做的"的看法提出了质疑,认为是"黄松做的",她给出的原因是黄杨木太常见,而且也没有这样沉。正像乔迅所分析的那样,这套木杯表面镂刻奇绝的山水树木人物图像,正是明清之际人们注重观赏玩物表面这一娱乐审美消费的典型反映,刘姥姥通过对这件物品材质和图像的分析与欣赏,享受到一种从未有过的喜悦感,她与贾府贵族阶级之间的阶级差别在这个欣赏过程中被抹平了[①]。

第七十六回 "一乘寺壁画",为梁邵陵王王纶所造。张彦远《历代名画记》虽记载了张僧繇"画龙点睛"的事迹,但并未记载关于张僧繇画一乘寺壁画之事。据记载,一乘寺壁画上龙的眼睛凹凸有致,富于变化,十分神奇。这种画法吸收了印度雕刻的某些手法,是对中国传统绘画的一种创新和改造,但是否是张僧繇的作品不能肯定。唐许嵩《建康实录》:"一乘寺……邵陵王纶造……寺门遍画凹凸花,代称张僧繇手迹,其花乃天竺遗法,朱及青绿所成,远望眼晕如凹凸,就视即平,世咸异之,乃名凹凸寺。"[②]方闻认为这种"凹凸花"与敦煌288窟和428窟天顶的花纹颇为一致,两者均来自中亚粟特的风格("曹家祥")[③]。"一乘寺壁画"实物现已不可见,人们只能通过文献记载和其他图像对其进行想象,黛玉此处提到此画,显示出她博闻强记的才学见识。"一乘寺壁画"的"凹凸"指的是画法,黛玉和湘云讨论的诗词创作使用"凹""凸"二字的情况,指的是诗法,二者一同构成了《红楼梦》独特的视觉语法。

第八十九回提到的《斗寒图》出自李商隐的诗句,所绘内容为月中嫦娥和霜神青女,属于美人图系列。有的《斗寒图》,所绘内容为雪中梅

---

① 〔美〕乔迅:《魅感的表面:明清的玩好之物》,刘芝华、方慧译,中央编译出版社2017年版,第199页。

② (唐)许嵩:《建康实录》,张忱石点校,中华书局1986年版,第686页。

③ 方闻:《中国艺术史九讲》,上海书画出版社2016年版,第118页。

花。根据书中描写，黛玉房中所挂画作应为前者。这一形象和意境在唐伯虎画作中亦经常出现。第四十回，林黛玉对宝玉说自己"最不喜李义山的诗"，此时房中所挂《斗寒图》却出自李义山诗句。这似乎说明黛玉不喜李义山恐是假话。首先，黛玉说自己不喜欢李义山的诗，却对"留得残荷听雨声"一诗很喜欢；此画意境出自李商隐《霜月》一诗，宝玉不知道出处，黛玉却说"眼前熟的很"，这些迹象说明黛玉对李商隐诗熟悉得很，虽然熟悉和喜爱不同，但如果真的不喜欢又为何要将之悬挂在自己的房中朝夕欣赏呢？《红楼梦》向来喜说"假话"，黛玉说自己"最不喜李义山的诗"也应是如此。更何况，李义山的无题诗对朦胧莫测的情感的

图3-3　清　吕焕成《汉宫春晓》十二围屏，局部，左手四扇，藏地不详

描写、对月中孤寂的嫦娥的描写,都与黛玉的情感状态颇为契合。当然,宝玉说自己不知道出处,很可能是因为此前黛玉已向他说明自己"最不喜李义山的诗"而故作不知,以免惹黛玉不高兴。

第七十一、九十二等回提到的《满床笏》《百寿图》《汉宫春晓图》等,均是屏风画。屏风上绘制图形内容有其独特的图像传统,其功能是为了区隔房屋中的空间,营造一种私密、独立的环境。有的放置在床榻炕头,形制较小,类似于凤姐说的"炕屏",亦具有极强的观赏性。这里提到的《满床笏》《百寿图》为十二联屏,规模较大,都是精品,内容表达的是传统的"禄""寿"观念,吉庆吉祥,带有美好的祝愿,所以贾母要将之作为礼物送人。二十四联屏的《汉宫春晓图》是石制作品,以山水为背景,上刻女子形象。按"每扇五六十人"计算,这架围屏上美人人数应在1200 至 1400 之间,比仇英原作的内容更丰富。但是,正像整部《红楼梦》充满了"假语"一样,这里的"每扇五六十人"亦可能是夸张或虚指。如果一扇围屏上这么多人,则围屏根本没有空地再绘制山石、楼宇、花木等内容。现存清代吕焕成的《汉宫春晓》十二围屏(图 3-3),共 110 人,按照这个规模,二十四扇则应有 220 人左右,也远远少于冯紫英推荐的这件作品。

根据周功鑫的研究,康熙前期,在中国漆工艺发达的基础上,以《汉宫春晓图》为题材的漆屏风出现很多,成为系列的装饰产品。这一时期"画家们将描绘宫闱嫔妃生活的绘画皆以《汉宫春晓》名之。《汉宫春晓》也就成为仕女楼阁庭园绘画的代称"①。因此,《红楼梦》提到的这架《汉宫春晓》围屏可能也是这个系列中的一件,而不必一定要与仇英的《汉宫春晓图》画作有必然联系。但要说它们之间没有联系也不尽然,因为从康熙到乾隆,仇英的这幅作品被冷枚、丁观鹏等人临摹十余次,由此可见仇英这幅作品在盛清宫廷里的重要性,当时的士大夫阶层对《汉宫春晓图》系列作品的喜爱、使用,与这个整体环境是分不开的。

第四十一、五十二等回均为西洋画,贾宝玉房中的美人图很可能是融合了传统美人图和西洋画画法综合而成的作品;贾宝玉很难将纯粹的

---

① 周功鑫:《清康熙前期款彩〈汉宫春晓〉漆屏风与中国漆工艺之西传》,台北"故宫博物院"1995 年版,第 38 页。

西洋美人画作为审美对象。刘姥姥所见的"女孩儿"是"凸出来的","用手摸去,却是一色平的",说明这幅美人图吸收了当时盛清宫廷流行的线法画的画法,有透视,有阴影,与传统美人图有明显差别,显得更为逼真,以至于刘姥姥把她当真人看待;身为村中老妪的刘姥姥虽然在过年赶集时看到过不少画卷,但这类画作她没有见过,因而"点头叹了两声"。宝玉房中悬挂美人图,与他的癖好有关,但同时也可看到,贾母房中也悬挂有美人图("仇十洲的《艳雪图》"),而且怡红院是贾母、王夫人、贾政等都时常莅临之处,这幅美人大画挂在宝玉房中确实比较惹眼。

第五十回仇英《艳雪图》亦是虚指,因为仇英并无这幅作品,但有与之构图相似的《修竹仕女图》《婉妆仕女图》等。在程甲本、程乙本中,此处均作"艳雪图",而不是庚辰本的"双艳图"。现在尚无法区分古抄本与程甲本、程乙本到底何者记述更为准确,因为即使成书最早的庚辰本,其抄录时间也比程甲本晚很多,如果像有的学者所认为的那样,程甲本含有诸多原著的成分,我们有理由相信"艳雪图"的名称更适合此处场景。因为薛宝琴和丫鬟称为"双艳"不太合适。而且,我们还要注意到,历经康、雍、乾三朝的宫廷画家冷枚曾创作有《雪艳图》(图4-16),其构图、内容与《红楼梦》此处的描写较为一致。在这些使用古画的地方,惟有这里出现了创新。说这里是"创新",原因在于,当众人都说宝琴踏雪寻梅的景致"像老太太屋里挂的仇十洲画的《艳雪图》"时,贾母明确予以否定:"那画的那里有这件衣裳?人也不能这样好!"可见,此处情境是曹雪芹既受到相关作品的启发,同时也是精心创构的结果。这是一大关节处,待后文细说。

根据上述分析,可以发现:一方面,这些画作皆虚实参半,真真假假,难辨虚实,不能说无,也不能说有,其中既有真实成分,也有作者根据行文需要而虚构的成分,正应了"假作真时真亦假,无为有处有还无"之说,正像第五十六回宝玉自思真假宝玉问题时的疑虑:"若说必无,然亦似有,若说必有,又并无目睹",难以判断!但各有用意却是可以肯定的。这些画作有的是为了点名主人身份、志趣所用,作者的目的达到即可,未必定要坐实;但作为一部"实录"之书,这些地方又不能不坐实,以免形成"妄拟",因而出现这种虚实参半的情况。《燃藜图》《海棠春睡图》同时出现在第五回,起到了推动情节发展的作用,也暗示了诸多未写之事,其重要作用显而易见。

另一方面,这些画作有山水、有人物,然以人物为主体,贾府悬挂的古画多为人物画,尤其是仕女画。除了探春房中的山水画,荣禧堂的墨龙大画,其余皆为人物画。贾母、宝玉、黛玉房中的画作都是仕女画,秦可卿房中悬挂的也是仕女画。第十九回写宁国府邀请贾母等去看戏,提到宁国府小书房也挂了一幅美人图。因而在宁荣二府中,那些传神细腻的美人图是常见的,且多悬挂在私人的书房、卧室之中,是私密玩赏的对象。这与《红楼梦》以女子为主要描写对象是一致的,也说明曹雪芹对美人图是熟悉的,他在创作《红楼梦》时可能从这些作品中汲取了艺术营养并加以创新。

我们不禁会问:在《红楼梦》中,像这类受到画作影响而重新创构的事件、情节或情境,在其他部分还有没有? 如果有,哪些地方属于这类情况?

可以发现,在明末清初,中国画的技法出现了新变,中西绘画技法的融合为中国画的创新发展提供了技术上的支持。同时也应看到,这一时期的绘画在主题、情境、思想、意象等方面都呈现出程式化的倾向,诸多题材反复出现,画中情境的呈现一般遵循某种既成的套路和设计,意象体系由此系统化、专门化和固定化。这些内容迎合了当时人们的审美情趣,因而也受到人们的喜爱。从《红楼梦》对古画的运用看,第一处"墨龙大画"是当时普遍使用的作品,应为明清绘画;第二处虽写宝玉未看"系何人所画",但从"画的人物固好"的话看,也应是当时不远的人物画,因为人物画在当时取得成就很大,流传也很广泛。其他等处明确指出是唐寅、米芾和仇英等人的作品。其中,米芾的作品是宋代绘画的代表。第七十六回的"一乘寺壁画"只是提到,是虚指,画中的内容并未出现。因此,宋明绘画(尤其是明中后期以来的人物画)在《红楼梦》中的地位之重要是显而易见的。从《艳雪图》等情况看,《红楼梦》中的情节或情境取自仇英画作的情况是基本可以确定的。如果我们把仇英《汉宫春晓图》中的内容与《红楼梦》逐一比照,这种承续关系会更加显豁。

下面,我们以第八十九回提到的《斗寒图》为例,说明这个问题。

## 第四节　李龙眠《斗寒图》与《红楼梦》：个案分析举隅

　　《红楼梦》第八十九回提到的李龙眠，即宋代著名画家李公麟，"白描人物"是他诸多作品中较有代表性的一类，尤以传神著名。李公麟（1049—1106），字伯时，出身于舒城世家，尤其喜好书法和古董收藏。由于其父李虚一雅好收藏法书名画，李公麟自小遍阅古籍，书法、绘画皆得古人笔意。他长期在朝中做官，后于元符三年（1100）辞官返乡，居住在桐城龙眠山，号"龙眠居士"，后人遂以"李龙眠"称之。时人以为李龙眠是吴道子之后成就最高的画家，举凡山水、人物、亭台楼阁、飞禽走兽等，无不达到很高的境界。他与王安石、苏轼、米芾、黄庭坚等交往甚多，他们经常在驸马王诜府邸聚会，诗酒唱和，商谈国是，他根据这些交往事迹创作的《西园雅集图》成为后代文人雅集图卷的范本，被后来画家不断临摹。除了《红楼梦》的记述外，在曹雪芹家世文献中我们也能看到李龙眠的踪迹。这为我们探讨李龙眠作品与《红楼梦》的联系奠定了基础。

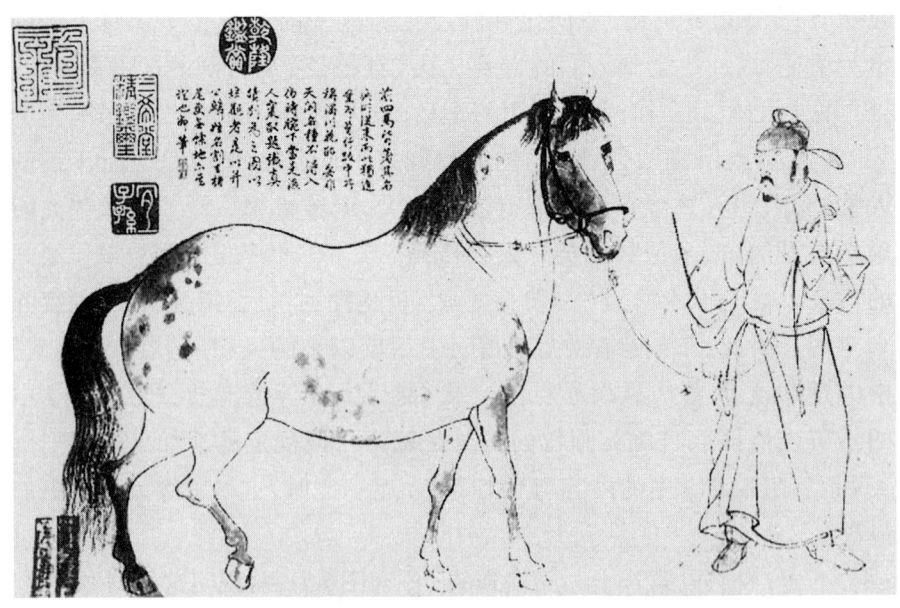

图 3-4　宋　李公麟《五马图》，局部，珂罗版，北京故宫博物院

据《宣和画谱》记载，李龙眠作画从前人尤其是杜甫的诗法中获益良多，"深得杜甫作诗体制而移于画"①，体现出他丰厚的学养、灵透的诗心，这是他与普通画工的不同。李龙眠的白描人物传神写意，有自己的特点。《宣和画谱》卷七："(龙眠)尤工人物，能分别状貌，使人望而知其廊庙、馆阁、山林、草野、闾阎、臧获、台舆、皂隶。至于动作态度，颦伸俯仰，小大美恶，与夫东西南北之人，才分点画，尊卑贵贱，咸有区别；非若世俗画工，混为一律，贵贱妍丑，止以肥红瘦黑分之。大抵公麟以立意为先，布置缘饰为次。其成染精致，俗工或可学焉，至率略简易处，则终不近也。"②李龙眠画人物有以下特点：其一，"分别状貌"、"咸有区别"，即他能将不同人物的身份地位，以及人物在特定环境、特定状态下的特征准确呈现，使人一见即知。也就是说，他笔下的人物带有鲜明的个性特征，每一个人物都是有自己的独特性。其二，他的人物画"以立意为先"，布置、染色等处于第二位。所谓"以立意为先"，是指作画要有创造性，有新意，对人物的理解不能局限于人物的表面，而应深入人物的精神本质。例如，他创作了各种观音像，有"长带观音""石上观音"等（图3-6），与世俗观音像均有极大不同，而他认为画观音像应该画出观音的"自在"之精神，而"自在"不在观音外在形象，而在其精神意味。第三，其白描人物，一反传统人物画着色、赋彩的方法，而仅以墨色线条勾勒，而精神意态全出，成一时之冠。这种白描方法还被他运用到牛马、山水等画作上。

李龙眠以白描方法创作过不少宗教人物画，《十二罗汉图》《醉僧图》《华严变相图卷》都是其代表作品。据传，他创作过一幅长卷《饮中八仙图》。这幅图在明代时还存在，现在不知流落何处。美国弗利尔美术馆藏李龙眠《醉僧图卷》（图3-7）可以让我们窥见类似的人物和场景：这位老和尚正处在精神亢奋阶段，一名童子已在他面前摆好纸张，他正准备乘醉挥毫；左边两位仆人抱着酒坛子走来，边走边说，为他的酒兴和才华感慨不已。根据苏轼的题诗，这和尚就是唐代著名书法家怀素③。

———————

① 王群栗点校：《宣和画谱》，浙江人民美术出版社2012年版，第75页。
② 王群栗点校：《宣和画谱》，浙江人民美术出版社2012年版，第75页。
③ 苏轼题跋："人人送酒不曾沽，终日松间挂一壶；草圣欲成狂便发，真堪画作醉僧图。"苏轼本人没有将画中人当作自己，而指出画中僧人是以草书著名的怀素。

乾隆皇帝则认为这名和尚是苏轼，并题诗一首："身似枯藤心似灰，醉中把笔笑颜哈，公麟津逮僧繇法，貌出公孙看舞回。"乾隆皇帝在这幅作品上题跋三次，可见他对这幅作品的喜爱，认为这幅作品"天趣盎然，想见'酒气拂拂，从十指间出'，非通神者，安足语此？"李龙眠创作这幅作品，是对他与苏轼、米芾、王安石等人交游生活的仿拟，其中王安石大致相当于杜甫《饮中八仙歌》中的贺知章。

　　唐寅曾作有《临李龙眠饮中八仙图卷》（图3-5）。根据唐寅的题跋，这幅画创作于正德十二年（1517）丁丑夏。当时他到太湖避暑，某一富豪请他欣赏了原著。唐寅觉此幅作品"甚可爱，玩余留数月"。所谓"饮中八仙"是指李白、贺知章、李适之、李琎、焦遂、张旭、崔宗之、苏晋等八人。那位头戴方巾，时而在树下酣睡、时而被人架着才能行走的老者，可能就是八位中年龄最大的贺知章。在杜甫的诗作中，这八人皆豪放不羁、自由饮酒，体现初盛唐时代人们昂扬的精神面貌。唐寅作品亦"全仿李龙眠白描笔意"，将这八位"饮者"的醉态细致呈现，颇得李龙眠白描的精髓，但其笔力稍嫌孱弱。唐寅临摹此作，显然是因为这八位前贤的豪放生活与自己沉醉花酒之中的状态颇为相似，因而感觉"甚可爱"，遂临摹了这幅作品。通过对这几幅作品的欣赏，我们基本可以知晓"李

图3-5　明　唐寅《临李龙眠饮中八仙图卷》，局部，纵31.9厘米，横994.5厘米，辽宁博物馆

图3-6　宋　李公麟《维摩演教图卷》，局部，纸本，纵34.6厘米，横207.5厘米，北京故宫博物院

图3-7　宋　李公麟《醉僧图卷》，纵32.5厘米，横60.8厘米，珂罗版，美国弗利尔美术馆

龙眠白描笔意"的大致情况。《红楼梦》提到的《斗寒图》亦应属于这类作品。

第八十九回对《斗寒图》的描绘较为详细，好像作者见过这幅作品，或者说，这幅作品好像是真实存在的。然而，据考证，李龙眠并没有这幅《斗寒图》或类似作品。当然，作者只说"仿李龙眠笔意"而未说是李龙眠所作，故意隐去了作者信息，不像其他地方有意逗露作者姓名。根据描写，这幅作品上画有两组人物，共四人：嫦娥与侍女、女仙与侍女。在一幅"单条"上画四个人物的《斗寒图》，"全仿李龙眠笔意"的《斗寒图》，笔者均没有见过。与《红楼梦》提到其他画作一样，作者均"实者虚之""虚者实之"，在不经意间逗露一二信息，然又并无确指。故事发展到第八十九回，《红楼梦》渐入萧瑟枯寒之境，大观园中人风流云散，香菱去世，迎春受苦，此类之事渐次发生，黛玉的悲惨人生也到了该了结的时候。根据书中描写，"那时已到十月中旬"，"天气陡寒"，宝玉因思念晴雯请假一天；在焚香祭奠晴雯之后，他来到潇湘馆，见到了这幅图。黛玉悬挂此幅作品自然是因为天气转冷的缘故，所以宝玉说："这个实在新奇雅致，却好此时拿出来挂。"这幅图此时出现亦是一种隐喻：黛玉的生存环境，也和天气一样渐至寒冷，能够陪伴的也只有两个侍女。"青女素娥俱耐冷，月中霜里斗婵娟"，这句出自李商隐《霜月》的诗句是黛玉生存的写照[1]。

这幅《斗寒图》现在无法见到。我们可看到乾隆年间著名宫廷画家余省（1736—1795？ 或1692—1767？）的一幅《斗寒图》，钤印"臣余省"。画家兼学者、官员的余集（1738—1823）在这幅画上题跋："幼读周南第一诗，便知窈窕圣犹思。其情孟谓可为善，好色曾言毋自欺。偶尔闲提苏董笔，公然戏写貌姑姿。素娥青女相逢语，耐得清寥百事宜。"落款"秋室余集"。余集为乾隆三十一年（1766）进士，字蓉裳，号秋室，官至侍讲学士。从余省的钤印看，这幅作品好像是为乾隆皇帝所作，余集的题跋自称"秋室余集"而未有"臣"字字样，不知他在这幅画上题跋是否是乾隆的授意。当时，宫廷画家为皇帝完成画作后，皇帝经常让大臣在画作上题字，有时皇帝自己写好文字内容，由擅长书法的大臣或与

---

[1] 李商隐《霜月》："初闻征雁已无蝉，百尺楼高水接天。青女素娥俱耐冷，月中霜里斗婵娟。"

皇帝关系亲密的大臣书写。这幅作品可能也属于这种情况。这幅《斗寒图》的题名倒是书中提到的"八分书",但是画面内容却只有嫦娥、青女二人,二者的侍女没有出现。画面上方的是嫦娥,她身后的月亮表征了她的身份;嫦娥下方是青女,她手中也"捧着一个长长儿的衣囊似的"东西。这幅作品的画面上也是"略有些云护,别无点缀",十分洁净、素雅。

按照李商隐的诗句,《斗寒图》中应为二人:青女和嫦娥,没有提到二人带着侍女出行。青女是神话传说中掌管霜雪的女神,她的出现或降临说明天气转凉,开始进入寒冷的冬季。《淮南子·天文训》:"秋三月,青女乃出,以降霜雪。"高诱注云:"青女,天神,青霄玉女,主霜雪也。""霜雪"意象正是黛玉恶劣生活环境的写照:作者以"雪中孤雁"(黛玉丫鬟"雪雁"之名的隐含意义)暗示之。而嫦娥一人独自生活在凄冷的月宫中,一直是李商隐诗中常见的孤独者的形象。余省的这幅《斗寒图》(图3-8)是符合诗境的:作者将一片茫然的画面背景作为辽阔无边的天宫,嫦娥、青女二人纤细的身影越发衬托出天宫的寂寥,这次相遇实在有点出人意料。第八十九回的描述中则多出了两位侍女:"上面画着一个

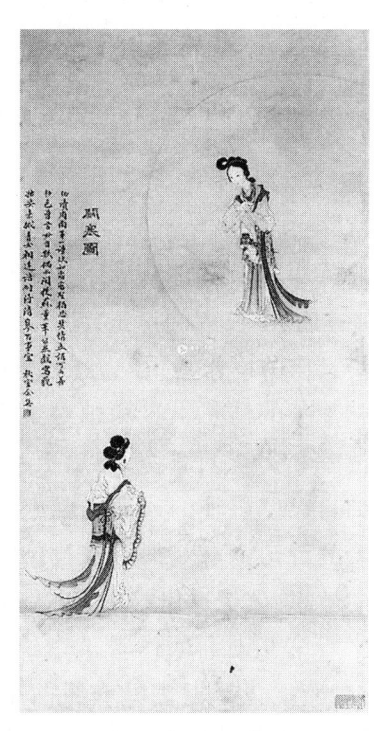

图3-8　清　余省《斗寒图》,局部,北京歌德拍卖公司2012年秋季艺术品拍卖会

嫦娥,带着一个侍者;又一个女仙,也有一个侍者,捧着一个长长儿的衣囊似的。"这里的"女仙"显然就是指"青女",她身后侍女捧着的"一个长长儿的衣囊似的"东西,里面藏的应该是让天下变得寒冷的霜雪。根据李商隐的描写,在秋冬来临之际,这二位女神分别带着自己的侍女在天空中游玩,不期而遇。由于两人的品性均较为冷傲,因而这次相遇带有两位神女相互挑战的意味,《斗寒图》亦由此而来。

这二位孤独的神女形象都是黛玉的影像:黛玉对这二位神女孤独寂

寞的内心世界,有着深深的共鸣。在李商隐的诗句中,嫦娥的形象一般都是孤独的。他那首著名的《嫦娥》一诗写道:"云母屏风烛影深,长河渐落晓星沉。嫦娥应悔偷灵药,碧海青天夜夜心。"根据李商隐的猜测,在夜晚来临的时刻,嫦娥面对寂寥而寒冷的夜空,应该会产生后悔之情,因为这种孤独凄凉的景象和生活,让人无法忍受,可惜的是,想要回头已然不能,因而嫦娥只能夜夜忏悔。

根据《红楼梦》的描写,我们有理由相信,李商隐诗作中的意象、情境,都深深打动了林黛玉的心灵。第四十回,黛玉对宝玉说:"我最不喜李义山的诗,只喜他这一句:'留得残荷听雨声'。"从这两处描写看,黛玉说自己"最不喜李义山的诗"可能不是真话。当她说"最不喜李义山的诗"时,说明她已将李义山的诗全部看完,而且还很熟悉,随时能使用他的诗作对眼前所见景物、情境进行评点。第八十九回写宝玉不知《斗寒图》的典故,因问黛玉,黛玉说:"眼前熟的很,还要问人。"这说明黛玉对李义山的诗作是很熟悉的。这两处描写说明,李商隐的诗作深深影响了林黛玉的情感世界和她对生活世界的看法,或者说,李商隐诗作表达的情感和营造的意境,与黛玉心中的情感境界两相契合,因而在生活中遇到自己感兴趣的或者引起触动的场景、情境时,黛玉往往首先会想到前者的诗句——她时常在自己的生活中重现李商隐的诗歌意境,表达自我的情思,就像这里挂上《斗寒图》一样。

第九十七回作者借李纨之口直接点明了这种关联:黛玉将要离世时,紫鹃让丫鬟去喊李纨前来;李纨带着素云、碧月二位侍妾,"一头走着,一头落泪":"姐妹在一处一场,更兼他那容貌才情真是寡二少双,唯有青女素娥可以仿佛一二,竟这样小小的年纪,就作了北邙乡女了!"因此,正如前文所言,《斗寒图》的出现,不仅预示了黛玉生活环境的急剧恶化,而且还预示了她不久即将发生的悲惨结局。李龙眠"白描笔意"素以"传神"闻名,这或许就是作者特地指出这幅《斗寒图》"全仿李龙眠笔意"所传达的"神"了。

值得注意的是,李龙眠在《红楼梦》中出现或许不是偶然的,也不仅仅是以隐喻的方式暗示黛玉之结局,更重要的是,他的作品与曹雪芹家族曾有密切联系。据故宫档案,曹雪芹的曾祖父曹玺曾给康熙某次庆典进献物品,其中就有李龙眠的作品:

江宁织造理事官·加四级臣曹玺恭进。计呈：

　　轿一乘，铁梨案一张，博古围屏一架，满堂红灯二对，宣德翎毛一轴，吕纪《九思图》一轴，王齐翰《高闲图》一轴，朱锐《关山车马图》一轴，赵修禄《天闲图》一轴，董其昌字一轴，赵伯驹《仙山逸趣图》一卷，李公麟《周游图》一卷，沈周山水一卷，《归去来图》一卷（御书房收），黄庭坚字一卷（御书房收），淳化阁帖二套，天宝鼎一座（自鸣钟收），汉垂环樽一座（自鸣钟收），汉茄袋瓶一座、秦镜一面、珐琅象鼻炉一座（自鸣钟收）……①

　　这些字画、古玩、装饰品、文房四宝等，是曹玺为庆祝康熙盛典而进贡的礼物，都是精品。这一方面可见曹玺对敬献给康熙礼物下了很多功夫，另一方面也说明曹玺本人的艺术修养和鉴别水平很高。礼单中的"御书房""自鸣钟"是专门管理康熙皇帝文物图册、典章书籍的机构，就像后来的"如意馆"等。字画类的作品由"御书房"接收、管理，文物、古董等，则由"自鸣钟"接收、管理。曹寅的弟弟曹宣就曾担任过康熙的图书管理员。曹玺是深谙康熙的喜好的，因此这些礼物能获得康熙的喜欢。比如"董其昌字一轴"，就是根据康熙的喜好而准备的。董其昌书法，是康熙皇帝主要的师法对象。在清宫的相关记载中可以看到，康熙经常临摹董其昌的作品，而且还广泛收集董其昌的书法手卷。董其昌的艺术地位在盛清时期提升很快，与康熙的喜好和提倡有很大关系。所以说曹玺是了解康熙的艺术审美趣味的。

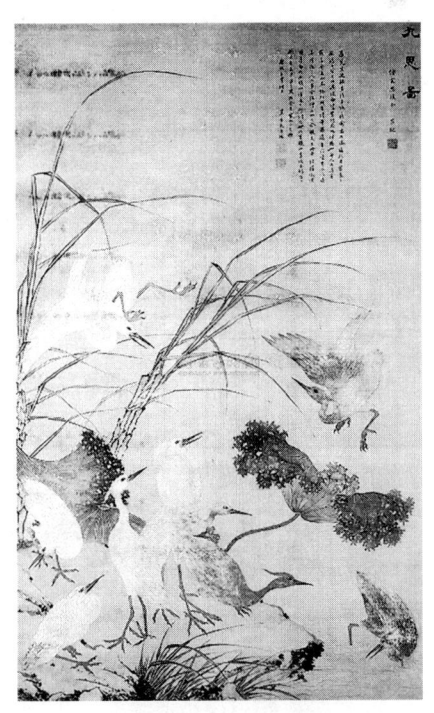

图3-9　明　吕纪《九思图》，信息不详
广州华艺国际拍卖有限公司广州冬季拍卖会

①故宫博物院明清档案部编：《关于江宁织造曹家档案史料》，中华书局1975年版，第5页。

吕纪是明弘治年间宫廷画家,以花鸟画著称,每作一幅,均深得孝宗皇帝朱祐堂(1470—1505)喜爱。其所做《九思图》乃为仿南宋皇帝赵构的作品,画面中是九只水禽嬉戏的场景,很有闲适的趣味(图3-9)。王齐翰是五代南唐画家,曾为李煜服务。其画道释人物精妙绝伦,花鸟栩栩如生,笔法工细而境界幽深。这里提到的《高闲图》应是僧道人物类题材的画作。南唐五代作品到清代时已很少见,曹玺敬献给康熙的这幅作品,毫无疑问是收藏、鉴赏的精品。朱锐,生卒年不详,北宋画家,以画山水、雪景著称,曹玺敬献的这幅《关山车马图》应该是类似于五代后梁画家关仝《关山行旅图》之类的作品。赵修禄为明代画家,以画罗汉图著称,曹玺敬献的《天闲图》大约也是这类作品。赵伯驹(1120—1182),为宋太祖七世孙,南宋画家,曾以画作受到皇帝赵构的召见,其画人物、花鸟、山水,均细腻雅致,成为南宋院画的代表。

曹玺敬献给康熙的李公麟《周游图》不知是何作品。根据所谓"一卷",这幅作品可能是一幅有关出游的手卷。根据《宣和画谱》的记载,李公麟尤其喜将杜甫诗作转化为画作,因而这幅《周游图》可能是他的

图3-10　宋　李公麟《维摩居士像》,纵95厘米,横56厘米,日本京都国立博物馆

图 3-11　宋　李公麟《丽人行》,绢本设色,纵 33.4 厘米,横 112.6 厘米,台北"故宫博物院"

《丽人行》。现藏台北"故宫博物院"的《丽人行》(图 3-11),是李公麟人物画中的精品,上有"乾隆御览之宝"等内府印章。李公麟初学韩干画马,而后自出机杼,所画《五马图》(图 3-4)为人称颂。据称这幅作品根据杜甫诗作《丽人行》所画,"马"在这幅作品中占有重要位置。这幅作品明显模仿了唐代画家张萱的《虢国夫人游春图》,而仅在构图和人物分布方面做了些微调整,因而延续了原作线条细腻、色彩艳丽的特点。高居翰、章采烈等人认为这幅作品的时代比前者更早,也更接近杜甫诗作的原意。然而,李公麟本人的特点是显而易见的,画中马匹的色调、样貌都带有李公麟的技法痕迹。

此外,"李龙眠"的名字与曹雪芹还有直接关联。根据吴恩裕从孔祥泽处搜集到的资料,曹雪芹曾经与乾隆宫廷画家董邦达等一起鉴定过一幅托名"李龙眠"的《如意平安图》(图 3-13)。根据曹雪芹对这幅画鉴定的描述,可以看出,他对历代画作的风格、笔意、造型等相当熟悉,而且对李龙眠画作的特点也了如指掌,因而做出了准确判断。根据敦敏《瓶湖懋斋记盛》记载,乾隆二十三年腊月二十四,敦敏的舅舅从福建带来了不少字画,其中署名李龙眠的《如意平安图》和商祚的《秋葵彩蝶图》(图 3-14)两幅图拿不准真假,请董邦达、曹雪芹等人鉴别。这幅李龙眠《如意平安图》是一张工笔画,大致情况如下:"画中有一个胆瓶,外边裹着一块锦料的包袱。胆瓶内插着两朵荷花,衬在三片荷叶之间。荷叶下面有几枝竹,也插在瓶里。瓶的旁边还画了一盆灵芝

草。盆下边放着一个托盘,盘内盛着佛手等果。画的右上角,写着'如
意平安'四字,字下方写着'李龙眠绘'。除名章外,还有两个闲章,盖在
画的左下角。"①董邦达征询曹雪芹的意见,后者客套一下,发表了自己的
看法。

　　雪芹看过了画后,答道:"这幅画不逊于元人的写生上品,但是
谈到真伪,我怎敢在几位前辈面前妄加月旦?"董邦达道:"雪芹不
要太谦,你已经指出这是仿元人笔意的写生之作了,何不直说出这
不是李公麟的真迹呢!"过子龢便问雪芹:"您怎么断定是仿元人之
作呢?"雪芹道:"这不难看出。李公麟是以白描人物享名于当时
的,他下笔挥毫,如铁线迂回,后人很少有偌大笔力。他不喜写生花
卉,而且这画里的胆瓶,已是元代式样,宋朝人怎么能够预拟元人的
样式呢? 这不是大好的佐证吗?"董邦达也接着说:"这幅荷花竹叶
插在胆瓶里,固是实地写生;那盆灵芝和佛手,却是笔者虚拟。两
者格调,并不相容。公麟为有宋一代名手,何能出此? 雪芹卓识不
差!"接着又看另外的几幅画。大家认为,只有明人商祚的花卉,可
以断为真迹,其余都是赝品。②

图 3-12　宋　佚名《秋葵图》,局部,绢本设
色,台北"故宫博物院"

　　这则材料没有提及曹雪芹对
商祚《秋葵彩蝶图》的评价,这里
先谈一下这个问题。"秋葵"又称
羊角豆,因其形状貌似羊角而得
名。其果实滑腻爽口,既可做菜,
也可入药,因而获得人们的喜爱。
尤其是其花朵,洁白粉嫩,清新动
人,不着丝毫世俗品味,因而在宋
元写生花卉中时常可以看到它的
身影。曹雪芹未对这幅作品进行
评价,可能与这幅作品是真迹有

①吴恩裕:《曹雪芹佚著浅探》,天津人民出版社 1979 年版,第 81 页。
②吴恩裕:《曹雪芹佚著浅探》,天津人民出版社 1979 年版,第 81—82 页;吴恩裕:《曹雪芹〈废
艺斋集稿〉丛考》,当代中国出版社 2010 年版,第 62 页。

关；而且，商祚在明代画家中也不很著名。商祚是明代宣德年间宫廷画师商喜的孙子，后者尤擅作花卉、人物、走兽等作品，现藏故宫博物院的《明宣宗行乐图》是其代表作品。从商祚此幅《秋葵彩蝶图》看，秋葵洁白清爽，下面的喇叭花清晰动人，竹叶间的两只彩蝶自在飞翔，画面洁净相合，用笔细腻生动，确实是一幅值得收藏的作品。

图 3-13 元 佚名《如意平安图》，《故宫周刊》第 30 卷

根据这里的记述，可以看出，曹雪芹对李公麟画作的画风、笔意、题材等极为熟悉，不仅指出他不爱花卉写生的创作喜好，而且还认为他的白描人物笔力劲健，后人很难模仿相像，这是对李龙眠画作的高度评价。第八十九回提到《斗寒图》"全仿李龙眠白描笔意"，显然是作者通过这种方式向李龙眠致敬。只不知，这是哪位"后人"可以"全仿"而创作这样一幅人物画。在随后的评价中，曹雪芹还对艺术界托名前人而追求虚名的做法提出了批评："曹雪芹便对敦敏说：'只这商祚一幅足资珍藏，其他几幅，画的并不错，可惜笔者偏偏要题上前人的名字，企图抬高声价。这种徒务虚名的风气，明朝人已开其端了。'"[1] 曹雪芹强调画家应署上真名，保持自己的艺术个性，托名古人反而把自己的艺术才华淹没了。这种艺术思想，是值得肯定的[2]。

---

[1] 吴恩裕：《曹雪芹佚著浅探》，天津人民出版社 1979 年版，第 82 页。

[2] 据《人民日报》报道，曹雪芹鉴定过的这两幅作品已被确认存在：这幅托名李龙眠的《如意平安图》，现题名《元人如意平安图》，收录在社科文献出版社出版的《宋元明清名画图录·花鸟卷》一书中，其题名就是根据曹雪芹的鉴定而定的。商祚《秋葵彩蝶图》，即现藏台北"故宫博物院"的《秋葵图》，收入人民美术出版社出版的《中国历代名画集》一书中。这两幅画经曹雪芹鉴定后进入皇宫，由乾隆收藏。吴恩裕从孔祥泽处发掘、公布的有关曹雪芹的资料，引起人们很多质疑，当时即有不少学者撰文批驳。这两幅作品实物的发现、收藏、出版，对于矫正学界凡是有关曹雪芹文物即展开质疑的不良倾向，有积极作用。参见《曹雪芹可能写过另一著作》，《人民日报》2005 年 3 月 21 日。

图3-14　明　商祚《秋葵彩蝶图》,绢本设色,纵128.5厘米,横78.2厘米,台北"故宫博物院"

李龙眠画作与《红楼梦》之间的关系大致如此。从曹玺到曹雪芹,曹氏家族三代人对这位宋代著名的人物画家均十分推崇,而且也熟悉他们的画作特点。现在尚未发现曹玺、曹寅和曹宣等人对李龙眠画作进行讨论的文献,但通过曹雪芹对其作品的评价,似可认定曹雪芹对他的作品、技法、境界等是认同、肯定的。从第八十九回对"全仿李龙眠笔意"的《斗寒图》的使用看,作者并不是随意提到李龙眠及其作品,除了说明曹氏家族对李龙眠其人其作的尊敬外,还将这幅作品恰当地融入《红楼梦》的情节之中,将黛玉生存环境的恶化和悲惨结局暗寓其中,也是比较成功的。这里例子说明,《红楼梦》提到的画家和画作,既与曹雪芹家族的文化环境和历史有关,又与文本意蕴相辅相成。这一现象需展开深入探究。

## 第五节　文学与图像:《红楼梦》与绘画

在《红楼梦》研究中,人们有一种将《红楼梦》从其他作品中孤立出来以凸显其独特性的倾向。这种倾向在周汝昌的论述中被系统化、理论化,从而将《红楼梦》研究与一般小说研究区别开来,好像《红楼梦》不属于中国小说甚至中国文学,似乎只有这样,才能凸显《红楼梦》独一无二的价值。如果把《红楼梦》与其他作品割裂开,凸显它的独一无二的价值,那么《红楼梦》就太孤单了。这样做,是不利于人们对《红楼梦》的欣赏、阅读和研究的;这不仅不能凸显《红楼梦》的独特性,反而将它从其诞生的文化环境、文学渊源中独立出来,使它失去了自己的"源头活水"。这方面,几代学者已做了大量工作。他们根据文本和批语提到的线索,建立《红楼梦》和此前文学作品的联系。但我们还应注意,与《红楼梦》风格和情境比较接近的文学作品固然对曹雪芹的创作提供了帮助,但作者可能借助了更多资源。除了前人曾详加研究的《红楼梦》与古典诗歌、戏曲、小说之间的联系,我们还应注意,作者在创作时还借鉴了很多明清时期的绘画作品。我们似乎都忽略了一个基本事实:除了是一位诗人和小说家,曹雪芹同时还是一位画家。曹雪芹本人工诗善画是可以确定的,而且他的家族历来有诗、书、画兼善的人物。曹寅的弟弟曹宣就是其中最为突出的一位。他创作的《洗桐图》为当时画界名流赏识、珍藏、点评,他的《探梅图》甚至还得到过康熙的赏识。《红楼梦》中的很多经典场景在前后时期的画作中不断出现,作者在进行某些情节创作时可能借用了这些作品。

随着图像研究的兴起,人们越来越关注文学与图像之间的关系。这方面的著作近年来逐渐增多。具体到《红楼梦》,这一研究可分两个方面。

其一,利用相关图像资料(例如《楝亭夜话图》)对曹雪芹家世问题进行新的探究。最近,人们对藏于贵州博物馆的《种芹人曹霑画册》展开了系列研究。由于历来关于曹雪芹本人的诗、书、画等直接资料太少且不可靠,因而这个画册提供了很多有价值的信息。当然,与其他文物一样,人们对这幅画册的真伪问题还存在争论。这方面研究以台湾学者黄一农的研究最为系统,其成果集中在《二重奏:红学与清史的对话》等论著中。在该书中,他就以下问题进行了细致的分析:首先,他以清初著名人物画家禹之鼎所绘《张纯修像》和《楝亭夜话图》及其题跋为线索,详细考察了曹寅家族与张纯修、高士奇、禹之鼎、顾贞观及纳兰成德等人的交游网络[1];其次,以《李谷斋墨山水陈紫澜字合册》及其题跋为线索,考察了曹雪芹与其父执辈李世倬(号谷斋)、高其佩、董邦达、陈浩(字紫澜)、钱维城、朱伦瀚等人之间的交游关系;第三,对1988年在贵州发现的《种芹人曹霑画册》进行了持续、细致的分析[2]。

---

[1] 黄一农:《二重奏:红学与清史的对话》,中华书局2015年版,第78—101页。
[2] 黄一农:《二重奏:红学与清史的对话》,中华书局2015年版,第499—503页。

　　黄一农对清初画家与曹氏家族交游网络进行的系统研究具有开创性，提醒我们应将这个画家群体及其作品与《红楼梦》联系起来。当然，黄一农所做工作有进一步发展的空间：由于曹寅兄弟在江南历宦既久，与他们以书画交游的人士颇多，这方面的研究还需要更深入、细致的补充。例如，曹宣在康熙身边当差、同时兼任《南巡图》监画期间，与宫廷画家丁观鹏、冷枚等人的交往就没有进入作者的考察视野。再如，周汝昌曾推测曹寅与清初画家石涛之间有交往关系，惜未能找到材料佐证，而吴新雷、朱良志等人以石涛《对牛弹琴图》《蓬莱仙境图》上的曹寅题跋和曹寅著《楝亭诗钞》卷五《题朱赤霞画对牛弹琴图》为证，认为"他俩的关系是密切的"①。此材料为黄一农所未见，但其重要性不言而喻：朱赤霞乃安徽滁州人，明遗民之一，曾在曹寅幕中，石涛通过他与曹寅结识。在当时语境中，曹寅在题跋中如此频繁使用"朱""赤"等敏感字样有较大风险，虽然此时康熙对明代遗民尚未有严酷的政治措施。当然，我们不能排除曹寅如此题跋有认可石涛明皇室身份的意味从而获得石涛的信任，而团结这批人正是曹寅在江南的重要任务之一。石涛在此画后的和诗也表明了他对曹寅的钦慕之情。此外，无论曹寅所题"朱赤霞"一词是否与《红楼梦》第一回提到的"赤瑕宫"有关，但"赤霞"与"赤瑕"二字读音的惊人一致也足以引起我们的警觉，因为类似的修辞用法正是作者创作《红楼梦》时一贯使用的②。此外，黄一农尚未对明清绘画（甚至更早）作品与《红楼梦》人物、情节、情境等之间的互文关系进行研究，从而使他的研究有脱离《红楼梦》文本之嫌，而这方面研究对我们重新认识《红楼梦》具有重要价值。例如，以杜堇《千秋绝艳图》《宫中图》为代表的明清仕女图及其所呈现的场景和情境，显然是《红楼梦》诸多情境形成的更早母题，仇英《汉宫春晓图》长卷和《四季仕女图》所呈现的庭院中的闺阁生活，与《红楼梦》大观园的设计无疑也有内在的联系。

　　其二，迄今为止，学界更多对《红楼梦》诞生后的插图和依据《红楼

---

① 吴新雷、黄进德：《曹雪芹江南家世丛考》，黑龙江教育出版社2009年版，第153页；朱良志：《石涛研究》，北京大学出版社2017年版，第476页。
② 有研究表明，曹寅与滁州朱赤霞较为亲密。后者晚年归滁州养老时曹寅依依不舍，还多次前往滁州看望这位老朋友。在《楝亭集》中，曹寅为朱赤霞所作诗作达数十首之多，亦可见两人关系非同一般。更详细的分析，参见裴新江：《曹寅与滁州》，《曹雪芹研究》2012年第2期。

梦》创作的绘画作品进行研究,缺乏将之前绘画作品与《红楼梦》文本结合起来研究的成果。将《红楼梦》中的人物、情节以绘画的方式呈现出来,是《红楼梦》文本向诗歌、戏曲、绘画等艺术领域转移的重要路径之一。海内外均有学者对清人画册、杨柳青年画等图像进行收集、整理、出版和研究①。早在上世纪二三十年代,郑振铎进行中国古代版画研究时即已展开这方面的研究工作,最早、最有代表性的著作是阿英 1963 年发表的《漫谈红楼梦的插图和画册》一文②,嗣后以陈骁《清代〈红楼梦〉的图像世界》为最完备③。商伟《逼真的幻象:西洋镜、线法画与大观园的梦幻魅影》等文,对《红楼梦》之后图像制作的西学背景进行了细致、详实的考证和分析,是这方面研究的开拓④。这些研究多借鉴西方图像学理论⑤,对文字向图像转化所产生的变异及两者之间关系等问题进行揭示,但多忽略这些图像所属的文化传统,且多未对这些图像的呈现方式和来源进行图像志的考察和分析,亦未揭示这些图像的原型价值及其作为一种文学传统"范型"对《红楼梦》创作所产生的影响作用。探讨《红楼梦》成书之前的绘画传统与《红楼梦》之间的关系,将为我们认识《红楼梦》提供新的视角。

曹雪芹以画法入文的写法很早就引起读者的注意。例如,脂砚斋在批语中反复借用绘画术语对《红楼梦》的写法进行评述,认为某些场景的描写"如画",是"一幅金闺夜坐图""一幅绣窗仕女图"等。而且,书中很多场景与画境无二,值得注意。邓云乡说:"曹雪芹是精于绘事的。他在《红楼梦》一书中,大量地运用了绘画的手法写景、写人。像大观园的景物、黛玉葬花、宝钗戏蝶、龄官画蔷、史湘云醉眠芍药圃等形象,可以

---

① 这方面的代表著作有阿英:《红楼梦版画集》(上海出版公司 1955 年版)、王树村:《民间珍品图说红楼梦》(台湾东大图书股份有限公司 1996 年版)、洪振快:《红楼梦古画录》(人民文学出版社 2007 年版)、国家图书馆辑录:《古本红楼梦插图绘画集成》(全国图书馆文献缩微复制中心 2001 年版)等。

② 阿英:《漫谈红楼梦的插图和画册》,《文物》1963 年第 6 期。

③ 陈骁:《清代〈红楼梦〉的图像世界》,浙江工商大学出版社 2015 年版。

④ 商伟:《逼真的幻象:西洋镜、线法画与大观园的梦幻魅影》,《文学经典的传播与诠释》,"中研院" 2013 年第四届国际汉学会议论文集,第 91—136 页。

⑤ 陆涛:《中国古代小说插图及其语—图互文研究》,南京大学出版社 2014 年版,第 149、187 页;陆涛:《叙事的停顿与凝视:关于〈红楼梦〉插图的图像学考察》,《红楼梦学刊》2010 年第 3 辑;秦剑蓝:《视觉文化理论与〈红楼梦〉语—图史研究》,《江西社会科学》2009 年第 5 期。

说无一不是用工细的笔触画出来的文字的图画。这些绝不是从图画的角度无意出之,而是以画师的彩笔刻意经营的。"①由此,我们似乎可以这样思考:《红楼梦》中经典的感人至深的事件、情节或情境,是否都是曹雪芹独创而成? 在以往研究中,人们注意到,《红楼梦》中有诸多场景是从古人诗词戏曲的意境中泛化得来②,但对于《红楼梦》的场景设计与绘画作品之间关系的讨论还很少见。刘丽莎在《从"宝琴立雪"看〈红楼梦〉与绘画的关系》一文中曾提到"宝琴立雪"、"黛玉葬花"和"宝钗扑蝶"等情节与历代绘画之关系③,是这方面研究为数不多的成果之一,惜未对二者之间的承续、转折关系做出更深入的分析。

　　根据笔者对明清时期绘画作品的考察,可以发现,《红楼梦》借鉴更多的可能是当时围绕盛清宫廷进行创作的另一个迥别于文人画(尤其是山水画)传统的宫廷画和人物画传统,虽然作者在书中反复提到仇英、米芾等明代人物画家和山水画家,以及他们的相关作品。作为一部小说,《红楼梦》的主体是人物的行动,以及人物行动时所处的独特情境,因而它所依托的这个传统主要是人物画(尤其是宫廷人物画)传统。由于西方线法画传入宫廷并被宫廷画师借用,他们将传统画法融入其中,更新了传统绘画呈现意境的方式。西方线法画讲究规整、秩序的特点正可为宫廷使用。盛清时期,清宫汇集了焦秉贞、陈枚、冷枚、郎世宁、法若真、沈铨等一大批著名画家。他们的工作任务主要为两类:其一,对前朝传世名画进行临摹,在临摹过程中融入皇帝的意图,从而使这些画作成为一幅新作。例如,陈枚等人就反复临摹了张择端的《清明上河图》和仇英的《汉宫春晓图》等长卷,而且后者曾被十数次临摹,每一次临摹都是一次新的创作。其二,他们主要为皇室成员尤其是皇帝本人作画,他们将皇帝的日常生活、朝政过程、游弋打猎、巡查出战等细致呈现,图像为盛清时代提供了直观的历史资料。当然,在这个过程中,他们也创作了很多带有休闲意味的月令图、行乐图、山水图卷。这些图像具有典型的皇家风范和审美趣味:细致、典雅、高贵而设色艳丽,与文人画家对同类题材的呈现明显不同。《雍正十二月行乐图》《雍正妃画像》《圆明园

①邓云乡:《云乡话书》,中华书局 2015 年版,第 119 页。
②参见王怀义《〈红楼梦〉与传统诗学》(上海三联书店 2012 年版)第一、三章中的相关论述。
③刘丽莎:《从"宝琴立雪"看〈红楼梦〉与绘画的关系》,《红楼梦学刊》2009 年第 2 期。

四十景》等作品所体现的审美风格与《红楼梦》具有惊人的一致性,我们可将它们作为同一文化母体的产物看待。

在这个过程中还出现一个现象,值得注意:由于清代皇室对绘画活动的重视,让传统的文人画家和宫廷画家之间的森严隔阂被打破,两者的互动变得频繁起来,由此形成文人画与宫廷画之间的有效交流,其典型事件是《康熙南巡图》的创作。康熙第二次南巡结束后表达了用绘画呈现南巡的意图,御前侍卫宋骏业亲自来到苏州,向自己的授业恩师王翚传达了这一旨意。在随后五年的创作过程中,以江南画坛宿老王翚为核心,一大批江南画家和宫廷画家团结在一起,合力创作了这象征康熙盛世的历史长卷。王翚高度重视这一工程,长卷中许多山川的呈现由他本人执笔。值得注意的是,此时曹寅的弟弟曹宣正是《康熙南巡图》创制工程的主要监护者。宋骏业在聘请自己的老师担任这项工程的总设计师后不久,这一职位即由曹宣担任,他的官职是"监画",负责向康熙汇报工程的进展情况。随着作品的完成,他的这一职务也随之取消①。工程结束后,画作受到了康熙的嘉许,并御书"山水清晖"匾额赏赐给王翚。方闻写道:"在康熙看来,图中凌霄山峰传递着上佑天子的寓意,王翚遂因称旨而获赐康熙'山水清晖'四字题誉。其中,'清'即当朝国号,王翚自此被尊奉为清初正统派的领袖。"②因此,由于康、雍、乾三位皇帝直接赞助当时的绘画创作,这在某种程度上影响、改变了当时绘画创作的格局。尤其是乾隆皇帝,他对古代书画的痴迷引发了大规模的收藏行为,虽然他的收藏机构以三件罕见的书法作品命名(名为"三希堂"),但绘画作品同样是这一收藏行为的重要内容。在这种情况下,以文人为主体的画家群体和宫廷画家之间的界限不再牢不可破。康熙此举显然具有政

---

① 周汝昌指出:"《南巡图》监画,画院差遣性职务,非正式官制。"周汝昌:《红楼梦新证》,中华书局 2012 年版,第 25 页。从周汝昌的语气看,他对曹宣担任《南巡图》监画一事不甚重视,而这却牵涉到《红楼梦》研究的一大关卡。其一,曹寅兄弟交往圈中的杨锺羲等人反复提到曹宣画艺卓著之事,而曹宣才是曹雪芹真正的祖父。其二,曹宣以监画身份与江南画家和宫廷画家相处五六年时间,这虽非正式官制,但却让我们注意到画家群体与曹家之间的互动关系,从而为我们从绘画角度进入《红楼梦》提供一个新的视角。此前,人们曾就《栋亭夜话图》分析过禹之鼎、高士奇等文士画家与曹家之间的交游关系。其三,曹宣创作的《探梅图》不仅深得其亲友赞叹,而且很可能成为《红楼梦》"琉璃世界白雪红梅"这一经典场景的来源或原型,而探梅一事又关涉康熙多次莅临南京、扬州赏梅之事,不可等闲视之。
② 方闻:《中国艺术史九讲》,上海书画出版社 2016 年版,第 152 页。

治含义：这项浩大工程的长时间展开，不仅展现了清朝统治在江南的巨大成功，而且还以此为契机，团结、笼络了大批江南文士进入这个集团。《红楼梦》也理应纳入这个历史事件中加以考察。

# 第四章　"雪隐鹭鸶飞始见"

## ——《红楼梦》文本的可视性

作为画家的曹雪芹,以工笔画家的细腻笔触和山水画家的写意挥洒,创造了《红楼梦》文本独特的色彩感和立体感,使之成为一种"可视性的文本"。所谓可视性的文本,是指《红楼梦》的语言描写带有鲜明的画面感,可以引起读者强烈的视觉感受,其文本是一种可以被感觉到、被观察到的文本。邓云乡指出,《红楼梦》中经典的情节、场景均具有鲜明的"画面感",同时作者在对这样的场景进行工笔式的描绘后,还将之与具体的画作场景进行对比,"将真景和画景作一正一反的比拟,能达到更深的表现效果"①,从而流露出作者的自得之意。作者始终将传统绘画中的画法作为叙述、描写的手法使用,创造了崭新的写人和叙事的方法,收到很好的艺术效果。这种唤起读者强烈视觉感和空间感的书写方式,使《红楼梦》中的人物、事件、场景具有独特魅力,使《红楼梦》文本体现出鲜明的可视性特点。

文本的可视性使文本变成了"可感的文本",增强了文本自身的感性属性,使文本产生了生命的活力,吸引着读者以自己的生命感受参与到文本建构中来,从而水乳交融、合二为一。文本的"画面感"或"可视性"可通过视觉置换为知觉,从而使文本获得自身的"可感性"。克里斯蒂娃将普鲁斯特的《追忆似水年华》的描写称为"可感的文本"、"可感的时间":"所谓'可感的时间'不是抽象的时间,可以简约为年月日,也不仅仅是指出生和死亡。所谓'可感的时间',是指普鲁斯特笔下那种充盈着各种感觉的时间。……我们在读普鲁斯特的时候,我们的时间里就会充满了嗅觉与触觉,所闻与所见,我们的所有感觉都被唤醒。"② "唤醒"主

---

① 邓云乡:《云乡话书》,中华书局 2015 年版,第 120 页。
② 〔法〕克里斯蒂娃:《主体·互文·精神分析》,祝可懿等编译,生活·读书·新知三联书店 2016 年版,第 45—46 页。

体的生命感觉,正是文学文本的基本功能之一,但并非所有文本都能达到这一目的。文本的"可视性"或"可感性"似乎在说人们通过观察、感知即可通达对本原存在——这一超越现象世界的认识和领悟,而这正是传统哲学家所一贯否定的:"事物并不是真正的可观察的:在所有的观察中都总会有越界现象,人们从来不会达到事物本身。被人们称为可感的东西仅仅是短暂的显现( Abschattungen précipite )的不确定。"①然而,这种将不可目见的或无可穷尽的存在当作世界的根本存在的观念无疑忽略了人作为视觉存在物的第一属性,后者正是人之成为人的首要条件:通过以目光为主导的知觉系统建构属于我的世界,因此,"我的'目光'是'可感'的材料之一,是原初的和原始的世界的材料之一,这种材料挑战存在和虚无的分析,挑战意识的存在和事物的存在的分析,这种挑战要求完全重建哲学。"②对于文学欣赏来说,这一由幻象构成的意象世界虽然不可通过视觉直接加以观察,但它并不是虚空的非存在,可视性或可感性由此转化为通过幻象通达存在的基础性条件。

实际上,越是具有诗意性的文本,越具有鲜明的"可感性",抽象的时间被感觉化和感性化,同时也被生命化,文本以自身所拥有的可感性、生命性,吸纳、同化着读者的生命感受,使两者融为一体,进而通达本原性的生命存在。对于《红楼梦》文本的这种"画面感""可感性"来说,其本质亦是如此。

## 第一节　图像与《红楼梦》情节、场景的生成

根据目前研究和上述分析,可以判定,曹雪芹同时具有诗人和画家身份。这让我们有理由做出如下推测:曹雪芹曾经看到大量绘画作品,包括宫廷画和文人画,山水画和人物画,他都十分熟悉;且其本人也擅长绘画创作,有相关作品传世。在《红楼梦》中,他不仅提到了仇英《艳雪图》《汉宫春晓图》、米芾的山水画作、《斗寒图》《燃藜图》等作品,而且

---

① 〔法〕梅洛-庞蒂:《可见的与不可见的》,罗国祥译,商务印书馆2017年版,第240页。
② 〔法〕梅洛-庞蒂:《可见的与不可见的》,罗国祥译,商务印书馆2017年版,第241页。

这些绘画作品至少在以下四方面影响了曹雪芹的创作:第一,在整部《红楼梦》中隐含了一幅《大观园行乐图》,这幅图具有结构全书的意义[①];第二,某些画作(如《金陵十二钗正副册》和仇英的作品等)可能影响了书中某些情节的创作和展开;第三,书中某些经典场景(如黛玉葬花、宝钗扑蝶、白雪红梅等)与此前同类画作之间有或明或暗的承续关系;第四,曹雪芹直接将画法转变为文法,指导了创作的展开。

　　某种程度上,我们可说曹雪芹依照三本《金陵十二钗》画册的内容和情境创作了后面的情节。当然,真实的情况是曹雪芹将这些画册"镶嵌"到全书的情节结构之中,使之制约事件的发展,并使全书呈现出一种受制于宿命论的伤怀美感。根据书中所写,贾宝玉跟随警幻仙姑走过太虚幻境的牌坊宫门之后,"进入二层门内,至两边配殿,皆有匾额对联","见有几处写的是'痴情司'、'结怨司'、'朝啼司'、'夜怨司'、'春感司'、'秋悲司'"等,而他所观看的图册却来自"薄命司"。各司命名所呈现的女子日常生活景况,皆可纳入"薄命"一司:"痴情"和"结怨"、"朝啼"和"夜怨"、"春感"和"秋悲",将这些女子薄命之因由、表现概括无疑,而以"薄命"该之。其题名内涵成为图册上图像和文字呈现的主要依据。虽然这些画册并非实用,是作者想象的产物,但在创作过程中,这些画册是全书的提纲,制约、统领着全书情节的展开、完成。《红楼梦》不一定是按照回目先后创作完成,第五回也有可能是后来补写,但这不影响它作为全书总纲的地位,反而说明作者有意以图像呈现全书主旨。这些图画仅出现在贾宝玉的梦境中,这本身已显示了它的神奇性:它既存在又不存

----

① 陈骁说:"在前八十回的小说中,雪芹先生也曾用文字详细描述过两次图画,一次是在第五回上的'开生面梦演红楼梦'中,一次是在第四十二回下的'潇湘子雅谑补余香'中。这是文本内部作者用文字来展开的图画,为后人以图画展现文字留下伏笔,我以为非常重要。"对于《大观园行乐图》,作者指出,"这幅画在前八十回里没有完成,贾母究竟赶着要这图干什么也不得而知,但是雪芹先生一再提及并详细叙述,看得出这幅画很重要,说不定还是后几十回情节发展的关键(这是本人索隐)。"见陈骁:《清代〈红楼梦〉的图像世界》,浙江工商大学出版社2015年版,第71、76页。针对后者,这里说明三点:其一,本书将惜春所绘长卷命名为《大观园行乐图》与作者不谋而合,但非受到作者启发。本书关于《大观园行乐图》内容的讨论是我于2014年冬季在台湾大学中国文学系邀请哥伦比亚大学商伟教授开设的"明清小说研究:问题与方法"课程开展过程中完成的,当时我们上课的同学和老师以商伟教授的论文为核心讨论了这幅画作在书中的分布情况;其二,作者认为"这幅画在前八十回里没有完成",这与我的观点不同;其三,作者讨论的重点是后来《红楼梦》插图中大量存在的《大观园图》,我主要讨论的是《大观园行乐图》在《红楼梦》文本中的情况。作者附记于2016年12月16日。

在。在八十回后的相关情节中,贾宝玉又多次回忆起这些画册,进一步
证实了它的这种性质。同时,它们被密封在宫殿的橱柜中并贴上封条,
越发增添了其神秘属性:除非获得警幻仙子的许可,这些图画不能被人
随意观看。这种性质使它们具有特别的功能:它们预示着一切事件的展
开和终结,而且这些事件的发展过程不能被改变。换言之,第五回之后
的内容实际上在第五回中都或多或少、或隐或显得到了表现。进一步
讲,第五回之外的其他内容在某种程度是对第五回的丰富、扩展。因此,
第五回的制约统领作用,关键是贾宝玉梦中所见三本画册。当然,作者
仅呈现了三十六幅图像中的十四幅以及所配文字内容。

　　这些画册以十二幅为一册,与明清时期流行的山水和人物册页相
似。作者写道:"宝玉便伸手先将'又副册'厨开了,拿出一本册来,揭开
一看,只见这首页上画着一幅画,又非人物,也无山水,不过是水墨渲染
的满纸乌云浊雾而已。后有几行字迹,写的是:'霁月难逢,彩云易散。
心比天高,身为下贱。风流灵巧招人怨。寿夭多因毁谤生,多情公子空
牵念'。"①其他册页和文字的配合方式与此相同。

　　可以看到:其一,这些画册以图像和文字预示了大观园诸人的命运,
对全书情节展开有制约作用,无论作者是谁,均应按照画册呈现的内容
创作。这些图像所营造的情境带有无可言说的虚无感、荒诞感和悲凉
感,为全书定下了基调。其二,画册所呈现的意象景观诡异离奇,与历史
悠久的解梦著作对梦境的呈现一致,以单个独特的意象以及意象与所属
环境的紧张、对立为基础而呈现出来。这些图像在延续它们所属艺术传
统的同时也完全改写了这个传统,它们根本不适合作为艺术品欣赏。分
别如下:

> 又非人物,也无山水,不过是水墨渲染的满纸乌云浊雾而已。
> 一簇鲜花,一床破席。
> 一株桂花,下面有一池沼,其中水涸泥干,莲枯藕败。
> 两株枯木,木上悬着一围玉带;又有一堆雪,雪下一股金簪。
> 只见画着一张弓,弓上挂着香橼。
> 两人放风筝,一片大海,一只大船,船中有一女子掩面泣涕之状。

---

① (清)曹雪芹:《红楼梦》,人民文学出版社2008年版,第75页。

又画几缕飞云,一湾逝水。

画着一块美玉,落在泥垢之中。

画着个饿狼,追扑一美女,欲啖之意。

一所古庙,里面有一美人在内看经独坐。

一片冰山,上面有一只雌凤。

一座荒村野店,有一美人在那里纺绩。

一盆茂兰,旁有一位凤冠霞帔的美人。

又画着高楼大厦,有一美人悬梁自缢。[①]

宝玉看到的画册有三套,每套十二幅,共三十六幅,分属于历史悠久的美人图和山水画序列。如果将这些画册与《雍正妃画像》等对照来看,可以发现,它们应属于同一文化母体的产物:每幅画均以美人为主体,每十二幅为一册。根据图像所示,这些美人形象与伴随美人的环境、物象之间形成紧张关系:"古庙""荒村野店""冰山""大海""风筝""饿狼",这些带有负面情感价值的物象情境与传统美人画中的"蕉叶""梅花""桐荫""荷塘""月台"等带有诗意性的物象情境完全不同。我们无法看到此前美人图所呈现的光鲜明媚的景象,而是一幅幅悲惨离奇的场景。这些场景似乎只存在于梦境中。在传统山水画中,山水总给人安宁静谧之感,层层叠叠、变幻万端的山峦,给人无限想象,观者可由此进入朗然舒适的宜居之心和深远悠长的玄冥之境。

林纾写道:"凡山水之可居者,水居宜竹,山居宜松,即村居亦必有一路风景。板桥细柳,莎径枳篱,尤须位置得宜,与水态山容相映发。然后草庐四五,开门于荷池梅径之间,使望者知为有道之居,不待见其书架琴床,已令人生高山仰止之意。"[②]但宝玉梦中所见画册对山水的呈现,不仅打破了自然景观本身的和谐感,物象与物象之间的疏离、对立同样让人窒息:枯木与玉带、白雪与金簪、冰山与雌凤、桂花与池沼、风筝与大海、干涸的泥塘与枯败的莲藕,如此等等,无法给人和谐的美感、引发悠远的玄思,勾起观者的只有无限哀思和无可名状的伤感——它暗示我们本书所写不可能是一个和谐美满的故事。

---

① (清)曹雪芹:《红楼梦》,人民文学出版社 2008 年版,第 75—79 页。

② (清)林纾:《春觉斋论画》,浙江人民美术出版社 2016 年版,第 12 页。

　　《红楼梦》中有些场景,与此前画作所呈现的场景有一种同构关系。例如,第七回"送宫花贾琏戏熙凤"写道:"正说着,只听那边一阵笑声,却有贾琏的声音。接着房门响处,平儿拿着大铜盆出来,叫丰儿舀水进去。"按照脂砚斋的说法,这段文字不仅使用了画家常用的"皴染"之法,而且与仇英《幽窗听莺暗春图》可对照来看:"余素所藏仇十洲《幽窗听莺暗春图》,其心思笔墨已是无双,今见此阿凤一传,则觉画工太板。"①在明清小说中,"幽窗听莺"场景暗指有他人潜藏窗外偷听窗内正在进行的性爱活动,"莺"的清脆啼声在此具有隐喻意义,但作者又不直接呈现该活动的具体细节,故可称为"暗春图"。仇英是明四家之一,他的美人画工整纤细,风致万千,在当时就引起藏家和爱好者的注意。他的《汉宫春晓图》在盛清宫廷中被屡次临摹,更使之名声大振,因而在当时的艺术市场和欣赏圈中仇英的作品有理由被大家重视。仇十洲的名字在后来"白雪红梅"处亦被点出,这说明他的作品在作者和脂砚斋等人的艺术欣赏实践中具有重要位置("素所藏")。

　　根据脂砚斋的描述,他认为,与此处作者文笔相比,仇英展现类似场景的画作稍微呆板、直露,不如作者以画家皴染法晕染的效果好,后者更为朦胧有致,别有情趣。这说明此处情节的描写有可能是作者对类似画作的揣摩、改写,我们有理由相信作者在"素所藏"的观摩、品赏中获得了创作的灵感。此处情节设计与前后时期小说戏曲对同类场景的描写相似,作者很可能也从《金瓶梅》等著作中汲取了灵感,体现出《红楼梦》文本的双值性特征。在甲戌本侧批上,脂砚斋指出:"妙文奇想,阿凤之为人岂有不着意于风月二字之理哉。若直以明笔写之,不但唐突阿凤声价,亦且无妙文可赏。若不写之,又万万不可。故只用'柳藏鹦鹉语方知'之法,略一皴染,不独文字有隐微,亦且不至污渎阿凤之英风俊骨。所谓此书无一不妙。"②陈庆浩指出:"翁同文曰:'柳藏鹦鹉语方知'句,不仅见于《金瓶梅》第二十五回,也见于元明人的拟话本中。按万历本《金瓶梅词话》第二十五回叶六 B 有'正是:雪隐鹭鸶飞始见,柳藏鹦鹉

---

①〔法〕陈庆浩:《新编石头记脂砚斋评语辑校》,台湾联经出版事业股份有限公司 2010 年版,第 167 页。

②〔法〕陈庆浩:《新编石头记脂砚斋评语辑校》,台湾联经出版事业股份有限公司 2010 年版,第 167 页。

语方知'句,又第六十七回叶十九 A 亦有此句。"①

　　这些评点指出了在《红楼梦》文本形成过程中,作者对此前类似资源运用、转化的复杂情况——图像与文本的交替转换隐微曲折,为我们理解《红楼梦》的成书过程和艺术特点提供了极好的例证。

## 第二节　以画命名:《红楼梦》场景描写的画面感

　　在《红楼梦》文本内部,在批书人的评论中,无论是作者还是读者,他们经常对书中的场景、境界和情节以画作的方式命名,或者直接将书中的某些情节、场景等同于画作。这进一步说明《红楼梦》中的某些情节、场景可能是作者从类似画作获得灵感而创作的。如果武断一点,我们甚至可以说,《红楼梦》中那些画面感颇强的场景和情节是作者根据他所熟悉的画作描写而成的。下面,我们选择较有代表性的三个例子对这个问题进行分析。

　　第一处:第三十八回,菊花诗社、螃蟹宴上,"林黛玉因不大吃酒,又不吃螃蟹,自令人掇了一个绣墩倚栏杆坐着,拿着钓竿钓鱼。宝钗手里拿着一枝桂花玩了一回,俯在窗槛上掐了桂蕊掷向水面,引的游鱼浮上来唼喋。湘云出一回神,又让一回袭人等,又招呼山坡下的众人只管放量吃。探春和李纨惜春立在垂柳阴中看鸥鹭。迎春又独在花阴下拿着花针穿茉莉花。宝玉又看了一回黛玉钓鱼,一回又俯在宝钗旁边说笑两句,一回又看袭人等吃螃蟹,自己也陪他饮两口酒。袭人又剥一壳肉给他吃。"②

　　第二处:第四十二回,刘姥姥回去后,惜春受贾母之命作画,众人商议,黛玉问惜春画哪些内容,惜春说贾母说的,要连人也画上。黛玉道:"人物还容易,你草虫上不能。"李纨道:"你又说不通的话了,这个上头那里又用的着草虫? 或者翎毛倒要点缀一两样。"黛玉笑道:"别的草虫不画罢了,昨儿'母蝗虫'不画上,岂不缺了典!"众人听了,又都笑起来。

①〔法〕陈庆浩:《新编石头记脂砚斋评语辑校》,台湾联经出版事业股份有限公司 2010 年版,第 167 页。
②(清)曹雪芹:《红楼梦》,人民文学出版社 2008 年版,第 507 页。

黛玉一面笑的两手捧着胸口,一面说道:"你快画罢,我连题跋都有了,起个名字,就叫作《携蝗大嚼图》。"①

第三处:第五十二回,宝玉在怡红院外遇到宝琴的丫鬟小螺,询问之下知道因宝琴等在黛玉的潇湘馆集会,宝玉也前去取乐:"转步也便同他往潇湘馆来。不但宝钗姊妹在此,且连邢岫烟也在那里,四人围坐在熏笼上叙家常。紫鹃倒坐在暖阁里,临窗作针黹。一见他来,都笑说:'又来了一个!可没了你的坐处了。'宝玉笑道:'好一幅"冬闺集艳图"!可惜我迟来了一步。横竖这屋子比各屋子暖,这椅子坐着并不冷。'说着,便坐在黛玉常坐的搭着灰鼠椅搭的一张椅上。"②

第一处描写的是众人在螃蟹宴后随意玩赏的情景,与当时颇为流行的《百美图》之类作品呈现的场景类似。所谓"百美图",就是将众多女子(或女仙)画在一张长卷上,她们或几人一组,或一人一处,随意安排自己的活动,她们或临水自照,或窃窃私语,或赏乐听曲,或沉思参禅,不一而足。她们既各自独立,又构成一个整体(图4-1)。观赏这样的画作,与阅读《红楼梦》文本的体验有一致之处。这里描写黛玉"掇了一个绣墩倚栏杆坐着,拿着钓竿钓鱼",宝钗"手里拿着一枝桂花玩了一回,俯在

图4-1　明　仇英《百美图》,局部,绢本设色,美国克利夫兰美术馆

---

①(清)曹雪芹:《红楼梦》,人民文学出版社2008年版,第568页。
②(清)曹雪芹:《红楼梦》,人民文学出版社2008年版,第705页。

窗槛上掐了桂蕊掷向水面,引的游鱼浮上来唼喋",探春和李纨惜春"立在垂柳阴中看鸥鹭",迎春"又独在花阴下拿着花针穿茉莉花",都是明清美人图中常见的场景,充满了画面感,人物活动也有自己的独立性。因此有评家直接将之与仇英《百美图》对看:"描写众人情态参差错落,使阅者应接不暇。若仇十洲之《百美图》,转嫌肖形而不克肖神。"[1]针对此处描写,众位评家反复说道"绝妙一幅仕女图""又是一幅仕女图",正点出此处场景与仕女图、百美图一类画作之间的密切联系。己卯本评道:"看他各人各式,亦如画家有孤耸独出,有攒三聚五,疏疏密密,直是一幅《百美图》。"[2]"有孤耸独出""有攒三聚五",就是指这类画作对人物活动的布局和安排,既可以突出独立的个体,又不乏整体性和完整性,与《红楼梦》此处描写类似。仇英《百美图》有多幅,有的是女仙题材,有的是庭园题材,它们在构图上基本一致,批书者所指的《百美图》与两者均有相似之处。尤其是《汉宫百美图》的构图设计和场景呈现,与《红楼梦》此处的描写确实颇多契合。当然,此处所写黛玉众姐妹自在逍遥,也类似于众女仙在仙界游玩的景象,因而洪秋藩则进一步指出此处描写大类于仇英《登瀛图》:"昔见仇十洲《登瀛图》而羡之,今见此书而羡之。"[3]洪秋藩所说仇英《登瀛图》应指《十八学士登瀛图》(图 4-2)[4]。可以看到,这些活跃在画卷上的前唐文人,或围坐在一起欣赏古物,或在池塘边辩论疑难,或在山子石下为好友书写书法作品相赠,或在柳树下读书取乐,

---

[1] 冯其庸辑校:《重校〈八家评批红楼梦〉》,青岛出版社 2015 年版,第 1007 页。

[2]〔法〕陈庆浩:《新编石头记脂砚斋评语辑校》,联经出版股份事业股份有限公司 2010 年版,第 590 页。

[3] 冯其庸辑校:《重校〈八家评批红楼梦〉》,青岛出版社 2015 年版,第 1019 页。

[4] 所谓"十八学士",是指唐太宗李世民为秦王时,曾经宴请杜如晦、房玄龄、于志宁、苏世长、薛收、褚亮、姚思廉、陆德明、孔颖达、李玄道、李守素、虞世南、蔡允恭、颜相时、许敬宗、薛元敬、盖文达、苏勖等十八人,诗酒唱和,为一时之盛,阎立本为此作《秦府十八学士图》,后人效仿此作颇多,其中宋徽宗《文会图》、刘松年《唐五学士图》、杜堇《十八学士图》、仇英《十八学士登瀛图》和姚文瀚《摹宋人文会图》等,都是此类作品中的名作。此后,文人学士雅集聚会成为文人画中常见的题材。乾隆时期,国力强盛,国泰民安,乾隆皇帝本人雅好丹青,遂命宫廷画师孙祜、丁观鹏、周锟等人合作绘制《文会图》。可以看到,在这幅宫廷长卷中,乾隆化身为传统文人形象,与他们一起出游、校书、谈经、赏乐等,体现出满汉文化融合一体的良好局面。整幅画作设色鲜丽典雅,楼台庭园工整精细,吸收了典型的西洋画的技法。但是,杜如晦等十八位文人的活动场地却从开放的山巅水岸转移到了封闭的皇宫庭院,他们的行为姿态也由放任恣肆转化为斯文典雅。因此,这幅作品与传统的以表现文人自由精神的《文会图》,无论是笔墨技法还是精神境界,均体现出较大的不同。

图 4-2　明　仇英《十八学士登瀛图》，局部，纵 32.5 厘米，横 395 厘米，私人收藏

图 4-3　清　孙祜、丁观鹏、周锟等《十八学士文会图》，局部，绢本设色，纵 39 厘米，横 1138.2 厘米，台北"故宫博物院"

不一而足。这是一个自由自在、畅所欲言的文人世界;他们的活动依个人的兴趣而展开,没有功利的需求,让人产生想要参与其中的想法,一如《红楼梦》螃蟹宴后众女子随意取乐的场景,引起观者无限企羡之情。类似场景还出现在第六十二回宝玉生日宴会后的描写:"宝钗等吃过点心,大家也有坐的,也有立的,也有在外观花的,也有扶栏观鱼的,各自取便说笑不一。探春便和宝琴下棋,宝钗岫烟观局。林黛玉和宝玉在一簇花下唧唧哝哝不知说些什么。"① 这也是"百美图"式的写法,即在一个诗意空间内,随意安排众人活动,他们或独立沉思,或三五一组,既在一个空间内活动,相互之间又具有相对的独立性。这样就将这个整体空间分割为多个独立的小空间,从而将线性时间内的事件独立化、空间化,语言场面就会形成一种独立的画面感。

据严宽考证,第二处提到的《携蝗大嚼图》"是雪芹在香山的反映"。因为乾隆十九年前后香山一带时常发生蝗灾,因而人们在这里立了一座"刘猛将军庙"。这个"刘猛将军"是治理虫害的神②。蝗虫有个生理特点,惹人厌恨:"蝗虫的繁殖率极高,所以母蝗虫最能吃能拉。甩子前,它的肚子呈长圆形状,深为农民所恶。……曹雪芹笔下能将吃完了就拉令人厌恨的蝗虫,写得如此深入形象,光靠耳闻是不成的,他应当对蝗虫灾害有一定的生活实际认识,才能描绘出一张《携蝗大嚼图》来。"③ 因而作者将刘姥姥比作"母蝗虫",可能是从蝗虫能吃且吃了就拉的生理特点出发的。这两个生理特点正好成为与刘姥姥有关的两个情节的基础:在筵席上,刘姥姥大吃大喝,惹得众人发笑不停;筵席结束后,刘姥姥又拉起了肚子,迷迷糊糊中进入怡红院。这种转化可谓是"点铁成金"。正像整部《红楼梦》充满了隐喻一样,此处《携蝗大嚼图》也不可小视:根据张新之的分析,这张图与第五十二回出现的《冬闺集艳图》其实都是惜春所画《大观园图》的化身,合在一起正好成为《大观园图》的全部 ——它是一部以画卷方式呈现的《红楼梦》。

第三处描写颇为有趣:宝玉本是"往惜春房中去看画儿",刚出怡红院碰见宝琴的丫鬟小螺,得知宝琴在黛玉房中,遂改变主意,也往黛玉

① (清)曹雪芹:《红楼梦》,人民文学出版社 2008 年版,第 856 页。
② 严宽:《红楼梦八旗风俗谈》,中华书局 2015 年版,第 239—242 页。
③ 严宽:《红楼梦八旗风俗谈》,中华书局 2015 年版,第 241 页。

图 4-4　清　佚名《雍正妃画像·灯下缝衣》,绢本设色,纵 184 厘米,横 98 厘米,北京故宫博物院

房中来。不想宝钗和岫烟也在,"四人围坐在熏笼上叙家常。紫鹃倒坐在暖阁里,临窗作针黹",面对此情此景,宝玉脱口道:"好一幅'冬闺集艳图'!"由于宝玉原本要去看画,心中先存了一个看画的想头,因而见到这个场面不自觉地将之以图画命名,由此也可看出宝玉对历代仕女画作及其场景的熟悉。姚燮认为"图名果好",可惜图名虽好,却仅概括了"四人围坐在熏笼上叙家常"而未将"紫鹃倒坐在暖阁里,临窗作针黹"的场面概括其中,只有脂砚斋命名的《绣窗仕女图》可以将之纳入。张新之也说:"本看惜春画,却来看此画,同一画也。"[1]张新之将这里的场景和惜春的画境相等同,深得作者文心:在曹雪芹的描写中,黛玉房中此情此景比画境更动人,从而使潇湘馆呈现出温馨怡人的情境。宝玉虽未看到惜春的画作,却目睹了画作的真实来源,因而达到了同样的效果,甚至比观看画作的效果还要好。按照张新之的逻辑,"冬闺集艳"的生活场景本就是惜春画作的一部分,生活与画作之间的一致性再次呈现。

　　宝玉所题名的画卷不见于前人之作,但是"冬闺刺绣"却是仕女画中常见的场景。清代中叶女诗人顾太清(1799—1877)曾作《题店壁冬闺刺绣图》和《琐窗寒·题冬闺刺绣图》诗词各一。其词云:

　　　　斜插寒梅压凤钗,停针不语意徘徊。谁家姊妹深闺里,一瓣猩红刺绣鞋。

　　　　弱线初添,琐窗渐暖,闭门同绣。明金压线,刺出一痕春透。

①冯其庸辑校:《重校〈八家评批红楼梦〉》,青岛出版社 2015 年版,第 1317 页。

慧心儿、花样细翻,各人施展纤纤手。意迟迟、几度停针,生怕作来肥瘦。

低首双眉暗斗。正无语思量,阿谁轻逗。香肩慢扣,指点绿平红绉。踏春郊、芳草落花,缓步不染星星垢。舞回风、小立秋千,试问谁能够？ ①

根据顾太清的题诗,可以知道,这幅《冬闺刺绣图》所描绘的是冬日里姊妹们一起同绣的场景,以及姐妹们在刺绣过程中因所绣图像而诱发的情感波澜。与传统诗词的描写一致,"金针""刺绣"往往含有隐喻意味:针线的繁杂凌乱与刺绣者的情思获得了同质性。虽然"各人施展纤纤手",但她们的心思各异,一会想着春天来临时的快乐时光,一会又担心把红绣鞋绣得肥瘦不一,唐伯虎诗词中的"金针暗度"意象又一次在这里出现。在第七回"(宝钗)同丫鬟莺儿正描花样子呢"一句旁,脂砚斋批道:"一幅《绣窗仕女图》,亏想得周到。"因此,"仕女刺绣"的母题在书中被曹雪芹变化为各种形式出现,并被脂砚斋等人敏锐捕捉到。这幅《冬闺刺绣图》以刺绣为主题,与《红楼梦》此处的场景若即若离:若说有刺绣,宝钗诸人并未刺绣,而只是在这里"叙家常";若说无刺绣,但"紫鹃倒坐在暖阁里,临窗作针黹",又与"刺绣相关"。更何况,此后不久,晴雯冒着生命危险帮宝玉夜缝雀金裘的场面又一次与"金针"意象重叠。实际上,这回书的零散事件皆以图为线而成一整体,构成惜春画境的一部分,所以张新之评道:"大观园画起于刘姥姥,结于薛宝琴,同一《易》道也。自此回以后绝不再提,人但见其糊糊涂涂而止,何不详察此处必先之以赤身肉翅女子一画,后之以真真国女子一诗,中间用宝玉往惜春处看画,而乃至潇湘馆看《冬闺集艳图》？盖《冬闺集艳图》即《携蝗大嚼图》也,其收拾之严密有如此！" ②

对于第一处的描写,脂砚斋和后来批者均将之与仇英的画作联系,惹人注意;在第二、三两处,作者自己将描写的场景命名为画作,亦值得我们深思。作为"为闺阁昭传"的著作,《红楼梦》描写的类似场景在书中常见,可以与仇英《百美图》《四季仕女图》以及明清时期类似仕女图

① (清) 顾太清、奕绘:《顾太清奕绘诗词合集》,上海古籍出版社 1998 年版,第 288—289 页。
② 冯其庸辑校:《重校〈八家评批红楼梦〉》,青岛出版社 2015 年版,第 1333 页。

对照来看。例如,第二十五回写林黛玉来到怡红院,"只见几个丫头舀水,都在回廊上看画眉洗澡";第二十七回,写"宝钗探春正在那边看鹤舞";第三十回,写小生宝官、正旦玉官来怡红院和袭人等人玩笑,被雨阻了路,"大家把沟堵了,水积在院内,把些绿头鸭、花鸂鶒、彩鸳鸯,捉的捉,赶的赶,缝上了翅膀,放在院内玩耍,将院门关了。袭人等都在游廊上嬉笑"等。这些场面都是此前仕女图中常见的。因此,《红楼梦》中的"画境"不在少数。除了这些较为明显的语图互文外,还有很多画面感较强的描写,脂砚斋等人都在批评中加以点明,下面详细论述之。

## 第三节　画境与诗境之同构:脂砚斋评提到的画作

作为一部诗化的小说,《红楼梦》的情节、场景描写,多有诗性特点,体现了诗的意境,可以"诗境"称之。同时,曹雪芹在创作《红楼梦》的过程中,与脂砚斋等人不断进行讨论,因而这些最初的读者最能领会作者的文心之妙。在《红楼梦》的情节、场景与传统画作之间的关系方面,也是如此。脂砚斋等人在批语中不断将《红楼梦》的情节、场景等同于画境,有时他们还为这些情节、场景以画作的方式命名,有时则指出书中情节所因循的画作来源。因而这些情节、场景又具有画的境界,可以"画境"称之。"诗境"和"画境"的共存、融合、转化,是曹雪芹同时具备诗人和画家的双重身份所决定的。因此,曹雪芹虽然是在写小说,同时也是在写诗、作画。关于前者学界已有充分研究,这里单讨论后者。如何使用语言呈现并超越画境,曹雪芹是下了功夫的。例如,他直接借用仇英等人的画作场景,将之转化为小说文本;同时,他还借用画家呈现人物的方法(尤其是仕女画和美人图的方法)对书中人物的活动进行呈现。

首先,就语言使用看,曹雪芹喜欢使用颜色词,模仿画家着色的方法对人物衣着、室内陈设、庭园布置等进行描写,使小说文本体现出鲜明的色彩感,增强文本的可视性和画面感。曹雪芹对颜色的熟悉程度,是一般小说作者不能比肩的。例如,他对书中人物服饰色彩的细致描绘,就不是一般作者所能做到的。人们认为这与曹雪芹家族世代为皇室织造布料有关,因而他可以如此精细准确地写出衣饰的颜色搭配情况,进而将颜色搭配作为一种修辞策略使用到全书的叙述中。其中最为经典的当属"红"与"绿"的搭配:如怡红院"蕉""棠"两植暗含"绿""红"搭配,成为怡红院的主要情感色调。在第四十回的描写中,贾母又将林黛玉的绿纱窗换成了红色的"霞影纱",与"千百竿翠竹"一起形成了"红配绿"的色彩组合。无论食物、水粉、衣着、房间陈设等,曹雪芹似乎都喜欢这种"红"配"绿"的颜色组合。如第六十二回写贾宝玉吃的饭食是"一碟腌的脂鹅脯"和"一碗碧荧荧的绿畦香稻粳米饭",第四十回平儿在怡红院使用的是用紫茉莉研碎后兑上香料研制的"青白红香"等。而且,曹雪芹喜欢让他喜爱的人物穿上"红""绿"相间的衣服。如芳官平日所穿的"海棠红的小棉袄""绿洒花夹裤"和怡红夜宴上穿的"一条柳绿汗巾""水红洒花夹裤",以及尤三姐的"大红袄子""葱绿抹胸"和"底下绿裤红鞋",颇美丽动人,具有性感妩媚和青春活力的美①。这种方法的使用,使《红楼梦》文本的画面感特别明显,脂砚斋等人屡次用"画""画境""如画"等词语对这些场景进行评说。

　　与作者曹雪芹一样,作为批者的脂砚斋等人,也喜欢为书中的情节和场景以画作的方式命名。在这些评点中,评批者提到《绣窗仕女图》《幽窗听莺暗春图》《金闺夜坐图》《采芝图》《百美图》《教歌图》等,同时还提到了泛指的《美人图》。这些图有的是有作者的,如《幽窗听莺暗春图》,批者明确说是仇英的画,同时仇英还画过多幅《百美图》;有的是没有作者但颇为流行的,如《采芝图》;有的则是泛指,如《美人图》,很多画家都有类似的作品;有的则是批书人根据曹雪芹描写的境界,自己命名的,如《金闺夜坐图》《绣窗仕女图》等。批书人命名的画作,虽然有的没有具体作品,但是类似场景的画作却是常见的。脂砚斋等人提到这几幅图不是偶然的,它们一方面与《红楼梦》相关的场景、情节极为类似,一方面确有类似作品在当时流传,极可能是它们给曹雪芹的创作以

_____

① 沈旭元:《随情赋彩,随彩抒情——〈红楼梦〉的色彩描绘》,《红楼梦学刊》1982年第4辑。恽寿平《南田画跋》:"湖中半是芙蕖,人从绿云红香中往来。时天雨无纤埃。月光湛然,金波与绿水相涵,恍若一片碧玉琉璃世界,身御冷风行天水间,即拍洪崖,游汗漫,未足方其快也。"见(清)恽寿平:《南田画跋》,毛建波校注,西泠印社出版社2008年版,第87页。其中"绿云红香""碧玉琉璃""金波"、"绿水"之描写,可与《红楼梦》中"红""绿"搭配的描写对看,以观其妙。

图4-5　清　允禧《秋庭夜坐图》，
纵113厘米，横55.8厘米，嘉德
2010年春季拍卖会①

图4-6　清　徐扬《采芝图》，局部，
北京故宫博物院

灵感，然后曹雪芹再融合其他因素而创作出经典的"红楼情境"，因而不能泛泛视之②。

　　例如，脂砚斋提到的《金闺夜坐图》，现在虽未见《红楼梦》诞生前后有类似题名的作品，但是"金闺"之典和"夜坐"的题材，却是这一时期绘画中常见的。只不过，曹雪芹在沿用这些题材、境界时做了改动。在

---

①画作钤印"臣禧"，题识"拟唐棣画意　臣允禧敬临"。唐棣（1296—1364），元代画家，浙江杭州人，幼年受到赵孟頫、马煦赏识，以绘画供奉内廷，后辞官归隐，返乡作画，现有《林荫聚饮图》《霜浦归渔图》《携琴远眺图》等传世。根据允禧此幅作品的题识，他似乎还有类似《夜坐图》的作品流传。
②可惜的是，笔者在经过比对后发现，曹雪芹、脂砚斋等人以画作命名的场景和情节，在清代画家孙温的230幅画作中多被忽略了。尤其是脂砚斋等人题以画名、指出"画""如画"等处的情节、场景，几乎全未在孙温的画作中呈现出来。这似乎说明孙温在创作时有自己的取舍标准，他对曹雪芹创作《红楼梦》所因循的绘画传统似乎尚未进行系统的研究。

王昌龄的诗句中,"金闺"代指亲人远去而寂寞无人的闺阁生活①,而自从沈周创作《夜坐图》并在图上题书《夜坐记》(图4-7)之后,"夜坐"题材的画作代不乏人。根据《夜坐记》题识"弘治壬子",可知这幅作品作于1492年阴历七月十五,当时"久雨新霁,月色淡淡映窗户,四听阒然","足以澄人心神情而发其志意如此"。此后"夜坐"题材即成为文人画中常见的场景,以抒发作者澄怀味象、与宇宙交接的深邃情怀,体现出寂寥空无的境界(图4-5)。第二十七回写"林黛玉倚着床栏杆,两手抱着膝,眼睛含着泪",画出黛玉因在怡红院受到冷落后独自夜坐念家而感伤的情景。脂砚斋批道:

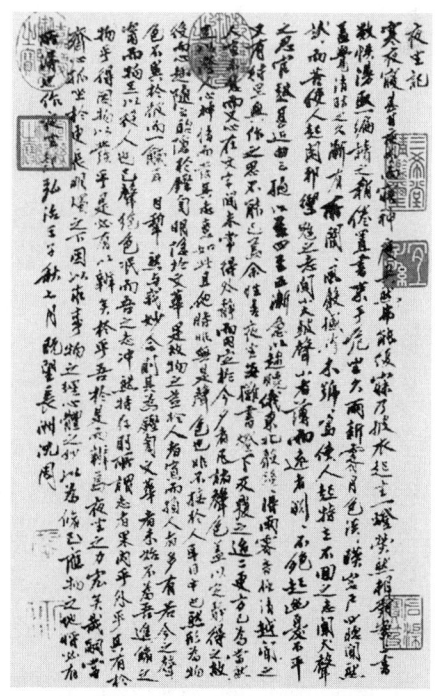

图4-7　明　沈周《夜坐记并图》,纸本设色,纵84.5厘米,横21.8厘米,台北"故宫博物院"

---

① (唐)王昌龄《从军行》:"烽火城西百尺楼,黄昏独坐海风秋。更吹羌笛关山月,无那金闺万里愁。"

前批得画美人秘诀,今竟画出《金闺夜坐图》来了。①

这个命名确有独到之处:将代指寂寥闺阁的"金闺"与代指人文情趣的"夜坐"融合为一,而成"金闺夜坐"一名,此前未见如此命名者;传统《夜坐图》中的主人公,也由男性文人转变为闺中少女。脂砚斋的批语或许正道出作者创设这一情境时的灵感和知识来源:将传统的文人画意和精神境界融入到对闺阁情景的描写,从而生成第三种崭新的事件和意境。当然,黛玉此时的"夜坐"纯是情感,她陷入了深深的思乡之情而无法自拔("直坐到二更天方睡了"),与文人夜坐以体味寂寥无尽之宇宙感截然不同,因而可以说书中"金闺夜坐"的场景是作者"创造性转化"的结果。我们不得不佩服脂砚斋此处"夜坐"二字的概括何其精妙、准确:

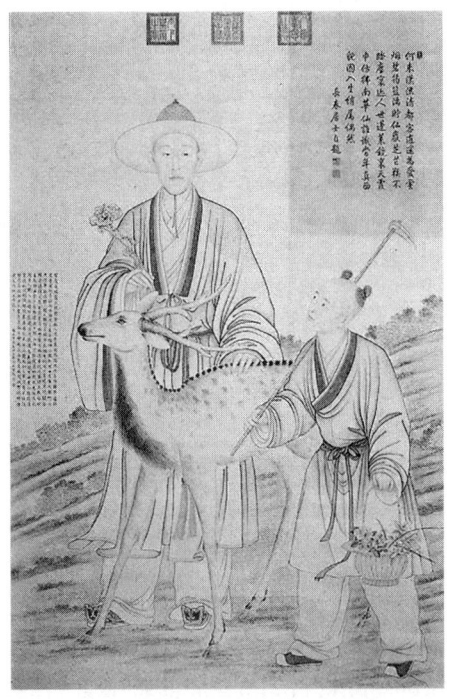

图4-8　清　佚名《采芝图》,纸本设色,纵204厘米,横131厘米,北京故宫博物院

图4-9　清　佚名《雍正行乐图》,藏地不详

---

① 〔法〕陈庆浩:《新编石头记脂砚斋批语辑校》,台湾联经出版事业股份有限公司2010年版,第517页。

根据书中描写,黛玉一年中仅有十来天能睡得好觉,其他时间多是深夜才睡,"夜坐"几乎成为黛玉长夜生活的写照,将其孤单凄凉的生活境况活脱画出,令人惋惜、嗟叹。

再如,针对第二十三回黛玉"肩上担着花锄,锄上挂着行(花)囊,手内拿着花帚"的描写,脂砚斋批道:

> 一幅《采芝图》,非《葬花图》也。①

这个评点以譬喻的方式将林黛玉与灵芝仙草建立了精神性联系。在王希廉的《红楼梦像》中,他将书中女子每人以一种花进行对比绘制,也将林黛玉比作灵芝仙草。实际上,如果我们将"黛玉葬花"带有的特定情感指向抛开,可以看到,作者对黛玉此时形状的描述确实与传统《采芝图》类似。仇英曾有《采芝图》一幅,画面中一位文士衣袂飘然,恍若仙人;其下一名童子正采摘灵芝仙草。整个画面迷蒙悠远,颇有仙境意趣。这幅画现藏中国美术馆。在曹雪芹创作《红楼梦》时,此类《采芝图》关涉事件颇为重大。当然,我们无法判断《红楼梦》与这些作品之间是否存在必然联系。图4-8为清宫内藏《采芝图》,乾隆题诗云:"何来潇洒清都客,逍遥为爱云烟碧。筠篮满贮仙岩芝,芒鞋不踏尘寰迹。人世蓬莱镜里天,霞巾仿佛南华仙。谁识当年真面貌,图入生绡属偶然。"落款为"长春居士自题"。"长春居士"是雍正根据弘历做太子时所居圆明园"长春仙馆"所赐之雅号。根据梁诗正的题写和落款,可知这幅作品作于雍正十一年,是乾隆皇帝晚年时颇为珍

图4-10 清 佚名《乾隆朝服像》,绢本设色,纵220厘米,横183厘米,北京故宫博物院

①〔法〕陈庆浩:《新编石头记脂砚斋批语辑校》,台湾联经出版事业股份有限公司2010年版,第455页。

图 4-11　清　丁观鹏《是一是二图》,绢本设色,纵 147.2 厘米,横 16.5 厘米,北京故宫博物院

爱的作品。画面呈现的是雍正皇帝和刚刚获封"宝亲王"爵位的弘历,
年长者为雍正,年幼者为弘历。也有人认为图中两人均为乾隆。那位手
持花锄、手提花篮的少年形象,正以崇敬的眼光看着手持如意灵芝的青
年。加上已为老年的观者乾隆,这幅画构成了一种难以索解的有趣结
构:处于不同人生阶段的三个人,既是同一人,又不是同一人;而且,身为
观者的主体同时又是画中人,画外与画内的时空界限既存在又不存在。
这显然是乾隆皇帝有意授意宫廷画师创作的作品,因为在著名的《是一
是二图》(图 4-11)中[1],类似的图像结构再一次出现,因而上述说法亦
有道理。乾隆皇帝常将自己作为对象进行反思,与他的父亲一样,他不
断将自己的形象置入传统画作的背景或题材中加以玩赏。在郎世宁所
作《平安春信图》上,乾隆题诗说,如今自己已为皤然老人,看到图中的
少年,他甚至不知画中人是不是真的是自己[2]。这让我们不由将之与《红
楼梦》中真假互换的主题联系在一起思考。

　　在《雍正行乐图》(图 4-9)中,雍正的身份可以确定,"花锄"和"花
篮"则分身为二:雍正本人肩扛花锄,花篮则由他的嫔妃提着;前方行走

①乾隆题云:"是一是二,不即不离。儒可墨可,何虑何思。那罗延窟题并书。"
②乾隆题云:"写真世宁擅,缋我少年时,入室皤然者,不知此是谁? 壬寅暮春御题。"

中的梅花鹿身上,托着盛开的鲜花。乾隆《采芝图》题诗所谓"清都",显然是指清朝都城北京。这种将自己置身世外的图像是雍正和乾隆记录自己生活的重要方式。根据题诗,我们知道,雍正、乾隆父子二人均十分厌倦政治斗争而向往清净自在的仙乡乐土。这个画面又一次出现在乾隆宫廷画家徐扬的作品中,只不过画中的主人公由雍正改换为其他人,题名也改为"采芝图",其他结构则基本一致。这似乎说明,清宫中的这些行乐图卷有一定的摹本,后世画家可以摹本为基础,根据需要对这些摹本稍加改变就可以形成新的画作。

因此,脂砚斋提到《采芝图》,确是一个重要线索,因为第二十三回对黛玉的写照与同一时期宫廷里的图像文本高度重合的现象如此引人注目,因而也必然引起其周围人们的注意。如果我们将目光再一次在这些图像中搜寻,还可发现,类似的人物造型更加接近"黛玉葬花"的描写。

在《红楼梦》中,关于黛玉葬花的描写有三次:根据第二十三回描写可知,在黛玉告诉宝玉之前,她已有葬花行为,此为第一次;第二次即为本回描写的情形;第三次是第二十七回黛玉因昨日傍晚在怡红院受挫,黯然伤神,故葬花自喻而作《葬花吟》。在我们的阅读经验中,"黛玉葬花"似乎专指第二十七回的描写,这或许与本回的《葬花吟》诗作有关。因而当我们一提到"黛玉葬花"首先想到的就是她的《葬花吟》,以及诗作中所传达的凄楚哀怨之情感。如果我们将这层情感色调排除在葬花行为之外,它可能呈现出另外一种颇为清净幽雅的美感。实际上,除了第三次葬花,黛玉其他两次葬花行为并无如此浓厚的情感色调,这一行为本身只不过是黛玉寂寥的闺中生活的一个组成

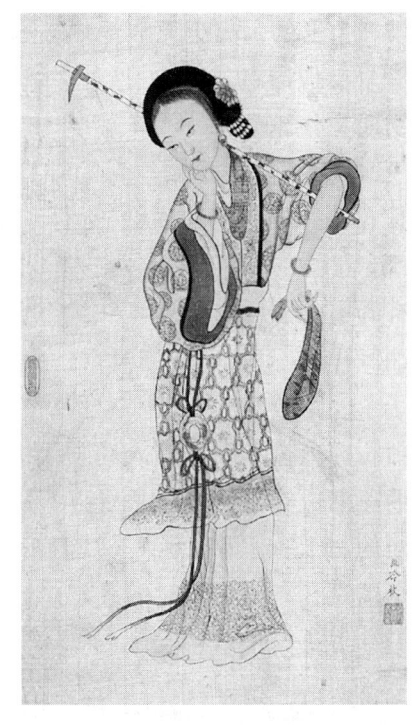

图4-12　清　冷枚《扫花仕女图》,绢本设色,纵59厘米,横30厘米,河南省文物交流中心2006年10月22日秋季艺术品拍卖会

部分,带有更多消遣和审美的成分,所以脂砚斋在第二十三回的评点中将之与《采芝图》相提并论。

　　冷枚《扫花仕女图》呈现的扫花仕女形象(图 4-12),让我们第一眼就想到"黛玉葬花"的情节和场景,虽然我们没有证据证明画中女子就是林黛玉的原型。可以看到,作者将女主人公置于素绢之上,没有任何背景衬托。答案是显而易见的:作者就是要让观者将欣赏的注意力全部凝聚到画面中的女子身上,并让我们对画中女子的容貌、情感和行为进行想象性建构。这幅画作运笔细腻精致,女子的眉眼、身段一丝不乱,她所穿的轻红上衣和淡青色双层夹裙上的丝线和花纹也一丝不落,这让我们觉得自己仿佛可以和她进行直接的对话与交流。事实上并非如此。这位女子正肩扛花锄,右手轻抚粉颊,左手持着锦囊,走在扫拾落花的路上。她低垂的眼神说明她正陷入自己的情绪之中,微弯的月眉说明她可能想到了某件开心事,因而观者无法通过眼睛与她形成有效交流;她沉浸在自己的世界中无暇他顾,一如林黛玉在葬花途中的一个瞬间。

　　类似的场景亦在比冷枚稍早一些的康熙时宫廷画家顾见龙的《人物册》中出现(图 4-14)。这幅作品似乎是在粉本的基础上稍加点染而成,然而却丝毫不减仕女的神韵。与其他浓墨重彩的作品相比,它反而具有一种颇为悠长的韵味,体现出水墨的清香和幽雅。郎世宁的《香妃像》也是一幅《扫花图》或《葬花图》(图 4-13)。有人斥之为伪作,但没有确实的证据;有些索隐论者直接将香妃作为林黛玉的原型[①]。这是一幅油画作品,呈现的是当时宫廷内颇为流行的异域风情。在一个春天的日子里,香妃妆扮成欧洲宫廷女子的形象,坐在山子石上休息——这样的山石在冷枚和陈枚等人的画作中是常见的。她手持花锄,一个满盛鲜花的花篮放在身边。与图 4-12 中的扫花女子一样,她的视线也微微向画面的右下方漂移,无法与观者形成正面、直接的眼神交流——她只是一个被观赏者。在当时的宫廷中,这种易装做法带有鲜明的行为艺术的色

---

[①] 根据《清史稿》等文献记载,乾隆皇帝只有一位新疆妃子即容妃(1734—1788),于乾隆二十五年(1760)入宫,乾隆五十三年(1788)去世。根据现存最早的《石头记》抄本甲戌本(1754),第二十三、二十七回已基本写定,无法将林黛玉和香妃(容妃)两个人物联系起来,因而这种观点无疑是错误的。关于容妃在清宫的更详细的档案资料,可参见徐鑫:《香妃谜案——清宫档案与考古中的香妃》附录一至八,东方出版社 2014 年版,第 151—195 页。

图 4-13　清　郎世宁《香妃像》,绢本设色,
纵 147 厘米,横 71 厘米,北京故宫博物院

图 4-14　清　顾见龙《人物册》,纸本设色,
纵 29 厘米,横 17 厘米,西泠印社

彩,足以引起他人的围观。当然,作为乾隆皇帝最为喜爱的嫔妃,她的可能观者只有皇帝一人,但她却不愿将自己的目光投向这唯一的观者;亦或者,她正是以这种略含羞涩的神态回避观者的灼灼目光,而任由后者欣赏。同样,在郎世宁的另一幅画作中,香妃穿上铠甲,女扮男装,手持弓箭,骑着一匹白色骏马,她身旁的男子(乾隆)正面向她,而她却将视线望向前方,没有与这名男子形成有效的视觉交流关系。两人默契配合的图像仅见于郎世宁的另一幅画作《威弧获鹿图》(图 4-15)。这些相似的图像设计说明,这类葬(扫)花仕女图像带有共同的行为、场景、情感特点和设计程式,因而我们可以将之作为共同艺术母题的产物加以比较。

图 4-15　清　郎世宁《威弧获鹿图》，局部，绢本设色，北京故宫博物院

　　实际上，根据甲辰本和王府本的批语，可以看到，与脂砚斋、畸笏叟等人所感受到的一样，人们从第二十三回的描写中感受到的更多是仙人逸事般的幽雅超逸，如仙子临尘一般，而无丝毫的悲戚之感①，第二十七回带有强烈情感性的葬花行为是这种场景和情境的进一步升华。根据畸笏叟己卯年和丁亥年的两次批语，可以看到，在长达八九年的时间里，他都有将"黛玉葬花"这一场景通过画作重新呈现的想法，但又恐自己的笔墨有亵黛玉葬花之仙姿，因而一直在等待机会。根据畸笏叟的批语，一位以擅画美人著称的画家余集进入我们的考察范围，他可能是早期《红楼梦》稿本的读者之一。据畸笏叟记述，他在丁亥年（1767）春天，遇到一位擅长白描人物的浙江画家，他向后者请求摹写"黛玉葬花"的作品，无奈这位画家宦事冗杂，不久即南下回乡，因而无法在仓促的时间内完成这幅画作②，以至于到这年秋夏之交，他还为此懊悔不已。

①甲辰本批道："写出扫花仙女。"王府本夹批道："真是韵人韵事。"
②陈庆浩注云："按一般以此'浙江新发'为余集。余集（1738—1823）字蓉裳，号秘室，浙江仁和人。'乾隆时以白描美人著称于世'。乾隆三十一年丙戌进士。据郭味渠编的《宋元明清书画家年表》，《域外所藏中国名画集八（四）》有余集嘉庆八年癸亥所作的《卿须怜我图》，未知此图与今本第八十九回黛玉照镜之赞语：'瘦影正临春水照，卿须怜我我怜卿'有关否？"余集号"秋室"，该书作"秘室"，有误。〔法〕陈庆浩：《新编石头记评语辑校》，联经出版事业有限责任公司2010年版，第456页。这句赞语出自冯小青的一首诗："新妆竟与图画争，知在昭阳第几名？瘦影自临春水照，卿须怜我我怜卿。"根据畸笏叟所记，他是在丁亥年（1677）春季认识这位"浙江新发"的，而头年末余集刚中了进士，当时正在京城，第二年春季不久南归，无论时间还是地点，均是有可能的。

## 第四节 创造性防御措施:诗境超越画境

不过,上述例子不能成为《红楼梦》模仿、依循画作而创作的例证,因为正像莱辛《拉奥孔》所分析的那样,题材内容相同的诗歌和绘画除了相互模仿之外,可能还拥有更为古老的共同来源。即使如此,我们也不能排除曹雪芹在创作过程中有可能从这些画作中汲取了营养,或者说这些画作激发了他的创作灵感。在莱辛的分析中,《荷马史诗》对阿喀琉斯的盾的描述,不是描写盾的细节,而是将描写的视角从盾本身转向盾的制作过程,从而将作为静止物存在的盾转化为制作过程中的盾,因而"我们看到的不是盾,而是制造盾的那位神明的艺术大师在进行工作"[1]。这似乎说明语言在描写作为空间存在的事物时不得不因为遵循语言本身的属性而改变事物的存在方式,从而将空间时间化。但是,与这种观点不同,曹雪芹在使用语言对画作进行重述时,没有丝毫生涩之感而影响人物行动和事件的展开,反而时常使用画家"烟云隔断"的手法将之截然两分,由此形成人物行动和事件的碎片化存在方式。这种写法不仅将事件与事件割裂为细小的片段,而且还形成不同事件的交叉、并置,从而将时间化的事件空间化,也就是画面化。这是《红楼梦》文学世界具有鲜明的画面感的基础,与莱辛的分析恰好相反。对于行动和事件的这种描写将在下文分析,这里,我们先分析作者对人物的描写。

第三回写林黛玉进贾府,与众人见面之际,王熙凤出场。作者借助林黛玉一双俊眼来写王熙凤的衣着容貌:

> 一语未了,只听后院中有人笑声,说:"我来迟了,不曾迎接远客!"黛玉纳罕道:"这些人个个皆敛声屏气,恭肃严整如此,这来者系谁,这样放诞无礼?"心下想时,只见一群媳妇丫鬟围拥着一个人从后房门进来。这个人打扮与众姑娘不同:彩绣辉煌,恍若神妃仙子。头上戴着金丝八宝攒珠髻,绾着朝阳五凤挂珠钗;项上带着赤金盘螭璎珞圈;裙边系着豆绿宫绦,双衡比目玫瑰佩;身上穿着缕金

---

① 〔德〕莱辛:《拉奥孔》,朱光潜译,商务印书馆2016年版,第110页。

百蝶穿花大红洋缎窄褃袄,外罩五彩刻丝石青银鼠褂;下着翡翠撒花洋绉裙。一双丹凤三角眼,两弯柳叶吊梢眉,身量苗条,体格风骚。粉面含春威不露,丹唇未启笑先闻。黛玉连忙起身接见。①

可以看到,这段关于王熙凤长相和服饰的描写正处于黛玉疑惑纳罕的思维状态中,从而将黛玉的思维过程打断,同时也将读者的阅读过程打断,将关注焦点从黛玉转移到王熙凤。当然,我们也可以说这里的细致描写,是借黛玉之眼写来,写凤姐容装之细致正说明黛玉心思细密、观察细致,但这不能否定此处描写所具有的"隔断效果"。正当读者的思维随着黛玉在贾府的行动而持续展开时,这种描写无疑造成一种阻碍的效果。读者在读这段细致的描写时仿佛是在观赏一幅宫装仕女画:我们顺着作者的笔触先对画中人物有一个整体的感受("彩绣辉煌,恍若神妃仙子"),然后再看她的头、颈、腰、上下身的衣饰,然后再仔细观看她的眉眼特点,最后重新形成一种整体观感。这个过程实际上也就是我们欣赏一幅人物画的观看过程。脂砚斋批道:"另磨新墨,搦锐笔,独特出熙凤一人。……试问诸公,从来小说中可有写形追像至此者?"②脂砚斋将雪芹写人之法等同于画家写人之法进行评说,而"写"字本来就属于绘画术语。

所谓"写形追像至此",即指作者对王熙凤穿着衣饰的描写像画家之笔一样全面周到、细致入微,让人惊叹。所谓"另磨新墨",当指按下黛玉而单描凤姐,从而将按照线性时间发展的事件隔断,形成事件的停顿,让凤姐的音容定格呈现,突出其独特性,然后再接续前文,使人物行动和事件继续展开,读者也随着作者"黛玉连忙起身接见"的描写再次将思绪接续到前文。当然,物体的空间与时间不会截然分离,王熙凤形貌的被定格仍处在一定的时间序列中:这个从整体到细部再到整体的细致描写,既是黛玉观察的时间过程,也是读者观察凤姐的时间过程。只不过,两者的观察时间存在差异:作为观察行动的主体,黛玉的观察有其时间限制,而作为读者的观察却因置身事外而无时间之限制,可以无限拉长,

①(清)曹雪芹:《红楼梦》,人民文学出版社 2008 年版,第 39—40 页。
②〔法〕陈庆浩:《新编石头记脂砚斋评语辑校》,台湾联经出版事业股份有限公司 2010 年版,第 66—68 页。

从而将王熙凤的形貌特征全部建构完成。这种叙述方式对读者阅读所造成的"停顿"与"凝视",正是《红楼梦》文学世界画面感生成的又一思维基础。

显然,这种叙述方式是作者故意为之,因为类似叙述和描写的例子在书中是常见的。脂砚斋等人在他们的批语中屡次将书中类似场景指出,用"画""画境"等点明其"如画"的性质。也正因如此,《红楼梦》诞生后,无数画家运用自己的画笔将书中人物行动和事件一一呈现在画卷上。这两种情况似乎正是艺术史上的"诗模仿画"和"画模仿诗":作者受到画作的启发而创作了书中带有画面感的人物、场景、情境,后世的画家又将这些人物、场景、情境呈现于画面。只不过,《红楼梦》模仿画作而成为文学史上的经典,画作模仿《红楼梦》却未在绘画史上取得经典的地位。

这种情况与有的学者所观察到的一种现象不相符合:"诗歌与绘画的关系是中外文艺理论史上的传统话题。但是,有一种现象至今尚未受到普遍关注和充分阐释,那就是二者相互模仿的艺术效果问题:大凡先有诗而后有画,即模仿诗歌的绘画作品,例如'诗意画',很多成了绘画史上的精品;反之,先有画而后有诗,即模仿绘画的诗歌作品,例如'题画诗',在诗歌史上的地位则很难和前者在画史上的地位相匹配。……大凡以语言文本为模仿对象的图像艺术,取得较高艺术成就的概率非常之高,并有可能成为艺术史上的杰作;相反,那些先有图像、后被改编为语言文本的作品,则很难取得较高文学价值。"[1]按照作者的分析,这种情况的存在,是因为语言是实指的,带有明确的指向性,而图像是虚指的,以相似性为原则;这样,图像对语言的模仿,因遵循相似性原则而无需也无必要与语言取得一致,图像本身具有独立性,因而容易出现创新而成为艺术精品;反之,语言模仿图像,因为语言要遵循实指性原则,一旦它与模仿对象高度一致(实际上这种一致是不存在的,因为图像本身就是相似性、隐喻性的)其本身也就失去了自我规定性而无法获得独立,因而这样的作品很难成为艺术精品。这种限制与语言本身的实指性原则相

---

[1] 赵宪章:《文体与图像》,人民文学出版社 2014 年版,第 158—159 页;赵宪章:《语图互仿的顺势与逆势》,《中国社会科学》2011 年第 3 期。

违背,因而在语言模仿图像的过程中,语言一直以一种强势力量侵入、改变、脱离图像的限制,进而使图像变成"残片"而"尘埃飞扬"①。这种语图互仿过程中存在的"不对称现象"确实存在且较为普遍,但却不能称其为"规律"而"颠扑不破"。《红楼梦》创作过程中的诗画互仿的效果即与此截然不同。

下面,我们以《红楼梦》中的经典场景为例说明这个问题。众所周知,"宝钗扑蝶""黛玉葬花""宝琴立雪""湘云醉卧芍药裀"等都是书中画面感较强的场景,也是后世画家不断摹写的对象,后世评家多以"粉本""画本"称之。例如,有评家评"宝钗扑蝶"道:"写生手,用笔清绮可爱。宝钗扑蝶乃是用折叠扇,今人作此图者多写团扇,误也。团扇岂可藏于袖中耶? 胜周昉粉本。"②姚燮、张新之等人称"宝琴立雪"的描写是"美人图粉本","极妙书本"③,似乎在指示读者将之画成图像作品。"湘云醉卧芍药裀"也是类似的场景。前人评道:"绝妙一幅周昉《仕女图》! ……即在石凳上整理残妆,好景可画。"④张新之对这一场景中出现的"手中的扇子在地上""一群蜜蜂蝴蝶闹穰穰的围着"说道:"特提扇子,直找三十一回。蜂便是一个虫儿,蝶便是玉色蝴蝶,游仙一梦到此已了。完'金麒麟'案,仍是完'金锁'案。以上找'绛芸轩',而布景设色鲜艳异常,遂成绝妙画本,是此书造孽处。"⑤如此等等。这些评点将《红楼梦》人物场景的画面感特质揭示出来。所谓"绝妙一幅周昉《仕女图》",并不是说《红楼梦》中的这些场景描写可与周昉《仕女图》媲美,而是说这些场景实际上超越了周昉的画作("胜周昉粉本")。如果《红楼梦》只是对周昉画作场景的直观重复,那么,人们不如直接欣赏周昉的作品而无需阅读《红楼梦》,画作的形象性显然要超越《红楼梦》的文本。

因此,《红楼梦》中的有些事件、场景虽然借用、模仿了画作,但人们却一致认为前者超越了后者。人们在观赏那些模仿《红楼梦》文本的画作时首先想到的是《红楼梦》的描写,然后再依照《红楼梦》的描写对画

①赵宪章:《文体与图像》,人民文学出版社,2014年版,第180页。

②冯其庸辑校:《重校〈八家评批红楼梦〉》,青岛出版社2015年版,第728页。

③冯其庸辑校:《重校〈八家评批红楼梦〉》,青岛出版社2015年版,第1277页。

④冯其庸辑校:《重校〈八家评批红楼梦〉》,青岛出版社2015年版,第1560页。

⑤冯其庸辑校:《重校〈八家评批红楼梦〉》,青岛出版社2015年版,第1560页。

图4-16　清　冷枚《雪艳图》,绢本设色,纵70厘米,横49厘米,天津博物馆

图4-17　清　顾见龙《探梅图》,纸本设色,藏地不详

作进行赏析、品评,文字的实指性再一次凌驾于图像之上。而且,这类作品在画史中的地位无法取得类似《红楼梦》在文学史上的地位。这似乎说明根据诗歌创作的画作不一定能超越诗歌,而根据画作创作的诗歌也不一定就不能超越画作。这似乎也可以说明,作为语言的载体,《红楼梦》的文本正在像题画诗一样努力挣脱画作的影响,走向自己的路途,因而要将它的摹本彻底否定而让自己获得独立性。

　　但正像我们所分析的那样,这些场景可能还有更为复杂的事件来源和文化基础,以至于使两者之间在保持一致的同时具有了根本的差异。例如,"宝琴立雪"的场景有其独特的图像渊源,且经过了作者独具匠心的改造;它更多源自于明清之际较为流行的《探梅图》系列,例如,历经康、雍、乾三朝的宫廷画家冷枚创作于乾隆三年(1737)的《雪艳图》(图4-16),让我们相信类似的场景和情境曾经获得过宫廷皇室的青睐。尤其在明清易代之际,"梅花"更成为江南文人刚毅品格的象征;而在宫廷、皇室内部以及团结在康熙皇帝周围的文人官员,跟随康熙的喜好,也不断有"探梅"的行为和举动。围绕在康熙周围的一批画家(包括文人画家和宫廷画家)均以此为题材创作了不少作品,顾见龙、冷枚和禹之鼎、曹宣等人创作的《探梅图》均应置于这个历史语境中加以考察(图4-17,图5-5)。

在这种情况下,《红楼梦》中出现"踏雪寻梅"场景的描写就变得颇为复杂:它一方面作为一种模式化的场景和构图出现在书中,同时又以其鲜明的画面感给读者留下深刻的感官印象,从而使历经这些事件的观者可以有理由将之与类似的历史和文化事件对比来看。比如,曹寅《楝亭集》中众多关于踏雪寻梅的诗歌和其弟曹宣《探梅图》的创作,就让我们不得不对《红楼梦》第五十回的描写另眼相看,认为它们之间存在必然的联系。如果我们更进一步,将康熙和乾隆屡次到南京、扬州欣赏梅花的行为介入到这一文化体系之中,我们也有理由相信《红楼梦》的描写与此脱不了干系①。"黛玉葬花""宝钗扑蝶"等场景描写同样如此。

如果我们将这些场景所依据的图像模式和文化场域做一归纳,似乎可以发现,在《红楼梦》诞生的时代,这些图像模式及其所依托的生活事件在继续上演的同时也发生了极大的变异。例如,"探梅""葬花"的主体从男性向女性的过渡,"扑蝶"的幻境隐喻和实践主体的更替,文人服饰与西洋服饰的交叉,等等,都在新的历史语境中不断出现。正是在如此多重的文化和历史事件的浸染、改造和重塑中,那些带有模式化世代传承的画面场景又一次被作者有意无意之间赋予了新的内涵,由此成为新的画境。

当然,曹雪芹这种诗境超越画境的创作实践,不能仅归纳为时代环境和文化因素渗透使然,因为类似因素在其他同时期诞生的作品中同样存在,而这种超越性新境却并未出现,因而我们必然要将分析的视野转移到作家本人身上。我们可以体会到,当脂砚斋等人用"如画""纯是画境"等词语对《红楼梦》的描写进行评说时,他们其实是在赞美文本而否定画作。例如,在第五十回的描写中,正当人们欣赏眼前所见艳丽、典雅、纯洁之境时,贾母向"众人"提出自己的问题:"这山坡上配上他的这

---

① 张志:《曹寅爱梅原因蠡测》,《红楼析论:曹学与红学的融合》,中国书籍出版社 2016 年版,第122—134 页。

个人品,又是这件衣裳,后头又是这梅花,像个什么?"而当"众人"一致将这个场景与仇英的《艳雪图》进行比照时,贾母立刻提出了自己的看法:"那画的那里有这件衣裳?人也不能这样好!"这说明在贾母心中,此时此刻之优美境界无法用传统的画境加以比拟和说明,她有自己另样的评价标准。正像贾母对仇英《艳雪图》境界的否定一样,脂砚斋同样通过对第七回描写的批评,否定了仇英《幽窗听莺暗春图》所提供的画面和场景,认为是书文字书写流利婉转而仇英的画作却如"画工"一样刻板,没有活泼生动的灵气。作者和批者就这样相互唱和,一起否定画作之境界而提高《红楼梦》的境界,从而使文本和画作分道扬镳,也使文本获得了独立性。

这里似乎蕴含着这样一种艺术观念:仇英的画作固然是好,然而与当下正在发生的活生生的生活现实相比,还是存在不足,毕竟,生活本身的生命气韵之流贯使作者的文笔也变得流动起来。但是,正像朱自清所疑惑的一样,"'逼真'与'如画'这两个常见的批评用语,给人一种矛盾感。'逼真'是近乎真,就是像真的。'如画'是像画,像画的。这两个语都是价值的批评,都说是'好'。那么,到底是真的好呢?还是画的好呢?……照历来的用例,似乎两个都好,两个都好而不冲突,怎么会的呢?"[1]实际上,类似疑惑在刘姥姥第二次来贾府游览大观园时就已出现:她一方面将自然的美比作画,认为画比自然美,同时她又认为大观园的美超过了画,比画美。那么,到底是画美还是自然美,由此成为一个问题。刘姥姥的回答是明确的:没进入大观园之前,她认为画比自然美,进入大观园之后,她认为自然比画美。换言之,我们没有看《红楼梦》之前,觉得画作中的某些场景比诗中类似的场景美,待我们读过《红楼梦》之后,就会觉得《红楼梦》中的某些场景比画作中类似的场景美——《红楼梦》是高于画的。这个观点与贾母和脂砚斋等人的评价是一致的。

因此,我们似乎可以这样认为,曹雪芹立意要以自己的创作来超越给他艺术灵感的画作,并确实认为自己的创作超越了这些作品。正像布鲁姆分析的那样,"强大或者对自己要求严苛的诗人都想要剥夺其前人

---

[1]朱自清:《论逼真与如画——关于传统的对于自然和艺术的态度的一个考察》,《朱自清古典文学论文集》,上海古籍出版社 2009 年版,第 115 页。

的名字并争取自己的名字"①。曹雪芹也是这样的人:他通过这种直接点评的方式将此前天才画家所创设的经典人物和场景进行否定,进而将自己的独创性凸显出来。不仅对于画作的运用如此,在书中,其他诸如对前人的古诗、曲牌、情境、故事的使用无不带有这种特点——曹雪芹通过这种方式确认了自我创作的独特性,而成为一个"强大或者对自己要求严苛的诗人"。

## 第五节　画法与文法:《红楼梦》文本可视性生成的技法基础

在《红楼梦》中,曹雪芹时常将画法作为文法使用。脂砚斋等人在批评中反复提到传统绘画技法:"以至草蛇灰线、空谷传声、一击两鸣、明修栈道、暗度陈仓、云龙雾雨、两山对峙、烘云托月、背面敷粉、千皴万染诸奇。书中之秘法,亦不复少,余亦于逐回中搜剔刳剖,明白注释,以待高明,再批示误谬。"② 这些绘画技法或叙事,或写人,作用不一。清人哈斯宝称这种写作方法为"画花绘雪":"作画之人虽能绘花,却画不出花香,故在花旁画蝴蝶飞舞,以示花香。这不是画蝴蝶,乃是画花。虽能画雪,但画不出雪寒,所以要画个雪中烤火的人,以示其寒。这不是画火,仍就是画雪。本书多用此法暗中烘托故事,读者应细想。"③ 为了进一步提醒读者注意作者以画法进行创作的特点,脂砚斋特别指出会在后面的批阅中逐回向读者点明这一点。这种创作方法在全书中常见,几乎每一回都存在这种情况(见附录3)。

根据脂砚斋等人在批语中的提示,可以看到,曹雪芹运用绘画的方法进行创作,主要可分为两面:其一是利用画法描写人物,其二是利用画法叙述事件。前者多用画家皴染法和衬托法,层层描写点染,反复晕染,使人物富有立体感,个性鲜明;在对人物的衣着服饰、生活空间器具陈设的描写中,作者善于使用精细的工笔画法,尤其是人物画的方法,对人物的形态、容貌、衣饰、居所、行动等进行细致点染,分外传神。后者利用云

---

① 〔美〕布鲁姆:《影响的剖析:文学作为生活方式》,金雯译,译林出版社2016年版,第12页。
② (清)曹雪芹:《红楼梦》,脂砚斋等评、徐少知新注,里仁书局2018年版,第5页。
③ 胡经之:《中国古典文艺学丛编》,北京大学出版社2001年版,第119页。

山雾罩之势,使情节发展似断实连,若隐若现,摇曳有致,富有变化。在故事情节的叙述、展开过程中,作者侧重使用山水画的技法,如"云龙雾雨""烘云托月""千皴万染"等,使情节发展曲折多变,摇曳生姿。当然,事由人物行动构成,并在一定的生活空间中展开,因而写事和写人是一体两面,无法截然分开。周汝昌说:"大家读《红楼梦》,总感觉他是写了一巨幅'工笔画卷',可实际上他整部书用的却是'写意'手法。……真正的高超的写意,没有不是从工笔的基本功夫化生出来。写意的真假,只在有无工笔本功这点上分辨!"①下面结合文本和脂砚斋等人的批语对此略加说明。

就人物描写方面,以下几种画法的利用颇有特点。

第一是使用晕染法,对人物层层铺写,使之立体化,有多样性和丰富性。在这方面,作者多用画家的晕染衬托之法,通过多次描写渲染达到层层叠加的效果,使人物和环境更有真实性。脂砚斋批语中提到的相关说法有"万染千皴"、"画家三染法"、"三染无痕"、"淡三色烘染"、"皴染"等。皴和染是中国画中常用的两种技法,经常一起运用。"皴"是画中用以表现山石、峰峦和树身表皮的脉络纹理及凹凸向背的技法。小斧劈皴为唐代画家李思训所创,雨点皴则是王维的独创,后经历代画家不断发展,已演变成几十种皴法。"染"是指书画的着色落墨,用水墨或淡彩润刷画面,以加强物象的立体感。用在写作中,则是泛指对人物、环境的由简到繁,由粗到细,由浅到深的一层层、一步步的刻画描写,使对象跃然纸上。在第二回,甲戌本回前批写道:"借用冷字一人,略出其大半,使阅者心中,已有一荣府隐隐在心。然后用黛玉、宝钗等两三次皴染,则耀然于心中、眼中矣。此即画家三染法也。"②曹雪芹通过冷子兴"演说荣国府",将荣国府的主要人物展现给读者。随后再通过黛玉、宝钗进贾府,刘姥姥进大观园等,对环境及主要人物进行一次又一次皴染,使读者对小说环境和主要人物有了较为完整、清楚的了解,由此环境和人物也就跃然纸上、栩栩如生了。

第二是作者擅长使用衬托的方法,或以他人衬托,或将人物置于某

---

① 周汝昌:《红楼艺术》,人民文学出版社 2016 年版,第 58—60 页。
② (清)曹雪芹:《红楼梦》,脂砚斋等评、徐少知新注,里仁书局 2018 年版,第 37 页。

种独特情境,如万绿丛中一点红之效果。这与中国画的烘染法颇为类似。这是一种设色方法,先用沾取颜色的笔点涂在需要浓墨重彩的部分,再以一支含有清水的笔向需浅的部分晕开,使得这块墨色随画笔的走向由深入浅晕开并逐渐消失,与另外的墨色相融接。通过墨色的涂抹,使所绘形象阴阳相衬,浓淡得宜,从而增强对象的立体感与真实感。第二十一回写宝玉丢珠一事极妙。湘云为宝玉梳头,问宝玉头上戴的珠子为何少了一颗,宝玉回答丢了,湘云便认为是被别人捡去了,黛玉则在一旁冷笑道:"也不知是真丢了,也不知是给了人镶什么戴去了!"宝玉听了,却不回答,拿起周围的妆奁等物赏玩。庚辰本侧批道:"纯用画家烘染法。"[①] 此段通过简短的语言着力刻画三人性格。黛玉的冷笑之言,与湘云的"被人捡了去"形成对比,而宝玉面对黛玉的冷笑却装作把玩东西、避而不答,由此可见黛玉之言似有道理。黛玉说的这句话,犹如画家的烘染之法,烘托出宝玉平时行为不拘小节、善待他人,使宝玉丢珠事件更加传神有味。烘染法通过递进式的描写,使人物形象一遍遍地得到刻画、临摹,最终形成一个生动立体的形象。

　　脂砚斋等人常用"烘云托月""背面敷粉"等词语,对作者使用衬托描写人物的方法进行评说。绘画的烘云托月与背面敷粉法,是指在描绘有意突出的物体时,采用突出画中其他部分来达到使所描绘物体更加显黯的目的。烘云托月是正面衬托出景物,背面敷粉则是从背面衬托。烘云托月是指画月亮时并不将月亮涂成白色或多加勾勒,而是以较淡的水墨烘染月亮周围的云朵,通过烘染云朵来衬托月亮。金圣叹评《西厢记》提到过烘云托月之法:"欲画月也,月不可画,因而画云。画云者,意不在于云也。意不在于云者,意固在于月也。"[②] 在文学创作中,这种方法称为衬托法。脂砚斋在第五十九回总批中说道:"苏堤柳暖,阆苑春浓,兼之晨妆初罢,疏雨梧桐,正可借软草以慰佳人,采奇花以寄公子。不意莺嗔燕怒,陡起波涛;婆子长舌,丫环碎语,群相聚讼,又是一样烘云托月法。"[③] 正是柳暖春浓时节,宝钗黛玉等晨起梳妆,湘云犯杏癍癣,宝钗命莺儿去黛玉那里要蔷薇硝。按照常理,如此美好的天气时节正应当写佳

①(清)曹雪芹:《红楼梦》,脂砚斋等评、徐少知新注,里仁书局 2018 年版,第 552—553 页。
②(清)金圣叹:《金圣叹评点西厢记》,上海古籍出版社 2008 年版,第 4 页。
③(清)曹雪芹:《红楼梦》,脂砚斋等评、徐少知新注,里仁书局 2018 年版,第 1441 页。

人公子们的生活。但曹雪芹并未花太多笔墨来写,而是写了春燕、芳官、春燕妈等婆子丫鬟的长舌碎语,花大段笔墨写平常小事和一出闹剧。若单看这一情节,恐难理解作者为何在良辰美景中浪费笔墨,但联想到绘画的衬托法就可以理解了。通过烘云托月法反衬出佳人公子们的生活,与婆子丫鬟们的闹剧完全不同,他们的生活更加高雅、有情调,富有诗画的气质和情趣。

脂砚斋反复提到的"背面敷粉法",也源于中国画中的"陪衬法"。作画时,在绢或纸的背面涂上一层粉底,然后再作画,以此来衬托正面的画迹,可使之更加鲜明、清晰。用在写作中,此法可以使事物的特征得以强化,更加鲜明突出,读者可进一步加深和巩固对该事物的认识,从而收到单纯正面描写所无法收到的艺术效果。第二十四回写贾芸向卜世仁赊借一些香料用以"行贿"凤姐,却被卜世仁拒绝,卜世仁对贾芸说的话很精彩,作者写卜世仁看到三房的老四"骑着大叫驴,带着五辆车,有四五十和尚道士",庚辰本双行夹批道:"妙极!写小人口角,羡慕之言加一倍,毕肖。却又是背面傅粉法。"[1] 写大叫驴、五辆车、几十和尚道士并非意在写排场多么气派,而是通过卜世仁之口透露出这种小人物对大排场的羡慕嫉妒之情,刻画了卜世仁的性格,卜世仁不愿将香料借与贾芸也就合情合理了,对后文贾芸起身告辞等情节亦有推波助澜的作用。

第三是借用画中点苔法,使人物活动有秩序感,错落有致,在突出重要人物的同时又呈现人物活动的整体情况。"点苔法"又称"攒三聚五"、"三五聚散"法。"点"是绘画中常用的技法,通过点画使画面安排达到和谐有致的效果,用在文章写作中是指人物、情节设置的错落有致、详略得当。点苔法,即指点苔、画梅之时,须做到有聚有散,有疏有密,从而使得苔、梅形态各异,不死板。清初汪之元《天下有山堂画艺》:"苔宜攒三聚五,不即不离,过多则石不显,必须恰好,不多不少之间。"[2] 用在写作上,则是指描写人物时能够精心刻画,使人物自然散落在空间各个地方,各有安排,如画一般疏密有致。第七回花大段笔墨写丫鬟小姐们的形态,沿着周瑞家的行走路线,通过周瑞家的之眼,好似摄像机一样将众

---

[1](清)曹雪芹:《红楼梦》,脂砚斋等评、徐少知新注,里仁书局2018年版,第631页。
[2]王世骧:《中国画论研究》,生活·读书·新知三联书店2013年版,第581页。

多人物的动作形态娓娓道来。例如"几个小丫头子都在抱厦内听呼唤",司棋与侍书二人"正掀帘子出来,手里都捧着茶钟","迎春探春二人正在窗下下围棋",甲戌本夹批道:"用画家三五聚散法写来,方不死板。"①借周瑞家的之眼将众多人物娓娓道来,丫鬟小姐们身份形态各不相同,如此写法不突兀不匆忙,各处各写一点,三五一聚,众多人物形象形成一幅美好的图景,如画卷一般精致绝伦。

第二十四回同样运用了浓淡墨点苔法。宝黛共读《西厢记》后,黛玉又听到梨香院戏子演习《牡丹亭》,"不觉心痛神痴,眼中落泪","正自情思萦逗,缠绵固结之时",忽然插入香菱从黛玉背后击她一掌,之后香菱拉着黛玉回到潇湘馆,下棋看书后就走了。庚辰本眉批:"是书最好看如此等处,系画家山水树头丘壑俱备,末用浓淡墨点苔法也。"②开头插入香菱出现一段琐事,正是浓淡墨点苔之笔。黛玉独自落泪神痴,中途突然跳出一个活泼可爱的香菱,打破了悲伤的气氛,将黛玉悲伤的情思自然切换回来,使文气活转。香菱没有黛玉的才学,她做不到如黛玉这样为景所伤,但是她活泼灵动的气质却适合将黛玉拉回到日常状态中,而且不显突兀。倘若只写黛玉一人,虽然情节很美,但却过于死板,少了一丝生机,中途点入一个"呆香菱",使情节、人物错落有致,行文更加流畅起伏。

在叙事方面,《红楼梦》对事件的描述尤其强调"断"的效果,即某事正在发生,却突然转笔描写他事,从而使事件被拦腰斩断,后事之发展或明白点出,或暗中隐喻,不一而足,由此形成"红楼事件"之间的巨大张力关系,也为读者提供了广阔的想象空间。这种"隔断"与"停顿",有效地突显了《红楼梦》文本的立体性特征,使读者阅读如观画一般。这也是某些探佚之作得以存在的基础。在绘画中,这种画法称为"山云画法""横云断岭""横云断山"等。在小说描写中,所谓"山云画法",是指小说整体与小段情节的关系,合理的安排小情节的详略、穿插,使得小说整体叙述更加富有节奏感。宋代李澄叟《画山水诀》:"高山烟锁其腰,长岭云翳其脚。远山萦纤而来,还用烟云以断其脉。"③即用云雾涂抹山岭

①（清）曹雪芹:《红楼梦》,脂砚斋等评、徐少知新注,里仁书局 2018 年版,第 212 页。
②（清）曹雪芹:《红楼梦》,脂砚斋等评、徐少知新注,里仁书局 2018 年版,第 625 页。
③俞剑华:《中国古代画论精读》,人民美术出版社 2011 年版,第 269 页。

之间，显示出群山的远近高低，表现出含蓄委婉的绘画美。在叙事作品中，横云断岭是一种常见的方法，指一段大情节被一段段小情节隔断，就像山水画中用云把山隔断一样。也就是说，在描写较长的故事情节时，作者为了避免行文的呆板，使故事富有节奏和波澜，有意插入一些表面上看来是阻止情节发展的小事件。第四回写贾雨村正看护官符还未看完，插入了王老爷来拜一段。贾雨村接待完毕之后又接续护官符的描写。甲戌本侧批写道："横云断岭法，是板定大章法。"① 第四回若是顺着贾雨村看护官符来写，则会显得此段太过冗长，而在贾雨村还未看完时，插入王老爷来拜一事，隔断了对护官符一事的叙述，待接待完王老爷之后再回来接着写，就不显得情节死板，也使故事活起来了。

　　相似的描写还有第六回：刘姥姥初进大观园，正在拜访凤姐、与凤姐交谈，突然插入凤姐问起蓉哥在哪一段。甲戌本侧批："惯用此等横云断山法。"② 刘姥姥拜访一事已写了很多，若继续描写则使情节平常无趣，插入"蓉大爷来了"这一事件，使情节起了波澜，更与后文凤姐与蓉哥的对话形成呼应。如此安排推动了情节的发展，此后再接着写刘姥姥一事则会再次有趣起来。这两段描写均是在故事情节发展中有意插入一些引起波澜的事件，犹如烟云相连、把山隔断，使文章富有含蓄的美感，避免了叙述的呆板。再如第二十八回，"薛宝钗因'金锁是个和尚给的，等日后有玉的方可结为婚姻'等语，所以总远着宝玉"，甲戌本眉批道："峰峦全露，又用烟云截断，好文字。"③ 宝钗的母亲对王夫人提起过"金玉良缘"之语，是峰峦全露的写法，而"所以总远着宝玉"却又是烟云截断之法。前一句点出了"金玉良缘"一事，后一句却丝毫不顺着前文的意思写来，而插入宝钗的想法，即"远着宝玉"，这种"远"或许是因金玉之事，或许是因黛玉与宝玉的关系，同时也表露了宝钗的心事。这样的写法使读者分辨不出宝钗对宝玉的感情到底如何，令人捉摸不透。但接下来写的是黛玉嘲笑宝玉看宝钗看得痴迷，好似"呆雁"，又与前文的描写看起来没有直接的联系，更增加了"远着宝玉"做法的神秘含蓄之感。烟云截断的写法令人难以窥透，似烟云笼罩，虽遮住一段情节，却丰富了文章

① （清）曹雪芹：《红楼梦》，脂砚斋等评、徐少知新注，里仁书局 2018 年版，第 111 页。
② （清）曹雪芹：《红楼梦》，脂砚斋等评、徐少知新注，里仁书局 2018 年版，第 195 页。
③ （清）曹雪芹：《红楼梦》，脂砚斋等评、徐少知新注，里仁书局 2018 年版，第 742 页。

的波澜,对宝、钗、黛三人的性格刻画都起到了重要作用。总体来看,这种"烟云截断"之法,使书中事件在保持完整性的同时具有片段性特征,时间性的事件由此转化为空间化的存在,既可让读者阅读过程一同暂停,又使文本从一维空间向二维空间甚至三维空间过渡,增强了文本的表现力,有利于读者通过视觉感受的方式进入文本。

当然,写人、叙事,一体两面,无法截然分开。《红楼梦》写人叙事之手法多样,借用画法仅是其诸多手段之一种。例如,在叙事方面,《红楼梦》亦好使用"空谷传声"一法,作者随口所叙一两句话,无不暗含玄机,将无数其他事件和盘托出,如空谷足音一般警醒读者。周汝昌说书中描写宝玉私交蒋玉菡的描写就是典型的"空谷传声"的写法:"忠顺王府来人寻,方说出城中人十停倒有八停都说是宝玉藏起蒋玉菡",这样"骇人听闻的大案"以及宝玉与蒋玉菡的密切私交[①],就这样在随手一笔中呈现无遗。按照浦安迪的说法,作为"奇书文体",《红楼梦》与《金瓶梅》等奇书小说存在诸多一致之处,尤其是它们在写法上存在更多重叠之处。

上文根据《红楼梦》的描写和脂砚斋等人的批语,分析了中国传统画作、画法与曹雪芹创作《红楼梦》之间的联系。实际上,《红楼梦》暗藏的与绘画相关的情节、场景等远不止此,《红楼梦》文本中还隐藏着更为独特、隐蔽的视觉语法结构,这些内容将在后文呈现。

---

① 周汝昌:《红楼艺术》,人民文学出版社 2016 年版,第 70 页。

# 第五章 "全书只演凹凸二义"

## ——《红楼梦》文本的视觉语法

在 1608 年的日本长崎，葡萄牙耶稣会士若昂·罗德里格斯（Joao Rodrigues）出版了一本供在日本传教的耶稣会士使用的了解日本的指南用书《日本语语法》（*Arte da Lingoa de Iapam*）。颇为奇特的是，在这本书中，作者不仅介绍了日本语语法，"而且还有关于日本绘画的长篇精彩论述，内容涵盖日本京都豪宅中狩野画派的装饰绘画，以及风格和题材学自中国的《潇湘八景图》。作者真正理解并阐述了日本的禅学美学、园林、茶道和日本美学中的'寂'（空寂）与'侘'（幽居）的概念内涵"①。罗德里格斯的这部著作既是一本语言学著作，同时也是一本美学和艺术学著作，众多视觉材料的使用使它与一般语言学著作差之甚远。实际上，在众多此类书籍中，我们很难看到一本既讨论语言语法问题，又讨论艺术和美学问题的著作。虽然这本书的普及性质可能使作者将不同领域的问题纳入到同一本书之中，但我们也可认为，在作者的观念中，语言语法与艺术法则之间具有某种共通性。

同样，《红楼梦》的阅读和研究首先是语言问题，其次是历史、美学和艺术问题。实际上，在《红楼梦》的文本世界中，作者通过语言讨论了诗歌、绘画等问题，同时也提供了很多视觉材料。除了书中"踏雪寻梅""黛玉葬花"等画面感极强的场景描写外，《红楼梦》以写实细腻的笔法真实呈现了当时贵族社会的物质文化，建筑布局、鼎彝陈设等描写细致而真实，宓妃塑像、瘟神像、茗玉小姐塑像等雕刻作品充满象征意味。作者和脂砚斋等评点家还提到《海棠春睡图》《艳雪图》《冬闺集艳图》《金闺夜坐图》《斗寒图》《汉宫春晓图》等著名画作和宋徽宗、赵子

---

① 〔英〕迈克尔·苏立文：《东西方艺术的交会》，赵潇译，上海人民出版社 2014 年版，第 109 页。

昂、吴道子、李龙眠、米芾、仇英、唐寅等著名画家。除古代艺术传统之外,作者还涉及到西洋美人画、穿衣镜等颇为现代的西方艺术和文化,作者借对陆游诗句"古砚微凹聚墨多"中的"凹""凸"问题的讨论,不仅将诗画问题合二为一,而且将中西艺术互融互通并赋予崭新的艺术内涵,使自己的创作体现出强烈的包容性、当代性和先锋意味。这些视觉材料构成了《红楼梦》文本世界的可感性特征,形成了《红楼梦》独特的"视觉语法",是我们进入《红楼梦》的又一通道。

## 第一节　曹雪芹对"凸""凹"问题的讨论

在戚序本第七十六回"凸碧堂品笛感凄清　凹晶馆联诗悲寂寞",有回前批评价此回云:"云行月移,水流花放,别有机括,深宜玩索。"[①]批者指出"此回着笔最难":因为不写中秋显然是缺笔,如写中秋则与上元节重复;不写诸人作诗酬唱的中秋节就是一般的中秋节,而如写作诗酬唱,又与诗社作诗重合。但作者通过史湘云与林黛玉在凸碧堂品笛和凹晶馆联诗的描写,克服了这一难题而别具新意。其间有关"凸碧堂"和"凹晶馆"的描写,是全书关卡所在。当黛玉说"这两个字还是我拟的呢",张新之评道:"全书只演凹凸二义,黛固书中主人翁,故出自他。"[②]因此,作为视觉词汇的"凹""凸"二字,便成为理解全书的重要参照和切入点。

一般意义上看,"凹""凸"二字的语义首先是指向视觉的,而且在《红楼梦》中作者有两处用此二语指称绘画作品,即第四十回刘姥姥所见怡红院迎宾壁画和第七十六回黛玉提到"张僧繇画一乘寺的故事"两处。正像有学者所观察到的,"凹凸"一词用来指称绘画(例如"张僧繇画一乘寺"),"只于短暂期间为唐代人用以形容中亚绘画立体感的技法,这项技法既未形成主流传统,也没有在后来的中国绘画发展史上造成重

---

①(清)曹雪芹:《红楼梦》,脂砚斋等评,徐少知新注,里仁书局2018年版,第1825页。
②冯其庸辑校:《重校〈八家评批红楼梦〉》,青岛出版社2015年版,第1876页。

要影响"①,因而我们似乎不应将《红楼梦》着意突出"凹凸"的现象与此联系起来。

与《红楼梦》创作同一时期,凹凸画实际上指的就是吸收了西画技法——即透视法(perspective)、明暗法(shading)和形塑法(modeling)——而创作的画作,这些画作充分利用工具材料和几何学知识进行创作,从而使画作呈现出明暗对比强烈、色彩对比鲜明、画面立体逼真等效果,以呈现与现实世界几无差别的形象世界。在清宫造办处档案中,这些技法被称为"凹凸法"、"线法"或"线法画",因而《红楼梦》中的凹凸问题可能更具有当代意义。而在第三十八回的描写中,王熙凤将贾母额头年少时留下的凹陷处戏谑为"盛福寿的窝儿",老寿星因为福满了,"倒凸高些了",这里的"凹""凸"既是视觉现象,同时又被寓意化了;第四十八回关于陆游"古砚微凹聚墨多"的讨论则是在诗学意义上展开的。这使问题变得更加复杂,其内涵亦多样化了。更值得注意的是,在对凸碧堂和凹晶馆的描写中,作者旁征博引、即景说法,对"凹""凸"二字的多样用法和历代典故进行了细致、深入的讨论。这种明显有掉书袋、卖弄才学嫌疑的写法,在书中是少见的。这说明此处对"凹""凸"二字的讨论需要特别重视:

> 湘云笑道:"这山上赏月虽好,终不及近水赏月更妙。你知道这山坡地下就有池沼,山坳里近水一个所在就是凹晶馆。可知当日盖这园子时就有学问。这山之高处,就叫凸碧;山之低洼近水处,就叫作凹晶。这'凸''凹'二字,历来用的人最少。如今直用作轩馆之名,更觉新鲜,不落窠臼。可知这两处一上一下,一明一暗,一高一矮,一山一水,竟是特因玩月而设此处。有爱那山高月小的,便往这里来;有爱那皓月清波的,便往那里去。只是这两个字俗念'洼''拱'二音,便说俗了,不大见用,只那陆放翁用了一个'凹'字,说'古砚微凹聚墨多',还有人批他俗,岂不可笑?"②

实际上,湘云对"凸""凹"二字颇为自得、自信的解说,充满了各种误

---

①〔美〕班宗华:《行到水穷处:班宗华画史论集》,白谦慎编,刘晞仪等译,生活·读书·新知三联书店 2018 年版,第 343 页。

②(清)曹雪芹:《红楼梦》,人民文学出版社 2008 年版,第 1061—1062 页。

图 5-1　清　陈枚《月曼清游图册·凉台玩月》,绢本设色,纵 37 厘米,横 31.8 厘米,北京故宫博物院

读。黛玉的进一步解释,清晰呈现了二人在人品情趣、知识才学等方面的差异。

　　湘云认为"凸碧堂""凹晶馆"与此处山坡、池沼的地形配合,专门为玩月而设,颠倒了二者之间的关系。实际上,这两处建筑并非"特因玩月而设",其名称也是园子建造完成后由黛玉等人另起的;湘云所谓"当日盖这园子时就有学问"的想法是想当然,如果说其间有学问,所显示的也是黛玉的学问。前人对湘云之论批道:"煞有道理之论"[1],就是指湘云所言看起来有道理,实际是对二者关系的颠倒和误读,她不了解大观园景点名称的形成过程。根据第十七回的描写,我们知道,大观园建成后各处景点都留下了以供拟名镌刻的"镜面白石",当日贾政带领众宾客游玩时宝玉题写了一部分,"有存的,也有删改的,也有尚未拟的":"这是后来我们大家把这没有名色的也都拟出来了,注了出处,写了这房屋的坐落,一并带进去与大姐姐瞧了。"[2]根据黛玉的补叙,可以知道,"凹晶馆"等名是后来拟的,而且拟的时候一般有典故来源,同时要与"房屋的坐落"贴合应景,贾府把这些信息详细注明抄写后再送进宫里请元春审订。

①冯其庸辑校:《重校〈八家评批红楼梦〉》,青岛出版社 2015 年版,第 1876 页。
②(清)曹雪芹:《红楼梦》,人民文学出版社 2008 年版,第 1062 页。

书中其他情节为黛玉的说法提供了佐证:第三十八回藕香榭螃蟹宴开始前,贾母和众人来到藕香榭,作者借贾母之眼看到一幅对子:"芙蓉影破归兰浆,菱藕香深泻竹桥",结合第七十六回黛玉的叙述,可以推测这副对子可能是黛玉所题,故由湘云念出,黛玉、湘云二人,一显一隐,恰成对照。庚辰本夹批道:"妙极!此处忽有补出一处,不入贾政试才一回,皆错综其事,不作一直笔也。"①"芙蓉影破"可能是指黛玉的悲惨结局,"菱藕香深"则指宝钗主仆等人的机密行事。因此,湘云对凹晶馆等处的命名情况是不了解的,以为这些名称是盖园子时就拟好的;她虽注意到轩馆之名应与地理位置、房屋坐落之间有密切关系,但并不知道是后来元春、黛玉等人拟定的,而且她也不知道大观园凹晶馆等处景点名称的典故来源。

因此,黛玉、湘云二人关于"凹""凸"的讨论,某种程度上是二人知识储备、才情高下的比照。湘云认为"凸""凹"二字"历来用的人最少",她似乎只知道陆游诗句对"凹"字的使用,"一见了这浅近的就爱",做出了浅近的判断,同时暴露了自己知识面的狭窄。黛玉则说:"也不只放翁才用,古人中用者太多。"黛玉随手列举了《青苔赋》《神异经》《画记》等三处典故作为例证,以反驳湘云的观点,这三个例证典故都是湘云不曾知道的。湘云在她的日常生活中忙于生计,在读书方面下的功夫与黛玉相比差距甚大,两人不可同日而语。她对大观园景点题名的典故出处一般是不知晓的,她虽对此留心,但无意深入思考。在随后的联诗中,黛玉吟出"争饼嘲黄发"的诗句,湘云认为此句是黛玉杜撰出来、故意用俗事难她,没有出处,黛玉笑道:"我说你不曾见过书呢。吃饼是旧典,唐书唐志你看了再说。"湘云不知"吃饼"旧典,又一次暴露了自己在知识储备方面的欠缺,因而被黛玉嘲为"不曾见过书"。在宝玉生日宴会上,湘云认为宝玉用"玉"字射宝钗所出之"宝"字,"是用时事","'宝玉'二字并无出处,不过春联上或有之,诗书记载并无",但香菱马上举出岑参《送杨瑗尉南海》中的诗句"此乡多宝玉",反驳了湘云的观点。这也是湘云"不曾见过书"的例证。有人评道:"援引'凸凹'两字,为腹俭者稍显神通，二美所长不在乎掉书袋。"① 湘云可谓是"腹俭者"，在黛玉则"稍显神通"。黛玉在不经意间彰显了自己渊博的学识和通灵的情趣。

再进一步看，第七十六回关于"凹""凸"二字的讨论又牵涉到香菱学诗的往事，是对黛玉、湘云二人日常关系的点题。湘云认为"凹""凸"二字用作轩馆之名，"更觉新鲜，不落窠臼"，此时她并不知道这两个名字是黛玉拟的，因而她不吝惜自己的赞扬。她以为这名字是其他人拟的，借此反驳、嘲笑黛玉当年对陆游诗句的评论。她说："还有人批他俗，岂不可笑"，所指是第四十八回黛玉教香菱学诗时，黛玉对陆游"垂帘不卷留香久，古砚微凹聚墨多"一联诗进行批评的事情。显然，香菱把黛玉对放翁此诗的批评告诉了湘云。第四十九回："如今香菱正满心满意只想作诗，又不敢十分罗唣宝钗，可巧来了个史湘云。那史湘云又是极爱说话的，那里禁得起香菱又请教他谈诗，越发高了兴，没昼没夜高谈阔论起来。"② 这说明，香菱与湘云谈诗时可能已经谈及黛玉批评陆游的话。而中秋夜宴距此事过去约有一年，湘云还牢牢记在心里，遇到凹晶馆的题名时又以此挑黛玉的不是。自从两人因宝钗生日观戏而发生不和之后，湘云把黛玉看作是"小性儿、行动爱恼的人"。第四十九回写吃鹿肉时，湘云讥讽黛玉是"假清高，最可厌的"。由于她不知道此处名称是黛玉拟的，所以她大加赞扬，想以此否定黛玉的评价，却暴露了自己在诗才和人品等方面的缺陷。正因如此，作者反而在第

图 5-2　清　禹之鼎《双英图》，绢本设色，纵 136 厘米，横 56 厘米，清华大学美术学院

---

① 冯其庸辑校：《重校〈八家评批红楼梦〉》，青岛出版社 2015 年版，第 1876 页。
② （清）曹雪芹：《红楼梦》，人民文学出版社 2008 年版，第 657 页。

四十九回雪天联诗时,着力突出湘云才思敏捷、清爽俏丽的形象。洪秋藩评道:"此回多为湘云设色,打扮则俏丽动人,性情则豪迈可喜,诗才则敏捷绝伦,可谓出色写照,宜今之品题人物者动称湘云。"[①]"今之品题人物者动称湘云",可见出他们没有领会作者似褒实贬的意图。

　　林黛玉对"凹晶馆"等两处建筑景点的命名,是她诗学主张的成功实践。毫无疑问,湘云的天分才情也是很高的,因而她也是懂诗的,也能作出好诗;她认为凸碧堂和凹晶馆两处名称对"凸""凹"二字的使用,"新鲜""不落窠臼",对给这两处拟名的人,她也是由衷佩服的——她在无意之间被黛玉的才情学识折服了。当日贾宝玉与贾政等游玩时给园中景点题名,仅仅拟了一部分,后来黛玉等把没有名色的地方一并拟出交给元春审核,凡黛玉所拟之名"一字不改都用了"。这是元春对黛玉题名的肯定。在第四十八回,黛玉教香菱学诗时提出了"第一是立意要紧"的诗学主张,在她看来,"意趣真"是诗之为诗的根本标准:"不过是起承转合,当中承转是两副对子,平声对仄声,虚的对实的,实的对虚的,若是果有了奇句,连平仄虚实不对都使得的。"[②]针对香菱说的"格调规矩竟是末事,只要词句新奇为上",她还说:"词句究竟还是末事,第一立意要紧。若意趣真了,连词句不用修饰,自是好的,这叫做'不以词害意'。"[③]在黛玉看来,作诗的词句、属对等技法是不重要的,"格调规矩""词句""意趣"三者中,"意趣"最重要,"词句"和"格调规矩"应该为"意趣"服务。对于"意趣",黛玉要求做到真、新、深,即"真切"、"新颖"、"透彻"[④]。在黛玉眼中,"词句"本身无雅俗之分,词句雅俗与否全在作者能否以新颖的意趣赋予词句以新鲜的生命,所以"凹""凸"二字也不存在湘云所说的"俗念作'洼''拱'二音,便说俗了,不大见用"的问题,因而也不存在"只是今人不知,误作俗字用了"。

　　这就牵涉到黛玉对陆游"垂帘不卷留香久,古砚微凹聚墨多"的批评:她不认为"古砚微凹"如香菱所说的那样"真切有趣",而认为这联诗"浅近",香菱因不知诗,误把"浅近"当作"真切"。黛玉所谓"浅近",

①　冯其庸辑校:《重校〈八家评批红楼梦〉》,青岛出版社 2015 年版,第 1262 页。
②　(清)曹雪芹:《红楼梦》,人民文学出版社 2008 年版,第 645 页。
③　(清)曹雪芹:《红楼梦》,人民文学出版社 2008 年版,第 646 页。
④　王怀义:《红楼梦与传统诗学》,上海三联书店 2012 年版,第 22—23 页。

是指陆游这联诗只是呈现了一个场景,读者无法通过这一场景发现诗中人物的情趣,也无法引起读者的进一步想象。钱穆对林黛玉此论有较为深入、明白的解释:"放翁这两句诗,对得很工整。其实则只是字面上的堆砌,而背后没有人。若说它完全没有人,也不尽然,到底该有个人在里面。这个人,在书房里烧了一垆香,帘子不挂起来,香就不出去了。他在那里写字,或作诗。有很好的砚台,磨了墨,还没用。则是此诗背后原是有一人,但这人却教什么人来当都可,因此人不见有特殊的意境,与特殊的情趣。"①《红楼梦》所拟"凸碧堂""凹晶馆"二名,新鲜有趣、不落窠臼,作者正是以这种方式与陆游分庭抗礼,彰显黛玉在诗歌创作方面的才情与见识。

　　与"真—假""阴—阳"等一样,"凹""凸"问题也属于《红楼梦》文本内部的"二元补称"结构之一,富有哲理意味。《红楼梦》往往"冷—热""动—静""阴—阳""梦—醒""真—假""阴—阳"对比写照,浦安迪将之称为"二元互补性"结构:"互补的二元性和多项的周旋性是持久不变的美学形式,为中国文学系统增添了一致性和连续性。"②这一结构是对《周易》阴阳哲学的演绎。在《红楼梦》中,这种两极对立因素相互交织、重叠,不间断地交替运行、无中生有,最终形成复杂的文本结构。因而此处黛、湘二人对"凹""凸"二字的讨论亦应纳入这一架构看待,同时可与湘云关于"阴—阳"问题的论述加以对照。

　　作为以《周易》"易道""易理"阐释《红楼梦》的学者,张新之对此亦专门予以点明。黛玉、湘云在山上讨论"凹""凸"二字典故来历之后,"二人同下山坡,只一转弯就是""凹晶馆",张新之评道:"由凸至凹,转弯就是,盈虚一瞬而已。"③由山坡到池沼的"一转弯",实现了"凸"向"凹"、"盈"向"虚"的转换,此后所写"熄灯睡了"等景象则为"一派阴象"。再如第三十八回写贾母诸人来到藕香榭,贾母想起自己家里的"枕霞阁",并说小时玩耍掉到水里"被那木钉把头蹦破了","如今这鬓角上那指头顶大一块窝儿就是那残破了";凤姐笑道:"那时要是活不得,如今

────────────

① 钱穆:《谈诗》,《中国文学论丛》,生活·读书·新知三联书店 2002 年版,第 111—112 页。
② 〔美〕浦安迪:《〈红楼梦〉的原型与寓意》,夏薇译,生活·读书·新知三联书店 2018 年版,第 66—67 页。
③ 冯其庸辑校:《重校〈八家评批红楼梦〉》,青岛出版社 2015 年版,第 1876 页。

这大福可叫谁享呢！可知老祖宗从小儿的福寿就不小，神差鬼使碰出那个窝儿来，好盛福寿的。寿星老儿头上原是一个窝儿，因为万福万寿盛满了，所以倒凸高出些来了。"① 贾母"像他们这么大年纪，同姊妹们天天顽去"的回忆和凤姐的阐述，使"凹""凸"成为贾母少女往事的铭记符号，隐然写出又一部十二钗的往事，故庚辰本夹批道："看他忽用贾母数语，闲闲又补出此书之前，似已有一部十二钗的一般，令人遥忆不能一见。余则将欲补出枕霞阁中十二钗来，岂不又添一部新书？"② 张新之亦评道："诙谐新颖，是从上段生出，已绝妙矣，而又隐满则溢之一言，书无闲文如此。"③ 黛玉、湘云二人所讨论的"凹""凸"二字，虽是词汇用法问题，却与书中人物形象、思想旨趣、事件发展等密切相关，因而作者所谓"凹""凸"者，实为《红楼梦》全书思想意蕴之象征。

总之，作者关于"凹""凸"问题的讨论具有多种面向，其显在指向首先体现在本书对视觉效果的呈现；脂砚斋、张新之等人所谓"全书只演凹凸二义"在书中则首先表现为作者对逼真性和形象性的塑造——如何创设逼真画面和情境以让读者有"恍若置身画图中"的切身体验之感，成为作者首先加以解决的问题，然后以此为基础过渡到对思想主题的呈现。这是《红楼梦》的艺术特质之一。在书中，这两种内涵的转换同时又通过诗、画两种艺术形式表现出来的。作者在描写中始终诗画并提，但二者最终分道扬镳——诗对画的超越使《红楼梦》摆脱了给它艺术灵感的前代艺术而获得了自己的独立性。换言之，作为视觉词汇的"凹""凸"二字已经从视觉内涵转移到精神内涵，成为读者进入本书的另一通道。"全书只演凹凸二义"，正可看作《红楼梦》的视觉语法。

## 第二节 画中人与镜里爱宠：《红楼梦》主题的强化

张新之所谓《红楼梦》"全书只演凹凸二义"，首先是提请读者要高度注意视觉因素在文本阅读时的重要性。作者在文本中布置了大量

---

① （清）曹雪芹：《红楼梦》，人民出版社 2008 年版，第 504 页。
② （清）曹雪芹：《红楼梦》，脂砚斋等评，徐少知新注，里仁书局 2018 年版，第 933 页。
③ 冯其庸辑校：《重校〈八家评批红楼梦〉》，青岛出版社 2015 年版，第 1003 页。

图像内容。这些图像多是人物肖像画,还有两件逼真的神像雕刻作品,更直接地突出了这种逼真性。在描写中,作者反复使用"活似真的一般""极画的得神""好的了不得"等强调画中人物的逼真性。这让人想起顾起元(1565—1628)《客坐赘语》一书对利玛窦带来的《圣母抱圣婴像》中人物形象的描绘:"其貌如生,身与臂手俨然隐起幛上,脸之凹凸处,正视与生人不殊。人问画何以致此。答曰:中国画但画阳不画阴,故看之人面驱正平无凹凸相。吾国画兼阴与阳写之,故而有高下而手臂皆轮圆耳。凡人之面,正迎阳,则皆明而白;若侧立,则向明一边者白;其不向明一边者,眼耳鼻口凹处皆有暗相。吾国之写像者解此法用之,故能使画像与生人亡异也。"[1] 因此,《红楼梦》所使用的"竟有这样凸出来的""活似真的一般"等语汇,与顾起元的"其貌如生""与生人不殊""脸之凹凸处"等语汇一样,都是对西画凹凸技法及其效果的真实表述。因而我们可以推测,曹雪芹正是将欧洲绘画技法特点融入到自己的创作中,设置了相关的情节、场景和意象,突出了思想主题。

在书中,作者使用"活似真的一般"描述画中人的例子有三处,这一语汇还被用来描述两尊女神塑像。第十九回写宝玉在宁国府参加宴会倍感无聊,"因想'这里素日有个小书房,内曾挂着一轴美人,极画的得神。今日这般热闹,想那里自然无人,那美人也自然是寂寞的,须得我去望慰他一回'。想着,便往书房里来。"[2] 第四十一回,(刘姥姥)"于是进了房门,只见迎面一个女孩儿,满面含笑迎了出来。……细瞧了一瞧,原来是一幅画儿。刘姥姥自忖道:'原来画儿有这样活凸出来的。'一面想,一面看,一面又用手摸去,却是一色平的"[3]。在第二十六回,薛蟠曾用"真真好的了不得",形容他所看到的一幅春宫图,强调的也是画中人逼真如生的特点。此外,《红楼梦》还写了两尊女神塑像:第一尊女神像存在于刘姥姥的叙述中,只能靠想象获得。第三十九回写宝玉听了刘姥姥说的早死的茗玉小姐的故事,便让茗烟去城外寻找庙里供着的茗玉小姐的塑像:"那庙门却倒是往南开的,也是稀破的。我找的正没好气,一见这

---

① (明)顾起元:《客坐赘语》卷六"利玛窦"条,见《明代笔记小说大观》第二册,上海古籍出版社 2005 年版,第 1344 页。

② (清)曹雪芹:《红楼梦》,人民文学出版社 2008 年版,第 254 页。

③ (清)曹雪芹:《红楼梦》,人民文学出版社 2008 年版,第 555 页。

个,我说'可好了',连忙进去。一看泥胎,唬的我跑出来了,活似真的一般。"宝玉喜的笑道:"他能变化人了,自然有些生气。"茗烟拍手道:"那里有什么女孩儿,竟是一位青脸红发的瘟神爷。"①第二尊女神像是水月庵的宓妃像。第四十三回写凤姐生日时宝玉与焙茗从北门出城到水仙庵祭奠投水而死的金钏,"宝玉进去(水仙庵),也不拜洛神之像,却只管赏鉴。虽是泥塑的,却真有'翩若惊鸿,婉若游龙'之态,'荷出绿波,日映朝霞'之姿。宝玉不觉滴下泪来。"②与逼真的绘画一样,这些"活似真的一般"的美人形象,惹人回想。

　　首先,第十九回宁国府小书房中的美人画,"极画的得神",是《红楼梦》中诸多事件和人物的视觉化呈现。宝玉因其逼真,而恐别处热闹这里冷清无人冷落了她。在他看似孩子气的想法里体现出其一以贯之的体贴的思想。"敢是美人活了不成"的想法随后被一活美人确证,画中人瞬间由假转真。这位"白净""些微亦有动人心处"的十六七岁的丫鬟卍儿,不仅是画中人的现实写照,同时也是金陵十二钗生平事件的呈现者:她出生时的奇特梦境和在梦境中出现的"五色富贵不断头卍字花样"的一匹锦缎,都可证明这一点。所以宝玉不断感慨:"真也新奇,想必他将来有些造化。"同时,这幅美人画和秦可卿房间中的《海棠春睡图》亦相互写照,恰成互文。宝玉在说完"想必他将来有些造化"后便"沉思了一会"。细心的读者可以想见,美人画、小书房、警幻所训之事等,都存在于宁国府这一充满色情象征意味的独特空间,宝玉之所以陷入沉思,显然是此情、此景、此事勾起了他对往事的回忆。在第十二回的描写中,宝玉与凤姐一起探视久病未愈的秦可卿,在凤姐与可卿的私密谈话中,后者反复哀叹此病难好、时日不久,而宝玉恍然感动之际已被《海棠春睡图》所吸引:"宝玉正眼瞅着那《海棠春睡图》并那秦太虚写的'嫩寒锁梦因春冷,芳气笼人是酒香'的对联,不觉想起在这里睡响觉梦到'太虚幻境'的事来。正自出神,听得秦氏说了这些话,如万箭攒心,那眼泪不知不觉就流下来了。"③宝玉此处对图流泪,同时与第四十回他面对宓妃神像想起死去的金钏而滴下泪来的情景相呼应。

①(清)曹雪芹:《红楼梦》,人民文学出版社2008年版,第528页。
②(清)曹雪芹:《红楼梦》,人民文学出版社2008年版,第582页。
③(清)曹雪芹:《红楼梦》,人民文学出版社2008年版,第153页。

　　实际上，无人冷清的小书房、逼真的美人画、"警幻所训之事"，均成为《红楼梦》叙事结构的构成要件，因而张新之将"美人活了"看作整部《红楼梦》的象征。以此观之，第三十回中金钏所说的贾环与彩云在东小院里发生的事情，本质上也是一部《红楼梦》，而以此处茗烟之事发端。这些不同的事件背后拥有相同的结构模式，文本与图像中的事件彼此映衬，相互摹仿，极大拓展了同类事件的内容空间和情感向度——原型意象和结构的自我复制，形成了事件连绵发展的紧凑感，从而使读者在不同事件中来回磨荡，应接不暇，读者对文本的沉浸进一步深化了。

　　其次，茗玉小姐的塑像与青脸红发的瘟神像相互写照、转化，这种不断转换的视觉经验使读者阅读的连续性被打断而产生震惊、停顿之效果，并从直观的视觉感受走向思想的深处。这一情节设计，与作者一贯以鬼怪妖魔象征美人形象的写法是一致的。刘姥姥所述茗玉的故事令人唏嘘感伤，并引发略带恐怖而又迷人的美感。十七岁一病而死的茗玉小姐的塑像，与青脸红发的瘟神像之间无必然的分界，二者分享了"真—假"的两面，也是一面风月鉴。读者阅读《红楼梦》时多会像宝玉那样想见茗玉小姐"活似真的一般"的塑像形象，沉浸在温婉富丽而略带感伤的情感世界之中；而在宝玉的想象中，这塑像将茗玉小姐永远定格在美丽的十七岁，她的死去引起宝玉无限的伤感与惋惜，因而想之念之，希望能以塑像稍解相思。现实的情况是，焙茗见到这"活似真的一般"的瘟神塑像，被"唬的跑出来了"，这是在警告读者不要过分沉溺在想象的情境中，而应及时抽身自省，返回现实。这一点，与贾瑞正照风月鉴的寓意是一样的。所以张新之对"竟是一位青脸红发的瘟神爷"评道："便是风月宝鉴反面，便是应寻究之根底。"[1]王希廉对此亦评道："焙茗寻美女庙，偏遇见瘟神像，暗中点醒痴人，是先后此书中美人俱变为夜叉海鬼、牛头马面陪衬。"[2]同样的设计亦见于第五回：宝玉梦中与秦可卿温柔缱绻之后携手游玩，"但见荆榛遍地，虎狼同群，迎面一道黑溪阻路"，又有"许多夜叉海鬼将宝玉拖将下去"，张新之认为这些"夜叉海鬼"的出现就是《红楼梦》"全部人物登场"，明确指出"'夜叉海鬼'即大观园中

①冯其庸辑校：《重校〈八家评批红楼梦〉》，青岛出版社2015年版，第1038页。
②冯其庸辑校：《重校〈八家评批红楼梦〉》，青岛出版社2015年版，第1040页。

若辈人也",姚燮则言"拖将下去"即为"自此拖入大观园,六七年后方脱此劫"①。这正像庚辰本对"只见反面一个骷髅立在里面"夹批所云:"所谓'好知青冢骷髅骨,就是红楼掩面人'是也。"②"红粉佳人"与青冢骷髅二者之间的分界瞬间消失,正如风月宝鉴的正反面相辅相成而成一面宝镜。

因此,第十九回所写美人画虽是偶然事件,却具有极强的统摄力量:正在发生的事件照应第五回宝玉在太虚幻境所遇到的香艳事件,而在第十九回的开头部分作者就已写到了《黄伯央大摆阴魂阵》等鬼怪戏文,又与第五回回末宝玉与可卿所见的"荆榛遍地,虎狼同群"的迷津以及迷津中出现的夜叉海鬼相关——鬼怪妖魔与红粉佳人,正是风月宝鉴正反面所呈现的内容。

张新之对水仙庵女神塑像评道:"看官恍然又是一个瘟神庙"③,直指第三十九回茗玉小姐的故事,同时涉及第十九回的描写。金钏故事可与宓妃投水而死的故事相互写照,因而我们可以把此处关于宓妃神像的描写看作是对金钏形貌的描写。金钏是与鸳鸯、袭人等一同进府的大丫鬟,在她们中间颇有地位。在书中,作者未直接描写金钏的形容,但在第三十回的描写中,读者可见出一斑:那是一个寂静无人而略显漫长的夏日午间时分,处于青春萌动期的宝玉来到母亲房间,看到金钏坐在凉榻旁给王夫人捶腿,但夏日中午的困倦让她"乜斜着眼乱恍",她耳上的坠子随之轻轻摇晃;同时,青春靓丽的她"抿嘴一笑",让宝玉"有些恋恋不舍"。这些细节描写可以让读者想象出金钏的形容声貌。而且,从她对彩云和贾环事件的关注来看,她与袭人一样,"年纪比宝玉大两岁,近来又渐通人事"。根据第二十三回的描写,宝玉还时常吃金钏嘴上"才擦的香浸胭脂",两人关系亲密异常。因此,宝玉所见水仙庵神像"翩若惊鸿,婉若游龙"的姿态,同时又引发读者对曹植此文中宓妃形貌的直接想象:凌波微步、超越凡尘。清代评点家洪秋藩面对此处描写不由发问道:"对神像何致伤心? 定是眉目丰姿与金钏儿相仿。"④可见,刘姥姥所说茗玉

①冯其庸辑校:《重校〈八家评批红楼梦〉》,青岛出版社 2015 年版,第 274 页。
②(清)曹雪芹:《红楼梦》,脂砚斋等评,徐少知新注,里仁书局 2017 年版,第 321 页。
③冯其庸辑校:《重校〈八家评批红楼梦〉》,青岛出版社 2015 年版,第 1120 页。
④冯其庸辑校:《重校〈八家评批红楼梦〉》,青岛出版社 2015 年版,第 1126 页。

事件暗含黛玉、宝玉故事的结局,最后以瘟神像呈现,又在第四十三回以宓妃神像映照,文本内部的整体性通过图像之间的互文性关系得到进一步加强,图像呈现的逼真性强化了作者欲以表达的主题。

在书中,与画中人形象形成比照的是"镜中人"形象,典型代表是风月宝鉴中的凤姐形象。镜中凤姐俏丽如生,"站在里面招手叫他",正是贾瑞内心渴望实现的幻想,故而镜中人虽是影像,但其逼真性却无可替代——它成为实体的替代物,或者它就是实体。人们将自我内心想象的人物、事件和世界,通过虚幻的影像而"弄假成真",这正是一切文学艺术的本质。洪秋藩评道:"凤姐若知贾瑞镜中事,当高吟《西厢》两句云:'他会做影里情郎,我会做画中爱宠'"①,将镜中人与画中人对看,揭示了镜像与图像之间的呼应关系。《红楼梦》的别名即为"风月宝鉴",它本身就是一面镜子:书中人亦为镜中人。正像脂砚斋反复提醒读者注意的,贾瑞所见这面风月鉴正是全书的象征:正面的红粉佳人和背面的青冢骷髅,相反相成,构成事件的整体。

有学者经过细致的统计发现,在《红楼梦》诞生之前的明清小说戏曲中以"镜"命名或以"镜"为线索的作品共计二十三部,经过这些作品的成功实践,镜子的象征意蕴和叙事功能已趋于成熟、完备②。表现镜中人,也是中国文学艺术作品的重要母题之一。在汉代的图像世界中,梳妆图已类型化,顾恺之《女史箴图·修容卷》中的对镜梳妆图最为典型,伦理教化之含义亦已确定(图5-3、图5-4)。正像曹植在《画赞序》中指出的那样,最早的神话历史图像一直是"存鉴诫,助人伦"的工具——"镜中人"与"画中人"都在时刻告诫观者不断对历史事件和自我人生进行反省。与画中人相比,镜中人具有更高的逼真性,因而更易引发观者对自我生命的思考。

书中写到镜中人的地方很多,这里选三例分析:贾瑞、刘姥姥和贾宝玉,他们三人是主体进行自我反思的三种类型的代表。

第一例:第十二回写贾瑞正照风月鉴,看到镜中人:"(贾瑞)拿起'风月鉴'来,向反面一照,只见一个骷髅立在里面,唬的贾瑞连忙掩了,骂:

---

① 冯其庸辑校:《重校〈八家评批红楼梦〉》,青岛出版社2015年版,第412页。
② 戴健:《"萧郎镜"与"风月宝鉴"——兼论明末清初戏曲中的镜鉴刻绘对〈红楼梦〉之影响》,《明清小说研究》2015年第3期。

图 5-3　晋　顾恺之《女史箴图·修容》，绢本设色，纵 24.8 厘米，横 348.2 厘米，大英博物馆

图 5-4　宋　苏汉臣《靓妆仕女图》，纵 25.2 厘米，横 26.7 厘米，美国波士顿艺术馆

图5-5　清　禹之鼎《履中西郊寻梅像轴》，绢本设色，纵129.8厘米，横66.3厘米，北京故宫博物院

'道士混账，如何吓我！——我倒再照正面是什么。'想着，又将正面一照，只见凤姐站在里面招手叫他。贾瑞心中一喜，荡悠悠的觉得进了镜子，与凤姐云雨一番，凤姐仍送他出来。到了床上，嗳哟了一声，一睁眼，镜子从手里掉过来，仍是反面立着一个骷髅。"①

第二例：第四十一回，刘姥姥误入怡红院，在镜中见到了自己："（刘姥姥）刚从屏后得了一门转去，只见他亲家母从外面迎了进来。刘姥姥诧异……便心下忽然想起：'常听大富贵人家有一种穿衣镜，这别是我在镜子里头呢？'说毕伸手一摸，再细看一下，可不是，四面雕空紫檀板壁将镜子嵌在中间。"②

第三例：第五十六回写宝玉闻听江南甄家有一个和自己一样的甄宝玉进入梦境："袭人在旁听他梦中自唤，忙推醒他，笑问道：'宝玉在那里？'此时宝玉虽醒，神意尚恍惚，因向门外指说：'才出去了。'袭人笑道：'那是你梦迷了。你揉眼细瞧，是镜子里照的你影儿。'宝玉向前瞧了一瞧，原来是那嵌的大镜对面相照，自己也笑了。"③

第一种主体类型是自我的迷失者贾瑞。贾瑞是彻底被色欲迷惑而丧失自我的人，故而他在镜中完全看不见自己的形象。贾瑞正照风月鉴的事件分外诡异：因为他所照者虽为镜子，但他并未在镜中见到自己的影像——无论是红粉佳人还是可怖的骷髅，都不是贾瑞本人。作者特意点出"旁边伏侍贾瑞的众人"，他们所看到的贾瑞照镜的情境值得玩

①（清）曹雪芹：《红楼梦》，人民文学出版社2008年版，第166页。
②（清）曹雪芹：《红楼梦》，人民文学出版社2008年版，第556页。
③（清）曹雪芹：《红楼梦》，人民文学出版社2008年版，第775页。

味:"只见他先还拿着镜子照,落下来,仍睁开眼拾在手内,末后镜子落下来便不动了。"显然,贾瑞所见凤姐"招手叫他""与凤姐云雨一番""如此三四次"的复杂过程,在众人眼中是不存在的,而在贾瑞则身在极乐。故戚序本总评道:"作者以此作一新样情种,以助解者生笑,以为痴者设一棒喝耳。"[1]这种能呈现意中人一举一动的镜子,在朱朝佐《石麟镜》和吴梅村《双影记》等作品中出现过。但正像论者指出的,"此时的叙事作品中,透过镜子还只能看到对方的行动举止,尚不能听闻声音,更谈不上镜子内外的互动了"[2]。而在《红楼梦》的描写中,与风月鉴有关的故事蕴含了现实生活的各种要素:有动作、声音("招手叫他")、有形象("只见凤姐站在里面")、有事件("与凤姐云雨一番")、有观者的情感反应("贾瑞心中一喜"),而且镜中人与观者之间还有频繁的互动("凤姐仍送他出来""如此三四次")。有论者指出,《红楼梦》中镜中人与观者互动的

图 5-6　清　费丹旭《金陵十二钗图册·凤姐踏雪》,纸本设色,纵 20.3 厘米,横 27.7 厘米,北京故宫博物院

---

[1]（清）曹雪芹:《红楼梦》,脂砚斋等评,徐少知新注,里仁书局 2018 年版,第 324 页。
[2] 戴健:《萧郎镜"与"风月宝鉴"——兼论明末清初戏曲中的镜鉴刻绘对〈红楼梦〉之影响》,《明清小说研究》2015 年第 3 期。

情节设计,可能来自于洪迈《夷坚志·上饶徐氏女》[①]:徐氏姐姐去世时将一面镜子留给了妹妹,妹妹对镜梳妆,人问其故,妹妹答道:"姐姐在镜子里唤我,须著随他去。"梳妆即毕,不久妹妹便死去了。贾瑞和徐氏妹妹相似,他们都沉浸在所思念的对象世界中而迷失了自我,最终失去了生命。

第二种主体类型是清醒的自省者刘姥姥。与贾瑞相同,刘姥姥开始面对镜中人时也陷入了迷离状态,但她十分警觉,故而有"诧异"的反映,进而"忽然想起",让自己很快摆脱了对镜中影像的沉迷而回到现实。刘姥姥所显示出的反思能力和敏锐决断,说明她的精神控制能力比贾瑞、宝玉等人强大很多。这是一个理性的实用主义者所具有的素质和能力。与宝玉一样,她在镜中看到了自己,并与自己对话;见"他亲家也不答",她迅速调动自己以往的生活经验对这种现象进行解释并找到了答案,从而从迷失自我的境界中抽身而出。在随后的描写中,作者笔墨颇有寓意:刘姥姥找到答案后发现了"一幅最精致的床帐",然后"一屁股坐在床上","朦胧着两眼,一歪身就睡熟在床上"。在敏锐的读者看来,刘姥姥此处的"睡熟",正是"一部《红楼梦》豁然齐醒"[②]之处。从迷障幻象中发现真相、复归自我并能瞬间熟睡的刘姥姥,是生活中真正的智者。

贾宝玉属于第三种主体类型:他处于贾瑞和刘姥姥之间,既是迷失者又是自省者。在日常生活中,人们往往会迷失自我,以假为真。这种以想象代替现实的思想方式根深蒂固。例如,在薛蟠的生日宴会上,宝玉所唱《红豆曲》中亦出现了"镜中人"的形象:菱花境中黛玉消瘦不堪的容貌引起他无限的怜惜与伤感。镜中人情感性的增加克服了欲望的召唤,否则宝玉亦有滑向贾瑞的危险 —— 二人之间的本质区别,通过"镜中人"的形象体现出来。在第五十六回的描写中,宝玉因听得江南甄家也有一宝玉,与自己名字、形象、性情均是一样,遂陷入迷离的梦境中。他在梦境中所见到的一切,都是自己日常生活的反映。更为奇特的是,梦中出现的甄宝玉也做了一个梦,这个"梦中梦"的情节设计,拓展了叙

---

① 刘艺:《"风月宝鉴"探源》,《中国文化论丛》2008 年第 2 期。
② 冯其庸辑校:《重校〈八家评批红楼梦〉》,青岛出版社 2015 年版,第 1082 页。

事空间的维度。后来评点家多将此处梦境与太虚幻境对照,"乃太虚幻境'真假''有无'对联精义",而宝玉房间里的这块穿衣镜正是风月宝鉴的替身①。这种迷离而难以确证、真实又引起疑惑的感受,正是贾宝玉自我身份认同缺失的反映,他尚处于探寻、反思的过程中。

其实,贾宝玉一直在寻找真实的自我,故而在梦境中见到另外一个自己。当他将自己作为对象进行观察时,他为找到自己而欢欣鼓舞,但得出的评价却截然相反:"空有皮囊,真性不知往那里去了。"镜中世界反而使作为观者的宝玉对现实世界产生了否定性的结论,从而更接近真理性的现实。因此,镜中世界的本质在于引起主体的精神反思,以发现现实世界的虚幻性质,使自己的精神认识得以升华。宝玉梦中到江南甄家见到甄宝玉的梦境,无疑是对其自身现实的写照——他在自己的梦境中复制了自己的生活并将之置换到甄宝玉身上。袭人根据民间镜子习俗,认为宝玉之所以在梦中出现自己呼喊自己的情况,是他床前那面巨大的穿衣镜使然。这个例子说明,与画中世界相比,镜中世界更有以假乱真的效果,更能瓦解现实与虚幻之间的界限。

由此可以看到,与画中人的逼真性相比,镜中人的形象更为真实,其精神性功能更为强大。无论怡红院女孩画像多么逼真,宝玉不会因为观赏她而陷入迷离的梦境中。但镜子对现实的真实复制,却可让观者误以为看到又一种真实。镜子既能将现实世界完整复制,还能随现实世界的变动而变动,但镜子本身却无需改变——它如如不动,世界却总被纳入其中——动静之间彰显了现象与本体之间体用不分的关系。

薛福成《庸盦笔记·汉代老婢》记载的一则有关汉代古镜的故事也说明了这一点:同治初年,群寇纷扰,一书生投笔从戎,一日追贼寇到荒山中,见到一位居于石室的女子,女子自言是汉代宫女,生于高祖入关之年,在惠帝四年选入宫中做婢女;她拿出一面古镜,镜中尽显惠帝宫中张皇后诸事,书生看得入迷之时被婢女夺过镜子:"凡子所欲见者,须臾间皆见之矣。虽千万年以来之事,在吾镜中,犹须臾也。"②在这则故事中,已消逝两千年的汉宫往事在镜中一一复现,如在目前。在婢女的陈

---

① 冯其庸辑校:《重校〈八家评批红楼梦〉》,青岛出版社 2015 年版,第 1418、1420 页。
② (清)薛福成:《庸盦笔记》,江苏人民出版社 1983 年版,第 168 页。

述中,千年汉宫往事不过须臾之间即可呈现:镜子超越了时间的不可逆性。在更为古老的镜子传说中,一面古镜还可让妖魔鬼怪等超自然物现身——让不可见之物变得可见,正是镜子所独有的功能,其哲学意义亦由此而生。现实世界乃是不断变化之迁流,无论时间多么久远,这迁流不会须臾停止,这是永恒变动的世界,因而无法把捉,唯有内心之恒定才能对之做出准确反映,古镜即为内心恒定而澄澈之境界的象征物。如果人们在对镜观照时只为镜中世界的逼真而欣喜,那他在某种程度就陷入了虚幻之中。

在《迷楼记》的记述中,迷楼建造完成后,隋炀帝"令画工绘士女会合之图数十幅,悬于阁中";上官时又磨铜为鉴,阔三尺,高五尺,成一镜鉴屏风,隋炀帝将之"环于寝所",御女无数,"纤毫皆入于鉴中。帝大喜曰:绘画得其像耳。此得人之真容也,胜绘画万倍矣。"[①]隋炀帝认为宫中所挂仕女图只是静止的图像,而镜子却能复制整个世界。记载中的隋炀帝是一个只知以淫乐悦己的人,缺乏思想上的反思,因而他对镜中世界的欣喜与贾瑞陷入对镜中凤姐形象的痴迷一样,都是以假当真,最后落得国破身亡的下场。因此,镜中世界对画中世界的超越,关键在前者可以引起观者的精神反思,从而打破迷障、引领自我,实现对现实的超越。由此看来,刘姥姥在怡红院遭遇美人画像的描写,正体现出《红楼梦》中视觉形象所特有的"凹凸二义"的醒世功能。

## 第三节　诗与画,黛玉与宝钗:《红楼梦》中的诗画分界

在第四十八回的描写中,"凹凸二义"首先是从林黛玉对陆游诗歌的批评中生发出来的,是一个诗学问题,因而需要对它在诗与画中的具体表现形式进行讨论。在某种意义上,我们可以说诗与画是《红楼梦》的两种存在形态。我们所阅读的《红楼梦》文本,是作为诗的形态的《红楼梦》,而惜春创作的《大观园行乐图》以及《金陵十二钗》图册等则是画卷上的《红楼梦》,故二者名异而实同。自第四十回贾母提出让惜春创

①鲁迅辑录:《唐宋传奇集》,《鲁迅全集》第十卷,人民文学出版社1973年版,第390页。

作《大观园图》后,作者在叙述时往往诗画并提,突出了二者之间的一致性。作者对作为诗与画的《红楼梦》的两种艺术形态的呈现,充分体现出二者的艺术张力:语言表现的灵活性和想象性,往往超越画作的题材局限,打破直观空间事物的排列方式,产生意在言外、涵咏不尽的意趣;而相比想象空间的虚无性,画面的形象直观则可让观者摆脱因情感无所附着所产生的虚无感,从而让主体返回到当下存在,反观自身,走向新境。因此,诗与画相通又相异,双美合璧,才是完整的红楼世界。

在具体的描写过程中,作者往往将诗画并提,即在提到惜春作画时,基本会提到诗社作诗——"商画刻诗"总归一处,诗与画是《红楼梦》的一体两面。王熙凤是两者的结合点:她是诗社的监察御史,又负责惜春作画的材料购买,并将大观园的图样从宁国府拿来给惜春参考。第四十二回稻香村会议上,众人议定了作画各项事宜,到凤姐生日之后,李纨携众姐妹来找凤姐,探春先笑道:"我们有两件事:一件是我的,一件是四妹妹的,还夹着老太太的话。"凤姐在与李纨进行一番戏谑嘲讽的较量之后表示,先拿五十两银子上任,是日又将大观园图样和作画用的重绢安排妥当,"外面矾了绢,起了稿子进来。宝玉每日便在惜春那边帮忙",大观园里的两件重大文艺工程正式启动了。随后作者又以秋分时节黛玉犯病之事将诗社、作画二事暂时搁起,直到第四十八回"香菱学诗"时才重新重点描写,故批者评道:"按下图画,搁起诗社,婉为安置。'这日'二字以下即是从黛玉病中说起,将作社写画耽搁一边,正写宝钗、黛玉二人谈心一事。"[1]这时惜春作画诸事已安排妥当,稳步推进即可,因而须暂时放下,至中秋时节,惜春已完成画作的十分之三。

作者重点写诗画关合,在第四十八回:以"香菱学诗"为主线,以惜春作画为辅线,相互衬托,各得其妙。此回写薛蟠到苏州贩卖货物,香菱进入大观园居住,昭示着惜春作画与诗社作诗正式联袂出场。故而张新之将香菱所说"好姑娘,趁着这个功夫,你教给我作诗罢"称为"一镜之用":"一镜之用,上照正册,下照又副册,既入画图,岂可不入诗社"[2],点出了诗与画的一体关系。同样,此回写香菱学诗作诗之前,先写平儿因

---

① 冯其庸辑校:《重校〈八家评批红楼梦〉》,青岛出版社 2015 年版,第 1159 页。
② 冯其庸辑校:《重校〈八家评批红楼梦〉》,青岛出版社 2015 年版,第 1225 页。

图 5-7　清　冷枚《敕仿汉宫春晓图》，局部，绢本设色，北京故宫博物院

贾琏挨打来寻宝钗借药，引出石呆子所藏的几十把古扇以及扇上古人的"写画真迹"，同时又用"呆"字将二人联系起来：石呆子誓死捍卫自己的古画，香菱则全身心沉入诗的意境，二者性质相同，故一主一宾，一诗一画，颇相映衬。香菱与黛玉讲究讨论王维诗歌，时有精彩之论，宝玉道："前日我在外头和相公们商量画儿，他们听见咱们起诗社，求我把稿子给他们瞧瞧，我就写了几首给他们看，谁不是真心叹服！"在香菱沉入诗境之中而无法自拔时，众人把她带到惜春处看画，让她"醒醒才好"。而众人"都远远的站在山坡上瞧着他笑"的场景，与第五十回贾母等人遥望山坡上宝琴立雪之场景相映衬——它们都成为惜春画作的一部分。因此，张新之认为本回后半部写香菱作诗，"乃作者自明其书立意所在，以为中后路之纲领"①，点明了其在全书中的重要地位。

在第五十回，作者继续将诗与画放在一起描写，进一步突出二者之间的密切关系。作为诗社运转和惜春作画两大文艺"工程"资金的支

---

① 冯其庸辑校：《重校〈八家评批红楼梦〉》，青岛出版社 2015 年版，第 1237 页。

持者,王熙凤以"一夜北风紧"的俗语开头,湘云等联诗的活动展开,红楼盛宴达到极致。而在众人联诗之后便出现"宝琴立雪""访妙玉乞红梅"等画面感突出的情节,以及仇英《艳雪图》的画作,贾母借此机会命令惜春将这一场景画在画上,并要求惜春在年下完工。在这一回的描写中,诗境与画境不仅和谐互振,而且与生活场景高度一致,实现三者合一。在第五十二回的描写中,王子腾过生日,王夫人让宝玉过去,宝玉答道:"一年闹生日也闹不清",借宝玉不愿过去又不得不去,透露出王子腾以谎过生日敛财之事。宝玉发完牢骚后便"往惜春房中去看画",这是作者"随处点醒惜春作画"的体现;待宝玉偶遇宝琴的丫鬟小螺而转道至潇湘馆,见到宝琴黛玉诸人"围坐在熏笼上叙家常,紫鹃倒坐在暖阁里,临窗做针黹",他兴奋不已,不由便将此情此景命名为"好一幅'冬闺集艳图'";因看见潇湘馆暖阁里水仙、腊梅盛开,宝玉又提出下一社诗社"就咏水仙、腊梅";随后,宝钗表示准备"邀一社"咏《太极图》,还要把"一先的韵"用完,又通过宝琴的叙述提到西洋美人和西洋美人画。

这些细节在在点出惜春作画,以提醒读者万不可因沉溺于故事而忘记此事。根据惜春所说"明年端阳可有了"的话推测,这幅画应该是在第二年端阳节前后(即"寿怡红群芳开夜宴"之后)完成。而在第八十二回的描写中,这幅画到第二年秋季时才基本完成,探春、湘云等在惜春处观画,商议增删添改,"大家又议着题诗"。

可见,在第四十回贾母动议之后,作者将惜春作画事件分散书中,似断实连,读者只有将这些细节连缀成篇才能窥见事件全貌。第四十二回的稻香村会议是直接细致的描写,此后作者便以之作点缀,集中笔墨写其他事件,使惜春作画之事变得空灵剔透、不易捉摸。例如在第四十五回,大家找凤姐商议诗社和作画诸事后,忽写道"(李纨)说着才要回去,只见一个小丫头扶了赖嬷嬷进来",谈及其子做官、九月十四日请贾母吃酒诸事,然后才写道:"至晚,果然凤姐命人找了许多旧收的画具出来,送至园中。宝钗等选了一回,各色东西可用的只有一半,将那一半开了单,与凤姐去照样置买,不必细说",重新接上惜春作画之事,故而评家指出:"一段必夹写在诗画之间","以上收赖嬷嬷一节,仍归正文"[1]。这种随手

---

[1] 冯其庸辑校:《重校〈八家评批红楼梦〉》,青岛出版社2015年版,第1158—1159页。

隔断的写法一方面是日常生活中事件复杂多样使然,另一方面则是作者借助绘画中"惯用烟云隔断"技法以叙事的反映。

但诗与画毕竟有所不同,作者也必然要对二者的分界做出说明,否则"全书只演凹凸二义"便无从落实。作者借"香菱学诗"一节文字,表达了"画可醒诗"的观念,说明诗画既可并行不悖,同时又有各自的限定。香菱因专心作诗而进入"忘我""入魔"的状态。她作完第二首诗后请众姐妹评判,却得到否定性评价,"自己扫了兴,不肯丢开手,便要思索起来。因见他姊妹们说笑,便自己走至阶前竹下,挖心搜胆,耳不旁听,目不别视",而当探春说出"菱姑娘,你闲闲罢",她答道:"'闲'字是十五删的,你错了韵了。"宝钗不由以"诗魔"称之,并说"都是颦儿引的他"。李纨见此说道:

> 咱们拉了他往四姑娘房里去,引他瞧瞧画儿,叫他醒一醒才好。[①]

作为大观园里的"闺塾师"和每次诗社比赛的裁决者,李纨的家学修养和她本人关于诗画的才学知识,决定了只有她适合提出这一颇富知识含量的建议。可惜的是,在现有研究中,人们对李纨的才学修养重视不够。李纨这句话牵涉到诗画关系的分界问题,颇为重要。张新之在此评道:"画可醒诗,乃至知机其神地位。"[②]"画可醒诗"的命题或提法,指出了诗与画的分界问题:作为一位诗人,香菱沉浸在自己创设的诗境之中而旁无他涉,她只关心与诗境呈现密切相关的细节和问题,这似乎说明诗是与主体自我的精神世界密切相关的,诗人在作诗时是一个专注于自我精神的主体,而不是一个以视觉观察世界的主体;而在画作中,人物与事件将另外一个生活世界鲜明地呈现出来,从而让诗人明白除了自我设置的精神世界之外,还有另外一个世界存在。在随后的观画举动中,在惜春画作的引导、触发下,香菱仿佛从诗的世界返回到现实世界。

值得注意的是,众人来到藕香榭时,画作被惜春"用纱罩着",上面的内容没有直接地呈现出来;而惜春正"在床上歪着睡午觉",处于梦境之中,与香菱处于诗境之中的状态一致;待"众人唤醒惜春""揭纱看

---

① (清)曹雪芹:《红楼梦》,人民文学出版社 2008 年版,第 651 页。
② 冯其庸辑校:《重校〈八家评批红楼梦〉》,青岛出版社 2015 年版,第 1234 页。

时",才发现画作仅完成全部的三分之一左右——在这个简短的描述中，"梦—醒"与"显—隐"的关系不断转换，正像"作为诗人的香菱"向"作为画作观者的香菱"的转换一样。这些不断转换的关系正是诗与画分界的呈现。香菱"见画上有几个美人"，不由指着笑道："这一个是我们姑娘，那一个是林姑娘。"香菱对画面上美人形象的指认，似乎说明她在直观而形象的画中人的引领下暂时忘却了令她入迷的诗歌境界而回到现实世界，"画可醒诗"的功能得以实现。反之，一旦现实发生龃龉，画作的直观性和形象性就比前者更加富有诗意，对画作的观看同时又具有了超越性。第五十二回虾须镯事件事发、晴雯生病未愈，偏又赶上王子腾生日，宝玉颇为烦躁，"便起身出门，往惜春房中看画儿"。正像评家所指出的，这种描写"随处点醒惜春作画"[1]，正指明了画作所具有的"醒世"功能。对于此时的宝玉来说，观看画作又具有别样的含义：《大观园行乐图》上呈现的是"会作诗的人"，她们的生活事件是诗意化的，因而可以为宝玉摆脱现实生活中各种人事的牵绊服务。

实际上，画作的直观性和形象性，对香菱的唤醒并不彻底，作为诗的精魂的代表，香菱与画似乎有着根本的对立。沉浸在诗歌意境中的香菱，虽然仍是一个生活主体，一样的吃饭睡觉，但"因他满心中正是想诗"，她的视觉感受已失去了直观的感受作用，因而她虽是"两眼睁睁"，却目无所见、耳无所听，在睡梦中"精血诚聚"而作诗一首——画作的直观性终究让位于诗歌的想象性。香菱向黛玉学诗，正是作者用"诗"为二人身份定性：两人同是苏州人，"菱姑娘"与"林姑娘"几乎同音，而"诗魔"一词曾出现在林黛玉《咏菊》一诗中："无赖诗魔昏晓侵，绕篱欹石自沉音。毫端蕴秀临霜写，口齿噙香对月吟"[2]，所写的既是黛玉自己作诗也是香菱作诗的情景。可以看到，诗中女子被萦绕心中的诗意侵袭、折磨得晨昏不分，她在菊花盛开的篱边徘徊，在冰凉无语的奇石边倚靠，洁白而纯净的"霜"与"月"正是其"素怨"与"秋心"的自然等价物。

在香菱观画自醒的描写中，诗与画的对立和区分甚为明显，而在"潇湘子雅谑补余香"的描写中，林黛玉以插科打诨的方式，对惜春作画和

---

[1] 冯其庸辑校：《重校〈八家评批红楼梦〉》，青岛出版社 2015 年版，第 1316 页。
[2]（清）曹雪芹：《红楼梦》，人民文学出版社 2008 年版，第 511 页。

宝钗的畅谈阔论进行了嘲讽与否定,而且作者还曾明言黛玉与惜春"素日不大甚合"。我们或可将此看作诗画对立的又一表征。同样,在全书的描写中,我们没有看到林黛玉参与过惜春画作的过程,也未看到黛玉到惜春房中观画;在第八十二回,惜春画作将要完工,众人商议在画上题诗,作者又以黛玉生病为由,使之与此图失之交臂。这些迹象似乎说明,香菱与黛玉作为诗的精魂的化身,作者通过她们二人将诗与画的分界明白写出。

此外,关于诗与画的分界,还可从宝钗、黛玉二人与绘画的关系上见出,她们二人与诗画的不同关系,可能牵涉到更为重要、宏大的艺术和时代问题。正像《红楼梦》往往将二者并写以强化其差异一样,在与绘画的关系上也是如此。总体说来,作为性灵纯真的诗人,黛玉与绘画的关系是情感性和审美性的,相关画作隐含透出她的才思、性情和最终的命运;以实用主义为立身原则的宝钗,她与绘画的关系同样体现了这一特点:理性、实用而符合现实原则,因而绘画对于她来说是对象性的、客体化的,显示出宝钗冷静理智的性格特征,以及她对各种现实关系的准确把握。作者所写宝钗的长篇议论,某种程度上是对雍乾宫廷绘画创作借鉴西画技法情况的一个翻版——宫廷画师使用的工具及其利用的透视法等几何学技法,均来自于欧洲。这更清晰地呈现出"全书只演凹凸二义"的另一内涵。

可以看到,无论是在稻香村会议上,还是在惜春作画的整个过程,薛宝钗一直起着主导作用:她似乎是这项工程的总设计师,惜春只是这一工程的执行者,而宝玉则是辅助性员工。作者借薛宝钗之口对这项工程所需工具、材料的详实描写,简直有点抄书单的嫌疑,以至于人们可以将之与清宫活计档中的记载进行比较参看——乾隆六年、乾隆八年、乾隆十八年等诸多年份的记载,均极为详实地抄录了宫廷画家创作时所需的颜料、毛笔、画碟、铜器皿等工具。有人注意到薛宝钗所开列的清单与这些内容具有惊人的一致性,且其规模与清宫画苑所需的材料规模不相上下[①]。这不仅反映出薛宝钗作为内务府皇商族裔的特殊身份和作者在创

---

① 奚沛翀:《论雍乾时期清代宫廷绘画风范在〈红楼梦〉中的表达》,《曹雪芹研究》2019年第4<br>　期。后世评家对此评道:"观宝钗一番议论,直是一个老画师,门外汉断不能道其只(转下页)

作时明显对后者进行了借鉴和吸收,而且向读者说明惜春所进行的创作属于界画的一种。这有理由让我们将之纳入"全书只演凹凸二义"的视觉语法的框架之中,从而与焦秉贞、冷枚等人借助西画技法的创作建立联系。更为深入的区别在于,作为一种档案,宫廷文书只需客观记录,而作为一种文学描述,曹雪芹以类似方法进行创作无疑具有文学性内涵,同时也表达了他对中国绘画传统的另一种认识。

首先,在薛宝钗的陈述中,我们发现一个在中国古代画学论著中极为少见的现象:对绘画工具和方法的重视。虽然考古发掘证明,中国古人对颜料、规矩、绳墨、毛笔等工具的使用历史极为悠久,但可以发现,自《庄子》关于画家"解衣般礴"的记述开始,我们几乎无法看到人们对这些工具的肯定性态度。即使某些论著偶有提及,也多以贬抑、否定的语气出现。例如,张彦远在对吴道子等人的画作进行评判时,提出了"真画"和"死画"两个概念或名称。在张彦远看来,吴道子在创作时"不用界笔直尺"而能"弯弧挺刃,植柱构梁",其根本原因在于他能"守其神,专其一,合造化之功"[1]。换句话说,是他专一的精神状态保障了创作的成功,故而可以称之为"真画",而用界笔、直尺创作的画,"是死画也"。言下之意,后者不是画家至高精神境界的产物,不能"合造化之功",故而是"死画"。高建平总结道:"绘画反几何倾向在对待工具使用的态度上,表现得最为明显。在中国画家看来,绘画的生命力,要由运动着的人的生命力来赋予。符合几何规律的形体,由一些死的规则所构成,因之见不出生气;而一条有活力的线,是由手的自由运动画成的。"[2]这种观念突出表现在对界画的贬低——界画一直被置于各种绘画类型的末端。而"对于界画的贬低,表现为一种持久的对'匠气'或'匠习'的轻视。而这种'匠气',主要就是指使用工具作画"[3]。在宝钗等人的讨论中,我

---

(接上页)字。非若稍讲烘染皴擦法便以顾陆荆关自诩者。"读者亦可将宝钗的议论看作是作者自己的创作构思:所谓"非离了肚子里头有几副丘壑的才能成画",其对整体布局、建筑藏露、人物布置的介绍,都可看作是作者自报创作之家门。故张新之评道:"议论画大观园一段文字,乃作者自言其惨淡经营处也,取精用宏,凡有之物及一切数目,悉有实际可指,非随意填写者。奈批不胜批,是在阅者一隅三反,神而明之可也。"见冯其庸辑校:《重校〈八家评批红楼梦〉》,青岛出版社2015年版,第1107页。

[1] (唐)张彦远:《历代名画记》,中华书局1985年版,第27页。
[2] 高建平:《中国艺术:从古代走向现代》,中国文联出版社2019年版,第11页。
[3] 高建平:《中国艺术:从古代走向现代》,中国文联出版社2019年版,第15页。

们知道惜春创作《大观园行乐图》,最缺乏的就是使用这些工具作画的技能。根据宝钗说"这些东西我却还有""等你用着这个的时候我送你些",可知宝钗惯常使用这些工具作画,只是不在人前显露出来①。

　　我们只有将薛宝钗关于绘画的论述,置于整个中国古代绘画发展的历史之中才能真正发现其观点的先锋意味和时代意义:这种强调工具技法的观点,无疑具有批判性。作者所突出强调的"凹凸二义",正是以客观而科学的理性态度对写意山水将三维世界压缩为二维平面使之适合自我心灵的做法的矫正。从技法上看,精神性浓厚的文人画必将对前期绘画对工具技法和立体性空间的依赖进行否定,从而将画面从立体转移到平面。这种转换就是压缩画面的物质性,使之只剩下些许行迹以贴近主体精神,从而为表现主体心灵和精神服务。实际上,画面结构物质性的脱离过程,首先是与对工具等物质性材料的否定结合在一起的。有学者注意到,这个过程在中国绘画史上表现为绘画与建筑相脱离的过程:"文人画在中国的兴起过程,同样是一个绘画与建筑分离的过程,也是一个画家远离建筑所需要的几何学和风水知识的过程。"②

　　显然,对物质性因素的否定,与技法性因素的脱离,最终使绘画成为心灵的替代物,绘画丧失了自身的规定性。身处这一传统的画家对此十分清楚,一旦其他新的技法传入,他们便马上将之吸收到创作中,以改变因抽象化所导致的画作生命力丧失的趋势。随着传教士的进入,西方凹凸画及其技法就这样开始被中国画家所吸收、改造、使用,古老的中国绘画获得新的生命力。虽然固守古典传统的画家(如吴历等人)一再否定自己的画作受到西画技法的影响,但其画作本身却向观者透露了真相。于是,到康乾时期,自宋代时开始存在的文人画家、宫廷画家和民间专业画家三种类型的画家的区分便不再那么明显:"在北京的正统宫廷画家

----

①有人认为从宝钗的论述可以知道她是擅长绘画的,其在日常生活中没有表现出来,是她一贯的韬光养晦的处世方式使然。也有人认为宝钗这里说的头头是道,不代表她真的会画,她没有表现出来是因为技术不过关。洪秋蕃:"观宝钗所论画理及开单置办各物,均中肯綮,必是曾经学画来。其不以画自炫者,殆以技不娴熟,故藏拙韬晦欤? 否则如刘子玄之论史,班马不能难,严羽论诗,李杜莫能及,而卒之刘子玄非真能史,严羽非真能诗也,谈而已矣。宝钗论画,亦犹是乎?"见冯其庸辑校:《重校〈八家评批红楼梦〉》,青岛出版社2015年版,第1109页。

②高建平:《中国艺术:从古代走向现代》,中国文联出版社2019年版,第154页。

已经不再是宋代意义上的宫廷画家,而且在像扬州那些地方的南方商业中心的专业画家,也已经不再是宋代意义上的专业画家,他们都已经继承了文人画的传统。"① 反过来也是一样:文人画家早已不再固守对宫廷画家和专业画家的偏见,反而吸收后者的创作方法以改进自己的创作。乾隆以后,除了年画等民间作品继续使用这种技法,文人画重新排斥对这种方法的使用,画作变得更加程式化,走上了无可挽回的衰败之路。在这一历史维度上,我们可以更清晰地看出宝钗的绘画思想和《红楼梦》"全书只演凹凸二义"的时代意义。

实际上,中国古人,例如《乐记》《汉书》《白虎通》等著作的作者,他们在讨论音乐、绘画、技艺时,往往注意结合"数"进行讨论,音符的长短缓急、工具的尺寸大小,均具有重要作用,这是中国古代独特的律历哲学的反映。与这种哲学观相伴产生的,是中国古人几乎同时创建的严密而科学的几何学知识体系。作为这一文化的产物之一,绘画同样需要符合这些严格的规定。《红楼梦》的作者强调这方面的知识,只不过是借助外来因素复归中国绘画更为古老的传统。但是,正像论者所考察到的那样,"中国的绘画也有着很大的可能性,会与欧洲绘画走同样的路。确实,许多中国画家也追求一种绘画的几何学方法。但是,在相当于欧洲中世纪的时间里,在中国出现了另一种绘画的发展线索,即文人画"②,由此使中国绘画呈现出另外一种风格,传达出另外一种审美趣味,进而改变了中国绘画的发展方向。文人画的审美趣味将大量依靠工具和技艺生存的底层工作者排除在外,斩断了后者进入高雅文化圈和政治圈的可能性。

在这种情况下,诗与画获得了高度统一:二者的创作均需要自由的精神、深邃的思想。如果我们在曹雪芹的著作中所看到的关于诗与画的讨论,仍保持这种观点,则显然不符合历史发展的实际情况。换句话说,曹雪芹在创作过程中已敏锐发现绘画艺术发展到了一个新的历史时期,需要对占主流地位数百年的文人画进行反思,因而我们不能仅将《红楼梦》中的相关描写看作是对雍乾宫廷绘画实践的机械仿拟。

---

① 高建平:《中国艺术:从古代走向现代》,中国文联出版社 2019 年版,第 154 页。
② 高建平:《中国艺术:从古代走向现代》,中国文联出版社 2019 年版,第 152 页。

正像前文所指出的,在《红楼梦》中,除了米芾的《烟雨图》被作者用来装饰探春阔大轩敞的房屋外,我们几乎看不到其他类似作品——被文人画传统所压抑的绘画在书中具有极为重要的地位。作者借鸳鸯之口说:"宋徽宗的鹰,赵子昂的马,都是好画(话)。"这虽是鸳鸯以谐音的方式表达自己的不满,但同时也可见出作者对另外一种绘画传统的肯定——宋徽宗、赵子昂的特殊身份使他们能够超越两种绘画的界限。盛清统治者同样高度重视建构新的审美趣味标准,以艺术和审美的方式实现国家机器的驯化、征服功能。例如,大批宫廷画家以新的技法对传统经典作品进行改造,从而将以写意为表征的自由精神纳入规整而秩序谨严的艺术结构之中,冷枚、张为邦等人十数次仿制仇英《汉宫春晓图》就是典型例证。

当然,《红楼梦》是否能够被纳入到这种审美趣味的政治性建构之中,还需要专门研究。更多的历史索隐和考证似乎强化了《红楼梦》与满族贵族统治之间的对立,但正像论者所看到的,对《红楼梦》进行诋毁甚至查抄禁毁的多是汉族文人和官员,《红楼梦》在清代宫廷中一直被满族贵族女性阅读、传播并制作成图像。作者将清代国号"清"字镶嵌在代表黛玉和宝钗的"风露清愁"和"蘅芷清芬"之中,似乎不能看作是偶然或巧合的现象,因为在《雍正妃画像》等宫廷绘画中,我们时常看到"有清音"之类的字样(图5-8)。更有代表性的一个例证是王翚:在《南巡图》的创作过程中,他亲自主笔,以"集大成式的"方式将北宋具有典范意义的山水技法运用到这幅长卷中,以隐喻康熙治下山水清明、政治稳固的国家盛世:"在康熙看来,图中的凌霄山

图5-8　清　佚名《雍正妃画像·消夏赏蝶》,绢本设色,纵184厘米,横98厘米,北京故宫博物院

图 5-9　清　沈源等《圆明园四十景·上下天光》,局部,主楼,法国国家图书馆

峰传递着上佑天子的寓意,王翚遂因称旨而获赐康熙'山水清晖'四字题誉。其中,'清'即当朝国号,王翚自此被尊奉为清初'正统派'的领袖。"[1]因此,曹雪芹对往昔的繁华生活带有无限的眷恋和回忆,他敏感而富有理智的思考使他的著作超越了历史的限制。可以想见,无论是贾宝玉还是作者,如果条件允许,均不可能主动让这种历史和生活终结。在他们看来,这似乎是不可想象的事情。

与薛宝钗画论所透露出的理性精神不同,林黛玉与绘画之间的关系是隐喻性或情感性的,也是艺术化和审美化的。作为世代书香世家的传人,林黛玉在绘画方面的知识无疑是丰富的,其对绘画的鉴赏水平也是很高的。例如在讨论画作内容时,黛玉问惜春"单画这园子呢,还是连我们众人都画在上头",这实际暗指两种绘画类型:"单画园子"是一种园林绘画,没有人,只有山水和建筑,《圆明园四十景》就属于这类画(图5-9);"连我们众人都画在上头",就是行乐图,但与一般行乐图不同,这种图有建筑,有山水花鸟,还有人物的活动,《汉宫春晓图》即是如此。

---

[1]方闻:《中国艺术史九讲》,上海书画出版社 2016 年版,第 152 页。

这说明黛玉对绘画的不同类型是熟悉的。

在本回的描写中，作者使用"雅谑"一词标明了林黛玉与画作之间的违和关系。本回所写"雅谑"有四个：其一，在询问过惜春画作的内容之后，黛玉又为这幅画取名为"携蝗大嚼图"，这一命名的好处通过宝钗的点评体现出来。这说明对于画作的命名，黛玉是熟悉的。其二，宝钗列完所需物品清单后，黛玉忙道："铁锅一口，锅铲一个。"宝钗道："这作什么？"黛玉笑道："你要生姜和酱这些作料，我替你要铁锅来，好炒颜色吃的。"正像宝钗对黛玉所取图名的解释一样，黛玉的调侃带有"润色比方"的意味，此处亦然，体现出黛玉性格中活泼开朗的一面。其三，在谈到惜春假期时间长短时，黛玉道："论理一年也不多。这园子盖才盖了一年，如今要画自然得二年功夫呢。又要研磨，又要蘸笔，又要铺纸，又要着颜色，又要……照着这样儿慢慢的画，可不得二年的工夫。"其四，宝钗列完单子以后，黛玉笑拉探春悄悄地道："你瞧瞧，画个画儿又要这些水缸箱子来了。想必他糊涂了，把他的嫁妆单子也写上了。"有人认为黛玉将宝钗所列清单说成是她的嫁妆单子，是讽刺宝钗只会说而不会画。所以后世评家批道："颦儿雅谑，语语解颐，吹气如兰，蔑以加兹矣。"[1] 这些"雅谑"是林黛玉借众人议论惜春作画而对人事所做的点评。

书中确实很少写到黛玉与画作之间的关系，但如果黛玉与绘画纯然没有关系，也不符合实际情况。林家是书香钟鼎之世家，自然会有自己家族的绘画收藏。如果按照以往的研究，将苏州织造李煦看作是林如海的原型，则绘画创作和鉴藏活动在其家族中具有更为重要的意义。因此我们可以做出较为合理的推测，历史上的名家名迹应该会出现在林黛玉的生活中，以反映林黛玉在绘画方面的艺术修养，并以某种方式暗示她凄苦的命运。在第八十二回，宝玉下学回家后来到潇湘馆，见黛玉里间书房里悬挂了一幅《斗寒图》："（宝玉）一面看见中间挂着一幅单条，上面画着一个嫦娥，带着一个侍者；又有一个女仙，也有一个侍者，捧着一个长长儿的衣囊似的，二人身边略有云护，别无点缀，全仿李龙眠白描笔意，上有'斗寒图'三字，用八分书写着。"[2] 根据后文可知，这幅新挂上的

---

① 冯其庸辑校：《重校〈八家评批红楼梦〉》，青岛出版社 2015 年版，第 1103—1104 页。
② （清）曹雪芹：《红楼梦》，人民文学出版社 2008 年版，第 1245 页。

图 5-10 清 孙温《红楼梦图·斗寒图》第十八册第九页,纵 43.3 厘米,横 76.5 厘米,旅顺博物馆

《斗寒图》是黛玉以前的收藏(图 5-10),因"昨日他们收拾屋子,我想起来,拿出来叫他们挂上的"。这类作品一般是按照时令季节悬挂的,按照春、夏、秋、冬,四件一套。这种情况在明末清初画作批量生产的环境中是大量存在的。但从黛玉的世家身份,以及这幅作品"全仿李龙眠白描笔意"的情况看,此画很可能是一位名家所作,而且只有一件。

黛玉在绘画方面的修养由此可见一斑:一方面,按照时令挂画是文人士大夫之家普遍遵循的艺术规则,而且画作中内含的深意也能体现出主人的情趣。根据书中所写,当时是"十月中旬",宝玉已穿毛衣服上学,这个季节正好悬挂此图,而且她深知此图所用"青女""嫦娥"两个神话传说和李商隐"青女霜娥具耐冷,月宫霜里斗婵娟"之句的典故,所以宝玉说:"是啊。这个实在新奇雅致,却好此时拿出来挂",体现出当时人们对画作"皆随时悬挂,以见岁时节序"①的风俗。这幅画同时也暗示了黛玉在贾府的凄苦生活和孤独的心灵。在第五十回,冬季雪天时,贾母在她的房间里挂上"仇十洲的《艳雪图》",也是这种用画习俗的反映;第五回,早春时节,秦可卿在房中挂上《海棠春睡图》,也是符合时令的。另

---

① (明)文震亨:《长物志》,浙江人民美术出版社 2012 年版,第 84 页。

图 5-11　明　仇英《汉宫春晓图》，局部，绢本设色，台北"故宫博物院"

一方面，从画面内容看，此幅《斗寒图》"全仿李龙眠白描笔意"，是一幅白描作品，画面极其简洁传神，不仅与一般的画工之作不同，而且与前文提到的唐伯虎《海棠春睡图》、仇英《艳雪图》也有区别。相比于唐寅、仇英的人物画，李公麟的作品洗尽铅华、出神入化，向来被列为上品，受到历代文人画家的推崇，其作品与唐寅、仇英二位颇具争议的美人画不同。而且，作者专门指出黛玉此时所挂《斗寒图》是一幅"单条"，这也透露出一些信息。明屠隆《考槃余事》"单条画"云："高斋精舍，宜挂单条。若对轴，即少雅致，况四五轴乎？且高人之画，适兴偶作数笔，人即宝传，何能有对乎？今人以孤轴为嫌，不足与言画矣。"① 按照作者的观点，高斋雅舍之所以宜挂单条，是因为单条一般为名家名迹，而名家作画往往是兴趣使然，因而这样的作品多数只有一件，显得更加珍贵，高雅之人一般悬挂这类作品，所以很少有对轴出现，与职业画工因生存需要而批量作画的情况不同。

① （明）屠隆：《考槃余事》，浙江人民美术出版社 2012 年版，第 242 页。当然，也有人认为悬挂单条画是"俗制"："宋元古画，断无此式，盖今时俗制，而人绝好之。斋中悬挂，俗气逼人眉睫，即果真迹，亦当减价。"见（明）文震亨：《长物志》，浙江人民美术出版社 2012 年版，第 73 页。

这里实际隐含着一种颇为重要的艺术观念:高人雅士只悬挂独一无二、只为心灵而创作的画作,画作与悬挂者的精神世界可以彼此映衬。作者让黛玉悬挂《斗寒图》,也表达了类似的观念。从《红楼梦》写贾府用画的情况看,除了一些围屏是工艺性作品外,他们所使用的画基本上都属于单条,而且均是单独使用,与西门庆之类的暴发户毫无节制地将画作随意使用的情况是不同的,体现了这个家族的社会地位和艺术修养。

总之,在《红楼梦》中,作者将诗与画的合体关系和不同分界转化为叙事和写人的手法,展开对事件的安排和人物的塑造。第四十五回关于绘画工具的细致描写,既是对雍乾宫廷绘画创作现实的回应,也是对中国绘画借助西方绘画历史的呼应。作者根据诗与画的不同特点,对二者进行了区分:诗以吟咏性情为上,而画必以呈现客观现实为第一要务。这一点可通过宝钗和黛玉二人与绘画之间不同的关系见出。宝钗的绘画观和人生观,与界画客观呈现世界的立体多面一样,理智、客观而真实;黛玉作为一名纯粹的诗人,绘画彰显了她的艺术修养和高雅人格,隐喻了她的性情和命运——她们二人分享了诗与画的不同功能。

## 第四节 凹凸技法与《红楼梦》视觉空间的性别分析

实际上,西画凹凸技法进入中国绘画的时间要更早,雍乾时期是这一历史进程的高潮同时也是尾声。明代中后期,随着商品经济的繁荣和世俗文化的流行,这种技法同时被吸收到人物肖像画的创作之中,一种以"美人"为主要表现对象的绘画类型在苏州、扬州一带流行。这一历史进程一直持续到清代中叶,因而人们也将这段历史时期作为一个整体加以看待。对于这类作品,高居翰没有采用传统"仕女画"("士女画")的名称而使用"美人画"(Meiren Hua)这一名称[①]。随着文化消费的扩大,传统的列女、神女、仕女图像被世俗化成为商品的一部分:"时至明代

---

① James Cahill, *Meiren Hua: Paitings of Beautiful Women in China*, Beauty Revealed: Images of Women in Qing Dynasty Chinese Painting, p.17.

中后期,一种通俗化的美人图式被普及,迅速融进当时的流行文化,成为大众视觉消费的对象。"①这类作品中很少出现未成年的少女,多是成年女子,妓女是她们的主体。与一般单纯出卖色相的下层妓女不同,她们往往具有深厚的文化积累和高雅的艺术修养,工诗善画,富有情趣,人们常以"校书"这种颇具文雅气息的名称呼之。她们中的有些人与当时的著名文人交往,成为后者的知音或姬妾,因而她们的身份拥有更多文化和艺术的含义。这类作品中的女性形象,高居翰一律以"美人"称之。这也说明这类作品主要以满足男性的视觉需要为主。这类作品中的女主角虽然也是妓女身份,但与她们相伴的意象组合已经发生了显著变化,有人用"从怀抱琵琶到手捧书本"概括之②。在此前,无论是文学作品还是绘画作品,在呈现妓女形象时,与之相伴出现的一般是琵琶等乐器,这首先将她们赋予了"歌妓"的身份。"书本"代替"琵琶",说明她们的文化身份发生了变化,也说明她们身份中的娱乐成分减少,知识和艺术成分增多。这其实是把原本只属于男性文人所独有的文化符号赋予女性,从而使之具有文人的特点。这使得男女间的性别差异在文化属性上逐渐缩小。由此来看,西画凹凸技法的使用,参与了对女性文人化过程的塑造,形成这一时期大量的跨性别文化现象。这一点在《红楼梦》中表现得也较为明显。

值得注意的是,美人形象文化属性的增多似乎带有更多吊诡的性质。表面上看,歌妓身份的文化内涵似乎增加了,但这并未改变其身份的社会性质,"手捧书本"的形象转化某种程度上满足了明清文人对异性的完美想象,因此,这些画作呈现的妓女形象在文人化的同时也被色情化了——文人化的符号,如书籍、古玩、书法等,都包裹着色情性的内容,它们是为色情的展开而服务的。文人对完美女性的想象首先在这些优秀歌妓身上得以实现。戴进的《南屏雅集图》(图5-12)创作于1460年,所呈现的正是文人与名妓之间欢聚的场面。正像高居翰曾经指出的,明代中后期的美人画一般具有开放的视野或构图,而从清初开始美

---

① 巫鸿:《中国绘画中的"女性空间"》,生活·读书·新知三联书店2019年版,第331页。
② 李晓愚:《从怀抱琵琶到手捧书本:绘画中名妓形象的演变》,《新美术》2017年第1期。

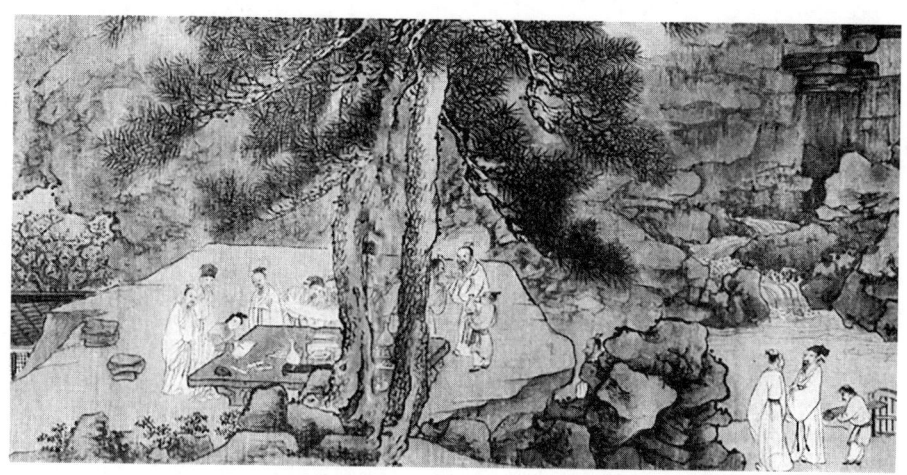

图 5-12　明　戴进《南屏雅集图》,局部,绢本设色,纵 33 厘米,横 161 厘米,北京故宫博物院

人画向外延展的大门被关闭了[①]。这幅图所呈现的事件就发生在一个开放的场所:游船将一群人载到运河的对岸,这里是山峦的中部,一座房舍在古松掩映下出现;一块长方形石桌上摆满了古物、书画等物品,一名女子正躬身创作:她身着鲜艳的红色上衣,这是其身份的标志,鲜艳的红色使她居于此次集会的核心位置。可以看到,她已创作了多幅作品,这些作品可能是赠送给参加这次集会的各位嘉宾的,从周围围观者的态度来看,他们对她的创作是高度肯定的。这种以女性歌妓或演员为中心的雅集活动,在明代中后期的江南地区十分常见,"大多数情况下,她们以雇佣的身份出现,提供必要的声色娱乐"[②]。虽然在集会中,她们可以与所谓的"知己"交换书画作品,但这种交换并未改变整个事件带有的娱乐性质。

可以看到,画面呈现的空间场景似乎没有性别色彩:悠远的远山,开阔的水面,苍劲的古松和嶙峋的怪石,淡化甚至掩盖了本次集会的娱乐性质;这位女性好像与周围的文士具有平等的身份,她亦是一位"文士",是他们中的"一员"。但其身上鲜红的衣裳好像一块印记,使她无法摆脱

① James Cahill, *Meiren Hua: Paitings of Beautiful Women in China*, Beauty Revealed: Images of Women in Qing Dynasty Chinese Painting, p.17.
② 巫鸿:《中国绘画中的"女性空间"》,生活·读书·新知三联书店 2019 年版,第 286 页。

原有的性别标志,这是一个首先引起男性色情想象的身份——她被作为观赏对象处于事件的中心。

正像 Sarah Handler 所指出的那样,在中国文化传统中,怪石、古松、书画作品等意象,本来就带有鲜明的男性印记,它们在明末清初时期成为美人画的重要背景,这是男性意识向女性空间的强烈渗透,"如果我们仔细观察,这些画作中的日常生活中的客体背景,都充满了色情象征主义(erotic symbolism)的意味"①。因此,《南屏雅集图》中的空间场景无疑是一个纯粹的男性空间,这位擅长书画创作的女子的存在,强烈反衬出其异己的性质。

众所周知,《红楼梦》中最为人熟知的美人画是秦可卿房间悬挂的《海棠春睡图》和怡红院入门处张贴的"笑吟吟"的女孩的画像。贾母房中的"仇十洲的《艳雪图》"也很著名。此外,宁国府的小书房中也悬挂着一轴"极画的得神"的美人画。如果我们把这四幅美人图分为两组来看——两幅悬挂在女性空间,两幅悬挂在男性空间——则会发现更多值得玩味的地方。实际上,历来人们对这四幅作品都没有仔细区分,而简单对《海棠春睡图》做出带有色情化倾向的评价,以至于让一般读者对相关情节和人物产生误读。

可以看到,因为贾宝玉初试云雨的描写,以及秦可卿房间中带有暧昧色彩的物质陈设,致使人们常将秦可卿房间中的一切物件色情化,同时也把《海棠春睡图》色情化了。作者所使用的"武则天当日镜室中设的宝镜""飞燕立过舞过的金盘""伤了太真乳的木瓜"等历史上颇带色情色彩的人物故事和意象,让人以为秦可卿就是一个引诱宝玉的色情女子。道学家不由评道:"房中陈设必用武则天、赵飞燕诸人作点缀,显示欲界仙都。"②脂砚斋似乎也迷醉在作者梦幻般的描写当中,在"嫩寒锁梦因春冷"旁批道:"艳极!淫极!"这些迹象视乎都在暗示秦可卿所属的空间是色情化的,以至于人们将《海棠春睡图》当作一幅带有色情意味的作品。但正像甲戌本侧批所指出的一样,"一路设譬之文,迥非《石

---

① Sarah Handler, *Alluring Settings for Accomplished Beauties*, Beauty Revealed: Images of Women in Qing Dynasty Chinese Painting, p.35.
② 冯其庸辑校:《重校〈八家评批红楼梦〉》,青岛出版社 2015 年版,第 258 页。

头记》大笔所屑,别有他属,余所不知。"① 这说明此处描写可能是作者自他书引用而来,"若真以为然,则又被作者瞒过"。根据"海棠春睡"的历史典故推测,画面上的事件发生在开放的室外,呈现的是杨玉环在海棠树下小憩的场景,并无更多诱惑性的内容。

实际上,经过长期发展,这类画作呈现的场景和内容,已经不像明代中期刚刚开始程式化创作那样带有鲜明的色情意味,而逐渐转变为一种装饰画。正像高居翰所指出的,在商业经济和消费的推动下,这类作品逐渐走出青楼、进入富裕阶层的家庭中,人们用这些作品装饰自己的厅堂、书房等场所;对于士大夫阶层来说,这类画作特有的浪漫因素还可满足他们文化怀旧的心理需求②。《扬州画舫录》记载的一则故事说明这种带有程式化的美人画已经没有更多的色情意味,人们也不再把它当作色情作品看待:丁鹤洲是扬州城里极负盛名的人物画家,曾著《传真心领》一书,其子丁以诚字义门,继承了他的画艺,请他画像者常从千里以外赶来求画;当时扬州城有"某宠姬"生病日久,家主请丁以诚给她画像:

> 十余日改易六七次。姬视之,皆曰不肖。义门自视所画,则肖之极矣。明日至,不摹其形,自为绝色女子。姬笑曰:"肖矣。君真解人也。"③

这位宠姬生病日久,其丈夫请丁以诚给她画像,显然是为她的死亡做准备。虽然画家本人认为画像"肖之极矣",但她本人认为丁以诚的作品与其不像。这其实很好理解:久病的她已经不似往日那样艳冶动人,故丁以诚自认为"肖之极"的画作虽真实描摹了她当下的容貌,但并不能很好传达她往昔的美丽。后来丁以诚按照一般绝色女子的容貌画她,她认为这才是真实的自己。这与当下女孩按照网红脸的样式修饰自己的容貌极为类似。正像巫鸿所指出的,这一事例说明当时的美人画创作已经达到程式化的程度并且可以相互置换④。

类似的情况也存在于《牡丹亭》和《金瓶梅》中:杜丽娘给自己所画

---

① (清)曹雪芹:《红楼梦》,脂砚斋等评,徐少知新注,里仁书局 2018 年版,第 134—135 页。

② James Cahill, *Pictures for Use and Pleasure: Vernacular Painting in High Qing China*, University Of California Press, 2010, p.158.

③ (清)李斗:《扬州画舫录》,中华书局 2007 年版,第 34 页。

④ 巫鸿:《中国绘画中的"女性空间"》,生活·读书·新知三联书店 2019 年版,第 336 页。

的形象,也不是她病中的样子,而是按照一般美人行乐图的方式创作而成,以至于柳梦梅拾到这幅画后一直将之作为观音像膜拜;李瓶儿死后,画师韩先儿根据美人画谱的标准模式制作了她的肖像。这说明,这时的美人画不仅可以对画中主体随意置换,而且宗教人物画和美人画之间的人物形象也可以置换——美人画的色情意味消失了。这类作品所带有的色情化倾向已被历史过滤掉,装饰功能成为它的主要功能。因此,我们应从装饰角度看《海棠春睡图》,而不是像传统评点家那样将之作为色情画作加以看待。

与此相关,根据书中所写,贾母房间悬挂的"仇十洲的《艳雪图》",其实也是一幅带有风景背景的美人画。这幅作品设色鲜丽,符合贾府的门第要求。年迈的贾母将这幅作品悬挂在自己房间,是将之作为符合时令的装饰画来使用的。可见,在贾母的观念中,这类画作不带有任何色情信息,否则她也不会将之悬挂出来让儿孙们见到。如果我们结合盛清宫廷尤其是乾隆皇帝对仇英作品极端珍视的情况来看,作者明确点名贾母房间悬挂的仇英作品,其实质是彰显出贾府与宫廷之间的密切联系——他们的审美趣味是宫廷化和贵族化的,典雅、艳丽、繁缛的艺术风格才配得上他们所拥有的身份和地位。实际上,仇英作品在"苏州片"大量仿作的推动下,已经成为一种新的审美典范的代表,这些伪作使仇英作品的真迹变得极其罕见,反而有助于其作品从世俗向典雅转化。贾母拥有仇英的作品,某种程度上是其荣耀和身份地位的象征,虽然她对这幅画有所批评。总之,贾母房间中的《艳雪图》是一幅美人画,是没有色情内容或象征意涵的。

相反,男性空间(书房和卧室)中的美人画可能带有性暗示色彩,其绘制技法也不同于唐伯虎和仇英等人的作品,而是吸收了当时十分流行的凹凸画技法,装饰功能更为鲜明。贾珍小书房中"极画的得神"的美人画,应该是一幅带有色情意味的作品——房间中正在发生的事情佐证了这幅画的性质:处于青春期的茗烟、卍儿在这幅画的诱惑之下展开了违规的性爱活动。怡红院的"笑吟吟"的女孩画像通过刘姥姥的视角与读者见面。刘姥姥在微醉的状态中将之作为真人看待,可见画中女孩逼真至极。刘姥姥"用手摸去,却是一色平的"的感受,暗示这幅作品采用的方法是当时盛行的凹凸画技法,因而也可能是一幅匿名的当代作品。

刘姥姥女性的身份,消泯了这幅画的色情意味或功能,使之成为一幅单纯的装饰性作品。

但是,无论是刘姥姥将怡红院比喻的"天宫",还是后世评点家比喻的"迷楼",都是带有浓厚色情意味的文化符号:在同一时期的《聊斋志异》等小说和戏曲描写中,"天宫"是淫案性事发生的场所;而"迷楼"是隋炀帝建造的充斥美女奇珍的"消金窟",就连作为皇帝、阅尽天下美人的隋炀帝本人也迷失在这座离宫之中,"经月而不出"[1]。因此,这幅美人画带有一定的诱惑性。根据高居翰的推测,书中所谓贾珍小书房中的美人画"极画的得神"中的"神",可能并不是中国绘画意义上的"传神",而应是"画得像",其技法与怡红院真人大小的女孩画像一样,所使用的都是盛清宫廷流行的凹凸法[2]。在盛清宫廷中,这种新的呈现幻觉形象的凹凸技法,目的在于激发男性观赏者(皇帝)的想象力,唤醒沉睡在内心深处的性意识——男性空间中的美人画上的"活生生""笑吟吟"的美人形象,仿佛在与观者对话、交流,让人觉得可以与之相亲相依。

唐寅、仇英等人的美人画虽也逼真,也呈现了较为私密的女性生活,但这些作品使用的是传统人物画法,画中美人与真人相比还有较大差距,美人们的生活空间和状态呈现在画作上,一览无余,不需要观者凝神注视,也不需要观者调动想象力积极参与,他只需要观看即可——画作中美人形象的唤醒作用不甚显著。但对于当时的观者来说,这种画面已经带有极为强烈的色情意味,以至于那些阅尽风月者第一次观看《汉宫春晓图》时激动得浑身战栗不已。随着时代的发展,人们对类似画作的新奇感逐渐减弱,这要求画家采用新的技法呈现美人形象,盛清宫廷就是这种新的审美趣味的领导者和制造者。实际上,时代语境的变化,已经对唐寅、仇英等人的美人画作品展开了去色情化的过程。诚然,明代中后期,他们的作品似乎可以被当作色情作品加以看待,毕竟,在那时的文化语境中,"任何表现男女亲密关系的图画都对士大夫阶层所奉行的男女授受不亲的道德观念构成侵犯",因而图画中男女混杂的场面、表现女子私密生活的场景等内容,"所有这些对于原先的观者而言都具有情

---

[1] 鲁迅辑录:《唐宋传奇集》,《鲁迅全集》第十卷,人民文学出版社 1973 年版,第 390 页。
[2] James Cahill, *Pictures for Use and Pleasure: Vernacular Painting in High Qing China*, University Of California Press, 2010, p.162.

色意味"①。但是,情色的眼光或标准,是随着时代的变化而变化的。《汉宫春晓图》之类的作品原来固然可以被看作带有情色意味的作品,但是经受过晚明春宫画尤其是当时从日本进口的淫秽不堪的"春画"（日语为 shunga）洗礼的盛清时期的观者,他们多是皇室贵族和达官贵人,他们对这类画作的要求变得越来越挑剔,因为在面对这类作品的时候,他们已经不像袁宏道等早期观者那样会有"浑身战栗"的感觉。

　　因此,如何更好、更逼真、更有效地呈现美人生活的景象,成为这一时期人物画家的任务,康熙、雍正、乾隆等三位皇帝是他们的直接雇主。除了使用很多隐喻性的意象和构图,顾见龙、焦秉贞、冷枚等宫廷画家有

图5-13　清　佚名《雍正妃画像·持表对菊》,绢本设色,纵184厘米,横98厘米,北京故宫博物院

意学习、吸收西画的凹凸技法。宁、荣二府悬挂的四张美人画在技法方面的差异,充分体现出女性空间和男性空间在画作使用方面的不同。对于色情内涵的表达或追慕,其表现形式和技法在盛清宫廷的图像系统中已悄悄发生了变化。秦可卿和贾母房间悬挂唐寅、仇英作品,也已失去当时语境所赋予的色情意味,它们成为一般的装饰品,用以表现贵族阶层对独一无二的艺术品的占有。否则,我们无法理解作为贾府最高统治者的贾母在房间悬挂仇英作品的举动。

　　正像我们所分析的那样,仇英《汉宫春晓图》等作品在盛清宫廷的持续临摹和流传,引起了大量与皇室关系密切的贵族阶层的模仿②。在顾见龙、焦秉贞等接受西画技法的宫廷画师的努力下,像《燕寝怡情图册》（图5-14）

①〔英〕柯律格:《明代的图像与视觉性》,黄晓鹃译,北京大学出版社2011年版,第180页。
②王怀义:《宫廷·闺阁·庭院——仇英〈汉宫春晓〉与〈红楼梦〉》,《红楼梦学刊》2020年第1辑。

那样直观呈现男欢女爱场面的方法已不适应人们逐渐提高的欣赏品味；而且，作为异域统治者，满族贵族对久负盛名的江南娱乐文化一直抱有窥视的欲望，西画在形成私密空间方面的强大功能满足了他们的这种欲望。因此，像《雍正妃画像》（图5-13）之类鲜艳精致的作品，充分吸收了西画凹凸技法，使汉妆女子生活的私密空间层次分明、若隐若现，观者只有凝神细致地透过眼前所见才能一步

图5-14 清 佚名《宴寝怡情图册》其六，纸本设色，纵40厘米，横36.8厘米，美国波士顿美术馆

一步深入到她们生活空间的内部。

巫鸿指出，异族统治者对中原统治窥视的欲望通过铁骑实现以后，这一欲望就转化为对汉妆女子生活空间的窥视："在雍正的'十二美人'屏风中，人物处于画面的前景，每个美人身后都有一个令人产生幻觉的空间，诱使着观赏者透过层层门窗窥视她的私人领域"[1]；凹凸技法的使用，"为传统的绘画门类增加了新的视觉空间和符号范围。……画中女子的私人空间依然是被构造出来的女性空间，只是现在这一空间获得了更强的视觉上的可信性，变得更加吸引人，令人如醉如痴"[2]。凹凸技法所造成的深邃空间，使观者不由窥探画中人私密的生活空间。对于当时的满族贵族来说，这是一种新的触发想象力的技法。在传统美人画中，她们的生活状态和空间一览无余，完全展露在观者面前，无法诱使观者做进一步想象，因而观者也无法产生与之深入交流的欲望。凹凸法的使用正好转变了画中美人与画外观者之间的关系。在观者的窥探之下，美人

①巫鸿：《重屏：中国绘画中的媒材与再现》，文丹译，上海人民出版社2017年版，第219页。
②巫鸿：《重屏：中国绘画中的媒材与再现》，文丹译，上海人民出版社2017年版，第220页。

及其生活空间曲折有致,极大满足了观者的窥视欲。美人的被窥视也就是被占有,这是一种更为隐蔽、高级的色情呈现方式。因此,在西画凹凸法技巧的辅助下,唐寅、仇英等传统美人画成为普通性的画作,焦秉贞等人的画作则成为新时代视觉呈现的主体。

回头来看,《红楼梦》中的《海棠春睡图》等四幅美人画为我们认识、理解《红楼梦》女性空间的性质提供了很好的载体或视角。秦可卿、贾母房中所悬挂的两幅美人画,只是传统意义上的作品,故曹雪芹明确点明作者,同时也点明它们所属的时代和所承担的功能;贾珍和宝玉房间中的作品带有诱惑性,确证了二者空间的男性性质。这四幅美人画将贾府众人居住的空间性别化了。实际上,这种将居住空间性别化的做法,在《红楼梦》中以多样的方式存在,它们同样是作者有意设置的迷阵。例如,作者将怡红院的物质陈设女性化,而将潇湘馆的物质陈设中性化,其目的就是将怡红院(男性空间)色情化而对潇湘馆(女性空间)去色情化,通过视觉感受实现性别互渗。洪秋藩评道:"刘姥姥先至黛玉房中,认是那位哥儿的书房;今入怡红院,又认是那位小姐的绣房:不是刘姥姥错认得妙,原是宝黛互住得妙。盖黛玉必须住书房,宝玉必须住绣房。亦惟黛玉可住书房,宝玉可住绣房。"[1]与前文对四幅美人画色情意味的分析相关,曹雪芹对于人物居住空间的视觉设计,某种程度也是一种将居住空间性别化的叙事策略。

例如,在第三回的描写中,贾赦和贾政的居住空间是典型男性化的——两人的生活空间是色情化和礼仪化的,因而不是女性化的。作者借黛玉之眼写贾赦的居住空间是一所"小巧别致"的花园,"院中随处之树木山石皆有","一时进入正室,早有许多盛妆丽服之姬妾、丫鬟迎着"。可以看到,这个小巧别致的私家院落有三层仪门,层层深入,幽深而让人遐想;在传统中国的文化语境中,充满"树木山石"的园林是色情事件发生的典型场所——这一切都暗示贾赦居住在色情化的空间中。与在贾政房间的细致观察不同,黛玉进入贾赦正室后根本无法对室内陈设进行观察,"许多盛妆丽服"的女子进一步呈现了贾赦生活空间的色情性质。黛玉与这个所在是格格不入的,这是一个她从未接触过的

---

①冯其庸辑校:《重校〈八家评批红楼梦〉》,青岛出版社 2015 年版,第 1089 页。

空间。

正像前文分析,怡红院中的色情化是隐含的。怡红院的设计充满了女性意味,而居住其间的贾宝玉却是一位男性,虽然他尚未成为污浊的男性世界中的一员,但正像太虚幻境中的仙子称其为"浊物"一样,他的出现已经"污染这清净女儿之境"。在第十七回的描写中,怡红院内"其势若伞,丝垂翠缕,葩吐丹砂"的西府海棠(又名"女儿棠"),其"红晕若施脂,轻弱似扶病,大近乎闺阁风度",已赋予怡红院女性特质。在后文的描写中,可以看到怡红院室内的装饰设计极为巧妙,镶金嵌宝,无所不有——这是一个极端私密化的所在,不容外人进入。在此处的描写中,我们尚无法推测这一空间所属性质为何。因为古琴、清玩在这一时期已经成为男性和女性共有的欣赏对象。而且我们看到,贾宝玉作为读书人,他的居住空间里竟然没有书籍,他似乎只在外书房读书。

孙温按照书中所写内容,以极端精细的笔触呈现了怡红院内部的陈设,这里似乎是一个中性的所在。孙温在怡红院的厅堂之上添上一幅山水画,并书对联云:"石园绿水环修竹,古调清风入壁松。"(图5-15)显然,这幅山水画置换了怡红院入门处的美人画,进而将怡红院的女性空间性质置换为男性空间。这种"误置"掩盖了怡红院的色情意味。刘姥

图5-15 清 孙温《红楼梦图·怡红院》第六册第五页,纵43.3厘米,横76.5厘米,旅顺博物馆

姥作为一个外来者,她新奇的眼光正道出怡红院本身所属的一般性质:它精致的程度使之成为一位小姐的绣房,刘姥姥简直如入"天宫"。而且,刘姥姥所见怡红院入门处的"笑吟吟"、真人大小的美人画,进一步确证了它的女性性质。这不由让人想起雍正对他深藏在圆明园深处的深柳读书堂的描写。

巫鸿发现,雍正在他的《园景十二咏》《深柳读书堂》等系列诗作中,将他所居住的这个空间诗意化和女性化:"深柳读书堂所具有的亲密感与私密性不只是反映在它的建筑和环境上,而必须从更深的层面上去思考。雍正对这个地方的描绘好像是在书写一位他最宠爱的妃嫔。他给这个地方赋予了明显的女性特质。"①雍正最喜用"柳"("柳絮")和"竹"两种意象对这个地方进行咏叹,将之比喻为富有才华、温婉多情的女子。怡红院和深柳读书堂在色情化意象使用方面具有一致性:"海棠""柳""竹""芭蕉"等植物意象所具有的女性特征转移了男性居住空间的性质。这种将男性居住空间女性化的情况,同时也是一种隐含化、嵌入式的隐喻方法。

总体上看,《红楼梦》所写的女性空间,一般是中性化的,它们要么被情感化,要么被文人化,均不是色情的对象(秦可卿房间的描写不包括在内)。在第五回的描写中,宝玉见太虚幻境中众仙子的闺房,"瑶琴、宝鼎、古画、新诗,无所不有;更喜窗下亦有唾绒,奁间时渍粉污。壁上也见悬着一副对联,书云:'幽微灵秀地,无可奈何天。'"这是一个情感化的女性空间,更确切地说,这是黛玉闺阁在宝玉梦境中的投射;同时亦可看到,这里的空间与意象也是普泛化的,没有个性,没有主人,自为自在地诉说着曾经过往的人与事:"瑶琴""新诗",都是代表祈求被别人理解的物品;"宝鼎""古画",象征了一种古雅但不乏寂寥的永恒时空 ——当下的情感需求与无情的时间之间似乎是对立的,又是无奈。"幽微灵秀地"指的是女子的生活空间,"无可奈何天"指的是她们生活的时代和社会环境,以及无可摆脱的宿命。在第八十九回的描写中,黛玉房间"绿窗

---

① 巫鸿:《重屏:中国绘画中的媒材与再现》,文丹译,上海人民出版社2017年版,第203—204页。

明月在,青史古人空"①的对联,也表达了对时间性的历史事件的否定,这亘古不变的空间剥离了时间的情感属性,使之成为无情的空间所在。沈约所建八咏楼到崔颢生活的时代,已历经数百年;绿窗明月的永恒性,让青史留名的古人显得有些淡化了,人们并不能亲见古人,而绿窗明月却仍可以自我显现——空间剥离了时间的情感性而转化为物理性、永恒性的存在。

针对太虚幻境中的女性空间,甲戌本夹批云:"女儿之心,女儿之境,两句尽矣。撰通部大雅不难,最难是此等处,可知皆从无可奈何而有。"②"无可奈何"之语,剥离了女性空间可能具有的色情化想象,而让观者沉浸到悲悯的情感想象中。这是一个远离色情的女性空间。在恽寿平的语境中,"寂寞无可奈何之境"正是主体跃身大化、泯灭自我情感才能达到的一种亘古永恒的至高境界。为了凸显此处空间的情感性和纯粹性,在随后的描写中,宝玉被警幻仙子带到一个更为富丽的"香闺绣阁":"其间铺陈之盛,乃素所未见之物。"这个空间中没有日常所见之物,它如繁复的无物之阵,无法用语言描述,与前番宝玉所见截然不同。

与对怡红院的女性化塑造不同,作者在描写潇湘馆、秋爽斋和衡芜苑等建筑时,着意突显其一般性的文化属性,以模糊居住空间的性别色彩:读者在阅读中无法对潇湘馆的物质陈设展开更多想象,它是一个简单、简洁而文雅的书斋——"书"("读书")意象成为潇湘馆中性身份的重要表征。在第十七回的描写中,我们看到,潇湘馆外面是"一带粉垣,里面有数楹修舍,有千百竿翠竹遮映",里面有"大株梨花兼着芭蕉",充满淡雅清幽的色调,与怡红院中的女儿棠和室内富丽堂皇的装饰截然不同。因而贾政来到潇湘馆时,不由叹道:"若能月夜坐此窗下读书,不枉虚生一世。"同时也可看到,潇湘馆的房间紧凑狭小,精致温馨,故作者反复说"上面小小三间房舍""又得一小门""又有两间小小退步"——"小"正说明潇湘馆的单一与纯净,符合黛玉低调而压抑自我的状态。这是一个简单而纯粹的文人化的生活空间,粉垣、翠竹、梨花、芭蕉的装点,已然显得有些奢侈。

---

① (唐)崔颢《题沈隐侯八咏楼》:"梁日东阳守,为楼望越中。绿窗明月在,青史古人空。江静闻山狖,川长数塞鸿。登临白云晚,流恨此遗风。"
② (清)曹雪芹:《红楼梦》,脂砚斋等评,徐少知新注,里仁书局2018年版,第145页。

在第四十回的描写中,作者又一次借刘姥姥这个外来者的眼光对潇湘馆做出了评价:

> 刘姥姥因见窗下案上设着笔砚,又见书架上磊着满满的书,刘姥姥道:"这必定是那位哥儿的书房了。"贾母笑指黛玉道:"这是我这外孙女儿的屋子。"刘姥姥留神打量了黛玉一番,方笑道:"这那像个小姐的绣房,竟比那上等的书房还好。"①

刘姥姥"见了这小屋子,更比大的越发齐整",又一次确证了黛玉居住空间的单一和精致,也只有这样的空间才适合黛玉凝结自己的情思,创作自己的诗篇。刘姥姥"留神打量了黛玉一番",却并没有像前面那样对惜春做出"这么大年纪儿,又这么个好模样,还有这个能干,别是个神仙托生的罢"之类的评价,颇值得玩味。但她将黛玉的绣房置换为书房,

图 5-16　清　金廷标《仕女图》,绢本设色,纵 222.7 厘米,横 130.7 厘米,北京故宫博物院

却抓住了潇湘馆和林黛玉的本质属性。显然,跟随贾政和刘姥姥的眼光,我们无需调动更多想象力即可明了潇湘馆的各项陈设:整洁的笔砚和书籍这两种文人化的符号界定了黛玉的身份——她是一位痴迷于阅读和写作的闺阁少女,且具有高度的自律。与前文分析不同,在青楼文化语境中,美人画中出现的"满满的书"并不是居住其间的女性的必须品,它们更多是作为装饰摆设而出现,目的在于营造一种文雅的氛围,为男性顾客服务——书籍被色情化了(图 5-16)。而在潇湘馆的设计中,书籍和笔砚是黛玉身份实实在在的象征②。

与潇湘馆的文人化布置相似,秋爽斋的物质陈设也是高度文人化的,

---

① (清)曹雪芹:《红楼梦》,人民文学出版社 2008 年版,第 532 页。
② 王怀义:《林黛玉阅读现象研究》,《红楼梦学刊》2010 年第 3 期。

给人独特的视觉美感:"探春素喜阔朗,这三间屋子并不曾隔断。当地放着一张花梨大理石大案,案上磊着各种名人法帖,并数十方宝砚,各色笔筒,笔海内插的笔如树林一般。那一边设着斗大的一个汝窑花囊,插着满满的一囊水晶球儿的白菊。西墙上当中挂着一大幅米襄阳《烟雨图》,左右挂着一副对联,乃是颜鲁公墨迹,其词云:'烟霞闲骨格,泉石野生涯。'案上设着大鼎。左边紫檀架上放着一个大观窑的大盘,盘内盛着数十个娇黄玲珑大佛手。右边洋漆架上悬着一个白玉比目磬,旁边挂着小锤。"① 探春闺房中物品陈设较为丰富,人性化浓厚,颇为宜居,但仍然缺乏女性特点。可以看到,黛玉和探春的闺房都带有鲜明的文人化成分,书籍笔砚、古玩书画,凸显了她们的知识属性——她们的居住空间被知识化了。但二者又有不同:在黛玉的闺房中,给人突出印象的是书籍,这为黛玉作为"闺塾师"的身份提供了佐证,对于黛玉来说,阅读与写作,是她文人化生活的主体。

在探春的闺房中,颜真卿、米芾等人的书画作品,彰显了她的文人属性和开阔胸襟,进入此间令人忘俗。洪秋藩评道:"夫惟大雅,卓尔不群,不独无脂粉气,且有潇洒意。潇湘馆逼真闺秀房,秋爽斋更是名士派。女门生莲仙卧室略仿其意。虽有不及,而身入其中,已觉扑去俗尘三斗。"② 然而在探春的闺房中,书籍是缺失的,这也说明阅读对于她的身份属性的价值不如黛玉明显,她无意通过阅读使自己的心灵变得更为纯粹而深邃,她所期待的是广阔的外在世界。

宝钗居住的蘅芜苑不仅没有性别特征,而且显示出异乎寻常的消除色情意味的冷感,从而使居住空间变成纯粹的物理空间:"贾母忙命拢岸,顺着云步石梯上去,一同进了蘅芜苑,只觉异香扑鼻。那些奇草仙藤愈冷愈苍翠,都结了实,似珊瑚豆子一般,累垂可爱。及进了房屋,雪洞一般,一色玩器全无,案上只有一个土定瓶中供着数枝菊花,并两部书,茶奁茶杯而已。床上只吊着青纱帐幔,衾褥也十分朴素。"③ 贾母借助戏文上关于小姐绣房的描写,批评了宝钗素净的居住空间,前者的繁华装饰正是情感与色情内涵的视觉象征——显然,这种简约、冷感的室内陈

①(清)曹雪芹:《红楼梦》,人民文学出版社2008年版,第537—538页。
②冯其庸辑校:《重校〈八家评批红楼梦〉》,青岛出版社2015年版,第1067页。
③(清)曹雪芹:《红楼梦》,人民文学出版社2008年版,第539—540页。

设完全改写了戏文给人造成的对于小姐闺房的传统印象,给人一种独特的视觉感受,观者也无法通过视觉对居住其间的主人有更多了解。"愈冷愈苍翠"的奇草仙藤,让人想起《楚辞》中的山鬼形象,冷艳而迷人;"雪洞一般"、"一色玩器全无"和土定瓶中的几枝菊花,说明主人具有较强的自省能力,无意于视觉欣赏而沉浸在抽象的伦理和观念中;在《金瓶梅》的描写中,"雪洞"是带有极为强烈色情意味的所在,在这里也被作者有意改写了。而土定瓶中供着的"数枝菊花",与探春房间汝窑花囊中"插着满满的一囊水晶球儿的白菊"也形成对照,因为探春房间中满满的水晶球白菊具有数量上的优势,显示出探春与白菊之间欣赏与被欣赏的审美关系,而宝钗房间中的菊花显然只是点缀,除了显示出仪式化的功能之外,宝钗不会将真正的自我融入到她的对象世界之中。

与林黛玉房间中"磊着满满的书"的印象不同,宝钗房间中的"两部书"是与茶奁、茶具一样的物品,而不是蕴含着精神、思想与情感的文本。因而,与潇湘馆和秋爽斋的个性化视觉观感不同,衡芜苑的空间陈设完全改写了人们的视觉习惯,将性别色彩完全排除掉,使之成为纯粹的物理空间。这显然是作者有意为之:根据第四十五回的描写,薛宝钗曾学习过绘画,至今收藏着大量绘画所需要的物品,这些物品她可能存放在自己家中。衡芜苑作为贾府大观园的一部分,薛宝钗无意装饰这里从而使之具有个人色彩,虽然她本人对"花儿""粉儿"的一向就缺乏兴趣。

可以看到,与《南屏雅集图》对女性文人化的塑造相似,《红楼梦》中将男性空间女性化、女性空间中性化的描写,无疑与当时持久传播的文化观念相契合。日本学者合山究运用性别认同理论,对《红楼梦》中的这一现象进行了心理学分析,重新界定了《红楼梦》的性质,认为《红楼梦》是一部"'性别认同障碍者'的乌托邦小说":《红楼梦》并非只是一部描写一位普通之性格变异人物的小说,而是一位无法适应当时的男权社会、带有今日之性别认同障碍者特征的富贵人家子弟,为了摆脱穷愁落魄的心理压力,以自己少年时代所经历过的某些快乐生活片段为素材,加以文学的想象所创作的一部虚构小说。要之,作者创作这部小说的最大之意图,乃是试图通过贾宝玉这一人物的塑造,营造出一个满足自己心中憧憬的与美丽如仙的佳人相伴的乌托邦。"① 作者虽然结合《红蕉集》《情史类略》《醒世恒言》等作品,对《红楼梦》中的女性崇拜思想的源头有所追溯,认为这是明代后期兴起的一种新的思潮,但"只不过是荒野中的几朵小花","在当时还是不足以影响到整个社会"②。作者没有对与这一现象相伴随的另一种现象进行考索,其观点值得商榷。如果作者仅为"营造出一个满足自己心中憧憬的与美丽如仙的佳人相伴的乌托邦",那么《红楼梦》便无法与其他才子佳人小说相区别。而且,《红楼梦》中出现的大量模糊性别特征的细节和情境,也无法在这一理论框架中得到解释。

实际上,《红楼梦》中男女性别互渗的视觉呈现,可以得到同时期图像资料和其他文学作品的证实,这说明这一现象不仅局限于《红楼梦》,而是在当时普遍存在。图5-17是创作于十八世纪中期的一幅作品。高居翰认为这是一幅以《西厢记》为基础创作的作品,但有学者认为不是,并指出这幅作品可能是根据清代情色小说和戏剧中的情节设计的③。由于没有题款等任何信息,因而我们不知道作者是谁,只能将之归入当时数量庞大的类似作品之中。但画面中湘妃竹椅及其卍字型花纹,百宝阁和古物瓷器等细节以及细致逼真的技法,仿佛说明它的作者可能是

图5-17　清　佚名《西厢记》,绢本设色,纵198.5厘米,横130厘米,美国弗利尔艺术馆

①〔日〕合山究:《红楼梦新解:一部"性别认同障碍者"的乌托邦小说》,陈翀译,台湾联经出版事业股份有限公司2017年版,第268页。
②〔日〕合山究:《红楼梦新解:一部"性别认同障碍者"的乌托邦小说》,陈翀译,台湾联经出版事业股份有限公司2017年版,第361页。
③〔意〕费布拉罗:《性与艺术》,贺艳飞译,广西师范大学出版社2016年版,第236页。

冷枚及其追随者中的一员,例如男主人公所坐的椅子以及上面的花纹,我们在冷枚的作品中极易见到。画面呈现的场景与《红楼梦》中的某些描写极为类似:金黄的佛手、洁白的瓷器和时新花卉,使我们可以将之与《红楼梦》对探春房间的描写对看;几案上方悬挂的巨幅山水作品,也可以与探春房中大幅的米襄阳《烟雨图》对看。同时,塑形和透视法等西画凹凸技法的使用,使画面呈现出深邃而层次化的纵深感以及切实可感的真实性,从而拉近了观者与图像之间的关系。

高居翰分析道:"这是一个开放而利于观看的空间:通过月洞门可以看到房间内部奢侈的装饰。如果通常的认识是正确的,那么这里肯定是崔莺莺的闺房。房间里是整齐而典雅的书籍,这显示出她精致而独特的审美趣味。……打开的门营造出纵深的视觉效果,将观者的眼光引入一个花园","两位情人和她们的伴侣流露出慵懒的眼神,相互之间正深情地打量着,交流着彼此的情感,他们更像常规戏剧中的人物而不是日常生活的参与者。他们正在上演着才子佳人的理想场景,就像维多利亚时期作为'有天赋的男人和优秀的女人'的阶层的代表。这一画面处处透露出带有感情温度和高质量的配偶关系的暗示性细节"[1]。通过细致的阅读,高居翰发现一个颇为重要的现象:"画面中两位情人面庞特征的高度相似,暗示了这一时期两性边界的模糊。除了男子眉毛稍重一点外,几乎看不出两者之间的区别。'女性的相似性',似乎说明他们是一胞所生。"[2] 这似乎可以为我们理解《红楼梦》中的类似现象提供一个直观的图像证据。由于画面中男女二人正处于相互对视的状态中,因而这种男性和女性面容的相似性,可转化为他们自己对自己的观看,从而使画面带有极为强烈的自省意味。

Keith McMahon 注意到同一时期中国小说中普遍存在这种性别包含现象,并对此分析道:"美人与学者……跨性别的对称,使他们彼此包含,每一方似乎都在观看着另一个自己。"[3]《红楼梦》的描写同样是这一

[1] James Cahill, *Pictures for Use and Pleasure: Vernacular Painting in High Qing China*, University of California Press, 2010, p.150.

[2] James Cahill, *Pictures for Use and Pleasure: Vernacular Painting in High Qing China*, University of California Press, 2010, p.150.

[3] McMahon, *Misers, Shrews, and Polygamists: Sexuality and Male-Female Relations in Eighteenth-Century Chinese Fiction*, Duke University Press, 1995, p.14.

现象的表征之一,因而我们也可以将相关描写纳入这一现象之中加以理解,而这件作品亦可以作为"凹凸二义"在《红楼梦》中视觉化呈现的图像证据。

### 第五节 "下笔便有凹凸之形":《红楼梦》"凹凸二义"的时代性

可以看到,《红楼梦》中的图像世界及其逼真性,使图像与事件之间的关系变得更为紧密,人物与事件的主题变得也更为突出,因而凹凸技法及其图像对《红楼梦》情境构成和事件发展起到了重要的影响作用:以细致、逼真的描写再现真实,是《红楼梦》的独特艺术特质。对《红楼梦》这一特质的研究,如注意作者对色彩的使用、感官感觉的调动等,已有不少研究成果,但仍未探寻到其根本性的思维方式本身。正像雍乾宫廷画家借用西画凹凸技法以凸现人物和世界的逼真性一样,曹雪芹不断使用画家烟云隔断的方法打断事件的连续性,从而将小说事件中的时间性因素予以压缩,使事件空间化、意象化和立体化,以增强读者对小说事件的感官印象,从而使书中呈现的情景以画面的形式在读者脑海中再现。我们可用董其昌评价明代画家借用西画技法进行创作的一句话来指称曹雪芹的这种创作方法:"下笔便有凹凸之形"[1],这正是《红楼梦》"全书只演凹凸二义"的方法论基础。

正像高居翰所指出的,与江南地区职业画家吸收西画技法以塑造异域风格而售卖自己的作品不同,雍乾宫廷画家对西画技法的借用,其目的是为了使画作中的人物更鲜明、内容更复杂、主题更集中,画面中相互连接的空间结构和铺陈细致的物质陈设,可以理解为人际关系和社会情感的复杂性:"他们使用一种新的自然主义方法呈现主题和场景,使人物更加人性化并富有表现力,使人物在周围清晰可读的空间中获得真实存在的感觉。"[2]聂崇正也注意到,欧洲绘画题材、风格的引入,使"清宫廷纪实绘画数量、质量较之前代更多、更佳,更为逼真写实",而"在清宫廷

---

[1]（明）董其昌:《画禅室随笔》,浙江人民美术出版社2016年版,第52页。

[2] James Cahill, *Pictures for Use and Pleasure: Vernacular Painting in High Qing China*, University of California Press, 2010, p.88.

此类绘画中又以乾隆时的纪实绘画为最多"①。高居翰、聂崇正等人发现
的这一情况,同样存在于《红楼梦》中,或者说,《红楼梦》正是这一情况
在小说中的代表,两者之间有一定的艺术关联。例如,第四十九回写宝
玉因记挂着起诗社,清晨起来穿好衣服,"忙忙的往芦雪广来",但在行进
路上作者却细致描绘了晶莹澄澈的雪景,而待宝玉行至山坡之下顺着山
脚转过去时,"已闻得一股寒香扑鼻",待他"回头一看","恰是妙玉门前
栊翠庵中有十数株红梅如胭脂一般,映着雪色,分外显得精神","宝玉便
立住,细细的赏玩一回方走"②。所谓"回头""立住",都是将事件的发展
过程打断造成阅读的停顿,同时以"如胭脂一般"的"十数株红梅"与晶
莹澄澈的雪景形成鲜明衬托,将宝玉前往芦雪广的行程暂时搁下,而让
观者与宝玉一起"细细的赏玩一回"。这种在叙事过程中插入引人注目
的意象从而淡化事件时间性的做法,可以称为事件的意象化或空间化,
是作者"下笔便有凹凸之形"写法的艺术呈现。

　　而且,《红楼梦》中有些场景可能是作者直接从较早或同一时期的
凹凸画中直接转移过来而成。例如,在第四十九、五十两回中,"青绸油
伞"的形象特别突出,这透露出许多重要的信息。在上述文字之后,作

图5-18　清　冷枚《敕仿汉宫春晓图》,局部,绢本设色,北京故宫博物院

①聂崇正:《清宫绘画与"西画东渐"》,紫禁城出版社2008年版,第176页。
②(清)曹雪芹:《红楼梦》,人民文学出版社2008年版,第663页。

者紧接着写道:"只见蜂腰板桥上一个人打着伞走来,是李纨打发了请凤姐儿去的人",姚燮对此评道:"如画,画也画不出。"① 随后又见"探春正从秋爽斋来,围着大红猩猩毡斗篷,戴着观音兜,扶着小丫头,后面一个妇人打着青绸油伞"②;后来又"远远见贾母围了大斗篷,带着灰鼠暖兜,坐着小竹轿,打着青绸油伞,鸳鸯琥珀等五六个丫鬟,每人都是打着伞,拥轿而来"③。张新之评道:"写雪天贾母入园,另是一番点染。"④ 实际上,熟悉前后时期宫廷绘画的人,一看此处描写便会心有灵犀:这里所描写的场景在冷枚《雪艳图》(图5-19)、陈枚《月曼清游图册》等作品中都是常见的,《红楼梦》

图 5-19 清 冷枚《雪艳图》,绢本设色,纵 70 厘米,横 49 厘米,天津博物馆

文本与宫廷图像之间的互动关系又一次呈现,似乎提醒观者可将此处情境当作画作加以欣赏。

图 5-18 是冷枚仿制仇英《汉宫春晓图》中的起首部分。两名宫人正在往宫里传送东西。春天的清晨可能下起了微雨,因而一人打着伞护着前面捧东西的人。但是根据图后呈现的宫苑中众多女子的生活场景,可以推测这个早晨是温暖而湿润的,并未下雨,否则她们不可能在庭院中展开如此众多的活动。因而这里出现的伞形象可能带有更多宫廷礼仪的象征性意涵。

更为接近的形象是陈枚《月曼清游图册》中的《踏雪寻诗》(图5-21)。

① 冯其庸辑校:《重校〈八家评批红楼梦〉》,青岛出版社 2015 年版,第 1252 页。
② (清)曹雪芹:《红楼梦》,人民文学出版社 2008 年版,第 663 页。
③ (清)曹雪芹:《红楼梦》,人民文学出版社 2008 年版,第 679 页。
④ 冯其庸辑校:《重校〈八家评批红楼梦〉》,青岛出版社 2015 年版,第 1275 页。

图 5-20　清　陈枚《月曼清游图册·桐荫乞巧》,绢本设色,纵 37 厘米,横 31.8 厘米,北京故宫博物院

图 5-21　清　陈枚《月曼清游图册·踏雪寻诗》,绢本设色,纵 37 厘米,横 31.8 厘米,北京故宫博物院

与冷枚的《十宫词图》创作一样,《月曼清游图册》也是由宫廷画家创设插图,乾隆题诗,由梁诗正题写。图 5-19、图 5-20、图 5-21 中均出现了《红楼梦》所写的"青绸油伞"。可以看出,这种形制的伞形象,在当时的宫廷和贵族生活中是比较流行的,带有礼仪与实用双重功能,类似于帝后图册中常出现的仪仗与华盖。《月曼清游图册》之《桐荫乞巧》(图5-20)提供了证据:我们可以看到《雪艳图》等作品中常见的三人互动结构(图 5-19),只不过在这幅图中仕女所撑的伞被置换为蓝色的华盖,但人物组成、顾盼呼应和石板桥的设置均与前者极为相似。而且,从唐代《宫乐图》到清代中期的仕女画,文人画工所创作的图像一般没有此类物品出现,它似乎仅出现在宫廷仕女画中。例如,在费丹旭《金陵十二钗图册》中,有一幅《凤姐踏雪》(图 5-6),呈现的是凤姐冒雪来到大观园赏梅的情景。书中写道"一时凤姐也披着斗篷走来",虽未写其他随从人员,但是根据前文所叙探春"后面一个妇人打着青绸油伞"和贾母进园时"打着青绸油伞""五六个丫鬟,每人都是打着伞"的描写,可推测凤姐此时也应如此。但在费丹旭的图像中,凤姐披着斗篷独自在梅树下赏花,不见有伞,与书中所写似有不合。

陈枚此套册页中的《踏雪寻诗》《寒夜探梅》(图 5-22)两幅合在一

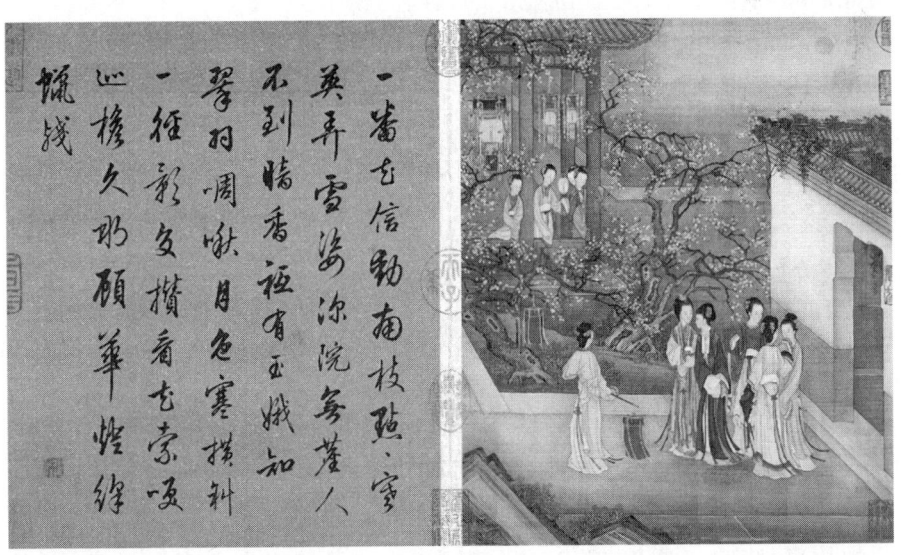

图 5-22　清　陈枚《月曼清游图册·寒夜探梅》,绢本设色,纵 37 厘米,横 31.8 厘米,北京故宫博物院

起,与《红楼梦》第四十九、五十回所写赏梅、联诗的情节比较相似,可以为读者呈现《红楼梦》"踏雪联诗"和"白雪红梅"两样景致——《红楼梦》中的事件、场景与画作获得了一致性。在《踏雪寻诗》中,屋脊拱沿上有隐隐雪痕,玲珑的太湖石和竹叶上也落有积雪;四位女子围坐品茶,同时望着门外正在赶来的另外一位女子;她们身后的几案上磊着十数卷书,说明她们都是拥有知识和才情的女子——她们正在等待赴约的女子的到来,以共同展开作诗的活动。雪天作诗,似乎成为她们寂寥的闺阁生活中的一项例行事务。门外的女子带着《红楼梦》提到的"观音兜"似的风帽,穿着华贵的氅衣踏雪而至,同时回首看着拿着屉笼一同赶来的仆人,似乎在交待着什么——显然,她准备了食物和酒水以助诗兴。她身后为她撑伞的仕女也回首望着这位仆人。根据乾隆的题诗,可以知道,在"风猎重帷雪作团"的环境下,几位美人不畏严寒,仍呼朋引伴地寻觅雪中的乐趣,以至于忘记了寒冷的天气;在接下来的活动中,她们似乎都要一展诗才,但到底谁是最后的赢家却尚未可知。乾隆使用了"谢家好句"和"咏絮才"两个与才女作诗相关的典故,对接下来的赛诗活动表达了期待。可以看到,这幅画除了这里出现的伞形象之外,三人之间的互动关系和人物的姿态,都与冷枚的《雪艳图》极为相似。这似乎说明他们的创作依循了宫廷画苑中的共同的粉本。

　　《寒夜探梅》呈现的可能是夜晚雪后梅花盛开时的景象,时间可能在正月十五前后。根据乾隆的题诗可知,梅花在月夜悄悄盛开时并不为人知,只有白雪衬托出红梅娇艳的身姿;一旦这一景象被女子们发现,她们便不畏寒夜踏雪而来。乾隆的诗作和陈枚的绘画珠联璧合,呈现了宫苑内冬季雪天时众女子赏梅联诗的动人场景,其"咏絮才"典故的运用,让我们有理由将这里的诗画作品和《红楼梦》的相关描写联系在一起考察、赏鉴。冷枚《雪艳图》、陈枚《月曼清游图册》等画作从一个侧面帮助我们进入《红楼梦》的场景和情境之中。

　　实际上,"踏雪寻梅"的繁华诗意,在《红楼梦》中还有另外一种变体形式,那就是刘姥姥二进大观园时向贾母等人说的茗玉小姐"雪天抽柴"的故事。刘姥姥说的两个故事,充分体现了她的智慧:庄上老奶奶得孙子的故事,隐喻了贾珠、宝玉二人之事,让贾母和王夫人都深受感动;而茗玉的故事则是宝钗、黛玉等人命运的写照,因而引起了宝玉的极大兴趣。有评者指出："观此数语而人犹目姥姥为蠢笨村姬，真不善读此书。（刘姥姥）既工于逢迎，又工于揣摩，真是秋风队里好脚色。"①可以看到，"雪天抽柴"故事的构成要素与第四十九、五十回的描写具有惊人的一致性：这位"十七八岁极标致的小姑娘"成为众女子的缩影，"梳着溜光的头，穿着大红袄儿，白绫裙儿"的服饰设计，与宝琴、宝玉等披着大红猩猩斗篷雪地赏梅的色彩搭配基本一致。在宝玉探春商议还席的过程中，宝玉道："老太太又喜欢下雨下雪的，不如咱们等下头场雪，请老太太赏头场雪岂不好？咱们雪下吟诗更有趣了。"林黛玉以一贯的戏谑方式点明了二者之间的关联："依我说，还不如寻一捆柴，雪下抽柴，还更有趣儿呢。"张新之随后指出此处描写"透'白雪红梅'"②，点出了前后情节之间的意蕴关联。实际上，刘姥姥所叙的两个故事正是《红楼梦》故事的缩影，"白雪红梅"的繁华与"雪天抽柴"的凄凉，两者融合一体才是《红楼梦》的全部。这一变体的存在，提升、拓展、丰富了《雪艳图》《月曼清游图册》等画作的境界。

因此，《红楼梦》对人物、事件、主题的纪实性写法，及其由此涉及到的意象和情境，与清宫廷同一时期绘画作品高度契合，应被作为同一文化母体的产物加以看待，二者均是吸收、改进欧洲绘画凹凸技法而展开的创作。法国汉学家佩初兹曾指出对绘画领域中异域因素进行考察的重要性："在绘画领域，异域元素是最值得关注的。这一方面是由于其特别的技巧，另一方面是由于起激发作用的种种观念的性质。"③按照这种思路来看《红楼梦》对"凹凸二义"的强调，它就变成了一个时代性的话题：盛清宫廷的图像制作不仅在技法上吸收了来自异域的因素，而且这种技法某种程度上与明代中后期开始兴起的对自我意识的发现有呼应关系；反之，这种新观念的形成和发展，也促进了人们对异域技法的吸收与运用。实际情况也是这样：几乎在同一时期，吴彬、项圣谟、张宏等人的山水写生之作已带有明显的凹凸画的特点，这种变化正是文人画家自我情感和思想的呈现。这种情况在雍乾宫廷达到了高潮，同时也是它的终结：《红楼梦》正好处于这一发展过程的节点之上。

---

① 冯其庸辑校：《重校〈八家评批红楼梦〉》，青岛出版社 2015 年版，第 1034 页。
② 冯其庸辑校：《重校〈八家评批红楼梦〉》，青岛出版社 2015 年版，第 1036 页。
③〔法〕佩初兹：《中国画家》，宋子仪译，中信出版社 2019 年版，第 2 页。

　　因此，我们可以将《红楼梦》"全书只演凹凸二义"的视觉语法纳入这一发现自我的时代主题之中加以考察。浦安迪发现，随着商品经济的繁荣，明代中后期以苏州为核心的江南地区出现了艺术的大发展：规模庞大的昆曲剧作和章回小说互为表里，长卷人物、卷轴画和山水画创作同时繁荣并走向顶峰，这些艺术形式的繁荣发展反映出本时期以文人为代表的精英阶层对人性的发现和解放，人们的自我意识空前增强[1]。显然，哲学和艺术领域对主体性的重视不会随着明王朝的覆灭而结束，盛清时期的文化、艺术和学术虽受到某种钳制，但处于上升时期的清王朝的统治者仍具备开放的胸怀。与这一过程紧密相伴的，是耶稣会士大量进入中国并带来了欧洲的宗教、艺术、科学和技术。与徐光启关系密切的利玛窦，就经历了由明入清的重大历史转折，而其活动却没有因为王朝的更替而终止，相反，随着大一统国家政权的重新确立，他北上京城并获得新统治者的接见。此后，欧洲教廷不断派遣耶稣会士到中国传教，直到乾隆晚期，清帝国实力衰落，这种文化交流才逐渐消歇。在这一过程中，以绘画、雕刻、瓷器等为物质载体的图像资料成为中西文化交流的重要媒介。张新之所谓《红楼梦》"全书只演凹凸二义"，也可置于这一历史过程中理解。

　　实际上，清宫人物肖像画对西画凹凸技法的吸收应被看作这一历史潮流行将结束的表征，而且曾鲸及其追随者在肖像画方面的创作实践和理论总结，基本上拥有自己的历史传统和哲学基础，其对人物肖像和事件的细致呈现，并不亚于这一时期的作品。《红楼梦》对西画中凹凸现象的重视只能被看作这一历史尾声的回响。当然，其多重性内涵使其超越了单纯的视觉领域和历史局限。而且我们还可发现，吸收西画凹凸技法进行创作的历史，在山水画中已持续进行了约百年之久。

　　董其昌在《画禅室随笔》中对这一现象做了总结："古人论画有云，下笔便有凹凸之形。此最悬解。吾以此悟高出历代处，虽不能至，庶几效之。得其百一，便足自老以游丘壑间矣"[2]，"作画，凡山俱要有凹凸之形，先钩山外势形像，其中则用直皴，此子久法也。"[3]可见，在一代宗师董

---

①〔美〕浦安迪：《中国叙事学》，北京大学出版社 2018 年版，第 248 页。
②（明）董其昌：《画禅室随笔》，浙江人民美术出版社 2016 年版，第 52 页。
③（明）董其昌：《画禅室随笔》，浙江人民美术出版社 2016 年版，第 56 页。

其昌的知识视野中,绘画中的"凹凸之形"首先是在山水画中被"古人"使用的,其功用无穷。人们一般将利玛窦在十六世纪八十年代进入中国所带来的人像看作是这一历史事件的代表,并推测董其昌在南昌游历时可能与利玛窦有过直接的接触,因而董其昌著作虽然将"下笔便有凹凸之形"的画法追溯到"古人"而以黄公望坐实,但我们仍可将之看作是对利玛窦所引入技法的认同,因为董其昌发现的情况,"在古人画论中只有极少的前例,而且见于理论文字者多,见于实际绘画作品者少"①,无论是理论记述还是实际创作,都不能给他的观点提供更多证据。

更有意味的是,我们还能看到,在随后不久建立统治的清王室中,董其昌提出的绘画南北宗的理论被加以继承,而且在清正统派"四王"的山水画中,传统技法重新占据了统治地位,像张宏山水画中带有明显的支离、倾斜、弯曲不平的构图和线条的意象,逐渐销声匿迹。虽然王翚可能受洗成为基督徒,但是其山水画却表现出更为谨严的秩序感和安定感——显然,"下笔便有凹凸之形"的技法和理论主张没有在山水画中得到继承和实践,这可能与带有"凹凸之形"的山水画所产生的不稳定感有关,以此表现刚确立的政治统治是清代皇帝不能接受的,他们乐于看到的是地平线平坦的直线构图,或者是表达抽象的思想和情感的作品(例如《红楼梦》提到的"米襄阳的《烟雨图》")②,故而这一技法便转移到纪实性绘画的创作中并取得了成功。

同时也应注意,张宏、董其昌等吸收西画技法以革新传统山水画的创作实践和理论总结,不仅仅是欧洲科学知识和世界观所引起的变化,

---

① 〔美〕班宗华:《行到水穷处:班宗华画史论集》,白谦慎编,刘晞仪等译,生活·读书·新知三联书店 2018 年版,第 343 页。

② 高居翰、班宗华等人指出这种变化的宇宙论基础,即中国古老的地平说为引进的地圆说所挑战,并引起了以文人为代表的中国知识分子的震惊,进而使其艺术创作发生了改变:"高居翰早已论证欧洲图画中或倾斜弯曲、或既斜又弯的地平线,很快就在例如张宏(1577—约 1652)与吴彬(万历天启年间)等中国画家的艺术作品中造成反响。笔者想将这个洞见上推至董其昌等中国学者遭遇地圆说而震惊地承认地球为圆球状的 1597 年。这个地理知识所造成的冲击,是非常戏剧性而且迅疾的。自 1597 年以来例如在董其昌这样的学者艺术家作品中取代传统旧有地平的浑圆地表,以及韩庄指出的 16 世纪末期诸多中国知识领域的开放现象,在清廷入主中原建立政权、并在智识与文化的每一个阵线上强制实施为其认可而制度化的正统政策之后,实质上终结了。在清廷所认可的思维模式之下,最先发生的重大事件之一,是地球又变成平的。正统思维在人心、在山水画艺术中又占据优势。"见〔美〕班宗华:《行到水穷处:班宗华画史论集》,白谦慎编,刘晞仪等译,生活·读书·新知三联书店 2018 年版,第 343 页。

经过千余年的发展,山水画技法的成熟和意象符号的固定,都使其内部出现了自我革新的需求,其典型表征之一便是人物尤其是女性人物出现在山水楼阁之中而引起画面结构和意蕴的变化。

正像高居翰所指出的,山水画发展到元四家基本上走向了终结:想象山水取代了自然山水,山水的呈现变成一些固定的程式和符号。在这种情况下,表现世俗生活乐趣的人物画和故事画便获得了复兴。伴随着对日常生活之美的发现的,是对想象中或历史上有着传奇经历的美丽女子形象的呈现。正像佩初兹所指出的,自唐代开始延续六七百年之久的中国绘画传统,形成了一整套严密而复杂的寓言符号体系,这一体系极大限制了画家的创造性和想象力,以至于人们在创作时首先要选用这些符号体系来显示自身知识的渊博进而提升作品的品质,于是画作的构图就变得越来越复杂,画中的细节不是来自于自然而是来自于前代大师的作品:"艺术不再是别的,只是一种难解的谜。"[1] 与这种繁杂的寓言符号体系相应的,是画家对鲜亮色彩构图的追求。在这种情况下,山水画的表现便变得繁杂、密集甚至古怪——简洁而直接的对自然哲理的表达至此失去了魅力,人们转向对一种和谐优雅而不乏精致的日常生活状态的表现。例如,在唐寅、仇英、陈洪绶等人的美人画中,"女人娇媚而活泼的面容,以及象牙般的皮肤、明亮的眼睛、优雅的动作和细长纤弱的手,简直就是古代传说中的仙女或人们还记得的历史上美人的化身。总之,宋朝所崇尚的哲学上的灵感已被丢弃,让位给了对日常生活的描绘"[2]。

例如,在仇英画作和同时期的画谱中,便出现了一种新的山水画结构:在以往的画面构图中,极目远眺的抒情主体一般是文人或者富有才学知识的官员,但这时却出现了闺中女子的身影,有学者将这种画作称之为"闺情山水"[3]。现藏波士顿美术馆的仇英作品《江楼远眺图》(图5-23)是这种作品的代表:在远山和楼阁之间是一片宽阔而平静的水面,一名女子独自一人凭栏远眺,春天来临却没有熏风袭人,从而使整个画面带有静谧而孤寂的色彩;女子身后的一名丫鬟与她有一段距离,这不仅不能说明此时远眺的女子有人相伴,反而进一步衬托了她的孤寂和

---

① 〔法〕佩初兹:《中国画家》,宋子仪译,中信出版社 2019 年版,第 108 页。
② 〔法〕佩初兹:《中国画家》,宋子仪译,中信出版社 2019 年版,第 124 页。
③ 石守谦:《山鸣谷应:中国山水画和观众的历史》,上海书画出版社 2019 年版,第 239 页。

图 5-23 明 仇英《江楼远眺图》,局部,纸本设色,纵 89.5 厘米,横 37.3 厘米,波士顿美术馆

落寞,因为两人没有任何交谈,亦没有精神上的共鸣。

1612 年在安徽宣城刻印的《诗余画谱》,把宋词中此类抒情主人公形象以图像的方式呈现出来,促使其进一步程式化,"这个现象之所以出现,实在意谓着仇英闺情山水画的广被接受,并被引为表现如秦观那种闺怨词作的最有效图式"①。明中后期画家着意呈现仙人或古代美女的作品,一方面反映出画家摆脱此前山水画象征符号系统的限制以发现日常生活之美的价值,另一方面也引发了人们对女性对象的思考:她们不是从属性的存在,她们也有自己的思想和情感世界;她们不仅仅是取悦他人,她们也需要被别人取悦。这种带有深邃幽思的抒情主人公形象可以看作是文人士夫的自身写照:自屈原开始,人们就习惯将自己比拟为孤寂而不被人理解的美人形象。浦安迪所谓文人自我意识的发现,于此亦可见出端倪。

实际上,《红楼梦》"全书只演凹凸二义"的象征意涵固然多样,但归根结底在于凸显主体思想和情趣的核心地位,使主体作为一个世界的观察者和存在者而出现。正像钱穆所说,黛玉之所以批评放翁诗句是"浅

---

① 石守谦:《山鸣谷应:中国山水画和观众的历史》,上海书画出版社 2019 年版,第 242 页。

近的",就是因为这句诗中没有有个性的人及其活动,也看不出身处此种环境中的人的思想和情趣。作为独立的主体,人首先是一个观看者,善于观看世界也就善于发现自我。我们在读第三回时发现,作者借助于林黛玉的眼光细致呈现了宁、荣街的繁华景象和两府建筑的特点,以及生活于这一独特空间中的各色人等的特点,脂砚斋不断地使用"纯是黛玉心机眼力"等语,指出这种细致入微的描写正是黛玉性情的写照:作为一个外来者和观看者,她敏锐察觉到这个崭新世界的特点。因此可以说,以绘画、雕刻、器物为主要图像载体的《红楼梦》的视觉语法,某种程度上是一种凸显人物主体特点的写作方法。与文化人画和昆曲一样,这是人的自我意识觉醒的一个标志。

　　如果我们把黛玉评诗强调的重视抒情主体的思想,与西画凹凸法对主体的凸显的历史相比较,或许会使问题变得更加显豁。透视法虽然在文艺复兴时期艺术家制作宗教圣像的实践中变得成熟而成为一种技法体系,但正像潘诺夫斯基所指出的那样,这一技法对世界的逼真呈现同时使其成为一种"去上帝化的"手段,因为世界不再是上帝创造的,世界也没有了上帝存在的空间,它就真实地存在于现实之中,因而这个世界也是一个"无神圣化的"世界①。与之并行的,是透视法作为一种"智力运作"的技法,不仅给作为"世界中的人"的画家在世界中"规定了一个位置"②,而且对于观者来说也使他观看的眼睛成为"世界万象的中心":"一切都向眼睛聚拢,直至视点在远处消失。可见的世界是为观看者安排的,正像宇宙一度被认为是为上帝而安排的。"③这样,作为技法的透视法就"为上帝精神和人类世界之间找到一种平衡"④。正是在这种情况下,人的理性和智慧被科学化、知识化,也就是主体化。当然,正像前面所提到的,黛玉对诗歌抒情主体的认识,与她将绘画作为自我抒情对象的做法是一致的,而宝钗对绘画的知识性描述,则从另一角度确立自我与世界的关系 ——两者都是主体自我呈现的方式。

　　从十三世纪马可·波罗进入元朝宫廷带回去诸多有关中国文化和

①Erwin Panofsky, *Perspective as Symbolic Form*, Zone Books, 1991, p.17.

②〔法〕达尼埃尔·阿拉斯:《绘画史事》,孙凯译,北京大学出版社2007年版,第28页。

③〔英〕约翰·伯格:《观看之道》,戴行钺译,广西师范大学出版社2007年版,第11页。

④郑伟:《基督宗教视觉艺术传播》,中国社会科学出版社2018年版,第115页。

艺术的信息开始,欧洲人对中国的认识逐渐深入。由于传教的需要,他们对绘画的关注显然超过其他艺术。例如,十四世纪欧洲著名旅行家伊本·白图泰( Ibn Battuta )指出:"就绘画而言,没有其他任何民族,无论是基督徒还是非基督徒,能够在绘画方面与中国绘画媲美,中国人的艺术天赋堪称出类拔萃。"[1]苏立文继而指出:"有点令人失望的是,得到白图泰如此赞许的中国绘画并不是处于顶尖地位的文人山水画,而是驻守边塞站亭的画工们为记录出入边塞的陌生人等而绘制的肖像画。"[2]显然,作为一名长途跋涉的旅行者,白图泰看到这些画工所创作的人物肖像时会引起他的共鸣,因为他本身可能就是这些人中的一员。而且,他也没有见到中国的山水画。可以设想,面对充满寓言符号和细节的山水画,即使见到,白图泰也很难理解其中所蕴含的深刻哲理。值得注意的是,中国人被白图泰称为"出类拔萃"的绘画技能是指肖像画技法而不是山水画的创作技法。实际上,在明代中后期,凹凸明暗技法就已经被人们尤其是民间画工使用到对人物肖像的制作过程中。

　　而在《红楼梦》诞生的历史语境中,绘画领域中凹凸技法的使用带有极为鲜明的社会分层的功用:这种技法被使用到对特定人群的描绘中,具体说来就是对满族皇室成员的描绘。这是一种新鲜却带有区隔意味的审美趣味。而且,透视法和明暗技法的使用,会使人物看起来栩栩如生、充满活力。新生的统治者不就应该具有这种生生不息的生命力吗? 利玛窦曾经指出,中国绘画由于缺乏透视法而使画作缺乏生命力。清代法籍画家王志诚在 1743 年 11 月的信笺中写道,当他在绢帛或壁纸上作画时,他几乎不使用这种带有鲜明欧洲风格的技法,他"只有在画'皇后、皇帝的兄弟们、其他有血缘关系的亲王和公主、皇帝的某些信臣和其他藩王'的肖像画时,才用欧洲手法"[3]。

　　在现存同时期的此类绘画中,可以发现,王志诚等西洋画家或跟随他们学习的宫廷画师,一般采用此类技法对主人公的肖像进行逼真而写实的描绘,使他们看起来与真人没有区别,同时在比例上也会被放大而显得有失协调,但他们的仆人或侍卫则采取一般性的画法,不仅人物较

①〔英〕迈克尔·苏立文:《东西方艺术的交会》,赵潇译,上海人民出版社 2014 年版,第 53 页。
②〔英〕迈克尔·苏立文:《东西方艺术的交会》,赵潇译,上海人民出版社 2014 年版,第 53 页。
③〔英〕迈克尔·苏立文:《东西方艺术的交会》,赵潇译,上海人民出版社 2014 年版,第 83 页。

小,而且形象也显得不那么逼真。当然,在创作中,画家对凹凸技法和色彩的使用是有限的,中国绘画本身的特点也应该在画作中呈现,否则画家的赞助人无法认可他的创作,"画家以巧妙的经营构思,既有西方写实主义的成分足以令皇帝高兴,又从整体上保持了中国传统绘画的格调不致使其困惑"[1]。根据康雍乾宫廷艺术收藏和创作的情况,可以推测,这类人物肖像画的创作既带有当代性,又与明代中后期兴盛的仕女作品紧密相关。历经康雍乾三朝的著名宫廷画家冷枚对《敕仿汉宫春晓图》《雪艳图》《十宫词图》等重要作品的创作,是这种情况的缩影。在冷枚、陈枚等人为皇室创作的行乐图中,我们既可以发现中国此类绘画中常见的母题和形象,也能看到属于当时宫廷活动的独特印记。但是,佩初兹认为这些画作虽然是对明代作品的继承,却是将这些作品庸俗化的继承:"这是一种露骨而庸俗画法的先兆,这种画法逐步形成气候,直到被清代的画匠普遍采用。"[2]

总之,在《红楼梦》中,作者对"凹凸"问题的讨论,具有多重内涵:它首先是视觉语汇,同时又是诗学语汇,"凹""凸"二字的对立关系又可以将之纳入布满全书的"真—假""阴—阳""盛—衰""冷—热"等复杂的隐喻结构当中。张新之指出《红楼梦》"全书只演凹凸二义",正是看到了作为视觉语汇的"凹凸"二字在书中所具有的重要性,书中关于美人图像和镜中人的形象、情节设置,均与此有关,从而使书中情节富有更为浓厚的自省意味。曹雪芹将西画凹凸技法转变为写人和叙事的方法,使书中人物形象更为鲜明、主题更为突出、结构更为复杂,推进了小说创作的发展。同时,《红楼梦》中"凹凸二义"作为视觉问题和诗学问题,可以通过书中"诗社作诗"和"惜春作画"的对照描写见出,诗与画既为一体,又各自独立。《红楼梦》"全书只演凹凸二义"的写法是以西画凹凸技法为表征的中西文化艺术交流过程中的重要一环,具有鲜明的时代意义和历史价值。

---

①〔英〕迈克尔·苏立文:《东西方艺术的交会》,赵潇译,上海人民出版社 2014 年版,第 81 页。
②〔法〕佩初兹:《中国画家》,宋子仪译,中信出版社 2019 年版,第 123 页。

# 第六章 "隐然一座迷楼也"

## ——时代语境中的西画技法与怡红院的物质陈设

作为整座大观园的核心建筑,怡红院的设计与陈设充分吸收了盛清宫廷流行的装饰内容,体现出皇室贵族崇尚逼真、华丽、繁缛、典雅的审美趣味。西洋幻觉绘画的技法及其对空间场景的处理方式,为怡红院内部空间陈设营造了亦真亦幻的效果,使之成为一座"天宫"或"迷楼"。这种艺术效果的产生使怡红院成为《红楼梦》本身的又一象征:人们阅读《红楼梦》仿佛在游览怡红院,在"山重水复"之时又"柳暗花明",充分享受到文本阅读的乐趣;怡红院内部的物质陈设所营造的真假莫辨的幻视效果,同时与《红楼梦》真-假循环的思想主题一致。曹雪芹对当时盛行的西画技法、科技的使用,体现出较为开放、包容的艺术胸襟,这使其创作体现出较为鲜明的当代性和先锋色彩。

怡红院内外部的设计均十分精巧,引人入胜。根据书中所写,怡红院的前门和后门各有一处"花障",此二处"花障"是造园者故意设计的"迷障"。众人出怡红院时,见有"青溪前阻",都分外诧异,等到明了此处设计究竟而要越溪而出的时候,"忽见大山阻路",无路可通,都道:"迷了路了。"及到山脚处一转,"便是平坦宽阔大路"(第十七回),让游览者屡次惊诧不已。与怡红院外部的宏观设计不同,其内部空间的物质陈设吸收了当时颇为先进、新潮的西洋要素,营造了美轮美奂的虚拟空间。美人画、古物器皿、穿衣镜等的交错使用,使怡红院内部成为一座名副其实的"迷楼"。

在第十七回贾政游览怡红院处,庚辰本有脂砚斋朱笔侧批:"于怡红总一园之看,是书中大立意。"[①] 此处所谓"大立意",是指怡红院院落布置和室内陈设,带有极强的隐喻性质:它是整部《红楼梦》及其主题的缩

---

① (清)曹雪芹:《红楼梦》,脂砚斋等评、徐少知新注,里仁书局 2018 年版,第 445 页。

影和象征。怡红院的巧妙设计让贾政诸人在游览过程中不断陷入迷境之中,这也正是《红楼梦》一书的本旨所在。众人对怡红院"有趣! 有趣! 真搜神夺巧之至"的评价,实际上也可看作作者自己对《红楼梦》一书精巧设计的评价。显然,作者就是要通过层层设计,让误入者迷失在怡红院真假莫辨的空间情境之中。

## 第一节　美人幻象:怡红院中的西洋美人画

根据书中所写,宁、荣二府的卧室、书房、厅堂等处多装饰有美人图,这些画中美人形象为《红楼梦》增添了魅力:秦可卿房中的《海棠春睡图》、贾母房中的《艳雪图》和宁国府小书房中"画的极得神"的美人图等,让人印象深刻。这些美人幻象的存在,为读者提供了广阔的想象空间。这些作品中,又有以西洋画法创作的美人画,它悬挂在怡红院的入门处。这幅美人图美轮美奂,亦假亦真,让人迷恋而又迷惑 ——以西洋技法绘制的美人图像,增添了怡红院乃至全书的"幻境"性质。根据书中所写,《红楼梦》共有三处提到西洋美人画:除了第四十一回提到的怡红院女孩画像,还有第五十二回晴雯所见"西洋珐琅的黄发赤身女子"及宝琴提到的"西洋画上的美人"等。

胡文彬在《红楼梦与中国文化论稿》一书中曾对这三幅西洋美人画做过较为详细的分析,最后指出:"在曹雪芹生活的时代,西洋画虽然已传入中国,但毕竟时间不久,外来的画多是附于工艺品上,因此当时的文人学者即使有所接触,其体会也当是极有限的。清代的焦秉贞、冷枚、唐岱都以擅长西法见称于世,但终没有兴盛起来。曹雪芹在《红楼梦》中之所以点到为止,没有大肆渲染,恐怕也是采取了'避难法'。这正是一位巨匠的高明处 ——不写自己不熟悉的事物。因此,今天我们在研究曹雪芹绘画才能、修养时,既要看到曹雪芹对西洋画的了解和认识,又不能把这方面的知识过分夸大。因为曹雪芹到底是生活在 18 世纪中叶,而不是生活在 20 世纪的 80 年代,时代没有提供给他更多的创作素材。"[1]

---

[1] 胡文彬:《红楼梦与中国文化论稿》,中国书店出版社 2005 年版,第 130—131 页。

这是迄今学界对《红楼梦》中西洋画所做的较为详细的分析、研究和评论之一。

针对这种观点，需要指出两点。

其一，西洋画对于曹雪芹来说恐怕不能当作"不熟悉的事物"，因而在书中采取"避难法"。《红楼梦》本是小说，详细描写西洋画不是它的任务，作者仅将这些画作镶嵌在自己的小说中（"点到为止"），因而未作更多描述。除了上述三处，怡红院内部的物质陈设显然也借助了西洋画营造逼真幻觉的技法。根据宝钗等讨论如何画大观园图的描写，曹雪芹对中国传统界画和海西法（线法画）的画法都是十分熟悉的，而如何处理空间布局、描画亭台楼阁和人物，正是西洋画所长。根据吴恩裕从孔祥泽处搜集的《瓶湖懋斋记盛》等资料，曹雪芹对绘画色彩、光线等问题的看法，可能受到了西洋画的影响；而且，他还以这种方法创作了一幅《乌金翅图》，其对光线、色彩的使用令好友敦敏等人叹为观止。

其二，生活在二十世纪八十年代的作家不一定必然比生活在十八世纪中叶的曹雪芹懂得更多西洋画的知识。当下时代的作家像曹雪芹一样同时兼具画家、诗人身份的并不多见，更何况他们大多数不仅没有曹雪芹的绘画实践，也没有曹雪芹独特家世所提供的众多见闻，因而也无法对西洋诸问题发表看法。恰恰相反，曹雪芹生活的"十八世纪中叶"，正是西洋画自明代中后期传入中国并逐渐融入中国画而在实践中达到最鼎盛的时期。乾隆朝结束后，这种画法也随之衰落，因而此后的作家反而不大可能再关注这种画法并将之融入自己的作品。这是我们对《红楼梦》中西洋美人画进行分析的前提条件。

与此相关的是，怡红院内部的物质陈设借助了西洋画营造逼真幻觉的方法，创设了精彩辉煌、难分真假的审美空间——"美人幻象"由此成为读者进入怡红院、体验红楼情境的独特途径。根据书中描写，可以看到，西洋美人画是宝玉、宝琴等人较为熟悉的。宝琴说真真国的女子，"那脸面就和那西洋画上的美人一样"，说明她见过真的西洋美人画，也见过真的西洋美人。而晴雯等丫鬟，对这类图像并不熟悉。晴雯所见的"黄发赤身女子，两肋又有肉翅"，是西方宗教画中常见的天使形象，在中国器物图像和画作中不太常见，因而引起了晴雯的兴趣，致使她"只顾看画儿"而忘记了服药。这说明晴雯此前未见过类似形象。张新之，这位敏感的批评家将宝琴所说的西洋美人形象与晴雯所见之西洋美人等同起来，认为二者"是一非二"①；脂砚斋则认为，作者有意以西洋美人画"联络为章法，极穿插映带之妙"②。张新之的评点揭示了西洋美人形象的隐喻性质，脂砚斋则指出了它们在创作技法方面的作用。这两个视点也是我们分析怡红院美人图的方法。

　　怡红院的这幅西洋美人图极端重要，需要深入分析。针对怡红院的这幅美人画，张新之将之作为金陵十二钗的另一个影像，认为"十二钗无非画"，因为金陵十二钗的命运早在第五回就在画册上呈现；他还认为刘姥姥"点头叹了两声"，"有微旨，全书在此"③。张新之这种象征阐释方法往往能切中书中隐藏意旨，颇能醒人耳目，此处解释亦是如此。抛开此层象征含义，可以看到，怡红院这幅美人图有以下特点：

　　其一，从形制上看，这幅作品是一幅大画：画面上的美人和真人差不多，而且是装帧在"板壁"上的，类似于"贴落"。

　　其二，这幅画是吸收了西洋画"阴阳凹凸"之法的美人画，因而刘姥姥感觉画中女孩儿"活凸出来"，"用手摸去，却是一色平的"。刘姥姥"点头叹了两声"的情感反应不算强烈，毕竟她无法将这种画法与中国文化传统建立某种对立性的联系，而只能表示出惊异。欧洲画家吉拉蒂尼（Ghirrardini）则对中国士大夫对西洋画此类画法的反映表示出极大的厌恶之情，"称他们不懂美术，又不顾真实"，因为他"用透视法画了一个大柱廊，使他们非常震惊，以致他们得出结论，他必定跟魔鬼打过交道。然而，当他们接近这幅画，用手触摸，好完全肯定他们看见的都在一张纸面上，但他们仍固执说，在实际没有距离，也不能有任何距离的地方，要显出有距离，其违背天理莫过于此"④。因而相比于刘姥姥的态度，中国文人对西洋画的这种保守态度更易引起西方传教士的反感。

　　其三，这幅画上的美人不是"黄发赤身"的西洋美人，而是中国传统美人图中的美人形象，只不过在画面构图上借用了某些西画技法。因为

①冯其庸辑校：《重校〈八家评批红楼梦〉》，青岛出版社2015年版，第1319页。
②〔法〕陈庆浩：《新编石头记脂砚斋评语辑校》，台湾联经出版事业股份有限公司2010年版，第646页。
③冯其庸辑校：《重校〈八家评批红楼梦〉》，青岛出版社2015年版，第1081页。
④〔英〕巴罗：《巴罗中国行纪》，何高济等译，商务印书馆2013年版，第312页。

如果这幅画里的美人是"黄发赤身"的西洋美人,刘姥姥就不会把她当作"姑娘们"中的一个而试图与她对话,她首先会感到十分惊讶。根据第五十一、五十二回的描写,"那西洋画上的美人"是"黄头发",而且浑身上下满戴着金银珠宝,怡红院美人画上的美人不是这样的形象,也很难想象这种形象会成为贾宝玉的审美对象,估计他还无法如此新潮;贾宝玉的审美趣味虽很时尚,但未必达到喜爱西洋美人的程度,他喜爱的是弱柳扶风似的中国美人。而且,贾政似乎也不会允许宝玉在房间内悬挂"赤身"的美人图像。可以推测,这幅美人图对西洋画法的借鉴是有限的,除了凸显立体感、逼真感之外,估计没有更多的西洋要素。

有学者疑心这幅美人画"是怡红院主贾宝玉画的",又通过自传说"贾宝玉即曹雪芹"的观点,认为曹雪芹生前画过"侍女油画","并被当作了素材写进了《红楼梦》"[1]。这似乎有些过度推测。一方面,通过第二十六回宝玉自述,可以知道他确实能画,而且他还认识一些当时专工山水、人物的画家,如专擅工细楼台的詹子亮和擅画美人的程日兴等人,与他们的关系也不错,因而可以请他们帮助惜春解决问题。但是,没有证据表明这幅美人图是宝玉的作品,书中也从未写过宝玉作画的事情。根据第四十二回的描写,宝玉对使用西画技法作画是陌生的,他在如何使用材料、工具等方面的知识储备均不如宝钗,这是由于他没有创作这类画作的经验造成的。另一方面,根据当时清宫美人图的绘制情况,这幅美人图也应是"绢画",其创作方法更多是中国画的方法,使用的颜料、器具等多是中国式的,很难讲就是一幅"油画"。根据第四十二回宝玉、宝钗等商议创作《大观园行乐图》的内容,可以知道,这幅作品也是如此,因而这幅美人图即使是贾宝玉创作的,也不会是油画,虽然他可能使用某些西画的技法。根据这些细节,似可推断曹雪芹是会画油画的,但是贾宝玉是不能画的,二者不能等量齐观。根据书中的描写,宝钗应熟知这类画的创作技法,但我们不能由此得出"这幅美人图是宝钗画的"之类的结论。

这幅美人图的出现不是偶然的。在当时皇室贵族和达官贵人之中,欣赏带有西洋技法的美人图像几乎成为一种潮流和时尚。据南怀

---

① 严宽:《红楼梦八旗风俗谈》,中华书局 2015 年版,第 233 页。

仁的自述,他曾用透视法给康熙皇帝绘制三幅美人图,并自录副本悬挂在教堂中,"全国官吏之进京者,必以一睹为快"①。据康熙宠臣高士奇(1645—1704)的记述,康熙在畅春园观剧处的四周楼阁上均安装了玻璃框以西洋画装饰之。康熙四十二年(1703),康熙将自己珍藏的西洋美人图在密阁内拿出给高士奇观赏,并做出了自己的评论:

> 西洋人写像,得顾虎头神妙。因云有二贵嫔像,写得逼真,尔年老久在供奉,看亦无妨。先出一幅,云:此汉人也;次出一幅,云:此满人也。②

根据南怀仁的记述,利类思神父根据欧洲的几本著作绘制了三幅画献给康熙皇帝,这些画作的尺寸是"人样大小":"第一幅是一处中国的宫殿,第二幅是一处欧洲的宫殿,第三幅是一处欧洲的花园。是由利类思神父在一名教名为约翰尼斯的中国教民的帮助下,在东堂绘制的";这名中国教民"曾经是高士奇的仆人。皇帝非常喜欢他的画作,在场的官员也对他非常钦佩,其中一名老臣对皇帝和大臣们说:只有很聪敏很神奇的人才能创造出这样水平的作品"③。据考证,这位中国教民是山西人,一直生活在东堂协助利类思工作,中间曾有短暂的离开,1669年他又重新回到这里工作。当然,本书英译者高华士根据高士奇《蓬山密记》的记述,认为"康熙皇帝很可能于1703年将这些画作出示给

图6-1　清　佚名《雍正妃画像·装妆对镜》,绢本设色,纵184厘米,横98厘米,北京故宫博物院

①方豪:《中西交通史》,上海人民出版社2015年版,第767页。
②方豪:《中西交通史》,上海人民出版社2015年版,第767页。
③〔比〕南怀仁:《南怀仁的〈欧洲天文学〉》,〔比〕高华士英译,余三乐中译,大象出版社2016年版,第190页。

著名学者高士奇观看"①的观点,可能不太准确。根据高士奇的记述,康熙皇帝给他观赏的两幅画均为人物画,所画人物乃康熙的嫔妃,并不是以花园、宫殿和庭园为主题的作品。当然,这里我们无法窥见康熙所出示的美人图的尺寸、大小。根据南怀仁等人的记述,利类思神父敬献给康熙的画作均为"人样大小",这几幅美人图应该也是类似的尺寸,因为他在为康熙绘制这类图像时常"将这些图画画得尽可能大",以让透视法的精妙呈现无遗。

与怡红院的美人图一样,康熙所藏"西洋美人图"上的美人并非真正的西洋美人,而是用西洋画的方法绘制的中国美人。根据南怀仁的记述,这两幅美人图的尺寸很可能与真人差不多,写真的对象是康熙皇帝喜爱的嫔妃,因而他很少将之出示给外人观览;只因高士奇年老且久在供奉才拿出给他观看。除了两人关系亲近且后者本身精通画艺之外,高士奇"年老"的条件应是康熙乐于与他共赏此画的重要原因:这一年高士奇已五十九岁,从其次年即去世的情况推测,此时的高士奇已到生命的末期,因而他无法再对画作上逼真而美艳的美人形象产生非分之想。更值得注意的是,康熙皇帝将西洋透视法所造成的逼真感置换为中国画史上以人物画著称的顾恺之的绘画效果,这与乾隆皇帝屡次认为郎世宁等人的画作不能传神的态度有较大不同②。

现藏北京故宫博物院的《雍正妃画像》给我们提供了这类图像的样本。图6-1、图6-2和图6-3是这套十二件

图6-2 清 佚名《雍正妃画像·倚门观竹》,绢本设色,纵184厘米,横98厘米,北京故宫博物院

---

① 〔比〕南怀仁:《南怀仁的〈欧洲天文学〉》,〔比〕高华士英译,余三乐中译,大象出版社2016年版,第190页。
② 江滢河:《乾隆御制诗中的西画观》,《故宫博物院院刊》2001年第6期。

图像中的三幅。这十二幅美人图的尺寸大小与真人一般，着色、用笔等都吸收了西洋画的方法：透视法的使用，使画面呈现出明显的立体感，从而将人物置于一个真实的生活空间之内；细腻的笔触和色彩的运用，使人物像真人一样的逼真、亲近，同时又不失中国传统美人画的神韵和情趣。根据最新的研究推测，这些图像中的美人可能是同一人，她就是雍正皇帝做藩王时的嫡福晋那拉氏，她与胤禛的婚约为康熙指定，并为雍正生了一个儿子，可惜这个孩子在八岁时死了，她本人也在雍正九年九月病故，后获封世宗孝敬宪皇后，《清史稿》卷二十四有传[①]。可以猜测，怡红院中的西洋美人画也是这种类型，所

图6-3　清　佚名《雍正妃画像·博古幽思》，绢本设色，纵184厘米，横98厘米，北京故宫博物院

画的不是西洋美人。只不过，怡红院的这幅美人图不似《雍正妃画像》中的美人一般总带着淡淡的忧伤，似乎暗含着无限的思绪，而是一位"满面含笑"的"女孩儿"。这幅画放在怡红院进门之处，带有迎宾的意味，所以刘姥姥感觉她是"迎了出来"。

　　就像整座大观园都在模仿皇家园林一样，怡红院这幅美人图的装饰，起初可能是为了元妃省亲而迎合宫廷的审美趣味专门设置的。

　　在作者的描写中，这幅美人图的出现颇为讲究：怡红院在书中最早出现并被作者细致描写，是在第十七回；在这一回，贾政率领宝玉及众宾客游览至怡红院，作者对庭院中的芭蕉、海棠以及室内物品陈设等均进行了细致的描写，却唯独没有提到这幅画——作者似乎有意让美人图与贾政保持了距离。在后文，我们也没有发现贾政再到怡红院的描写，否则，以贾政的性格应该会对这幅画进行批评；但由于这幅画的特殊用途，

①杨新:《胤禛美人图揭秘》，故宫出版社2013年版，第46—49页。

贾政又不能提出批评,因而作者只能让这幅画与贾政"失之交臂"。或曰:这幅画可能是在贾政游览之后绘制、安装的。这很有可能,因为贾政游园题跋在春夏之交,直到这年"十月将尽",大观园的布置才"幸皆全备"。即使如此,仍不能排除贾政曾经看过这幅画的可能,因为此后贾政又亲携贾母进园,"色色斟酌,点缀妥当,再无一些遗漏不当之处","贾政方择日题本"。这中间的四五个月时间,是大观园完善各处细节陈设的关键时期。怡红院的这幅画当在此时即已完备,因为后文未见怡红院再有装修、增设之类的事情发生,然而作者并未提及此事,而在第四十一回借刘姥姥之眼写出。

怡红院离省亲正殿最近,乃省亲别墅第一要紧之地,在怡红院入门处安装这样一幅巨幅美人图,应是经过贾府决策集团的细致考量的。这种糅合西洋画法而创作的美人画,在当时宫廷中很流行,它们是彰显皇室显贵身份的重要标志物,《雍正妃画像》《桐荫仕女》《香妃像》等就是其中的代表作品。就像大观园正殿"金辉兽面,彩焕螭头"的富丽堂皇的设置是为了符合皇家礼仪一样,怡红院中的陈设显然也要符合宫廷的审美趣味,否则,这样的省亲别墅可能会因为不合礼制而使元妃省亲之事得不到皇帝的批准。总之,作为怡红院物质陈设的代表,这幅美人图成为我们重新探讨怡红院的关键。

## 第二节　真境与迷境:怡红院及其物质陈设

实际上,我们更应将怡红院这幅美人图放在整个怡红院的室内陈设和装饰结构中加以解释,只有这样,我们才能明白西洋画所呈现的逼真性在营造"红楼幻境"方面的价值。根据第十七回的描写,怡红院的院子是一处独立的院落,院墙周围种着"碧桃花""竹篱""花障","粉墙环护,绿柳周垂";进入院内,"两边都是游廊相接",园中有山石点缀;"数本芭蕉"和"一颗西府海棠"是院中植物的代表。在这个独立而封闭的院落中,怡红院的房屋建设极为特别:构成怡红院的房间是一个整体,"竟分不出间隔来",而且四周都是用"雕空玲珑木板"装饰,木板上既有植物图像和各种吉祥纹饰,又有人物山水图像,而且"五彩销金嵌宝",颇为富丽辉煌。

书中写道：

> 一槅一槅，或有贮书处，或有设鼎处，或安置笔砚处，或供花设瓶、安放盆景处。其槅各式各样，或天圆地方，或葵花蕉叶，或连环半璧。真是花团锦簇，剔透玲珑。倏尔五色纱糊就，竟系小窗；倏尔彩绫轻覆，竟系幽户。且满墙满壁，皆系随依古董玩器之形抠成的槽子。诸如琴、剑、悬瓶、桌屏之类，虽悬于壁，却都是与壁相平的。众人都赞："好精致想头！难为怎么想来！"①

我们可以在想象中将怡红院的布置呈现出来。一旦将之重现，我们或许会为怡红院中陈设的复杂性而惊叹，进而将之作为一种想象性建构。实际上，这种设计并非虚幻的想象，在当时贵族家庭和皇宫建筑中都是实有的。根据现有研究发现，这种"多宝阁"和"博古架"式的设计是当时贵族阶层家居设计的一种时尚，更确切地说，是宫廷设计中的时尚。正像乔迅（Jonathan Hay）所指出的，《红楼梦》这段文字"描绘的是雍正年间到乾隆早期的室内布置"②，"在明清住宅的室内布置中，当代的器物通常与古董组合起来陈设展示。一般的规则是，藏家越富有，把古董作为室内装饰的可能性就越大"③。古董与时尚的结合，形成一种蕴含古今、文雅高贵而颇为独特的审美空间。

图 6-3 是《雍正妃画像》中的一幅，后人题名"博古幽思"。画面呈现的是一个封闭而又开放的独立空间：一名美人独自在这个空间中鉴赏古物，各种形式的古代器物与陈设装置融为一体；它们或洁白如玉，或古铜斑驳，或缀满古朴的花纹，无不在这个空间中散发出幽深而明亮的光芒，从而让我们进入一个亘古不变的时空之中。在画面中，我们不仅看到了类似怡红院的"一槅一槅"的博古架的造型，还可看到《红楼梦》提到的隐藏于博古架后面的"小窗"和"幽户"。窗外是几竿翠竹的局部，似乎博古架后面就是一个开阔的外在空间。而实际情况恰恰相反，这几

---

① （清）曹雪芹：《红楼梦》，人民文学出版社 2008 年版，第 231 页。
② 〔美〕乔迅：《魅感的表面：明清的玩好之物》，刘芝华、方慧译，中央编译出版社 2017 年版，第 275 页。
③ 〔美〕乔迅：《魅感的表面：明清的玩好之物》，刘芝华、方慧译，中央编译出版社 2017 年版，第 10 页。

图 6-4　清　郎世宁《弘历观画图》,局部,纸本设色,纵 136.4 厘米,横 62 厘米,北京故宫博物院

竿翠竹仍是博古架的构成部分,它的小窗只是博古架的"一槅",起到拓展视觉空间的作用,以让观者以为它与外界空间是连在一起的。

　　毫无疑问,这个博古架上的器物,其多样的形式惹人注目,其中几件可能是历史上曾经出现过的珍玩古物[1],因而它们的存在见证了悠久的历史和过往的人事。而且,它们的颜色古雅亮丽,与主人公的服装色调和谐一致,形成一个颇为完整的画面整体。这些古物洁净而纯粹的色调,显然是艺术化的结果——以鲜艳且对比鲜明的色彩营造出一种古雅而艳丽的情境,从而为画中美人的"幽思"提供环境。可以设想,如果我们看到的这个"博古架"并不是一个"架子",而是按照这些古物玩器的造型预先设计好的墙壁的样子,其实并无不妥——立体感同时被平面化,真实感同时也被虚幻化。这是一个小巧、精致而容纳万物的私密空间,"展览"与"呈现"不是它的主要功能;这里的陈设,只为它的主人服务。

　　类似的观赏博物清玩的场景在明清画作中比较常见,郎世宁绘制的《弘历观画图》就出现过类似场景(图 6-4)。

――――――――

[1] 据朱家溍考证,这幅图右上角方格内的壶,属于明宣德年间的红釉僧帽壶。见朱家溍编著《明清室内陈设》,故宫出版社 2004 年版,第 86 页。

与《雍正妃画像》的场面不同,这里的观赏活动在室外举行,时间是春天。由于没有光线的变化,我们无法知道这时的时间是上午还是下午。按照清代皇帝每天生活和工作的惯例,这类休闲和艺术鉴赏活动,一般安排在下午进行。可以看到,在乾隆皇帝身前有一张细致而简约的桌子,桌上放着各色玩器,从其形制看,既有上古时期的青铜器,也有元明以来的器皿,其用色古雅艳丽,散发出幽深难测的灵韵之光,与图 6-3 颇为类似。

画面呈现的是乾隆观赏这些玩器之后的场景:他正在观赏一幅新近完成的画作,从其内容看应是宫廷画师丁观鹏等人作于乾隆十五年(1750)六月的《洗象图》(6-5)①。与这幅画一样,在《洗象图》中,乾隆亦身着褴褛的僧衣,将自己扮成普贤菩萨的模样,以宣扬自己不仅控制了世

图 6-5 清 丁观鹏《洗象图》及图中乾隆画像,纸本设色,纵 132.5 厘米,横 62.6 厘米,北京故宫博物院

①巫鸿:《清帝的假面舞会:雍正和乾隆的"变装肖像"》,《时空中的美术》,生活·读书·新知三联书店 2016 年版,第 378 页。

俗世界,而且还是信仰世界的领袖。怡红院的博古设置亦应从这个角度加以理解。在清玩与清赏盛行的盛清时代,即使是闺阁,也有类似的古物以供消遣,以免让居住者的生活变得太过冷清。在《红楼梦》第四十回的描写中,贾母就曾因为薛宝钗的房间太过寒素而对王熙凤等人提出过批评,并以"年轻的姑娘们,房里这样素净,也忌讳"为理由,强行将自己素来收藏且从未让外人见过的两件"梯己"藏品送给宝钗以做赏玩。

同时可以看到,怡红院是一个富丽鲜艳、容纳万有、泯灭时空,进而产生幻觉感的所在:窗纱皆用五色彩绫糊就,供设的器物古今兼有,而且形式多样,毫不重复。更重要的是,各种不同材质、形式、时代的物品点缀、古董玩器,却又一起被纳入同一平面之中,如此众多的差异性又被这块连为一个整体的木板墙壁抹平了——带有差异性和历时性特点的存在就这样都被融入一个时空而成为共时性的存在,似乎它们本就属于一个共同的母体。这种营造真实而又将真实虚化、幻化的方式,是整个怡红院布置、陈设的核心方针。一旦进入者沉浸在这种逼真、绚丽的真实感并为之欣喜、惊讶,以为进入了一个与其他房间一样的空间,这种真实感就会受到挫败,然后才明白自己实际上进入了一个虚幻空间,是自己"以假当真"。实际上,陌生人一旦进入怡红院,都会产生这种"以假为真"或"以真做假"的感觉,进而被这种感觉所左右,遭遇到出人意料的困境。

在书中,这种描写有三次:

第十七回:原来贾政等走了进来,未进两层,便都迷了旧路,左瞧也有门可通,右瞧又有窗暂隔,及到了跟前,又被一架书挡住。回头再走,又有窗纱明透,门径可行;及至门前,忽见迎面也进来了一群人,都与自己形相一样,——却是一架玻璃大镜相照。及转过镜去,益发见门子多了。贾珍笑道:"老爷随我来。从这门出去,便是后院,从后院出去,倒比先近了。"说着,又转了两层纱橱锦槅,果得一门出去。[①]

第二十六回:(贾芸)正想着,只听里面隔着纱窗子笑说道:"快进来罢。我怎么就忘了你两三个月!"贾芸听得是宝玉的声音,连忙进入房内。抬头一看,只见金碧辉煌,文章焕灼,却看不见宝玉在

①(清)曹雪芹:《红楼梦》,人民文学出版社2008年版,第231页。

那里。一回头，只见左边立着一架大穿衣镜，从镜后转出两个一般大的十五六岁的丫头来说："请二爷里头屋里坐。"贾芸连正眼也不敢看，连忙答应了。又进一道碧纱橱，只见小小一张填漆床上，悬着大红销金撒花帐子。①

　　第四十一回：（刘姥姥）于是进了房门，只见迎面一个女孩儿，满面含笑迎了出来。刘姥姥忙笑道："姑娘们把我丢下来了，要我碰头碰到这里来。"说了，只觉那女孩儿不答，刘姥姥便赶来拉他的手，"咕咚"一声，便撞到板壁上，把头碰的生疼。细瞧了一瞧，原来是一幅画儿。刘姥姥自忖道："原来画儿有这样活凸出来的。"一面想，一面看，一面又用手摸去，却是一色平的，点头叹了两声。一转身方得了一个小门，门上挂着葱绿撒花软帘。刘姥姥掀帘进去，抬头一看，只见四面墙壁玲珑剔透，琴剑瓶炉皆贴在墙上，锦笼纱罩，金彩珠光，连地下踩的砖，皆是碧绿凿花，竟越发把眼花了，找门出去，那里有门？②

　　显然，怡红院就是一个人工创设的能够产生幻觉感的空间所在，"真—假"之间相互转化的意图又一次在物质设计中呈现。乔迅指出，《红楼梦》对怡红院"错视的室内布置的描述，这种错视效果有意地避免了一条固定的游玩路线，而将室内转化成了一个扑朔迷离的迷宫"③。贾政诸人一起游玩，竟然"未进两层，便都迷了旧路"，可见怡红院室内设计的复杂、精巧，瞒过了众人。怡红院的陈设构成了一个整体，只在内部分为几进空间，无论是从前门还是从后门进入，都会陷入这个迷离的境界中。贾政一行人是从后门进入的，因而他们首先看到的是多宝阁与博古架的陈设，然后才来到镜子前，后从镜子旁边的小门出去。他们的幻觉过程主要是房间内部的陈设结构所造成的。根据贾政诸人的感受，怡红院的设计与乾隆倦勤斋里的布置有异曲同工之妙。

　　可以看到，倦勤斋北面墙壁上装饰的是以透视法创作的一幅巨型通景画（图6-6）：高高的楼阁和蔚蓝的天空，似乎说明从那个站立仙鹤的

①（清）曹雪芹：《红楼梦》，人民文学出版社2008年版，第352页。
②（清）曹雪芹：《红楼梦》，人民文学出版社2008年版，第555—556页。
③〔美〕乔迅：《魅感的表面：明清的玩好之物》，刘芝华、方慧译，中央编译出版社2017年版，第335页。

**图6-6、图6-7 倦勤斋通景画,北京故宫博物院**

园门就可以进入另一个真实的世界。如果从入口第一道圆门往里看去,似乎这个房间内的空间与外面的空间相连,还有另外一进院落可以观赏(图6-7),而一旦按照这个想法,拟从第二个圆门进入时,就会发现那里其实是一道墙,就像贾政等人一样,"及到了跟前,又被一架书挡住。"这一图像设计和贾政等人在怡红院的遭遇,不由让人想起清人姚元之对郎世宁所居教堂中通景画内屋宇结构的描述:"由堂而内,寝室两重,门户帘栊,窅然深静;室内几案,遥而望之,饬如也,可以入矣,即之,则油然壁也。"①

贾芸的此次怡红院之行是在五月初二,院里的西府海棠已然开过,因而他进入院中看时,"只见院内略略有几点山石,种着芭蕉,那边有两只仙鹤在松树下剔翎"②,并未见到海棠的身影。此时的芭蕉正值旺盛时期,更易引起贾芸的注意。这里未写海棠,并非作者笔墨不到,反而正是其文心妙处所在,一丝不落,因而它也应引起读者的思考:如果怡红院中不见海棠,"怡红"二字就失去了根基③。所以贾芸见到"怡红快绿"的匾

---

① 方豪:《中西交通史》,上海人民出版社2015年版,第772页。

② (清)曹雪芹:《红楼梦》,人民文学出版社2008年版,第352页。

③ 根据书中描写,贾芸辞别宝玉后,宝玉来到潇湘馆,不想被薛蟠以贾政的名义骗出去,薛蟠说道:"要不是,我也不敢惊动,只因明儿五月初三日是我的生日……",由此可知贾芸到怡红院的时间是五月初二日。根据第二十五回,凤姐和宝玉生病时二人被"抬到王夫人的上房内","到了第四日早晨,贾母等正围着宝玉哭时","只闻得隐隐的木鱼声响",后癞头和尚(转下页)

额,心中想:"怪道叫'怡红院',原来匾上是恁样四个字",这种自以为是的想法忽略了"怡红院"得名的本质:其取名"怡红院"不是因为匾额,而是因为海棠。所以,此处不见海棠踪影,脂砚斋颇为此感伤,说道:"伤哉! 展眼便红稀绿瘦矣,叹叹!"①

与贾政、刘姥姥等人一样,贾芸也被怡红院内部的艳丽装饰和奇妙设置惊呆了,因而无法分辨宝玉所在的位置——"只闻其声,不见其人"的写法在此成为一个颇好的例证;正在他惊异不定时,巨大的穿衣镜反转过来,却是两个年轻貌美的侍婢,仍不见宝玉的踪影。及进去又见到"大红销金撒花帐子",最后才见到靸着鞋的宝玉。这样曲折的过程,又一次呈现了怡红院内部空间的艳丽奇幻色彩。正像脂砚斋所指出的,贾芸看到的"金碧辉煌"正是"器皿叠叠"的折光,"文章焜灼"则是"陈设累累"的奢华,因而"不得细览""不得细玩"②,这正是一种由华彩之古物和艳丽之陈设所营造而成的颇为强烈的眩惑之感。

刘姥姥进入怡红院的感受再一次证明了怡红院设计的巧妙:作为一个误入者,她不断否定自己本以为真实的感受和认知。与贾政诸人相反,刘姥姥是从前门进入的,因而一进门就看到一个"满面笑容"的女孩儿,让她以为自己来到的只是一个普通的房间;及至碰壁以后,她才从这种以假为真的状态中醒悟过来。等到她从旁边的小门进入里间,同样发现了贾政等人所见到的绚丽而复杂的古物陈设,其艳丽景象让她以为自己进入了"天宫"。等她在镜中发现自己的影像,她又一次以假为真,并和自己进行了对话;在她无意间触动了镜子的"西洋机括"而幡然醒悟后,才从幻觉回到真实。刘姥姥所见到的"琴剑瓶炉皆贴在墙上"极类似于乾隆三希堂的室内布置(图6-8)。显然,怡红院的设计者,将这一巨幅而逼真的美人画置于进门的所在,除了迎合宫廷的审美趣味外,

---

(接上页)说,"三十三日之后,包管身安病退,复旧如初",第二十六回开头说"话说宝玉养过了三十三日之后,不但身体强壮,亦且连脸上疮痕平复,仍回大观园内去",可知贾宝玉生病的时间当在三月中旬左右。这段时间正是怡红院西府海棠的花期,故至五月初,这棵海棠的花期已过,不仅宝玉未来得及欣赏盛放的海棠,连贾芸进入怡红院也只能看到芭蕉,因而他不能明白怡红院之名与"怡红快绿"匾额之间的关系,而将二者的因果关系颠倒了。

① 〔法〕陈庆浩:《新编石头记脂砚斋评语辑校》,台湾联经出版事业股份有限公司2010年版,第502页。

② 〔法〕陈庆浩:《新编石头记脂砚斋评语辑校》,台湾联经出版事业股份有限公司2010年版,第503页。

图6–8　清　三希堂内景,北京故宫博物院

其目的就是要创设一种真实感,让一进门者以为就是有一个真实的女孩在迎接自己,待到发现了这一真实感受乃是虚假的存在后,尚未及思考,便又重新进入一个虚假的或影像化的世界中。等辨明这种虚假性走出怡红院而进入院落中时,定然会产生一种豁然开朗、重见天日的感觉——这幅美人图以一种虚假的真实感,确证了怡红院所具有的幻境般的性质。

正像巫鸿所论述的那样,如果太虚幻境(大观园)的建筑正是紫禁城的隐喻性描写,那么我们也有理由将怡红院的设置与太和殿后带有私密性的皇家花园建筑进行对比。无论如何,它们在产生"迷境"效果方面具有一致性。巫鸿借对一名国外记者进入紫禁城的感受写道:"穿过一重又一重门,他越来越深地进入一个连续的封闭系统。现实逐渐虚化成梦境,是因为包围着这个行程的建筑元素放大了位移的速度和效应:虽然从外部看起来只有几层宫门,但是一旦置身其中,游客发现自己成为一个静默的虚拟世界的一部分,这个世界的封闭空间制造出它自己的感知标准。"[1]我们发现,在游览怡红院的过程中,贾政、刘姥姥诸人实际上

①巫鸿:《陈规再造:清宫十二钗与红楼梦》,《时空中的美术》,生活·读书·新知三联书店,2016年版,第262页。

也是如此:他们作为大观园的游客而存在,以一种新奇的眼光打量这座园林和园林中的建筑,并产生了一种莫可名状的迷离梦幻之感。在这种情况下,我们更有理由将怡红院与紫禁城东北角的宁寿宫和宫中的倦勤斋建立联系,因为在产生迷境效果方面它们具有相似性。更何况,郎世宁的幻觉绘画均对二者的设计产生了至关重要的影响,可能是它们的共同摹本。

## 第三节　真实的虚幻空间:作为"迷楼"的怡红院

张新之对怡红院的布置深感惊讶,不由评道:"屋是奇屋,人是奇人,书是奇书。花团锦簇,玲珑剔透,真是难为他怎么做的。……隐然一座迷楼,物欲如此,通灵亦如此。"① 张新之虽然对怡红院的陈设来源缺乏细致的考证而随着贾政诸人一同为其设计之奇巧而迷离其中,但其敏锐文心已察觉其中的幻境本质,从而以"迷楼"称之,后者正是隋炀帝所建造的神仙世界般的离宫,"使真仙游其中,亦当自迷也。"② 在王梦阮、沈瓶庵的评点中,他们也敏锐感觉到怡红院与隋炀帝"迷楼"之间的相似性,明确指出:"政老到此,目眩神迷,直与炀帝迷楼相似,亦为与四十一回伏线。"③ 在"迷楼"中,"迷",既是主体的一种心理错觉,同时也是一种情感的选择——人们自愿在这迷离幻境中抛却世俗的纠缠而复归到纯粹的自我,乐享人生乐事,实现人生所有的欲望。可以看到,在中国传统小说的语境中,迷离的建筑和物质陈设往往成为仙境的别称。这既是对人工技巧的赞叹,也反映了人们追求神仙幻境的心理④,所以刘姥姥也将怡红院称为"天宫"。

实际上,整座大观园的设计,都与此有关。在贾政诸人游览怡红院的过程中,作者连续使用了"忽见""忽又见""忽一转"等字样;在整个游园过程中,作者不断使用类似的词语,反复提醒读者贾政诸人正在进

---

① 冯其庸辑校:《重校〈八家评批红楼梦〉》,青岛出版社 2015 年版,第 498 页。
② 无名氏:《迷楼记》,见鲁迅辑录《唐宋传奇集》,鲁迅全集出版社 1941 年版,第 209 页。
③ 王梦阮、沈瓶庵:《红楼梦索隐》,北京大学出版社 2011 年版,第 211 页。
④ 王怀义:《红楼梦诗学精神》,里仁书局 2015 年版,第 243—272 页。

入一个与日常所见颇为不同的所在。

例如,"忽闻水声潺潺""忽见柳阴中""只见正门五间""只见迎面一带翠嶂挡在面前""抬头忽见山上有镜面白石一块",诸如此类。这些表示观看的提示语,不断调整读者的观看视野,使之仿佛亲临现场的观览,而不是在阅读文本。"忽见""只见"等词汇的交替使用,显示出大观园整体设计的复杂变化:"忽见"是劈空而出、出人意表,"只见"是正常观察、一如平常,从而使大观园成为一座鲜活、动感的所在。在贾芸进入怡红院的描写中,作者亦连续使用了"抬头一看""看不见""一回头""只见"等字样,这些词语意在强化怡红院设计的曲折变化、玲珑剔透。因此,我们可以这样认为,营造虚幻多变的空间效果,进而消泯人世与仙境的区别,是怡红院建筑和陈设的目的所在 ——物质化的室内陈设又一次与《红楼梦》"真—假"、"虚—实"的思想主题取得了一致。

脂砚斋在此明确指出,怡红院此种陈设吸收了西洋建筑装饰和绘画的技法:"皆系人意想不到,目所未见之文,若云拟编虚想出来,焉能如此。一段极清极细,后文鸳鸯瓶、紫玛瑙碟、西洋(人)、酒令、自行船等文,不必细表。"[①]所谓"若云拟编虚想出来,焉能如此",说明怡红院的设计虽然看起来虚幻迷离、精致奇巧,不像实有的存在,但却正有其真实的来源。实际上,怡红院通过多样奇巧的物质陈设而形成内部空间复杂性的做法,确实借助了当时流行的西洋技术手段。上文提到的乾隆皇帝倦勤斋的通景画设计,就是著名的例子。

巫鸿这样描述倦勤斋的设计:"尽管整个殿堂长达 18 米,内部却相当拥挤和昏暗。这是由于主室被分为两层,并被隔成不规则的小屋。当游客穿过隧道般的走廊,左转右转,通过大小形状不一的房门,最后来到位于最深处的房间 ——他刹那间感到目眩神迷,因为他突然面对着一个高达 6 米的单层厅堂,不仅房间的大小和比例发生了剧烈变化,而且还装饰着具有幻视效果的壁画。"[②]虽然怡红院不像倦勤斋这样分为两层,并有失去比例的阔大厅堂,也无法确定其中是否装饰了幻觉绘画,但我

---

① 〔法〕陈庆浩:《新编石头记脂砚斋评语辑校》,台湾联经出版事业股份有限公司 2010 年版,第 324 页。

② 巫鸿:《陈规再造:清宫十二钗与红楼梦》,见《时空中的美术》,生活·读书·新知三联书店 2016 年版,第 266 页。

们仍能感觉它们在设计效果等方面存在一致性。倦勤斋是乾隆皇帝退位后打算居住的场所,因而其装饰极尽奢华,并由郎世宁模仿西方基督教堂天顶画和壁画的方式创造了大型的通景画。在这个空间狭小的场所,立体而逼真的通景画使其空间获得了无限延展。

"通景画"又称"线法画":"是指全以焦点透视法所绘的图画,多画于过道、走廊或墙壁上,让人产生别有洞天的视幻效果",而其称谓可能来自于年希尧和切拉蒂尼合作翻译的《视学》一书[①]。王渔阳《池北偶谈》卷二十六"西洋画"条对通景画有过描述:"张图壁上,从十步外视之,重门洞开,层级可数,潭潭如王宫第宅。迫视之,但纵横数十百画,如棋局而已。"[②]颇为有趣的是,王士禛将"西洋画"列为"谈异"卷中,说明他也是将西洋器具和画作呈现的逼真幻境当作一件异闻加以记述的。

王士禛此处描述的对象显然是康乾宫廷用以装饰的通景画。但是,根据书中记述,我们无法确认他所描述的具体对象,也不知道他是在哪里见到的。作为历经三朝的重臣,王士禛极有可能是在皇宫或教堂中见到类似作品。据相关记述,郎世宁曾在他居住的教堂中绘制了大型通景画,不知王士禛是否观摩过。根据姚元之《竹叶亭杂记》记载,当时宣武门有传教士所建的传教教堂,分为东、西、南、北四堂,而南堂即为郎世宁等人居住的场所,其室内东西二壁皆贴有巨幅通景画,画面上的室内陈设颇为逼真,让人不由将之与倦勤斋和曹雪芹对怡红院室内布置的描写对比来看:

> 立西壁下,闭一目以觑东壁,则曲房洞敞,珠帘尽卷,南窗半启,日光在地;牙签玉轴,森然满架。有多宝阁焉,古玩纷陈,陆离高下。北偏设高几,几上有瓶,插孔雀羽于中,灿然羽扇,目光所及,扇影瓶影几影,不爽毫发。壁上所张字幅篆联,一一陈列。……再立东壁下以觑西壁,又见外堂三间,堂之南窗,斜日掩映,三鼎列置三几,金色迷离。堂柱上悬大镜三;其堂北墙,树以楄扇,东西两案,案铺红锦,一置自鸣钟,一置仪器;案之间设两椅,柱上有灯盘子,银烛矗其

---

① 黄丽莎、姚婕:《从钦天监到如意馆——再论清宫洋风画的兴起》,《新美术》2016 年第 3 期。
② (清)王士禛:《池北偶谈》,中华书局 1982 年版,第 632 页。

上,仰视承尘,雕木作花,中凸如蕊,下垂若倒置状。[①]

作者的描述详实、逼真、艳丽,完整地再现了此处幻觉绘画的内容,令读者有观画之感。这一切逼真的室内陈设都在画中,因而只能是虚幻空间。画中的室内空间与怡红院颇为接近:多宝阁、纷陈的古玩、字画、大镜子、鼎彝器皿、以木雕刻的花卉,等等,使之呈现出鲜艳华彩的迷离氛围,一如人们刚入怡红院时的感受,"岁月的痕迹 —— 使用和磨损所带来的器物表面的视觉转变 —— 为整个房间带来了一种特别的时间感"[②]。乾隆时学者张景运所著《秋坪新语》一书对南堂陈设的描述与此大同小异,但其景象更接近怡红院的布置:"倚西壁而东望,则重门洞辟,深杳无际,洞房窈窕,复室回环,孚思或启或闭,珠箔半掩半垂,室有几,几有瓶,瓶中有花,有炉有鼎有盘,盘置枸橼木瓜之属,新鲜如摘。壁有画,画傍有门,门中复有室。室中洋罽铺地,丹锦幂案,床檀凝紫,橱纱萦烟,翠幕金屏,备极人间之富丽。凝眸片响,竟欲走而入也,及至其下扪之,则块然堵墙而已。"[③]根据这里的描写,可以断定,张景运和姚元之描述的对象都是郎世宁所在的南堂。

与姚元之的描写相比,张景运简化了对细节的描绘,而将重点放在了南堂通景画所产生的效果方面;从后者使用的"丹""紫""翠""金"等色彩词来看,他更加着意突出通景画室内陈设"备极人间富丽"的特点,以说明这是真实的人间世界。精通西洋画法的年希尧在《视学·牟言》中说:"试按此法或绘成一室,位置各物,俨若所有,使观之者如历阶极,如入门户,如升堂奥,而不知其为画。或绘成一物,若悬中央,高凹平斜,面面可见,借光临物,随形成影,拱凹显然,观者靡不指为真物。"[④]这种变假为真的绘画艺术一经引入,立刻引起了人们的广泛注意,不久即风行南北。南怀仁说道:"你恐怕难以明白这一艺术是如何吸引着每个人的注意力的。不仅是北京的居民,而且包括从其他省份到北京来

---

① 方豪:《中西交通史》,上海人民出版社 2015 年版,第 772 页。
② 〔美〕乔迅:《魅感的表面:明清的玩好之物》,刘芝华、方慧译,中央编译出版社 2017 年版,第 10 页。
③ 方豪:《中西交通史》,上海人民出版社 2015 年版,第 773 页。
④ (清)年希尧:《视学》,黄兴涛等编《明清之际西学文本》第四册,中华书局 2013 年版,第 1921 页。

图 6-9　清　董邦达《三希堂记意图》,纸本设色,纵 56 厘米,横 44 厘米,北京故宫博物院

的人,他们看到后,就禁不住地赞不绝口,说这路径回廊和庭园是如此的深邃,这圆柱和其他所有的东西在绝对平面的画布上魔术般地立体化了,这图画是如此地接近真实! 这些从未见过甚至从未听说过这样高超艺术的参观者,当他们突然站在这些画有房子和花园的图画前面的时候,就完全地被征服了,被迷惑了,而以为他们看到的是真实的房子和花园。"① 南怀仁的记述或有夸张之处,但他对当时中国人对透视法的惊异态度的描述,则是恰当的。正像张景运 ——这位敏感文人所感受到的,人们越是感觉自己进入了一个逼真的世界,一旦发现其为虚设,便越发感到一种无法释然的惆怅之感,所以他继而写道:"殆如神州瑶岛可望不可即,令人怅惘久之。"② 姚元之和张景运观看南堂通景画的感受,与我们阅读《红楼梦》的感受几乎是一样的。

因此,在大观园中,类似怡红院中"西洋机括"之物,对于营造全书独特的情感氛围和想象空间极为重要。这说明曹雪芹在创作中吸收了西洋传来的一些物质设计、文化符号和艺术技法等,建构了自己的文学世界。有学者指出,除了怡红院提到的以凹凸法创作的美人图外,大观

①〔比〕南怀仁:《南怀仁的〈欧洲天文学〉》,〔比〕高华士英译,余三乐中译,大象出版社 2016 年版,第 189 页。
②方豪:《中西交通史》,上海人民出版社 2015 年版,第 773 页。

园的五间正门台阶上还刻有西洋基督教的文化符号"西番莲":"贾政先秉正看门。只见正门五间,上面桶瓦泥鳅脊;那门栏窗槅,皆是细雕新鲜花样,并无朱粉涂饰;一色水磨群墙,下面白石台矶,凿成西番草花样。"①这里提到的"西番草花样"就是"西番莲",在基督教文化中,这种莲花象征耶稣受难的十字架部件。

据朱淡文考证,西番莲原产巴西,早在明代天启年间即已随天主教传入我国,并被收录在王象晋编订、1621年成书的《群芳谱》中,后又收于康熙年间成书的《广群芳谱》卷三十一《花谱十·莲》,而根据《楝亭书目》卷三记载,这两部书均为曹寅藏书,曹雪芹可能读过这两部书;同时,康熙曾下令修建了一些基督教堂,这些教堂与曹雪芹入京后居住的曹家蒜市口旧居不远,他在日常生活中对这些地方是熟悉的,因此他"可能进而注意到这种外来宗教的教义,寻觅阅读有关书籍,乃至与西方传教士(以及中国籍的神甫)有所交往",进而"注意到《新约》四福音书所记载的耶稣为爱人类而甘愿上十字架之事迹"②。实际上,曹家与传教士的交往可以上溯至更为久远的曹寅时代③,曹寅从他们那里获取新鲜玩意儿敬献给皇帝,而且还向他们学习染色技法,以求将布匹染得更加符合皇帝的心意④。这些现象说明论者的考证、推测较为合理,也从一个侧面说明曹雪芹此处提到的"西番草花样",可能是受到了基督教堂雕刻图案的启发而将之写入了自己的书中。

同样,西洋画进入中国,主要也是通过传教士和教堂。这些西洋画作、图案、机械设计等,均引起了曹雪芹的兴趣,他将这些西洋文化因子与中国文化相融合,创设了颇具时代特点的文学世界。

## 第四节 "迷笔":曹雪芹对西洋画法的看法与实践

根据相关材料和《红楼梦》文本,可以看出,曹雪芹对于西洋画也是

---

① (清)曹雪芹:《红楼梦》,人民文学出版社2008年版,第218页。
② 朱淡文:《西番莲:曹雪芹理想之象征》,《曹雪芹研究》2016年第2期。
③ 关于曹寅与传教士的交往,可参见〔美〕史景迁《曹寅与康熙》第四章《南巡》,温恰益译,时报文化出版事业有限公司2012年版,第108—142页。
④ 吴恩裕:《曹雪芹〈废艺斋集稿〉丛考》,当代中国出版社2010年版,第111页。

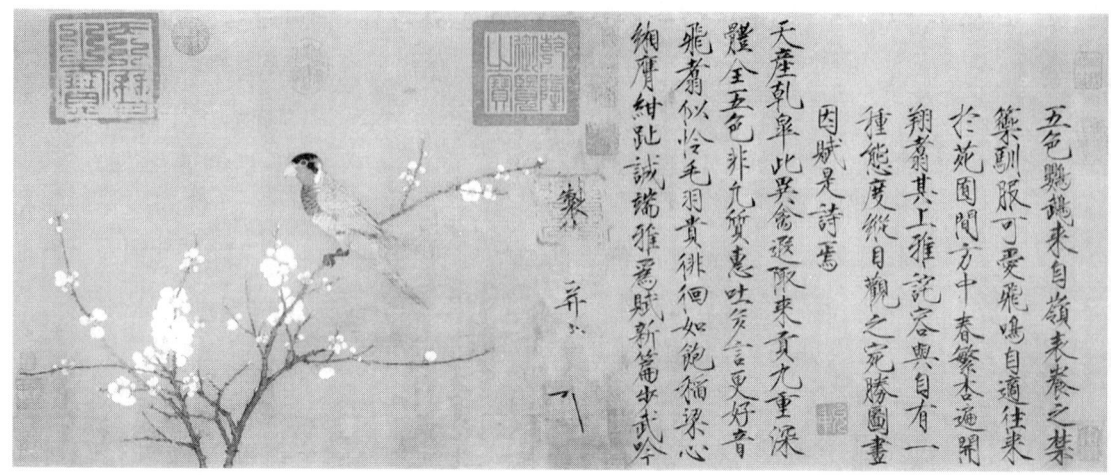

图 6-10　宋　赵佶《五色鹦鹉图》,绢本设色,纵 53.5 厘米,125.1 厘米,美国波士顿美术馆

了解的[①];相比于传统中国画家对西洋画普遍持贬抑态度,曹雪芹对西洋画则持有更为开放的态度,能够注意从后者中吸收着色、写实等手法来弥补中国画的不足。在《红楼梦》中,曹雪芹对中国传统界画的讨论是细致、准确的;他虽没有直接谈到西洋画的技法与布局等问题,但是不代表他不知道西洋画在这方面的独擅之处。而且,当时织造署织布染色时已十分注意学习西洋画的用色技巧,这对曹雪芹的绘画实践和文学创作也应产生了影响。从怡红院正门的美人图及其室内陈设可以看出,曹雪芹对西洋画的技法是熟悉的。

　　我们现在所能看到的曹雪芹关于西洋画的认识,以及他综合中西画法而创作的画作情况,仅见于孔祥泽收集的《瓶湖懋斋记盛》《岫里湖中琐艺》等文。当然,这些资料真伪存疑。这里作为辅助性材料,与《红楼梦》中的相关论述作一比照。

　　总体来看,曹雪芹对于西洋画的认识,主要集中在着色、立体感和对光的使用等三方面。这三种绘画技法的综合运用,会形成与真实世界毫无差别的幻象世界。而在中国传统文人画家的思想观念中,这三种技法均受到轻视,认为这些写实性的技法无助于营造幽玄的境界,其对逼真世界的呈现是只有画工才会采用的方法,同时也不能通达深刻的思想境

①李晨辉:《18 世纪中国宫廷的洋风画——兼论曹雪芹对洋风画的态度》,《文化学刊》2016 年第 11 期。

界。这与曹雪芹对西洋画的态度大相径庭。

　　首先是曹雪芹对画作逼真效果的追求。曹雪芹吸收西洋画法,在创作中力求客观呈现现实事物的立体感和层次感,达到"以真致幻"的效果。根据敦敏《瓶湖懋斋记盛》记载,董邦达、于叔度、曹雪芹等人曾在于叔度家里举行过一次冬季聚会。当时,于叔度的院子里挂满了风筝,这些风筝都有图谱,且着色鲜丽,状如实物,以至于让身为画家的董邦达产生了错觉:"语未毕,过公指〔宓妃〕而诧问曰:'〔前立〕者谁耶?'余应曰:'吾公视其为〔真〕人也乎?实亦风筝。'过公就前,审视良久,谓余曰:'尝闻刍灵偶俑之属,与人逼似者,不可迩于寝室,防不详也。倘系夜间,每能吓人致疾。'余曰:'敬闻命。愿俟董公审〔阅后〕,当即收之。'"① 董邦达所见疑为真人的"美人"实为宓妃风筝,其衣饰容貌、尺寸大小皆酷肖真人,以至于引起董邦达的误解。董邦达的评论,让我们联想到《红楼梦》第五十六回写贾宝玉入梦而见到另外一个自己的情节。人们在面对高度真实的虚假世界时往往会"以假为真",处于一种迷离恍惚的迷境之中,与入梦相同。因而我们有理由相信,正统文人对西洋画逼真性的贬抑态度,除了艺术和哲学观念使然外,多少含有这种巫术心理的成分。

　　除此处"以假为真"的体验外,在随后欣赏比翼燕风筝时,董邦达对比翼燕翅膀下飞向花丛的一只彩蝶也产生了疑惑:"(董邦达)问过子猷道:'子猷视此彩蝶落在花上抑未落耶?'初,敦敏与过子猷远观,谓彩蝶贴于纸上或挂在纸上。及经近观,始见此彩蝶实则画于纸上。经董挽两人后退几步再看,则此彩蝶又似'飞离地面,凌空蹁跹'矣。"② 敦敏、过子猷两人的观看经验,与刘姥姥在怡红院看到那幅迎面而来、笑盈盈的美人图时的感受颇为一致。在平面图像中将不同对象在同一有限空间内的立体关系表现出来,非借助西洋画的透视法不可,因而董邦达以为这种处理方法("笔法")不是中国传统画法所具有的。面对董邦达的疑惑,曹雪芹答道:"此不得不如此之笔也。盖两色相犯过近,极易混淆,故用此法。余睹西洋画后,吸其用色之长,作此'迷笔',幸勿以杜撰见笑也。"③ 显然,曹雪芹不仅吸收了西洋画的技法而且还对其进行了改造。

---

① 吴恩裕:《曹雪芹〈废艺斋集稿〉丛考》,当代中国出版社 2010 年版,第 57—58 页。
② 吴恩裕:《曹雪芹〈废艺斋集稿〉丛考》,当代中国出版社 2010 年版,第 63 页。
③ 吴恩裕:《曹雪芹〈废艺斋集稿〉丛考》,当代中国出版社 2010 年版,第 63 页。

所谓"迷笔"者，就是以逼真的色彩和事物的比例关系营造一种与现实无二的真实感，从而避免彩蝶、花丛与燕子本身色彩的重叠相犯之处，足见其心思之妙。曹雪芹对西洋画不是机械的挪用，而是为了解决创作过程中遇到的问题，该用则用之，不该用则不用之（"此不得不如此之笔也"），是一种创造性的转化。

其次是对颜色的使用。曹雪芹曾将自己的画册给好友敦敏观赏，敦敏"甫〔阅〕其〔图〕，〔便〕觉绚丽夺目，人物栩栩，光〔明〕曝照，曾所未睹"①，足见其画作对鲜丽颜色的使用别具一格。在绘画方面，曹雪芹尤其重视对鲜艳色彩的使用，这与当时主流画家的观点或理念是背道而驰的。例如，当时画坛宿儒王翚就颇为反对使用"红""绿"等具有"烟火气"的颜色，因为人们认为"黑""白"两色足以表现宇宙造化之奇妙，那种艳丽的颜色反而失去了确证大道运行的能力。但是，曹雪芹认为颜色是万物展现自我存在的主要方式，绘画要真实再现世界，就必须重视对颜色的使用。在创作实践中，他打破传统画法以纯色为主的做法，习惯"以他色代主色"，并擅长用艳丽的颜色和明暗衬托，使对象栩栩如生。

曹雪芹提出绘画设色要"艳而不厌"，达到"清新爽神"之效果，而其总原则是"相反相成""彼此对照"："其于设色也，当令艳而不厌，运笔也尤须繁而不烦。置一点之鲜彩于通体淡色之际，自必绚丽夺目；萃万笔之精华于全幅写意之间，尤觉清新爽神。所以者何？欲其相反相成，彼此对照故也。"②就用色来看，曹雪芹特别强调"艳而不厌"，以"通体淡色"衬托"一点鲜彩"，从而实现清新脱俗与艳丽典雅相得益彰的效果；就运笔来看，曹雪芹特别强调"繁而不烦"，以"全幅写意"衬托"万笔之精华"，从而将潇洒的写意与精细的写实融合在一起。这个描述其实也正道出了"红楼笔法"的精妙之处。曹雪芹将重视颜色的绘画思想与敦敏等好友多次诉说，一位名为"笃斋"的好友一直以为雪芹此论有夸大之处，待看到雪芹所画《乌金翅图》，见其"光彩闪耀"，才心折不已。

根据第四十二回的描写，惜春创作的《大观园行乐图》也应是一幅青绿山水作品，其中布置人物、楼阁，呈现贾府诸人聚会、饮酒、诗社等雅

---

① 吴恩裕：《曹雪芹〈废艺斋集稿〉丛考》，当代中国出版社 2010 年版，第 49—50 页。
② 吴恩裕：《曹雪芹〈废艺斋集稿〉丛考》，当代中国出版社 2010 年版，第 105 页。

集活动,体现出富丽典雅的皇家贵族气息,所以贾宝玉会说"詹子亮的工细楼台就极好,程日兴的美人是绝技,如今就问他们去",这就决定了这幅作品在设色上应浓墨重彩而不失典雅富贵之风范。惜春对此也心里明白,知道以自己的技法、材料储备无法完成这样一幅作品,所以她说:"我何曾有这些画器?不过随手写字的笔画画罢了。就是颜色,只有赭石、广花、藤黄、胭脂这四样。再有,不过两支着色笔就完了。"这幅作品在材料使用上有独特的规定,无论是托底的纸张或重绢,还是着色的工具和颜料:

> 宝钗道:"我说你是无事忙,说了一声你就问去。等着商议定了再去。如今且拿什么画?"宝玉道:"家里有雪浪纸,又大又托墨。"宝钗冷笑道:"我说你不中用!那雪浪纸写字画写意画儿,或是会山水的画南宗山水,托墨,禁得皴搜。拿了画这个,又不托色,又难渲,画也不好,纸也可惜。"[1]

宝钗还说"和凤丫头要一块重绢",说明这幅画是用绢画的,而且不是水墨山水的风格;且雪浪纸"不托色",说明这幅画对颜色的要求极高。宝钗说"青绿颜色并泥金泥银"要专门派人去配,就是说在创作过程中要使用这些色彩艳丽的颜料为画打底子。根据后文宝钗开的材料单,可以看到颜料和颜色工具的重要性:"……大染四支,中染四支,小染四支,大南蟹爪十支,小蟹爪十支,须眉十支,大著色二十支,小著色二十支,开面十支,柳条二十支,箭头朱四两,南赭四两,石黄四两,石青四两,石绿四两,管黄四两,广花八两,蛤粉四匣,胭脂十片,大赤飞金二百帖,青金二百帖,广匀胶四两,净矾四两。"[2]可以说,这些作画的材料都是以为画着色为核心而准备的。严格来说,材料、工具的多样性和严格要求,说明创作这幅画的程序极其复杂,尤其是调色、染色,更须很多工序和时间精力。黛玉和宝玉一样,以为作画只要笔墨纸张即可,没有想到作这幅画要使用这么多东西,尤其是颜料。其实,这都是由《大观园行乐图》这幅画的性质决定的,能看出在曹雪芹的心目中,这幅画应该是富丽典雅的作品。

---

① (清) 曹雪芹:《红楼梦》,人民文学出版社 2008 年版,第 569—570 页。
② (清) 曹雪芹:《红楼梦》,人民文学出版社 2008 年版,第 571 页。

　　因此，重视阴影和光暗对比，将光线与色彩使用融合，达到逼真的幻觉效果，是曹雪芹绘画思想和实践的又一重要特点。在那次冬日的聚会中，董邦达看到宓妃风筝头脸用色明亮鲜艳，不由问道："此色彩诚为奇绝，何以如此鲜明如阳光曝照耶？"雪芹答道："历代画家，都以纯色为主，深浅无非以白粉冲淡而已，虽繁而实简。唐代王维曾有复色明暗之法，但其画真迹传世者极少，未可推求。实则物物有色，无非因其映于目中，受光所照，故有五色之多。霑从家藏《织造色谱》中稍窥西洋染色之精要，（中略）乃试以他色代主色，分阴阳，别深浅，画成'宓妃'之头脸。"[①] 可以看出，曹雪芹对颜色的使用深受其家族习业和西洋画法的影响。在曹雪芹看来，颜色是万物彰显自我存在的主要方式（"物物有色"），物与物之间之所以存在不同，是"受光所照"的缘故，因而画作要实现物的颜色符合其本身实际，就应该充分重视对光的使用。

　　曹雪芹所谓作画"无所不师，而无所必师"，就是强调从万物本身的存在状态出发，以万物本身的存在状态为"法"，才真正是"取法自然""方是大法"[②]。这个观点充分肯定了光（明暗对比效果）的重要性，以及绘画中光对颜色使用和效果呈现的决定作用。宓妃风筝就是这一理论的实践。据吴恩裕考证，曹雪芹还创作过一幅《乌金翅图》，曹雪芹借这幅图对自己的创作思想进行了细致说明，与这里提到的曹雪芹对光与颜色使用关系的论述是一致的。《岫里湖中琐艺》记载："且看蜻蛉中乌金翅者，四翼虽墨，日光辉映，则诸色毕显。金碧之中，黄绿青紫，闪耀变化，信难状写。若背光视之，则乌褐而已，不见颜色矣。他如春燕之背，雄鸡之尾，墨蝶之翅，皆以受光闪动而呈奇彩。试问执写生之笔者，又将何以传其神妙耶？"[③] 这幅《乌金翅图》是曹雪芹绘画理论的成功实践。所谓"蜻蛉"，俗称"豆娘"，是一种类似蜻蜓而比蜻蜓略小的飞翔昆虫，以青碧色为主，而杂以墨、黄等色。曹雪芹的这幅作品，其对光和颜色的使用达到了出神入化的程度，既使蜻蛉跃然纸上，又体现出他对颜色使用的高超技法，使蜻蛉在不同的光线下呈现出不同的状貌特点，曹雪芹对光的领悟和使用由此可见一斑。

---

① 吴恩裕：《曹雪芹〈废艺斋集稿〉丛考》，当代中国出版社 2010 年版，第 63—64 页。
② 吴恩裕：《曹雪芹〈废艺斋集稿〉丛考》，当代中国出版社 2010 年版，第 103 页。
③ 吴恩裕：《曹雪芹〈废艺斋集稿〉丛考》，当代中国出版社 2010 年版，第 103 页。

此外,曹雪芹还批评了传统画家"不敢用光"的弊病,以及不用光对画面造成的影响:"试观其画山川林木也,则常如际于阴雨之中。状人物鸟兽也,则均似处于屋宇之内。花卉虫蝶,亦必置诸暗隅。凡此种种,直同冰之畏日,唯恐遇光则溶。何事绘者忌光而畏之甚耶?信将废光而作画,则墨白何殊,丹青奚辨矣。若尽去其光,则伸手不见夫五指,有目者与盲瞽者无异。试思去光之画,宁将使人以指代目,欲其扪而得之耶?"① 在曹雪芹看来,画作无光,则山水"常如际于阴雨之中",人物鸟兽则"均似处于屋宇之内",花卉虫蝶也黯然无光,失去了生命的活力,观者也无法对它们进行准确的欣赏和体悟,所以年希尧也说画家应该"知取诸天光以臻其妙"②。曹雪芹对传统绘画的批评是符合实际情况的。我们看古人的山水画,确实看不到那种晴光朗照的画面,虽然有的画作会画出一轮红日,但观者仍无法感受到阳光带来的和煦温润之感。这种做法背离了自然本身的实际情况。曹雪芹认为因为技法困难而放弃使用光的做法无疑是"因噎废食"。

曹雪芹逆流而上,一反传统,反复强调光与颜色的重要性:"至于敷彩之要,光居其首。明则显,暗则晦。有形必有影,作画者岂可略而弃之耶? 每见前人作画,似不知有光始能显像,无光何以现形者。明暗成于光,彩色别于光,远近浓淡,莫不因光而辨其殊异也。"③ 这就将"光"作为绘画的本体提高到前所未有的高度。这正像宗白华对中国画的评论:"中国画趋向抽象的笔墨,轻烟淡彩,虚灵如梦,洗净铅华,超脱暄丽耀彩的色相,却违背了'画是眼睛的艺术'之原始意义。'色彩的音乐'在中国画久已衰落",到近代以来,中国画"既缺绚丽灿烂的光色以与西画争胜,又遗失了古人雄浑流丽的笔墨能力。艺术本当与文化生命同向前进;中国画此后的道路,不但须恢复我国传统运笔线纹之美及其伟大的表现力,尤当倾心注目于彩色流韵的真景,创造浓丽清新的色相世界。"④ 中国画的优点亦是其缺点,因而宗白华对清际以来中国画的衰落进行了

① 吴恩裕:《曹雪芹〈废艺斋集稿〉丛考》,当代中国出版社 2010 年版,第 104 页。
② (清)年希尧:《视学》,黄兴涛等编《明清之际西学文本》第四册,中华书局 2013 年版,第 1921 页。
③ 吴恩裕:《曹雪芹〈废艺斋集稿〉丛考》,当代中国出版社 2010 年版,第 104 页。
④ 宗白华:《论中西画的渊源与基础》,《宗白华全集》第二卷,安徽教育出版社 2008 年版,第 112 页。

深刻的分析,指明其发展之方向,并与曹雪芹的观点相互映照。

可以看到,曹雪芹对绘画中色彩、光、阴影的重视、提倡、实践,是在对中国画的弊端进行深入反思、批评的基础上提出的,其意图在于通过对中国画某些偏颇之处进行矫正,以恢复、重创中国画的新境,此新境界即宗白华所说的"注目于彩色流韵的真景,创造浓丽清新的色相世界"。清代宫廷画家的创作正是这一新境的开创者和实践者。然而,传统的观念和趣味带有极强的惯性和排他性,而且,与其他观念的易于改造不同,审美趣味和观念的力量似乎更为顽固,不会轻易受到根本性的颠覆,也拒绝交流与融合,外来力量只能对其进行些微的修补而无法撼动其根本,因而一旦外在力量消失,这种改造最终也将走向末路。曹雪芹绘画观的价值于此可见。

## 第五节　"因光而辨殊异":曹雪芹对"光"的认识

曹雪芹直言,他对光和颜色的重视,受到了家藏《织造色谱》一书的影响,而这本书又吸收了西洋画的着色等技巧,将之运用到织布印染上去。实际上,"织匠"与"画家"具有一致性:他们均在"绢"上着色运笔,创造形象,从而使之从物理的"绢"转化为艺术的"画"。只不过,织造局的服务对象主要是皇帝及其亲属,因而他们对着色的要求以富贵典雅而不失山水趣味为目的的,这与传统画家的用色要求存在一定差距。根据《废艺斋集稿》所录的有关织造用色的残文,可以看到,其主要内容就是讲如何染色、搭配的问题。其论述织造染色之宗旨,挪移到绘画之宗旨,亦无不可:"盖闻肖形而摹之不失其度者,传真之法也。拟神而律之不泥其状者,意匠之则也。传真求其形似,意匠贵乎神存。两者殊途,其旨不易。是以金石造形,必以意匠;编织取式,不离纹锦。"[1] 而织锦之用色,"其色也则由纯而杂,其纹也则由简而繁","织锦之纹样,固鲜艳绚丽,一则依纹样之变化多端,再则依色彩之辅翼,二者缺一不可。"[2] 所谓

---

① 吴恩裕:《曹雪芹〈废艺斋集稿〉丛考》,当代中国出版社 2010 年版,第 111 页。
② 吴恩裕:《曹雪芹〈废艺斋集稿〉丛考》,当代中国出版社 2010 年版,第 111、112 页。

"传真",即真实描摹对象本身而不失其本来面目;所谓"意匠",即以传达神采为要而不受形迹的限制。在曹雪芹看来,"传真"与"意匠"是表现对象的两种方法,虽各有侧重,但"其旨不易",是一体两面,而不是相互间的对立、否定。再者,织锦的用色受其功用的制约,因而讲究"由纯而杂""由简而繁",强调颜色纯正,以造成一种绚烂鲜丽的美感。

曹雪芹也将这一思想运用到自己的创作中。曹雪芹分析了其中的原因,认为这种情况主要是由技法的原因造成的,即"光之难以状写","譬如一人一物,面光视之,则显明朗润,背光视之,则晦暗失泽"[1],极难把握,让绘者无从下手,因而回避了对光的使用。在摹古盛行的盛清时代,曹雪芹反对师法"前人佳作",认为师法前人的关键在于要有"取舍",并不是前人所有的东西都要取法学习。这实际上就是反对仅仅师法古人,而应有自己的创新。在曹雪芹看来,"取法自然"才是"大法",而"光"是自然万物彰显自我存在的基本方式,画家师法自然,其本质就是师法"光"对自然万物存在造成的影响。

曹雪芹对"明""暗""光"和着色等问题的讨论,与当时西洋画在清宫的流行有一定关系。与其他画家对西洋画的贬抑不同,曹雪芹的态度显然开明、开放得多。当时,焦秉贞、冷枚等一批宫廷画家吸收了这种画法,创作了大量作品,深得康熙皇帝的称赞。

据记载,焦秉贞曾作《耕织图》四十六幅,"村落风景,田家作苦,曲尽其致,深契圣衷,锡赍甚厚,旋镂版印赐臣工。"[2]正是在康熙皇帝的大力支持下,这种中西融合的绘画创作方法得以在宫廷和上层士大夫阶层广泛传播。比曹雪芹同时而略早的张庚(1685—1760),所作《国朝画征录》"焦秉贞"条,对西画入华之过程进行了说明:"明时有利玛窦者,西洋欧罗巴国人。通中国语,来南都,居正阳门西营中。画其教主,作妇人抱一小儿,为天主像,神气圆满,采色鲜丽可爱。尝曰:'中国只能画阳面,故无凹凸;吾国兼画阴阳,故四面皆圆满也。'凡人正面则明,而侧处即暗,染其暗处稍黑,斯正面明者显而凸矣。焦氏得其意而变通之,然非雅赏也,好古者所不取。"[3]张庚总结了西洋画四方面的特征:其一,西洋

---

① 吴恩裕:《曹雪芹〈废艺斋集稿〉丛考》,当代中国出版社 2010 年版,第 104 页。
②(清)张庚:《国朝画征录》,浙江人民美术出版社 2011 年版,第 58 页。
③(清)张庚:《国朝画征录》,浙江人民美术出版社 2011 年版,第 59 页。

画阴暗、明亮对比鲜明;其二,其画多为宗教人物画;其三,其所画人物,精神圆满,着色鲜丽,逼真可爱,引人注意;其四,由于太过逼真、艳丽,中国人认为它太流于形迹,没有更为古雅悠远的境界,不认为这种画符合最好的绘画标准,因而为"好古者所不取"。张庚生活的时代正是西洋画在宫廷兴盛的时期,他的评价反映了当时正统文人艺术家对西洋画的态度:虽然在皇帝的鼓励下人们对此有所赞赏,但并未在内心深处接受、认同。这种心理在某种程度上注定了西洋画此后在宫廷的衰落。

根据张庚的论述,可以看到,西洋画在康熙朝即已随着焦秉贞所制《御制耕织图》的印刷而为上层士大夫阶层所目睹,而且,由于这些作品是为了教课农桑,因而其流传范围可能更为广泛,甚至波及民间。从这个角度看,曹雪芹可以很容易接触、欣赏到这类作品。更何况,曹雪芹家族与宫廷的密切关系,以及他本人与董邦达等宫廷画家还有密切的交往①,这些都为曹雪芹接触西洋画提供了机会。曹雪芹对西洋画的讨论和重视,与传统士大夫不同,体现出其开放、包容的艺术胸襟。

在古代文人画的传统中,光与颜色因为太着形迹而被否定。与曹雪芹主张通过物理的光线真实呈现万物本身的观点不同,古人所画万物并非万物本身,它们往往被精神化、象征化而脱离作为"物"的身份,为主体走向更高的道境或禅境提供依托。正像明清之际画家恽道生(按:恽寿平叔叔)所言:"须知千树万树,无一笔是树;千山万山,无一笔是山;千笔万笔,无一笔是笔。有处恰是无,无处恰是有,所以为逸。"②"逸品"向来被中国画家看成是画格最高的境界,这种境界不仅否定了画中的树木山水,甚至连呈现树木山水的笔墨本身都要否定,以物理性的光线呈现真实世界的绘画技法,离此可谓远甚。

王翚,这位因制作《康熙南巡图》而获得皇家赞许的著名画家,屡次

---

① 从《瓶湖懋斋记盛》的记述看,董邦达对曹雪芹比翼燕风筝图中"迷笔"的技法似乎颇为生疏,"董固为知名画家,在大内供奉多年,既知画,所见名笔甚多。故雪芹甫言迷笔,立即领悟曰:'以伪代真,移幻于实,此真画法之独创也! 我亦当效颦试之'。"见吴恩裕:《曹雪芹〈废艺斋集稿〉丛考》,当代中国出版社 2010 年版,第 63 页。董邦达为乾隆时期宫廷画家,此时郎世宁等人的西洋画作在宫廷中已流行多年,董邦达对雪芹所谓"迷笔"如此惊讶,殊为难解,而且还说此法"真画法之独创也",还打算"效颦试之",不太符合董邦达作为宫廷画家的身份。

② (清)恽寿平著,毛建波校注:《南田画跋》,西泠印社出版社 2008 年版,第 17 页。

表达了对画作中使用浓墨重彩做法的不满:"每见古人破墨,多由淡入浓,辄臻神化而气韵自足,绝不以涂朱抹绿者争胜也。"①他还引用石田老人沈周的话说:"澹中真趣,非涂红抹绿者可比也。"②恽寿平评其好友唐匹士《荷花图》亦指出:"其经营花叶,布置根茎,直以造化为师,非时史碌碌抹绿涂红者所能窥见。"③"涂红抹绿"成为时人评价绘画设色中格调俗艳之作的通用词汇,曹雪芹喜爱的"红""绿"搭配被认为是绘画的大忌。在王翚看来,幽淡天真、不着形迹,脱去红绿之俗艳,才是"元人神髓",是绘画的最高境界。作为康熙时期的画坛领袖,王翚的看法具有重要的影响力,几可作为绘画之圭臬。同样,在王翚评价绘画的语汇中,"光"是一个带有否定性质的词汇而被使用。《清晖画跋》:"凡作一图,用笔有粗有细,有浓有淡,有干有湿,方为好手,若出一律,则光矣。"④秦祖永释云:"麓台云'山水用笔须毛'。'毛'字从来论画者未之及。盖'毛'则气古而味厚,石谷所谓'光',正'毛'之反也。"⑤王翚所谓"光"是指画者用笔一律而无变化,因而使画面呆板无趣,思想意蕴浅薄,没有韵味。这里的"光"既是作为一个绘画技法术语来使用的,也是作为评论绘画境界的词汇来使用的。这虽非表明王翚对"光"的重要性全盘否定⑥,但在某种程度上也起到了消极的作用。

与曹雪芹在物理意义上使用"光"不同,传统文人画家一般是在譬喻意义上使用"光"的,在他们眼中,"光"是中国诗画的最高境界,是道境(抑或"澄明之境")之体现。这里的"光"表征的是画家蕴含在画境中的生命感悟,是"无边的虚白"。中国传统绘画对光的否定,其原因是复杂的。除曹雪芹指出的技法方面的原因外,更重要的还有哲学思想方面的原因,即在道家哲学和禅宗美学影响下的对玄冥之境追求的审美取向。

---

① 俞丰:《王翚画论译注》,荣宝斋出版社 2012 年版,第 69 页。
② 俞丰:《王翚画论译注》,荣宝斋出版社 2012 年版,第 37 页。
③ (清)恽寿平著,毛建波校注:《南田画跋》,西泠印社出版社 2008 年版,第 120 页。
④ 俞丰:《王翚画论译注》,荣宝斋出版社 2012 年版,第 11 页。
⑤ 俞丰:《王翚画论译注》,荣宝斋出版社 2012 年版,第 12 页。
⑥ 王翚说:"画有明暗,如同鸟有双翼,不可偏废。明暗完备,神气乃得。"这里所说的"明暗"问题不能等同于绘画中的用光问题。没有光而纯用笔墨,可以营造出明暗对比、变化的效果,但不代表画者使用了光,更谈不上"光"对颜色使用所具有的决定性作用。同时,这里的"明暗"强调的也不是画面的立体感和真实感问题,仍是平面性的、抽象化的。因此,对于画作中光的使用,王翚并没有实质性的意见。他将"光"作为一种失败的运笔方法使用,多少含有否定画作使用光的成分。

　　中国画家更喜欢使用"灵光"一词来描述至高的画境（诗境、道境、禅境），"光"带有神秘而玄妙的宗教色彩，以表明这种境界具有难以企及的神性。对于中国画中的"光"的哲学意蕴，宗白华概括得最为精到。他引用王夫之"以追光摄影之笔，写通天尽人之怀"的话，分析了中西绘画在表现"光"方面的差异："中国画的用笔，从空中直落，墨花飞舞，和画上虚白，溶成一片，画境恍如'一片云，因日成彩，光不在内，亦不在外，既无轮廓，亦无丝理，可以生无穷之情，而情了无寄'（借王船山评王俭《春诗》绝句语①）。中国画的光是动荡着全幅画面的一种形而上的、非写实的宇宙灵气的流行，贯彻中边，往复上下。古绢的黯然而光，尤能传达这种神秘的意味。西洋传统的油画填没画底，不留空白，画面上动荡的光和气氛仍是物理的目睹的实质，而中国画上画家用心所在，正在无笔墨处，无笔墨处却是飘渺天倪，化工的境界（即其笔墨所未到，亦有灵气空中行）。这种画面的构造是植根于中国心灵里葱茏絪缊，蓬勃生发的宇宙意识。"②显然，王夫之和宗白华所谓"光"皆不是物理意义上的"光"，而是一种宇宙的意识、境界。"一片云，因日成彩，光不在内，亦不在外，既无轮廓，亦无丝理，可以生无穷之情，而情了无寄"，云因光而成彩，但却不见光之影踪，光既不在云内，也不在云外，无有形迹而又无所不在；可生无穷之情，亦可无情可寄，了然自在。"云之光彩"是这一最高境界的喻象。因而中国画家对西洋画"填满画底，不留空白"的做法极为贬低，同时将他们运用"物理的目睹的实质"的"光和气氛"目为极低的现实层次，与"一片虚白"的"澄明之境"相差甚远。

　　当然，宗白华的这种解读可能只是他主观臆断的结果，"古绢的黯然而光"所传达的"神秘的意味"可能并不存在，因为前者只是时间流逝而留下的痕迹，每一幅古画在完成时都新鲜如初，以鲜明亮丽的状态呈现自己，我们现在所看到的"黯然而光"及其蕴含的"神秘的意味"只是"仿佛如此"。因而其所谓"黯然而光"的"光"并不是物理意义上的

---

① 王俭（452—489）是南朝齐著名的文学家和学问家，其《春诗二首》云："兰生已匝苑，萍开欲半池。轻风摇杂花，细雨乱丛枝。风光承露照，雾色点兰晖。青荑结翠藻，黄鸟弄春飞。"逯钦立辑校：《先秦汉魏晋南北朝诗》，中华书局1983年版，第1380页。
② 宗白华：《中国艺术意境之诞生》，《宗白华全集》第三卷，安徽教育出版社2008年版，第371—372页。

"光",而是理想化的"光",与曹雪芹所说的"光"具有本质上的差别。

可以看到,在曹雪芹生活的前后时期,与其观点形成呼应关系的,当数历任数届钦天监、与西洋人交往颇多的焦秉贞。焦秉贞于康熙二十八年(1689)入值内廷,遵康熙谕令作《耕织图》,深得康熙赞赏。胡敬《国朝院画录》言其绘画创作思想:"臣敬谨按海西法善于绘影,剖析分寸,以量度阴阳、向背、斜正、长短;就其影之所著而设色,分浓淡明暗焉。故远视则人畜、花木、屋宇皆植立而形圆,以至照有天光,蒸为云气,穷深极远,均粲布于寸缣尺楮之中。秉贞职守灵台,深明测算,会悟有得,取西法而变通之,圣祖之奖其丹青,正以奖其数理也。"[①] 焦秉贞所谓"阴阳""绘影""设色""浓淡""明暗""天光"等,皆是西洋画所长之处。此后不久,年希尧翻译的《视学》在1735年出版,他在《牟言》中批评了传统文人画家对摹形写真之法的偏执态度,认为"不真又安得其妙":"勤敏之士得其理而通之,大而山川之高广,细而虫鱼花鸟之动植飞潜,无一不可穷神尽秘而得其真者。毋徒漫语人曰真而不妙,夫不真,又安所得妙哉?"[②] 曹雪芹对绘画"光""设色"等问题的看法,显然来自于对西画的领悟和借鉴,从而与传统中国画疏离,具有了异端、革新的特点。

如果我们将眼光放得更远一些,可以发现,这种利用明暗、凸凹方法创作幻觉效果的画法,可能早在汉唐之际既已实现,方闻将中国画的这种变化称为"汉唐奇迹":"5世纪末至6世纪初,即南北朝后期,中国与中亚、印度、南亚等地有密切的贸易与文化的交往。西方绘画有所谓'明暗法'(chiaroscuro),也在这时,经中亚输入了敦煌。这种'天竺'技法,中国称之为'凹凸画'。在中国趣味改造下,它逐步变为笔墨的语言,以粗与细、厚与薄为特征,用于三维造型。到8世纪盛唐时代,此造型手法发展成熟,终于在人物、山水画中,实现了有'模拟幻觉空间'的征服。"[③] 明代中叶以来中国画家对西画的吸收,显然更为直接,而不必像这个时期那样通过中转的方式。但以中国趣味改造西画的做法却始终如一,由

---

① 方豪:《中西交通史》,上海人民出版社2015年版,第768页。
② (清)年希尧:《视学》,黄兴涛等编《明清之际西学文本》第四册,中华书局2013年版,第1920—1921页。
③ 方闻:《中国艺术史九讲》,上海书画出版社2016年版,第112页。

此让传统中国画呈现出一种独特的美感,曹雪芹的绘画实践和观念也应被纳入这个历史序列。

## 第六节　"透视法就像一双明眸":盛世终结与西洋画的衰落

随着盛清时代的结束,康熙皇帝拥抱现代世界的开放胸襟并未在他的后继者那里继承下来,反而体现出越来越封闭的趋势,华丽的宫廷绘画进一步转变为纯粹的消费品。更何况,乾隆之后的皇帝并不像他们的祖先那样对书法、绘画艺术有更多的兴趣,吸收了西洋画风格的画作不久就成为历史而被尘封起来。与它们的命运相同,圆明园,这座吸收了欧洲宫廷园林建筑优势、被称为"万园之园"的园林,也在不久以后荒废了。在嘉庆皇帝时期,圆明园就已呈现出衰败的景象:园林深处的西洋建筑大水法由于机械失灵而不能喷水,只能靠人工打水而偶尔运作;幽深的丛林中野狐出没,一片萧条荒凉之景象,连皇帝本人也很少再到园中游玩——它成为一座"废园"。康乾盛世的终结就这样随同西洋画和

图 6-11　清　焦秉贞《南巡虎丘行宫图卷》,局部,纵 58.5 厘米,横 544 厘米,香港佳士得 2009 年 5 月 26 日春季艺术品拍卖会

西式园林的衰落、衰败而来临了,一如《红楼梦》中大观园的衰败。

总体上看,曹雪芹对光、色彩、明暗等绘画技法的认识与实践,与盛清时期中西交流的增多是联系在一起的。只不过,曹雪芹以西洋画观中国画,发现其缺陷而加以弥补,是绘画技法上的更新、融合与创造,体现了一种新的审美趣味的产生和形成。而当时的清王朝却在借用西洋画所创造的真实感和典雅富丽景象进行自我文化身份的建构,因而中西画法能在焦秉贞、冷枚、郎世宁、唐岱等人的画作中融为一体,珠联璧合,蔚为大观,以宣扬皇室至高无上的权威——绘画的真实感由此与历史情境融为一体,并成为历史的一部分。佳士得香港公司2009年春季拍卖会上以360万人民币的价格拍出焦秉贞所绘《康熙南巡图》之《南巡虎丘行宫图卷》(图6-11)。此图于庚子之变时流入日本,故图上有日本学者鹤巢清翫内藤虎(长尾甲,1866—1943)的题跋:

> 明季以来利玛窦郎世宁迭传西洋画法。焦秉贞以其法作人物花卉,吴渔山则以作山水,人喜新奇,渐成风尚,于是画法一变,如冷吉臣、蒋扬荪、龚半千、戴鹰阿,亦各出新裁,颇多创意,盖皆本诸西法也。秉贞此卷用笔谨严,仍法古人屋宇桥梁界画,略仿赵千里,树石山水力摹仇十州,而其布置远近大小则参西法,描写精细,设色工妙,曲尽姿致,不遗纤毫,与曾奉诏所画耕织图,并为一代绝作。燕京庚子乱,出自彼国内廷,流传我邦者,可窥当时巡幸盛典之一斑,尤有神于史学,不可仅以画法精妙称之也。

这则题跋简括了西洋画在清宫的发展过程和西洋画在盛清宫廷的主要功能:西洋画对比例、光线、透视法、颜色的使用,以及这些技法所形成的逼真感、所呈现的审美幻象,吸引了皇帝的注意,满足了康熙皇帝对西方现代科学技术需求的心理[1],正所谓"圣祖之奖其(焦秉贞)丹青,正

---

[1] 根据苏利文的考证,康熙对透视学的着迷使他已不能满足业余水准的南怀仁所做的努力,要求传教使团请一位艺术方面的真正专家入宫。于是耶稣会士门波隆那送来一位世俗画家杰凡尼·切拉蒂尼(Giovanni Gheradini),他在1700年与白晋神父乘坐著名的"昂菲特里特"号来华,船上装载着路易十四赠送给中国皇帝的礼物。〔英〕苏利文:《明清时期中国人对西方艺术的反应》,莫小也译,见黄时鉴主编:《东西交流论谭》,上海文艺出版社1998年版,第321页;黄丽莎、姚婕:《从钦天监到如意馆——再论清宫洋风画的兴起》,《新美术》2016年第3期。

图 6-12、图 6-13　佚名《雍正行乐图册》,绢本设色,纵 39.5 厘米,横 30.5 厘米,北京故宫博物院

以奖其理数也"。南怀仁说道:"透视法就像是一双明眸,是第一个能抓住皇帝眼神的艺术形式。"①正像人们所看到的那样,清朝皇帝(尤其是顺治、康熙、乾隆)任命汤若望、南怀仁、闵明我、徐日升等传教士长期担任钦天监的职务,焦秉贞的精妙画法显然来自于他担任钦天监职务时与传教士的接触和他自己对阴阳测算之术的掌握。另一方面,这种逼真效果的呈现,在皇帝的授意下立即被宫廷画家运用到创作中,用以记录皇帝本人的盛大功业。与文字记载相比,这种逼真的画卷更为形象,它直观、清晰地呈现了这个新生政权的强盛。曾为天主教徒的画坛首领王翚主持了《康熙南巡图》的创作,该作处处可见西洋画法的运用。好大喜功的乾隆皇帝不断命令宫廷画师以逼真的笔墨、鲜丽的色彩记录自己对西域诸国的征伐,由西洋传教士集体创作的绘画作品《平定西域得胜图》,规模宏大,是这一系列作品的代表②。

　　与此相同,乾隆皇帝通过制作以《平定准格尔回部得胜图》为代表

① 〔比〕南怀仁:《南怀仁的〈欧洲天文学〉》,〔比〕高华士英译,余三乐中译,大象出版社 2016 年版,第 189 页。
② 关于乾隆皇帝以西洋画绘制战功的研究,参见方豪:《中西交通史》第四篇第九章第八节"西士集体合作《乾隆战功图》之经过",上海人民出版社 2015 年版,第 775—778 页。

的系列铜版画作品,"真正建构出他所要的帝国武功之形象。"① 显然,铜版画明暗、凸凹的刻铸技法,正可以凸显清宫战勋的历史感和厚重感,此正所谓清宫绘画"有裨于史学"之意。这也形成了盛清宫廷画多以现实题材为主的传统,而缺乏对此前历史题材的描绘,虽然它本身也会成为历史的一部分。

当然,相比于记录历史和皇族功业,利用外来新鲜事物进行娱乐,也是清朝皇室贵族阶层彰显特权的重要方式,西洋画在清宫的流行也是如此。在康熙朝,西洋画作的娱乐功能尚不显著,康熙帝令焦秉贞绘制《御制耕织图》带有更多的教化色彩;而在雍正皇帝那里,在没有现代摄影和录像技术的时代,西洋画成为记录其私人生活的主要方式:在这些图像中,他或妆扮成渔夫沉睡在一叶扁舟上,或妆扮成武士与猛虎搏斗,或妆扮成书生的模样与人讨论诗词作品,如此等等。在乾隆皇帝那里,西洋画的后两种功能发挥得淋漓尽致。乾隆时代既是西洋画在盛清宫廷发展的顶峰,也是它衰败的开始。人们逐渐认识到,"乾隆不像康熙那样喜欢西方科学,但对西洋奇器与美术十分喜爱,诸如建筑、油画、音乐、钟表、玻璃、珐琅器,特别是绘画最吸引他,他在宫中留任一批传教士为他服务,为他制作新奇玩物。"② 这种以满足新奇感为目的的审美趣尚显然具有私人特点,乾隆的继承者无法像他们的先祖那样拥有如此闲适安逸的情怀,更何况,乾隆末年日益加剧的阶层对立和民间宗教的兴起不断威胁着清朝的统治政权,皇帝也失去了玩赏这些奇珍异宝的心情。

随着潘廷章、贺清泰等人的离去,以西洋画为代表的西方艺术在清廷彻底衰落,走向了终结。正像高居翰所指出的,这一时期西洋画在中国的影响实际上"已接近尾声":"这种影响早在十八世纪以前,就已深植那些远为伟大的画家心中,或为他们所吸收,或为他们所排斥。广受讨论的十八世纪中西合璧画风的出现,不过是一相当次要的现象,仅占清代文化史中极短的一个篇章,而在艺术史上,则相形更为短促。"③

因此,西洋画在宫廷的兴盛与衰落均在于传教士与皇权关系的远

① 马雅贞:《刻画战勋:清朝帝国武功的文化建构》,社会科学文献出版社 2016 年版,第 214 页。
② 林莉娜:《明清宫廷绘画艺术鉴赏》,台北"故宫博物院"2013 年版,第 110 页。
③〔美〕高居翰:《气势撼人:十七世纪中国绘画中的自然与风格》,李佩桦等译,生活·读书·新知三联书店 2009 年版,第 92 页。

近：康熙皇帝对西洋科技的喜爱促成了西洋画法在宫廷、上层贵族圈中的流行，而一旦皇帝对其产生怀疑或厌恶，他们在宫廷的地位也会随之下降，西洋画的命运也是如此。西洋传教士由于在康熙晚年参与了对皇位继承人选选定的议论活动，引起了康熙和他的继承者雍正的极大反感，他们在宫廷的地位由此变得极端低下，成为纯粹的匠人[①]。

康熙末年中西"礼仪之争"的发生，使康熙皇帝感到西方宗教思想有渗透、改变中华思想的意图。当时，西方基督教总部对一直以来传教士使用中国固有的"天""帝"等字样来传教的做法进行了限制，体现出将基督思想凌驾于中华思想之上的企图："康熙四十二年教宗禁止以'天'或'上帝'称呼'天主'，又禁祭祖、敬孔，使得康熙皇帝改变对天主教的宽容态度，五十六年（1717）颁诏禁止天主教在中国传教。……雍正继位以后由于传教士涉及皇位继承政治斗争，曾下谕令驱逐传教士，他们不再享有像张诚等人的重要地位，只是内务府造办处的技艺才能之士，意见也不再受皇帝重视了。"[②]在整个雍正朝，西洋传教士都被作为全知全能的技术工人加以使用，他们整天劳作而无法进行传教活动；皇帝会亲自监督他们的工作进展情况，稍有不慎，他们就会受到这位以严酷、多疑著称的皇帝的惩罚。乾隆即位后，在郎世宁的恳求下，乾隆虽解除了禁止传教的禁令，但其对西洋画的态度显然无法与康熙相比，他的心态更为保守——他根本无视西洋画技法中所蕴含的现代科学思想，仅将后者看作是记录个人功勋的手段和闲时取乐的方式。

除了政治影响因素减弱的原因外，西洋画风的衰败还与中国画家由独特的审美情趣所形成的强烈的抵制情绪有关。总体上看，西洋画（包括人物、花鸟、山水等各种类型的画作）创作在清代由盛行到衰落的过程，同时是清王朝由盛而衰的过程。陈师曾《中国绘画史》描述了西洋画进入中国及至逐渐消亡的过程："西洋画法，自明利玛窦宣天主教至中

①美国学者艾尔曼写道："康熙皇帝在1722年12月20日驾崩后，继承他的是耶稣会士在康熙晚年皇位之争曾经反对过的雍正皇帝"，"继承帝位的雍正皇帝痛恨传教士，并将他们与白莲教相提并论，他怀疑后者企图推翻清朝"，而"到了乾隆朝，耶稣会已不能在中国宣扬基督教教义，不过一部分人参加了京城外边的秘密基督教活动。清廷与教廷间的妥协已是不可能达成的事"。见〔美〕艾尔曼：《科学在中国（1550—1900）》，原祖杰等译，中国人民大学出版社2016年版，第212页。

②林莉娜：《明清宫廷绘画艺术鉴赏》，台北"故宫博物院"2013年版，第100页。

国,居南都正阳门西营中,画圣母抱耶稣像,以阴阳凹凸之法画之,四面圆满,故人多仿效。曾波臣一派又别开生面者也。乾隆时有意大利人郎世宁,以洋法画中国画,阴阳凹凸显然逼真,此中西画合参之一新机轴。其后阒无所闻。此派亦无能手,大抵专工刻画,渐流于俗,不足见重于艺林。"[1] 称其作品为"能品",评价极低。类似的记载见于张庚《国朝画征录》[2]。邹一桂《小山画谱》"西洋画"条亦称其"笔法全无,虽工亦匠,故不入画品"[3]。文人雅士对此类作品"专工刻画"的方法不认同,在某种程度上抑制了它的发展和流传[4]。

无一例外,从十六世纪开始吸收西洋画技法的正统文人画家,对西洋画的技法几乎都持贬抑态度。正像高居翰分析的那样,这些画家虽然吸收了西洋画的技法,但是他们往往从中国画的历史传统中寻找先例与根据,董其昌、龚贤、倪瓒等都是如此[5]。盛清时期著名画家吴历信仰天主教,在上海地区传教,然其绘画仍较少受到西洋画的影响:"渔山虽司铎,然相识之西士不多,自受铎职于中国主教手后,与西士益少往还;且国画之植基既深,欲易其所嗜,亦非易事。……故渔山之画,终未受西方之影响。"[6] 苏利文也认为吴历晚年的作品"没有表现出任何西方影响的痕迹"[7]。

方豪认为吴历的创作之所以没有受到西洋画的影响,有两方面原因:其一是因为他与西洋传教士("西士")接触较少,其二是"国画之植基既深",改变并不容易。实际上,前者虽或存在,但不是主要原因,因为接触虽少,但仍可以通过文献图谱资料获得相关的技法。据苏利文考

① 陈师曾:《中国绘画史》,中华书局 2010 年版,第 104—105 页。
② (清)张庚:《国朝画征录》,浙江人民美术出版社 2011 年版,第 59 页。
③ 方豪:《中西交通史》,上海人民出版社 2015 年版,第 766 页。
④ 正像中国文人对西洋画的贬抑一样,西洋人也认为中国画是"充满谬误的",中国画家只是"仔细的临摹者":"至于绘画,他们只能算是可怜的涂鸦者,不能描出很多的物体的正确轮廓,不能运用适当的明、暗对照显现物体的原状,以及用柔和色调模拟自然颜色","他们绘的历史自然物体,往往是不正确的。……我们发现他们确系仔细的临摹者,不仅画出一朵花确实的花瓣、雄蕊雌蕊数,还画出多少片叶子,及其柄上的棘刺或斑点。他们甚至计算一条鱼有多少鳞片,在画上显示出来,但他们不能更如实地模仿自然界的华丽色彩。"见〔英〕巴罗:《巴罗中国行纪》,何高济等译,商务印书馆 2013 年版,第 311—314 页。
⑤ 〔美〕高居翰:《气势撼人:十七世纪中国绘画中的自然与风格》,李佩桦等译,生活·读书·新知三联书店,2009 年版,第 114—115 页。
⑥ 方豪:《中西交通史》,上海人民出版社 2015 年版,第 770 页。
⑦ 〔英〕迈克尔·苏利文:《东西方艺术的交会》,赵潇译,上海人民出版社 2014 年版,第 69 页。

图 6-14　清　郎世宁等《乾隆平定西域得胜图》,局部,铜版画,北京故宫博物院

证,吴历曾写过专门讨论中西方艺术差异的短文,因而他认为"吴历一定在耶稣会教堂和图书馆见过大量西方绘画和版画"[1]。吴历拒绝采用西画技法作画,其根本原因当在后者,深植其内心的国画基础使他不能认同西洋画的技法;他甚至认为中国画的创作与传道之业之间存在某种冲突,如果要在两者之间做出选择,他只能"废画修道","笔墨诸废"[2]。中国传统画家所具有的文人身份,使他们对西洋画法的贬抑具有了深厚的哲学基础,体现了由这种观念所形成的审美趣味的偏见。

实际上,艺术的发展除去自身的内在要求外,往往还要受到外在环境因素的影响,因而一旦时过境迁,这种以自我为中心的艺术观念也会发生急剧的变化。近代以来,晚清中国被英法等欧洲国家强制性地打开国门,使人们认识到西方科技的重要性。这也影响到人们对西洋画的看法 —— 西洋画技法所蕴含的科学因素重新引起人们的注意,此前被否定的技法被赋予新的价值。例如,最早开眼看世界而翻译西方著作颇多的晚清学者林纾,已开始对西洋画法持开放态度,他用中国传统"六法"中的"应物象形"与西洋画高度逼真的技法进行比较,认为二者的实质

①〔英〕迈克尔·苏利文:《东西方艺术的交会》,赵潇译,上海人民出版社 2014 年版,第 69 页。
②方豪:《中国天主教史人物传》,宗教文化出版社 2007 年版,第 370 页。

是相同的,并将之作为整个中国绘画史中颇为重要的一种取向而重新评述。林纾(1852—1924)以"西人之法"解释中国传统"六法"中的"应物象形":

> 夫象形之至肖者,似无若西人之画,不惟有影,而且有光。欧洲名人手迹,前此百余年,已有以万镑求取一帧者,今当益知其罕。然持以示之华人,但视若常画,不知贵也。不知西人之于画,有师传,有算学,有光学,人但悦其象形以为能事,正不知其中亦正有六法在也。此决元人得之。元人之作人物,神情意态,栩栩如生,即踵趾之间,用力与不用力,亦加留意。明人如仇十洲,尚存遗法。至前清之陈老莲诸名公,则但写其高情远韵,不讲象形。独南沙之写翎毛,匪一不求其肖,则真悟到应物象形之法矣。①

谢赫"六法"之解释向来歧义丛生,难得一致,林纾对此给出了自己的理解。在对"应物象形"的解释中,林纾以"西人之画"为比较基础对其内涵进行了新的解说。按照林纾的看法,所谓"象形"就是"至肖"("写真""传神"),即画家应将对象的形貌特点完整、逼真地呈现出来。显然,林纾对"形似""逼真"的风格没有鄙夷的态度,反而认为这正是"西人之画"的特点,而我们中国画在这方面是欠缺的,元代的人物画作品和仇十洲的作品,还能够做到这一点,但是明末清初时期陈洪绶等中国画家只追求"高情远韵",抛弃了对"应物象形"的追求。"应物象形"之法在明清之际的彻底衰落,是时代思潮急剧变化的缘故。作为一名接触了大量西方文明、文化的现代学者,林纾对"西人之画"中蕴含的科学道理是高度赞扬、认同的,体现了他敏感的科学精神和态度,而其他中国人对此却存在隔膜,对这些作品不感兴趣。这从一个侧面反映了中国人对于科学的态度。实际上,早在清初时期,就有一部分学者如魏禧(1624—1681)等,已注意到西洋画法所蕴含的科学价值,认为"中国人自古无是,此以知泰西测量之学为不可及"②,然这种观点不是时代的主流。

然而,相比于文人排斥异端的文化心理,民间大众却显示了更为开

---

① (清)林纾:《春觉斋论画》,浙江人民美术出版社 2016 年版,第 9 页。
② 方豪:《中西交通史》,上海人民出版社 2015 年版,第 768 页。

阔的艺术胸襟：西洋画法在宫廷和文人圈衰落后却随着时代的变化而广为传播，在民间版画、年画等领域获得了大发展，苏州的桃花坞年画、天津的杨柳青年画均吸收了西洋画的技法。就其与《红楼梦》的关系来看，这类以西洋画法为基础创作的《红楼梦》插图、画作大量出现，极大促进了《红楼梦》的传播。

在最近的论文中，商伟对苏州桃花坞版画、天津杨柳青年画中有关《红楼梦》的作品进行了细致分析，指出民间出版机构广泛借助了透视镜等西方现代视觉技术工具和手段（如透视法和望远镜），对《红楼梦》中的经典情节、场景进行重现，营造了一种与《红楼梦》中真假莫辨的想象空间相应的图像世界 ①。

西洋画在民间的流行，可能与其特有的逼真效果有关，因为民间百姓对于画作的欣赏，不像文人那样要求有悠远的意境、高深的思想，而更喜爱逼真的形象、艳丽的色彩；他们也并不太关注西洋画中所蕴含的科学知识。及至晚清时期国门大开，更多知识分子（如林纾）开始学习西方的科学知识，人们对西洋画的态度又发生了变化。西洋画在宫廷和士大夫这个小圈子的衰落，与它在民间大众的兴盛，某种程度上反映了有清一代的局势变化，耐人寻味。怡红院中的西洋美人画与刘姥姥的相遇注定是引人注目的"艺术事件"和"红楼事件"，值得后人不断深思。

---

① 详细的论述和图录，可参见商伟《逼真的幻象：西洋镜、透视法与大观园的梦幻魅影》（上、中、下），分载于《曹雪芹研究》2016 年第 1、2、3 期。

# 第七章  "最爱他惜春作画一段"

## ——惜春的《大观园行乐图》创作

　　正像此前所指出的,以画卷方式存在的《红楼梦》,是我们进入《红楼梦》文本的又一种方式。这幅画就是惜春创作的《大观园行乐图》。它是隐含在《红楼梦》文本中的一幅虚拟画卷,是图卷上的《红楼梦》,具有隐喻全书的功能,所以脂砚斋在第五十回对此评道:"最爱他中幅惜春作画一段,似与本文无涉,而前后文之景色人物,莫不筋动脉摇,而前后文之起伏照应,莫不穿插映带,文字之奇,难以言状。"[①]"中幅"一词,说明脂砚斋把《红楼梦》看作一幅长卷[②],同时指出惜春创作的这幅画在书中的重要地位:看似闲笔却是不写之写,将前后看似无关联之事件连接成一个整体,具有强大的统合功能,值得深入研究。

　　作者对该图的描绘主要集中在第四十至六十三回,它所呈现的是贾府中荣耀、欢快和诗意的日常生活,其中,宝玉及诸姐妹封闭而独立的庭院生活是其构成主体。这幅作品由贾母令惜春创作而成,她精致而挑剔的审美趣味和对家族的殷切期待为这幅作品的顺利完成奠定了基础。由于这幅作品是内容丰富多样的长卷,惜春在创作过程中得到众人的协助,因而是集体创作的产物。这幅长卷具有纪事、娱乐和审美多重功能,是一件公共艺术品,具有鲜明的展示功能和主题,因而哪些内容可以进入画卷受到了严格的限制和众人的筛选,书中那些私密性和情感性的场景与它是无缘的。《大观园行乐图》在宝玉生日前后创作完成,但此后不

---

① 〔法〕陈庆浩:《新编石头记脂砚斋评语辑校》,台湾联经出版事业股份有限公司2010年版,第641页。
② 惜春创作的《大观园图》的形制,可能是长卷,也可能是规模较大的横批。第四十八回,香菱学诗沉浸在诗境中无法自拔,众人带她到惜春房间看画,"惜春正乏倦,在床上歪着睡午觉,画缯立在壁间,用纱罩着"。"立在壁间",说明这幅画的形制也可能是贴落画或大型横批。

知所踪,给人留下无限的想象空间①。

## 第一节 《杜丽娘行乐图》:《牡丹亭》中的画作

本章的讨论从与《红楼梦》关系密切的《牡丹亭》开始。在《牡丹亭》中,有一幅画作值得注意,这就是《杜丽娘行乐图》,这幅画的作者正是杜丽娘本人。杜丽娘在无意赏春而误入梦境之后陷入自己的情思中,一日清晨梳妆之后,在春香的提醒下,她发现自己的容貌消瘦很多,"十分容貌怕不上九分瞧",杜丽娘不由感伤忧虑:

> (旦作惊介)咳! 听春香言语,俺丽娘瘦到九分九了。俺且镜前一照,委是如何? (照悲介)哎也! 俺往日娇艳轻盈,奈何一瘦至此! 若不趁此时自行描画,流在人间。一旦无常,谁知西蜀杜丽娘有如此之美貌乎? 春香,取素绢丹青,看我描画。②

杜丽娘试图通过绘画的方式让自己往昔的美貌永久留存,她将自己的这幅小像命名为《行乐图》,并题诗一首:"近睹分明似俨然,远观自在若飞仙。他日得傍蟾宫客,不在梅边在柳边。"③可以看到,杜丽娘以写实性的手法将自己的花容月貌呈现在画作上,表达了自己类似谶语般的愿望。但在画作完成后,杜丽娘感受到一种无奈与惆怅:因为这幅作品完成之后,她并没有可供寄托的对象。杜丽娘的创作实际暗含一个悖论:此时的杜丽娘已经"瘦到九分九",如果她对着镜子以写实性的笔法将自己的容貌绘在素绢之上,则画中人定然不甚美观,其题诗中的仙子形象与之存在较大差距。因此,杜丽娘在创作时是按照想象中的自我形象展开的,她所描画的是过去的自己,也是理想化的自己。在后文的描写中,

---

① 在百二十回本《红楼梦》中,这幅画在第八十二回出现了一次:"且说探春、湘云正在惜春那边评论惜春所画《大观园图》,说这个多一点,那个少一点;这个太疏,那个太密。大家又议着题诗,着人去请黛玉商议。"根据这里的描写,《大观园图》此时应处于收尾阶段,大家商议如何在画上题诗并做最后的修改。

② (明)汤显祖:《牡丹亭》第十四出"写真",《汤显祖戏曲集》,上海古籍出版社2010年版,第287—289页。

③ (明)汤显祖:《牡丹亭》第十四出"写真",《汤显祖戏曲集》,上海古籍出版社2010年版,第290页。

正是这幅画作成为杜丽娘起死回生的关键：柳梦梅在无意间得到这幅作品后，不分昼夜以"姐姐"呼之，最终将杜丽娘的芳魂引至并终得佳配。

图7-1 明 万历年间刊本《牡丹亭还魂记》插图〔写真〕

实际上，在这幅画作中，现实中的杜丽娘、镜子中的杜丽娘和画中的杜丽娘之间似乎获得了一致性，但这种一致性只是想象和建构的产物，不能消解其虚幻性。在随后的吟唱和对话中，春香和杜丽娘本人对通过绘画表达内心感受的可行性都表示了怀疑："三分春色描来易，一段伤心画出难"，"丹青女易描，真色人难学。似空花水月，影儿相照。"[1]她们一致认为内心凄苦的情感无法通过绘画完整呈现，但除此之外又无法寻找到更合适的方式。绘画的真实性和虚幻性由此构成一对难以化解而又彼此纠缠的矛盾。

这不由得让人想起唐代处士赵颜的奇幻经历：他从一个画工那里得到一幅"软障"，上有一名"容色甚丽"的女子，他想将之作为自己的侍妾；画工告诉他，只要他日夜呼唤"真真"，则该女子便可复活。果然，百日之后，该女子从画卷上走下来并成为他的妻子，后来还为他生了一个儿子[2]。颇为吊诡的是，这位名为"真真"的女子却只是一种幻象：她是地狱中的一名仙子（严格来说应为女鬼），赵颜因害怕而欲与他人合谋谋害她，却被她事先得知而仙去。

杜丽娘显然比"真真"幸运得多，柳梦梅得知她为鬼魂后虽很害怕，但仍在爱情魅力的支持下坦然地与杜丽娘相处，并最终将之从坟墓中救

---

① (明)汤显祖:《牡丹亭》第十四出"写真",《汤显祖戏曲集》,上海古籍出版社2010年版,第289页。
② 巫鸿:《时空中的美术》,生活·读书·新知三联书店2009年版,第247页。

出。返观《牡丹亭》的记述,这幅《行乐图》一方面是想象的产物,另一方面又成为现实的化身,并支撑了全剧叙述的展开,对于《牡丹亭》和杜丽娘来说,它是另一个灵魂。在如《牡丹亭》一样著名、与《红楼梦》关系同样密切的剧作《桃花扇》中,这一点表现得更为显著:侯方域与李香君凄美的爱情故事最终以那幅扇面桃花为证。这幅《桃花图》以李香君的鲜血绘成,因而它既是李香君生命的象征,同时又超越了这生命:它的丰厚含义成为整部剧作得以成立的基础,画作由此成为作品展开的一个纽带、一个关节,甚至一种精神和灵魂的寄托者。画作对于一部作品的价值如此重要,但在以往的研究中我们多忽略了它的存在,及其对作品所具有的精神价值。

其实,在《红楼梦》中也存在这样一幅画作,它就是惜春创作的《大观园行乐图》。作者虽在第四十二回着力描写过,但在后文却简淡至极,它的存在与否似乎并不重要。事实并非如此。只不过,作者的笔触越发空灵,读者几乎感觉不到它的存在。有人根据书中对大观园模糊迷离的描写推断,认为惜春可能不能创作出这幅作品,因为在书中大观园从来没有全面呈现过。这是将读者和惜春等同的思路,作为园中的生存者是不存在这样的问题的。而且,书中也明确指出这幅作品已经创作完成。因此,我们有必要对这幅作品进行新的讨论,以揭示它在《红楼梦》中的价值。

这里所要解决的就是惜春的绘画创作问题,以及这幅画作的创作过程、存在方式和主要内容等。为了论述的方便,我们将这幅长卷称为"大观园行乐图"(简称"大观园图")。通过书中描写可知,这幅作品是惜春、宝钗诸姐妹花费大量时间和精力制作出来的,虽然我们从未看到过这幅画作。然而《大观园图》具有这样一种极为吊诡的品质:在《红楼梦》的世界里,它既存在又不存在。一方面,惜春确实耗费了大量时间和精力,以大观园中的景物和事件为蓝本创作了这幅长卷;另一方面,虽然书中屡次提到它,但我们并不能一睹这幅作品的真容,而只能在想象中建构它的样子。因而,与其说《大观园图》是惜春的创作,不如说是读者自身情感想象的产物。值得注意的是,这幅作品在第四十回提出到第六十三回完成,正是贾府由盛转衰的关键时段。在这个意义上,《大观园图》成为贾府和大观园盛世景象的记录,同时也暗示了它的衰败。

## 第二节　《大观园图》的创作动力：贾母的意图

刘姥姥二进贾府，在大观园中度过了快乐的一天。同时，她以自己朴素、真切的语言将大观园的景色比喻成画卷。为了将这美丽的庭院永恒化，贾母让惜春用绘画的方式将园中的景物与事件记录下来。因此，惜春《大观园图》的创作纯粹出于偶然——当然，不能否认，创作这样一幅作品的念头可能早已在贾母脑海中盘旋，是刘姥姥的一番话促使她做出了这个决定。在简朴、幽默而恰当的回答中，刘姥姥以自己一贯的富有表现力的语言道出了大观园所具有的绘画特质：她将大观园里的美丽景象比作当时流行于市场之上的园林绘画，并表达了自己一直想到这些画作中游览的梦想；而在大观园中的游赏娱乐，让她这一看似不能实现的梦想实现了。

> 贾母倚柱坐下，命刘姥姥也坐在旁边，因问他："这园子好不好？"刘姥姥念佛说道："我们乡下人到了年下，都上城来买画儿贴。时常闲了，大家都说，怎么得也到画儿上去逛逛。想着那个画儿也不过是假的，那里有这个真地方呢。谁知我今儿进这园里一瞧，竟比那画儿还强十倍。怎么得有人也照着这个园子画一张，我带了家去，给他们见见，死了也得好处。"贾母听说，便指着惜春笑道："你瞧我这个小孙女儿，他就会画。等明儿叫他画一张如何？"刘姥姥听了，喜的忙跑过来，拉着惜春说道："我的姑娘，你这么大年纪儿，又这么个好模样，还有这个能干，别是神仙托生的罢。"[1]

可以看到，刘姥姥最为质朴的描述蕴含着这样一个不断循环、转换的悖论：在现实生活中，她与她的乡邻们渴望到画中去看看，但一旦她果真来到如画的现实中，她又期望能将所看到的美丽景色以绘画的方式呈现出来——绘画的真实性引起了她的兴趣，现实的真实性又否定了绘画的真实性，但她又希望通过绘画将自己的所见呈现给他人。"真—假"转换的主题不经意间再次出现。刘姥姥对绘画的虚幻性有着清醒的认

---

[1]（清）曹雪芹：《红楼梦》，人民文学出版社 2008 年版，第 531 页。

识,因而她同时提出画史上一个一直不能解决的难题:画境与现实到底哪个更真实? 或者说哪一种方式更能接近或通达生活真理? 在刘姥姥看似简单的回答中,画境具有消解"真—假"对立的功能。《红楼梦》的核心主题——真与假的复杂关系——在刘姥姥的话语中再次出现并迅速转化,进而在刘姥姥的精彩比喻中消解,当画境作为不可实现的理想存在时,画境是一种"假"的存在,而当理想实现后,现实中的真切感受又超越了理想所具有的不可企及性,真与假的分别显得没有意义——真实的大观园与虚幻的画境获得了等同并凌驾于后者之上。

虽然刘姥姥的描述带有奉承和讨好的意味,但大观园中反复多变的自然人文景观和类似于仙家的富贵生活,着实让她羡慕不已,就像魏晋传奇小说常写的那样:在一个偶然的机遇中她误入了仙境,享受到人间没有的美食和乐趣。刘姥姥的比喻,无疑获得了贾母的高度认同。实际上,贾母也一直以自家的花园为荣,因而她主动邀请刘姥姥到园中游览,并在刘姥姥的描述中将惜春推上了贾府的历史舞台:她不仅要向刘姥姥说明园中景物之美,同时还要表明居住在园中的自己的孙儿辈人物也具有常人不具备的技能——她的意图被刘姥姥迅速领会:刘姥姥在一番惊叹中称赞惜春,并说她是"神仙托生的"。正是在这样的对话中,贾母当着众人下达了慈祥的命令。此后,创作《大观园图》成为惜春日常生活中的一项重要内容。虽然惜春也曾表示过自己对这项命令的烦躁和不满,但最终还是接受了,并在众人的帮助下一一落实。

贾母的殷切期待是这幅作品得以完成的主要力量。惜春平日所画以写意山水居多,她不具备画亭台楼阁和人物的能力,但贾母并未顾及这些。在这项工程进展三四个月后,贾母越发关心惜春的工作。在此后的生活中,她屡次提出要到惜春房中看画,并对画作完成的期限提出严格要求。根据书中描写可知,从刘姥姥提出绘画建议,到贾母做出吩咐,再到凤姐帮助惜春准备作画工具,到这年深秋时节,整幅画作完成了十分之三,书中说"十停有了三停"(第四十八回)。这期间,贾母过问惜春工作的次数相对较少,但自进入冬季,贾母对绘画进展情况的关注明显多了起来,她希望惜春能在年关完成。

《红楼梦》第五十回重点描写了贾母对这幅作品关注的情况。在得知众姐妹在园中喜乐后,贾母也冒着大雪来到园中,在欣赏完梅花后,贾母以芦雪广潮湿阴冷为由让大家到惜春房中。斗门上"暖香坞"三字印证了贾母所说"你四妹妹那里暖和"的话。事实证明,贾母最主要的目的是到惜春房中查看惜春工作的进展情况:"我们到那里瞧瞧他的画儿,赶年可有了。"在听到众人说"那里年下就有了?只怕明年端阳有了"的回答之后,贾母表现出她对惜春工作的不满:"这还了得!他竟比盖这园子还费工夫了。"及进入房中,"贾母并不归坐,只问画在那里",在得到惜春的回答后,她再次向惜春表达了自己的想法:"我年下就要的。你别托懒儿,快拿出来给我快画。"①

由这个过程,可以看到,贾母对大观园的情感何其浓烈,她并非真要将这幅作品赠送给刘姥姥,而是期望大观园变成一个美丽而不可企及的艺术范本——毕竟,这座园子耗费了贾府太多的物力、人力和财力,也是贾府家族荣耀历史的凝缩。因而《大观园图》并非一般意义上作为审美对象的画作,对于贾母来说,它还具有更重要的象征意义:它是整个家族辉煌历史和富贵生活的缩影。

虽然在贾母生活的时代,贾府已至入不敷出的境地,但同时也正是家族发展最为鼎盛的时期:元春获封贤德妃并获准省亲,贾府成为皇亲国戚,世享荣耀。在这种情况下,贾府家族史的撰写理应提到日程上。元春在省亲时说以后要"补撰《大观园记》并《省亲颂》等文",也是通过对大观园的记述来记载整个家族的历史——在中国历史悠久的园林文化中,园林的兴废同时也是家国兴衰的典型表征。李格非,这位《洛阳名园记》的编订者,在他著作的跋语中再次点名了他编辑是作的深刻用意:"天下之治乱候于洛阳之盛衰,洛阳之盛衰候于园圃之兴废。"②可以想见,元春创作《大观园记》时亦很难脱离李格非所设定的文化语境:在游园的过程中,她"默默叹息奢华过费",并将"天仙宝镜"的匾额更换为"省亲别墅",她或许已隐隐预感到繁盛至顶峰后即将到来的衰败。对于贾母来说,让眼前的繁华景象以绘画的方式呈现出来,同样具有记录历史的意味。

作为整个贾府最高的统治者,贾母不仅是这幅作品的倡议者,同时

---

① (清)曹雪芹:《红楼梦》,人民文学出版社 2008 年版,第 679—680 页。
② (宋)李格非:《书〈洛阳名园记〉后》,《全宋文》第 129 册,上海辞书出版社 2006 年版,第 283 页。

也是这幅作品的赞助者,因而她的审美趣味和理想必然要在这幅作品中体现出来。实际上,通过贾母和刘姥姥的对话,可以看到,贾母之所以让惜春绘制这幅作品,还有出于娱乐的需要——她要将自己在贾府中享受到的各种乐趣通过绘画的方式加以表现,以使那些美妙的生活事件以凝固而永恒的方式保存下来,并在此后寂寥的岁月中时时观摩,以实现对往昔岁月和生活的情感记忆。因而,刘姥姥的提议只是一个契机:或许贾母心中一直有这样的想法,她想要通过绘画的方式将园中一切永远保存下来,正好在这样的场合中被刘姥姥提及而顺势吩咐给惜春。从她后来对惜春创作工作积极介入的情况来看,制作这样一幅作品,正是她一直以来的梦想。正是这个梦想成为惜春创作《大观园图》的主要推动力。

## 第三节　集体智慧或“合笔画”:《大观园图》的创作方式

根据贾母的设想,《大观园图》可能是一幅以大观园为背景,以贾府中诗意化的日常生活和重要事件为主要内容的多米长卷,与明清时期盛行的宫苑行乐图类似,一如仇英的《汉宫春晓图》之类。根据薛宝钗给惜春所开的画画所需物品的清单,可以看到,这是一项费时费力的工程,所以惜春一开始就向李纨请一年的假。虽然最后批准了半年时间,但惜春创作的时间显然超过这个期限,直到第二年端午前后才告完成。惜春虽然具有一定的绘画能力,但正像她本人所说,平日里只是画几笔写意,要真正创作这样一幅规模庞大的作品,并不是她目前能完全胜任的。这幅作品在更多意义上是集体创作的结果,是一件“合笔画”。

刘姥姥提出自己的意见后离开了大观园,创作《大观园图》随之被提到议事日程。在大观园诸人眼中,这是一件“要紧的事”(第四十二回)。当宝钗在黛玉房中教导黛玉将要告一段落时:

> 忽见素云进来说:“我们奶奶请二位姑娘商议要紧的事呢。二姑娘、三姑娘、四姑娘、史姑娘、宝二爷都在那里等着呢。”宝钗道:“又是什么事?”黛玉道:“咱们到了那里就知道了。”说着便和宝钗

往稻香村来,果见众人都在那里。①

素云是李纨的使女,从她口中我们得知《大观园图》的重要性。可以推测,在李纨召集大家开会之前,贾母已事先召见了李纨,布置了这项大观园中规模最庞大的文化工程。从后文贾母屡次强调这幅画的重要性可以看出,这确实是一件"要紧的事"。从参会人员的构成看,大观园中的重要人物基本到齐,以显示这是一件不同寻常的事。

这次会议对《大观园图》的创作十分关键,除了黛玉在会议过程中插科打诨地说了刘姥姥的笑话之外,其他人都在认真讨论并贡献自己的智慧:在姐妹们的玩笑和抱怨中,李纨以惜春请假为由头传达了贾母布置的任务;惜春在接到任务后表达了自己的忧虑,认为自己在技法储备等方面不具备完成这项工作的条件,希望李纨等人能协助解决;随后,宝钗不仅指出创作这幅作品所需要的各种物质条件,而且还在创作思想上给予了详细指导,并建议李纨派宝玉协助惜春作画。会议结束后,宝钗书写了绘制作品所需要的物品清单;在凤姐生日过后,李纨带着众姐妹找到她,并在她的帮助之下完成了这些准备工作。

因此,这幅作品的完成是多方面努力合作的结果:其一,贾母的设想成为创作的指导思想,她也为创作活动的展开提供了权力保障;其二,李纨是协调各方面工作的关键人物;其三,王熙凤负责提供创作工作所需的物质条件,颜料、画笔、重绢、底稿和经费等;其四,在工程开始阶段,薛宝钗诸姐妹在李纨的带领下每天到惜春居所中聚谈,讨论创作时可能遇到的问题,甚至包括画面的布置和内容的选择;其五,贾宝玉负责与大观园以外的画家联系,以解决惜春在技法处理上遇到的问题。"稻香村会议"结束后,直到四十五回,作者才写李纨带着众姐妹找王熙凤,解决所需物品之后,大家又进行了多次磋商:

> 一日,外面矾了绢,起了稿子进来。宝玉每日便在惜春这里帮忙。探春、李纨、迎春、宝钗等也多往那里闲坐,一则观画,二则便于会面。②

①(清)曹雪芹:《红楼梦》,人民文学出版社 2008 年版,第 566 页。
②(清)曹雪芹:《红楼梦》,人民文学出版社 2008 年版,第 605 页。

　　虽然脂砚斋对宝玉的帮忙持否定态度,但宝玉对《大观园图》的创制确实出了很多力:他出色完成了宝钗吩咐的任务,多次将画带出大观园,去联络、寻找相关的专业画家解决惜春创作遇到的问题,比如他此前曾经说过:"詹子亮的工细楼台就极好,程日兴的美人是绝技,如今就问他们去。"①"工细楼台"和"美人"两项都是惜春不能的,而这又是绘制《大观园图》所必需的技法。在第四十八回,宝玉参与了香菱与黛玉论诗的过程,正当宝玉发表自己的见解时,"只见惜春打发了入画来请宝玉,宝玉方去了。"②作者虽未明言惜春找宝玉何事,但通过诸多细节可以知道,惜春此举仍是为了《大观园图》的事情——"入画"的含义在此或许更为显豁,因而作者才将她作为惜春丫鬟的名字写入书中。

　　惜春的创作有一个事先存在的底本,因而带有更多模仿性。在惜春表示自己能力不能胜任后,宝钗提出了自己的建议:她让惜春找到当初建造大观园时由山子野老先生绘制的样本,这样,她就可以十分简便地绘制这幅作品的整体框架,然后再将园中诸多事件和人物随手添上即可。在这种情况下,这幅样本就成了惜春创作时的"底本"。虽然我们不知道这位山子野老先生为何许人也,但从他对大观园景观的布置和设置来看,他是一位胸中有大丘壑者。而且,当时建造私家园林一般都会事先创作实物模型,在设计者、施工者和主人的反复磋商后才开始施工。

　　宝钗提到的底本类似于大观园建造时的施工图纸。根据《红楼梦》前后时期流传下来的界画来看,这类作品多具有绘画的特点,稍微上色处理就可成为一件《圆明园四十景》之类的艺术品。在传统画家眼中,"布色"是专门的技术,也是画艺中重要门类之一。张彦远《历代名画记》引《广雅》说"画,挂也,以彩色挂物象也"③,就是强调"挂色"在使一幅稿本变成艺术作品过程中的关键作用。郎世宁等宫廷画家为皇帝绘制作品时,一般都要事先将这类稿本呈现给皇帝,得到允许后才能开始绘制。对于惜春来说,这个底本的存在,为她提供了诸多便利:她可以在模仿中建构自己画卷的基本框架和结构,然后再对相关人物和事件进行自己的创作。

①(清)曹雪芹:《红楼梦》,人民文学出版社 2008 年版,第 569 页。
②(清)曹雪芹:《红楼梦》,人民文学出版社 2008 年版,第 649 页。
③(唐)张彦远:《历代名画记》,中华书局 1985 年版,第 10 页。

这种创作方式是明清画家创作的基本模式,他们多对流传下来的古画进行临摹,在后来的创作中经常直接借用那些成为固定主题和程式的样本,然后再进行自己的创作。仇英,这位创作了著名长卷《汉宫春晓图》的画家,提供了明清画家创作这类长卷的基本模式:"仇英曾经临摹过他所能接触到的所有唐宋绘画,以供创作之用,因而他作品中大量的人物群组和母题,都可以追溯到这些古老的源头。"① 正是由于这种创作模式的极端盛行,才形成了这样一种奇怪的现象:这一时期的诸多画家虽然都在宣称师法自然的重要性,并对自己在这方面的做法津津乐道,但他们作品中经常出现的"常规化的造型",都在说明他们的创作所依据的更多是前人画作。对于那些需要大量创作作品以维持生计和提高生活水平的画家来说,这种创作方式无疑具有重要意义,他可以在短时间内大量"复制"类似的作品。对于惜春的创作来说,她虽然不需要以绘画来维持生计,但是为了更好地完成任务,同时也可以在贾母命令之下达成自己的兴趣,快捷而有效地完成作品变得极为重要。在这种情况下,这样一幅底本,对于惜春来说具有相当的价值。

除了底本和临摹之外,惜春的创作可能还得到当时一些著名画家的指点和帮助——绘制这样一幅长卷,对画家本身的绘画能力是个极大考验:亭台、山水、人物、花鸟、景物、行乐等,对这些传统的绘画门类及其技法都必须极为熟练,对于一个画家来说,这些技能确乎很难同时具备。惜春对自己在这些方面的储备是清楚的。当她表达出自己的顾虑后,宝玉提出了自己的建议:他可以找到当时擅长人物画和建筑画的各类画家提供帮助。在后来的描写中,我们没有看到贾宝玉真正邀请这些人来大观园中帮助惜春,但我们发现,惜春所忧虑的这些问题都一一得到了解决。解决的方式是:每当惜春遇到不能解决的难题后,她就将画交给宝玉,由宝玉带出大观园找相关专家予以协助解决。在这种情况下,《大观园图》中的某些场景或形象很可能存在代笔的情况。在众人一起努力下,惜春接到任务大约半年后,完成了这幅长卷的一半,由于天气寒冷,才暂时搁置下来。

---

① 〔美〕高居翰:《画家生涯:传统中国画家的生活与工作》,生活·读书·新知三联书店 2012 年版,第 101—102 页。

从技法方面看,惜春的创作需要充分吸收中国传统画法,也需吸收当时十分盛行的西洋画法,如线法画(透视法),因而《大观园图》应是一幅中国传统绘画与西洋绘画相融合的作品。根据书中描写可知,贾府本身容纳了多种西洋物事,作者在不同场合将这些物件一一呈现,由此说明贾府在生活中已吸收了诸多西方物品和艺术的成分,反映在绘画上亦应如此。宝钗在她的分析过程中也指出了借用各种画法的重要性,她所提出的"三件事"实际上是创作过程中必须要解决的三个重大问题,直接关乎创作的成败。宝钗的指导思想十分明确,《大观园图》的创作必然是高度写实的,而不能以写意的方式创作;但是,传统的全面呈现的构图方式显然不能将规模庞大的大观园中"楼阁房屋,远近疏密"的情况准确呈现,因而只能借助线法画的方式加以处理。宝钗说道:

> 这园子却是像画儿一般,山石树木,楼阁房屋,远近疏密,也不多,也不少,恰恰的是这样。你只照样儿往纸上一画,是必不能讨好的。这还要看纸的地步远近,该多该少,分主分宾,该添的要添,该减的要减,该藏的要藏,该露的要露。这一起了稿子,再端详斟酌,方成一幅画样。第二件,这些楼台房舍,是必要用界划的。一点不留神,栏杆也歪了,柱子也塌了,门窗也倒竖过来,阶矶也离了缝,甚至于桌子挤到墙里去,花盆放在帘子上来,岂不倒成了一张笑"话"儿了。第三,要插人物,也要有疏密,有高低。衣折裙带,手指足步,最是要紧;一笔不细,不是肿了手就是跷了腿,染脸撕发倒是小事。①

根据贾母对《大观园图》的要求,惜春也须以写实的方式作画,因而写意的画法不能使用。同时,《大观园图》中的亭台楼阁还需要以极端严谨工整的线条加以呈现,这也不是写意皴染手法所能实现的。明清时期流行的人物画,以工笔画为主,惜春要画出大观园中的人物,也需要借助工笔画法。宝钗提到的"染脸撕发",就是明清人物画(尤其宫廷画和仕女画)普遍采用的方法,虽然各家解释各异,但基本原则是一致的:"染脸"主要是对人物的面部进行染色的方法,强调以色彩的变化突出人物

---

① (清)曹雪芹:《红楼梦》,人民文学出版社 2008 年版,第 569 页。

脸庞的立体感;"撕发"又作"丝发",是指对仕女头发绘制的方法。这是工笔仕女绘画中的专门词汇,因为写意中的仕女形象不需要用这些方法,晕染即可解决。

界画是宋代开始盛行的一种专画楼台的画法,与宋代画院的成立有密切关系:画师用这种方法绘制宫廷中多样的建筑,将帝王生活以高度写实化的方式逼真呈现。后来,界画广泛流传开来,成为人们创制亭台楼阁作品的基本画法之一。由于《大观园图》是一幅长卷,不仅要画人物、事件,而且还要画园中的山水景观,远近疏密的处理与传统山水画卷的画法也要有所不同。这种情况在当时的一些作品中已有所探讨和实践。宝钗的意图很明显,她同时建议惜春采用散点透视的方法,对大观园的景观人物进行裁剪处理,这样可避免机械临摹所出现的问题。

在画面布置上,《大观园图》需要解决这样一个问题:那些发生在不同时刻、季节、地点的场景如何在有限的画面上准确呈现。由于图卷需要按照大观园的格局进行创作,因而其空间格局是固定的,建筑与建筑之间的位置也是固定的,每个人的居所也是固定的,这就决定了每个建筑、环境只能与某一个特定的事件结合在一起。而且,惜春还须根据事件的性质、人物的特点将之安排在合适的位置。这些事件是在不同时间里发生的,而画卷只是一个空间结构,因而惜春需要将连续不断的时间隔断,将事件与事件并列,从而使之成为瞬间而获得空间属性。无论如何,惜春的创作都是一个将时间空间化的行为,因而会面临一系列难以解决的问题。

正像商伟对清人所绘《大观园图》(图7–2)的分析那样,"无论如何,在空间中并置的这些场景和事件,显然并不具备共时性。它们是发生在一个连续性的时间过程当中的,彼此间构成了先后顺序。这样的图画序列无疑是时间性的和叙述性的,而空间的区隔不过是它用来完成图像叙述的构图手段和外在凭借而已。"[1]正像贾母要求的,"宝琴立雪"的场景一定要画上,这就是要求画中事件还要符合特定的季节特征(时间性)。为了避免上述矛盾,惜春可能将这幅作品根据事件的时间属性而

---

[1]商伟:《逼真的幻象:西洋镜、透视法与大观园的梦幻魅影》(下),《曹雪芹研究》2016年第3期。

图 7-2　清　佚名《大观园图》,纵 137 厘米,横 362 厘米,中国第一历史博物馆

图 7-3　清　佚名《大观园图》,纵 137 厘米,横 362 厘米,中国第一历史博物馆

将画面分割为四个部分,就像仇英的《四季美人图》一样,将一年四季分开表现,然后再对特定季节、场景中的事件加以表现。这样,大观园中的固定建筑格局就可以反复出现,不同的人物和事件可在同一地方出现,而不像图7-2那样出现时序的混乱。当然,惜春也可能采取图7-2或仇英《汉宫春晓图》的方式,将所有事件浓缩在一个时空之内表现。

同时,由于人物的特殊性,他或她在画面中出现的次数也不能仅是一次,而是会反复出现。例如,贾母,这位喜好热闹和聚会的贾府最高统治者,她的身影不能仅出现一两次;而作为居住在大观园中的唯一男性和荣国府的接班人,贾宝玉在这幅画卷上出现的次数可能会更多一些。另外,为了保证事件的连续性,同一个人物在不同时空中发生的事件也可能被并置在一个画面之中,这样也造成同一人物在同一画面多次出现的情况。

图7-4是清代画家孙温耗时三十六年所创作的《红楼梦图》中的一幅。在这幅图画中,贾宝玉作为事件中的主要人物,他在画中出现了三次,充当了三个不同事件的行为主体。位于画面右下角的是宁国府的小书房,在这里出现了第一个贾宝玉,他无意之间撞见茗烟和小丫鬟之间的事情,贾宝玉在这里教训了茗烟。画面中间偏上骑马的是第二个贾宝玉。显然,在训斥完茗烟之后,两人骑马去寻袭人,是第二件事的展开。

图7-4　清　孙温《红楼梦图》第七册第五帧,纵43.3厘米,横76.5厘米,旅顺博物馆

画面左边房间中是第三个贾宝玉,这时寻访袭人已结束,而且袭人也于晚间回来,"情切切良宵花解语"的事件也已发生完毕。画面前方的森森翠竹说明这里是黛玉居住的潇湘馆,根据从右往左的读画顺序,可以推测这里呈现的正是"意绵绵静日玉生香"的场景,贾宝玉再次成为画面的主角。这三件发生在同一天的不同事件就这样被作者绘制在同一幅有限的画面之中;而且,宁国府的小书房、出府寻找袭人的外部空间和大观园中的潇湘馆,也被凝缩在一个画面之中,围墙的使用将这三个不同空间分开了。同时,为了体现叙事的连贯,作者不得不让贾宝玉反复出现,他虽然出现在同一个画面中,但时空已发生转移和变化。在孙温的三百余幅画作中,这种处理方式随处可见。当然,这几件事都不可能出现在惜春的画作上,因为这些事情她都不曾参与,也不符合贾母的指导思想。但可以想见,《大观园图》应该也采取了类似的方法来处理人物在画面中出现的频次问题。

　　《大观园图》的创作是一项庞大而复杂的工程,是集体智慧的结晶,前后历经约一年时间。在"香菱学诗"的那个中秋,画作完成十分之三,到了年下,约完成大半,在第二年的端午节前后则基本完成。这样算来,惜春创作《大观园图》的时间共约十个月。如果第八十二回确是原稿,则可说明第二年初秋时节这幅画的创作终告完结,惜春等人商量在画上删减、题诗等事。这样算来,惜春创作此图正好用去一年时间。这个时间基本符合当时长篇画卷的创作时间。仇英为项元汴制作的长卷《汉宫春晓图》大约也用了一年时间。对于创作《大观园图》来说,这样的时间不算太长,甚至可能还算是速度较快的工程。这是因为惜春在创作时有依循的底本和他人帮助,这节省了很多时间。


## 第四节　纪事、娱乐与审美:《大观园图》的内容选择

　　如前所述,惜春的绘画不仅有着取法和临摹的成分,而且,画作的内容也要受到约束和限制——贾母是她画作的赞助人和支持者。获得贾母的支持后,关于绘画所需的一切物质和制度条件都可以名正言顺地被允许:她可以不参加定时晨昏礼拜和诗社活动,而在自己的闺房中构思

和创作。在"宝琴立雪"这一经典场景出现之后,贾母再次对惜春的创作提出了带有强制性的指导意见:她要惜春务必将她昨天看到的场景绘制在这幅长卷之上。由此可以推断,哪些内容可以被绘制在《大观园图》上,一般要经过贾母和众人的审查。这种情况的存在限制了惜春创作的自由度。

在《红楼梦》盛行以后,许多人以绘画的方式对书中的经典场景和事件进行呈现。作为《红楼梦》的读者,他们画家的身份决定了他可以是一个无所不知的作者,他可以对《红楼梦》中的所有场景和事件进行描绘,而不必顾及其他条件的限制。但是,对于惜春来说,创作《大观园图》却并非易事,这是一项极具现场感和当下性的创作,她本人就是画中人之一,而且她和她所要表现的人物之间还存在微妙的社会关系,例如,她与黛玉之间就"素不大合"。如何表现自己和他人的活动,成为一件颇难处理的事情。

由于是一项公开的创作活动,她的创作行为既得到很多人的帮助,同时也一直受到局外人的监督,而且还要受到她的赞助者审美趣味的制约。在这些因素的综合作用下,惜春不可能将大观园中发生的所有事件都在画卷上呈现,她的创作并不是自由创作。

但这两类画作之间无疑会具有重叠之处:那些诗意盎然的人物与事件必然成为两者共有的表现对象。

因此,《大观园图》上的内容只能依靠读者的想象才能得以复现,或者说,作者在描写过程中则有意隐藏画作的内容。在宝玉、宝钗、香菱、贾母等人多次看画的过程中,作者并未写明《大观园图》所绘何事。在第五十回,贾母不畏雪天路滑来到惜春房中看画,当惜春说出"天气寒冷了,胶性皆凝涩不润,画了恐不好看,故此收起来"的答复后,贾母定要惜春打开画卷,正在惜春将要把画打开给贾母看时,作者用"一语未了"将笔锋转移到对凤姐的描写,进而将贾母的眼光从画作之上移开。虽然贾母在与凤姐对话结束后有可能继续观摩画作的内容,但对于读者来说,却由此无缘一览《大观园图》的内容。保持《大观园图》的神秘性,调动读者的想象,或许是作者的意图所在。

但全然不提画卷的内容,似乎也不符合实际情况,不然这幅画作就变得可有可无,不仅不能引起贾母盎然的兴趣,也无法调动读者的想象。

作为整幅作品的总设计师,画作内容的确定出现过一个转折:刘姥姥对大观园的描述主要偏重于对自然景观的赞美,因而贾母最初是想以自然景观为主,但是后来又想把自己和家人在园中行乐的场景一一画出来,因而画作的内容就从以自然景物为主转向以人物活动为主,或者二者兼顾。因此,这幅作品不仅要画出大观园里的自然和人文景观,同时还要画出园中的人与事,就像当时普遍盛行的《行乐图卷》一样:

> 黛玉忙拉他笑道:"我且问你,还是单画这园子呢,还是连我们众人都画在上头呢?"惜春道:"原说只画这园子的,昨儿老太太又说,单画了园子成个房样子了,叫连人都画上,就像'行乐'似的才好。"①(第四十二回)

行乐图是以人物为主的一种绘画类型。据《贞观画史》记载,行乐图最早出现在隋朝:"隋朝官本,有刘瑱画少年行乐图。按:今人凡自为写小照,概谓之行乐,源实由此。"②可以看到,行乐图主要以人物为主,单纯人物画有时也可称行乐图,杜丽娘自写小照即属此类,有时还要有相关、连贯的情节,因而比单纯的山水画要复杂很多。贾母的要求规定了《大观园图》的主要内容:大观园里的景物应该作为贾府中人(尤其是宝玉和姐妹们)日常生活的背景出现,其主要内容应是众姐妹在大观园中的生活场景。这无疑增加了惜春创作的难度:除了要熟练人物画技法之外,她还需习练写实性的画法,以真实呈现园中人和她们的活动。

更困难的事情在于,园中人的生活是不断变化的,而画作的空间布局却是固定的,哪些内容可以在画中呈现,无疑要经过严格的筛选,这是惜春不能左右的。比如,"宝琴立雪"的优美情境给贾母无以复加的美感享受,因而在后来她屡次告诫惜春要把这个场景画上:"不管冷暖,你只画去,赶到年下,十分不能便罢了,第一要紧把昨日琴儿和丫头梅花,照模照样,一笔别错,快快添上。"③为了让"宝琴立雪"这一优美场景永远留存,贾母对惜春的创作提出了苛刻的要求,她要惜春以高度写实的笔法将这一场景完整呈现,不能有丝毫走样。这其实是强人所难,贾母

---

① (清)曹雪芹:《红楼梦》,人民文学出版社 2008 年版,第 567—568 页。
② 冯其庸等:《红楼梦校注》,里仁书局 1984 年版,第 659 页。
③ (清)曹雪芹:《红楼梦》,人民文学出版社 2008 年版,第 683 页。

对这个场景的痴迷,或者说,这个场景在贾母心中唤起的美感,在惜春心中并非也是如此;即使两人感受相同,但要把理想中的境界以写实的画面准确呈现,这对任何画家都是难以解决的问题,但惜春听后"虽是为难",也"只得听了"。

这个事例说明,在惜春的创作过程中,她并没有确定无疑的描绘对象,贾母会因为自己的喜好和需要而提出增删画作中的相关内容,而谁又能保证在此后的生活中没有比这个场景更为优美动人的场景了呢?

通过这个事例,还可看到,《大观园图》中的人物活动具有季节性特征,因而这幅长卷同时具有更为显著的包容性:不同时节的不同事件都要在这幅作品中呈现出来,因而这幅画卷是超越时空限制的,它的构图应类似于仇英的《四季美人图》和《百美图》。以《四季美人图》为例,在这幅著名画卷中,众多美丽的仕女一起生活在一个封闭的私家园林中,她们的闺阁生活随着四季的轮转而发生着相应的变化。

图7-5展示的是这幅作品中的春季:在图像的中央,一名女子正在荡一架红色的秋千,红色的上衣让她显得调皮、可爱;从她的发饰可以看出,她可能是一位尚未出阁的闺中少女。在她的正前方站着一位妇人,好像正在提醒她注意安全。在这位妇人的右边,两名女子相扶着观看这个动人的场景。在红衣女子的后面,是盛开的杏花或桃花,以说明这是一个明媚和煦的春日,两名女子站在花树之下,似乎在欣赏春花之后正

图7-5　明　仇英《四季仕女图·春季卷》,局部,绢本设色,日本大和文化馆

图 7-6　明　仇英《四季仕女图·夏季卷》，局部，绢本设色，日本大和文化馆

向红衣女子这边走来。在图像的右下角，一个小女孩正向这边跑过，一只小犬紧跟在后面，她还回头望着它，似乎在说："狗，狗，你怎么老跟着我！"小犬却不理会她，昂着头边跑边看她。看到这个场景，不由让人想起《牡丹亭》〔魂游〕一折中的"原来是赚花阴小犬吠春星，冷冥冥，梨花春影"的描写。

　　根据这幅图卷夏季部分的场景可以知道，这是一个没有男性存在的私家园林，在炎热的夏天，两个女子脱去衣裳，赤条条地到池塘中采摘盛开的莲花和莲蓬，一个仅穿着亵衣的女子在岸边伸手接过（图 7-6）。在这个封闭的女性世界中，她们的生活是寂寥的，也是诗意的，仇英的画卷使之成为永恒。

　　让我们把视线返回到《大观园图》之上，推测哪些内容可能进入《大观园图》。根据相关描述，可以知道，能够进入《大观园图》的事件和人物应符合以下标准或者其中之一：首先，《大观园图》以大观园为基础因而带有鲜明的纪事功能，通过绘画的方式让贾府的荣耀历史成为永恒，这使《大观园图》带有鲜明的家族性和集体性；其次，"行乐图"的性质决定了这幅作品应该包含贾府众人在园中娱乐的生活场景，因而带有娱乐性；复次，由于贾府诸姐妹具有较高的艺术修养，她们生活的场所和事件带有浓厚的艺术成分，而且贾母的审美趣味也近乎苛刻，因而《大观园图》呈现的对象应带有鲜明的诗意性;最后,由于众人都可能在画面中出现,而且它还要记录一些公共事件,因而这幅作品应带有鲜明的公共性和展示性。这些特点是我们推测哪些内容可以进入《大观园图》的主要依据。

可以推断,最先进入《大观园图》的应是元妃省亲一事,因为大观园本就是为迎接元春省亲而建造的。这是贾府荣耀的象征,因而将这个"烈火烹油,鲜花着锦"的繁华、热烈场面绘制成卷,应是贾母的首要心愿。当时,各种宫廷绘画盛行,康熙、雍正、乾隆等出行,均有画师随行,他们以图像的方式记录皇家的生活场景。元春省亲时也应有类似的活动,画师会将元春省亲的场景通过画卷加以呈现,然后请皇上御览。对于贾府来说,他们也期望能将这个场面永久留存,以彰显荣耀、砥砺子孙。

元妃省亲之事发生在冬季中上元佳节的晚上——这时,或已立春,或未立春,但这无碍贾府热烈的气氛。虽然我们不知惜春对这个场面如何描绘,但仍可通过想象对此加以建构。此外,贾母带领刘姥姥和众人在园中开怀畅饮的事情亦成为表现的对象,因为这幅作品的动议就是在此时提出的。这是发生在夏秋之交时的事情:刘姥姥家里果子蔬菜有了好收成,她带了些枣子、倭瓜——这些东西都是夏末秋初时成熟——来孝敬王夫人并凤姐诸人,不想被贾母得知,留在园中住了两日并参加了一场快乐异常的宴会,刘姥姥的精彩表现让贾母和姐妹们欢喜异常,贾母还因高兴多喝了酒而在宴会结束后有了小恙。这个场景符合贾母对"行乐"的要求,她也是这个场景中的主角,因而应该成为惜春绘制的对象。在后来的讨论中,黛玉建议将刘姥姥在大观园中的滑稽形象画入画中。黛玉虽然以玩笑和嘲讽的口吻说出,但刘姥姥言行唤起的乐趣却真实存在,因而应该成为画卷的重要表现对象。这个场景,书中有着精彩细致的描绘:

> ……上上下下都哈哈的大笑起来。史湘云撑不住,一口饭都喷了出来;林黛玉笑岔了气,伏着桌子叫"嗳哟";宝玉早滚到贾母怀里,贾母笑的搂着宝玉叫"心肝";王夫人笑的用手指着凤姐儿,只说不出话来;薛姨妈也撑不住,口里茶喷了探春一裙子;探春手里的饭

碗都合在迎春身上；惜春离了坐位，拉着他奶母叫揉一揉肠子。地下的无一个不弯腰屈背，也有躲出去蹲着笑去的，也有忍着笑上来替他姊妹换衣裳的，独有凤姐鸳鸯二人撑着，还只管让刘姥姥。①

这段描写具有鲜明的画面感，每个人的姿态神情都各具特点，很适合做绘画的题材，也符合贾母"行乐"的要求。同时，这里的人物虽然形态各异，但这些形态是同时发生的，除了作者能够将之全部纳入自己的视野中之外，任何亲历者都不可能对之产生全面的印象。这种共时性与绘画以静止的方式呈现动态的生活场景的特点有内在关联之处，我们甚至可以将《红楼梦》的描写想象为作者"看图说话"的结果。与此类似，第四十三回"闲取乐攒金庆乐"也可能因其娱乐性而进入《大观园图》。

同时，根据贾母对"宝琴立雪"场景的评价来看，能够进入《大观园图》的事件、场景或人物要具有高度的诗意性或审美价值，那些寻常的人、事、物则被排除在外。此前不久，众姐妹举行的海棠诗社、菊花诗社和螃蟹宴会，也应出现在画面中，并配上黛玉等人精彩的诗作。在这个场景中，盛开的菊花、淡淡的桂花，似乎也应出现在画卷上。从第四十回刘姥姥提出绘画的建议到第五十回贾母下令将"宝琴立雪"画入画中，可能进入《大观园图》的事件应有第四十一回"栊翠庵茶品梅花雪"，第四十八回"香菱学诗"的场景也有可能也被画入《大观园图》。在此有个细节需要注意，香菱因痴迷写诗而陷入迷想中，众人为了让她从诗意的想象中抽身出来，拉她来到惜春处看画，希望通过画中的写实场景将她唤回到现实中来："众人唤醒了惜春，揭纱看时，十停方有了三停。香菱见画上有几个美人，因指着笑道：'这一个是我们姑娘，那一个是林姑娘。'探春笑道：'凡会作诗的都画在上头，快学罢。'说着，顽笑了一回。"② 探春"凡会作诗的都画在上头"的话虽带有戏谑成分，但也道出了某些实情：大观园中的诸多姐妹都会在画中一一出现，而且这些画面与她们的诗歌创作活动密切相关，带有鲜明的个性化特点。

可以推测，《大观园图》的内容既包括贾府中一些让人回忆和欢乐

① （清）曹雪芹：《红楼梦》，人民文学出版社 2008 年版，第 535 页。
② （清）曹雪芹：《红楼梦》，人民文学出版社 2008 年版，第 651 页。

图 7-7　明　仇英《汉宫春晓图·斗草》,局部,绢本设色,台北"故宫博物院"

的生活事件,同时也包括宝玉和姐妹们的诗歌创作活动,甚至惜春本人绘画时的场景也应出现其中。

　　但并非所有诗意化的事件都可进入《大观园图》。在第十八回到四十回之间,《红楼梦》中发生了很多著名事件:贾宝玉和林黛玉之间诸多温馨动人而又缠绵凄恻的故事、宝钗扑蝶、龄官画蔷、金钏身亡、晴雯撕扇、宝玉情悟梨香院等,都脍炙人口、感人至深,但这些极端私密化和情感化的事件不会出现在《大观园图》中。即使惜春对这些事件有所耳闻,她也不会将之绘制在她的作品中,因为这些事件带有极强的情感性和自由性,对大观园和贾府的稳定秩序带有鲜明的挑战意味,因而不仅不能将之通过画卷的方式留存,即使是口头传播也不被允许。

　　在贾母关于"宝琴立雪"的指令下达后,我们再没有看到贾母对《大观园图》的关注——虽然在实际的生活中,贾母极有可能对《大观园图》的创作表现出持续的关注,并可能多次莅临以查看惜春画得如何——除了第五十二回,宝玉因晴雯生病但又要参加"舅老爷"的生日宴会而心生烦躁时"便起身出房,往惜春房中看画",我们再也没有看到作者对《大观园图》的描写。根据第五十回"只怕明年端阳有了"的描写,可以知道,《大观园图》的创作应该在第二年的端午节前后完成。值得注意的是,宝玉的生日正是农历四月二十六日,因而可以设想,《大观园图》最终的内容应该是第六十二回的"憨湘云醉眠芍药裀"、第六十三回"庆怡红群芳开夜宴",在这期间,"除夕祭宗祠"、"王熙凤戏效彩斑衣"、"探春兴利除弊"等或许会出现在画卷中,"呆香菱情解石榴裙"的暧昧场景则会被隐去,但姑娘们和小丫鬟斗草的情景则可能保留下来(图7-7)。

## 第五节　盛衰的表征:《大观园图》的命运

值得深思的是《大观园图》最后的命运。画作一旦完成,就成为一个充满情感空间的生命体,就有了自己的命运。一方面,画作中呈现的世界同时是一个生命世界,不同的生命主体均可以与之交流、对话;另一方面,画作本身会在作者、收藏者、商贩等不同主体的交流过程中不断变换自己的主人,它不能自主选择它的拥有者,这个不能自主的过程构成了画作的另一个生命。张彦远《历代名画记》曾以无比沉痛的笔触叙写了古画坎坷的命运:古画所承载的生命精神如此纯粹,而它的载体又如此脆弱,以至于在历史变迁中它们如同那些不能自主自己命运的主人一样遭受了坎坷悲惨的遭遇。因而,每一幅画有每一幅画的命运,就像每一座园林有每一座园林的命运一样;园林的兴废往往是时代更替、人生离乱的真切反映,画作的流传也反映出它的拥有者的生命历程。或许,《大观园图》的命运也是如此。

根据前文描述可知,《大观园图》完成的时间约在宝玉生日时的端午节前后。宝玉生日结束的同时宁国府的贾敬去世,《红楼梦》中温馨的故事急转而下,《大观园图》从此再未出现。等到再次出现时已是第八十二回:

> 雪雁才出屋门,只见翠缕翠墨两个人笑嘻嘻的走来。翠缕便道:"林姑娘怎么这早晚还不出门?我们姑娘和三姑娘都在四姑娘屋里讲究四姑娘画的那张园子景儿呢。"……且说探春湘云正在惜春那边论评惜春所画大观园图,说这个多一点,那个少一点,这个太疏,

那个太密。大家又议着题诗，着人去请黛玉商议。①

在这段时间内，香菱受辱，迎春受虐，尤二姐、尤三姐相继去世，大观园已是分崩离析的前夜。宝玉再也不能禁受如此众多悲惨之事的发生而"卧床不起"，病倒了；后来休息了四五十日，才告痊愈，直到百日后贾母才准许他出门行走。不久，宝玉即在贾政的命令下重新进入私塾。在他与黛玉在梦境中相遇后，两人同时病倒了。第二日清晨，湘云打发翠缕请黛玉看画，我们才知道《大观园图》的创作接近尾声。大家正商议着在画面上题诗，做一些扫尾工作。按照时间推算，这时已近秋末时节了。如果第八十二回的描写是准确的，那么，从刘姥姥动议到这幅作品完成，前后共花去大约一年时间。这段时间正是宝黛爱情和整个贾府发生转折的关键时期。

根据第七十八回"贾政与众幕友们谈论寻秋之胜"及宝玉《芙蓉女儿诔》中"蓉桂竞芳之月"的描写，可以推测，这时应是阴历八月时节，惜春创作《大观园图》历时一年多时间，处于将要完成的阶段。这幅画的下落如何，我们不得而知。或许，贾府抄家时，这幅作品已被没收入官；或许，它早已随着惜春的出家而被带入另一个世界；或许，惜春在离家的晚上已将它付之一炬。

在《红楼梦》研究中，人们一直怀疑这幅画的存在，以为只是作者虚构，因而历来评者都警告后来人不要企图以画卷的方式呈现大观园。仅就空间分布来说，怡红院、潇湘馆、蘅芜苑等，在作者的描写中漂移不定，无法确认这些院落的具体位置，因而也无法将之固定在一幅画卷之内。

张新之认为，这幅《大观园图》是书中所写的各种图卷的综合，作者所提到的《冬闺集艳图》《携蝗大嚼图》等都是它的分身，这段精彩的评述有必要再次提起："大观园画起于刘姥姥，结于薛宝琴，同一《易》道也。自此回以后绝不再提，人但见其糊糊涂涂而止，何不详察此处必先之以赤身肉翅女子一画，后以之真真国女子一诗，中间用宝玉往惜春处看画，而乃至潇湘馆看《冬闺集艳图》？盖《冬闺集艳图》即《携蝗大嚼

①（清）曹雪芹：《红楼梦》，人民文学出版社 2008 年版，第 1161—1162 页。

图》也,其收拾之严密有如此!"①张新之此论颇为新颖,与曹雪芹所写的其他画卷一样,《大观园图》既存在,又不存在。或者说,书中所提到的图卷,以及书中情节、场景所因循的那些图卷,都成为《大观园图》的分身或替代品了!

①冯其庸辑校:《重校〈八家评批红楼梦〉》,青岛出版社 2015 年版,第 1333 页。

# 第八章　"海棠睡未足也"

## ——唐伯虎《海棠春睡图》与《红楼梦》

唐伯虎《海棠春睡图》首次出现在《红楼梦》第五回，并配有宋学士秦太虚（秦观）的一副对联："嫩寒锁梦因春冷，芳气笼人是酒香。"秦太虚此联与前文《燃藜图》对联形成比照：前者世俗而后者清雅，配合此图，适合引领宝玉入梦。该图对第二次出现在第十一回，此时秦氏病重即将离世。中国艺术研究院红楼梦研究所校注《红楼梦》注云："此图是否实有，未能确知。"注秦太虚对联云："这副对联不见于其《淮海集》。"[①]注者云"未能确知"不代表没有，也不代表有；"不见于其《淮海集》"，不代表其他著作中没有，也不代表其他著作中有，体现出注者审慎、客观的态度。

对于此处图对，前人多有解读，然均未指明其出处、来源。脂砚斋认为此图对为"妙图"，"别有他属"[②]，但未确指其来源。清人洪秋蕃指出："此纸醉金迷之地，虽画对庸俗，亦不复他顾矣。对联为秦太虚所写，分明谓太虚幻境可卿即眼前秦氏可卿也。'嫩寒'两句则谓秦氏得春气之先，袭人步芳尘于后"[③]，然亦未指明其出处。张新之、姚燮等对此图对之解读亦如此。胡文彬《红楼梦与中国文化论稿》第四章《〈红楼梦〉与中国绘画艺术》，也未对这个问题进行讨论[④]。这说明古今解读者除以隐含意旨解释此图对外均未对其来源、出处进行准确说明。本章拟对这个问题做出初步的解决。

实际上，这个问题包含了以下系列问题：其一，唐寅与《红楼梦》有没有联系？如果有，这种关系是如何建立的？其二，唐寅是谁？有何特

---

① （清）曹雪芹：《红楼梦》，人民文学出版社 2008 年版，第 70 页。
② 〔法〕陈庆浩：《新编石头记脂砚斋评语辑校》，台湾联经出版事业股份有限公司 2010 年版，第 118 页。
③ 冯其庸辑校：《重校〈八家评批红楼梦〉》，青岛出版社 2015 年版，第 280—281 页。
④ 胡文彬：《红楼梦与中国文化论稿》，中国书店出版社 2005 年版，第 108—138 页。

点? 曹氏家族何以对他如此重视,以至于曹雪芹在著作中反复提到他? 其三,作为诗人,唐寅诗作与《红楼梦》是否有关? 如果有,这种关系是什么? 其四,作为画家,唐寅画作与《红楼梦》是否有关? 如果有,这种关系是什么? 回答了这些问题,《海棠春睡图》的问题也就解决了。

## 第一节　唐伯虎的生活、思想与情趣

书中明确说《海棠春睡图》的作者是唐伯虎,因而应先从唐伯虎的生平开始。唐寅(1470—1524),字伯虎,后字子畏,号六如居士,苏州人,诗、书、画均为一时之冠。其别号"六如居士"取自《金刚经》偈子"一切有为法,如梦幻泡影,如露亦如电,应作如是观","梦""幻""泡""影""露""电"均为转瞬即逝之物,以喻世事无常,无有根心。据《明史·文苑传二》,唐寅"性颖利,与里狂生张灵纵酒,不事诸生业"[1],后在祝允明的规劝、监督下课业经年而中乡试第一,得到学士程敏政的赏识。在更高层级的考试中,唐寅遭科场冤狱被剥夺士人资格,退出仕途终老于苏州桃花坞,享年54岁。祝允明称其才学宏博,有宗师气象:"其学务穷研造化,玄蕴象数,寻究律历,求扬马、玄虚,邵氏声音之理而赞订之。傍及风鸟、壬遁、太乙,出入天人之间,将为一家学。"[2]所以他遭科场冤狱后,亦曾以墨翟、孙膑、司马迁等人为师、自励,希望能撰述"十经"而"成一家之言",并"传之后世,记之高山",成为一名有所创建的学者,"使后世亦知有唐生者":"不自揆测,愿丽其后,以合孔氏不以人废言之志。亦将隐括旧闻,总疏百氏,叙述十经,翱翔蕴奥,以成一家之言。"[3]然造化弄人,其经论制义之文不传于世,而以诗、词、画为世人所知。

唐寅一生讳言自己的画家身份,认为作画只是一项聊以自慰、糊口的技术活,不值得称赞。现有关于唐寅的传记已有近十种之多,研究已较充分。然就我读《唐寅集》的感受,觉得唐寅独特的人生观、矛盾的思想世界,以及他诗画作品所体现的审美情趣,是由其独特的人生经历所

---

[1] (清)张廷玉等:《明史》,中华书局 2000 年版,第 4914 页。
[2] (明)祝允明:《唐子畏墓志并铭》,《怀星堂集》卷十七,西泠印社出版社 2012 版,第 389 页。
[3] 周道振等辑校:《唐寅集》,上海古籍出版社 2013 年版,第 223 页。

决定的。

首先,唐寅对人生的看法,他诗、词、画作所呈现的境界、情感,均与其亲人不断离世有关。父母、妻子和孩子的相继离世,让他觉得生死无常、生命易逝,给他的心理造成极大的不安全感和悲痛感。唐寅二十五岁前后父母双亡、妹妹自杀,婚后六年其原配徐氏去世,他与原配所生之子亦早殇①。在《祭妹文》中,他说:"尔来多故,营丧办棺,备历艰难,扶携窘厄;既而戎疾稍舒,遂归所天。未几而内艰作,吊赴继来,无所归咎。吾于其死,少且不俶,支臂之痛,何时释也?"②"不意今者,事集于仆,哀哉!哀哉!此亦命矣!俯首自分,死丧无日;括囊泣血,群于鸟兽。"③这些打击让他在二十多岁即生出星星白发,让他产生了"夭寿不疑夭,功名须壮时"④的感慨和想法;每当他想起逝去的亲人,便觉"涕泗徒留连"、"肝裂魂飘扬"⑤。这让唐寅产生了生命苦短、及时行乐的想法,于青楼花丛中寻找当下的温馨与安宁;同时,这也使他的目光转向古代才子佳人、名士风流,以寻找隔代的知己。"浓艳"与"感伤"、"抑郁"与"自省",由此成为唐寅诗词作品的基本的情感基调。这似乎也可解释唐寅为何如此不断地歌咏落花、吟诵花月和颂叹古人。在众多落花中,唐寅尤爱桃花,原因在于桃花花期更短,鲜艳的颜色转瞬即逝,让人惋惜。

唐寅心中始终萦绕着一种无法排遣的愁绪与哀伤,形之笔端而为诗歌、为画作。他的诗中经常出现杏花、桃花、海棠、芭蕉,如此等等,都在营造一种充满幻灭感的意象和情境。读其诗作,我们一方面感受到一种青春的美、浪漫的美,同时又感到一种对这些美无可把握的无力感和绝望感。一种无法言说的情绪和感伤构成了唐寅精神世界的核心,以至于让他对生活充满了绝望,觉得生死对他来说都是在异乡漂泊,其生命情感之沉痛于此可见一斑。他在临终前的绝笔诗中写道:"生在阳间有散

---

① 根据有关文献,唐寅子具体夭折时间不详;22岁时,至交好友刘嘉育年仅24岁去世;25岁冬季,父亲唐德广、妻子徐氏相继去世;26岁春夏之交,母亲丘氏去世、出嫁不久的妹妹在婆家自杀。"原本热闹的大家庭只剩下唐寅、唐申兄弟二人。受此打击,唐寅头上生出星星白发,作《白发》诗自解。"见沙爽:《唐寅传》,作家出版社2016年版,第302页。
② 周道振等辑校:《唐寅集》,上海古籍出版社2013年版,第261页。
③ 周道振等辑校:《唐寅集》,上海古籍出版社2013年版,第221页。
④ 周道振等辑校:《唐寅集》,上海古籍出版社2013年版,第11页。
⑤ 见《夜中思亲》《伤内》二诗,周道振等辑校:《唐寅集》,上海古籍出版社2013年版,第13页。

场,死归地府也何妨? 阳间地府俱相似,只当漂流在异乡。"①

在婚姻生活中,唐寅受到的伤害很深,因而留连青楼,寻找心灵的慰藉。这也对他的日常生活造成了很大影响。我们在唐寅的诗作中较少看到他对自己婚姻生活的描写。有学者指出:"在唐伯虎所流传下来的有限诗文中,描写家庭、妻子以及婚姻生活的篇幅,竟出奇的少;少得令人无法一窥其持家的风范和闺阁情趣。……唐伯虎的婚姻生活,并不像他交游的多彩多姿,更没有歌台舞榭,青楼画舫的旖旎而浪漫。他得之于闺阁的,可能是一种安全感,一种淡淡的温馨、柔顺与服侍。"②唐寅的婚姻生活经历无疑影响了他的生活方式和诗画创作。

其次,明孝宗弘治十二年(1499)程敏政科场案对唐寅的打击更为严重,结案后唐寅又被贬为浙江皂隶,他义不受辱,拒绝了祝枝山的劝阻而坚决不去赴任,并愿"此生甘分老吴阊",从此彻底淡出仕途。他这样自述这一事件的起因、经过和对自己造成的影响:"方斯时也,荐绅交游,举手相庆;将谓仆滥文笔之纵横,执谈论之户辙。歧舌而赞,并口而称;墙高基下,遂为祸地。侧目在旁,而仆不知;从容晏笑,已在虎口。庭无繁桑,贝锦百迮;谗舌万丈,飞章交加;至于天子震赫,召捕诏狱。身贯三木,卒吏如虎;举头抢地,涕泗横集。而后昆山焚如,玉石皆毁;下流难处,众恶所归。……海内遂以寅为不齿之士,握拳张胆,若赴仇敌;知与不知,毕指而唾,辱亦甚矣。"③多年后,他还梦到"下科场"并感到"心犹悸"。此事对唐寅造成了严重的精神伤害。

当时,一个读书人被剥夺了读书做官的机会无疑被宣判了人生的终结。然而,即使如此,唐寅内心深处仍抱有强烈的家国之念,拥有着传统知识分子的情怀。他为自己"笔砚飘零业已荒"④而惋惜,感叹自己一生"满腹有文难骂鬼,措身无地反忧天"⑤。

此后,唐寅即以撰文卖画为生,一方面在花月中乐享短暂的人生,"尽把金钱买脂粉",将携妓出游、浅斟低唱作为人生乐事,另一方面终其

①周道振等辑校:《唐寅集》,上海古籍出版社 2013 年版,第 159 页。

②王家诚:《明四家传》,台北"故宫博物院"1999 年版,第 160—161 页。

③周道振等辑校:《唐寅集》,上海古籍出版社 2013 年版,第 221—222 页。

④周道振等辑校:《唐寅集》,上海古籍出版社 2013 年版,第 89 页。

⑤周道振等辑校:《唐寅集》,上海古籍出版社 2013 年版,第 84 页。

一生又都生活在贫困之中。和弟弟唐申分家后,他举债建房,遭遇到各种拒绝,历经几年时间才建得几间茅屋。他还专门向自己的至交好友徐帧卿写信借钱,但后者仕途不顺,也生活在困顿中,无钱可借。这让唐寅生出"莫言四海皆兄弟,骨肉而今冷眼看"①的感慨。

这种矛盾、对立的生存方式造成了他思想的多样性。在他看来,在这个世界上,唯有两种人不会对自己加以指责:一是跳出红尘的僧人,一是流落风尘的妓女。我们经常看到他在诗中写携妓同游僧舍的经历。

唐寅力求"诗酒趁年华",同时又深知这种繁华美丽也转瞬即逝。他撰写《贫士吟十首》对自己的生活进行写照:由于无钱购买灯油照明,他竟然想把时常咏叹的明月摘下来当灯盏使用;忽然听到有人来和他谈仕途经济学问,他又懊悔自己的想法,才想到正是这轮明月陪伴自己度过漫漫长夜,因而又觉不舍。这样的生活经历让唐寅觉得"人心不古今非昨,大雅所以久不作"②。看着逐渐老去的年华,他感慨道:"万点落花俱是恨,满杯明月即忘贫","镜里自看成老大,戏儿棚上下场人"③。科场案后,除了身上穿的衣服,家里一无所有,唐寅只能"春掇桑椹,秋有橡实;余者不迨,则寄口浮屠,日愿一餐,盖不谋其夕也"④。

唐寅作于明武宗正德十三年(1518)春夏之际的八首绝句是他一生境况的真实写照。连日阴雨使苏州面临巨大水患,唐寅一家几乎陷入绝境。他这样写道:

十朝风雨苦昏迷,八口妻孥并告饥;信是老天真戏我,无人来买扇头诗。

书画诗文总不工,偶然生计寓其中;肯嫌斗粟囊钱少,也济先生一日穷。

青衫白发老痴顽,笔砚生涯苦食艰;湖上水田人不要,谁来买我画中山?⑤

唐寅说一连三日不吃饭也不觉得饿,虽然别人笑话他不善理家赚钱

①周道振等辑校:《唐寅集》,上海古籍出版社2013年版,第147页。
②周道振等辑校:《唐寅集》,上海古籍出版社2013年版,第35页。
③周道振等辑校:《唐寅集》,上海古籍出版社2013年版,第84页。
④周道振等辑校:《唐寅集》,上海古籍出版社2013年版,第222页。
⑤周道振等辑校:《唐寅集》,上海古籍出版社2013年版,第109页。

他也无所谓，但是看到一家老小饥饿难耐，自己感到愧对"老妻"；他重新拾起画笔，打算画"一枝新竹"去卖，但是集市上连竹笋都"贱如泥"，谁还愿意来买我的画作呢？这一年唐寅四十八岁，生活愈加困顿。除此之外，晚年唐寅可能还受到无法彻底医治的慢性病（尤其是肺病）的折磨。

于是，唐寅一方面对当时巨大的贫富差距进行抨击，表达自己的不满，另一方面又抒发世态炎凉、生存不易的感慨，创作了不少感慨世事、怅恨人生无常的诗作，如《百忍歌》《慨歌行》《怅怅词》《世情歌》《解惑歌》《叹世六首》《警世八首》等。例如，《叹世》诗云："坐对黄花举一殇，醒时还忆醉时狂。丹砂岂是千年药，白日难消两鬓霜。身后碑铭徒自好，眼前傀儡任他忙。追思浮生真成梦，到底终须有散场。"这首诗对人生若梦的感慨，与《红楼梦甲戌本·凡例》"浮生着甚苦奔忙"回前诗，无论是押韵、用词、思想等，都是可以进行比较的[①]。这些作品与《红楼梦》中《好了歌》及甄士隐所作《好了歌注》颇多契合之处。唐寅对自己晚年生活的描述极为凄凉，认为这种生活是自己"无能"所致："造物何曾苦忌名，太平端合老无能；亲知散去绵袍冷，风雪凄贫瓦罐冰。"[②]贫病交加、亲友零落、生活凄苦、思想孤独，这就是唐寅的一生。

由于这种经历，唐寅一生均充满对过去的回忆和感伤，梦幻与现实的二元关系始终纠缠不清。有人指出："至其为乞儿，为庸奴，为募缘道士，大丈夫不得志，聊寄其情于幻梦之中耳。"[③]"第寅固自称为六如居士者，盖取金刚经偈语如梦如幻，寅宜自了了，而诗画图章，往往称'南京解元'。岂破甑尚足顾，而落花辞条，尚有故林之思耶？"[④]然而，在世人眼中，唐寅是一位流连花月、任性自我的风流才子。人们沉醉在唐寅优美、艳丽的诗词意境中，体味那种淡淡的感伤，在想象中复原才子与佳人之间的凄美故事，唐寅由此成为一个想象的产物、一个曾经盛世繁华而命运坎坷的悲剧形象。

唐寅去世后，人们对他的生活进行诸多附会、讹传，甚至还编造很多

---

① 《红楼梦甲戌本·凡例》诗云："浮生着甚苦奔忙，盛席华筵终散场。悲喜千般同幻渺，古今一梦尽荒唐。谩言红袖啼痕重，更有情痴抱恨长。字字看来皆是血，十年辛苦不寻常。"

② 周道振等辑校：《唐寅集》，上海古籍出版社2013年版，第85页。

③ 周道振等辑校：《唐寅集》"附录四评论诗话"，上海古籍出版社2013年版，第605页。

④ 周道振等辑校：《唐寅集》"附录四评论诗话"，上海古籍出版社2013年版，第609页。

故事传播他的风流轶事①——唐寅逐渐成为一个超越名教而追求自由、浪漫、诗意的人物形象的代表。他对苏州城的爱恋和描写,他的诗作所营造的旖旎、温馨和纯粹审美的想象空间,都使苏州成为"烟柳繁华地"的象征,成为人们无限向往的所在。也许正因如此,曹雪芹也让《红楼梦》的故事从苏州开始,并称其为"红尘中一二等富贵风流之地"。这是我们全面、准确理解《红楼梦》两次提到的"唐伯虎《海棠春睡图》"及其他作品的前提和基础。

## 第二节 曹氏家族文化和《红楼梦》中的"唐伯虎元素"

至于唐寅与《红楼梦》的关系,已引起不少人的注意。其原因,除了唐寅与曹寅的关系外,最主要的是唐寅诗歌意境与《红楼梦》的高度相似,以及唐寅与曹雪芹在人格、才华、思想方面的一致性。有人说:"唐寅的诗书画既在曹雪芹的童年留下了或深或浅的印象,及至成年,二人之间存在的种种相像,更使得曹雪芹将唐寅引为隔世知己,唐寅的精神也就在无形中渗透到曹氏的血液,继而涓涓流淌在那部煌煌巨著的《红楼梦》中,以另一种面目,成为永久而鲜活的旷世绝唱。"②这是作者悟解所得,然文献支撑尚显不足。就目前研究看,像俞平老一样,学界更多关注唐寅其人其诗与《红楼梦》情节、诗作、意境之间的关系③,而对于其画作与《红楼梦》的关系尚未得到重视。就前者研究看,以张志坚的研究最为详尽。作者认为,《唐寅集》中除了一些诗作和《红楼梦》较为一致、接近之外,还有众多词汇,如"红楼""草木""痴病"等,均与《红楼梦》关系密切④。

实际上,除了这些相似、相同之处外,《红楼梦》中的人名如"静虚"

---

① 这类轶事可参见周道振等辑校:《唐寅集》"附录三轶事",上海古籍出版社 2013 年版,第 560—603 页;《香艳丛书》第二十集卷四"纪唐六如轶事",虫天子编:《香艳丛书》,上海书店出版社 2014 年版,第 569—586 页。

② 沙爽:《唐寅传》,作家出版社 2016 年版,第 285—286 页

③ 俞平伯:《唐六如与林黛玉》,见《红楼梦辨》,岳麓书社 2010 年版;雷文学、成杰:《唐寅与〈红楼梦〉》,《武汉理工大学学报》2004 年第 3 期;张志坚:《另说红楼》,山西人民出版社 2008 年版等。香港城市大学郑培凯教授也在相关访谈中提到过这个问题。

④ 更详细的论述,参见张志坚:《另说红楼》,山西人民出版社 2008 年版,此不一一列举。

"鸳鸯""金钏""宝琴""芳卿"等亦屡见于唐寅《和沈石田落花诗三十首》等,唐寅诗屡次提到的"泪痕""即事诗""赏梅""渔翁渔婆""夜宴""新绣芭蕉""送春""碧纱橱""石头城""高烛红妆"等意象和情境亦在《红楼梦》中常见。因此,要全面辨证第五回提到的"唐伯虎《海棠春睡图》",需要将这些问题和唐寅的绘画创作结合起来才能搞清楚。

根据《红楼梦》文本描写和各家研究,可以发现,作者直接提到或暗示到唐寅的,共有五处。其中前八十回四处,后四十回一处。胪列如下:

### 表8-1 《红楼梦》涉及唐寅一览表

| 序号 | 回数 | 内容 |
|---|---|---|
| 1 | 第二回 | 雨村道:"天地生人,除大仁大恶两种,余者皆无大异。若大仁者,则应运而生,大恶者,则应劫而生。……今当运隆祚永之朝,太平无为之世,清明灵秀之气所秉者,上至朝廷,下及草野,比比皆是。所余之秀气,漫无所归,遂为甘露,为和风,洽然溉及四海。彼残忍乖僻之邪气,不能荡溢于光天化日之中,遂凝结充塞于深沟大壑之内,偶因风荡,或被云摧,略有摇动感发之意,一丝半缕误而泄出者,偶值灵秀之气适过,正不容邪,邪复妒正,两不相下,亦如风水雷电,地中既遇,既不能消,又不能让,必至搏击掀发后始尽。故其气亦必赋人,发泄一尽始散。使男女偶秉此气而生者,在上则不能成仁人君子,下亦不能为大凶大恶。置之于万万人中,其聪俊灵秀之气,则在万万人之上;其乖僻邪谬不近人情之态,又在万万人之下。若生于公侯富贵之家,则为情痴情种;若生于诗书清贫之族,则为逸士高人;纵再偶生于薄祚寒门,断不能为走卒健仆,甘遭庸人驱制驾驭,必为奇优名倡。……近日之倪云林、唐伯虎、祝枝山,……" |
| 2 | 第五回 | 宝玉来到秦可卿房里:"入房向壁上看时,有唐伯虎画的《海棠春睡图》,两边有宋学士秦太虚写的一副对联。" |
| 3 | 第十一回 | 宝玉与凤姐看望秦可卿:"宝玉正眼瞅着那《海棠春睡图》并那秦太虚写的'嫩寒锁梦因春冷,芳气笼人是酒香'的对联,不觉想起在这里睡晌觉梦到'太虚幻境'的事来。" |
| 4 | 第二十六回 | 薛蟠道:"昨儿我看人家一张春宫,画的着实好。上面还有许多的字,也没细看,只看落的款,是'庚黄'画的。真真的好的了不得!"宝玉听说,心下猜疑道:"古今字画也都见过些,那里有个'庚黄'?"想了半天,不觉笑将起来,命人取过笔来,在手心里写了两个字,又向薛蟠道:"你看真了是'庚黄'?"薛蟠道:"怎么看不真!"宝玉将手一撒,与他看道:"别是这两字罢?其实与'庚黄'相去不远。"众人看时,原来是"唐寅"两个字。 |
| 5 | 第一二〇回 | 一日,行到毗陵驿地方,那天乍寒下雪,泊在一个清净去处。贾政打发众人上岸投帖辞谢朋友,总说即刻开船,都不敢劳动。船中只留一个小厮伺候,自己在船中写家书,先要打发人起早到家。写到宝玉的事,便停笔。抬头忽见船头上微微的雪影里面一个人,光着头,赤着脚,身上披着一领大红猩猩毡的斗篷,向贾政倒身下拜。 |

这里先谈三点。

第一,唐寅在精神、意趣、文化属性上属于《红楼梦》描写人物群体中的一员。他诗书画才艺奇绝,人格独立而不依附权贵(宁王),放浪形骸而不讲究身份名誉。唐寅曾与祝枝山、张灵三人打扮成乞丐的模样唱着莲花落在苏州万年桥一带乞讨,然后把所得银钱买酒买鸡,到荒村破庙中享用,还想将这一乐趣和李太白分享,然后竟在苏州府学门前的池塘中赤身裸体进行"水站"[①],真真是"乖僻邪谬不近人情"。

根据贾雨村的分类,这个世界主要由四种人构成:即"大仁"、"大恶"、"无大异者"和"正邪两赋而来"之人。其中,第四种人根据出身阶层不同又分为三类:"生于公侯富贵之家"者、"生于诗书清贫之族"者和"生于薄祚寒门"者。前者为"情痴情种",代表人物有"许由、陶潜、阮籍、嵇康、刘伶、王谢二族、顾虎头、陈后主、唐明皇、宋徽宗、刘庭芝、温飞卿、米南宫、石曼卿、柳耆卿、秦少游"等;中者为"逸士高人",代表人物有"倪云林、唐寅、祝枝山"等;后者为"奇优名倡",代表人物有"李龟年、黄幡绰、敬新磨、卓文君、红拂、薛涛、崔莺、朝云"等。这三类人由于本质同一,因而不存在性质上的对立关系,他们往往存在越界情况,相互之间有交叉、重叠。例如,柳永与宋徽宗不属于同一阶层,但却被作者归为一类,卓文君与薛涛、红拂、崔莺等不属于同一阶层,但也被作者归入一类。这三类人构成了《红楼梦》描写人物的主体,他们是《红楼梦》的真正主人公。

宝、黛、钗、晴雯等人属于前者,蒋玉菡等属于后者,林黛玉、薛宝钗同时又可归属为中者。唐寅与曹雪芹所举人物趣味相投,同样抱有深深的同情与共鸣。他的《咏美人八首》分别为《文君琴心》《昭君琵琶》《绿珠守节》《碧玉留诗》《梅妃嗅香》《太真玉环》《薛涛戏笺》《莺莺待月》,对历史上八位著名的女子进行咏叹。这八首诗配画八幅——八位美人在唐寅仕女画中时常出现。据《唐寅集》,他曾创作多幅太真图、崔莺莺像、红拂妓图,并加题跋、咏叹。这些诗作、画作所呈现的对象均属于曹雪芹所谓"正邪两赋而来"之人,他们是唐寅的千古知音。林黛玉《五美吟》和唐寅的《咏美人八首》正可对照来看。因此,唐寅某种程度

①王家诚:《明四家传》,台北"故宫博物院"1999年版,第109—110页。

上也是"红楼中人",他们是同类,拥有相同的思想、情趣、癖好。

　　第二,有论者指出,与宝玉在毗陵驿出家一样,唐寅出家的地方也是毗陵驿①。论者虽提出这一观点,但并未给出文献依据。笔者查阅《唐寅集》和数种唐寅传记、年谱,发现这些著作均未提到唐寅出家事。唐寅虽号"六如居士",然而并不能以出家目之,其诗句云"不炼金丹不坐禅",明确不把自己归入任何宗教。在骨子里,唐寅还是儒家知识分子,只不过受到挫折才放浪形骸、流浪花丛。其晚年拟撰述、阐发前人著作而成一家之言,因病逝而未完成。所以,论者认为唐寅在毗陵驿出家的观点可能不成立。

　　第三,在清初文人眼中,唐寅其人其诗已成为一个重要的文化象征符号,是人们回忆苏州盛世的重要资源。曹氏家族的活动主要集中在南京、扬州和苏州一带,唐寅其人及其诗画作品自然进入曹寅的视野当中,成为曹氏家族文化的重要组成部分。唐寅去世后数十年间,在以苏州为中心的江南文人圈中产生了很多有关唐寅的传闻、轶事,唐寅被逐渐符号化、象征化。随着明王朝的衰败乃至灭亡,唐寅逐渐演变为有明盛世的表征,其坎坷经历又成为人们反思明朝统治失败的契机。唐寅的生平事迹及其诗画佳作,呈现的是前明盛世时的苏州,因而唐寅诗画中的苏州也是前明盛世的象征。随着清朝统治在南方的建立,苏州取代扬州成为梦境的象征。唐寅去世后先葬于桃花坞,后于嘉靖二十六年(1547)迁葬横塘镇王家村,随后不为人知。

　　明末清初,江南文人集团对唐寅有两次重要的祭祀活动。第一次是明朝灭亡前夕。据《苏州府志》记载,明崇祯甲申年(1644)三月十六,即李自成攻陷北京、崇祯帝自缢而死的前三日,一群放羊的小孩在荒草中发现了唐寅的墓碑,吴地文人雷起剑、毛晋等人有感于唐寅墓"牛羊是践"而对其进行修缮,历两月完成,嗣后赋诗纪念,借唐寅穷困潦倒的一生来反思明王朝由盛而衰的历史原因②。这是一次惋惜、追念和反思的祭祀活动。第二次是康熙朝,这次祭祀可能得到了康熙皇帝的支持。康熙三十三年(1694),在沈季友倡议、江苏巡抚宋荦(1634—1713)支持下,

---

① 张志坚:《另说红楼》,山西人民出版社 2008 年版。
② 邓晓东:《唐寅研究》,人民出版社 2012 年版,第 191 页。

一帮江南文人重修了唐寅在苏州西郊横塘的墓地,恢复了桃花庵的旧观,并建"才子亭",一同供奉文徵明、祝枝山、张灵、徐帧卿等吴中才子。宋荦修缮唐寅墓不久(四月初四),以尤侗(1618—1704)为首的吴地士子三十八人又举行了规模盛大的唐寅公祭活动。有学者评道:"生活在异族的高压和严密文网下的诗人墨客,借着对才子佳人的凭吊,发抒出积郁已久的故国之思。借着古城一角桃花坞的复建,进而在心灵深处复建起明朝盛世的苏州,和反映于当时文人生活中的'吴趣'。"①

康熙三十三年的这次修缮是盛世之举,借对唐寅的纪念表征清王朝对明王朝的怀念和礼遇——修缮唐寅墓的主持者宋荦时为江苏巡抚,后官至礼部尚书;此次公祭活动的主持者尤侗,苏州人,康熙十八年举博学鸿儒,授翰林院检讨,参与修撰《明史》,分撰列传三百余篇及《艺文志》五卷;康熙四十二年(1703)康熙南巡时晋为侍讲②。这二人均为康熙重臣。如此规模巨大的公祭活动自然要首先上报康熙,而上报此类信息给康熙,也正是曹寅在江南工作的重要任务之一。此时,宋荦刚刚擢任江苏巡抚不久,与曹寅结识约两年时间。对这件事,曹寅应是积极的支持者或者知情者③。

据考证,宋荦与曹寅的交往始于康熙三十一年(1692),前者由江西巡抚调任江苏巡抚。两人癖好相同,虽官阶、年龄均有差距,但没有影响二人的友谊交往,毕竟曹寅与康熙皇帝之间的密切关系是任何人都不能忽视的:"他们一有闲暇,便聚在一处,以文会友,谈古论今,十分惬意。……曹寅与宋荦的交往不仅局限于以文会友,他们还曾多次奉旨公干,相互合作。"④两人交往的经过在曹寅《楝亭集》和宋荦的诗文中均有记载。但是,世代官宦出身的宋荦对曹寅的出身似有所鄙夷,称其为"粗

---

① 王家诚:《明四家传》,台北"故宫博物院"1999 年版,第 6 页。此事件当为康熙三十三年,王家诚的著作误为"康熙二十三年(1694)",当是笔误或印刷错误所致。
② 方晓伟:《曹寅评传年谱》,广陵书社 2010 年版,第 189 页。
③ 据记载,宋荦接受沈季友建议,统领众人重修唐寅桃花坞,事在康熙三十三年春季,历经三月左右在端午节节前完成。见王家诚:《明四家传》,台北"故宫博物院"1999 年版,第 6 页。据方晓伟《曹寅年谱》,这一年未见曹寅参与此事的记载。见方晓伟:《曹寅评传年谱》,广陵书社 2010 年版,第 368—369 页。
④ 方晓伟:《曹寅评传年谱》,广陵书社 2010 年版,第 218—219 页。

官",认为曹寅"二三文士成高会"是附庸风雅①。尤侗与曹寅于康熙十九年（1680）在京城相识，两人一见如故，诗酒唱和直到终老。尤侗康熙二十二年（1683）告老返苏，与曹寅时常唱和，这些诗作皆见曹寅《楝亭集》。因此，1694年尤侗等三十八人公祭唐寅一事曹寅不可能不知道。多种迹象表明，曹寅对唐寅——这位与自己同名的前朝文人在精神上有着异乎寻常的亲近之情，收集他的画作、收藏他的诗文集，都是理所当然的。

　　除上述关合外，曹雪芹在书中呈现"唐寅"一名的方式亦十分特别，似亦有所本。这说明唐寅在曹雪芹心中占有重要位置。第二十六回，薛蟠说出"庚黄"二字后，众人不解，独宝玉思索之："古今字画也都见过些，那里有个'庚黄'？想了半天，不觉笑将起来，命人取过笔来"，在手心写出"唐寅"二字："宝玉将手一撒，与他看道：'别是这两字罢？其实与'庚黄'相去不远。'众人都看时，原来是'唐寅'两个字。"这段描写乃作者有意突出"唐寅"一名所作：其一，以"庚黄"误字提请读者疑惑、反思、回忆，以加深印象；其二，以宝玉伸掌展示"唐寅"这一特写动作，再次突出"唐寅"二字，如以影视呈现之，则宝玉的这一动作类似于电影中的特写镜头；其三，以宝玉为主体，让这个名字在宝玉手心呈现，似可说明唐寅在曹氏家族文化中的重要性。其实，遍查唐寅画作落款，可以发现，"唐寅"二字多以接近楷书书体书之，而无行草之类难以辨认的书体，"唐寅"与"庚黄"字形上虽较接近，然薛蟠没有理由认识"庚黄"而不认识"唐寅"，"唐"与"庚"相比显然更属于常用字②。这处情节当属作者有意设置。

　　此处薛蟠将"唐寅"误为"庚黄"，其用典似来源于《二酉委谈》中关于唐寅的一则轶闻③，正像"黛玉葬花"来自于《六如居士外集》卷二所

①宋荦《秋日广陵杂兴八首》其二："买得秋英碧玉枝，一庭疏雨澹相宜。二三文士成高会，独有粗官愧左司。"《四库全书存目丛书·集部》第225册《绵津山人诗集》卷二十九《红桥集》。方晓伟对此评论道："此事当时应在江南文坛引起强烈反响，因为十多年后，赵执信仍以噱笑的口吻讽刺曹寅'不叫词客唤粗官'。"方晓伟：《曹寅评传年谱》，广陵书社2010年版，第219页。可见，曹寅在江南文坛虽与其他文士交游广泛，但仍不时受到正统文人的嘲讽，他们心里对曹寅的出身、文采均有不满。
②王人恩：《红楼梦考论》，中国社会科学出版社2015年版，第228页。
③黄立新：《红楼梦十论》，复旦大学出版社1990年版，第162页。

载唐寅葬花事一样。书中记载：

> 文待诏征仲，生年与灵均同，尝为图书记，取离骚句曰："惟庚寅吾以降。"征仲书画名盛，郡守令无不致敬者。有一贰守，北人也，不欲言其名。问人曰："文先生前，尚有善画于先生者否？"或对曰："有唐解元伯虎。"问："唐何名？"曰："唐寅。"贰守跃然起曰："信然信然。吾见先生图书曰：'惟唐寅吾以降。'"闻者为之绝倒。盖唐庚二字，篆书难辨也。①

这显然是南方文人集团借此事嘲讽北方人：这位"北人"不仅不认识"庚寅"而将之误为"唐寅"，而且也不知道这句话出自屈原《离骚》，还将之作为文徵明画低于唐寅的证据，可见无知至极。此所谓"北人"（"贰守"）是否为满人不得而知，然亦不能排除南方文人对其有嘲讽之意。在另外的记述中，"北人"被置换为"缙绅"，亦含有讽刺不学无术的"缙绅"之意。《红楼梦》所写薛蟠将"唐寅"误为"庚黄"与此相似，然又稍加改动、创新，丰富了薛蟠这一人物形象②。这是作者借用历代典故而不拘泥于典故的一贯手法。还有一处细节，似亦可佐证曹雪芹对唐寅其人其诗的熟悉。

第十八回元妃省亲，宝玉情急之中只记得的"绿玉"出典似乎也来自唐寅对芭蕉的咏叹。唐寅《美人蕉》："大叶偏鸣雨，芳心又展风；爱他新绿好，上我小庭中。"③所谓"快绿"者，亦如诗中所言，有雨后新绿之意。在《题落花卷》中，唐寅以"绿玉"称芭蕉，有"空山春尽落花深，雨

---

① 周道振等辑校：《唐寅集》附录三《轶事》，上海古籍出版社 2013 年版，第 577—578 页。
② 王人恩认为，《红楼梦》提到的"庚黄"暗指宋代文人唐伯虎和他的弟弟唐庚，"由《红楼梦》中'庚黄'为中心""形成了极为密切的符号域"。作者认为曹雪芹偏爱《宋史》，《红楼梦》有四处情节借用了《宋史》：其一，贾宝玉《春夜即事》"霞绡云幄任铺成，隔巷蟆更听未真"中的"蟆更"之典隐含了《宋史·五行志》"寒在五更头"的深刻含义；其二，第四十九回啖鹿肉事滥觞于《宋史》卷二百五十六《赵普列传》"碳烤烧肉"一事；其三，宝玉抓周抓脂粉与《宋史》卷二百五十八《曹彬列传》抓周抓将印类似，且曹彬是曹雪芹的第十七代祖宗；其四，《宋史》卷二百六十四《薛居正列传》写薛居正服丹砂而死，与《红楼梦》六十三回写贾敬服金丹而死事一致。作者认为："由唐伯虎联系到唐寅，由唐伯虎联系到宋代唐伯虎，又由宋代唐伯虎联想到其弟弟庚，这一线索被作者久久积聚于内心深处的一种情怀情结所激荡所贯彻，于是出现了一种心灵的'误读'，'唐寅'变成了'庚黄。'"王人恩：《红楼梦考论》，中国社会科学出版社 2015 年版，第 234 页。
③ 周道振等辑校：《唐寅集》，上海古籍出版社 2013 年版，第 99 页。

过林阴绿玉新"之句,亦被宝玉使用。宝钗提醒宝玉不要使用"绿玉"一词,宝玉说:"我这会子总想不起什么典故出处来",这说明"绿玉"是有典故出处的,当然不知是否就是指出自唐寅这首诗。由此也可看出作者对《唐寅集》的熟悉,而以宝玉点明。这些迹象说明唐寅其人其诗对曹雪芹的创作,都产生了影响。这为我们探究《红楼梦》中的"唐寅元素"提供了初步的线索。

## 第三节　《唐寅集》与《红楼梦》的互文关系

除上述《红楼梦》所涉及的几处有关唐寅的细节关涉全书重要内容和思想外,更重要的是,唐寅其人其诗与《红楼梦》人物形象、情节设计、诗词意象等,还存在诸多的意蕴关联。我们可以俞平伯的研究为例,看唐寅其人其诗与《红楼梦》思想意蕴的内在关联,以及探讨两者关联时所采用的研究方法。对于俞平伯的研究不能就事论事,而应将其早年观点和晚年观点合在一起来看。这样即可发现,他实际上将唐寅其人其诗与《红楼梦》最为深刻的、核心的精神意蕴联系在了一起①。

关于唐寅与《红楼梦》,俞平伯在上个世纪二十年代即有关注。当时,他研究的是唐寅诗作与林黛玉诗作之间的呼应关系。《红楼梦辨》(十五)《唐六如与林黛玉》,专门讨论了这个问题。其考证方法可分"显""隐"二法:"显"者,即唐寅诗作与林黛玉诗作中出现的明显的词、句、情境等相符者;"隐"者,指两者诗作在句法、风格、情趣等方面的一致性。前者是事实的考证,后者是趣味的考证。

具体可分为三点:其一,认为"黛玉葬花"的情节和《葬花吟》诗作与唐寅葬花并作落花诗之间有承续关系,其根据是《六如居士外集》卷二中的一段记载:"唐子畏居桃花庵。轩前庭半亩,多种牡丹花,开时

---

① 关于唐寅与曹雪芹的更全面的比较,可参见黄立新:《红楼梦十论》之《曹雪芹与唐伯虎》章。作者分别从两人的思想和生活道路、善画善饮的生活方式和风格、对儒释道的态度、唐伯虎轶事和《红楼梦》的情节对应关系等方面,详细论证了二者间的关系。笔者所讨论的两者间相似或相同的地方,该章亦有所涉及。参见黄立新:《红楼梦十论》,复旦大学出版社1990年版,第147—165页。

邀文徵仲、祝枝山赋诗浮白其下,弥朝浃夕,有时大叫痛哭。至花落,遣小伻一一细拾,盛以锦囊,葬于药栏东畔,作落花诗送之。"①

其二,认为唐寅《桃花庵歌》是林黛玉《桃花行》的蓝本,尤其是《桃花庵歌》起句"桃花坞里桃花庵,桃花庵里桃花仙;桃花仙人种桃树,又摘桃花换酒钱"②,与林黛玉《桃花行》起句"桃花帘外东风软,桃花帘内晨妆懒;帘外桃花帘内人,人与桃花隔不远"在句式上颇为一致,且两者均连环使用"桃花"意象。

其三,认为"综观两人底七言歌行,风格极相似,且都喜欢用连珠体"③。俞平伯首先从直接的证据,即两者诗作词句相似、意境相通、手法相同的地方比对,然后再对两者风格进行比较,是较为稳妥、合适的方法。尤其是后者,风

图 8-1 明 唐寅《李端端落籍图》,纸本设色,纵 122.8 厘米,横 57.3 厘米,南京博物院

格是诗人思想感情和审美趣味的表征,是隐藏不了的。这是精神上的相通、相合之处。俞平伯晚年曾撰《曹雪芹自比林黛玉》一文,将林黛玉的情感、思想、境界看作是曹雪芹的自喻。俞平伯晚年放弃自传说,认为"只为咱们被'自传说'所惑"④,是痛定思痛的看法,因而改变了"曹雪芹—贾宝玉"的观点,而提出"曹雪芹—林黛玉"的观点。

如果我们将这两篇文章合在一起看,可发现其中蕴含着这样一个内在脉络:唐寅→林黛玉→曹雪芹→《红楼梦》。这个线索说明,俞平伯认为唐寅其人其诗与《红楼梦》的诗作、人物、情节、意境之间均有密切的联

---

① 俞平伯:《唐六如与林黛玉》,见《红楼梦辨》,岳麓书社 2010 年版,第 206 页。
② 周道振等辑校:《唐寅集》,上海古籍出版社 2013 年版,第 21 页。
③ 俞平伯:《唐六如与林黛玉》,见《红楼梦辨》,岳麓书社 2010 年版,第 208 页。
④ 俞平伯:《红楼心解:读〈红楼梦〉随笔》,陕西师范大学出版社 2005 年版,第 89 页。

图 8-2　明　唐寅《王蜀宫妓图》，绢本设色，纵 124.7 厘米，横 63.6 厘米，北京故宫博物院

图 8-3　明　唐寅《吹箫仕女图》，绢本设色，纵 164.8 厘米，横 89.5 厘米，南京博物院

系，前者成为后者精神、灵魂的有机组成部分。这个看法是极有见地的。

　　唐寅诸多诗作中的抒情主人公形象，与曹雪芹笔下的林黛玉几乎没有差别。例如《宫词》："重门昼掩黄金锁，春殿经年歇歌舞；花开花落悄无人，强把新诗教鹦鹉"①，《一剪梅》："愁聚眉峰尽日颦，千点啼痕，万点啼痕。晓看天色暮看云，行也思君，坐也思君"②，全是黛玉写照。其《怨别》一曲用来描述黛玉情形亦无不妥。【好姐姐】："如今瘦添楚腰，闷恹恹离情懊恼。落花和泪，都做一样飘，知多少。花堆锦砌犹堪扫，泪染罗衫恨怎消！"【尾】："别离一旦如芳草，又见梁空落燕巢，可惜妆台人自老。"③纯是"黛玉葬花"和《葬花吟》的语气。【醉扶归】"眼睁睁咫尺无

①周道振等辑校：《唐寅集》，上海古籍出版社 2013 年版，第 116 页。
②周道振等辑校：《唐寅集》，上海古籍出版社 2013 年版，第 163 页。
③周道振等辑校：《唐寅集》，上海古籍出版社 2013 年版，第 166—167 页。

书到,困腾腾昏迷这几朝。最难禁风物动离情,强追陪女伴寻花草"①,纯是八十回后黛玉日常之景况。

实际上,除上述提到的零星线索外,尚有更多细节需要整理、挖掘,这样才能真正复原《唐寅集》与《红楼梦》的联系。俞平伯说:"我约略翻阅了一遍《六如集》,举了几个上列的事例;如细细参较起来,恐怕还有些相似之处可以发见。只是一句两句,很微细的,也不必详举。"② 除了他举的几个例子外,唐寅诗作与《红楼梦》中的诗作尤其是林黛玉的诗作间确实存在诸多高度重合之处。这种重合,正像俞平伯说的,这"并不足以损他底身价,反可以形成真的伟大。古语所谓'河海不择细流故能成其大',正足以移作《红楼梦》底赞语"③。这个评价亦属实情,再次说明了经典文本之间互文性关系的复杂性和普遍性。

除了林黛玉诗作,《红楼梦》"好了歌"、《红楼梦十二支》【聪明累】等与唐寅《世情歌》《醉时歌》《解惑歌》等叹世之作,也具有高度一致性。我们可以列一个表,把《唐寅集》和《红楼梦》间重合一致的地方呈现出来,以全面揭示两者间的关系。

表 8-2 《唐寅集》与《红楼梦》比照表

| 《唐寅集》 | | | 《红楼梦》 | |
|---|---|---|---|---|
| 序号 | 篇名 | 诗句 | 篇名或回数 | 诗句、情节 |
| 1 | 一年歌 | 一年三百六十日,春夏秋冬各九十。 | 葬花吟 | 一年三百六十日,风刀霜剑严相逼。 |
| 2 | 桃花庵歌 | 桃花坞里桃花庵,桃花庵里桃花仙;桃花仙人种桃树,又摘桃花换酒钱。 | 桃花行 | 桃花帘外东风软,桃花帘内晨妆懒;帘外桃花帘内人,人与桃花隔不远。 |
| 3 | 苏州八咏其三"百花洲" | 昔传洲上百花开,吴王游乐乘春来;落红万点溪流碧,歌喉舞袖相徘徊。 | 唐多令·咏柳絮 | 粉堕百花洲,香残燕子楼。一团团逐对成毬。 |
| 4 | 和沈石田落花诗三十首 | 忍把残红扫作堆,纷纷雨里毁垣颓。(三)<br><br>绿杨影里苍苔上,为惜残红手自拈。(二十五) | 第二十七回 | 因低头看见许多凤仙石榴等各色落花,锦重重的落了一地,因叹道:"这是他心里生了气,也不收拾这花儿来了。待我送了去,明儿再问着他。" |

① 周道振等辑校:《唐寅集》,上海古籍出版社 2013 年版,第 168 页。
② 俞平伯:《唐六如与林黛玉》,见《红楼梦辨》,岳麓书社 2010 年版,第 209 页。
③ 俞平伯:《唐六如与林黛玉》,见《红楼梦辨》,岳麓书社 2010 年版,第 209 页。

续表

| 《唐寅集》 | | | 《红楼梦》 | |
|---|---|---|---|---|
| 序号 | 篇名 | 诗句 | 篇名或回数 | 诗句、情节 |
| 5 | 和沈石田落花诗三十首 | 画梁灯暗落尘丝。（十一） | 【好事终】 | 画梁春尽落香尘。 |
| 6 | 和沈石田落花诗三十首 | 旧酒新啼满袖痕，怜香惜玉竟难存；镜中红粉春风面，烛下银屏夜雨轩。（十七） | 第三十七回 | 月窟仙人缝缟袂，秋闺怨女拭啼痕。 |
| 7 | 和沈石田落花诗三十首 | 门掩黄昏花落尽。（二十） | 葬花吟 | 杜鹃无语正黄昏，荷锄归去掩重门。 |
| 8 | 和沈石田落花诗三十首 | 花落花开总属春，开时休羡落休嗔；好知青草骷髅冢，就是红楼掩面人。（二十二） | 己卯本第十二回脂砚斋批语 | 所谓"好知青冢骷髅骨，就是红楼掩面人"是也。 |
| 9 | 花下酌酒歌 | 枝上花开能几日？世上人生能几何？昨朝花胜今朝好，明朝花落随秋草；花前人是去年身，去年身比今年老。昨日花开又谢枝，明日来看知是谁？明年今日花开否？今日明年谁得知？天时不测多风雨，人事难量多龃龉；天时人事两不齐，便把春光付流水。 | 葬花吟 | 桃李明年能再发，明年闺中知有谁？……明媚鲜妍能几时，一朝漂泊难寻觅。……尔今死去侬收葬，未卜侬身何日丧？侬今葬花人笑痴，他年葬侬知是谁？试看春残花渐落，便是红颜老死时。一朝春尽红颜老，花落人亡两不知！ |
| 10 | 世情歌 | 有时邯郸梦一枕，有时华胥酒一瓯。古今兴亡付诗卷，胜负得失归松楸。 | 好了歌注 | 略。 |
| 11 | 又漫兴十首 | 镜里自看成老大，戏儿棚上下场人。（五） | 好了歌注 | 乱烘烘你方唱罢我登场。 |
| 12 | 社中诸友携酒园中送春 | 三月尽头刚立夏，一杯新酒送残春。 | 第六十三回 | 麝月便掣了一根出来。大家看时，这上面一枝荼蘼花，题着"韶华胜极"四字，那边写着一句旧诗，道是："开到荼蘼花事了。"注云："在席各饮三杯送春。" |
| 13 | 花月诗十首 | 月下几般花意思？花间多少月精神？待看月落花残夜，愁杀寻花问月人！（十） | 葬花吟 | 明媚鲜妍能几时，一朝漂泊难寻觅。花开易见落难寻，阶前闷杀葬花人。 |

| 序号 | 《唐寅集》 | | | 《红楼梦》 | |
|---|---|---|---|---|---|
| | 篇名 | 诗句 | | 篇名或回数 | 诗句、情节 |
| 14 | 江南送春 | 夜与琴心争密烛,酒和香篆送花神。 | | | 尚古风俗:凡交芒种节的这日,都要设摆各色礼物,祭饯花神,言芒种一过,便是夏日了,众花皆卸,花神退位,须要饯行。然闺中更兴这件风俗,所以大观园中之人都早起来了。那些女孩子们,或用花瓣柳枝编成轿马的,或用绫锦纱罗叠成干旄旌幢的,都用彩线系了。每一颗树上,每一枝花上,都系了这些物事。满园里绣带飘飘,花枝招展,更兼这些人打扮得桃羞杏让,燕妒莺惭,一时也道不尽。 |
| | 漫兴十首 | 黄金谁买长门赋?黛笔难描满额鬈;唯有所欢知此意,对烧高烛送残春。(六) | | 第二十七回 | |
| 15 | 叹世 | 富贵荣华莫强求,强求不出反成羞;有伸脚处须伸脚,得缩头时且缩头。地宅方圆人不在,儿孙长大我难留;皇天老早安排定,不用忧煎不用愁。 | | 智通寺对联 | 身后有余忘缩手,眼前无路想回头。 |
| | | | | 好了歌 | 世人都晓神仙好,只有儿孙忘不了! 痴心父母古来多,孝顺儿孙谁见了? |
| 16 | 叹世六首 | 身后碑铭徒自好,眼前傀儡任渠忙;追思浮世真成梦,到底终须有散场。(三) | | 甲戌本凡例题诗 | 浮生着甚苦奔忙,盛席华筵终散场。悲喜千般同幻渺,古今一梦尽荒唐。 |
| 17 | 叹世六首 | 傀儡一棚真是假,骷髅满眼笑他迷。昨朝青鬓今朝雪,方始黄金又始泥。(四) | | 好了歌注 | 说什么脂正浓、粉正香,如何两鬓又成霜? 金满箱,银满箱,展眼乞丐人皆谤。 |
| 18 | 叹世六首 | 生事事生何日了?害人人害几时休?冤家宜解不宜结,各自回头看后头。(六) | | 【聪明累】 | 机关算尽太聪明,反算了卿卿性命。 |
| 19 | 对菊 | 天上秋风发,岩前菊蕊黄;主人持酒看,漫饮吸清香。 | | 第三十七回 | 起首是《忆菊》;忆之不得,故访,第二是《访菊》;访之既得,便种,第三是《种菊》;种既盛开,故相对而赏,第四是《对菊》…… |

| 序号 | 《唐寅集》 | | 《红楼梦》 | |
| --- | --- | --- | --- | --- |
| | 篇名 | 诗句 | 篇名或回数 | 诗句、情节 |
| 20 | 梨花 | 病酒怜春两惆怅,夜深烧烛倚罗裙。 | 第六十三回 | 宝玉道:"不用叫了,咱们且胡乱歇一歇罢。"自己便枕了那红香枕,身子一歪,便也睡了。袭人见芳官醉的很,恐闹他唾酒,只得轻轻起来,就将芳官扶在宝玉之侧,由他睡了。 |
| 21 | 题落花卷 | 空山春尽落花深,雨过林阴绿玉新。(题坐临溪阁图卷) | 第十七、十八回 | 彼时宝玉尚未作完,只刚作了"潇湘馆"与"蘅芜苑"二首,正作"怡红院"一首,起草内有"绿玉春犹卷"一句。宝钗转眼瞥见,便趁众人不理论,急忙回身悄推他道:"他因不喜'红香绿玉'四字,改了'怡红快绿';你这会子偏用'绿玉'二字,岂不是有意和他争驰了?况且蕉叶之说颇多,再想一个字改了罢。" |
| 22 | 题梦草图为陆勋杰 | 池塘春涨碧溶溶,醉卧香尘浅草中;一梦熟时鸥作伴,锦衾何必抱轻红? | 第六十二回 | 都走来看时,果见湘云卧于山石僻处一个石凳子上,业经香梦沉酣……手中的扇子在地下,也半被落花埋了,一群蜂蝶闹穰穰的围着他,又用鲛帕包了一包芍药花瓣枕着。 |
| 23 | 题画九十首其五十四 | 秋老芙蓉一夜霜,月光潋滟荡湖光;渔翁稳作船头睡,梦入鲛宫白渺茫。 | 第七十八回 | 恰好这是八月时节,园中池上芙蓉正开。……独有宝玉一心凄楚,回至园中,猛然见池上芙蓉,想起小丫鬟说晴雯作了芙蓉之神,不觉又喜欢起来,乃看着芙蓉嗟叹了一会。忽又想起死后并未到灵前一祭,如今何不在芙蓉前一祭,岂不尽了礼,比俗人去灵前祭吊又更觉别致。 |

续表

| | 《唐寅集》 | | 《红楼梦》 | |
|---|---|---|---|---|
| 序号 | 篇名 | 诗句 | 篇名或回数 | 诗句、情节 |
| 24 | 题杏林春燕二首 | 燕子归来杏子花,红桥低景绿树斜;清明时节斜阳里,个个行人问酒家。红杏梢头挂酒旗,绿杨枝上啭黄鹂;鸟声花影留人住,不赏东风也是痴。 | 第十七回 | 转过山怀中,隐隐露出一带黄泥筑就矮墙,墙头皆用稻茎掩护。有几百株杏花,如喷火蒸霞一般。……杏帘在望。 |
| 25 | 落花诗 | 寻芳了却新年债,又见成阴子满枝。(九) | 第五十八回 | 山石之后,一株大杏树,花已全落,叶稠阴翠,上面已结了豆子大小的许多小杏。……不觉倒"绿叶成荫子满枝"了。 |
| 26 | 怨别·尾 | 别离一旦如芳草,又见梁空落燕巢,可惜妆台人自老。 | 葬花吟 | 三月香巢已垒成,梁间燕子太无情!明年花发虽可啄,却不道人去梁空巢也倾。 |
| | 落花诗 | 衔蜂蜜熟香粘白,梁燕集成湿补红。(十一) | | |
| | 桂枝香四阕 | 见雕梁燕儿,呢喃学语,困人天气。(二) | 第二十七回 | 看那大燕子回来,把帘子放下来,拿狮子倚住。 |
| 27 | 前腔 | 海棠娇等闲憔悴损,怎不见当时花下人?东风不管人离恨,空吹散楚台云。 | 唐多令·柳絮 | 嫁与东风春不管,凭尔去,忍淹流。 |
| 28 | 书似云庄老兄 | 花前人是去年人,去年人比今年老。明日花开又一枝,明日来看又是谁?明年今日花开否,今日明年谁得知? | 葬花吟 | 桃李明年能再发,明年闺中知有谁? |
| | | | 桃花行 | 若将人泪比桃花,泪自长流花自媚。泪眼观花泪易干,泪干春尽花憔悴。憔悴花遮憔悴人,花飞人倦易黄昏。 |
| 29 | 宫词 | 重门昼掩黄金锁,春殿经年歇歌舞;花开花落悄无人,强把新诗教鹦鹉。 | 第三十五回 | 黛玉便令将架摘下来,另挂在月洞窗外的钩上,于是进了屋子,在月洞窗内坐了。吃毕药,只见窗外竹影映入纱来,满屋内阴阴翠润,几簟生凉。黛玉无可释闷,便隔着纱窗调逗鹦哥作戏,又将素日所喜的诗词也教与他念。 |

| | 《唐寅集》 | | 《红楼梦》 | |
|---|---|---|---|---|
| 序号 | 篇名 | 诗句 | 篇名或回数 | 诗句、情节 |
| 30 | 菖蒲寿石图 | 拳石玲珑澹墨痕,古盆元气结灵根。 | 曹雪芹《怪石图》题诗 | 爱此一拳石,玲珑出自然。溯源应太古,堕世又何年? |
| | | 青青不老真仙草,深受阳和雨露恩。 | 第一回 | 有绛珠草一株,……既受天地精华,复得雨露滋养…… |

例子就举这些。

在《六如居士全集补遗》中其他例子尚有不少,例如《并蒂芍药》"最是好花多并蒂,每当扬带织同心"与"呆香菱情解石榴裙"中的"夫妻蕙""并蒂莲"的描写就颇为接近。然而,这些诗句多为后人从相关书籍、图录中收集而来,在曹雪芹生活的时代这些作品尚未收入,不好确认曹雪芹是否看到过,因而不一一列举了。俞平伯根据自己翻阅《六如居士集》的感受得出的结论是可靠的。这些例子只是对这个结论进行了补充、丰富。从这些例子可以看出,唐寅诗句及其情境为曹雪芹的创作提供了灵感,曹雪芹又在这些灵感中加入更多自己的创造。

在唐寅笔下,有些意象、情境,只是对前代同类诗作的重复,没有增加实质性的新的内涵;而在《红楼梦》中,几乎所有意象、情境都被作者在继承的基础上加以改写,成为《红楼梦》的有机组成部分,是"这一个",而不是"那一个"。例如第30处,两者均咏赞顽石,均将之与天地元气并提,曹雪芹却加入了"堕世"的主题;对于"仙草"的咏赞,两者均提到"甘露"之恩,然曹雪芹却将之人格化、情感化。两者意象虽同,情感却异。表8-2所列例子,几乎都存在这种情况。这是《红楼梦》与《唐寅集》的区别,也是曹雪芹与唐寅的区别。

因而对于《红楼梦》与此前文本的承续关系的讨论,最终都要落在《红楼梦》本身;更何况,《红楼梦》中的诗句、意象、情境的来源可能更为复杂,不能将之简单归于哪一个人、哪一首诗、哪一部书的影响。例如,说"黛玉葬花"仅出于唐寅葬花轶事恐不一定,因为因"落花"而"葬花"作《落花诗》,在唐宋至明清之间是一贯的诗歌和绘画艺术创作传统,不能单将之归于曹雪芹对某一人一事的因袭,沈周亦曾创作《落花诗三十首》题跋于其创作的《落花图》上,唐寅和诗三十首,亦作《落花图》。而《葬花吟》"他年葬侬知是谁"之感慨,亦见于后人所记唐寅轶事。黄周星《补张灵崔莹合传》记唐寅将崔莹与张灵合葬后造访,夜宿墓舍中,"辗转不寐。启窗纵目,则万树梅花,一天明月,不知身在人世。六如怅然叹曰:'梦晋一生狂放,沦落不偶。今得与崔美人合葬此间,消受香光,亦差可不负矣。但将来未知谁葬我唐寅耳。'不觉欷歔泣下。"①此三则典故与《红楼梦》相合,足以证明唐寅其人、其诗、其画是曹氏家族文化重要的组成部分,曹雪芹对唐寅事也应是熟悉的。

但在《红楼梦》中,这些因素与唐寅轶事又有所不同,可能还存在其他来源。例如,曹雪芹的祖父曹寅与唐寅之间的联系即为来源之一:曹寅对这位与自己同名的才子渴慕已久,以至于他的友人会在题诗中明确将两人相提并论;而且,曹寅将自己的别号命名为"西堂扫花行者",且有"葬花"之举,亦可看出唐寅的影子。因此,俞平伯指出的唐寅与《红楼梦》之间的关系仍值得我们深入探析。作者可能从唐寅其人其诗及其轶事中获得了灵感,创作了相关的情节和诗作,同时将其画作融入其中。

总之,我们有理由认为作者两次提到唐寅的画作,在关键情节的设计上也吸收唐寅诗作的意境。除了俞平伯所指出的两点联系外,《红楼梦》还有两处直接点出了唐寅的画作,这个现象更值得我们思考,然以往研究者对此都关注不够。唐寅的绘画作品与《红楼梦》之间也存在某种关联,对《红楼梦》中两次出现的唐寅《海棠春睡图》的理解也应从这里开始。

## 第四节 "万种情思谁排遣":唐伯虎美人图的情感蕴藉

唐寅作画甚早。根据现有记载,其十七岁时为周希正母楼氏所作《贞寿堂图》被认为是他最早的作品。而其正式学画,为明孝宗弘治十三年(1500),此时他已三十一岁。因前一年唐寅受科场案牵连被废黜仕进

---

① 周道振等辑校:《唐寅集》附录三《轶事》,上海古籍出版社 2013 年版,第 586—587 页。

资格而充浙江皂吏,永无入仕可能。这一年,他拜人物画大师周臣为师,并刻"江南第一风流才子"和"龙虎榜中名第一,烟花丛里醉千场"两枚闲章以自喻①。可见他创作绘画,带有与以往生活决裂而开始一种新生活的意味:我虽流连烟花场中,但仍是龙虎榜上第一人。他在自编画谱自序中说:"予弃经生业,乃托之丹青自娱"②,表达的是同样的意思。根据祝允明的记述,晚年唐寅生活贫困而画名显著,求画者不绝,唐寅有求必应,过着"闲来写就青山卖"的生活。

为了生存或游戏作画,使唐寅的画作大量传世,其中不乏应付、随意之作:"奇趣时发,或寄于画,下笔辄追唐宋名匠。既复为人请乞,烦杂不休,遂亦不及精谛且已。四方慕之,无贵贱贫富,日诣门,征索文辞诗画,子畏随应之而不必尽。所至大率兴寄遄邈,不以一时毁誉重轻为趣舍。"③唐寅的画作,数量是巨大的,他不以创作绘画作品为严肃、立名之事,而只是作为一种游戏,他不在乎求画者的门第、出身,亦不在乎画作是否粗糙、精致。时间是淘洗作品的最好工具。流传下来的唐寅的作品,艺术水平很高,是有目共睹的。

除了向周臣等人学习、临摹唐宋元以来的名画外,唐寅对历代画论文献亦十分熟悉,并亲自编订了《画谱》。根据唐寅自编画谱辑录的内容,可以发现,在山水画方面,他主要汲取了王维、郭熙等人的思想;在人物画方面,

图8-4 明 唐寅《陶谷赠词图》,绢本设色,纵 168.8 厘米,横 102.1 厘米,台北"故宫博物院"

①沙爽:《唐寅传》,作家出版社 2016 年版,第 304 页。
②周道振等辑校:《唐寅集》,上海古籍出版社 2013 年版,第 294 页。
③(明)祝允明:《唐子畏墓志并铭》,《怀星堂集》卷十七,西泠印社出版社 2012 年版,第 389 页。

他主要吸收了元代人物画大师王元思（王绎）的思想 ——整部画谱收录王绎作品二十五篇，足见唐寅对王绎绘画思想和技法的重视。而在王绎的观念中，"画"可以直接等同于"美人"："看画如看美人，其丰神骨相，有出于肌体之外者。"①

唐寅美人图的创作与他对妓女的情感态度密切相关。在唐寅诗作中，他屡次咏赞的美好境界"花下酌酒"其实就是与青楼女子在一起的欢乐场景。他希望从她们这里获得温暖，因而他对这些女子的感情是诚挚的、深厚的；反之，她们对唐寅也是有感情的。唐寅的第三任妻子沈九娘就是官妓出身，陪伴唐寅度过了二十余年贫病交加、困苦难挨的岁月。唐寅指责世上"无情者""枕席深情比叶浅"，而那些"才子""佳人"之间却因"一盏琼浆"而"托生死"（《题画九十首》其一），就是对这种感情的肯定。

唐寅《哭妓徐素》一诗这样写他与妓女徐素的交往经历："清波双珮寂无踪，情爱悠悠怨恨重；残粉黄生银扑面，故衣香寄玉关胸。月明花向灯前落，春尽人从梦里逢；再托生来侬未老，好教相见梦姿容。"②这首诗谨严工整，与唐寅其他那些类似于打油诗的作品截然不同，显然是用心之作。在作者笔下，妓女徐素姿容优美、善解情关却不幸早逝，且与作者有过缠绵悱恻的情感经历，为此作者不仅希望能够在春日的梦境中一睹芳容，而且他还希望能够来生再与之相见，他相信，那时的徐素仍如她去世时一样美丽。这样的情感经历无疑会给唐寅创作美人图以无尽的灵感和动力。

在另一首回忆某位不知名姓妓女的诗作中，唐寅将其称为千里之外的"故人"，由于某种原因而相隔两地，以至于作者想起她时"清泪临风落布袍"③，即使在梦中相见也不能消减浓浓的相思之情。

因而在唐寅的生活和思想中，这些烟花女子与春尽落花一样，成为他情感和灵魂的寄托；唐寅对她们的感情是真挚的，他也是带着这份感情去描绘、呈现她们。在唐寅眼中，一花一草、一水一露，皆可与美人建立联系。在《题桑》一诗中，原本用来养蚕的桑叶通过各种转换而与"娉

---

① 周道振等辑校：《唐寅集》，上海古籍出版社 2013 年版，第 340 页。
② 周道振等辑校：《唐寅集》，上海古籍出版社 2013 年版，第 96 页。
③ 周道振等辑校：《唐寅集》，上海古籍出版社 2013 年版，第 63 页。

婷红粉"及其歌舞建立了联系:"桑出罗兮柘出绫,绫罗妆束出娉婷;娉婷红粉歌金缕,歌与桃花柳絮听"①,草木花卉图由此转化为美人图。高罗佩曾推测,唐寅应该成功说服了这些女子给他作"模特",因为唐寅美人图对闺中女子形貌、神态的逼真、细腻、准确、生动的呈现,是无法依靠想象和单纯的技巧完成的②。

唐寅美人图数量众多,是其画作的重要组成部分,宁王朱宸濠(1479—1521)就因他善画美人而将之罗纳府中而作《十美图》。唐寅所画美人,有的取材于古代名伎,有的取材于古代才女,有的取材于前朝文学作品中的人物,不一而足。

唐寅所选美人多薄命坎坷,精神上寂寞、孤独,似乎蕴含着无限幽情而无人诉说,因而只能对风洒泪、对月絮语。可以看到,这样的美人形象多少是作者的自况。唐寅《咏美人八首》和诸多美人图卷的创作,在动机上应类似于黛玉创作《五美吟》,是寄托言怀之举。黛玉道:"我曾见古史中有才色的女子,终身遭际令人可欣可羡可悲可叹者甚多。今日饭后无事,因欲择出数人,胡乱凑几首诗以寄感慨,可巧探丫头来会我瞧凤姐姐去,我也身上懒懒的没同他去。适才将做了五首,一时困倦起来,撂在那里,不想二爷来了就瞧见了。"③这些"有才色"而"终身遭际令人可欣可羡可悲可叹者",都是《红楼梦》所谓"正邪两赋而来"的人物,正可为作者"以寄感慨",表达哀思。

对此,文徵明在唐寅《自画红拂妓卷》上的题诗一语中的、揭破迷津:"六如居士春风笔,写得娥眉妙有神;展卷不觉双泪落,断肠原不为佳人。"④在唐寅的自题诗中,他对红拂的赞扬重点放在了红拂慧眼识英雄的品质上,进而感慨当今虽有英雄(暗指唐寅自己)而世上再无红拂,流露出知音难觅的痛苦之情——他以饱含情思的笔触对红拂的美丽身姿进行描绘,将之作为异代知己——唐寅的美人图创作由此带有了自况的意味⑤。

---

① 周道振等辑校:《唐寅集》,上海古籍出版社2013年版,第149页。
② 〔荷〕高罗佩:《中国古代房内考》,李零等译,商务印书馆2007年版,第301页。
③ (清)曹雪芹:《红楼梦》,人民文学出版社2008年版,第890页。
④ 周道振等辑校:《唐寅集》,上海古籍出版社2013年版,第126页。
⑤ 唐寅于嘉靖二年(1523)临杜堇《绝世名姝图册》,对西施、昭君、玉环、绿珠等八位古代女子进行描绘并题跋其上。在跋语中,唐寅首先以传统"美刺"观作为自己论述的基础,(转下页)

表 8-3 唐寅诗作中表达知音难觅之情的诗句一览表

| 诗题 | 诗句 |
| --- | --- |
| 题陶渊明卷 | 南山多少悠然意,千载无人会此心。 |
| 佳人对月 | 难将心事和人说,说与青天明月知。 |
| 仕女图 | 琵琶如寄相思调,人隔巫山十二峰。 |
| 秋风纨扇图 | 请把世情详细看,大都谁不逐炎凉。 |
| 题海棠美人 | 自今意思和谁说?一片春心付海棠。 |
| 题琵琶美人图 | 清怨托琵琶,怨极终难说。 |
| 荷花仙子 | 不教轻踏莲花去,谁识仙娥玩世来? |
| 步步娇 | 风雨黄昏,寂寥庭院,美景对谁言? |
| 侥侥令 | 病从愁里得,愁向病中添,万种情怀谁排遣? |
| 前腔 | 千般恨,有谁人知我衷情?惟明月照人方寸。 |
| 题崔娘像 | 一捻腰肢底是瘦,九回肠断向谁陈?<br>西厢待月人何在?秋水茫茫愁杀人。 |
| 梅花图 | 千古谁能赏风韵?一朵偏先漏春信。 |
| 漫兴六首(一) | 拖懒病多难对药,知音人少不留琴。 |
| 题画 | 何事幽人常独立?只缘诗意满胸中。 |
| 题仇英白描仕女 | 行近牡丹花石畔,竟无言语立多时。 |

　　正像唐寅所感慨的,抑郁心中的情思,"怨极终难说",因而只能借画笔宣泄之。可以看到,唐寅所画美人图,其抒情主人公多单独出现,她们或春睡于花阴之下,或举首望月陷入沉思,或低头拈花满腹幽情,多是寂寥、孤独的形象。这些形象与他题诗中知音难觅、孤独寂寞而无人倾诉衷肠的慨叹契合,因而我们有理由相信这些美人形象是作者的自我写照。唐寅诗作中这样的诗句很多(见表 8-3),因而不能说是一种偶然的

---

　　(接上页)将这八位女子的经历置于历史中加以解说,从而对历史人物和事件进行点评,《绝世名姝图册》由此成为唐寅反思历史的作品。唐寅首先对杜堇此图册进行点评,认为这些作品"动寅其意":"若此册则岂徒夸鱼沉鸟飞,胡然天帝,而为绝代之所无,以诲人之淫哉?要亦知君子之化,先于闺门,列之美刺,使谨之于权舆也。"随后唐寅对这八位女子分别进行了品评。例如,他认为太真不若梅妃,并对唐明皇被美色所惑的行为进行了批评。最后,他总结道:"昭君以青冢表心,绿珠以坠楼报主,君子容亦有可取者。怪居之作是,岂无意耶?是岂不为画中之史也耶? ……其亦得吾心之同得者。"周道振等辑校:《唐寅集》,上海古籍出版社 2013 年版,第 523—524 页。这与唐寅在《王蜀宫妓图》跋语中对蜀后主的批判态度一致(见图 8-2 题跋),体现出唐寅作为正统知识分子的一面。

图 8-5　明　唐寅《牡丹仕女图》,纸本设色,纵 125.9 厘米,横 57.8 厘米,上海博物馆

图 8-6　明　唐寅《小庭良夜图轴》,纸本设色,纵 91 厘米,横 46 厘米,北京 2006 年荣宝斋秋季拍卖会

现象。这种"怨极"而无人诉说的美人形象,固然因循了唐宋诗词所塑造而成的传统,但被唐寅赋予了更多自己的体会。唐寅一直在这种心理情感的纠结中寻找心灵的慰藉、灵魂的知己。

在图8-5的题诗中,我们知道这位美人不畏春日轻寒而在清晨早早起床来欣赏园中盛开的牡丹,原因在于她生活中并无一个知己,因而只能将自己的心声向牡丹花吐露;同样,图8-6中那位手持一双玉环、在夜深时仍驻足庭院的美人,很显然是在思念送给她礼物的人,她内心的思念亦无人能懂,因而只能仰面向天,通过银河传说来寄托自己的哀思。

根据《陶谷赠词图》(图8-4)的题跋,我们知道,主人公陶谷在出使中和一位歌姬相逢,两人在芭蕉掩映、古木森翠而温暖怡人的晚上相见——陶谷身旁高烧的红烛,再现了唐寅诗中常见的华丽场景:"优雅的调情气氛、历史的暗喻,以及趣味横生的插曲。此画轻松的风格十分怡人,园里的岩石和树木,都具有流利婉转的轮廓与外表,人物也很轻松自在,这些都很适合此一景致的气氛。此一形式手法是为了传达短暂的感情,而非永恒的真理。"① 旁边这位歌妓(秦蒻兰)品貌端庄,正怀抱琵琶坦然演奏,引起了陶谷的兴趣。作为男性的陶谷,想在这孤独的逆旅中有一次艳遇,他觉得这名女子正好合适。由于产生了这种想法,他无法再继续耐心聆听歌妓弹奏的乐曲,一会将脚放在几榻上,一会又挠挠痒痒,这位美丽的歌姬却浑然不觉。最后,他创作了一阕包含春意的词章给这位歌妓。画面左下方,一名年幼的随从正在鼎炉中温酒——这二者皆为情色的象征物——他的认真态度说明他并不理会旁边正在发生的一切。实际上,"一宿因缘逆旅中"正是唐寅自身想法的呈现,在《临韩熙载夜宴图》的题跋上②,他充满了对韩熙载香艳生活的羡慕之情,而画中陶谷所面对的歌妓秦蒻兰正是韩熙载家的侍女。

在《李端端落籍图》(图8-1)中,那位端坐在画面正中的文士多少也是作者的自况:唐寅在题诗中透露这位文士口袋空空,在面对绝美的

---

① 〔美〕高居翰:《江岸送别:明代初期与中期绘画》,夏春梅等译,生活·读书·新知三联书店2009年版,第206页。
② 唐寅《题自画韩熙载图二首》:"衲衣乞食自行歌,十院烧灯拥翠娥;天下风流谁可并,洛阳雪里郑元和。酒赏长苦欠经营,预给餐钱费水衡;多少如花后屏女,烧金时倩耿先生。"周道振等辑校:《唐寅集》,上海古籍出版社2013年版,第129页。

图 8-7　明　唐寅《蕉叶仕女图卷》,绢本水墨,纵 20.3 厘米,横 61.6 厘米,美国大都会艺术博物馆

李端端时内心觉得有些恐慌,显得相当不自在,他根本不能相信扬州绝世美人能够"属意"一个像自己一样的"穷酸"文士①。可以看到,除了这两幅作品和一些春宫作品外,唐寅的美人图卷上绝少有男性出现,它所反映的正是唐寅孤寂而落寞的情感状态。

　　在唐寅的美人图中,"美人春睡"是常见的情境或主题。他笔下的美人或卧于蕉叶上,或卧于纱橱下,或卧于牡丹花丛中,或栖于海棠树下,种种媚态,颇富美感,不由让人想起"潇湘馆春困发幽情"、"憨湘云醉卧芍药裀"的场景。《题芭蕉仕女三首》:"佳人春睡倚含章,一瓣梅花点额黄;起对镜看添百媚,至今都学寿阳妆。"②"含章""寿阳"典故均出现在《红楼梦》第五回的描写中,以与《海棠春睡图》形成比照而成一种独特的情感氛围:"上面设着寿阳公主于含章殿下卧的榻,悬的是同昌公主制的联珠帐。"寿阳公主是南朝宋武帝刘裕的女儿,于人日(正月初

① 在唐寅另一幅《仿唐人侍女图》中,这个场景再次出现:一位文士手持书卷坐在床榻上,旁边站着一位侍女,李端端打扮周正后从屏风边进入画面。人们认为这位居于画面正中的文士是唐代文人崔涯。根据相关轶事记载,李端端当时在扬州城名噪一时,然其面色有点黑,这引起诗人崔涯的质疑:向来美人的皮肤都是雪白的,哪有皮肤黑的美人?于是,崔涯赋诗一首:"黄昏不语不知行,鼻似烟窗耳似铛。独把象牙梳插鬓,昆仑山上月初生。"鉴于崔涯在扬州城的强大影响,李端端闻知此诗后甚为焦虑,决定亲自拜见崔涯,让她亲眼见到自己的容貌,而不应根据传闻对自己进行评价。画作呈现的是李端端和崔涯见面的场景:床榻上累累书籍,说明这里是崔涯的家里。当时崔涯正在家里读书,等见到李端端即为后者的容貌才情所折服。崔涯一方面对李端端的勇敢行为表示赞赏,一方面又为自己作诗嘲笑李端端而后悔,遂又作诗一首:"觅得黄骝被绣鞍,善和坊里取端端。扬州近日浑成差,一朵能行白牡丹。"于是,"豪富之士,复臻其门"。(唐)范摅:《云溪友议》卷中《辞雍氏》,阳羡生校点,《唐五代笔记小说大观》,上海古籍出版社 2000 年版,第 1284—1285 页。
② 周道振等辑校:《唐寅集》,上海古籍出版社 2013 年版,第 153 页。

七）卧于含章殿下,梅花落在公主额上分外美丽,宫女们纷纷效仿而有梅花妆。

唐寅此诗重现了这个优美的场景,《红楼梦》亦借此暗露"美人春睡"之意,以与前文提到的图对相合。这些"春困"的美人都有无限的心事无法消磨而又借入睡解脱,却不知即使入睡也会在梦中遭遇此困境,愁绪不仅没有随着入梦完结反而在醒后越发清晰、浓烈:"还怜冶容细腰,怎禁持者般懊恼!倦来刚睡,又被魂梦飘,精神少。愁魔总赖香醪扫,心病能凭妙药消。"①

图 8-7 是唐寅创作的《蕉叶仕女图卷》,呈现了美人在温暖的春天来临时"闷则和衣睡"的场景,让人想起唐寅"醉卧香尘浅草中"之句和《牡丹亭》中杜丽娘"好困人也"的感慨:一位美人因春困而随意躺在巨大的蕉叶上沉沉睡去,她手握的绣着盛开梅花的团扇落在一旁。从其美丽而沉静的面部表情可以看出,她正沉浸在理想的梦境中,或许正与心上人相会②。梦境中的欢乐与现实中的沉闷形成对比,从而使画面呈现出一种颇为浓烈的迷幻之感。"芭蕉"这一意象在古代中国文学传统中同样被赋予梦境般的错觉,而画面中蕉叶的巨大形状也说明它是一种隐喻,体现出主人公"草藉花眠"般的随意和那温暖怡人的春日天气。

王世贞曾评此画云:"伯虎尝作春图一幅,图中美人,以绿蕉一叶为簟,风味洒然,当属神品。"③所谓"风味洒然",是指这幅画闲雅有致,韵味悠长,颇为可观。唐寅《山坡羊》详细描述了"芭蕉"与"美人春睡"之间的联系:"嫩绿芭蕉庭院,新绣鸳鸯罗扇;天时乍暖,乍暖浑身倦。整步莲,秋千画架前;几回欲上,欲上羞人见;走入纱厨枕底眠。"④这首诗作的意境与画作基本接近。除了意象和情境相同外,作者同时也做了改动:女子春睡的场所由室外转移至室内,罗扇上的"梅花"被置换为"鸳鸯"。显然,诗作中的女子所受的束缚更为严重,内心的矛盾和冲突也更剧烈,而不像画中女子那样随意寝睡。可见,在唐寅的诗画作品中,无论

---

①周道振等辑校:《唐寅集》,上海古籍出版社 2013 年版,第 171 页。

②唐寅《清江引》:"多情自古添憔悴,怕惹得傍人议;将心脉脉疑,则索沉沉睡;要相逢,除是梦儿里同欢会。"周道振等辑校:《唐寅集》,上海古籍出版社 2013 年版,第 218 页。

③樊波:《中国人物画史》,江西美术出版社 2018 年版,第 558 页。

④周道振等辑校:《唐寅集》,上海古籍出版社 2013 年版,第 214 页。

是诗意还是画境 —— "美人春睡" 都具有特指的情境, 蕴含了丰厚的情感寄托。

由于愁绪满怀, 这些女子也无意展开日常生活中的常规活动。即使是读书, 也 "早不辨了周书汉史, 却倒读了者也乎之"①。作为闺阁女子的一项基本的生活技能, 女红自然成为她们打发寂寥生活的重要内容, 但因愁绪满怀, 她们 "抛却金针懒去拈", "金针" 意象由此被赋予了别样的涵义②: "空把雕阑倚遍。悄无言, 啼残玉颊芳容减, 抛却金针懒去拈", "愁浓, 奈有千头万绪, 堆积处都在眉峰, 针慵拈弄", "只为他兰香懒燃, 只为他金针懒拈", "叹四肢娇软, 懒把绣针拈, 慵将画帘卷"③。在《红楼梦》中, 进行针黹活动被认为是闺阁女子的本分, 袭人为宝玉缝制衣物成为其后期病体形成的重要原因; 在宝钗的规劝中, 她专门以针黹活动教导黛玉少去看闲书和进行诗词创作。因此, 黛玉较少进行的针黹活动也受到袭人和湘云等人的非议:

> 史湘云道: "越发奇了。林姑娘他也犯不上生气, 他既会剪, 就叫他做。" 袭人道: "他可不作呢。饶这么着, 老太太还怕他劳碌着了。大夫又说好生静养才好, 谁还烦他做? 旧年好一年的工夫, 做了个香袋儿, 今年半年, 还没见拿针线呢。"④

这类因愁绪满怀而懒拈金针的女子形象, 早已活跃在温庭筠的诗词中, 那位 "起来慵自梳头"、"懒起画娥眉, 弄妆梳洗迟" 的女子, 由此成为这类形象的代表。显然, 其慵懒而无所聊赖的行为来自于生活中自己不可把握的情感和命运, "慵懒" 之举由此消减了生活中一切带有世俗价值的行为的意义。同样, 唐寅诗中女子 "抛却金针懒去拈" 的行为也是由心里的情感困境造成的, 同时也是诗意化和审美化的。黛玉疏于针黹活动, 一方面与其病体有关, 另一方面也与唐寅诗中所谓 "愁浓, 奈有千

---

① 周道振等辑校:《唐寅集》, 上海古籍出版社 2013 年版, 第 216 页。
② 在脂砚斋等人的批语中, "金针" 以其尖利而富有针砭时弊之意。在托名秦观的对联出现前, 其用 "金针" 一词对《燃藜图》所配对联 "世事洞明皆学问, 人情练达即文章" 进行了评点: "看此联极俗, 用于此则极妙, 盖作者正为古今王孙公子劈头下一金针。" 陈庆浩:《新编石头记脂砚斋评语辑校》, 台湾联经出版事业股份有限公司 2010 年版, 第 117 页。
③ 周道振等辑校:《唐寅集》, 上海古籍出版社 2013 年版, 第 180、181、183、187 页。
④ (清) 曹雪芹:《红楼梦》, 人民文学出版社 2008 年版, 第 431 页。

头万绪,堆积处都在眉峰"有很大关系。《红楼梦》在呈现唐寅诗境的同时也从世俗的层面描写了这一闺中女子的活动,为我们全面理解"懒拈金针"之类的行为提供了参照。

　　然而,这样温馨艳丽而不乏理想性的场面,与唐寅困苦窘迫的现实生活之间不断形成交合、对立,以至于让他不能区分何者为真、何者为假,抑或二者俱真、二者俱假。唐寅写道:"抱枕无端梦踏春,觉来疑假又疑真;分明红杏花梢上,墙上人看马上人。"[①]这首题写在杏花图上的诗作,是唐寅生活中某个瞬间场景的再现,其对真与假、现实与梦境的复杂感受,一如宝玉入梦之前的疑惑:"若说必无,然亦似有,若说必有,又并无目睹。"(第五十六回)其实,唐寅画作如幻觉般的迷离境界正是其现实生活中矛盾感受的体现,那些活跃在画卷上的不老美人,不正确证着这种幻觉的存在吗?

## 第五节　"假作真时真亦假":《海棠美人图》与《海棠春睡图》

　　实际上,《红楼梦》第五回所题《海棠春睡图》之"海棠",除了本回所喻美人之意外,可能还有更深刻的涵义。海棠是怡红院中的主要植物景观,是大观园诗意生活的典型表征,因而人们将第一社起名为"海棠诗社"。海棠还是众多女子命运的象征物:它的枯死,预示了晴雯的去世;湘云醉卧的娇憨姿态,也是海棠春睡的另一个影像,作者以她所抽到的花名签指明二者间的关联。所以,周汝昌将之作为《红楼梦》中最重要的花卉[②],认为史湘云才是十二钗中真正的"花王"。

　　周汝昌的观点带有个人感情色彩,应该说海棠在书中并非实指哪一

---

①周道振等辑校:《唐寅集》,上海古籍出版社2013年版,第110页。

②周汝昌:《雪芹笔下有名花——海棠》,见《周汝昌梦解红楼梦》,译林出版社2011年版,第100页。周汝昌认为海棠在《红楼梦》描写的众多花卉中地位最重要,而且明确指出海棠所指的是史湘云,因而史湘云在《红楼梦》诸女子中的地位最重要。周汝昌素来认为史湘云就是脂砚斋,而且书中屡次提到的"金玉良缘"并不是指宝玉和宝钗,而是指宝玉和湘云。根据周汝昌的研究,贾府被抄家以后一败涂地,最终宝玉和湘云两人结为夫妻。反映在现实中,史湘云就是曹雪芹的表妹,她与曹雪芹移居北京西山,共同进行了《红楼梦》的创作和评点。详细论述参见周汝昌:《红楼梦新证》第九章第二节《脂砚何人》,中华书局2012年版,第718—733页。

个人，而是众女子的化身，所以宝玉说它"红晕若施脂，轻弱似扶病，大近乎闺阁风度，所以以'女儿'命名"。脂砚斋等人则将此处的"西府海棠"看作是林黛玉的化身。第二十八回，写黛玉饭后"拣了一个小小的海棠冻石蕉叶杯"，脂砚斋评道："妙杯，非写杯，正写黛玉。'拣'字有神理。盖黛玉不善饮，此任性也。"① 在《咏白海棠》的诗作中，"海棠"同样是众多女子的隐喻，人们都毫不避讳地将自己比作海棠：薛宝钗对自己冷艳寡言的形状自视甚高，而讥讽黛玉、宝玉二人；黛玉则将之作为仙子的化身，拥有无限幽情而无知音倾诉②。在湘云的《咏白海棠》二首中，我们几乎不能分辨她的诗作与黛玉有何区别，以至于我们甚至可以将二者视为同一人的作品。

此外，海棠还是怡红院中的核心象征物，怡红院是大观园的核心，因而海棠的繁盛是怡红院繁华富贵生活的表征，它的死去，也预示怡红院衰败的来临。书中未提宁国府中有海棠，我们所知的海棠是贾宝玉怡红院中的海棠，以及与海棠一起生长的芭蕉，故怡红院题匾"怡红快绿"。

第十七回，贾政携众人游览大观园，至怡红院处，"院中点衬几块山石，一边种着数本芭蕉；那一边乃是一颗西府海棠，其势若伞，丝垂翠缕，葩吐丹砂。众人赞道：'好花，好花！从来也见过许多海棠，那里有这样妙的。'贾政道：'这叫作"女儿棠"，乃是外国之种。俗传系出"女儿国"中，云彼国此种最盛，亦荒唐不经之说罢了。'众人笑道：'然虽不经，如何此名传久了？'宝玉道：'大约骚人咏士，以此花之色红晕若施脂，轻弱似扶病，大近乎闺阁风度，所以以"女儿"命名。想因被世间俗恶听了，他便以野史纂入为证，以俗传俗，以讹传讹，都认真了。'众人都摇身赞妙。"③ 可见，这棵女儿棠，亭亭如盖，娇若美人，是怡红院的主角，也是整个大观园的主角——它是《红楼梦》中众女子的化身。

第七十六回，晴雯去世，海棠枯死，宝玉说："这阶下好好的一株海棠

---

① 〔法〕陈庆浩：《新编石头记脂砚斋评语辑校》，台湾联经出版事业股份有限公司 2010 年版，第 590 页。

② 薛宝钗《咏白海棠》："珍重芳姿掩重门，自携手瓮灌苔盆。胭脂洗出秋阶影，冰雪招来露彻魂。淡极始知花更艳，愁多焉得玉无痕。欲尝白帝凭清洁，不语婷婷日又昏。"林黛玉《咏白海棠》："半卷湘帘半掩门，碾冰为土玉为盆。偷来梨蕊三分白，借得梅花一缕魂。月窟仙人缝缟袂，秋闺怨女拭涕痕。娇羞默默同谁诉，倦倚西风夜已昏。"

③ （清）曹雪芹：《红楼梦》，人民文学出版社 2008 年版，第 230 页。

花,竟无故死了半边,我就知有异事,果然应在他身上。……你们那里知道,不但草木,凡天下之物,皆是有情有理的,也和人一样,得了知己便极有灵验的。若用大题目比,即有孔子庙前之桧、坟前之蓍,诸葛祠前之柏,岳武穆坟前之松。这都是堂堂正大随人之正气,千古不磨之物。世乱则萎,世治则荣,几千百年了,枯而复生者几次。这岂不是兆应?小题目比,就有杨太真沉香亭之木芍药,端正楼之相思树,王昭君冢上之草,岂不也有灵。所以这海棠亦应其人欲亡,故先就死了半边。"①

实际上,早在第十一回,作者已经将海棠与秦可卿的命运相连,歌妓朝华自缢而死的故事似乎预示了秦可卿的命运结局:"宝玉正眼瞅着那《海棠春睡图》并那秦太虚写的'嫩寒锁梦因春冷,芳气笼人是酒香'的对联,不觉想起在这里睡晌觉梦到'太虚幻境'的事来。正自出神,听得秦氏说了这些话,如万箭攒心,那眼泪不知不觉就流下来了。"②因之,对于《海棠春睡图》的理解亦应在此框架中展开。贾宝玉见到《海棠春睡图》就很喜欢,与此也有关系。芭蕉是怡红院的第二主角,是衬托,以自己的新绿衬托女儿棠的娇艳,宝玉和唐寅均以"绿玉"称之。

根据现有资料,我们无法断定唐寅是否创作了《海棠春睡图》。遍查唐寅集,没有资料证明这幅作品的存在;在现今传世的唐寅画作中,也未见到这幅作品。即使如此,我们不能说唐寅没有创作这幅作品或类似的作品,也不能说这幅作品就是虚构之作;有虚构的成分,但不一定是虚构的作品。这似乎是一个矛盾。一般认为,作者所谓"海棠春睡"之典故出自《明皇杂录》所记唐明皇和杨贵妃故事:"上尝登沉香亭,召妃子。妃子时卯酒未醒,高力士从侍儿扶掖而至。上皇笑曰:'岂是妃子醉耶?海棠睡未足耳'。"③宋惠洪《冷斋夜话》亦记载了这件事,认为"事出《太真外传》"。从上文分析看,"美人春睡"之典颇多,未必仅出自杨贵妃轶事。根据描写,酒后酣睡未醒的杨贵妃,像是清晨带露而娇艳欲滴的海棠,因而所谓"海棠春睡"实指美人春睡,尤指清晨时美人将醒未醒之状态。据此可知秦可卿房中所挂此图实是美人春睡图。

唐寅曾画有《海棠美人图》,并自题诗云:"褪尽东风满面妆,可怜蝶

① (清)曹雪芹:《红楼梦》,人民文学出版社 2008 年版,第 1082—1083 页。
② (清)曹雪芹:《红楼梦》,人民文学出版社 2008 年版,第 153 页。
③ (清)曹雪芹:《红楼梦》,人民文学出版社 2008 年版,第 70 页。

粉与蜂狂；自今意思和谁说？一片春心付海棠。"①此图现已不可见。根据诗句推测，这幅作品是一幅美人赏海棠的作品；时间为春末，百花凋零，美人睹此，亦感慨韶光流逝，内心抑郁而无人言说，那不忍春光离去的心思只得向海棠诉说。这幅作品亦为美人对花絮语之境（如图8-5）。在传统诗句中，"蜂""蝶"与鲜花之间的关系往往暗喻男女情事。根据唐寅诗句，似乎是写一番风月之后，鲜花凋零，美人迟暮，因而春心无所托付。根据唐寅题诗所述，这幅画的内容和境界，与《明皇杂录》所记典故差距很大，所表达的情感、意蕴也不同：画中的主人公是美人，她的情思是忧郁的、哀伤的，而典故的主人公是男性唐明皇，他是一个独立而高傲的观察者形象，杨贵妃本身处于醉酒状态，是被观察者，在这种看与被看的关系中唐明皇占据主导地位，因而记述中除了描写杨妃的形态之外根本没有提到她任何内在的情思、愁绪。唐寅此作可能只是因袭了美人图中一贯的"海棠""美人""春睡"的意象和主题，而并非是根据这个典故所创作。

　　同时，这幅画与秦可卿房中所挂的《海棠春睡图》亦有不小差距，二者可能也不是同一幅作品，因为这幅作品所呈现的并不是带有诱惑性的处于睡梦中的美人形象，她所呈现的忧郁的情思反而可能抑制贾宝玉荷尔蒙的分泌。可以肯定的是，唐寅对海棠很有偏爱，在《题牡丹仕女图》（图8-5）中，他将画中"牡丹"置换为"海棠"："海棠（牡丹）庭院又春深，一寸光阴万两金；拂曙起来人不解，只缘难放惜花心。"②这首署名"惜花春起早"的诗作，体现出作者珍惜寸金寸阴而早起赏花的惜花、爱花之情，恐怕稍有迟误鲜花即会凋零，留下遗憾怅恨之感。在唐寅笔下，美人甚至会因为他人的一句评价而嫉妒海棠③。因此，我们无法断定此处以"海棠"代"牡丹"是作者笔误还是有意为之，但唐寅对海棠的喜爱之情是无可否定的。

　　实际上，唐寅《海棠美人图》将男性皇帝唐明皇排除画面和诗作是

①周道振等辑校：《唐寅集》，上海古籍出版社2013年版，第158页。
②周道振等辑校：《唐寅集》，上海古籍出版社2013年版，第155页。
③唐寅《妒花歌》："昨夜海棠初着雨，数朵轻盈娇欲语。佳人晓起出兰房，折来对镜比红妆。问郎花好奴颜好？郎道不如花窈窕。佳人见话发娇嗔，不信死花胜活人！将花揉碎掷郎前，请郎今夜伴花眠。"周道振等辑校：《唐寅集》，上海古籍出版社2013年版，第31页。

其一贯的做法。他创作的杨贵妃图卷有多幅,且多有题诗,在这些作品中观者同样无法看到唐明皇的踪迹,而杨玉环,这一薄命佳人成为唐寅咏叹的对象。

《咏美人八首》之《太真玉环》:"欲与君王共辇还,马嵬路狭转头难;早知怨自思萌蘖,悔不当时乞赐环。"[1]《题太真图》:"古来花貌说仙娥,自是仙娥薄命多;一曲霓裳未终舞,金钿早委马嵬坡。"[2]根据《咏美人八首》的诗题,如"昭君琵琶""文君琴心""绿珠守节"等,可以推测,这八幅画呈现的是这八位异样女子生平中的典型事件,在杨贵妃这幅画中呈现的可能是她手持玉环的形象(如图8-6),以至于唐寅将"玉环"与她后来赐死的白绫等同。《题太真图》呈现的可能是杨玉环舞蹈的形象,因而作者对此发出感慨,将美丽而未完结的歌舞与杨玉环青春早逝的生命相比。在唐寅的诗画作品中,没有作为男性的唐明皇的身影,他被唐寅过滤掉了。在《绝世名姝图册》(题诗即为《咏美人八首》)的题诗中,唐明皇作为杨贵妃事件的背景存在,是作者批判的对象。这种情况也反映在《海棠美人图》中。

值得注意的是,唐寅有另一幅《美人图》曾被曹寅收藏,这幅画的境界与《海棠春睡图》倒十分接近。蒋景祈《瑶华集》卷五有《临江仙·为曹使君题唐寅美人图》一词,词云:

> 睡起云鬟欹未整,懵腾懒下庭除。摘来纤玉嗅香初。红襟一抹,衫色学莺梳。
>
> 梦去如醒醒似梦,丹青巧样难图。风流名氏隐吴趋。建安才调,今见两相知。

词后作者自注"建安才调,今见两相如":"子清亦名寅,故云。"[3]在蒋景祈的诗句中,他对曹寅所藏唐寅《美人图》的内容进行了细致描述:这是一位春睡刚醒的美人,还没有来得及整理自己的衣裳鬟鬓,但又被清晨盛开的娇媚鲜花诱惑,因而穿着睡衣走下庭除去采摘一二,她红色胸衣上所绣的莺儿,似乎也为这鲜花啼叫起来。这幅作品画面诱人,笔

---

① 周道振等辑校:《唐寅集》,上海古籍出版社2013年版,第115页。
② 周道振等辑校:《唐寅集》,上海古籍出版社2013年版,第126页。
③ 张万基:《曹雪芹的祖辈与绘画》,《红楼梦学刊》1985年第2辑。

触细腻,以至于可以看清美人胸衣上啼叫的黄莺,因而堪称精品,就像薛蟠说的,"真真的好的了不得",也像宝玉说的,"极画的得神。"

蒋景祈认为此时的美人不知是睡是醒,或在半睡半醒之间,因而作者画笔虽巧,却仍无法将她此时的情感状态准确呈现。根据这里的描写,我们似乎有理由将《海棠春睡图》与曹寅珍藏的这幅唐寅《美人图》相提并论。在这里,作者所提出的"醒""梦"之间无法廓清的迷离关系,与《红楼梦》中的"真""假"、"梦""醒"的互文关系有同工之妙。在词的结尾,作者将曹寅与唐寅并置,指出二人不仅名字相同,而且他们的才华亦在伯仲之间。可能曹寅常对作者谈起自己对这位同名知己的仰慕之情,因而他才用"相知"二字表述二人的关系。这是作者对曹寅才华的赞赏,也证实了上文的推断。

其实,根据《海棠春睡图》的内容,我们可以将这幅画的意境与第二十六回"潇湘馆春困发幽情"和第六十二回"湘云醉卧芍药裀"对比来看——根据书中呈现的境界,我们亦可将这两回的描写看作是对这幅画作境界的重现。实际上,"美人春睡"的主题以及"梦境"与"诗境"的相互转化在第十七回的联语中早已呈现:"吟成豆蔻诗犹艳,睡足荼蘼梦也香。"可以看到,不仅《红楼梦》文本与其他文本之间的互文性关系随处可见,而且其文本内部也存在这种关系,堪称精妙。类似手法正是作者常用的。

再回到第五回的描写:"入房向壁上看时,有唐伯虎画的《海棠春睡图》,两边有宋学士秦太虚写的一副对联,其联云:嫩寒锁梦因春冷,芳气笼人是酒香。"[①]唐伯虎画与秦观诗并置出现,亦值得玩味。经考证,这副对联不见于秦观《淮海集》,因而可能是曹雪芹本人创作而托名秦观,或有寓意藏焉。问题在于,曹雪芹为何要托名秦观而不托名其他与秦观诗风、词风相近的诗人如柳永、晏殊等? 或者仅仅像前人指出的那样,借用其"太虚"字号以与"太虚幻境"形成对照? 翻检《唐寅集》发现,唐寅曾自画秦观像并在上题诗:"淮海修真遣丽华,它言道是我言差;金丹不了红颜别,地下相逢两面沙。"[②]此诗是唐寅阅读《墨庄漫录》所记秦观与歌

---

①(清)曹雪芹:《红楼梦》,人民文学出版社2008年版,第70页。
②周道振等辑校:《唐寅集》,上海古籍出版社2013年版,第132页。

妓朝华之事有感而作画赋诗。朝华秉稀世容貌、绝世才华,是秦观的仰慕者;后秦观决意出家修道,将之遣返,如是者二。据传后来秦观去世,朝华闻知后亦自缢而死。唐寅此诗质问秦观如此绝情遣返自己心爱的人,他日地下相见情何以堪?我们没有理由认为曹雪芹在这里有以秦观出家影射后文宝玉出家之意,也无法证明朝华自缢而死与秦可卿的自缢之间有必然的联系。《红楼梦》中如此这般实是而非、似非而是者不少,不能一概而论。

实际上,即使是这副托名秦观的对联也蕴含着诸多"唐寅元素"。例如,唐寅《题美人图》"春色关心万种情,酒杯寥寞可怜生。折花比对佳人面,把臂相看觉命轻"一诗中的美人形象,纯是秦可卿写照,与秦观的联语堪可比拟;而其对"锁"字的使用在唐寅诗中也很常见,且内涵与之颇为一致①。

其实,"海棠春睡"的情境早已出现在苏轼的《海棠》一诗:"夜深只恐花睡去,直烧高烛照红妆",所写即为"海棠春睡"之境况。但苏轼诗句之意境与此时贾宝玉所入秦可卿房间的情境却有不小的差别:苏轼诗句写的是夜间海棠,非为美人之喻,与宝玉在可卿房中入梦前惺忪、香软的情感状态不相一致,因而不能将这里的"海棠春睡"与苏轼诗句做出呼应关系的判断。但是,我们却可将苏轼的诗歌意境与《红楼梦》第六十三回"寿怡红群芳开夜宴"宝玉生日晚宴结束后的那个夜晚相提并论:春日的清晨,红烛燃烧将尽,娇艳可爱的少女因前一晚的欢乐饮酒而在烛光下沉睡不醒。

在唐寅诗作中,类似的场景亦反复出现:在一次对梨花的欣赏中,作者又一次不能自已而开怀畅饮,而后沉沉睡去,等醒来时才发现自己是"病酒怜春两惆怅,夜深烧烛倚罗裙"②。类似的转化在《红楼梦》中是常见的,这里就不多说了③。

---

① 唐寅对"锁"字的使用颇多,且意义多一致。如《梨花》:"零落梨花粉半枝,相思梦寐两成痴;要知此恨能消骨,头白宫监锁院时。"《落花诗》:"春风院院深笼锁,细雨纷纷欲断魂;……深院青春空自锁,火堤红日又西斜。"《无题》:"江南多少闲庭馆,依旧朱门锁绿苔。"《言怀》:"年来避世缩如龟,净扫茅茨锁竹篱。"
② 周道振等辑校:《唐寅集》,上海古籍出版社2013年版,第112页。
③ 详见王怀义《红楼梦诗学精神》(里仁书局2015年版)第一、二章的论述。

## 第六节　美人图还是春宫画：薛蟠所见"一张春宫"考证

　　与《红楼梦》提到其他画作一样，第二十六回薛蟠提到唐寅的"一张春宫"，亦未确指是哪幅作品，但作者可以确定为唐寅。唐寅确实创作了一些春宫画，且多为富贵者所拥有，以薛蟠的身份和爱好是极有可能看到的。中国艺术研究院红楼梦研究所对薛蟠所见"春宫"所作的注解是"淫画"[①]。人们囿于对薛蟠不学无术、常和妓女云儿等厮混且有龙阳之好的印象，以为他所见的"春宫"就一定是"淫画"。唐寅所作春宫画确实有不少是"淫画"，且具有开风气之先的典范意义。高罗佩指出："有一位江南画家对提高裸体女人画的水平起了带头作用。这就是上文已经提到的著名画家唐寅。他以嗜好醇酒妇人而声名狼藉，并且总是喜欢不断调换口味。有许多关于他如何同他看中的女子开各种玩笑，并终于得到她的风流轶事。他是江南著名妓院的常客，写过一部讲狎妓的书叫《风流遁》。"[②]据高罗佩考证，唐寅还编了一本描写僧尼淫乱的故事集《僧尼孽海》，这本书现在没有见到汉文版本，仅能见到日文的抄本。在唐寅诗作中，我们也时常能看到他携妓至庵观游玩的描写。这些迹象似乎印证了红研所"淫画"的结论。

　　然而，由于众所周知的原因，这些著作多是托名之作，高罗佩的结论尚待推敲。

　　一方面，高罗佩说唐寅是"江南著名妓院的常客"，可能不符合实际情况。因为唐寅生活一直很贫困，他没有足够的财力经常到这些消费极高的妓院中做客。当然，他确实可能去过，但不能说是"常客"。有学者指出，明清时期，"高级的妓女不但价钱昂贵，而且社会地位也很高。想要到高级的妓院消费，少说一次也得数两至十几两银子"，而以明代中叶的物价计算，这个数量普通农民需要工作两到三年时间才能获得，而城市工人需要工作八个月时间[③]。以唐寅的生活状态看，他即使通过卖画有

---

[①]（清）曹雪芹：《红楼梦》，人民文学出版社2008年版，第357页。

[②]〔荷〕高罗佩：《中国古代房内考》，李零等译，商务印书馆2007年版，第300页。

[③]巫仁恕：《奢侈的女人：明清时期江南妇女的消费文化》，商务印书馆2016年版，第95—96页。

能力进入这类妓院消费,但肯定不是常客。通过《李端端落籍图》及其题诗,可以知道,唐寅到这样高档妓院寻找乐趣时,由于缺钱他心中是没有底气的。他常去的可能是一些低端的场所,经常与他出游的歌妓可能因为与他熟悉而转变为朋友。

另一方面,高罗佩得出结论的依据是关于唐寅的"风流轶事",而这些风流轶事大多是唐寅死后编撰、附会而成的,与唐寅本人没有关系。例如,现在仍不断演出、深受人们喜爱的苏州评弹《三笑》,其中所咏叹的事件在唐寅一生中从没有发生过;黄周星记载的那些颇具诗意和浪漫的唐寅轶事,也没有发生过。除了这些赞美唐寅的轶事,那些带有负面价值的风流轶事就更多了。人们不愿意在这类情色小说署上自己的名字,因而假托前代名人这类事情是常见的。巫仁恕指出:"作者忌讳在作品里署上真实姓名,所以像是《如意君传》的作者署名徐昌龄,《灯草和尚》署名高则诚,《僧尼孽海》署名唐伯虎,均是书籍出版商伪托假造的。"① 因此,高罗佩将这些后人编造的轶事作为论据,自然难得出客观的结论。

柯律格指出:"现存类似的刻印图画中无一能被认定是出自于一位受人尊敬的知名画家 —— 比如唐寅或仇英,尽管一些作品上有二人的款识,但这显然是后人所为。事实上,关于他们绘制春宫图的证据非常不可靠。然而明代的收藏家们却相信这类作品的真实性,其中不仅有出自明代名人笔下的作品,甚至还有更有名的、年代更早的画家。……在明代的艺术品市场和图书出版业中,冠之以名人字号是一种常见的商业手段,无论是对于色情作品还是其他各种文学的或是与图绘有关的作品。"② 实际上,在那些精致、细腻、裸露且套色印刷的春宫画流行时,唐寅早已去世多年。根据高罗佩的考证,"最早的春宫画册约作于1570年前后,最迟的约作于1650年前后"③。唐寅创作的春宫画可能为这类作品提供了最初的摹本,因而后来著名的《鸳鸯秘谱》等作品带有明显的唐寅、

① 巫仁恕:《奢侈的女人:明清时期江南妇女的消费文化》,商务印书馆2016年版,第91—92页。
② 〔英〕柯律格:《明代的图像与视觉性》,黄晓鹃译,北京大学出版社2011年版,第181—182页。
③ 〔荷〕高罗佩:《中国古代房内考》,李零等译,商务印书馆2007年版,第302页。

仇英等美人图的特征,这也是后人往往将这类作品托名给他们的重要原因。但是,这类作品的真正作者很难说是唐寅本人。

而且,随着色情观念的变化,现代人关于色情的观念与明清时代的古人相比,已经发生重大的转变。现代人一般会把以呈现裸露的性交场景的作品称为春宫画,而在明代时期,一幅美人图就已经可以引起高度性禁止社会中男性的极端兴奋,"表现汉代仕女自娱自乐的画卷,现在看来完全是端庄得体的,但对于明代的男性观者而言,却可能具有一种我们今天很难理解的色情刺激。……《汉宫春晓图》是现存作品中最为有名的一幅,该画卷或许曾让最早的拥有者浑身战栗,如今却已很难再有这种效果。"①因此,薛蟠所见的这幅唐寅的春宫画,只是带有诱惑性的美人图,而不是"淫画",同时它是一幅卷轴,是挂在墙上以供人们观赏使用的。理由如下:

其一,根据薛蟠的描述,这幅图是"一张",因而可以推测这幅作品的形制应为单幅卷轴。这个形制说明它不是人们常说的春宫画,因为春宫画一般是册页,且尺寸很小,只适合个人私下玩赏。高罗佩指出:"明代的春宫画通常都装裱成横幅手卷,或作旋风装折叠册页。前者大多是男女性交的连续画面,画有他们的各种姿势。这种手卷高约 10 吋,长 10至 20 呎。原纸通常不超过 8 吋见方。它们作 24 幅一套、36 幅一套或其他数字,每套的幅数各有典故,并在每幅画的后面还衬以写着艳诗的纸页或绢页。"②而且,明代时这类作品往往只存在于"内府",普通人一般不能见到。这类作品的形制在十六世纪后期逐渐定型,而后才出现了套版彩印的作品。因而一般春宫画的形制和尺寸,与薛蟠所见的"一张春宫"差别甚大,不是同类作品。

其二,就目前能够看到的《鸳鸯秘谱》《风流绝畅》等影响较大、流传较广的春宫画,以及《金瓶梅》等艳情小说的明代刻本插图来看,这类作品上面绝大多数没有题字。原因很简单:作为小说插图,不需要题字;作为私密欣赏的作品,画面上不能有过多题字,以免影响观感,因而对画面说明的文字都另页书写。由于众所周知的原因,这类作品上面一般也

---

① 〔英〕柯律格:《明代的图像与视觉性》,黄晓鹃译,北京大学出版社 2011 年版,第 180 页。
② 〔荷〕高罗佩:《中国古代房内考》,李零等译,商务印书馆 2007 年版,第 299 页。

图8-8、图8-9　清　佚名《鸳鸯秘谱》二幅,纵22厘米,横22厘米,《中国古代房内考》

没有作者的落款。图8-8和图8-9是著名的托名唐寅的春宫《鸳鸯秘谱》中的两幅,画面洁净,与唐寅、仇英的美人图的风格比较接近,而其笔触更加细腻,着色也更加艳丽,视觉效果属于上乘。这套作品上也没有题字和落款。而薛蟠所见的春宫,不仅有唐寅本名的落款,而且"上面还有许多的字",这与一般意义上的春宫画也不一样。而且,就目前我们所见的唐寅作品的落款来看,"唐寅"二字多书写规整,有的虽然以行书书体书写,但仍偏于楷书,没有见到唐寅以简化的草书或者篆书的方式落款的作品。像唐寅轶事所载某"北人"或"缙绅"因所见书体是篆书而错认的情况,在这里是不存在的。

　　因此,我们不能把薛蟠所见的"一张春宫",与专门表现男女秘戏场景的春宫画等同起来,视之为"淫画"。这幅画应该就是类似于《海棠春睡图》之类的美人图。其实,薛蟠所谓"看人家一张春宫",这里的"人家"说不定就是指宁国府。因为此时临近薛蟠的生日,珍、蓉等很有可能在家中为他庆生,在宴会上薛蟠看到了这幅作品。根据书中描写,宁国府悬挂了多幅类似的美人图。除了秦可卿房间的这幅《海棠春睡图》外,贾珍的书房里还悬挂一幅精致的美人图。第十九回写宁国府邀请贾母等去看戏,为《孙行者大闹天宫》等热闹戏,宝玉不喜欢,"宝玉见一个人没有,因想'这里素日有个小书房,内曾挂着一轴美人,极画的得神。今日这般热闹,想那里自然无人,那美人也自然是寂寞的,须得我去望慰他一回'"。在曹雪芹原来的构思中,这个小书房是颇为重要的所在:"底本'房'下有'名'字并空五字地位,可能是作者拟为小书房起名空下的,后来书房名未起,故将'名'字点去。"①不知注者所谓"底本"是哪个版本,而己卯本第十九回就是这种情况。这个小书房的名字缺失和第七十八回缺中秋诗一样,都是作者打算后来补齐却因早逝而留下的空缺。此迹象说明这个小书房在《红楼梦》中具有重要地位,此处情节与书中其他情节可能形成照应关系。这幅美人图亦是如此。

实际上,第十九回"小书房"的空间陈设、人物事件、场景含蕴,都是对第五回秦可卿卧室的置换和回应,这幅美人图所置换和对应的就是那幅《海棠春睡图》。根据《金瓶梅》等明清文献可知,这一时期官宦富贵人家的"书房"并不仅用来读书,它拥有多项功能,且较为私密。主人们一般用它接待至亲好友,是会客的场所,会客结束后还可以在这里宴请客人。第二十六回薛蟠生日,他就在自己的书房里宴请了贾宝玉、程日兴等人。除此之外,"书房"还含有色情的含义:它还是主人私会情人的所在。这一点《红楼梦》《金瓶梅》等描写颇多。因而宁国府这个"小书房"中悬挂一幅美人图是很自然的,而且这幅图所呈现的美人形象很可能带有较强的诱惑性,说不定茗烟就是在这幅画的诱发下"干那警幻所训之事",这名丫鬟亦可能是秦可卿原来诸多侍女中的一位。

表8-4　第五回和第十九回情节要素置换表

| 置换要素 | 第五回 | 第十九回 | 性质 |
|---|---|---|---|
| 空间 | 秦可卿卧室 | 小书房 | 私密空间 |
| 人物 | 宝玉与可卿 | 茗烟与卍儿 | 主人与主人、仆人与仆人 |
| 陈设 | 唐伯虎《海棠春睡图》 | 挂着一轴美人 | 同属美人图 |
| 事件 | 今昔良时,即可成姻 | 干那警幻所训之事 | 男女性爱 |
| 时间 | 宁府花园内梅花盛开 | 正月十五后 | 冬末春初(元宵节前后) |
| 地点 | 宁国府 | 宁国府 | 造衅开端实在宁 |

①(清)曹雪芹:《红楼梦》,人民文学出版社2008年版,第268页,校注〔二〕。

因此,我们说,第十九回的事件、场景只是对第五回事件、场景的置换和呼应:同样的节令、同样的美人图、同样的白日宣淫,茗烟置换了宝玉,丫鬟置换了可卿。这种"置换""分身"之法是作者常用的。茗烟置换宝玉,可在第四十三回茗烟代替宝玉祭奠金钏的场景中看到。正像茗烟说的,"我茗烟跟二爷这几年,二爷的心事,我没有不知道的。"丫鬟置换可卿,可在茗烟的叙述中看到:"若说出名字来话长——真真新鲜奇文,竟是写不出来的。据他说,他母亲养他的时节做了个梦,梦见得了一匹锦,上面是五色富贵不断头卍字的花样,所以他的名字叫卍儿。"宝玉听了笑道:"真也新奇,想必他将来有些造化。"南图本在此处评道:"又是一个梦,只是随手成趣耳。"[1] 宝玉听了茗烟的叙述后,"沉思一会",显然是受到了触动,或许他所思的正是当年自己在秦可卿房间入梦而领略"警幻所训之事"的事情。而且,这绣着"五色富贵不断头卍字的花样"的锦缎,不由让我们想起明代春宫册页《风流绝畅》中的第 20 幅插图(图 8-10)。这幅题名"云散雨收"的页子,呈现的是一对男女作爱结束后的场景:这名女子刚刚穿上她的裙子,上身还袒露着;一名男子不顾自己还没有穿好衣服,拿起女子的上衣正准备披在她的肩上。从画面上可以看到,两人云雨的床榻上铺着的正是这种织着"五色富贵不断头卍字的花样"的锦缎。其后题诗名为"春睡起",再一次出现了"春睡"的主题。显然,这名丫鬟也是太虚幻境中人,梦境的虚幻性直

图 8-10 明 佚名《风流绝畅插图》,纵 22 厘米,横 22 厘米,《中国古代房内考》第二十幅
配诗《春睡起》:"云收巫峡中,雨过香闺里。无限娇痴若个知,浑宜初浴温泉渚。漫结绣裙儿,似嗔人唤起。轻盈倦体不胜衣,杏子单衫懒自提。春山低翠悄窥郎,朦胧犹自忆佳期。"[2]

① 《戚蓼生序本石头记》,人民文学出版社 2011 年影印本,第 691 页。
② 〔荷〕高罗佩:《中国古代房内考》,李零等译,商务印书馆 2007 年版,第 306 页。

接被她的母亲置换为现实的真实性,就像秦可卿所拥有的幻境和现实的两个身份一样。

于是,一系列的置换关系得以形成:时间置换时间、空间置换空间、人物置换人物、事件置换事件、画作置换画作(见表8-4)。贾珍书房中的这幅美人图与薛蟠所见在形式上、内容上和笔触上均较一致。因此,我们推测,珍、蓉等就是在这间书房里宴请了薛蟠,薛蟠也是在这里见到了唐寅的"一张春宫"。而且,对于这幅美人图,宝玉和薛蟠两人的评价也惊人地相似:宝玉说这轴美人"极画的得神",薛蟠说"画的着实好"、"真真的好的了不得",二人所用词语虽有雅俗之分,但其意思基本是一样的:薛蟠说"画的着实好",是直观的印象,其实质是说这幅画上的美人画得逼真传神,就像真人一样,其实和宝玉的评价是一样的,刘姥姥在怡红院里看到那幅美人图时产生的感觉与薛蟠也是一样的。

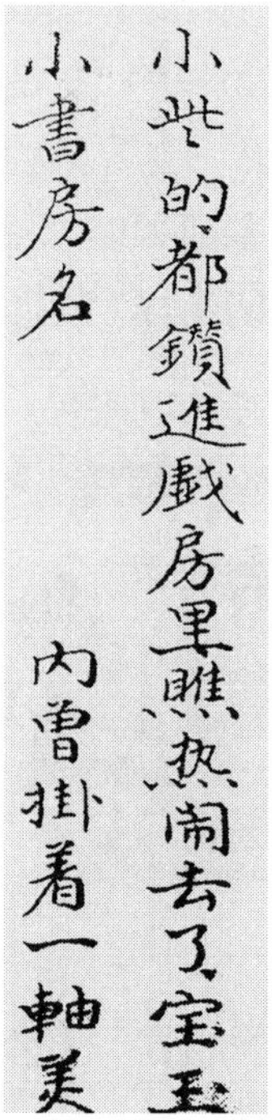

根据这些信息,我们虽不能说薛蟠所见的唐寅的"一张春宫"就是这幅美人图,但说薛蟠可能是在宁国府中见到的,应该是可行的。这也从一个侧面证明薛蟠所见唐寅的"一张春宫"不是"淫画",而是一幅美人图。这幅图是第五回《海棠春睡图》的对应作品,因而它们的作者、形制、内容才会高度一致。当然,高居翰认为,与贾母房间悬挂的写明作者的画作一般是名人字画不同,宁国府小书房的这幅无名作品,可能是一幅色情作品。至于这幅作品,是不是《海棠春睡图》在秦可卿死后挪移到此,我们就不得而知了。

小书房名　小些的都鑽进戲房里瞧、热闹去了宝玉　内曾挂着一轴美

图8-11　己卯本
第十九回

# 第九章　"步步莲华步步春"

## ——仇英《汉宫春晓图》与《红楼梦》

《汉宫春晓图》是仇英晚期的作品,约作于1542—1552年间,具体的时间至今不能确定;画心宽30.1厘米,长574.1厘米,现藏台北"故宫博物院"。这部作品描绘的,与其说是消失于遥远历史中的汉宫往事,不如说是对当时贵族女性生活的真实模写——它是当时苏州地区文人画作中经常出现的与女性生活相关题材和情境的集大成的作品。作为江南文化孕育的产物,《红楼梦》与仇英之间似乎能够建立某种精神上的关系,尤其是他的经典画作《汉宫春晓图》和其他人物画作。囿于《红楼梦》后四十回非曹雪芹原作的观念,虽然仇英这幅作品的名称在第九十二回被提到,但其与《红楼梦》之间的关系至今尚未引起研究者的注意,而通过仇英画作进入《红楼梦》产生的历史情境及其艺境,更是前所未有。

作为明四家的殿军,与其他三位资料众多不同,目前有关仇英的资料多是后人零散的记述,这让我们很难全面了解其生平及创作。仇英生卒年不详,人们根据其画作的题款推测,他约生于明弘治十一年(1498),也有人认为他生于1509年,死于嘉靖三十年(1551)。仇英字实父,号十洲,苏州太仓人,后徙家苏州吴门。根据其画作上所钤"桃花坞里人家"印章,可知他住在离唐伯虎桃花坞不远的地方,以擅画美人著称。仇英生活的时代正是明王朝最为兴盛的时期,这时的苏州也是全国经济和文化最为发达和开放的地区。这两方面条件给了仇英及其同时代的艺术家

图9-1　明　佚名《仇英像》,南京博物院

以丰富的营养,以供他们发挥自己的天赋进行艺术创作。仇英是明四家之一,但一般被排在第四名。相对于唐伯虎等人,仇英的影响要小很多,而且他的晚年生活和创作并未达到自立的程度,还需要赞助人的资助才能展开。但这些因素均不能影响他的《汉宫春晓图》作为中国古代十大传世名画的地位和价值。在明四家中,唯有他是平民出身,没有接受过良好的传统教育,书法水平也不是很高,因而除了少数落款之外,我们在他的作品上很少见到他本人的题跋。因此,与沈周、唐伯虎等人以诗、书、画著称不同,仇英之引起人们的关注,最主要的原因是其精妙的画作。《红楼梦》提到仇英作品主要是他绘画作品中的人物画,尤其是仕女画。根据清宫造办处档案记载,我们知道,乾隆皇帝也很喜爱他的作品。

## 第一节 《红楼梦》及其批语所见仇英画作

根据现有资料,可以发现,《红楼梦》和脂砚斋的批语直接提到仇英及其画作的地方有三处,见下表:

表 9-1 《红楼梦》及批语中出现的仇英画作一览

| 序号 | 回数 | 内容 |
|---|---|---|
| 1 | 第七回 | 正说着,只听那边一阵笑声,却有贾琏的声音。接着房门响处,平儿拿着大铜盆出来,叫丰儿舀水进去。<br>脂砚斋在此处评道:"余素所藏仇十洲《幽窗听莺暗春图》,其心思笔墨已是无双,今见此阿凤一传,则觉画工太板。"① |
| 2 | 第五十回 | 贾母喜的忙笑道:"你们瞧,这山坡上配上他的这个人品,又是这件衣裳,后头又是这梅花,像个什么?"众人都笑道:"就像老太太屋里挂的仇十洲画的《艳雪图》。"② |
| 3 | 第九十二回 | 冯紫英道:"小侄与老伯久不见面,一来会会,二来因广西的同知进来引见,带了四种洋货,可以做得贡的。一件是围屏,有二十四扇橱子,都是紫檀雕刻的。中间虽说不是玉,却是绝好的硝子石,石上镂出山水人物楼台花鸟等物。一扇上有五六十个人,都是宫妆的女子,名为《汉宫春晓》。"③ |

---

① 〔法〕陈庆浩:《新编石头记脂砚斋评语辑校》,台湾联经出版事业股份有限公司 2010 年版,第 167 页。

② (清)曹雪芹:《红楼梦》,人民文学出版社 2008 年版,第 681 页。

③ (清)曹雪芹:《红楼梦》,人民文学出版社 2008 年版,第 1279 页。

可以看到,《红楼梦》文本及脂砚斋的批语,提到仇英的画作共有三幅,分别为《幽窗听莺暗春图》《艳雪图》和被称为"中国十大传世名画"的《汉宫春晓图》。这三幅作品都属于人物画和故事画,仕女是这些画作的主体。《幽窗听莺暗春图》《艳雪图》在现存仇英作品中未见。虽然《汉宫春晓图》现在可以见到,但书中提到的《汉宫春晓图》不是以长卷方式存在的画作,而是"一件围屏",是用硝子石雕刻而成的,与仇英原作不同,倒是那些"宫妆的女子"说明这件围屏的内容和仇英的原作之间有一定相似之处。因此,这三幅画作极有可能又是作者似是而非、似有实无的写作手法的运用,起到烘托情境又表达文意的作用。但是,我们不能因此否定仇英画作和《红楼梦》之间可能存在的复杂关系。即使这里只是作者故布疑阵的传统做法,但仍能够说明作者和批书人对仇英及其作品是熟悉的,而且仇英的作品可能还启发了作者对某些关键情节的描写(如第七回、第五十回)。当然,作者的态度是明确的,他自负自己在书中创设的情节或情境是对仇英画作的超越,是崭新的创造,不可同日而语。本章所要解决的,就是仇英画作与《红楼梦》之间的关系问题,探讨画境与诗境之间存在何种貌合神离、似断实连的复杂关系。

图9-2 明 仇英《西厢记插图》之一,局部,美国弗利尔美术馆

　　《幽窗听莺暗春图》，这幅作品可能涉及到男欢女爱的场面。所谓"暗春"，即通过衬托的方式写男女性爱的场面；"幽窗听莺"所指亦甚明了：在明清小说的语境中，"莺"一般用来指称女子娇嗔悦耳的声音，这里是指王熙凤的呻吟之声；"听"暗含了另一个主体的存在，是指在门外伺候的丰儿等人。根据周瑞家的在凤姐院子堂屋前面所见的丰儿"连忙摆手叫他往东屋里去"，"周瑞家的会意，忙蹑手蹑足往东边房里来"的描写，说明丰儿和周瑞家的，都知道贾琏和凤姐此时所做之事；而且，丰儿一指示，周瑞家的就"会意"，说明贾琏二人白日宣淫是常事，所以平儿见到周瑞家的责备说："你老人家又跑了来作什么。""舀水进去"说明已云收雨散。现存仇英作品中没有这幅画，因而有人认为作者这里所指的可能是仇英所作《西厢记》插图中的一幅（图9-2）。但是经过比对，可以发现，二者间的差距甚大，且这幅插图与《红楼梦》第七回的情节不符，因而作者可能另有所本。除此之外，可能还存在这样几种情况：其一，仇英可能有类似的作品，现在尚未发现；其二，这幅作品可能是批书人脂砚斋所藏的一幅作品，但名称和作者都被脂砚斋有意篡改了；其三，《红楼梦》第七回所写凤姐的情节，在明清小说中是常见的，如《金瓶梅》第八回"烧夫灵和尚听淫声"、第二十三回"金莲窃听藏春坞"、第五十回"琴童潜听燕莺欢"等，描写的都是类似场景，因此脂砚斋可能虚拟这幅画作的名称以指称本处情节。

　　可以看到，类似场景在《金瓶梅》中屡次出现，且都设计"幽窗潜

图9-3、图9-4、图9-5　明　《金瓶梅》崇祯本插图第八、二十三、五十回

听"的主体动作(图 9-3、9-4、9-5)。图 9-6 是清代乾隆时期(或之前)《燕寝怡情图册》中的一幅。该套画册共 12 幅,因其线条细腻逼真,富有生活情趣而被乾隆收入内府。图画所呈现的故事显然也是一个"幽窗潜听"场景:从窗前两双鞋子的形状可以知道,床上帷幔之内是一男一女。画中人可能是一名丫鬟,她身后的桌上有一个托盘,上面放着一个酒壶和两只酒杯,以防止男女主人欢乐之后需要饮酒而做好准备;也可能是男女

图 9-6 清 佚名《燕寝怡情图册》,纸本设色,纵 40 厘米,横 36.8 厘米,美国波士顿美术馆

主人饮酒之后而在帷幔中快活,而丫鬟因情窦初开,并没有立即离去而在隔壁窗前潜听正在发生的事情。从其认真、凝神的情态看,她似乎已忘记了自己的身份而进入到帷幔中的情境,这也同时告诉我们帷幔之中的事情正在进行中。

实际上,类似于第七回"幽窗听莺"的情节在第十九回又一次上演:在对茗烟事件的描写中,作者明确写道:"(宝玉)刚到窗前,闻得房内有呻吟之韵。宝玉倒唬了一跳:敢是美人活了不成?乃乍着胆子,舔破窗纸,向内一看——那轴美人却不曾活,却是茗烟按着一个女孩子,也干那警幻所训之事。"[①] 如果我们将《红楼梦》第七回的描写与《金瓶梅》中类似的场景和插图对比来看,对《金瓶梅》颇为熟悉的《红楼梦》的作者和批者,应该从中获得了启发,包括对《幽窗听莺暗春图》这幅画的命名。

第二,第五十回所提到的仇英《艳雪图》最为奇怪:在庚辰本中,"艳雪图"作"双艳图",而在戚序本、南图本和程甲本等版本中皆作"艳雪

---

① (清)曹雪芹:《红楼梦》,人民文学出版社 2008 年版,第 254 页。

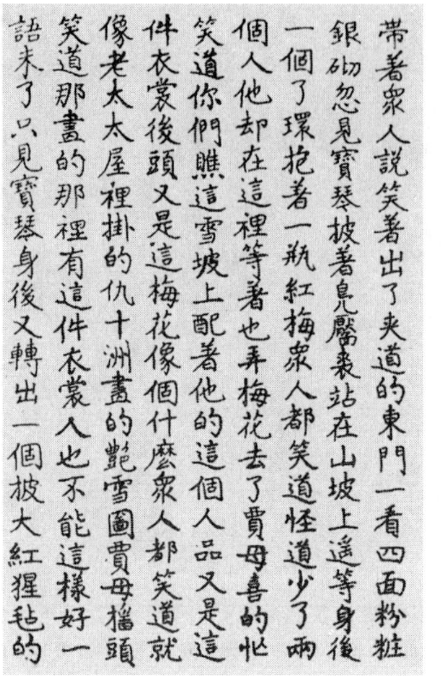
帶著衆人説笑著出了夾道的東門一看四面粉粧
銀砌忽見寶琴披著鳧靨裘站在山坡上遥等身後
一個了環抱着一瓶紅梅衆人都笑道怪道少了兩
個人他却在這裡等著也弄梅花去了賈母喜的忙
笑道你們瞧這雪坡上配著他的這個人品又是這
件衣裳後頭又是這梅花像個什麽衆人都笑道就
像老太太屋裡掛的仇十洲畫的艷雪圖賈母搖頭
笑道那畫的那裡有這件衣裳人也不能這樣好一
語未了只見寶琴身後又轉出一個披大紅猩毡的

图 9-7 清 《石头记》南图本为“艳雪图”,第四十回

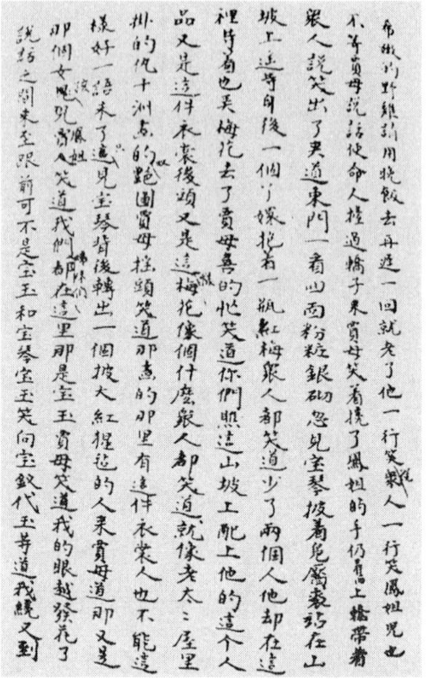
布攏的野雞詢用晚飯去再進一回就完了他一行笑戳人一行笑鳳姐兒也
不等賈母説話便命人搭過轎子來賈母笑着携了鳳姐的手仍舊上轎帶着
衆人説笑出了夾道東門一看四面粉粧銀砌忽見宝琴披着鳧靨裘站在山
坡上遥等身後一個丫鬟抱着一瓶紅梅衆人都笑道少了兩個人他却在這
裡等着也弄梅花去了賈母喜的忙笑道你們瞧這山坡上配上他的這个人
品又是這件衣裳後頭又是這梅花像個什麽衆人都笑道就像老太太屋里
掛的仇十洲畫的双艷圖賈母搖頭笑道那畫的那里有這件衣裳人也不能這
樣好一語未了只見宝琴背後轉出一個披大紅猩毡的人來賈母道那又是
那個女孩兒衆人笑道我們都在這里那是宝玉賈母笑道我的眼越發花了
說話之間來至跟前可不是宝玉和宝琴宝玉笑向宝釵代玉等道我纔又到

图 9-8 清 《石头记》庚辰本为“双艳图”,“双”字为简写体,第四十回

图”(图 9-7)①。书中写道:“一看四面粉妆银砌,忽见宝琴披着凫靥裘站在山坡上遥等,身后一个丫鬟抱着一瓶红梅。……贾母喜的忙笑道:‘你们瞧,这山坡上配上他的这个人品,又是这件衣裳,后头又是这梅花,像个什么?’众人都笑道:‘就像老太太屋里挂的仇十洲画的《艳雪图》。’贾母摇头笑道:‘那画的那里有这件衣裳?人也不能这样好!’”② 庚辰本所谓“双艳”,当指梅花和宝琴,而不包括后面抱着一瓶梅花的丫鬟。显然,“双”字的使用更容易引起误解,根据此处之意境,还是“艳雪图”更为恰当。值得注意的是,庚辰本的“双艳图”之“双”字是后来补抄的,且以简体的方式书写(图 9-8)。在其他地方,庚辰本“双”字多以繁体“雙”字的方式书写,此处写成简体形式,可能与漏字地方狭小有关。至于其补充的“双”字依据何在,现在尚无法判断。经查,仇英仕女作品中

① 中国艺术研究院红楼梦研究所校订的《红楼梦》亦称“艳雪图”,但根据该书前言可知这个版本的底本是庚辰本,而庚辰本上此图名称为“双艳图”。由于校订者未出校记,不知此处是否依据程甲本等版本所改。

②(清)曹雪芹:《红楼梦》,人民文学出版社 2008 年版,第 681 页。

也没有题名为"双艳图"或"艳雪图"的作品，或者图像内容与宝琴立雪场景相似的作品。仇英的《修竹仕女图》《婉妆桃花图》等作品呈现的人物是丫鬟和小姐的结构，但季节却是春季；还有一幅《仕女赏梅图》（图9-9），题材和人物比较接近，但画面中有三个人物，人物所穿的衣服和整幅画面的境界与书中所写差距也很大，因而也不是同一幅作品。

图9-9　明　仇英《仕女赏梅图》，信息不详

可以看到，"琉璃世界白雪红梅"的情节设计，显然受到了类似画作的影响。同时，作者对原作的设计和境界又不满意，因而贾母说："那画的那里有这件衣裳？人也不能这样好！"更可注意的是，这个情境画面感很强，犹可入画："四面粉妆银砌"是这幅画整体的背景，"宝琴披着凫靥裘站在山坡上遥等，身后一个丫鬟抱着一瓶红梅"是背景中人物的活动，二者结合在一起就是一幅色彩对比鲜明的工笔画，所以贾母特叮嘱惜春要将它画入图中："次日雪晴。饭后，贾母又亲嘱惜春：'不管冷暖，你只画去，赶到年下，十分不能便罢了。第一要紧把昨日琴儿和丫头梅花，照模照样，一笔别错，快快添上。'"[①]因此，我们有理由相信，此处的画面和情境与其说是作者的语言叙述，不如说是作者用语言的方式对预先存在的画面进行重述和评价。

第三，冯紫英提到的"《汉宫春晓》围屏"，与仇英画作《汉宫春晓图》差别甚大：它是"洋货"，且雕刻在石头上，共24扇，每扇上"五六十个人"，则总共约一千余人，比仇英画中的人物多了很多。从内容看，二者倒有些接近。这件作品与当时以"汉宫春晓"为题材的装饰品批量

---

① （清）曹雪芹：《红楼梦》，人民文学出版社2008年版，第683页。

图 9-10　清　吕焕成《汉宫春晓》十二扇围屏,纵 231 厘米,横 648.6 厘米,香港佳士得 2005 年秋季拍卖会

生产的环境相关。所谓"洋货",不是指西洋来的货,而是指销往西洋的货,是"国产的"。据学者考证,现今最早、且有确定年款的《汉宫春晓》围屏,是现藏美国华盛顿福瑞尔艺术馆的、作于康熙十一年(1672)的六曲款彩《汉宫春晓》屏风[①]。根据屏风上的落款,可知这架款彩屏风粉本的制作者为苏州画家盛年。从屏风内容看,这幅作品与仇英《汉宫春晓图》之间不完全重叠,二者共同的特点是描绘宫苑女子春日清晨的生活场景。当时,人们常将描写类似场景的画作以"汉宫春晓"或"百美图"等名名之,而尤以"汉宫春晓"为多。款彩屏风和长卷,二者虽然形式不同,但我们仍可将之作为同一艺术现象加以分析。这似乎也可解释《红楼梦》中出现的仇英作品为何会如此多样且富有矛盾性。这种矛盾性只是时代文化差异造成的:明代画家仇英的画作与《红楼梦》的情节设计之间具有颇多的一致性,而盛清时期流行的装饰品《汉宫春晓》围屏则是时代的产物,它们一同为《红楼梦》文本世界的形成提供了支撑。

　　自汉元帝以后,人们往往将汉代往事图绘出来而以"汉宫春晓"名

---

①所谓"六曲款彩",是指十二牒的大屏风,六折,每折两牒。康熙十一年的六曲款彩《汉宫春晓图》屏风,采用十二折,与当时清宫流行的十二月令图之间有某种关联。详细情况,参见周功鑫:《清康熙前期款彩〈汉宫春晓〉漆屏风与中国工艺之西传》,台北"故宫博物院"1995 年版,第 34 页。

图 9-11　清　吕焕成《汉宫春晓》十二扇围屏之《斗草》,局部,香港佳士得 2005 年秋季拍卖会

之,自唐至清,代有类似作品,康熙时期《汉宫春晓》款彩作品的大量出现,是这个链条上的重要一环。根据现有文献记载,唐代时即有以"汉宫春晓"命名的画作。卞永誉《式古堂书画汇考》卷三十三:"唐尹继昭《汉宫春晓图》。团扇。绢本。著色。宫人晓妆,绿阴深院。上有古印模糊。'名花倾国两相欢,长得君王带笑看。解释春风无限恨,沉香亭北倚栏杆。'宋高宗泥金草书对题。团扇。蓝绢本。"[1]

　　图 9-10 是清初吴门画派的代表性画家吕焕成(1630—1705)以《汉宫春晓图》为底本制作的十二扇围屏,也是当时这类作品中颇有代表性的一个。吕焕成生活的年代正是康熙朝《汉宫春晓》款彩屏风盛行海内外的时期,他的这件作品与盛年的作品同属于一个艺术类型:无论是尺寸、画面、构图、内容、意境、情趣等,都与仇英的《汉宫春晓图》高度一致。以吕焕成的作品为例,可以看到,这件十二扇围屏呈现的也是春日清晨宫苑中的场景,这些场景由多个独立的小场景组合而成,因而我们也可以将之分割为众多单独的画面加以欣赏。这些独立的画面,呈现的是闺阁中惯常举行的"斗草""调鹦""采莲""博古""簪花""梳妆""远眺""观花""交谈""聚会""鹤舞""戏婴""揽镜""观鱼""垂钓""幽窗""赏花""嬉戏"等活动,因而我们也可以"斗草图""婴戏

——————————
[1]（清）卞永誉纂辑:《式古堂书画汇考》,浙江人民美术出版社 2020 年版,第 2808 页。

图 9-12、图 9-13、图 9-14　清　吕焕成《汉宫春晓》十二扇围屏之《调鹦》《博古》《簪花》，局部，香港佳士得 2005 年秋季拍卖会

图""博古图""幽思图""簪花图""宴饮图"等名称称之（如图 9-11、9-12、9-13、9-14 等）。这些生活内容和场景同样出现在仇英的画作上，在《红楼梦》中亦反复出现。

实际上，《红楼梦》屡次提到仇英的作品，应与仇英作品在当时皇室贵族阶层的广泛流行有关。仇英画作中的诸多场景，与他们的生活之间存在诸多相似之处，因而深受他们的喜爱。仇英画作虽然受到文人画家的诸多指责，但这不能阻碍其作品的流传。早在明代晚期，苏州一带即已出现以仿制仇英、唐伯虎等人精细工丽的美人画为职业的一批人，他们生产了大量类似作品，人们以"苏州片"称之。由明入清以后，仇英作品仍然是宫廷欣赏的重要对象之一。正像后文所看到的，仅仇英《汉宫春晓图》，就被康、雍、乾三代皇帝不断临摹，至少有 16 幅不同的摹本（见附录 5），乾隆时期对《汉宫春晓图》的临摹、复制行为更是达到顶峰。与《汉宫春晓图》一同受到盛清宫廷重视的，是仇英另一幅著名画作《百美图》。根据活计档裱作记载，乾隆六年九月二十七日，太监高玉等交给内廷"仇英《百美真迹图》手卷一卷"，且"着配匣入九州清晏头等，俟得时用宝"。这类画作进入宫廷以后，皇帝会命宫廷里的画家、匠人将之复制、传播，并制作成不同的形式，如鼻烟壶、瓷器、珐琅等，留下它们的踪迹。这些迹象说明仇英画作在盛清宫廷受到了极高的关注和重视。《红

图9-15　明　仇英(款)《汉宫春晓图》,局部,绢本设色,美国克利夫兰美术馆

图9-16　明　仇英(款)《汉宫春晓图》,局部,绢本设色,美国克利夫兰美术馆

楼梦》反复提到仇英的画作,也应置于这个历史语境中加以解释,而不能简单认为只是偶然的现象。

## 第二节　意境再造:《汉宫春晓图》在盛清宫廷的流传

正像上文提到的,盛清时期的皇帝,尤其是乾隆,对仇英作品似乎有着异乎寻常的兴趣,因而不断将他的作品收入宫廷并反复临摹。例如,乾隆元年正月初九日,"首领萨木哈来说,太监毛团交汉宫春晓图手卷一卷。传旨:交沈源照样着色画一卷,其画上如有应添减处,着伊添减着画。"① 这幅《汉宫春晓图》手卷作者不详,无法确定是否为仇英的作品。但由此可以看出乾隆对《汉宫春晓图》一类作品的重视:这时他刚刚登上皇位,仇英作品的收藏就开始进入他的视野。同年五月乾隆又收藏"仇英山水二张""仇英人物一张";乾隆八年六月十五日,乾隆收藏配有仇英画作、用棕竹心雕竹股、玳瑁心雕象牙股等各类材料制作而成的扇子88件②。虽然同时收藏的还有唐寅、文徵明、陆治、董其昌等人的作品,但是仇英作品的数量却格外引人注目。仇英作品被清宫内府大量收藏的同时,也促进了其在清代上层阶层内部的流传。这些作品在流传的同时,也在传递着一种审美的趣味、艺术的标准,和人们对理想生活的想象。

根据清宫造办处档案记载,清宫曾经藏有仇英《汉宫春晓图》及其摹本,共十六幅。其中,现在可以见到实物的七幅(见附录4),另有九幅仅有记载而没有实物,即附录5中的八幅和其中提到的一幅仇英白描《汉宫春晓图》手卷。根据乾隆三十二年(1767)的记载,这幅仇英白描《汉宫春晓图》手卷,曾被丁观鹏仿画一纸本,在白描的基础上着色,但现今也无法见到实物(见附录5)。从康熙四十二年(1703)到乾隆五十二年(1787)八十余年时间,尤其是从乾隆元年(1736)到乾隆五十二年的五十余年时间里,乾隆皇帝亲自下令临摹仇英《汉宫春晓图》即达到

---

① 张荣选编:《养心殿造办处史料辑览》(第二辑),故宫出版社2012年版,第19页。
② 张荣选编:《养心殿造办处史料辑览》(第二辑),故宫出版社2012年版,第242—263页。

十二次之多,由此可见这幅作品在盛清宫廷中的重要地位。

现在人们时常提到的仇英《汉宫春晓图》,一般是指他接受项元汴资助而绘制的作品,现藏台北"故宫博物院",编号001038,著录于《石渠宝笈初编》,绢本设色,画心宽30.6厘米,长574.1厘米,卷末隶书落款"仇英实父董制",并有项元汴所题"值二百金,子孙永宝"等字。同时,台北故宫还藏有另一幅仇英款《汉宫春晓图》和一把成扇,均被鉴定为伪作[①]。这幅长卷《汉宫春晓图》与仇英原作尺寸、内容、技法、人物、场景等基本一致,惟在卷首处多了一轮红日,落款"仇英实父",但《石渠宝笈》初编、二编、三编均未著录。美国克利夫兰美术馆也有一幅仇英款的《汉宫春晓图》,画作内容和主题与台北故宫所藏有诸多重合,但技法和人物差别较大,可能也是托名的作品。

早在康熙四十一年前后,冷枚就受到康熙谕令仿作《汉宫春晓图》,这幅长卷工细严整,非经年累月不能完成。而在乾隆朝,这位雅好书画的皇帝曾经十余次下令列位画工仿作仇英《汉宫春晓图》,至今能够见到至少四幅摹本,分别为乾隆三年(1738)金昆、吴桂等人合作绘制,乾隆六年(1741)孙祜、丁观鹏等人合作绘制,乾隆十三年(1748)张为邦、丁观鹏、姚文瀚等人合作绘制,和乾隆三十三年(1768)丁观鹏绘制等四个版本。仇英《汉宫春晓图》在清宫的这五次重大临摹行为,充分说明皇室贵族对仇英画作的重视。因此,现今所能见到的清宫旧藏作为绘画作品的《汉宫春晓图》有七幅,即仇英原作、托名作品和后来的五次临摹作品。

与仇英的其他作品一样,《汉宫春晓图》也是赞助人资助创作的结果,因而我们在这幅作品中几乎很难发现仇英作品的个性化特点,因为他的类似画作呈现的是古代中国闺阁女子(尤其是明清时期)日常生活的一般内容,正像人们可以将"汉宫春晓"一名置于其他类似作品之上一样。实际上,仇英一类画家的创作,带有鲜明的程式化倾向:固定的构图、类似的人物和题材、相似的场景等等,在不同朝代、不同画作中反复出现,除非是专业人员,一般欣赏者很难分清这些画作之间存在的细节差别以及风格上的不同或新变。这种情况的出现与中国画家以临摹为主的创作方式密切相关。尤其在山水画、人物画和故事画中,这种情况

---

①《明四家特展·仇英》,台北"故宫博物院"2014年版,第312页,注13。

图9-17　明　仇英《人物故事图册·贵妃晓妆》,绢本设色,纵41.4厘米,横33.8厘米,北京故宫博物院

图9-18　明　仇英《汉宫春晓图·簪花》,绢本设色,纵30.6厘米,横574.1厘米,台北"故宫博物院"

更为普遍。除了石涛、八大山人等具有自我特点的前卫画家的某一部分作品外,其他几乎所有的创作都是如此。

从仇英其他画作来看《汉宫春晓图》,这种程式化的创作特点更为明显。在现存仇英的《人物图册》中有一幅《贵妃晓妆》(图9-17),无论是人物形象、场景选择、技法使用,都无法与《汉宫春晓图》区分开来,它似乎就是《汉宫春晓图》的一部分;如果技术允许将其装帧入《汉宫春晓图》,我们根本不会怀疑这是另外一幅作品。它可能是仇英创作《汉宫春晓图》时的另一作品。这说明长卷《汉宫春晓图》,实际上是作者将传统美人图的内容汇集到一幅作品之上的结果:画卷中的斗草、莳花、鹤舞、针黹、戏婴、阅读、扑蝶、观画、弄琴、写真等,无一不是传统美人图中常见的主题和场景。因此,仇英此作实际是一幅集大成式的摹写,将闺阁生活的内容在一幅画卷上呈现,"卷中各组宫女形象皆有古画依据,自唐代周昉、张萱至五代周文矩、两宋宫廷画家等人作品,似乎都可一一指认"[1]。无论何时,人们都可以在这幅画卷中找到似曾相识的内容。这或许也是康、乾二位皇帝不断让他们的画工临摹此作的重要原因之一。

除上述七幅现在可以见到的《汉宫春晓图》外,根据造办处档案记载,还有另外九幅《汉宫春晓图》,现在已无法见到(见附录5)。乾隆元年(1736)的这幅《汉宫春晓图》现在只能看到档案记录而无法见到实物。据造办处档案记载:"乾隆元年正月初九日司库常保,首领萨木哈来说,太监毛团交汉宫春晓图手卷一卷。传旨:交沈源照样着色画一卷,其画上如有应添减处,着伊添减着画。钦此。于本年十月初三日,七品首领萨木哈将画得汉宫春晓图手卷一卷托好,交太监毛团呈进讫。"[2] 此处记载说明:其一,乾隆元年即由太监毛团交给乾隆一幅《汉宫春晓图》的绘画作品,其形式为"手卷",但作者不详,是否为仇英的原作不能确定;其二,乾隆下旨让画家沈源"照样着色画一卷",至本年十月沈源的画作完成并"托好"交给乾隆御览,其制作时间十个月。根据乾隆的旨意,沈源绘制的此幅《汉宫春晓图》也是手卷,是对原作的仿拟作品,同时又有所"添减",是一幅新作。因此,沈源临摹了一幅《汉宫春晓图》手卷,是

① 石守谦:《山鸣谷应:中国山水画和观众的历史》,上海书画出版社2019年版,第223页。
② 张荣编选:《养心殿造办处史料辑览》(第二辑),故宫出版社2012年版,第19页。

无可怀疑的实事,但是这幅作品现在不知藏在何处,《故宫书画录》也未收录,因而无法判断沈源画作的内容。根据清宫所藏两幅类似的《汉宫春晓图》长卷,沈源这幅作品可能就是被后人鉴定为伪作的那幅画作。

可以看到,雍正在位的十三年间没有《汉宫春晓图》的仿作产生,这或许与他战战兢兢的执政心态有关。与雍正不同,乾隆皇帝登基时,天下政治已被乃父整治清明,他有更多的闲暇时间展开艺术方面的活动。根据清宫档案记载,可以发现,乾隆对仇英作品可能存在一种较为强烈的偏爱,因而每隔一段时间他就让宫廷画师临摹一次《汉宫春晓图》。乾隆元年正月初九日收藏《汉宫春晓图》并下令沈源仿作的行为,某种程度上可以说明乾隆对仇英作品的喜爱程度。根据清宫档案记载,可以看到,乾隆甫一登基,就有众多艺术画作入藏内府:仅乾隆元年五月,即有八十余幅(册)画作被乾隆收藏。这些作品百分之九十以上是当时宫廷画家郎世宁、冷枚、唐岱等人的作品。颇为奇怪的是,除了这些当代作品外,竟有三件仇英的作品:"仇英山水二张""仇英人物一张"。在乾隆元年五月二十三日的这次收藏中,唯有仇英的三幅作品属于前代作品,其余皆是冷枚等人的当代作品,这似乎也说明乾隆对仇英的作品是另眼相看的。

清宫皇帝对仇英画作的仿拟行为带有一定的礼仪意图:他不要宫廷画家将仇英的画作按照原样再次呈现,而是在原作的基础上重新绘制,这幅新作是属于清代宫廷的,带有鲜明的"当代性"或"皇权性"。而且,与项氏家族的委托不同,这几次重大绘制活动的主要支持者也是唯一支持者,是至高无上、统一天下的皇帝本人,因而这幅作品不能像仇英专门为项氏家族一姓一氏制作那样,带有鲜明的私人意味,呈现一种华贵而不乏慵懒的美感,而应体现出秩序的谨严和活动的严整,宫苑内的女子在封闭的汉宫(实际是清宫)中展开的行动不能太过随意,而要符合某种法度,"乐而不淫"、"发而中节"。这里我们以冷枚制作于康熙四十二年的作品与仇英原本进行比较,以发现冷枚此次仿拟行为所蕴含的规训意涵。

冷枚仿制的《汉宫春晓图》长800.8厘米,宽33.4厘米,卷末有冷枚落款:"癸未春三月敕仿仇英汉宫春晓图""臣冷枚恭画",卷首有大臣陈邦彦书写的乾隆诗作:"柳暗花明曙景新,生绡图得汉宫春。汉宫春色寻

图 9-19　明　仇英《汉宫春晓图》引首(一),局部,台北"故宫博物院"

图 9-20　明　仇英《汉宫春晓图》引首(二),局部,台北"故宫博物院"

常遍,不到金阶奉帚人。披香殿里按云和,玉树千枝艳绮罗。为妒平阳频赐锦,选来小玉自教歌。匀贴胭脂衬粉浓,迎风端不让芙蓉。画师恐是毛延寿,费却金钱更敛容。"根据诗人"乾隆甲子仲春"的落款,可知这首诗作于乾隆九年(1744),之后由陈邦彦题写,装帧在画卷首段。可见,在乾隆三年的临摹行动结束后,乾隆还不时观赏冷枚这幅创作于四十余年前的旧作并为之题诗。作为国家的最高统治者,乾隆皇帝对《汉宫春晓图》的观赏行为本身就可以转化为一种政治行为:如何使这幅带有鲜明前朝特点的著名画作成为新朝的象征。实际上,乾隆的这种想法在冷枚的摹本中即已出现。冷枚的摹本除了题名和内容与原作大致相同外,他进行了诸多的改造。这些改造,让原本自由、轻松的画面变得极为严肃而气氛压抑。

首先,仇英的作品从一片空濛的原野开始,原野中微露的红色秋千架和亭尖、太湖石,说明这里仍然是一座园林的组成部分,带有鲜明的女性色彩,同时,空濛之境界让画面体现出一种较为自由、开阔的感觉(图9-19)。而且,通向原野的红色宫门有一扇是打开的,说明宫内的人可以通过这扇门走向更广阔的外部世界。一进入宫门,我们就可以看到一名宫女在翩翩起舞,两名妇人带着小孩在看河面上飞翔的鸟儿,或在河内自在游行的鱼群,一名仕女正在喂食两只孔雀,一只孔雀抬起头望着她,二者间形成一种呼应关系(图9-20)。这个画面带有浓厚的生活气息,安谧祥和,让人有一种想要参与其中的冲动。

在冷枚的作品中,原野与庭院的松散结构被打破了:乾隆的题诗位于画卷开始的地方,这本身就让观者产生一种颇不自在的感觉;诗作之

图9-21 清 冷枚《敕仿汉宫春晓图》引首部分(一),局部,北京故宫博物院

后是一小段平整的道路,再就是高高的宫墙,几名宫装侍卫有的捧着礼盒,有的抬着多层屉笼。在他们的前方,有一位侍卫手里捧着一个盒子,他的身后有另外一名侍卫在帮他打着伞,根据画面,我们无法分辨这把伞是为了挡雨还是遮阳。根据墙外盛开的艳丽桃花和"春晓"的时节和主题,我们推测它可能是为了挡雨。这种形制的伞在冷枚《雪艳图》《月曼清游图册》中也可以见到,带有典型的冷枚的风格。在这五个人的前方,是另一名侍卫,他正在前方引路,边走边回首引导后边跟着的人(图9-21)。他的出现,说明这五人呈送的东西十分重要,而他们前行的目的地就是前方不远的深深宫廷。在他的不远处有一处厚厚的宫门,宫门紧闭,两名看门的侍卫随意地坐在台阶上。进入宫门后,又有一名侍卫捧着包裹正在向里面一层小的宫门迈进。在他的前方,是另一名把守宫门的人。进入这道门,我们才能看到一大群宫装的女子——女性空间才真正呈现给观者(图9-22)。从众多的侍卫、仆从、看门人、多重宫门等设计,可以看出,在冷枚的画作中,众多女子生活的空间受到了层层把控,生活其中的女子根本没有任何可能走出这个封闭的空间,外面的人如果没有获得许可,也几乎不可能进入。

实际上,从题名"汉宫春晓"的画作来看,有两种《汉宫春晓图》:一种以建筑为主体的《汉宫春晓图》,一种是以人物活动为主体的《汉宫春晓图》。前者以赵伯驹、焦秉贞、袁耀等人的《汉宫春晓图》为代表。他们的画作有扇面、立轴和卷轴等形式,人物细小,是楼阁建筑的点缀和衬托,这类作品一般归为建筑图。袁江、袁耀兄弟的作品较有代表性(图9-23、9-24、9-25)。而在仇英的《汉宫春晓图》中,建筑为人物活动提供

图9-22　清　冷枚《敕仿汉宫春晓图》引首部分(二),局部,北京故宫博物院

图 9-23　清　袁耀《汉宫秋月图轴》,纸本设色,纵 194.7 厘米,横 116 厘米,北京故宫博物院

图 9-24　清　袁耀《汉宫春晓图轴》,纸本设色,纵 196 厘米,横 100 厘米,扬州博物院

图 9-25　清　袁耀《汉宫秋月图轴》,局部,纸本设色,纵 194.7 厘米,横 116 厘米,北京故宫博物院

一个空间场所,女子们的日常活动是画面的主体。盛清宫廷仿制的《汉宫春晓图》,尤其是乾隆三年、六年、三十三年仿制诸本,这种呈现宫禁建筑的特点愈加明显,人物活动几乎不可见,转化为纯粹的装饰,以至于人们将这些作品视为建筑画,而不是人物画。这些作品与传统画作中仙山楼阁一类作品类似,专意凸显仙境中的迷离建筑,给人可望而不可及的感觉。冷枚仿作《汉宫春晓图》,人物活动在画面中仍占有较为重要的地位,但是建筑的成分显著增加,尤其是西画技法的运用,在重视表现宫禁建筑的严整、恢宏方面有自己的优势。这说明冷枚作品正处于两种《汉宫春晓图》之间。作为人物画大师,冷枚的作品既表现人物活动,又呈现皇宫建筑之威严,是其画作的题中应有之义。而乾隆三年本等,则更加明显延续了第一种《汉宫春晓图》的模式,重点呈现皇宫建筑的连绵、威严而不可究竟,恍若仙境中的楼阁亭台,只能远远望见而无法窥见其内部的详细情况,进而增加了其神秘感和神圣感。

可以看到,这些仿拟行为不仅仅是临摹前人画作的机械行为,他们的每一次仿作实际上都是一次重新创作,他们或许会以仇英的画作为底本去构思画面和人物行动,但是这些宫廷画家对仇英作品的改动也是明显的,他们一改仇英画作的传统方法,将当时在宫廷流行的西洋画的透视法和精巧设色技法运用到创作中,从而使画面更为谨严、典雅、秀丽、美观。康熙、乾隆皇帝的此种行为带有鲜明的意图指向,他们通过对仇英这幅经典画作的不断仿制,建造宫廷艺术的光辉典范,从而让传统经典被赋予新的时代内涵,以在新的时代中继续发挥经典艺术作品不可替代的建构功能。因此,这个不断仿制前代名作的行为同时也是建构以盛清皇室为代表的新的审美趣味和审美典范的过程,从而让满清宫廷在继承前代艺术杰作的同时与前代任何皇宫的趣味截然分开,成就自己的独特性。


## 第三节　雅好闺阁的乾隆:冷枚《十宫词图》创作

当然,仇英《汉宫春晓图》呈现的庭园生活,无疑是令人向往的,带有疏解心情的愉悦功能。实际上,仇英《汉宫春晓图》被乾隆皇帝四次临摹制作,均出自于乾隆皇帝对园林闺阁生活的兴趣。从雍正做雍亲王开始,圆明园的建设工程即开始展开而在乾隆中晚期完成。可以设想,在封闭的园林中,乐享美人、美酒、美物的生活无疑充满了诗意,这是人生理想得以实现的终极境界。在这个漫长的过程中,乾隆皇帝对庭院生活的迷恋逐渐累积而成为一种生活观念。一旦他登上皇位,就要将这种生活理念从理想转化为现实,这似乎也能解释他为何如此痴迷收藏仇英《百美图》《汉宫春晓图》一类表现类似生活画卷的行为。其实,在获封宝亲王时期,他即已开始将这种生活通过诗歌创作和绘画作品加以表现,进而将这两种艺术形式结合在一起,形成珠联璧合的最佳美感,其结果是冷枚《十宫词图》的创作。

根据《十宫词图》第十页上"冷枚恭画"落款可知,这套作品由冷枚创作,完成后乾隆又谕令大臣梁诗正将自己的诗作抄写其上,诗画合璧,将历史上汉宫、隋宫等宫廷中发生的香艳往事再次重现,以感叹往事、书写情怀。根据梁诗正在第十页上的题诗落款时间"雍正乙卯夏宝亲王长春居士著梁诗正书",可知这套图册可能创作于雍正十三年(1735)或之前。

根据聂崇正的研究,在雍正当政的十三年时间内,清宫未见臣字款冷枚的作品,这说明这期间冷枚未在如意馆继续为雍正皇帝画画。其原因可能是冷枚曾经为太子胤礽创作了象征太子继承帝位的《养正图册》,引起了雍正帝的反感,被逐出画院。但是,他的创作行为并未停止——他被时为宝亲王的弘历引入自己的府邸中作画①。这套图册共 10 页,每开纵 33.1 厘米,横 29.3 厘米,绢本设色,现藏北京故宫博物院。所谓"十宫",即吴宫、楚宫、秦宫、汉宫、魏宫、晋宫、齐宫、陈宫、隋宫、唐宫。乾隆亲自题诗十首。梁诗正(1697—1763),字养仲,浙江钱塘人,雍正八年得中探花,后官至东阁大学士,兵部右侍郎,以书法闻于当世,他所书《三希堂法帖》深得乾隆喜爱,因而我们在乾隆时期的宫廷画卷上可以时常看到他题写的乾隆诗作,他去世后乾隆多次写诗怀念他,并被列为五词臣之首位,足见乾隆对他的情感是深厚的。根据这套图册来看,

---

① 聂崇正:《试解画家冷枚失宠之谜》,《宫廷艺术的光辉》,东大图书股份有限公司 1996 年版,第 65—70 页。

乾隆在做亲王时与梁诗正即有来往,因而命他书写自己的诗作,与冷枚的画册一起装帧,不时赏玩。

这套画册的内容具体如下:

吴宫

白苎轻盈响犀廊,青龙舟里换晨妆。
夜游朝宴千年乐,那信人间有越王。

楚宫

渚宫春暖翠华遥,帘幕风轻褭细腰。
不道君王深注意,行云行雨隔迢迢。

秦宫

春锁阿房静管弦,尘生舞袖为谁妍。
从来不识君王面,忽过人间卅六年。

汉宫

水晶盘净玉腰酥,爱舞因怜可用扶。
底事天家万乘富,等闲难获画明珠。

魏宫

平生戎马乐何曾,铜雀虽成几度登。
不为夜台听不见,悲歌一曲向西陵。

晋宫

灭蜀平吴处上游,大开武库甲兵收。
而今四海浑无事,只驾羊车日夜游。

齐宫

步步莲华步步春,香凝罗袜不生尘。
何须洛浦遥相见,已是人间有洛神。

陈宫

结绮临春户对开，后庭花发引金杯。
景阳钟晓方酣宴，不信横江木梯来。

隋宫

海错山珍杂绮罗，銮舆空待未曾过。
夜深欲识君游处，但看飞萤点点多。

唐宫

沉香亭畔晚春妍，玉树如烟院宇连。
何事宫娥群戏剧，应缘分得洗儿钱。

这套画册的构图、技法，延续了冷枚画作的一贯风格，同时也是宫苑百美题材画作的一次成功实践。在这些精细而小巧的图画上，美人、历史、庭园、歌舞等题材一如既往。如果我们将这十幅图像合并成一幅长卷，命名为《百美图》之类的名称，亦无不妥。这套画册的创作过程尚不清楚，是乾隆创作了十首诗作冷枚再按照诗作作画，还是冷枚按照弘历授意创作了十幅画作弘历再题诗，现在无法确定。但有一点是可以肯定的，这套画册是弘历授意冷枚创作的，对于历史上这些以香艳故事著称的宫廷往事，弘历应该是也有感慨、感触的，然后让冷枚创作了这些作品，因而这套图册的创作可能属于后一种情况。可以看到，十首宫词所咏叹的几乎都是后宫女子在宫苑中的生活情况，弘历对她们孤寂落寞的生活状态是熟悉的，这成为其诗作的主要内容。

实际上，从历史上看，人们对从唐代即开始流行的《汉宫春晓图》一类宫苑作品的赏鉴带有更多歆羡的心态。这些绚丽美艳的人物和繁华生活场景，在司马相如等赋作的渲染夸饰之下，成为富足享乐生活的象征和顶峰。同时，我们也可看到，这些繁华景象多来自于诗人和历史学家的追溯，因而无可避免带有想象成分，对这种图像场景的追寻和再现，某种程度上又是在反思历史，警惕当下，带有鉴诫的成分。

明时南京宫廷文人兼官员顾璘（1476—1545），曾在仇英《汉宫百美卷》上题跋，流露出人们对汉宫往事普遍的心态："余尝读汉《西京记》及

《上林》《长杨》诸赋,未尝不洞心骇目,恍若置身于五云缥缈中。丹台紫府晻霭斐亹,令人应接不暇,则如汉宫之佳丽,蔑以加已。今实父猥从几千载之后,而欲以区区数尺之缣,罗列其千门万户之奢侈,珠玉锦绣之华美,嫔妃媵嫱之娇妍,不亦难乎?兹图极铺张之富,位置之工,设色之雅,鉴者当自得之。予固不能赞一词,而亦不俟予之喋喋也。"[①]这段写于嘉靖三十二年(1553)的观画之感,可能是后人的伪作,因为顾璘在嘉靖二十四年(1545)年即已去世。但是,通过观画者的记述,可以看到,汉宫中那些沉淀在悠久历史中的艳丽往事,又一次因仇英的画作而在他的心底复活,它们带给他多样的感受和想象,或企羡或感慨,不一而足。因而乾隆皇帝对这些宫苑内发生的香艳历史事件,带有颇为复杂的心态,不能简单归为哪一种内容。

根据这些题诗,可以知道,乾隆对历史上发生在宫掖之内的风流香艳之事,带有一种羡慕的心态,因而不仅创作诗作,而且还要将之呈现为更为直观的画境。身为皇太子的弘历当时正是二十五岁的青年,这些诗作和画卷呈现了他理想中的生活。从画面可以看到,这些宫苑精致美丽,鲜花盛开,故事场景多发生在春夏之际,正是可以恣意娱乐享受的好时节。这些发生在封闭宫廷内的香艳往事无疑成为身为宝亲王的弘历的理想生活之境。

正像在《晋宫》中吟咏的那样,现今四海升平,武器都收藏内府之中,"而今四海浑无事,只驾羊车日夜游",正好可以畅享这繁华盛世。在诗意和画境中,贵为太子的弘历化身为晋宫中的著名美男子卫玠(286—312),或者是常乘羊车嬉戏的晋武帝司马炎(236—290,265—290在位),恣意在自己的私密空间内游乐,身前身后美丽的仕女环绕——他成为这个宫苑内唯一的男性。类似的人物构成和图像呈现也出现在《汉宫》中:遥远的山峦体现出鲜明的冷枚特点,春水涟漪,杨柳依依,一名男子在侍女的围绕中坐在舒适的椅子上欣赏曼妙的舞姿。那位在玉盘之上、身着红衣而蹁跹起舞的女子可能就是传说中的赵飞燕,那位男子则是著名的汉成帝刘骜。如此美景、美人,只为皇帝——宫掖

---

① (清)金瑗:《十百斋书画录》,卢辅圣主编:《中国书画全书》第十册,上海书画出版社2009年版,第603页。

中唯一的正常男性而存在,就像偌大的大观园中仅有贾宝玉居住其中一样。在弘历的诗作中,他为眼前舞者柔软的"玉酥腰"产生怜惜之心,很想上前去扶上一把,以免她因身体的娇弱而站立不稳。同时,他又为这位美丽的舞者只存在于历史中而惋惜,认为现实中的自己虽有巨额财富却无法再寻找到如此佳人。宫苑外悠远的山峦和飘渺的云雾,精致的亭台楼阁,是中国文化中时常出现的仙境的替代物,而刻绘精工而逼真的绘画技法又使这些历史上的风流韵事似乎正在当下发生。

　　此外,乾隆所做十首宫词,可归为怀古诗类。其咏叹对象多为历史上著名的皇帝及其与后宫女子之间的故事。这些故事香艳旖旎,惹人回想,成为后人追忆的对象。时为宝亲王的皇太子弘历,借此表达了自己的历史观。更重要的是,这十首作品牵涉到十一位著名的女子,历史往事因她们的参与而变得摇曳多姿。她们也是杜堇等人《千秋绝艳图》的咏叹对象。在《红楼梦》中,薛宝琴曾做怀古诗十首,林黛玉曾作《五美吟》,咏叹历史上五个著名的女子。这些诗作与乾隆的十首宫词之间存在诸多一致,需要比较分析。下面,我们以乾隆《十宫词》为基本坐标,对上述三人的诗作进行比较,以发现三者之间存在的内在关联。

表9–2　乾隆《十宫词》、薛宝琴怀古诗十首、林黛玉《五美吟》比对表

| 题名 | | 题诗 | 咏叹对象 |
|---|---|---|---|
| 吴宫 | 乾隆 | 白苎轻盈响屟廊,青龙舟里换晨妆。夜游朝宴千年乐,那信人间有越王。 | 西施 |
| | 宝琴 | 缺。 | 缺 |
| | 黛玉 | 一代倾城逐浪花,吴宫空自忆儿家。效颦莫笑东村女,头白溪边尚浣纱。 | 西施 |
| 楚宫 | 乾隆 | 渚宫春暖翠华遥,帘幕风轻袅细腰。不道君王深注意,行云行雨隔迢迢。 | 渚宫旧事 |
| | 宝琴 | 缺。 | 缺 |
| | 黛玉 | 肠断乌骓夜啸风,虞兮幽恨对重瞳。黥彭甘受他年醢,饮剑何如楚帐中? | 虞姬 |
| 秦宫 | 乾隆 | 春锁阿房静管弦,尘生舞袖为谁妍。从来不识君王面,忽过人间卅六年。 | 赵姬 |
| | 宝琴 | 缺。 | 缺 |
| | 黛玉 | 缺。 | 缺 |
| 汉宫 | 乾隆 | 水晶盘净玉腰酥,爱舞因怜可用扶。底事天家万乘富,等闲难获画明珠。 | 赵飞燕 |

续表

| 题名 | | 题诗 | 咏叹对象 |
|---|---|---|---|
| 汉宫 | 宝琴 | 《交趾怀古》:铜铸金镛振纪纲,声传海外播戎羌。马援自是功劳大,铁笛无烦说子房。 | 马援、张良 |
| | | 《淮阴怀古》:壮士须防恶犬欺,三齐位定盖棺时。寄言世俗休轻鄙,一饭之恩死也知。 | 韩信 |
| | | 《青冢怀古》:黑水茫茫咽不流,冰弦拨尽曲中愁。汉家制度诚堪叹,樗栎应惭万古羞。 | 昭君 |
| | 黛玉 | 绝艳惊人出汉宫,红颜命薄古今同。君王纵使轻颜色,予夺权何畀画工? | 昭君 |
| 魏宫 | 乾隆 | 平生戎马乐几曾,铜雀虽成几度登?不为夜台听不见,悲歌一曲向西陵。 | 曹操、大乔 |
| | 宝琴 | 《赤壁怀古》:赤壁沉埋水不流,徒留名姓载空舟。喧阗一炬悲风冷,无限英魂在内游。 | 曹操 |
| | 黛玉 | 缺。 | 缺 |
| 晋宫 | 乾隆 | 灭蜀平吴处上游,大开武库甲兵收。而今四海浑无事,只驾羊车日夜游。 | 司马炎、宫妃 |
| | 宝琴 | 缺。 | 缺 |
| | 黛玉 | 瓦砾明珠一例抛,何曾石尉重娇娆。都缘顽福前生造,更有同归慰寂寥。 | 绿珠 |
| 齐宫 | 乾隆 | 步步莲华步步春,香凝罗袜不生尘。何须洛浦遥相见,已是人间有洛神。 | 齐废帝、潘妃 |
| | 宝琴 | 《钟山怀古》:名利何曾伴汝身,无端被诏出凡尘。牵连大抵难休绝,莫怨他人嘲笑频。 | 周颙 |
| | 黛玉 | 缺。 | 缺 |
| 陈宫 | 乾隆 | 结绮临春户对开,后庭花发引金杯。景阳钟晓方酣宴,不信横江木梯来。 | 陈后主、张丽华 |
| | 宝琴 | 缺。 | 缺 |
| | 黛玉 | 缺。 | 缺 |
| 隋宫 | 乾隆 | 海错山珍杂绮罗,銮舆空待未曾过。夜深欲识君游处,但看飞萤点点多。 | 隋炀帝、萧皇后 |
| | 宝琴 | 《广陵怀古》:蝉噪鸦栖转眼过,隋堤风景近如何?只缘占得风流号,惹得纷纷口舌多。 | 隋炀帝 |
| | 黛玉 | 长揖雄谈态自殊,美人具眼识穷途。尸居余气杨公幕,岂得羁縻女丈夫? | 红拂 |
| 唐宫 | 乾隆 | 沉香亭畔晚春妍,玉树如烟院宇连。何事宫娥群戏剧,应缘分得洗儿钱。 | 杨贵妃 |
| | 宝琴 | 《马嵬怀古》:寂寞脂痕渍汗光,温柔一旦付东洋。只因遗得风流迹,此日衣衾尚有香。 | 杨贵妃 |
| | 黛玉 | 长揖雄谈态自殊,美人具眼识穷途。尸居余气杨公幕,岂得羁縻女丈夫? | 红拂 |

　　这十首宫词是乾隆诗作中不多见的佳作，清新流利，寓意新颖，颇有大家风范。人们一般认为，乾隆一生作诗四万三千余首，数量虽多，但好诗不多，"其中佳作甚少，绝大部分诗缺乏诗味，读来有同嚼蜡，有的还颇晦涩费解"，并认为"出手快，不假锤炼，是乾隆作诗的基本风格"，"这种随兴拈笔，不求韵律的作品，难免徒有诗的格式，而无诗的韵味"①。这种看法虽基本符合实事，但也不完全准确。乾隆的不少诗作虽然表达了封建思想、社会政治事件等，但这是他作为皇帝不可避免的。他的有些诗作其实也很好，很有独特的韵味。这十首宫词作得就很好。例如，《隋宫》一诗，对萧皇后的咏叹，用语自然流畅，情感凄婉真切，放在唐诗中也不逊色："海错山珍杂绮罗，銮舆空待未曾过。夜深欲识君游处，但看飞萤点点多。"可以看到，乾隆咏叹的这些宫苑女子和历史事件，很有典型性，这种选择体现出乾隆皇帝独特的眼光。

　　同时，自杜堇《千秋绝艳图》流传以来，人们通过诗歌、绘画的方式对历史上优秀异样女子的反思、赞叹，成为时代的思潮，乾隆的选择与这个文化历史和艺术传统是符合的，是跟得上时代的。从《红楼梦》薛宝琴、林黛玉的诗作来看，他们在对象的选择方面，带有诸多一致性，而且历史时间均到唐代杨贵妃而止，与《红楼梦》中每每"汉""唐"并列的做法类似。这种现象的出现也不是偶然的，而是时代文化环境使然。例如，同为咏叹西施，林黛玉"效颦莫笑东村女，头白溪边尚浣纱"的感慨，虽为东施翻案，立意不俗，但整首诗只是单纯的议论，缺乏意境。乾隆诗作则截然不同：西施身着轻纱，蹁跹走过响屐廊，来到清清的湖面，坐在龙舟之上，对镜梳妆，这本身就是一幅绝妙美景；后两句则一反历史上对西施的同情、感慨，对西施"夜游朝宴"的欢乐生活提出质疑，认为西施可能早已沉浸在这种欢歌旖旎的享乐生活中而忘记了越王的存在。这种观点即使放在现在，恐怕也难获得多数人的认可，以为乾隆对西施的悲剧性经历缺乏同情的理解，是对西施的污蔑。

　　但是，设身处地去想，西施在那样的环境中有没有可能对吴王产生情感呢？在新编昆曲《西施》中，编者一反历史传说，对西施在吴宫生活的经历进行改写，认为西施与吴王之间产生了真情，生下了两人的孩子，

---

① 唐文基等：《乾隆传》，人民出版社1994年版，第449页。

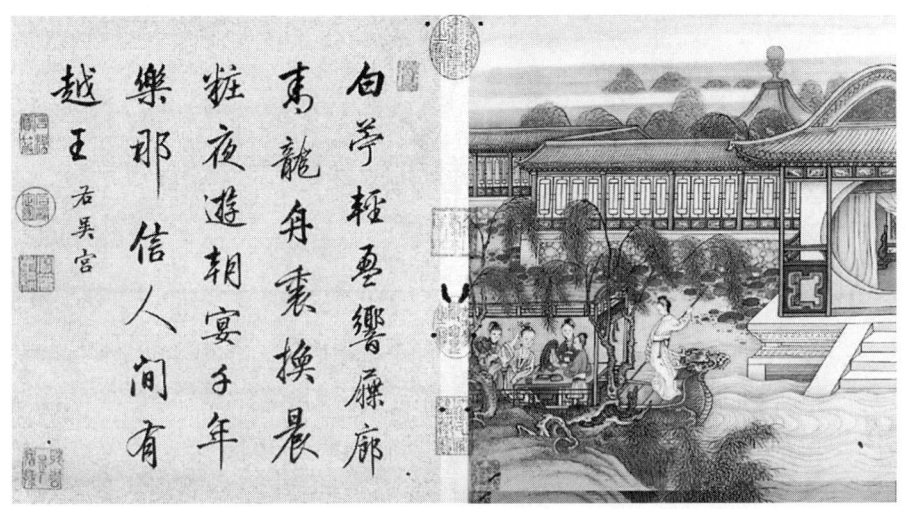

图 9-26 清 冷枚《十宫词图》之《吴宫》，纵 33.1 厘米，横 29.3 厘米，北京故宫博物院

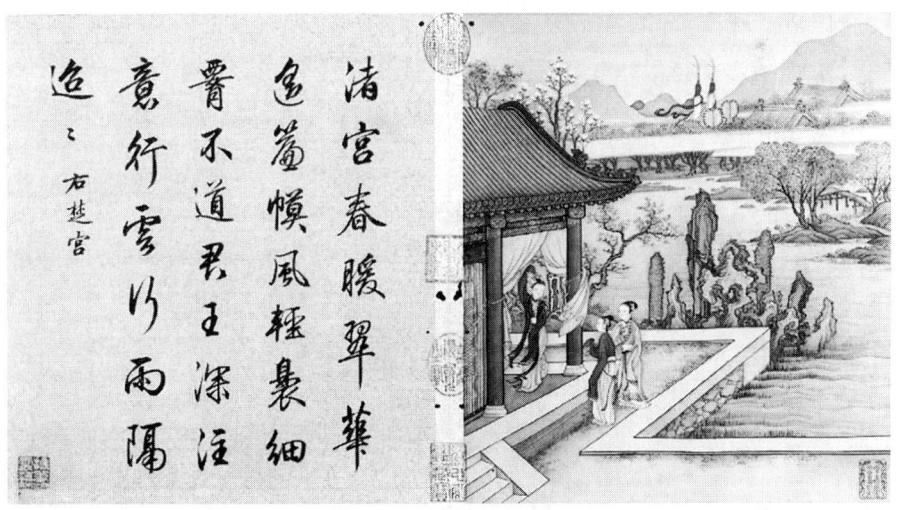

图 9-27 清 冷枚《十宫词图》之《楚宫》，纵 33.1 厘米，横 29.3 厘米，北京故宫博物院

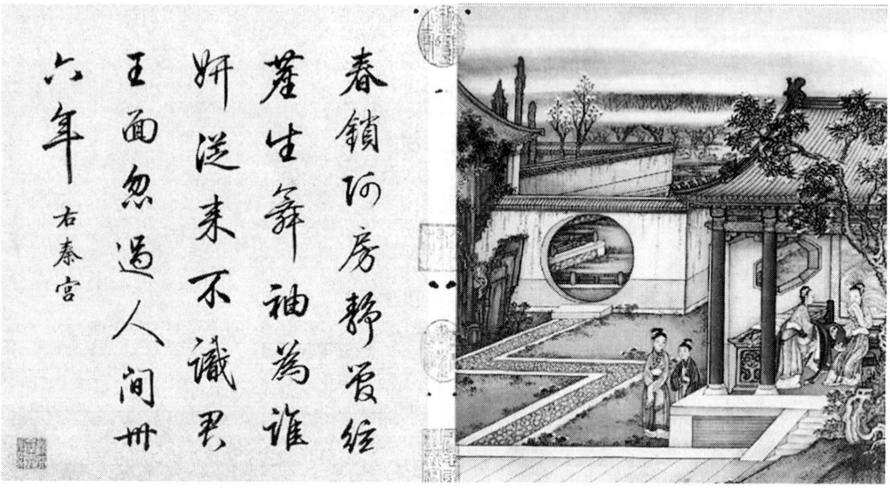

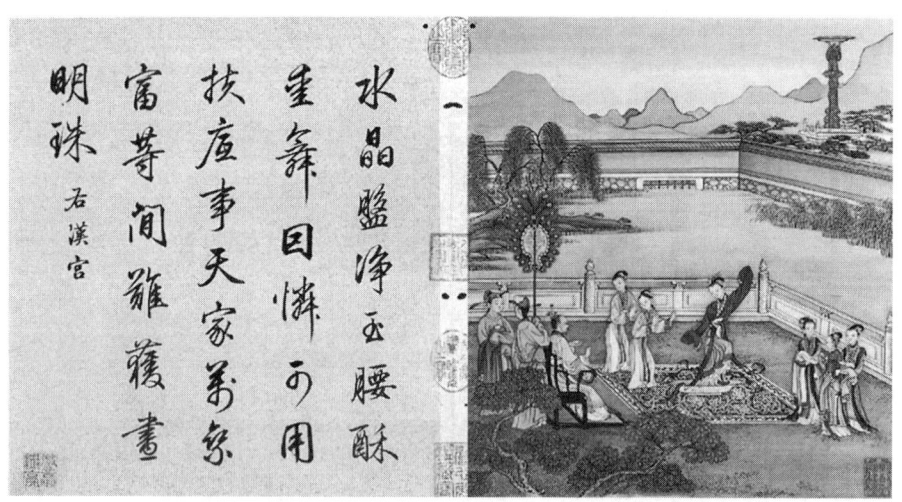

图 9-28　清　冷枚《十宫词图》之《秦宫》，纵 33.1 厘米，横 29.3 厘米，北京故宫博物院

春锁阿房静爱经
荞生筝袖为谁
妍送来不识君
玉面忽过人间册
六年　右秦宫

图 9-29　清　冷枚《十宫词图》之《汉宫》，纵 33.1 厘米，横 29.3 厘米，北京故宫博物院

水晶帘净玉腰酥
坐筝因怜而用
扶虚事天家芳泉
富寿间雞薇画
明珠　右汉宫

图 9-30　清　冷枚《十宫词图》之《魏宫》，纵 33.1 厘米，横 29.3 厘米，北京故宫博物院

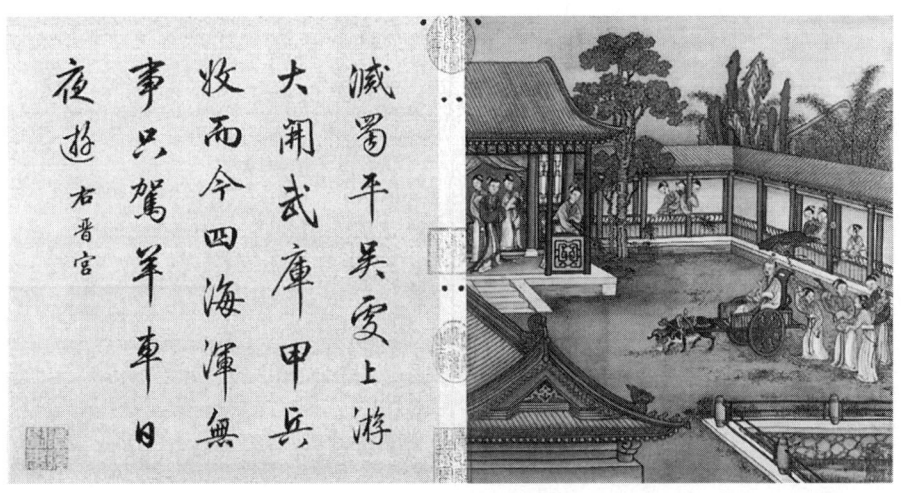

图 9-31　清　冷枚《十宫词图》之《晋宫》，纵 33.1 厘米，横 29.3 厘米，北京故宫博物院

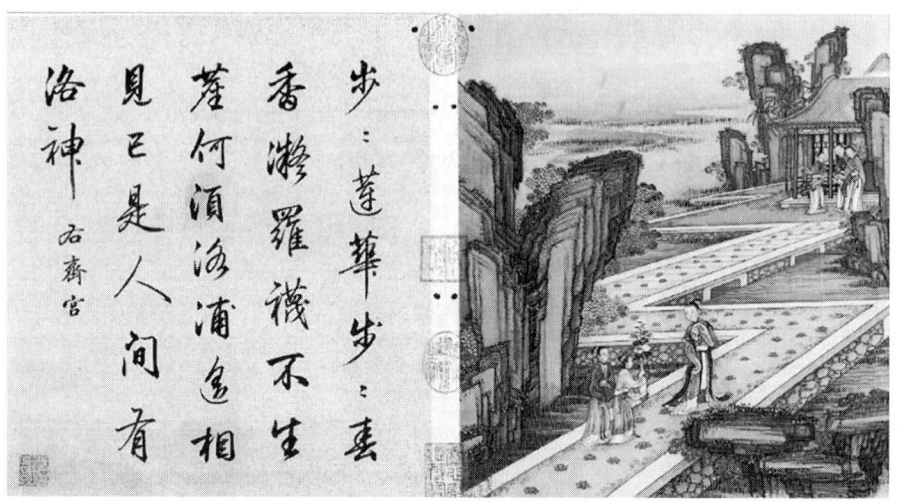

图 9-32　清　冷枚《十宫词图》之《齐宫》，纵 33.1 厘米，横 29.3 厘米，北京故宫博物院

图 9-33　清　冷枚《十宫词图》之《陈宫》，纵 33.1 厘米，横 29.3 厘米，北京故宫博物院

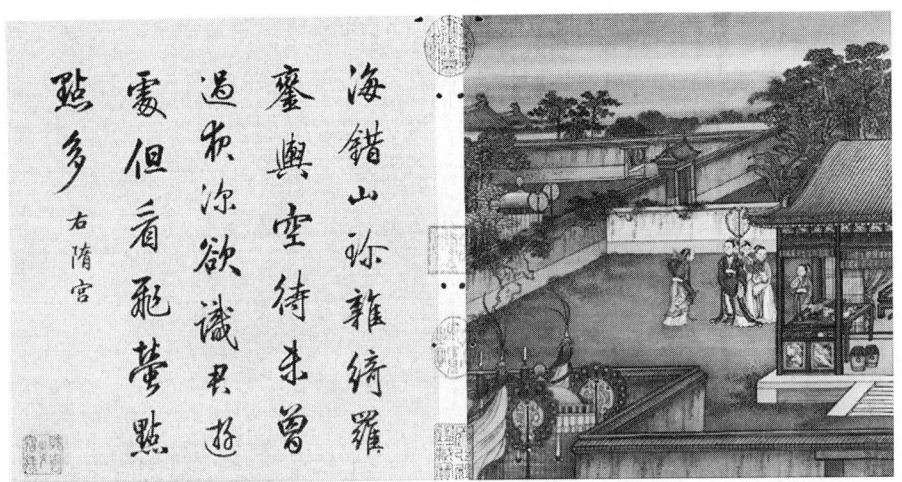

图 9-34　清　冷枚《十宫词图》之《隋宫》，纵 33.1 厘米，横 29.3 厘米，北京故宫博物院

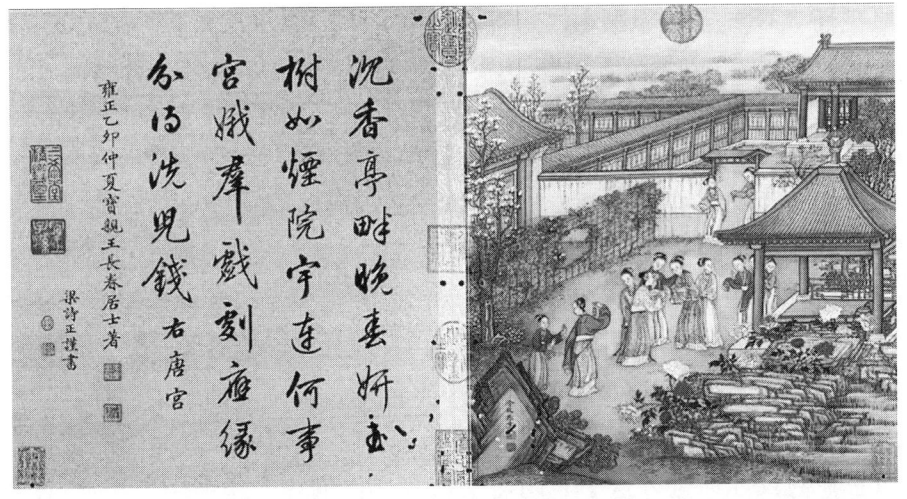

图 9-35　清　冷枚《十宫词图》之《唐宫》，纵 33.1 厘米，横 29.3 厘米，北京故宫博物院

在战乱来临之际,西施并未随越军返回家乡,而在战乱中失踪。可以设想,当西施不得不作为战争工具被送往吴国,远离自己心爱的人,她本人对越国和范蠡做何感想?进入吴宫后,吴王对她怜爱有加,修建响屧廊、一箭泾、玩月台,并与西施生下两个孩子。比起越国对待西施的态度,西施与吴王之间是否可能产生真正的感情呢?战争来临,西施看着心爱之人死去,又一次遭受生离死别的打击,她的痛苦更加深一层。当然,林黛玉的诗作是借西施在吴宫寂寞思乡的生活来表明自己的生存状态,认为西施在吴宫怀念自己的家乡,还不如东施能在家乡终老,可以"白首浣纱",乐享天伦,惹人羡慕。两首诗作的立意不同,出发点不同,对西施生活和情感的评价自然也不同。

## 第四节　禁闭与诗意:女性生活空间的双重性质

仇英《汉宫春晓图》的画面结构颇富象征意味,这些在春天清晨发生的事件是在一个独立的生活空间(汉宫)之内完成的,无论这些事件如何多样且具有自己的规定性。可以看到,在画面的开始,是一段迷离苍翠的荒野景象,由于没有题鉴和说明,我们不能知道这段空间的属性,它似乎只是向观者说明后面的景象是从一个渺远的时空开始;随着画卷的逐步展看,时空逐渐清晰起来,仿佛这些事件正在当下发生。一段整饬的宫墙将荒原时空和事件发生的场所隔成两端;宫墙的大门半闭半掩,宫墙内是宽阔的河流,大门与河流间的距离似连实断。河流内盛开的荷花、自在悠闲的仙鹤和飞鸟,虽然为墙内之人提供了可欣赏的对象,但也向她们呈现了自己的功能:仅仅是娱乐而已,如果没有外力使然,她们要想逾越宫墙、走向外部空间,几乎是不可能的。在画面的结束部分,两位宫装打扮的男性侍者正在宫墙外交谈,宫墙的后门同样是紧闭的,他们似乎在商议如何进入这个封闭而丰富的女性世界。这个场景和宫门越发向它的观者说明这幅画作的完整性和封闭性。

可惜的是,我们在欣赏仇英这幅长卷时,往往会被它的形式所欺骗:它的形制长而狭窄,一旦我们自右往左打开它而慢慢欣赏,为了看清画卷中的内容,就不得不凝神注意,而在凝神欣赏时我们也会为画面中丰富的内容和艳丽的宫装女子所吸引,进而忘记开始时的荒野之感和紧闭的宫门;直到最后一道宫墙和宫门出现,我们松了一口气,终于走完了这段漫长的欣赏之旅。我们赞叹、惊讶、羡慕,留恋于画面的美感,为作者的精细功夫所折服,如此等等。当我们在为这幅长卷的细节所赞叹时,或许会忘记它的整体性设计,进而忽略画作所体现的那种强烈的封闭性,以及这种封闭性对生活其中的女子的禁锢——"汉宫"一词,或许在这里才可以体现出它的原初含义。

在《红楼梦》中,以林黛玉为代表的青春女子,生活在那座被誉为"人间仙境"的大观园中。这个院子既属于皇家园林,又属于私家园林。这两种属性的叠合使之具有独特的属性:它一方面因为元妃的亲临而拒绝外人进入以保证皇家的威仪,同时又可以使元妃之外的姐妹们一同居住,以欣赏园中的美景。这个独特的空间场所成为我们进入《红楼梦》的首选通道。不仅如此,我们还可看到,在《红楼梦》中,作者利用大观园的双重身份,改造了中国传统园林欣赏主体的构成:在我们的印象中,那些在园林中栖息、游玩的主体永远是男性文人,他们大多功成名就,处于人生的巅峰时期,因而可以通过政治权力和物质手段塑造一个属于自己的独立空间;相反,处于青春阶段的少男少女则几乎没有成为园林的欣赏主体。这种差异除了社会身份的限制外,还含有更为深刻的礼制内涵,人们认为,无形式的自然美带有开放人性的作用,那些处于青春期的少年(尤其是少女)如果无节制地在这样的园林中游玩,无疑会启迪她们的心智、开拓她们的心灵,进而激荡她们的情感。这无论如何都不是好事情:情感的丰富和变化,正是礼制最大的潜在敌手。可以看到,在《牡丹亭》的描写中,杜府的后花园是向杜丽娘关闭的。《红楼梦》的这种置换使大观园成为一座不一样的园林——一座青春的园林。

明末清初时期江南园林文化的兴起和实践为这种置换提供了可能。这种情况同时反映在前后时期的绘画中。高居翰分析道:"由于园林是上层阶级的女性成长与生活的主要场所,以园林作为仕女画的背景便显得顺理成章。女子们常会在花园中停留和进行各种活动,或耽情思远,或弹琴吟诗,或补衣绣花,或调酒斗草,甚至还会像男子一样赏鉴博古。她们有时一人独处,有时仅有丫鬟作伴,有时则呼朋唤友,聚在一起举办热闹的集会,表现出古代女性生活的各个侧面。"① 私密、诗意而富足,园林生活无疑满足了人们对理想生活的全部想象,因而人们有理由将之作为画境呈现,一旦青春女性进入这个境界,它又因此而别具情调:《汉宫春晓图》正为我们提供了这样一个独特的生活空间。仇英的《汉宫春晓图》虽托名"汉宫",将观者的思绪通过这一内涵丰厚的历史遗迹的名称带向另一个无法触及的时空,但我们仍能发现诸多当下时代性的内涵,为女子活动提供一个封闭而优美的活动空间(私家园林、庭院)就是其中之一。

例如,在以往仕女画中,那些在历史上艳名卓著的女子形象多处在一片空茫的背景上,作者不得不以题诗的方式对其生命历史进行诉说,以提醒观者作品中女子的身份和事迹,杜堇的《千秋绝艳图》就是如此。这幅作品也被仇英以白描的方式临摹过。因此,《汉宫春晓图》的画面设计与这类图册有根本不同:将这些处于汉宫的女子置于广阔而私密的空间内进行描绘,将她们的行动、心情和生活内容的多样性一同呈现。类似的方式出现在仇英的《贵妃晓妆》《四季仕女图》等系列作品中。仇英的这种处理方式很有可能借鉴了唐宋名画中文人在园林中活动的作品(如《西园雅集图》等)的构图方式,进而将之引入对仕女的描绘——仇英《金谷园图》《春夜宴桃李园图》等作品的典雅境界说明他对这一传统是熟悉的,因而也有可能完成这种转变。

高居翰对仇英这种崭新的做法给予积极评价:"在这些私人的庭园之中,所有残酷或令人不快的事情都可一扫而空,而且,画家也可以很轻松地将庭园中的种种逸乐,转化为具有相同特色与目的的画作。如果说,绘画仿佛是对真实庭园作一种平面的描绘,那么,庭园无疑也是画中世界与画中理想的一种立体呈现,它介于艺术与现实生活之间。……在经过成功地经营之后,人们仿佛都过着如诗如画的生活。"② 只不过,在文人价值观和世界观主导的语境中,人们很少将目光投向对以女性为主体的园林绘画,而园林与女性生活的融合却正源自两者间精神气质

---

① 〔美〕高居翰等:《不朽的林泉:中国古代园林绘画》,生活·读书·新知三联书店2012年版,第229页。

② 〔美〕高居翰:《江岸送别:明代初期与中期绘画》,夏春梅等译,生活·读书·新知三联书店2009年版,第217页。

的一致："娇羞内敛的闺阁文化，因其不外传、不张扬的性格而很少为外人所知，女性的园中活动也始终保持着一种隐秘同时又极具诱惑力的状态。"① 因此，相比于仇英、金廷标、顾见龙等人的闺阁园林绘画，《红楼梦》中的青春女子的生活，正可为这种情况提供更为详实的文本证据。我们似乎也可从这些画作中探寻到《红楼梦》众多女子活动细节的精神遗传因子。

实际上，这种转换并不是一次性完成的，其间经过了漫长的准备过程。即使具备了雄厚物质条件的支持和优美的生活空间，不代表就有这样的人存在。如何培养具有艺术鉴赏力和掌握宏博知识的女子，是完成这种转换的关键。毕竟，在此前较长的历史中，人们并不主张女性从事知识积累和艺术赏鉴之类的活动。在《红楼梦》诞生的前后时期，江南闺秀文化的兴起、发达，造就了大量富有知识和艺术修养的女才子，她们的出现为传统社会中只为男性知识分子集会中展开的题咏、下棋、博古等活动提供了新的行为主体，雅集图中的男性文士由此转换为闺阁中的女性。古代文人士大夫一妻多妾的婚姻制度也为一个家庭可能存在多位有才华的女子提供了条件。可以看到，在这样家庭的公共活动空间（主要是庭院），她们因为身处一个空间之内而具有了通过艺术活动进行交流的可能性——作为文士聚会的园林由此也转化为闺阁女子的行乐场所，她们也是园林的欣赏主体。

图9-36是钤印虞沅的《闹中雅会图》，呈现的就是这种情况。在此之前，博古的主角主要是男性，女性是这类活

图9-36　清　虞沅《闹中雅会图》，纸本设色，纵126.7厘米，横66.8厘米，嘉德2007年春季拍卖会

①〔美〕高居翰等:《不朽的林泉:中国古代园林绘画》,生活·读书·新知三联书店2012年版,第228页。

图 9-37　明　仇英《人物故事图册·竹院品古》，绢本设色，纵 41.4 厘米，横 33.8 厘米，北京故宫博物院

动的点缀者和旁观者，就像仇英《竹院品古》（图 9-37）所呈现的一样。虞沅，生卒年不详，曾亲随王翚学画。这幅作品呈现了闺中博古的场景：画面中央的长形几案带有浓厚的简古意味，桌面上摆满了各式各样的古物。这次品鉴的主角是围坐于几案旁边的四位夫人，其中坐北面南的红衣女子可能是这次活动的主持者和组织者，在她身后，一名丫鬟又拿来一件新的白色器物，似乎正在向她请示、汇报，这名丫鬟旁边是另外一位丫鬟，后者的怀中是一件卷轴作品，尚未打开，也可能是已欣赏完毕。显然，在寂寥的闺阁中，漫长的春夏时光需要以各种形式来消磨。作为知识女性且出身世家的她们，显然不能采取较为低俗的方式，博古、结社、抚琴、对弈，自然成为首选。正如在其他画作中看到的一样，在这样的唱和活动中我们尚未看到未出阁的闺中少女的身影，她们似乎尚未引起画家的注意，亦或是她们由于年纪尚小，还不能感受到封闭的庭园所带来的时光增长的寂寥。因此，闺阁少女成为这类图像或小说文本的主体，无论如何都应该作为一种现象而引起研究者的注意。

即使这种转换得以形成，我们仍能从完成这种转换的图像世界中发现前者的影踪。或者说，那些在文化身份上具备男性文人条件的闺阁女子，实际上是模仿了他们的活动，由此形成两种活动之间的互动和变化关系。正像探春给宝玉的信笺中所写的那样，古往今来之人"或开吟社""或竖词坛"，实乃"千古之佳谈"，因而她也向宝玉建议应成立属于她们自己的社团："娣虽不才，窃同叨栖处于泉石之间，而兼慕薛林之技。风庭月榭，惜未宴集诗人；帘杏溪桃，或可醉飞吟盏。孰谓莲社之雄才,独许须眉;直以东山之雅会,让余脂粉。若蒙棹雪而来,娣则扫花以待。"①在《红楼梦》中,探春时常以自己不是男儿身自惭,表示如果自己是男子身份她将离开这个封闭的园林而走向外面的广阔世界。在这段倡议成立诗社的书信中,她不断使用"娣"字,以表明自己虽是个女子,但具备男子的文化条件。同时,她还对东晋时期以慧远和谢安为主导的结社活动,对其以男子为主体的人员构成表达了自己的不满,认为女子亦应成为这类社团的组成人员。因此,探春虽然对这类活动的男性属性进行了批评,但她仍不能不借助其中的"男性要素"而发表自己的见解:她们身处的环境和所具备的才艺("栖处于泉石之间,而兼慕薛林之技")足以完成这类活动。同样,探春信笺中通过语言呈现的场景都是比喻性的:她们不可能像男性那样放浪形骸、"醉飞吟盏",她们的饮酒赋诗活动时刻受到各种各样的限制,这进一步凸显了她们生存空间的封闭性特点。

正像探春所感受到的压抑一样,她们在这个封闭园林中的诗意生活是有限的,也是程式化的。虽然她们可以变化活动的内容和形式,但这些变化同样是有限的,更何况她们也不能无限制地展开这类活动,一旦展开的次数较多,重复性增加,反而失去了它所具有的想象和超越功能。所以众姐妹在商议诗社举办的次数周期时,探春反说道:"若只管会的多,又没趣了。"因此,这类带有想象性和诗意性的活动的展开反而衬托出闺中女子生活空间的有限性。在这类画作中,我们可以时常见到闺阁女子进行吟咏或书写的活动,她们的身后会有一幅山水作品。在仇珠的一套人物册页中,那位端坐桌前的女子面对书桌上写满文字的法帖和纵横交错的棋盘时陷入了不可排遣的凝思,她身后以扇面形式呈现的山水作品里是几竿修竹和自在无人的野舟,以说明这里有河流通向远方。因而这幅小画正向这位女子也向画的观者说明女子生活范围的狭小,进而"暗示女子无法亲身游历自然山川,只好从山水画中寻找灵感"②。中国绘画传统中影响颇为深远的"卧游",在此显示了它的真正含义。只不过,在宗炳的笔下,"卧游"是真正的精神之旅,山水画承担了真正的山水之功能。而在闺阁空间中这些画作中的山水却显示人们生活范围的狭小。

①(清)曹雪芹:《红楼梦》,人民文学出版社 2008 年版,第 486 页。
②〔美〕高居翰等:《不朽的林泉:中国古代园林绘画》,生活·读书·新知三联书店 2012 年版,第 238 页。

正像仇英《贵妃晓妆》中的山水画一样,它们共同显示了生活在富贵之中的人们其实是被囚禁的人,无论生活多么富丽且富有诗意,都无法改变其根本的性质。

## 第五节　大观园:《红楼梦》中的"汉宫"

正像观看《汉宫春晓图》长卷一样,我们阅读《红楼梦》的感受亦是如此:从女娲炼石补天后大荒山所在的鸿蒙时空开始,依次延展到苏州阊门里的繁华红尘,再到大观园里的诸多女子,她们在这里演绎着自我生命的惨痛历程——虽然在外人看来她们可能正生活在令人羡慕的温柔富贵乡之中——直到红颜老去、魂归幻境。同样,阅读完全书后,当我们沉浸在《红楼梦》精细富丽的描写中时,我们似乎也会忘记书中的故事是从鸿蒙开始到鸿蒙结束的整体结构:画境与诗境由此获得了统一。因此,如果我们把《红楼梦》中的大观园置换为仇英画作中的"汉宫"加以分析,似乎并无不妥。实际上,在《红楼梦》的文本中,关于"汉宫"的元素虽寥若晨星,但熠熠生辉,不能不引起观者的注意。

两汉四百余年的悠久历史,奠定了整个中华文化的基础。在这过程中,有许多优异而美丽的女子出现:西汉时期的吕雉、钩弋夫人、李夫人、戚夫人,东汉时期的班昭、王昭君、赵飞燕、卢女[①]等。她们多具有绝世姿容和过人的才艺,与整个皇室的爱恨纠葛某种程度上影响了整个国家历史的发展,大汉雄风中包含了无限的儿女柔情,千百年来人们不断谈论汉宫往事。在东汉时期,就有诸多《相合歌辞》《琴曲歌辞》《杂曲辞》等作品咏叹汉宫之事,尤其是王昭君、赵飞燕、卢女等明帝时的女子故事,让"汉宫"成为女子的"伤心地",进而使之演化为一个带有象征意味的所在。尤其是王昭君故事的流传,更加使人对汉宫往事产生感慨:"汉宫"是一个富贵安乐的居所,进入"汉宫"就意味着可以享受荣华富贵的生活;但真正进入"汉宫"以后,则发现可以得到君王宠幸的女子少之又

---

①《乐府解题》:"卢女者,魏武帝时宫人也,故将军阴升之姊。七岁入汉宫,善鼓琴。至明帝崩后,出嫁为尹更生妻。梁简文帝《姜薄命》曰:'卢姬嫁日晚,非复少年时。'盖伤其嫁迟也。"(宋)郭茂倩编撰:《乐府诗集》,上海古籍出版社 2016 年版,第 889 页。

少；即使有幸被君王垂青，但"汉宫"中女子数千，君王朝三暮四、喜新厌旧，多逃不了被抛弃的命运；有的虽然获得了宠幸，又被人嫉妒、陷害，结局亦十分悲惨。更多人甚至连皇帝的面也见不上，就被以和亲的方式送往胡地，"图形汉宫里，遥聘单于庭"（陈后主《昭君怨》），"泪点关山月，衣销边塞尘。一闻阳鸟至，思绝汉宫春"（梁献《相和歌辞·王昭君》），这些诗句就是对汉宫女子生命的真实写照。李白《怨歌行》对汉宫仕女命运的摹写颇令人感伤：

> 十五入汉宫，花颜笑春红。君王选玉色，侍寝金屏中。荐枕娇夕月，卷衣恋春风。宁知赵飞燕，夺宠恨无穷。沉忧能伤人，绿鬓成霜蓬。一朝不得意，世事徒为空。鹔鹴换美酒，舞衣罢雕龙。寒苦不忍言，为君奏丝桐。断肠弦亦绝，悲心夜忡忡。①

李白此诗是汉宫女子命运的缩影：在"汉宫"中，她们虽然衣食无忧，但希望与失望并存，并不能得到自己想要的幸福生活，多以悲剧告终，从而万事归空。由此，"汉宫"成为这样一个满蕴着忧伤与绝望意涵的空间所在。检索显示，《全唐诗》中直接以咏叹"汉宫"为题的作品有133首，《全宋词》中则有129首。这些作品多咏叹宫中女子凄恻无奈的生活。"汉宫"中的抒情主人公形象几乎都具有如下特征：远离亲人与家乡，孤苦无依，充满着思念、怀乡的情绪，过着无奈、寂寞、凄凉而孤苦的生活。显然，李白此作中的"汉宫"不是让人留恋的理想之地，进入汉宫的豆蔻少女以春风残月为伴，从而"寒苦不忍言"，以至"断肠弦亦绝"。诗词中的宫廷生活充满着负面的情感倾向，与《汉宫春晓图》之类作品所呈现的富丽、幽雅、自在、安乐的情感氛围及和谐、自然、亲切的人际关系截然不同。在此生活的宫女和妃嫔，恐怕很少有人把这里当作理想的幸福之地，就像元春省亲时所说的那样，皇宫是一个禁卫森严、"不得见人的去处"——诗意与画境的冲突，再一次在汉宫题材上出现了。

当然，这样的"汉宫"与乾隆笔下的"汉宫"大相径庭：作为宫廷中唯一拥有审美资格和权力的男性，他可以实现自己的所有愿望，他的宫廷生活充满着温馨而香艳的诗意，是理想实现的乐园仙境；虽略有感伤，

---

① （宋）郭茂倩编撰：《乐府诗集》，上海古籍出版社2016年版，第552页。

但这感伤是由深沉而不可把捉的历史感和繁华享尽之后的寂寥感所构成,与前朝诗人笔下的无奈情感截然不同。

可以发现,"汉宫"意象所具有的这样两种不同的情感蕴藉,在大观园中均可得到回应。在《红楼梦》诞生的历史语境中,"汉宫"无疑是一个十分敏感的话题;而且,终其一朝,满汉之间的对立都一直存在,历代皇帝都在为调和满汉之间的对立做出努力。尤其是清朝定鼎初期,满汉的对立是严重的,斗争是残酷的。在乾隆朝文字狱时期,汉族文人的任何诗文都有可能被冠以"反清"的罪名。因此,《红楼梦》中频繁出现的"汉唐""汉宫""汉苑""东汉"等字样,就不得不引起注意。在《红楼梦》中,"汉宫"一词出现于第六十四回林黛玉《五美吟》第三首《明妃》,其他尚有"汉苑""汉唐""汉隋"等。《红楼梦》借"借汉言事"者所在颇多,且多为全书关节处。如下:

### 表 9-3 《红楼梦》中的"汉宫"意象

| 序号 | 回数 | 内容 |
|---|---|---|
| 1 | 第一回 | 石头与空空道人辩驳时代纪年问题时说:"我师何太痴耶!若云无朝代可考,今我师竟假借汉唐等年纪添缀,又有何难?" |
| 2 | 第二回 | 贾雨村与冷子兴谈论贾氏一族的起源兴衰时说:"自东汉贾复以来,支派繁盛,各省皆有",说明诸贾皆出于东汉。 |
| 3 | 第二十九回 | 贾母至清虚观打醮所请戏剧第一出《白蛇记》,所演内容为"汉高祖斩蛇方起首的故事"。 |
| 4 | 第五十一回 | 薛宝琴怀古诗第七首《青冢怀古其七》:"汉家制度诚堪叹,樗栎应惭万古羞。" |
| 5 | 第五十二回 | 薛宝琴转述"真真国美人"之诗:"昨夜朱楼梦,今宵水国吟。岛云蒸大海,岚气接丛林。月本无今古,情缘自浅深。汉南春历历,焉得不关心。" |
| 6 | 第五十六回 | 贾宝玉梦见甄宝玉,湘云说:"怎么列国有个蔺相如,汉朝又有个司马相如呢?" |
| 7 | 第六十三回 | 邢岫烟转述妙玉之语:"古人自汉晋五代唐宋以来皆无好诗,只有两句好,说道:'纵有千年铁门槛,终须一个土馒头。'" |
| 8 | 第六十三回 | 众人给芳官改名,改来改去,读的拗口,"众人嫌拗口,仍翻汉名,就唤'玻璃'"。 |
| 9 | 第六十三回 | 贾蓉和丫鬟亲嘴,为自己辩解:"从古至今,连汉朝和唐朝,人还说脏唐臭汉,何况咱们这宗人家。" |
| 10 | 第六十四回 | 贾琏用一个"汉玉九龙佩"作为定情信物给了尤二姐:"贾琏一面接了茶吃茶,一面暗将自己带的一个汉玉九龙佩解了下来,拴在手绢上,趁丫鬟回头时,仍撂了过去。" |

续表

| 序号 | 回数 | 内容 |
|---|---|---|
| 11 | 第六十四回 | 黛玉《五美吟》第三首《明妃》："绝艳惊人出汉宫,红颜命薄古今同。君王纵始轻颜色,予夺权何畀画工?" |
| 12 | 第七十回 | 薛宝琴《西江月》："汉苑零星有限,隋堤点缀无穷。三春事业付东风,明月梅花一梦。" |
| 13 | 第七十三回 | 贾政要检查宝玉的功课,宝玉自思自己的学业,提到"汉唐等文":"至于古文,这是那几年所读过的几篇,连"左传""国策""公羊""穀粱"汉唐等文,不过几十篇,这几年竟未曾温得半篇片语。" |

从《红楼梦》对"汉宫"的使用看,这些涉及"汉宫"或"汉唐"的内容在书中都是极重要的章节,似乎皆有所指,但又似乎是随意提到,不能确证。比如(8),关于芳官改名的问题,有人认为这是暗指作者"反清复明",是对满族文化的嘲讽、否定。再如(1)将全书故事与"汉""唐"联系、(2)将贾氏上溯到东汉贾复,似乎也是突出"汉""满"之间的对立。但"汉"在此并非就是表达作者对"朱"或"汉"的向往,因为(9)明确说"脏唐臭汉",又是对"汉"宫闱之事的否定。这种似是而非的解读对理解《红楼梦》没有帮助。此外,黛玉《五美吟》咏"明妃"与(4)薛宝琴《青冢怀古》题材一致,延续了古人对王昭君故事的咏叹。宝琴《西江月》将"汉苑"和"隋堤"对举,点名此诗是咏叹汉、隋两朝,其中"三春事业付东风,明月梅花一梦"的咏叹与警幻仙子"三春过后诸芳尽,各自须寻各自门"的谶语一样,带有预示的含义,似乎暗示大观园此后"诸芳流散"的命运。(5)中的"汉南春历历,焉得不关心"的表白似乎只是普通的感慨,但结合"昨夜朱楼梦,今宵水国吟"的叙述看,作者所"关心"的"汉南春色"似乎仍是"三春"之事,其意义在薛宝琴的《西江月》中点明。

因此,对于《红楼梦》对"汉宫"细节的运用,或可做这样的解释:既不可拘泥太过、捕风捉影、妄加附会,同时也不可太过轻看,忽略二者之间的内在关联。根据唐宋诗词和黛玉、宝琴诗句对"汉宫"之事的描写和评价,可以看到,"汉宫"独具的文化内涵和情感指向,与大观园中诸多女子的生活和情感经历多有契合之处。其中有些诗句描写的情景和情感,如果将抒情主人公换成大观园中的某一女子,亦无不可。这些情境,在仇英的《汉宫春晓图》中同样存在。根据仔细的比对分析,可以发现,这些场景、情境,在《红楼梦》中同样反复出现,说明二者之间似有承续关系。

大观园,这座旷世园林,由此与汉宫建立了联系。其实,与人们传统印象中的大观园正相反,居住其中的青春女子一方面享受着园中安详、宁静、富贵的生活,一方面同时感受到一种难以排遣的压抑,她们想要离开这个被外人目为"繁华烟柳地,温柔富贵乡"的地方。作为具有宽阔胸怀和抱负的异样女子探春,她对这里的生活既抱有怀念,而一旦离此而去,却又有一种脱离压抑之地的快感。某种程度上,她是一个成功的"逃离者",其他女子根本没有这样的机会。敏感的黛玉将她在园中的生活概括为"一年三百六十日,风刀霜剑严相逼",她时刻能感受到来自各个方面的监视和议论,她也想离开大观园,可惜她没有机会。与她们不同,那些生活在大观园之外的女孩子又想尽办法进入大观园,似乎大观园是一个理想的所在。实际上,她们的考虑带有鲜明的现实主义色彩,她们希望能在园中做丫鬟,这样不仅劳动的强度会降低很多,而且每个月的月钱还会多一些。正像《汉宫春晓图》中封闭的围墙一样,院墙高筑的大观园以其封闭性产生保护功能,一旦红楼女儿离开它,她们的悲惨命运也将开始。

## 第六节　诗境与画境:贾母对《艳雪图》的评价

让我们再回到第五十回提到的"仇十洲的《艳雪图》"。我们可以这样看"宝琴立雪":贾母对仇英的作品虽十分喜爱,但总觉有不如意之处,因而针对这一场景做出否定性的评价。根据贾母的评语,可以看出,这里的境界之所以高于仇英的作品,其原因是构成此处境界的各种要素比仇英的画要好,因而其总体境界也比仇英的作品要高。"宝琴立雪"的构成要素主要是三种:宝琴和丫鬟等人物,宝琴身上无比珍贵而且"金翠辉煌"的"凫靥裘",以及"四面粉妆银砌"的整体背景。

其一,"那画的那里有这件衣裳"。贾母说的"这件衣裳",是指她赏赐薛宝琴穿的"凫靥裘"。这是件极其珍贵的衣服。书中写道:

　　正说着,只见宝琴来了,披着一领斗篷,金翠辉煌,不知何物。

宝钗忙问:"这是那里的?"宝琴笑道:"因下雪珠儿,老太太找了这一件给我的。"香菱上来瞧道:"怪道这么好看,原来是孔雀毛织的。"湘云道:"那里是孔雀毛,就是野鸭子头上的毛作的。可见老太太疼你了,这样疼宝玉,也没给他穿。"宝钗道:"真俗语说'各人有缘法',他也再想不到他这会子来,既来了,又有老太太这么疼他。"①

宝钗、湘云姐妹等都未见过这种"金翠辉煌"的衣物,以至于让以"喜怒不形于色"著称的宝钗也不由"忙问"从哪里得到,可见她也动了心,所以后来她还当面对宝琴说"我那里就不如你",以表明自己的不满。香菱虽然是丫环,但针线上不及湘云,所以湘云知道这件衣服是"野鸭子头上的毛作的"。在后文的叙述中,作者轻轻将"凫靥裘"的名称点出,证明湘云的判断是正确的。显然,在"四面粉妆银砌"的世界里,"金翠辉煌"的"凫靥裘"更为醒目,红、白、翠三种颜色构成的色彩对比相当强烈、鲜明,但并不给人俗艳之感。"凫靥裘"在这里真是起到了画龙点睛的作用。在仇英的作品中,人物的衣饰与"凫靥裘"相比则显得较为轻薄,不仅不能与白色相称,更压不住"四面粉妆银砌"的琉璃世界。《修竹仕女图》中的仕女身着一般宫衣,没有色彩的对比,几乎看不到头饰的使用,显得较为平常,她身后丫鬟身着的红色丝绦是整幅画面的唯一亮点。《婉妆桃花图》中的两名女子具有文雅气息,头上的饰品和衣饰稍微多样些,但仍不能与宝琴的"凫靥裘"相提并论。因此,人物衣饰对画面气象格局的形成至关重要:一个是高贵典雅,一个则是局促寒素,而后者不

图 9-38 明 仇英《仕女图》,纸本设色,纵 95 厘米,横 38 厘米,高居翰数字图书馆

①(清)曹雪芹:《红楼梦》,人民文学出版社 2008 年版,第 658 页。

是贾母喜爱的。

其二,"人也不能这样好"。这里说的"人"主要是指宝琴,暗赞宝琴的人品容貌非他人可比。宝琴年轻貌美、色艺双绝,又清纯活泼、见多识广,确实非常人所可比拟。贾母这样评价实际上是将仇英《仕女图》中的主人公与宝琴进行了比较。仇英的仕女图虽多,但与此处所写意境相符者则无。唯有《婉妆桃花图》和《修竹仕女图》中的人物配合与此景相称,但两图所绘季节和景致皆非冬季雪景,"宝琴立雪"的场景似乎是综合这两部作品而成。《婉妆桃花图》所绘为两名女子在竹荫下一同欣赏一部佳作,小溪边的几案上放置着古玩、棋盒等物,说明这两位是身份、学识、年龄皆相差无几的"闺蜜",可美其名曰"双艳图"。但宝琴立雪的场景则是一名小姐和一名丫鬟组合而成的,与此又有不小差距。

在《修竹侍女图》中,一名仕女在一名丫鬟的陪伴下在园林的一角漫步。这里修篁苍翠,古石侧立,水流从竹石间流过。这名仕女宽袖长裙,发髻峨峨,显然是一位已婚的女子。从画面虽然不能判定这时是何季节,但从人物衣服装扮和修竹流水的情景看,则不外春、秋两季。无论何时,这两个季节都适合借景抒情。从她凝视远方、含情脉脉的眼神看,她似乎正沉浸在一种难以排遣的思绪之中,丫鬟和她之间的距离说明丫鬟深刻明了主人的思绪,因而离得远远的,只无声侍立其身后,以免破坏主人的心境。这是明清仕女图中的普遍主题。

在唐寅尤为著名的《王蜀宫妓图》中,两名装扮整齐、身体修长而容貌姣好的女子正在宫门外等候。从她们的衣着打扮可以看到,蜀后主王衍所作《甘州曲》对宫妓的描绘:"画罗裙,能解束,称腰身。柳眉桃脸不胜春。薄媚足精神,可惜沦落在风尘。"[①] 两名宫女端着水果和美酒上前,右边的女子伸手持住酒杯,一名宫女正往杯中倒酒,左边的女子则伸出双手表示自己并不需要;右边的女子一只手伸向她的怀中,脸也朝向她,似乎在说"喝一杯也无妨"之类的话。这似乎说明她们在这里等待的时

---

① (清)彭定求等编:《全唐诗》卷八八九,中华书局 1960 年版,第 10048 页。唐寅也在他的题跋中表达了类似的惋惜之情:"莲花冠子道人衣,日侍君王宴紫薇。花柳不知人去也,年年斗绿与争绯。蜀后主每于宫中裹小巾,命宫妓衣道衣,冠莲花冠,日寻花柳以侍酣宴。蜀之谣已溢耳矣,而主之不挹注之,竟至滥觞。俾后想摇头之令,无不扼腕。"周道振等辑校:《唐寅集》,上海古籍出版社 2013 年版,第 470—471 页。

间已经很久，宫女们只好端上酒食糖果供她们打发时间；在两人轻微的争执中不由流露出几丝的不安。这类仕女图中的女主人公不外是在宫闱中寂寥生活的妇人，她们的工作就是打扮自己、侍奉君王。

这类画作的主题不外以下数种：一是描画她们在宫禁中的娱乐生活，就像仇英《汉宫春晓图》中的场景一样；二是描绘她们寂寥的春思秋悲之情，就像《修竹侍女图》中的场景一样，一旦她们突破这种限制，则会出现如韩夫人红叶题诗的事件；三是描绘宫妓待幸的场景，就像唐寅《王蜀宫妓图》呈现的场景一样（图9-39）。这几种情况都不是贾母所能接受的，更是她极力否定的。这些女子虽在宫中，但只是帝王贵族的玩物，她们与"沦落风尘"的女子没有什么不同。因此，这类作品中的女子无法与薛宝琴相比。宝琴是年仅十余岁的青春少女，灵敏秀雅，待字闺中，是贾母最中意的女孩子。所以当别人把此时的宝琴比作仇英仕女图中的人物时，贾母顺口便说："人也不能这样好。"大观园中的女子生活与《汉宫春晓图》中的内容基本一致，但其活动主体却从宫妓仕女转变为清纯少女，因而曹雪芹将这三类主题（尤其是第三类）加以过滤，创造了优美多情的红楼情境。

因此，贾母对"宝琴立雪"的构成要素及其整体美感的评价使之与仇英的画作高下立判，再次体现出贾母的审美品位：此情此景艳丽典雅而无丝毫俗艳之感，与贾母的审美趣味十分契合。作为一介寒士，仇英作品的格局气象虽超逸高古，但终觉有某种缺憾，与贾母的品位有较大差距。贾母的审美趣味原以淡雅脱俗为主，非以艳丽秀媚为上；或者，更准确地说，应该是二者趣味

图9-39　明　唐寅《王蜀宫妓图》，绢本设色，纵124.7厘米，横63.6厘米，北京故宫博物院

的综合更妥当,如她提到"蝉翼纱"、"软烟罗"等装饰品,以及她对月下闻笛赏桂的看法,都反映了她的这个趣味。第五十三回贾府开夜宴,作者用大量笔墨描写了贾母厅中的陈设,这在全书中极少见,也是对贾母审美趣味的集中描写:"这边贾母花厅之上共摆了十来席。每一席旁边设一几,几上设炉瓶三事,焚着御赐百合宫香。又有八寸来长四五寸宽二三寸高的点着山石布满青苔的小盆景,俱是新鲜花卉。又有小洋漆茶盘,内放着旧窑茶杯并十锦小茶吊,里面泡着上等名茶。一色皆是紫檀透雕,嵌着大红纱透绣花卉并草字诗词的璎珞。"[①]可以看到,新鲜花卉、御赐宫香、上等名茶、山石盆景、西洋茶盘、紫檀透雕,这样的搭配让贾母的厅堂显得高贵典雅而不失灵动秀美,显示出主人高尚的审美情趣和不俗的眼光。更能鲜明体现贾母审美趣味的,是紫檀透雕上嵌着的"大红纱透绣花卉并草字诗词的璎珞":

> 原来绣这璎珞的也是个姑苏女子,名唤慧娘。因他亦是书香宦门之家,他原精于书画,不过偶然绣一两件针线作耍,并非市卖之物。凡这屏上所绣之花卉,皆仿的是唐、宋、元、明各名家的折枝花卉,故其格式配色皆从雅,本来非一味浓艳匠工可比。每一枝花侧皆用古人题此花之旧句,或诗词歌赋不一,皆用黑绒绣出草字来,且字迹勾踢、转折、轻重、连断,皆与笔草无异,亦不比市绣字迹板强可恨。[②]

这段文字既是在介绍"慧绣"的特点及名称由来,亦是反衬贾母的审美情趣。因慧绣稀少,贾府共有三件,其中两件送进宫里,给了元春;元春是否喜爱,书中并无描写,不得而知。仅剩下的这件璎珞一共十六扇,是贾母最爱的私房物品,从不外借:"贾母爱如珍宝,不入在请客各色陈设之内,只留在自己这边,高兴摆酒时赏玩。"从这里的描述可以看到,慧绣具有以下特点:其一,以"雅"为核心,可以是"淡雅"、"秀雅",也可以是"文雅"、"典雅",具有浓厚的书卷气,这与慧娘"书香宦门"的出身有关。其二,慧绣中的图案设计以花卉、书法、诗词为主,且均有渊源、出处。其中,花卉的绘制隶属于唐、宋、元、明花鸟画的传统,同时配有古

---

①（清）曹雪芹:《红楼梦》,人民文学出版社 2008 年版,第 727 页。
②（清）曹雪芹:《红楼梦》,人民文学出版社 2008 年版,第 727—728 页。

人相关的诗词歌赋,做到图、诗、文、书四美合一;了解这个传统的人可以知道这些花卉皆精细典雅、妩媚可人。书法则皆为草书。虽然我们不能判断贾母所喜草书是二王还是米芾、赵孟頫,亦或其他人,但草书飘逸洒脱的气象格局则是一样的,所以作者专门说"且字迹勾踢、转折、轻重、连断,皆与笔草无异,亦不比市绣字迹板强可恨",以强调草书流畅婉转之美的重要性。

当然,上述分析并无贬低仇英作品之意。这种倾向的形成应是诗境与画境两种不同境界对想象力的不同要求所致。画境以直接、形象为基本特点,无需主体想象力的过多参与即可达到很好的审美效果。诗境与此不同,它需要主体在文字感受的基础上充分调动想象力,以对文字之外的境界进行重构,因而这种境界与其说是文本呈现的,不如说是读者自己创造的。

客观地说,"宝琴立雪"场景的审美效果是否真如贾母所赞的那样好却不一定。这幅画面的色彩构成主要是白、红、翠三色,这几种颜色之间互相重叠,效果会消减不少。这不像观画,雪的颜色和仕女的脸色可以明显区分,红梅的颜色和衣服的颜色也容易区分,但在现实生活中,这种场景远远望去,不容易分辨。宝琴身着的"凫靥裘"乃"金翠辉煌"之物,其艳丽颜色与皑皑白雪形成鲜明对照,但同时也会掩盖宝琴身后丫鬟所抱的"一瓶红梅"。

# 第十章 "深窗美人忆年华"

## ——冷枚(款)《红楼梦图》

2012 年 11 月 28 日,在日本东京东方二十一世纪酒店举行的拍卖会上出现一套署名"冷枚"的《红楼梦图》,由此衍生出"冷枚与《红楼梦》"的问题。这一问题在中国绘画史和《红楼梦》研究领域尚未引起注意。由于问题复杂,本章仅对下述三个问题进行分析:其一,根据清同治八年《冷氏族谱》、王沛恂《匡山集》等文献对冷枚的生年及早期生活经历进行新的考订,认为冷枚生年当在 1661 年,进入清宫做专业画师的时间是 1681 年,其去世时间约在 1743 年,享年约 82 岁;其二,根据冷枚《董小宛真照》和《康熙南巡图》的创作情况,复原冷枚与曹寅、曹宣兄弟(尤其是后者)的交往情况。根据冷枚《董小宛真照》和另外两幅作品以及作品上的题鉴,结合高士奇、汪士慎等人的生活经历,考证出冷枚作品由当时的政治文化中心北京向南京、扬州、苏州等江南文化胜地传播的基本情况,及其与江南曹氏家族可能存在的交游情况,认为冷枚作品在江南地区存在一种长期的、持续性的流传过程,并获得了江南文人集团的肯定,为他参与《康熙南巡图》的创作打下了坚实的基础。其三,根据曹雪芹家世研究成果,尤其是曹寅弟弟曹宣的生平活动和艺术实践经历,考证冷枚与曹宣、曹寅等人存在的可能性交游情况,以及他们如何在康熙审美趣味的影响下进行艺术创作和欣赏的活动,认为冷枚与曹宣同在内务府共事时间长达二十年之久,这使冷枚有可能获得第一手的曹家资料并阅读《红楼梦》的早期版本。

## 第一节 冷枚(款)《红楼梦图》简述:问题的提出

冷枚与《红楼梦》的话题,起于 2012 年在日本东京东方二十一世纪酒店举行的一场拍卖会。在这场拍卖会上,出现了一套题款"冷枚恭绘"的《红楼梦》画册。在此之前,没有人注意过这个问题;这次拍卖结束后,也鲜见学界对这一问题进行讨论、研究。2014年冬季的一个雨夜,笔者在台湾大学温州街寓所中孤寂伶仃,唯有读书解闷,就随手翻看一本拍卖图录,无意间发现这套画册中的十二幅图片。该图录署名"人物画册",作者为"冷枚",但未标明是《红楼梦图》。我看到图像内容与《红楼梦》高度重合,觉得应该与《红楼梦》有关,遂上网搜索相关资料,发现这套画册的封面上署的确实是"红楼梦图"的名称。经过几次拍卖,这套画册于2014年12月11日在上海道明拍卖公司举办的秋季艺术品拍卖会上被人以575000元人民币的价格买走。我曾向该拍卖公司去信询问是何人购买,但未获答复。

同年冬季,我在台湾大学中国文学系旁听了哥伦比亚大学商伟教授开设的"明清小说研究:问题与方法"的课程。课余,我曾多次与商伟教授就这套画册和冷枚画作等问题进行过讨论,但因未见到原件,我们无法判断画册的真伪。期间,我还曾与里仁书局徐秀荣先生就这套画册交流过意见。他很喜欢这套画册,并将下册第八页"凹晶馆月夜联句"一图作为拙著《红楼梦诗学精神》的封面。正是在这样的环境中,我不断收集冷枚的资料,希望从中找到冷枚与曹氏家族交往的文献证据。冷枚虽是历经康、雍、乾三朝且画名卓著的宫廷画家,但是画史对其记载的资料却极为少见;现在人们对其生卒年的判定,也是根据清宫造办处档案记载所推测的,还存在不少不能确定的地方。为此,我结合新发现的资料,撰写了《清代宫廷画家冷枚生平补正》一文,发表在《故宫博物院院刊》2017年第5期上。

2015年8月,我在上海参加一个与《红楼梦》有关的活动,与上海红楼文物收藏家杨辛耕先生偶遇。因我在华东师范大学读书期间,曾与杨先生相识,并到他家里观赏过他的藏品,已有三四年未见,因而分外高兴,便将里仁书局新出的《红楼梦诗学精神》一书相赠。因杨先生盛赞本书封面、装帧甚好,我便和他谈到封面所使用的冷枚《红楼梦图》的相关情况。我向杨先生说,冷枚在清宫活动的时间主要在康熙年间,雍正在位的十三年时间不在宫廷,而在时为太子的弘历府中画画,直到弘历即位不久后才重新进入慈宁宫作画画人。同时,根据冷枚的可能卒年

1743 年计算,即使这套画册创作于 1743 年,那它也比现今所见的最早的《红楼梦》抄本甲戌本(1754)还要早 11 年。如果这套画册是真的,那就可以证明《红楼梦》的成书时间不是在乾隆时期,而是在更早的雍正朝甚至康熙朝。当然,其真伪无法判断,因而也无法得出这样的结论。

我和杨先生谈过后,表示还会继续关注、收集冷枚的资料,等有确切的资料和研究后再与他交流。不想"说者无意,听者有心",在我和杨先生谈论之时,旁边有一位听者(今隐其名)凝神静听,深感这一信息与他倡导的"《红楼梦》成书康熙朝"的观点有契合之处,并为他提供了新的材料。没过几天,即有人告知我,我和杨先生讨论的内容被人发到了网上,并发来链接网址。那人下手较快,找到了冷枚《红楼梦图》的电子本和网上现成的关于冷枚生平的常见资料,直接将二者粘贴在一起,形成一篇所谓"文章",为自己的一贯主张提供佐证。我看后很生气,通过杨先生联系到他,让他删去文章,希望他不要在尚未展开细致研究之前散布奇谈怪论,吸引读者眼球,引起关注度。他虽删去博客上的文章,但是文章已在网上发布,经其他人转载、传播,至今仍能在网络上查找到,且不时被人拿出来说事。在红学界,这种以奇谈怪论哗众取宠的做法很多,大多缺乏学理和历史依据,捕风捉影,混淆视听,为害甚重。这也是有些学者虽从事《红楼梦》研究但不愿意涉足红学界的原因之一。这件事让我吸取了深刻的教训。

我之所以说明这段往事的前因后果,不是想独占论题,而是希望学界有些人保持敬畏、谨慎、严肃的学术态度,进行详实的研究之后再进行传播。有些人现在连冷枚的生卒年、师承、生活状态等基本问题都搞不清楚,甚至一无所知,就妄下结论,显然是不负责任的做法。我相信,冷枚与曹氏家族和《红楼梦》是否有关系,只有在对冷枚的研究取得进展和突破的基础上才能得到认识、澄清,因而此后我继续寻找有关冷枚的资料,并有幸与冷氏家族的后人冷继家先生取得了联系。他听说我研究冷枚,便将自己珍藏的五册《冷氏族谱》的复印本邮寄给我,供我研究。而纂修这套族谱的倡议者正是冷枚,他还为这个族谱写了序。这篇序是此前冷枚研究尚未注意到的材料,对我们重新认识冷枚的生平颇为重要,也从侧面为我们解决上述问题提供了佐证。

这套署名"冷枚恭绘"的《红楼梦》图册,拍卖时未标明与《红楼梦》

有关，编号 0557。该画册分上下两册，共 24 幅，每幅图尺寸为纵 37 厘米，横 28 厘米。在上册第二页上钤有"乾隆御览之宝"印章，在下册第十页上落款"臣冷枚恭绘"，钤"臣"、"枚"两印，同时有"季迁心赏"、"王季迁海外所见名迹"、"秦祖永宝藏印"、"余绍宋"、"焱之心赏"等藏家印章。日本拍卖会后约半年时间，这幅作品又出现在 2013 年 4 月 6 日香港万麓海景酒店举办的中国古代书画拍卖会，作品编号 596，预拍价格为港币 2000000—2400000，美元 258000—309600。当然，这套图册的真伪存疑。

　　根据画册的鉴藏印，这几位藏家分别是清代秦祖永（1825—1884）、余绍宋（1882—1949）、王季迁（1907—2002）和仇炎之（1908—1980）等，他们分别持有过这套画册。秦祖永，江苏无锡人，嗜好书画，是黄鞠的晚辈，此图可能在黄鞠之后由秦祖永收藏，又辗转至余绍宋手中，后为仇炎之获得；仇氏去世后，他的家人委托苏富比（Sotheby）公司拍卖了他的藏品，为王季迁所得。至于该件作品如何辗转到日本，为日本美协所得，暂时存疑。作为一件从清宫流传到民间的作品，在几经易手的收藏过程中一直保存良好，近三百年过去，仍能看出其精美的设色和绘画技艺，拍卖方根据以上条件将这幅作品断定为"清中期以下"。

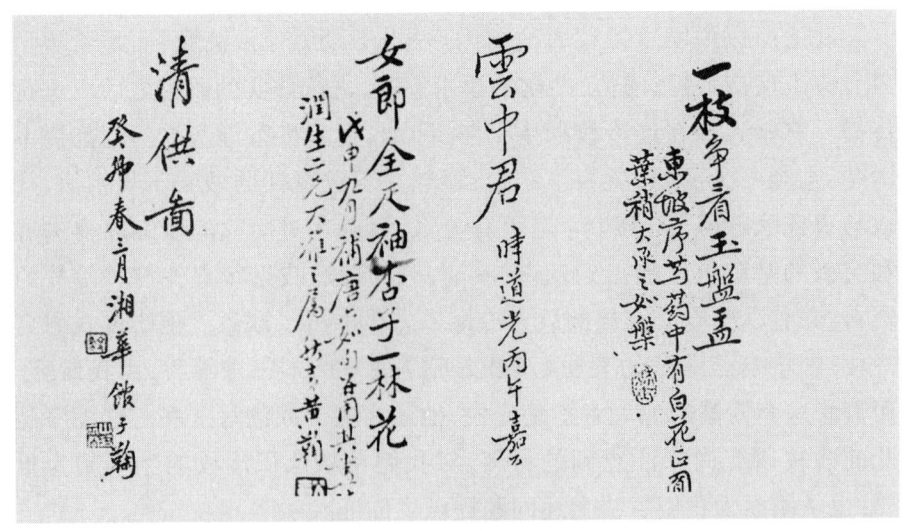

图 10-1　清　黄鞠作品题跋四件

根据图册目录页上的"衍波阁制"字样,可以推断这幅作品的装帧由嘉庆、道光年间的江苏吴门画家黄鞠完成。黄鞠(1796—1860),江苏松江人,后定居吴门,字秋士,又字公寿,号菊痴,以善画山水、花鸟著称,其作品师法恽寿平、王翚等人,"衍波阁"是其室名。《红楼梦图》有目录两幅,题写着每幅图的名称。根据黄鞠《杏花仕女图》《云中君》《清供图》《东坡赏花图》等作品的题款笔迹,可以推测,这目录也为他所题写。此前这套作品应有目录,黄鞠在收藏时又依旧制重新作了。具体信息如下:

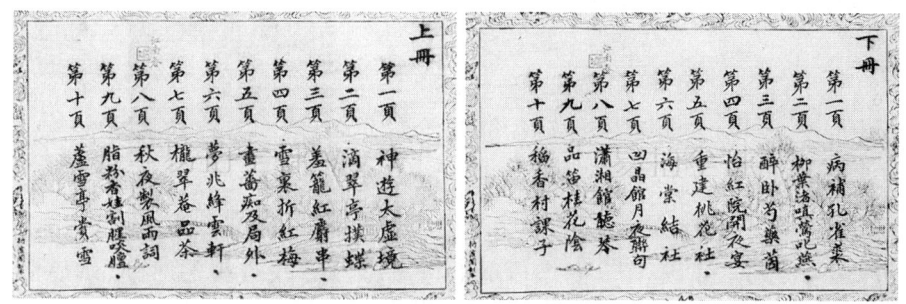

图10-2、图10-3　清　冷枚款《红楼梦图》目录,2012年东方二十一世纪酒店艺术品拍卖会

根据上述目录,这二十幅图的题名分别是:上册:第一页:神游太虚境;第二页:滴翠亭扑蝶;第三页:羞笼红麝串;第四页:雪里折红梅;第五页:画蔷痴及局外;第六页:梦兆绛云轩;第七页:栊翠庵品茶;第八页:秋夜制风雨词;第九页:脂粉香娃割腥啖膻;第十页:芦雪亭赏雪。下册:第一页:病补孔雀裘;第二页:柳叶渚嗔莺叱燕;第三页:醉卧芍药茵;第四页:怡红院开夜宴;第五页:重建桃花社;第六页:海棠结社;第七页:凹晶馆月夜联句;第八页:潇湘馆听琴;第九页:品笛桂花阴;第十页:稻香村课子。

冷枚虽然是历经康、雍、乾三代的著名的宫廷画家,但关于他的资料十分有限。北京故宫博物院聂崇正有几篇文章对冷枚的生卒年及其创作问题进行了分析,这些文章后收入《宫廷艺术的光辉》一书[①]。杨伯达

① 聂崇正:《宫廷艺术的光辉》,东大图书股份有限公司1996年版。

在《清代院画》中对冷枚进宫的时间进行了推测①。台湾"中大"艺术学研究所李亦梅在她的两篇长文中对冷枚的生卒年及一些作品的线法特征进行了分析②。高居翰也曾对冷枚的作品进行过分析,认为他的美人画带有鲜明的"都市化的世俗气"③。冷枚《红楼梦图》的收藏者之一秦祖永在《桐阴论画三编》中表达了与高居翰类似的观点④。通过这些论著可以看出:其一,由于资料匮乏,关于冷枚生卒年的推断尚未找到直接文献加以佐证;其二,冷枚早期的生活经历与创作之间的关系问题尚未引起注意;其三,更为重要的是,尚未有研究者将冷枚与曹雪芹家族和《红楼梦》进行比较研究。本章对这三个问题进行初步的探析。

## 第二节　"早岁流寓长安":冷枚的生活、交游与师承

现在我们所知的冷枚的生卒年是后世学者根据文献记载推断出来的:其一,根据《南巡图》创作情况的记载推测冷枚进宫的时间,然后前溯二十年得到其生年;其二,根据清宫造办处档案,冷枚最后被记载的时间是乾隆七年(1742),由此推定冷枚大约在此后不久去世。这方面的研究以聂崇正、杨伯达和李亦梅的论著为代表。聂崇正认为冷枚是康熙二十九年(1690)开始创作的《南巡图》的作者之一,同时他将冷枚入宫时间假定在二十岁,则其生年当在康熙九年(1670),卒年约在1742年左右,享年约72岁⑤。李亦梅认为冷枚最迟在康熙三十年(1691)前就已入宫,将冷枚的去世时间定在1742年,但没有涉及冷枚的生年问题⑥。杨伯达根据《胶州志》"秉贞奉敕绘《耕织图》,枚复助之"的记述和冷枚在康熙四十二(1703)年奉敕仿仇英《汉宫春晓图》的记载,认为冷枚进宫的

---

①杨伯达:《清代院画》,紫禁城出版社1993年版,第110页。

②李亦梅:《冷枚〈仿仇英汉宫春晓图〉研究》,《议艺份子》2008年第11期;李亦梅:《冷枚非"臣字款"仕女画之研究》,《议艺份子》2009年第12期等。

③James Cahill. *Pictures for Use and Pleasure: Vernacular Painting in High Qing China.* Berkeley: University of California Press, 2010.

④(清)秦祖永:《桐阴论画》,浙江人民美术出版社2014年版,第219页。

⑤聂崇正:《焦秉贞、冷枚及其作品》,见《宫廷艺术的光辉》,东大图书股份有限公司1996年版,第58—60页;聂崇正《"康熙南巡图"作者新考》,《紫禁城》2003年第2期。

⑥李亦梅:《冷枚〈仿仇英汉宫春晓图〉研究》,《议艺份子》2008年第11期。

图 10-4 清 冷枚《董小宛真照》，纸本设色，纵 56.5 厘米，横 33.6 厘米
香港长风国际拍卖公司 2008 年秋季拍卖会

图 10-5 清 冷枚《达摩渡江图》，纸本设色，纵 80 厘米，横 38 厘米
北京嘉禾瑞丰国际拍卖有限公司 2013 年 4 月 21 日春季艺术品拍卖会

时间"大体在康熙三十五年之前，最迟也不会晚于康熙四十二年"①。但是，《胶州志》所记冷枚"又尝奉敕作《南巡图》"为杨伯达忽略。《南巡图》的制作始于康熙二十九年，则冷枚进宫的时间当在此之前，所以聂崇正说冷枚入宫供职的时间至迟不会晚于此时②。但上述论著推算的时间均将冷枚入宫供职的时间推算晚了。这与他们对冷枚生年的推算有关。

其实，冷枚的生年和进宫时间可能更早。证据有二：其一，冷枚早期作品的传播和时人的题鉴；其二，与冷枚同时兼同乡的王沛恂《匡山集》的记述。综合分析，笔者认为，康熙二十年（1681）时，冷枚已被"皇帝选入内廷"，冷枚入宫供职的时间最迟在 1681 年；根据北京嘉禾瑞丰国际

━━━━━━━━━━━━━━━━

① 杨伯达：《清代院画》，紫禁城出版社 1993 年版，第 110 页。
② 聂崇正：《宫廷艺术的光辉》，东大图书股份有限公司 1996 年版，第 59 页。

拍卖有限公司于 2013 年春季举行的拍卖会上出现的一幅冷枚创作于康熙乙卯年的《达摩渡江图》（图 10-5）上的题款"康熙乙卯吉臣冷枚敬写"、钤印"吉臣"，冷枚在康熙乙卯年（1675）即已进宫服务。其生年则在 1661 年前后。

首先，冷枚《董小宛真照》为我们了解冷枚的生年提供了重要信息（图 10-4）。这幅作品为罗振玉收藏，画卷左下方有"振玉印信"印章①。画上有恽寿平的题款"董小宛真照"、"南田草衣恽寿平题"，下钤"南田草衣"、"白云外史"印章。这两方印章与恽寿平其他画作上的同题印章一致。恽南田（1633—1690），字寿平，江苏武进人。由于祖上抗清的缘故，他的一生主要在江南一带活动；他曾在顺治十一年至十四年间（1654—1657）到北京寻找哥哥恽桓的下落②，这时冷枚尚未出生。恽寿平约在康熙二十二年（1683）三月携家人移居常州白云渡③，"白云外史"名号在此后使用。因而恽寿平在这幅作品上题跋的时间当在 1683 至1690 年间。如果他在这幅作品上题字的时间是 1685 年，按照聂崇正的推断冷枚约生于 1670 年，则此时的冷枚年仅十四五岁，不太可能创作出这幅作品。

因此，冷枚的生年应早于 1670 年。

最直接的证据是王沛恂《匡山集》卷一中的记载，这条文献被诸多研究者忽视。王沛恂（1653—1718），字汝如，号书岩，山东诸城人，乃冷枚的同乡，生活年代比冷枚略早，其《匡山集》卷一《题冷吉臣画册》记载了王沛恂与冷枚在京城的一次相会，这次相会的时间是"辛酉之秋"：

> 辛酉之秋，余赴试北闱，与先中允兄坐间得晤冷子吉臣，年弱冠，聪慧绝伦。问所业，（云）："先，皇帝选入内廷，习绘事。"后闻《南巡图》多出其手。会乙酉夏，余入都谒选人，遇诸僧舍，壁悬人物画甚多，皆意在笔先，生气勃勃欲动。云鬻以自给也。余素嗜丹青，

---

① 卢辅圣：《近现代书画家款印综汇》，上海书画出版社 2002 年版，第 1270 页。
② 蔡星仪：《恽寿平研究》，天津人民美术出版社 2000 年版，第 12 页。
③ 杨臣彬：《恽寿平》，吉林美术出版社 1996 年版，第 31 页。

从未见写生若斯之工者。问《南巡图》,乃出其稿以相示。<sup>①</sup>

文中提到的"先中允"指王沛恂的哥哥王沛思。王沛思于康熙十八年(1679)中殿试二甲四十名进士,由庶吉士历左奉卿、左中允兼翰林院编修,因而王沛恂称其为"中允"。王沛恂在康熙五十一年(1712)前后罢官,隐居于山东五莲县九仙山,"匡山"为九仙山之一,《匡山集》亦由此得名。这时他的哥哥王沛思已经去世,故文章称"先中允"。王沛恂与冷枚生活时间大致相符,两人又是山东同乡,他的记载应该是可靠的。文章提到的"辛酉之秋"指康熙二十年(1681,辛酉年),这一年王沛恂到京城寄居在哥哥家里准备赴考。此时王沛思刚在京城做官,冷枚去拜见自己的同乡而遇到王沛恂。王沛恂称此时的冷枚"年弱冠",按照古时的算法,"弱冠"乃指二十岁。由此前推二十年,则冷枚的生年当在1661年<sup>②</sup>,比聂崇正的推断早九年。

关于冷枚的卒年,聂崇正认为是在乾隆七年(1742),笔者则认为他可能在乾隆八年(1743)五月二十九日前去世:"(乾隆七年)七月'太监高玉传旨:着动用造办处钱粮赏给冷枚银五十两',这是冷枚在宫廷中活动的最后的消息。冷枚大约于乾隆七年(1742)离开宫廷,或许在此后不久就去世了。"<sup>③</sup>其实,乾隆七年七月的这次记载并不一定是"冷枚在宫廷中活动的最后的消息",因为在乾隆八年造办处档案中多次出现了冷枚的信息,据李亦梅统计,这一年活计档档案记载冷枚共23处<sup>④</sup>。据乾隆八年造办处档案"裱作":"三月……初九日司库白世秀,副催总达子来说,太监高玉,胡世杰等交黑漆边围屏二架,每架十二扇。画花卉围屏二架,每架六扇;花梨木围屏一架,十六扇。花卉围屏一架,八扇。冷枚字画围屏一架,十二扇。……冷枚围屏画起下送进,着周昆(鲲)画通景山

①(清)王沛恂:《匡山集》,《四库全书存目丛书·集部》第255册,齐鲁书社1997年版,第30页。这段文字,李亦梅也曾引用过,但与本书所使用版本不同。她把乙酉年夏季王沛恂与冷枚的这次相见,误解为京城之外的一座寺庙悬挂冷枚画作出售,与他对话的是庙里的僧人。详细情况,参见李亦梅:《清代宫廷画家冷枚人物画研究》,台湾"中大"艺术学研究所2010年硕士学位论文,第15页。

②李亦梅将冷枚生年定为1662年。参见李亦梅:《清代宫廷画家冷枚人物画研究》,台湾"中大"艺术学研究所2010年硕士学位论文,第7页。

③聂崇正:《宫廷艺术的光辉》,东大图书股份有限公司1996年版,第60页。

④李亦梅:《冷枚〈仿仇英汉宫春晓图〉之研究》"附录一"《冷枚大事年表》(乾隆元年至乾隆八年),《议艺份子》2008年总第11期。

水。"① 这架十二扇的"冷枚字画围屏"在乾隆八年三月初九被内府收藏。"冷枚围屏画起下送进"也不能说是因为冷枚去世的缘故,因为同时进献的其他围屏也是如此:"花卉围屏上起下送进,着张雨森各家山水锦边"、"花卉围屏将画起下,另集锦,边框另糊锦"。因此,这里的"起下"只是例行更换或重新装帧,而没有其他的原因。

当然,这里的记载虽不能完全说明冷枚此时仍然在世,这架围屏也可能是冷枚此前已经书写绘制而由他人装置完成的,但认为冷枚此时可能仍然在世也是可行的。例如,乾隆八年造办处档案"裱作":"(四月)二十八日司库白世秀、副催总达子来说太监高玉、常安交冷枚《东升图》画一张,传旨:着托表大画一轴,钦此。"② 四月十二日,又交"冷枚人物绢画一张";四月十三日,"将冷枚绢画八张托得纸持进","交冷枚绢画美人六张";四月十五日,"将冷枚画一张托好持进";最后一次记载,则是本年十二月二十五日。冷枚如此频繁地出现在档案记载中,说明这一年他的创作可能还在继续。当然,继续的时间不能断定,因为人去世了,他的作品还能继续存在,因而记载其作品不代表冷枚本人仍然在世。

但根据造办处档案记载,宫中的画画人去世时,遵例,一般会上报给皇帝,皇帝知道后会赏赐其家属给一定的银两(银钱为几十两、二百两不等)作抚恤之用③,但是我们没有看到造办处前后时期档案有相关的记载。冷枚是乾隆皇帝甚为看重的画家,他的去世亦应引起乾隆的注意。乾隆元年正月初九,乾隆即将冷枚召入慈宁宫,"照慈宁宫画画人赏给钱粮",而且当月即着冷枚"画圆明园殿宇处通景总画一张"及《画龙作雨图》《老妪解诗图》两种绢画④;乾隆四年正月初五,"七品首领萨木哈来

① 张荣选编:《养心殿造办处史料辑览》(第二辑),故宫出版社 2012 年版,第 215 页。
② 中国第一历史档案、香港中文大学文物馆编:《清宫内务府造办处档案总汇》(第 11 册),人民出版社 2005 年版,第 772 页。
③ 例如,雍正二年三月十五日,怡亲王奏称画画人徐玫病故,"奉旨:赏给徐玫银八十两。钦此。本日怡亲王谕:将造办处收存银赏徐玫八十两。再将徐玫每月所食工食银二两令伊子替他当差,领用钱粮养赡家口。遵此。本日六品官阿兰泰领去银八十两赏给徐玫讫。"朱家溍、朱传荣选编:《养心殿造办处史料辑览》(第一辑),故宫出版社 2013 年版,第 35 页。再如,乾隆六年九月二十四日,沙如玉谨奏:"切西洋修士巴多明于康熙三十八年奉圣祖仁皇帝命由江宁来京效用,计供奉四十三年,今于乾隆六年八月二十日病故,年七十八岁,谨遵例具折奏闻。奉旨:西洋人巴多明行走年久,着赏银二百两,缎十匹。钦此。于本月二十五日司库白世秀将银二百两,缎十匹交西洋人戴进贤等持去讫。"见张荣编选:《养心殿造办处史料辑览》(第二辑),故宫出版社 2012 年版,第 178 页。
④ 张荣选编:《养心殿造办处史料辑览》(第二辑),故宫出版社 2012 年版,第 19 页。

说,太监胡世杰传旨:冷枚现画圣帝明王图,养正图上面像着冷枚画,其余另着人画。……嗣后冷枚所画之画凡面像俱着伊画"①,尤其是"脸像"须由冷枚亲自画而不能令他人代笔。根据期间造办处档案,可知这段时期内宫廷美人像的脸部(面像)一般是冷枚画的,其他部分则由他人完成;乾隆五年,"六月初一司库刘山久,催总白世秀来说,太监胡世杰交�木茜色画片围屏一架,计十二扇。传旨:着照焦秉贞围屏式集上边贴字,中间令冷枚画十二个月美人,先起稿呈览,准时着伊开脸像,其余另着人画。"②直到乾隆八年六月,丁观鹏取代冷枚开始画美人脸像:"(乾隆八年)六月初七日副催总六十七持来司库郎正培押贴一件,内开为本年五月二十九日太监胡世杰持来百美围屏一件。传旨:着丁观鹏画脸像。钦此。"③据此推测,冷枚应该是在乾隆八年五月二十九日之前去世的,他的专属工作此后由丁观鹏代替。

另外,现存冷氏族谱也可为我们考证冷枚生平提供佐证。现存《冷氏族谱》有嘉庆十五年本和同治八年本,这两个本子都是过录本。根据冷枚所写的序,我们知道,在康熙四十六年冷氏家族已编纂了族谱。现存这两个本子抄录的冷枚原序存在一个相互抵触的地方:嘉庆本抄录"枚距始祖十有六世,十岁随父流寓长安",在同治本中则为"枚距始祖十有六世,早岁随父流寓长安","十岁"与"早岁"虽一字之差,但意义却大不同。嘉庆本书写类楷书,字迹端正,但书写拘谨,字体没有形成自己的特点,因而可以判断这位抄手并不是正统文士,而是乡间普通人,所以他的这份抄本存在多处误抄、涂抹;从涂抹处可以看到,这位抄手不知道在涉及皇帝名号时应另起一行顶格书写的规则。而同治本字体类同行草,书写飘逸,且进行了多处改动。

根据后文分析,同治本的修订可能获得了更为确切的资料,因而改"十岁"为"早岁"。由于同治本抄录的母本是否为嘉庆本或者尚有其他母本不能确定,因而不仅不能断定此处是误抄,反而较嘉庆本更为可靠。冷枚后文说道:"丁亥春,因迁葬告假南旋,始获与族人聚首,尊卑长

①张荣选编:《养心殿造办处史料辑览》(第二辑),故宫出版社2012年版,第108页。
②张荣选编:《养心殿造办处史料辑览》(第二辑),故宫出版社2012年版,第111页。
③张荣选编:《养心殿造办处史料辑览》(第二辑),故宫出版社2012年版,第278—279页。

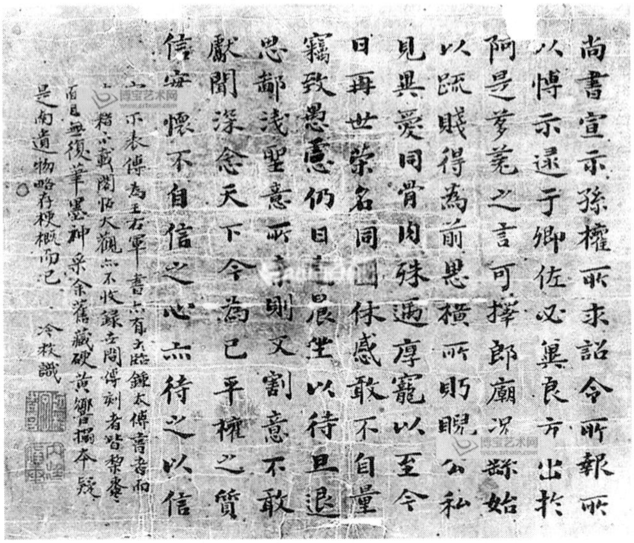

尚書宣示孫權所求詔令所報所
以博示逮于卿佐必冀良方出於
阿是芻蕘之言可擇郎廟況始
以疏賤得為前恩橫所盼睞公私
見異愛同骨肉殊遇厚寵以至今
日再世榮名同國休感敢不自量
竊致愚慮仍日達晨坐以待旦退
思鄙淺聖意所棄則又割意不敢
獻聞深念天下今為已平權之貿
信褒懷不自信之心亦待之以信

冷枚識

图 10-6 清 冷枚(款)手札,纵 22 厘米,横 26 厘米,北京卓德国际拍卖公司 2014 年 9 月 16 日夏季艺术品拍卖会古籍善本专场

幼,肃肃雍雍,蔼如也,三十年蓄愿积思一旦少酬。”① 这处文字两个版本是一致的。原序落款“康熙四十九年岁次庚寅孟夏五月初一日候选州同现值内廷养心殿供奉十六世孙枚谨序”。如果按照嘉庆本,冷枚十岁离开山东,到三十年后康熙四十六年(1707,丁亥年)返乡,则冷枚离开家乡四十年,其生年当为 1667 年或之前。如按 1670 年推算,则此时离乡 27 年,不能说是“三十年蓄愿积思”;如果将“三十年”作为三十四、五年的约数使用,则其生年当在 1662 年前后,也符合同治本“早岁”的表述。这个推定和前文基本一致。

现存冷枚资料极其稀少,《清史稿》《国朝画征录》等著作仅一笔带过,赵尔巽等《清史稿·列传二百九十一·艺术三》将之附于“焦秉贞”后,有“其弟子冷枚,胶州人,为最肖。与绘《万寿盛典图》”一句话述及;道光二十二年纂修《胶州志》有 129 字述及冷枚。据《冷氏族谱》记载,冷枚曾著有文集《金门遗草》,现已不可见。综合上述资料,人们关于冷枚的基本常识是:冷枚,字吉臣,号金门画史,山东胶州人;历经康、雍、乾

①清同治八年撰修:《冷氏族谱》(一股),冷氏家族藏本,第 6 页。

三代,曾师从康熙时钦天监焦秉贞学画,以人物画著称,参与创作《南巡图》,主持《康熙万寿盛典图》创作。《胶州志·列传十·艺术》称其"画人物尤为一时冠"①。

除画作之外,冷枚所作文字资料,目前所见到的有三种:其一是他为冷氏族谱所写的序言。在这篇序言中,冷枚追溯了自己家族祖先和自己生平经历等情况,是我们了解冷枚的重要文献。

其二是冷枚诗作四首,一首见于 2006 年浙江盘龙拍卖公司秋季艺术品拍卖会出现的一幅冷枚款的立轴,诗云:"深窗美人忆年华,浪说文姬识断弦。何似风前贞女引,低昂一曲使人怜。"从画作上的题诗看,这幅画的内容可能与《红楼梦》第八十七回二玉听琴的场景类似。在一幅冷枚款、类似于《雍正妃画像》的仕女作品上,有题诗一首:"镜湖水如月,耶溪女如雪。新妆荡清流,光景两奇绝。"落款"丙午三月""冷枚"。另一幅类似的画作上也有一首题诗:"山径飞红叶,西风报晚晴。故人曾有约,今夜听秋声。"落款"卓亭仁兄大人教正戊寅秋日""金门画史冷枚"②。另一首是李濬之《清画家诗史》辑录《三水县呈王明府》:"斗大荒城四面山,却从何处望乡关。孤村古木寒云里,野寺钟声落照间。猛虎有威千户闭,小民无讼一官闲。穷途落寞思前事,宣室曾经识圣颜。"③历史上有宁夏三水县和广东三水县,宁夏三水县在三国魏时即已废除,因而冷枚所遇到的这位王姓三水县令可能来自于后者。然冷枚没有离开京城到广东去过,因而可能是这位王姓县令到京城时两人有过交往。根据题诗可知,这位王姓县令政绩卓著,但是没有获得升迁,因而颇有落寞之感,冷枚在诗中安慰他,说他受到皇帝的接见,这本身就是对他政绩的肯定④。

---

①(清)张同声、李图等纂修:《胶州志》,道光二十五年刊本,上海书店、凤凰出版社和巴蜀书社影印本《中国地方志集成》第 39 卷,1992 年版,第 296 页(下)。

②在一幅冷枚款的《贵妃出浴图》上,也有一首题诗,诗云:"芙蓉不及美人妆,水殿风来珠翠香,谁分含啼掩秋扇,空悬明月待君王。"这首诗为王昌龄的《西宫秋怨》,不是冷枚的作品。

③(清)李濬之:《清画家诗史》,浙江人民美术出版社 2014 年版,第 357 页。

④这四首诗,除李濬之辑录的《三水县呈王明府》一诗为传世文献所记载,可能为冷枚作品外,第一首无法考证出自何处,另外两首为他人之作:第二首与李白《越女词五首》其五基本一致,可以肯定不是冷枚的作品;第三首是吴待秋诗作,题于其 1941 年创作的画作《秋声晚晴》之上,也不是冷枚的作品。

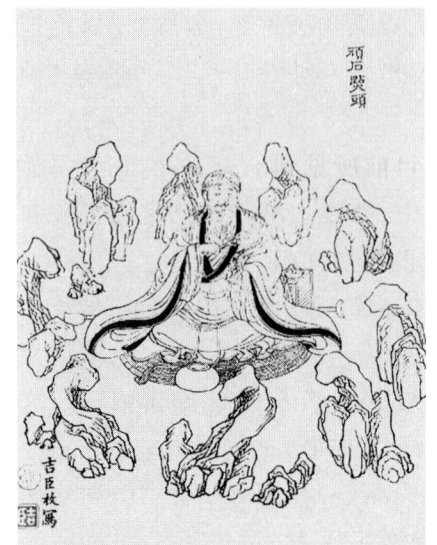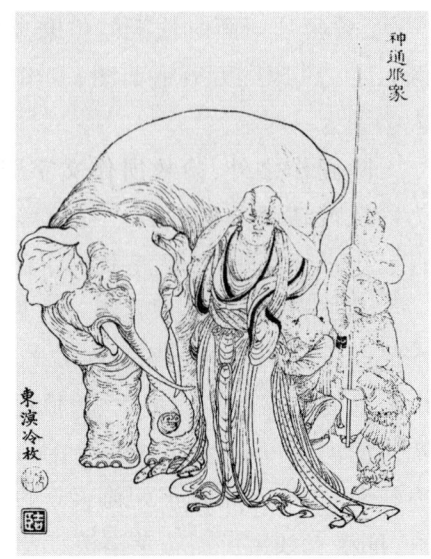

图10-7、图10-8　清　冷枚《罗汉图册》之《顽石点头》《神通服象》,纸本,纵33.8厘米,横29.5厘米,北京瀚海拍卖有限公司2009年5月8日春季拍卖会

其三是2014年9月16日北京卓德国际拍卖公司在北京伯豪瑞廷酒店举办的夏季艺术品拍卖会上出现了一幅冷枚的手札(图10-6),尺寸为纵22厘米,横26厘米,正文每行13字,共10行130字,落款"冷枚识",未题年月。根据题款字迹,与传世冷枚画作中的题款颇为一致。如果这幅手札确为冷枚所书,可以看到其书法亦颇有造诣。根据这些文献,可以看出,冷枚一生坎坷,家境一般,除了绘画之外,他还能写诗,书法也不错。

根据冷枚创作于1717年的《罗汉图册》的题款,可知他还有"东溟"、"慎斋"两号,但鲜见有学者提及。根据图像结构和形象,《罗汉图册》中的"神通服象"(图10-8),可能为丁观鹏《洗象图》提供了最初的底本,或者他们模仿了共同的底本。

根据清同治八年撰修《冷氏族谱》和王沛恂《匡山集》、道光二十二年撰修《胶州志》、王培荀《乡园忆旧录》等文献,我们可以还原冷枚家世和生活的基本情况。

首先,冷枚是元末明初时胶州著名人物画家冷超岩的后人,为冷氏第十六世孙。《冷氏族谱》记冷超岩:"超岩,字实芬,号一手先生,元翰林。图画精妙,写神尤逼真。尝写顺帝容,称旨,赐绛衣,擢为秘书监。且性至孝,友人雅重之。载州志,原载登郡志。配仇氏。"①《胶州志》有类似记载:"冷超岩,旧志登州人,元时徙居胶。图画精妙,尤工人物。尝为顺帝写真容,称旨,赐绛衣,擢秘书监。乡党尤以孝友称。"②两处记载大同小异,但《族谱》记载较详细。根据该族谱,冷超岩为冷氏一世祖,冷枚为十四世祖。王培荀(1783—1859)《乡园忆旧录》卷一提到冷枚时称其为"文登冷枚"③。"文登"因秦始皇东巡"召文人登山"得名,原属登州府。冷超岩自登州徙居胶州,故冷枚被称为"文登冷枚"。王培荀,山东淄川人。淄川与胶州距离较近,他与冷枚可算同乡,而且他离冷枚生活的时代不远,他对冷枚的记载应是可靠的。

其次,冷枚父子三代由以下人物构成:冷枚父亲名冷克续,母亲史氏,有两兄长,分别为冷君选和冷君槎。《冷氏族谱》记冷克续:"字显吾,敕封承德郎,候选州同知。配史氏,生子三。"④冷枚的父亲或母亲在康熙四十六年(1707,丁亥年)前逝世,这一年冷枚将其迁葬回乡⑤。冷枚娶妻刘氏、纪氏,生子三人:"字吉臣,选州同,穷丹青之妙,设色巧细,不见墨迹。画美人女子为一时绝冠。供奉内廷,绘《耕织图》,称旨,时近天颜,人称为金门画史,配刘氏、纪氏,生子三。"⑥冷枚有子三人,分别为冷鉴、冷铨和冷鐠。一般认为冷枚有子二人,即冷鉴、冷铨。聂崇正在最近的一篇文章中仍认为冷枚仅有子两人⑦,是不准确的。聂崇正在《画史失载的画家冷铨》一文中对冷铨的生平和创作进行过考证,但限于资料,

①清同治八年撰修:《冷氏族谱》(二股),冷氏家族藏本,第1页。本文使用的《冷氏族谱》为冷氏家族二十四世孙冷继家先生所赠,特表谢意。

②(清)张同声、李图等纂修:《胶州志》,道光二十五年刊本,上海书店、凤凰出版社和巴蜀书社影印本《中国地方志集成》第39卷,1992年版,第296页(下)。

③张小庄:《清代笔记日记绘画史料汇编》,荣宝斋出版社2013年版,第266页。除了王培荀记载的佐证,这一看法尚未得到更多资料的证明。在《胶州志》中,编者将冷超岩、冷枚、冷印乾三人并提,没有直接说冷枚是冷超岩的后人,但在述及冷印乾的时候却专门提到:"冷印乾,字君若,超岩裔孙,明末以贫隐于市井而好儒行。"(清)张同声、李图等纂修《胶州志》,道光二十五年刊本,上海书店、凤凰出版社和巴蜀书社影印本《中国地方志集成》第39卷,1992年版,第296页(下)。

④清同治八年撰修:《冷氏族谱》(二股),冷氏家族藏本,第7页。

⑤清同治八年撰修:《冷氏族谱》(一股),冷氏家族藏本,第6页。

⑥清同治八年撰修:《冷氏族谱》(二股),冷氏家族藏本,第7—8页。

⑦聂崇正:《清宫廷画家冷枚其人其作品》,《中国国家博物馆馆刊》2014年第8期。

仍有许多问题未明<sup>①</sup>。《中国美术家人名词典》认为冷鑑生卒年为1736—1795年<sup>②</sup>。乾隆元年（1736）时，乾隆已赦准冷鑑进宫协助冷枚画画，按照这个生年，这一年他才出生，不可能会画画，冷鑑生年应早于1736年。

第三，冷枚一生在经济上都很紧张，文化资本和政治资历很浅，这在某种程度上决定了他在画史上的地位。他的家族虽然有人做官，但都是小官，与名门仕宦家族不能相比。冷枚虽在宫廷为皇帝作画，但所得收入很少，几乎不能维持家庭经济的运转，所以他不得不在宫外卖画。这使冷枚不能成为正统知识分子和高级官员的至交。康熙四十八年，冷氏家族曾撰写族谱，冷枚为该族谱撰写了序文："枚距始祖十有六世，早岁随父流寓长安，以微技荷圣天子眷赏，供奉内廷养心殿。"<sup>③</sup>冷枚早年即已离开家乡随父亲来到京城，因画画才能出众而被选入内廷，"流寓"二字透露出冷枚早年生活的艰辛。进宫后，冷枚的生活境况虽有改善但仍很紧张。根据王沛恂《匡山集》的记述，在绘制《南巡图》前后，冷枚业余时间还在京城各地卖画谋生（"鬻以自给"）。王沛恂文章提到的"乙酉夏"，乃康熙四十四年（1705），这时《南巡图》创作完成已十来年，距两人第一次见面已二十四年。当时，王翚确定《南巡图》画稿后，具体的绘制工作则由年轻画师完成，冷枚便是主将之一，所以十余年过去后，冷枚还将画稿珍藏在身，以抬升自己的身价，期望自己的作品能卖个好价钱。可惜历来记载对冷枚在《南巡图》创作过程中的作用有所忽略，各种画史对此也没有提及，这对冷枚是不公平的。直到绘制《康熙万寿盛典图》时，冷枚的工作才被大家认可。这时王翚等画坛宿老已经去世，冷枚也已是五十多岁的老人。但是，即使到了乾隆元年，七十多岁的冷枚已是宫廷一等画师，乾隆皇帝还多次专门下旨眷顾他，但他每个月也只有银

---

① 聂崇正：《画史失载的画家冷铨》，《故宫博物院院刊》1991年第4期。这个推断可能存在问题。因为据清宫档案记载，乾隆元年开始，冷枚即向乾隆奏报，想请儿子冷鑑进宫协助自己作画。《乾隆元年各作成做活计清档·记事录》："（二月）十七日，内大臣海望口奏，画画人冷枚有一子，现今帮伊画画，欲照画画人所食次等钱粮赏给工食，应否之处请旨。奉旨：知道了。钦此。于本月二十三日，员外郎常保来说：回明内大臣海望，给冷枚之子冷鑑三等钱粮及衣物银两。记此。"中国第一历史档案馆、香港中文大学文物馆编：《清宫内务府造办处档案总汇》第7册，人民出版社2005年版，第192页。按冷鑑生卒年为1736—1795，乾隆元年（1736）他才刚刚出生（或者尚在娘胎），如何进宫帮助冷枚画画？或者是画史将冷鑑的生卒年搞错了。

② 《中国美术家人名词典》，台北文史哲出版社1987年版，第267页。

③ 清同治八年撰修：《冷氏族谱》（一股），冷氏家族藏本，第6页。

钱十一两。这注定冷枚不能融入高士奇、禹之鼎、张纯修、曹寅等人的交往圈,虽然后者诸人对冷枚的画作极为倾慕,并屡次题跋、品鉴。冷枚虽然也曾积极与山东在京做官的同乡(如王沛思、王沛恂兄弟)进行交游,但仍未能改变自己的生存状态,这也影响了后人对他画作的重视。冷枚资料的湮没与此是紧密相关的。

据记载,冷枚曾与康乾时期著名学者李绂有过交往,李绂对他的画作也颇为赞赏。李绂《穆堂初稿》卷三十六:"后十年甲辰,余以截漕在天津,吉臣扶杖来谒。白首相看,追往道故,盖余已日就衰,而吉臣则既老矣。语间,出所刻《罗汉图》,属为序。展而观焉,恢傀谲怪,信天下之奇作也。"①李绂(1675—1750),字巨来,号穆堂,江西临川人。从其"余已日就衰,而吉臣则既老矣"的语气来看,冷枚似乎比李绂要年长很多,这也符合前文对冷枚生年的推断。现存有一套冷枚《白描罗汉图》二十帧,创作于"康熙丁酉春三月",即康熙五十六年(1717)春三月,后来可能又以刻板的方式印制,李绂所见应是后一种形式。两人曾于十年前(1714)在京城相识,十年后又在天津重逢,只不过,这时两人都已步入老年。李绂的记载说明,冷枚的交往有时也涉及到高级文人圈之内,但是,除了王沛恂、李绂等人有相关记载外,大多数人都忽视了冷枚的存在。可以看到,这时的冷枚,除了在宫廷画画,有时也在宫外创作一些作品出售,以补贴家用。他向李绂"出示"所画作品,不知是否是将自己的作品推荐给李绂,希望他购买自己的画作。如果是这样,冷枚在雅好清赏而对金钱普遍持鄙夷态度的高级文人圈中,是很难获得较高评价的。

根据上述线索,我认为冷枚很可能是由明入清、在顺治时期进入清廷服务的著名人物画家顾见龙的学生,或者可推测至少冷枚从顾见龙的仕女画中获得了创作的养分。根据《国朝画征录》《清史稿》等记载,一般认为,冷枚在宫廷曾跟随钦天监焦秉贞学习人物画,他对西洋画法的运用也是跟焦秉贞和钦天监里的西洋画家学习的②。而在这些文献中,著者

① (清)李绂:《穆堂初稿》,《清代诗文集汇编》(第232册),上海古籍出版社2010年版,第433页(下)。

② (清)赵尔巽等:《清史稿》卷504"艺术三":"其(焦秉贞)弟子冷枚,胶州人,为最肖。与绘《万寿盛典图》。"见(清)赵尔巽等:《清史稿》,中华书局1977年版,第13911页。《国朝画征录》:"(焦秉贞)弟子冷枚,字吉臣,胶州人,尤工士女。康熙五十年与画《万寿盛典图》,总裁则王原祁也。"(清)张庚:《国朝画征录》,浙江人民美术出版社2011年版,第58页。

均未提及顾见龙①，以至于后人在研究清代画史时往往忽略顾见龙的存在②。焦秉贞于康熙二八年（1689）入职内廷，而冷枚则早在1681年前后已选入内廷，这中间相隔的七八年，可能正是他向顾见龙学习的时间。

　　之所以提出上述推断，根据如下：其一，冷枚"字吉臣，号金门画史"与顾见龙"字云臣，号金门画史"基本一致；其二，二人均工仕女画；其三，二人在清宫供职的时间有重合，而当时焦秉贞尚未入值内廷。根据宣统年间编纂《太仓州镇洋县志》记载："顾见龙，字云臣，善画人物，宗仇英，工写照，丰神态度无不毕肖，世祖召入画院，呼为顾云臣。"③

　　根据此处记述，可以知道，顾见龙是太仓县人，因善画人物被清世祖顺治皇帝召入内廷，其画法以仇英为宗，善写人物。而且，他"云臣"的名号是他进宫以后顺治皇帝改的，大约其"见龙"的名字与皇帝的威信有所抵触，故以"云臣"呼之。根据现今所见顾见龙《品茶逸趣图》《剑仙图》《东方塑图》《仕女画册》等画作上的题跋，可以知道，他常在自己的作品上题写"金门画史顾见龙""金门画史云臣""云臣""金门画史"等名号。同时。顾见龙还有"南菊翁"的别号④。根据朱万章的考证，顾见龙的生年在1606年，卒年最早为1688年或1690年，他在宫廷供奉的时间约二十年左右⑤。根据张庚《国朝画征录》记载，"康熙辛亥春"

---

① 张庚《国朝画征录》仅有一句记载了顾见龙："时吴江顾见龙，字云程，亦以写真祗候内廷，名重京师。"（清）张庚：《国朝画征录》，浙江人民美术出版社2011年版，第67页。然未对其画作进行品评。秦祖永《桐阴论画二编》则将顾见龙定为"能品"，认为其天资不高，因而其作品"纯乎画工气"，无法摆脱"笔墨之累"："顾云臣见龙，工人物故实，写真逼肖，为时称重。余见佛像巨幅，庄严华美，气局崇宏。笔墨虽极精细，纯乎画工作气，即所画汤文正公像，亦不过得其形似，并无颊上添毫之妙也。画工习气，最为笔墨之累，非天资卓绝者不易摆脱也。"（清）秦祖永：《桐阴论画》，浙江人民美术出版社2014年版，第137页。这也可能是画史失载的原因之一，而且不被近现代学者重视。

② 现今所见最为详尽的研究论著为朱万章：《十七世纪宫廷画家顾见龙研究》一文，收入澳门艺术博物馆编：《像应神全：明清人物肖像画学术研讨会论文集》，故宫出版社2015年版，第200—217页。

③ 《中国地方志集成·江苏府县志辑（十八）》，江苏古籍出版社1991年版，第363页。

④ （清）澹归和尚《遍行堂续集》卷八："南菊翁以高才挟绝技，负盛名，而有奇容。客岁赴京师，奉天子英鉴，一时传为画榜中状元，旋以病请假归。"见《遍行堂集·遍行堂续集》，上海古籍出版社2010年版，第581页。

⑤ 朱万章《十七世纪宫廷画家顾见龙研究》，澳门艺术博物馆编：《像应神全：明清人物肖像画学术研讨会论文集》，故宫出版社2015年版，第202—204页。秦祖永推测："顾见龙，字云臣，太仓人。工人物，所见卷册画轴虽极精到，均未脱画工习气。明万历三十四年（1607）丙午生，以康熙二十三年（1684）甲子年七十推之。"见（清）秦祖永：《桐阴论画》，浙江人民美术出版社2014年版，第103—104页。秦祖永的推测与朱万章的考证略有不同，存以备考。

图 10-9、图 10-10、图 10-11　顾见龙《人物册》三幅,纵 29 厘米,横 17 厘米,西泠印社

（1671）时他还在宫廷,因而澹归和尚说的"旋归"的记载并不符合实际情况。顾见龙离开宫廷的时间现在无法确定。根据王沛恂的记述,冷枚在 1681 年之前既已进入宫廷供奉有年,他是否与顾见龙有关交往现在无法得到确认。根据现今所见顾见龙最晚的作品《竹雀图》题跋时间为 1687 年、题名"金门画史"来看,他可能在这个时候仍为宫廷服务。如果这种情况存在,则冷枚就有可能和他一起共同在宫廷为皇帝服务。还有一种可能是,顾见龙离开宫廷后,冷枚接替了他的位置,因为两人的仕女画有可供媲美之处,所以康熙让其沿用了顾见龙"金门画史"这一带有通称性质的别号。

　　现今所见顾见龙的一套仕女画册,其中仕女形象与冷枚的作品颇多精神气质上的一致,只不过其笔法更接近传统人物画,而不像冷枚那样吸收了更多西洋画法。这些画作均以墨线简单勾勒而形神兼备,颇见精神,可能是顾见龙教授其学生、供其临摹的"粉本"。她们只要稍加点染,随形敷彩,即可成为鲜明动人的美人形象。其中,有的形象竟被后来《红楼梦》评点家和刊刻者稍加改装后署名"斩钉截铁",以代替《红楼梦》中的尤三姐形象。而图 4-14 的仕女,无论如何都会让观者想起

图 10-12、图 10-13、图 10-14　清　顾见龙《人物册》三幅，纵 29 厘米，横 17 厘米，西泠印社

"黛玉葬花"的场景。这些仕女图像可能具有相关历史背景或历史故事，例如图 10-10 中的《红叶题诗》，其来源可能是唐代的传奇故事，而另一幅《彩凤仕女》（图 10-13）描绘的可能是秦孝公的女儿弄玉。同时也可看到，这些仕女形象带有浓郁的书卷气和文人趣味，她们或执笔沉吟，或观书消闲，或在芭蕉荫下举头望月，接续了传统仕女图的人文传统。

那位身支书籍、卧在蕉叶上的仕女形象（图 10-14），让我们想起唐伯虎的《蕉叶仕女图》。只不过，唐伯虎笔下的仕女正在硕大的蕉叶上酣睡，以享受无限春光带来的舒适与温馨，其放纵恣肆、自由舒展的睡姿可以让我们将之与不受礼仪拘束的青楼女子联系起来；而这位斜卧蕉叶上的女子，显然是一位大家闺秀或知识女性：她身下一函十册的书籍，说明她是一位饱读诗书的女性，她正在春日中展开自己的阅读，她身前展开的书卷说明书中的内容唤起了她的思绪，蕉叶的传统象征意涵，提醒我们她的思绪可能与正统的义理或深邃的玄思无关，与其他孤寂的仕女形象类似，她也可能正在思考一些情感上的事情。而在那幅《看画仕女》

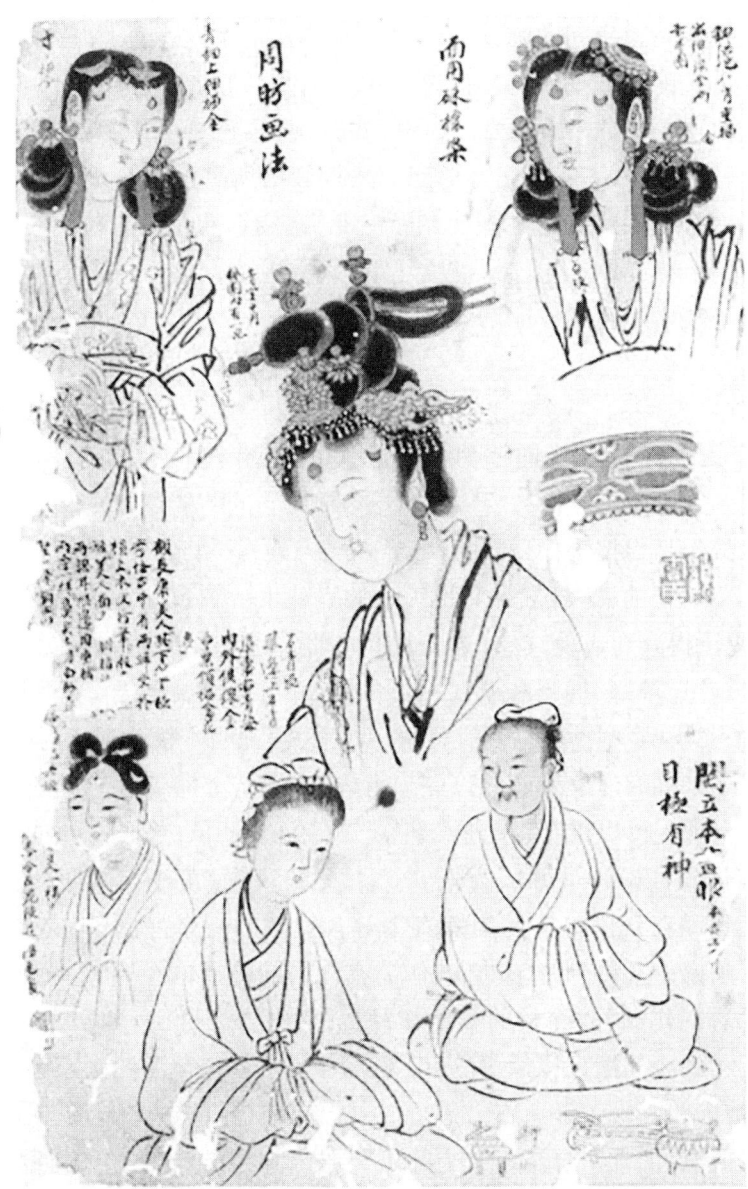

图 10-15 清 顾见龙《摹古粉本》,纸本设色,纵 36.8 厘米,横 29.2 厘米,美国纳尔逊－阿特金斯博物馆

（图 10-11）中，她手中展看的空茫画卷中是一只孤单飞舞的蝴蝶，由于画卷尚未完全展开，我们无法知道蝴蝶前方是否还有其他内容；她身后的几案就像黛玉房间的陈设一样，"磊着满满的书"（第四十一回），其中有几本被它的主人抽出阅读尚未归位。但是，顾见龙故意忽略蝴蝶飞舞的背景而让它单独出现在女子（同时也是观者）的视野中，从而使之具有了象征性的含义——它在霎那间与庄周梦中所见的那只蝴蝶和宝钗扑来细玩的彩色蝴蝶获得了同构。顾见龙，这位生活在明清易代之际的人物画家，就这样和《红楼梦》建立了联系，同时为我们认识冷枚在清宫的创作经历提供了新的佐证。

## 第三节　"图画精妙，尤工人物"：冷枚作品的南传

冷枚作品的技法是高超的，境界是动人的，其精致典雅的审美风范是文人画不具备的；他对带有文雅气息的庭院生活细致准确的现实主义呈现，不仅深得康熙喜爱，也深深吸引了大批文士。这使冷枚的作品很快由北京向南京、苏州、扬州和浙江一带传播，并可能经由高士奇等人而进入曹氏家族的视野中。根据现有资料，我们无法证明冷枚曾到江南游历，尤其是画事兴盛的南京和苏、扬一带，他与江南画坛的联系主要通过他的作品得以实现。可以推断，在进入《南巡图》创作团队之前，冷枚的画名可能已传播到江南一带并广为人知。上文提到的《董小宛真照》，就是冷枚早期作品在江南传播并为恽寿平等人熟知的一个好例子。冷枚画作在江南画家中是得到肯定的，其作品在江南的传播也经历了一个长期过程。除这幅作品外，冷枚的其他作品也持续传播到江南地区，这个趋势一直持续到冷枚逝世以后。这套《红楼梦图》首先被浙江画家秦祖永所得，后被苏州画家黄鞠所得。总之，冷枚作品优雅的仕女形象、恬静清和的审美情境，十分契合江南文士的审美趣味，也引起了他们的持续关注。

图 10-16 这幅人物镜片是冷枚的又一作品，尺寸不大，便于题赏，但冷枚没有题署创作的时间。画上有高士奇所钤印章"江村高士奇字澹人"。高士奇于康熙四十二年（1703）去世，冷枚这幅作品的时间最晚不会超过这一年。康熙三十六年（1697），康熙第三次亲征葛尔丹时，高

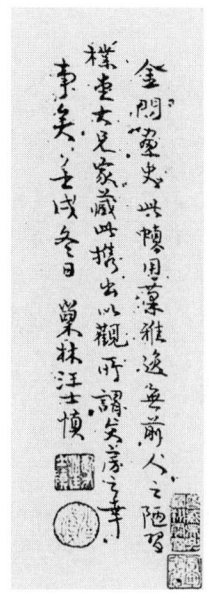

图 10-16 清 冷枚(款)《人物镜心》之夏季卷,纵 66 厘米,横 32 厘米,北京翰嘉盛世拍卖有限公司 2014 年迎春艺术品拍卖会

士奇尚在北京为官,不久后便回原籍安居。因而这幅作品有可能创作于1697 年或之前。冷枚另一幅同类作品留下了创作的时间:"康熙戊寅孟春"(图 10-17)。可以看到,这幅作品,无论是画卷的印章、题款、形式,还是作品的内容、主题、技巧和风格,都与上幅作品有着惊人的一致,因而可以认定它们创作于同一时期。根据画面题跋落款"咸丰二年岁次壬子夏仲臣张之万敬观"、"皇六子",这幅作品从乾隆时期到咸丰年间一直为皇室收藏。这两幅作品,一幅呈现的是春季景象(图 10-17),一幅呈现的是夏季景象,它们应是一套四季图中的两幅,只不过"秋季卷"和"冬季卷"现在还没有发现。这幅作品与陈枚《月曼清游图册》中一幅"杨柳秋千"几乎完全相同(图 10-18),是陈枚因袭了冷枚的画作,还是二人创作拥有共同的母本,现在还无法判断。根据这类画作几乎都是集体完成的情况看,可能属于后者。"康熙戊寅"年是 1698 年,正是高士奇告老还乡的时间,当时《南巡图》刚刚创作完成。这可证上述推断是准确的。

画面内容是冷枚一贯擅长的宫苑和人物。在这幅作品的上方,有四处收藏者的题跋和印章,其中三处是近人的题跋:其一是常熟邵松年,

图 10–17　冷枚(款)《人物镜心》之春季卷,纵 66 厘米,横 32 厘米,及乾隆皇六子永瑢等人题跋,北京建亚世纪拍卖有限公司 2014 年秋季艺术品拍卖会

图 10–18　清　陈枚《月曼清游图册·杨柳秋千》,绢本设色,纵 37 厘米,横 31.8 厘米,北京故宫博物院

其二是武进张克龢,其三是浙江石门李嘉福。最先在这幅作品上钤印和题跋的人是比冷枚稍早或同时的两位著名的文人画家高士奇和汪士慎。两人的题跋和印信再次证明冷枚作品在江南地区的流行。在画卷右边中部,有"江村高士奇字澹人"印信,但没有高士奇的题款,这说明这幅作品曾为高士奇收藏,或者说,这幅作品很可能是冷枚为高士奇创作的。高士奇从康熙八年(1669)入翰林供奉后,与入宫为内廷供奉的冷枚有诸多交集之处;而且,两人同为康熙近臣,高士奇辈分较高,深得康熙信任和重用,冷枚是高士奇的晚辈,冷枚作一幅画赠送给同样精于绘画的高士奇,是再自然不过的事情了。而且,根据王翚的记述,高士奇在返乡前曾向《南巡图》画家各索要作品两幅(详见第四节),其中自然包括冷枚的作品。

因此,高士奇是我们了解冷枚作品在南方传播的一个重要窗口。高士奇(1645—1703),浙江余姚人。康熙十五年(1676)任内阁中书,为翰林院供奉,为康熙讲授学问、品评书画,深得康熙的赏识和信任。高士奇担任着康熙南巡文化顾问的职责,是康熙南巡过程中的重要人物之一。他还曾伴随康熙东西巡守,著有《扈从西巡日录》《扈从东巡日录》等。康熙二十三年(1684)、二十八年(1689)的前两次南巡,高士奇都曾伴驾左右,以资备问;在第二次南巡期间,康熙御赐高士奇"竹窗"雅号,并御笔亲题;在第四次南巡时,康熙又重新题写了一次。这些细节足见康熙对高士奇的器重。

康熙五次南巡,高士奇除第三次没有参加外,其余四次都有参与,前两次是亲随御驾,第三次(1699)是在杭州西溪接驾,第四次(1703)奉召在江苏淮安觐见。也因这个缘故,高士奇与江南曹家的关系亦相当密切。这直接关系到冷枚与曹家的互动关系。高士奇工书善画,精于古物鉴赏,并经常摹写古画,著有《江村销夏录》一书。他的《仿文徵明湘君湘夫人图》《仿宋克山水图轴》《丝纶垂钓图》等作品,均古雅精妙,具有很高的艺术水准。因而,他对冷枚作品的品鉴和收藏,无疑具有很强的影响力和号召力。这些情况说明高士奇是这幅作品最早的观赏者或收藏者,然后这幅作品又从高士奇手中流传到扬州。其中的具体过程无从知晓,但由此可以看出冷枚作品由宫廷和京城向南方传播的某些信息。

在上述题跋和品鉴中,对冷枚此作高度赞扬的还有扬州八怪之一、江南画家汪士慎,这在某种程度上反映出冷枚作品在康乾时江南文人心目中具有一定的地位。汪士慎(1686—1759),安徽休宁人,字近人,号巢林,以善画梅花著称。1723年,年近不惑的汪士慎离开安徽老家到扬州以卖画为生。1754年秋天,汪士慎在扬州北面买了一块地,建造"篷窗"小屋作为自己晚年的居所,五年后在此屋中与世长辞。他的题鉴时间是"壬戌冬日",落款"巢林汪士慎",在他的题名下钤有"近人汪士慎"和"汪士慎"两枚印章。可以推测,这里的"壬戌年"是乾隆七年(1742),因为前一个"壬戌年"是康熙二十一年(1682),那时汪士慎尚未出生。如果聂崇正等所断不错,冷枚也可能是在这一年或稍晚过世的。汪士慎说这幅作品"用笔雅逸,无前人之陋习",原为"大兄家藏",此次能够观赏是"文房之幸事",流露出他对冷枚作品肯定的态度。汪士慎的题跋说明,从冷枚年轻时代到他晚年去世,他的作品都在源源不断地流向南方,并在南方文人集团中形成一股持久的欣赏潮流。冷枚与江南曹氏家族的交往也应由此开始。

### 第四节　"与绘康熙南巡图":冷枚与曹家的可能性交往

探讨冷枚与曹氏家族的交往关系,是一个颇为棘手的问题。根据现有资料,我们无法找到冷枚与曹氏家族交往的直接资料,因而本节论述只能是冷枚与曹氏家族之间交往的一种"可能性"。但可以肯定的是,以曹寅为首的曹氏家族对冷枚并不陌生,而且曹宣与冷枚之间还曾有过二十年的交往,感情深厚。证据有三。

其一,在康熙朝时期,高士奇很可能是冷枚作品南传的重要中介人,曹氏家族很可能通过高士奇见到冷枚的作品,或闻知冷枚的画名。如前所述,冷枚的作品在很早之前就已传到江南,前文提及的人物镜心四季图册,很可能是1698年高士奇在返乡途中带到江南的,因为这两幅作品上均钤有"高士奇字澹人"的印章。高士奇与冷枚之间因画结缘,冷枚亦有望高士奇提携之意。只不过,冷枚在宫中只是一位"画画人",虽是"内廷供奉",但并无实权,很难融入高士奇、曹寅、纳兰成德等显贵的圈子,因而在他们的诗文中很难找到冷枚的信息,但冷枚的作品却在他们中间流传。有一个细节需要注意，1689 年，康熙第二次南巡后的九月，高士奇受到左都御使郭琇弹劾解职归家 ①，曾从水路途经南京、镇江，拜会了张纯修，并在禹之鼎为张纯修创作的《张纯修小像》上题跋。这个题跋是现场完成的，张纯修当时就坐在他的身旁 ②。张纯修、高士奇、曹寅三人之间是多年好友，张纯修与曹寅既是东北老乡，又有姻亲关系，当时在镇江任职，高士奇与他们可能在京城既已相识、相交。曹寅《楝亭集》有 "怀高澹人学士" 诗作，作于康熙十六年（1677）前后。除因陪同康熙南巡或罢官回乡之外，在其他时间，高士奇亦返回过浙江老家，并在南京、镇江一带停留以与老友会面。

　　有资料证明，高士奇曾向参加《南巡图》创作的画家索要过画作。佳士得 2000 年秋季艺术品拍卖会上出现一幅山水册页，上有高士奇、王翚、宋骏业、杨晋、徐玫等人的题跋。高士奇写道："乙亥、丙子，诸能绘事者集于都下作《南巡图》。择其笔墨尤佳者各乞二幅，久存笥中，今岁长夏付装。"落款 "康熙壬午十一月廿五日藏用老人士奇" ③。"康熙壬午" 为 1702 年，"乙亥"、"丙子" 分别为 1695、1696 年。这个时间是准确的，虽然高士奇在 1693 年返乡赋闲，但康熙赐药赐扇，十分挂念，不久高士奇就重返京城，直到 1698 年再次返乡。这时《南巡图》刚创作完成，但参与创作的画家多还留在京城，它的主持者王翚即在 1698 年回南。酷爱书画的高士奇趁此机会向画艺高超者各索要了两幅作品，直到 1702 年冬天，高士奇才把这些作品拿出装裱，以供玩赏。作为康熙重臣、文坛宿老，参与《南巡图》创作的画家应该不会拒绝高士奇的要求。冷枚虽是后辈，但他的人物画引人注目，高士奇应向他索要过作品，更何况冷枚还是《南巡图》的主要绘制者之一。实际上，在 1689 年前后，高士奇就已收藏过冷枚的作品。因而，高士奇不仅可以直接向曹寅等人介绍冷枚的作品，曹寅等人更有可能直接通过高士奇见过冷枚的作品。当然，曹寅、

---

① 康熙二十八年（己巳，1689），"是年春二月，康熙帝南巡至于上元，以吉祥街织造署为行宫。西洋教士毕嘉、洪若接驾"，"九月，左都御史郭琇奏参高士奇、王鸿绪等，命休致回籍"，"郭琇所列者，如高士奇诏附大臣，揽事招摇，以图分肥；结王鸿绪为死党，科尔何楷为义兄弟，翰林陈元龙为叔侄，鸿绪胞兄王顼龄为子女姻亲，皆寄以心腹。"周汝昌：《红楼梦新证》，中华书局 2016 年版，第 266—267 页。
② 黄一农：《二重奏：红学与清史的对话》，中华书局 2015 年版，第 80、86 页。
③ 聂崇正：《"康熙南巡图" 作者新考》，《紫禁城》2003 年第 2 期。

曹宣等也可能在京城直接遇见冷枚,并与冷枚有过交往。

其二,在雍正朝和乾隆朝时期,冷枚与曹氏家族有可能继续保持联系,或者说,冷枚能通过相关途径了解到曹家的近况,包括《红楼梦》的创作情况,而乾隆便是重要的中介人。当然,乾隆不可能直接牵线搭桥,只不过,在乾隆的关系网络中冷枚与曹氏家族存在诸多可能性交集。雍正四年(1726),弘历与十五岁的富察氏结婚;雍正十一年(1733),弘历被立为和硕宝亲王,后于1735年登基。此时,冷枚已为弘历服务多年。富察氏是康熙名臣米斯翰的孙女、察哈尔总管李荣保的女儿,于乾隆十三年(1748)年随乾隆东巡返回途中去世。富察氏是傅恒的姐姐,富察氏去世后,乾隆因怀念她,又娶了傅恒妻同母妹,立为舒妃①。不仅如此,傅恒和乾隆之间还有另外一层姻亲关系,曹家由此与乾隆和傅恒发生了姻亲关系,进而涉及到一直潜居在弘历府中的冷枚。

据黄一农考证,纳兰明珠的孙子永寿有四个女儿,同时奉旨过继了其弟永福之子宁绣和两个女儿。永寿这六个女儿,一个嫁给曹雪芹的表哥福秀,一个嫁给愉郡王弘庆,其他四女分别嫁给傅恒、希布禅、弘历和永宪②。此时的曹家已败落,曹雪芹和他的叔叔辈等人靠北京的亲友接济生活。这段时间里,在曹宣去世后,冷枚再次有机会近距离、直接了解到曹家的信息。雍正登基后,将受康熙眷顾的冷枚逐出宫廷,因而在雍正当政的十三年中,清宫造办处档案中没有冷枚的信息。据聂崇正考证,冷枚之所以被逐出清宫,原因在于他在康熙年间创作了《养正图》。《养正图》,又称"圣功图","是专门为东宫皇太子作启蒙教育用的图画册页",而这套册页"很可能是为当时的皇太子允礽画的",冷枚由此"失宠于雍正皇帝胤禛"③。正像聂崇正考证的那样,冷枚虽因为《养正图》被雍正逐出宫廷,但仍滞留在京城。冷枚创作于雍正九年(1731)孟春的《麻姑献寿图》,说明他此时尚在京城。这一年雍正五十三岁。据说,冷枚希望将这幅作品在雍正生辰时献给他,以求得到雍正的宽恕。根据养心殿造办处档案可以知道,在雍正当政的十三年间,冷枚主要居住在和硕宝亲王弘历府中并为弘历作画。在1735年登基的第一年,弘历就让冷

①黄一农:《二重奏:红学与清史的对话》,中华书局2015年版,第299页。
②黄一农:《二重奏:红学与清史的对话》,中华书局2015年版,第254页。
③聂崇正:《宫廷艺术的光辉》,东大图书股份有限公司1996年版,第66—70页。

枚重新进入宫廷,为自己的居所和圆明园各处建筑作画,有八幅作品传世。因而,在弘历府中生活的十三年及其登基后七年,是冷枚专门为乾隆服务的时期。在这过程中,他有很多机会接触到与弘历有关的其他王公贵族以及他们的亲友,也有可能持续获得曹家的信息。就像前面所提及的,曹雪芹的亲表哥福秀与弘历、傅恒是姻亲关系,他们都娶了永寿的女儿为妻。这也是有些人将《红楼梦》附会为傅恒家世的一个很重要的原因;而且,脂砚斋在庚辰本第十六回赵嬷嬷提到"咱们大小姐"处点出"文忠公之嬷",一般认为这里所说的"文忠公"就是指在乾隆三十五年被封为"文忠公"的傅恒①。因此,冷枚一直生活在与曹氏家族密切相关的圈子里。《红楼梦》早期稿本在这个圈子中曾持续流传过,冷枚很有可能见到,并为创作《红楼梦图》奠定基础。

其三,更重要的是,冷枚与曹寅、曹宣兄弟很可能早就认识,并由此熟悉曹家的历史和时事。冷枚与曹宣共事过一段时间,还可能是关系很密切的朋友。由于曹玺在1684年去世,此后曹寅一直在南方做官,中间会到京城向康熙述职,因而他与冷枚的交集相对较少。冷枚与曹宣建立密切联系的机缘是《南巡图》的制作。康熙南巡到苏州时曾接见过精于绘画的苏州人宋骏业并表达出创制《南巡图》的意图;回京后,康熙任命宋骏业主持这一工作,宋骏业又将画坛宿老、自己的授业恩师王翚邀请入京,制作这幅史诗式的作品。《南巡图》的创作是一项集体工程,有很多画家参与此事。在《南巡图》作者研究方面,历来研究者(如郑午昌、俞建华、潘天寿、王伯敏等)都没有提到冷枚②,只有聂崇正注意到这个问题,他根据清修《胶州志》冷枚"又尝奉敕作《南巡图》"的记载及其他文献,认为冷枚也参与了这项工作③,王沛恂《匡山集》的记述证明聂崇正的推断是正确的。正是在创作《南巡图》的过程中,冷枚与曹家建立了直接联系。

据清宫《总管内务府为曹顺等人捐纳监生事咨户部文》记载,实际

---

① 周汝昌:《红楼梦新证》,中华书局2016年版,第77—78页;黄一农:《二重奏:红学与清史的对话》,中华书局2015年版,第300页。
② 严丽娟:《试论〈康熙南巡图〉的主持者与绘制者》,《东南文化》1991年第6期。
③ 聂崇正:《宫廷艺术的光辉》,东大图书股份有限公司1996年版,第90页;聂崇正:《"康熙南巡图"作者新考》,《紫禁城》2003年第2期。

主持《南巡图》创作工作的是曹寅二弟曹宣,他的身份是"监画"。根据康乾时期内廷规定,宫廷绘画作品都由内务府造办处组织画家进行创作,"所以由宋骏业出面组织《南巡图》的绘制事宜,并不十分符合清朝宫廷绘画制作的习惯做法"①。宋骏业是苏州人,与江南画坛联系密切,与王翚等人熟识,康熙可能会让他做一些联络工作,但具体操办过程则由曹宣负责。这件档案由中国第一历史档案馆高振田先生发现,并译成汉文(原文为满文)。《总管内务府为曹顺等人捐纳监生事咨户部文》:

> 三格佐领下南巡图监画曹荃,情愿捐纳监生,二十九岁;
>
> 三格佐领下南巡图监画曹荃之子曹顒,情愿捐纳监生,二岁;
>
> 三格佐领下南巡图监画曹荃之子曹頫,情愿捐纳监生,五岁。②

随此一同捐纳监生的还有曹寅的两个儿子曹顺和曹颜。曹顺当年十三岁,是曹宣过继给曹寅的长子,他们是亲生父子关系。这份文件具文时间为"康熙二十九年四月初四日"。可以肯定,康熙二十八年第二次南巡结束后不久,曹宣就被康熙任命为《南巡图》监画,全面负责《南巡图》的绘制工作。

曹宣是负责《南巡图》监制工作最合适的人选,原因有三:其一,曹宣一直在内务府造办处工作,为皇帝绘制画作本就是他的工作。其二,他是康熙南巡的亲历者。曹宣自幼在南京织造署长大,对南巡路经所在风土人情、文化典故等事相当熟悉;而且,康熙二十八年,曹宣任康熙三旗侍卫,随同康熙南巡兼具保护康熙的任务。其三,曹宣本人工书善画,他的画作深得康熙喜爱。《南巡图》创制工作自 1690 年启动到 1695 年完成,历时五年多,冷枚与曹宣的相识、相交应是从这段时间开始的。据考证,曹宣最迟在康熙二十四年(1685)已任康熙侍卫③,并随康熙南北巡狩。曹宣同时还帮助康熙掌管图书工作。尤侗《曹太夫人六十寿序》:"(寅)难弟子猷,以妙才为朝廷筦册府,予恨相见晚。""筦",即"管";"册府",是古代帝王的藏书之处。终其一生,曹宣都在康熙身边工作,工作机构主要是内务府,官职是"物林达",这是掌管内务府库房的官职。

---

① 聂崇正:《宫廷艺术的光辉》,东大图书股份有限公司 1996 年版,第 89 页。
② 《总管内务府为曹顺等人捐纳监生事咨户部文》,《红楼梦学刊》1984 年第 1 辑。
③ 方晓伟:《曹宣生平主要活动系年》,《曹雪芹研究》2013 年第 1 期。

中间,他曾到东北、河北等地帮助康熙管理皇庄上的一些事务,后来又回到宫里,继续在内务府任职,直到康熙四十七年去世,他在内务府任职时间大约二十多年。这同时是他与冷枚有交集的二十年,其中,两人最密切的来往应该是《南巡图》创制的五年。

由于冷枚与曹宣的交往过程对于我们认识《红楼梦图》至关重要,因此有必要对曹宣其人其艺进行详细考察,以探寻两人在审美趣味方面的一致性。现今留存《江宁府志》卷十七《宦迹》和《上元县志》卷十六《人物传》两篇《曹玺传》都涉及到曹宣:

> 《江宁府志》卷十七《宦迹》:"寅,敦敏渊博,工诗古文词。仲子宣,官荫生,殖学具异才。"《上元县志》卷十六《人物传》:"子寅,字于(子)清,号荔轩。七岁能辨四声,长,偕弟子猷讲性命之学,尤工于诗,伯仲相济美。"[①]

《江宁府志》说曹宣是"官荫生",当指上文所及"情愿捐纳监生"一事。从此处记述看,曹宣与他的哥哥才学不相上下,而且"殖学具异才",有超越乃兄之势。根据现有研究,曹宣不仅与乃兄一样诗文俱佳,而且尤擅绘画;他的武艺也很不错,是康熙的贴身侍卫,多次随康熙巡守并亲征葛尔丹,负责康熙的安保工作。因此,曹宣是一位能文能武的复合型人才。后来他还曾到江南担任钦差,处理淮阳一带的盐运事务。只不过,他的官阶没有哥哥高,在他去世时仍只任内务府大约六七品的官职"物林达"[②]。在曹宣一生中,有两件颇具文艺气息的爱好值得注意:爱梅和善画。他曾经创作《探梅图》和《洗桐图》,这两件作品说明曹宣是一位颇具雅趣的人,或者说在精神上还有些洁癖。

这里先谈《洗桐图》。这幅作品可能是冷枚与曹宣有着深厚友谊的重要佐证。据翁方纲《复初斋诗集》卷四十六《铁香得旧题曹筠石洗桐图诗一卷,而其图已失。筠石,楝亭弟也,有楝亭、竹垞手迹,用竹垞〈思仲轩诗〉韵》诗后注云:"此卷楝亭题于康熙壬戌,思仲轩诗在乙丑也。"同书卷五十《曹楝亭思仲轩诗》后注云:"楝亭弟筠石有《洗桐图》。"[③] "康

① 冯其庸:《敝帚集——冯其庸论红楼梦》,文化艺术出版社 2005 年版,第 4、6 页。
② 方晓伟:《曹宣生平主要活动系年》,《曹雪芹研究》2013 年第 1 期。
③ 方晓伟:《曹宣生平主要活动系年》,《曹雪芹研究》2013 年第 1 期。

熙壬戌"为康熙二十一年(1682),"乙丑"为康熙二十四年(1685)。根据翁方纲(1733—1818)的记述,曹宣《洗桐图》创作于1682年,曹寅和朱竹垞于三年后在此画上题跋,但在乾隆初年翁方纲依韵和诗时《洗桐图》已不知去向。可以看到,曹宣《洗桐图》创作完成后,一直由曹寅保管,并不时拿出与好友把玩;它的遗失,应和曹寅、曹宣相继去世以及曹家遭逢巨变有关①。"洗桐"典故来自元代画家倪瓒,倪瓒的洁癖举世皆知,有前无古人之势;有个徐姓朋友慕名拜访并在他的清閟阁休息了一晚,夜晚倪瓒听到此人吐痰,第二日清晨便率仆童满院寻找,终于在一棵梧桐树的根部找到痰迹,于是,倪瓒亲自清洗了这个地方。无论此事真实与否,此后,"洗桐"便演变为一个极富象征含义的行为:通过清洗梧桐来表达一种高洁孤傲的人格和不同凡俗的情趣。《洗桐图》的创作从此形成一个传统——虽然作者各异,但情景和意象基本一致:一名文士或站在树下或坐在椅子上,几个仆童用水桶、扫帚,一上一下,洗刷着梧桐树上的尘垢。曹宣绘制《洗桐图》的用意也应如此。这幅作品是他二十一岁时创作的,说明年轻的曹宣对自己有着极强的精神自律和要求。

　　图10-19是冷枚(款)《洗桐图》。这幅作品出现在2012年6月29日于上海大剧院举行的春季拍卖会。这是一幅非"臣字款"作品。这幅作品画面古雅,运笔细腻,具有冷枚作品的一贯风格,目前尚未发现冷枚其他同类题材的作品。这幅作品少有地标识出画作的创作时间,说明这是一个应该被记住的日子。题鉴为"康熙庚寅桂秋",即康熙四十九年(1710)。曹宣于康熙四十七年(1708)春夏之际逝世,曹寅等人在他的周年、二年忌日均有挽诗凭吊。翁方纲《复初斋诗集》卷五十一《曹楝亭思仲轩诗卷》:"诗局扬州梦,新桐洗露时",仍提到曹宣的《洗桐图》②。

---

① 曹宣《洗桐图》很有可能在曹家被抄之前被转移到了北京,在此过程中遗失了。据周汝昌和吴世昌等考证,震钧《天咫偶闻》卷四记载,曹寅所藏古玩、字画、古籍等,转移到北京后,有一部分归昌龄所有,其后人又售与火神庙书商赵某。李文藻《南涧文集》卷上《琉璃厂书肆记》:"乾隆乙丑(1769)……夏间从内城买书数十部,每部有'楝亭曹印',其上又有'长白敷槎氏堇斋昌龄图书记',盖本曹氏而归于昌龄者。昌龄官至学士,楝亭之甥也。"昌龄后人在嘉庆时又将一部分藏书售与昭梿(1780—1833),后者即《啸亭杂录》的作者。详见吴世昌:《〈红楼梦〉探源》,北京出版社2013年版,第41页,注①。
② 周汝昌:《红楼梦新证》,中华书局2016年版,第405页。

图 10-19　清　冷枚(款)《洗桐图》,纵 126 厘米,横 30 厘米,上海国际 2012 年春季拍卖会

没有直接资料证明冷枚此幅作品是为纪念老友曹宣而作。但是,可以看到,在曹宣的交游圈中,他的《洗桐图》流传广泛——他很可能多次创作了类似的作品,以至于很多人都知道这幅作品的存在,冷枚也应知道这幅作品对曹宣甚至曹寅的意义。从题款"金门画史冷枚"可知,这幅作品不是为康熙或其他皇室成员而作,而是冷枚私下创作的作品。冷枚或有可能以重绘这幅作品的方式表达自己对朋友的怀念。

　　除了创作《洗桐图》,曹宣还曾创作《探梅图》,深得曹寅赞赏,康熙曾命曹宣重新创作了这幅作品。在曹寅回忆弟弟的诗作中,可以看到,曹宣一生爱梅,在生活中,他有雪中探梅之举,形诸笔端而为诗、为画。曹宣对梅花的喜爱达到了近乎痴迷的程度,以至于曹寅在回忆曹宣时处处将他与梅花并举,梅花即曹宣、曹宣即梅花,人花不分,互为写照。曹寅《楝亭诗钞》卷二《夜泛湖至董氏园登阁和子猷韵》二首作于康熙三十一年,均提到曹宣"探梅"事,有"路忆探梅处,沙头略彴平"、"黯黯梅花梦,苍苍桂

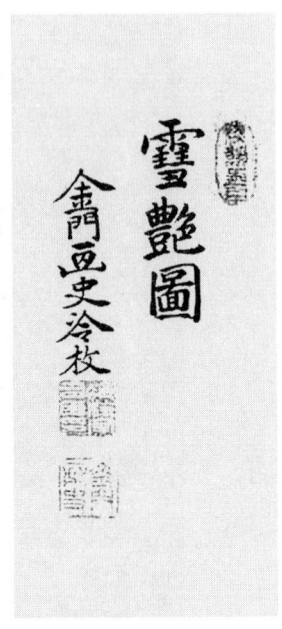

图 10-20　清　冷枚《雪艳图》及其局部，纵 70 厘米，横 49 厘米，天津博物馆

树林"之句①。因而，虽然曹宣原诗已不可见，但可推测，他在诗中仍可能提到"探梅"一事②，曹寅在和诗中也表达了自己对弟弟此爱好的回忆和认同。实际上，在康熙二十八年怀念曹宣的诗作《小轩辟除，已移居其中，有怀子猷》中，曹寅已经把梅花和曹宣放在一起咏叹。即使是在日常生活中看到梅花，曹寅也会想起自己的弟弟。如康熙三十四年初春，曹寅应邀至朱园赏梅，作《朱园看梅忆子猷次同人韵》，曹寅在朱园赏梅，见雪中梅花芳条清秀，炫目夺人，十分喜爱，遂流连其间数日，并在品评仙茗古琴中产生绘制《探梅图》的想法。但是一想到远在北方的弟弟曾经作过同类作品，便失去了创作的勇气："远惭北枝妙，把笔手先缩。"③根据《楝亭诗钞》可知，曹宣此前画过《墨梅图》并为曹寅赏识，后者作《疏影·墨梅》加以咏叹④。曹寅这里不仅有对曹宣画艺的赞扬，同时也表达了对曹宣人格情

---

① (清)曹寅著，胡绍棠笺注：《楝亭集》，北京图书馆出版社 2007 年版，第 80 页。

② 方晓伟：《曹宣生平主要活动系年》，《曹雪芹研究》2013 年第 1 期。

③ (清)曹寅著，胡绍棠笺注：《楝亭集》，北京图书馆出版社 2007 年版，第 107 页。

④ (清)曹寅著，胡绍棠笺注：《楝亭集》，北京图书馆出版社 2007 年版，第 541 页。

趣的推崇,"乃知清冷声,真赏在草木"①,就是将曹宣比喻雪中梅花,以示对弟弟情怀的赞誉。康熙三十九年(1700),曹宣在淮扬一带督办盐事,住在长江北岸,织造署梅花盛开,曹寅专门让兵士渡江将梅花送至曹宣寓所。康熙四十年(1701),曹寅作有《西轩大雪,瓶中红梅盛开,忆去年寄子猷诗感而有作》《闻孙冷斋有琴来阁看雪诗,率和代柬兼念子猷》二诗②,同样将曹宣与梅花一起题咏③。

曹宣创作《探梅图》持续很长时间,数量颇多,影响广泛,但曹家"家藏无一幅"。阎若璩《赠曹子猷》"请挥一幅好东绢,怪石枯枝即饱看",注云:"善画。"此诗是康熙三十八年(1699)曹宣任两淮钦差路经淮安时阎若璩所赠。从阎若璩诗句看,他向曹宣索要的画作应是《探梅图》一类作品。据考证,曹宣在任《南巡图》监画期间,他创作的《探梅图》深得康熙的赞誉④。曹宣去世后,他的儿子曹欣继承了父亲的才艺,也擅长梅花图的创作,深得曹寅赞赏,专门"为题四绝句"⑤,表达他对侄子的赞誉之情和对弟弟的思念。在这首组诗中,曹寅一方面为侄子的才华感叹;另一方面为弟弟惋惜,同时透露出康熙对曹宣梅花图喜爱与赞赏的信息。因此,康熙很有可能让曹宣作过《探梅图》——康熙五十二年(1713),冷枚为康熙创作的《高士赏梅图》至今仍在。康熙之所以对曹宣的《探梅图》颇为赞赏,原因在于康熙本人也酷爱梅花。康熙南巡时,多次到江南著名的苏州邓尉山、杭州西溪、扬州吴氏园等地赏梅,并作诗咏叹。康熙四十七年(1708),康熙命汪灏编制《御定广群芳谱》一百卷,将梅花列为花类之首。曹寅作于康熙四十八年(1709)的《西城看梅吴氏园》就是伴随康熙南巡时所作。只不过,这时曹宣已经去世了。

这里之所以如此详述曹宣在绘画上的才艺及其与《南巡图》的关系,主要是为了证明曹宣在康熙身边任职时与冷枚之间所存在的可能性交往情况。在这过程中,冷枚对曹家的了解是直接的、深入的;在曹寅兄弟去世后,冷枚才有可能继续关注曹家。当以曹家为背景创作的《红

① (清)曹寅著,胡绍棠笺注:《楝亭集》,北京图书馆出版社2007年版,第107页。
② (清)曹寅著,胡绍棠笺注:《楝亭集》,北京图书馆出版社2007年版,第154页。
③ 曹寅爱好梅花的原因比较复杂,更深入的分析,参见张志:《曹寅爱梅原因蠡测》,《铜仁学院学报》2013年第2期。
④ 朱淡文:《红楼梦论源》,江苏古籍出版社1992年版,第64页。
⑤ 胡绍棠:《楝亭集笺注》,北京图书馆出版社2007年版,第239页。

楼梦》出现时,冷枚应该会表现出极大的热情。根据《红楼梦图》上题款"臣冷枚恭绘",这幅作品很可能是冷枚为乾隆所画,是冷枚晚年的作品。就画面所呈现的内容看,冷枚对《红楼梦》是熟悉的,而且能够领会书中的关键情节和诗意精神。这就牵涉到几个十分重要的问题:乾隆看过《红楼梦》吗?如看过,是在何时看过?他读的《红楼梦》是何版本?八十回本的《红楼梦》是原本吗?这些问题在红学研究史上颇具争议,迷雾重重,冷枚《红楼梦图》的出现或许可以提供解决的契机。

## 第五节　"曲指三十五年矣":冷枚可能见到的
## 《红楼梦》早期抄本

　　除《红楼梦图》外,笔者还收集到冷枚以《红楼梦》为题材所创作的其他作品八幅①,这说明冷枚不仅熟读过《红楼梦》,而且还常将《红楼梦》的情节和场景转化为画卷。这些作品都不是"臣"字款作品,也没有"乾隆御览之宝"等印章,题款多为"金门画史冷枚"、"冷枚"等,因而应是冷枚私下所作,也可能是冷枚为制作《红楼梦图》创作的实验性作品,或者是冷枚对《红楼梦》确实有极大兴趣而不断创作。除此之外,没有其他文献证明冷枚读过《红楼梦》。这些作品可以证明,冷枚读到的《红楼梦》是一本比甲戌本更早的书。

　　实际上,在曹雪芹创作《石头记》前三十余年,有一部内容单一、以"风月繁华"为主要内容的《红楼梦》在曹氏家族和清皇室贵族间流传。一般认为,在曹雪芹《石头记》诞生以前,存在两本与《石头记》关系密切的书:一部是以风月笔墨为主的《风月宝鉴》,一部是以言情为主的《红楼梦》,它们是曹雪芹创作《石头记》的重要基础。这个问题,杜春耕、马瑞芳、周绍良、陈庆浩、朱淡文、戴不凡等都曾进行过深入的研究,

---

① 当然,这些作品的真伪尚不能确定,很可能是伪作。现在艺术品市场上流传大量署名为冷枚的作品。这些作品,有的笔触放逸,设色俗艳,根本不是冷枚的作品;而有的则运笔细腻,设色古雅而不失富贵气象,与现在可以确认为冷枚的作品比较一致,但仍无法判断这些作品是否为冷枚真迹。而且,冷枚当年生活艰苦,业余时间创作了大量作品出售,这些作品与他为宫廷创作的作品相比自然没有后者精致典雅。这就造成了冷枚作品大量流出宫廷,以至于人们无法判断哪些作品是冷枚的真迹,哪些不是。本书涉及到的冷枚作品,有不少是拍卖市场上出现的,如果后来被认定为是伪作,我也愿意修正自己的观点。

现在虽时有争论,但基本问题已很清楚。这两部书的存在证明冷枚《红楼梦图》可能有所依据的文本。根据二者内容的比照,冷枚所依据的不是《石头记》,更不是《风月宝鉴》,而是《红楼梦》。

当然,这个版本的《红楼梦》是否存在,学界尚有争论。脂砚斋等人的批语,是我们讨论《风月宝鉴》《红楼梦》和《石头记》三者关系的最好材料。相比于二百余年之后的研究者,脂砚斋等人对这几部书之间的关系,是清楚的。他们在评点《石头记》的过程中,有时候会提到这三部作品。值得注意的是,今本《红楼梦》第一回提到的五个书名中,《情僧录》这一名称没有出现在他们的批语中,《金陵十二钗》之名则为《红楼梦十二支》之衍生,不具有独立性,因而这两个名称可以暂不讨论。在甲戌本《凡例》中,作者也只提到前三个名称:"《红楼梦》旨意。是书题名极多□□□。《□□梦》,是总其全部之名也。又曰《风月宝鉴》,是戒妄动风月之情。又曰《石头记》,是自譬石头所记之事也。此三名皆书中曾已点晴(睛)矣。"这几句话将三个书名所指内涵一一交代清楚,说明三部书的重点是不一样的:《风月宝鉴》乃"戒妄动风月之情",说明这部书的内容以风月故事为主,是意在劝诫;《石头记》乃"自譬石头所记之事",说明这部书以"石头"自己"亲历亲闻"的内容为主,以写实为主要叙述方式,"自譬"说明这部书同时带有自传成分。然作者说《红楼梦》"总其全部之名",似乎是指将《风月宝鉴》和《石头记》两部书的内容全部涵盖其中,因而是"一部新作"。根据乾隆时期出现的百二十回本《红楼梦》抄本,当时人们也以这个名称作为整部书的名称。但是,这个判定却与脂批有关《红楼梦》一书内容的论述并不吻合。这说明,在人们使用"红楼梦"这一名称指称这部书之前,就存在了一部《红楼梦》。下面,如果将脂批关于三部书的论述罗列下来,则脂砚斋等人对三部书的不同看法即一目了然。这些批语说明,这三部书是并列的,各自的内容和旨意是不同的。

首先谈《风月宝鉴》。这部书可能是曹家人的作品,也可能是前人的作品,曹氏家族中有很多人读过这本书,甚至还写了序;也有学者认为这部书多是风月笔墨,可能是明末的小说①,这部小说曾为曹雪芹所有。脂

———————

① 胡淑芳:《〈风月宝鉴〉为明人旧稿试论》,《湖北师范学院学报》1997 年第 2 期。

砚斋云："雪芹旧有《风月宝鉴》之书,乃其弟棠村序也。今棠村已逝,余睹新怀旧,故仍因之。"[①]笃信自传说的学者一般将这里的"旧有"理解为"旧作有",但忽略了同时也可以将之理解为"旧藏有",前者是以"曹雪芹是作者"的想法推断出的,并不一定符合实际情况,这部《风月宝鉴》的年代可能更为久远。裕瑞《枣窗闲笔》："闻旧有《风月宝鉴》一书,又名《石头记》,不知为何人之笔。曹雪芹得之,以是书所传述者,与其家之事迹略同,因借题发挥,将此部删改至五次,愈出愈奇,乃以近时之人情谚语夹写而润色之,借以抒其寄托。"[②]裕瑞对《风月宝鉴》的记述是可信的,符合当时风月小说的创作和流传情况,而且裕瑞离曹雪芹的时代很近,与曹雪芹又是亲友关系,离真实情况的距离也更近一些。

在《石头记》前存在的《红楼梦》与《石头记》是两本书,脂砚斋等人评阅的书是《石头记》,不是《红楼梦》。甲戌本题名为"脂砚斋重评石头记",说明在甲戌年之前已经存在这部书稿,且已被评阅过。在这个本子之前存在一本以言情为主要内容的《红楼梦》。根据明义二十首题《红》诗,可以推断,在甲戌本之前存在的《红楼梦》,既不叫《石头记》,也不叫《金陵十二钗》,也不叫《风月宝鉴》,就叫《红楼梦》。明义《绿窗锁烟集·题红楼梦二十首》自注云："曹子雪芹出所撰《红楼梦》一部,备记风月繁华之盛。盖其先人为江宁织府;其所谓大观园者,即今随园故址。惜其书未传,世鲜知者,余见其抄本焉。"[③]根据明义的陈述,可知曹雪芹"所出"之书是《红楼梦》,不是《石头记》,且已消失不可见。这与今本《石头记》中介绍《红楼梦》成书过程和众多书名的叙述是矛盾的:在那段叙述中,曹雪芹给《石头记》起的名字是《金陵十二钗》而不是《红楼梦》。根据马瑞芳的分析,明义提到的这部《红楼梦》是没有脂砚斋批语的著作,内容十分单一[④],与今本《石头记》差别很大。这说明曹雪芹不是这本《红楼梦》的作者。明义提到的《红楼梦》情节有的在今本中是存在的,有的则不存在;而且,他说《红楼梦》"备记风月繁华之盛",没有

①〔法〕陈庆浩:《新编石头记脂砚斋评语辑校》,台湾联经出版事业股份有限公司 2010 年版,第 12 页。

②(清)裕瑞:《枣窗闲笔》,一粟编:《红楼梦卷》,中华书局 1964 年版,第 113 页。

③一粟编:《红楼梦资料汇编》,中华书局 1964 年版,第 11 页。

④马瑞芳:《一部早期的、内容单一的〈红楼梦〉——对明义〈题红楼梦绝句二十首〉的考察》,《红楼梦学刊》2003 年第 2 辑。

提到抄家、盛衰变化等内容,它的主要内容是凄婉动人的爱情故事,也没有《风月宝鉴》以"戒妄动风月之情"为名而写的色情内容。

戴不凡说:"石兄《风月宝鉴》旧稿,在由雪芹批阅增删之前(或者是雪芹最初只据旧稿纂成目录分出章回尚未大拆大改之时),它就已经在一些人中间流传了。"[①] 对于与《风月宝鉴》同时存在的《红楼梦》来说,情况大致也是这样:它是另一部完整的书,有自己完整的情节,回目尚未经过统一加工。诸多证据证明曹雪芹"所出"之《红楼梦》的作者另有其人,书中内容,曹雪芹听说过("亲闻")但没有亲历,比如脂砚斋在《石头记》批语中时常提到的"三十年前作书人"、"屈指算来已三十五年矣"、"三十年前目睹亲身之人,现于眼前"等语,都说明书中这些事件是曹雪芹不可能亲历的,而只能是"亲闻"的,这也正符合《石头记》所说"半世亲闻亲历的几个异样女子"的话。

类似的批语有八处,胪列如下:

靖藏本第八回眉批:三十年作此话之人,观其形已皓首驼腰矣。[②]

庚辰本第十三回眉批:"树倒猢狲散"之语全犹在耳,屈指卅五年矣。[③]

甲戌本第十三回眉批:"树倒猢狲散"之语全(今)犹在耳,曲指三十五年矣。[④]

庚辰本第十三回夹批:余不禁失声大哭,三十年前作书人在何处耶?[⑤]

靖藏本第十三回眉批:三十年间(前)事见知(书)于三十年后,令余悲痛血泪盈面。[⑥]

①戴不凡:《红学评议·外篇》,文化艺术出版社1991年版,第79页。
②〔法〕陈庆浩:《新编石头记脂砚斋评语辑校》,台湾联经出版事业股份有限公司2010年版,第181页。
③〔法〕陈庆浩:《新编石头记脂砚斋评语辑校》,台湾联经出版事业股份有限公司2010年版,第242页。
④〔法〕陈庆浩:《新编石头记脂砚斋评语辑校》,台湾联经出版事业股份有限公司2010年版,第241页。
⑤〔法〕陈庆浩:《新编石头记脂砚斋评语辑校》,台湾联经出版事业股份有限公司2010年版,第252页。
⑥〔法〕陈庆浩:《新编石头记脂砚斋评语辑校》,台湾联经出版事业股份有限公司2010年版,第253页。

己卯本第十八回批语:复至"情悟梨香院"一回,更将和盘托出,与余三十年目睹身亲之人,现形于纸上。①

庚辰本第二十四回回前总批:余卅年来得遇金刚之样人不少。②

提到"三十年前"、"三十五年前"旧事的批语共有八条,其中第八条与上面第七条重复,这里没有录上。第四条被戴不凡作为有力证据证明《红楼梦》的作者另有其人③,在反驳戴不凡的论著中,论者几乎都不约而同地回避了这条批语。显然,这里提到的"作书人"所作之书与批书人所批之《石头记》在所批内容上是重合的,因而引起批书人的感慨;同样明显的是,"三十年前作书人"与曹雪芹不是一人,他所作之书也不是《石头记》。据推测,这本书很可能是《红楼梦》或《风月宝鉴》中的一部,而且在三十年前就已经存在。这里提到的"三十年前"旧事,有的在《红楼梦》中,有的在《风月宝鉴》中,是可以分别的(详见下文)。这也说明《石头记》的创作(即曹雪芹"批阅增删"的工作)是有他人做了一个较长的前期准备工作的。吴世昌说:"我们也有许多证据,知道有关贾宝玉的许多故事的素材,其发生的时间远在曹雪芹生前的七、八年,而这些素材,有极大可能是脂砚斋记录下来供给作者的。……若说雪芹在这稿子上作了些'批阅增删'的加工,是与实事相符的。"④脂砚斋的具体身份虽然还有待确定,但这些批语所揭示的问题我们是不能视而不见的。

大部分学者认为曹雪芹是《红楼梦》的作者有各种"铁证"、"曹雪芹的著作权是不能翻案的"等,但也应注意到这样一个事实:《红楼梦》的完成绝不是一时一地一人所为的,而是经历了长期的过程的。吴世昌、俞平伯、陈庆浩等早已提出了这样的观点,但都没有说得那么直接。比如,陈庆浩在《新编石头记脂砚斋评语辑校》一书"导论"写道:"说《石头记》是由一稿本增删、加工痕迹似较明显,易为人接受。至于这稿子是曹雪芹原作,还是别人所作,仍待检验。因为这是一个引起争论的题目,

---

① 〔法〕陈庆浩:《新编石头记脂砚斋评语辑校》,台湾联经出版事业股份有限公司2010年版,第349页。

② 〔法〕陈庆浩:《新编石头记脂砚斋评语辑校》,台湾联经出版事业股份有限公司2010年版,第460页。

③ 戴不凡:《红学评议·外篇》,文化艺术出版社1991年版,第2页。

④ 吴世昌:《论〈石头记〉的"旧稿"问题》,《红楼梦研究集刊》第一辑,上海古籍出版社1979年版,第324页。

只能在这里稍提一下。"① 赵建忠在文章中提出"家族累积"概念来综合"世代积累"和"文人独创"两概念,解释长期争论不休的《红楼梦》成书问题。他认为曹雪芹的《红楼梦》(按:特指八十回本《石头记》)是在曹家三代亲友所提供的素材的基础上创作而成的,这些素材有些可能已经创作成了初稿,最后由曹雪芹加以创造性加工而成为《石头记》②。这个观点调和了历来相互对立的各家观点,实际上想说明在《石头记》之前存在其他著作。

　　后世学者之所以对此问题有分歧,原因在于大家不明白当时各种文本之间的承继关系,但这个问题对于脂砚斋等人来说则是不存在的。可以看到,在脂砚斋等人的批语中,他们有时将"作书人"、"批书人"、"石头"、"雪芹"分开,有时又将几者合并,"作书人"与"批书人"的界限不是太清晰。这是因为书中有些内容是"批书人"作的。因此,如此众多的作者身份正对应了众多的小说文本,他们是不同著作的不同作者③。如甲戌本第二十五回夹批:"一段无伦无理信口开河的浑话,却句句都是耳闻目睹者,并非杜撰而有,作者与余实实经过。"④ 这里所说的"作者与余"中的作者不是曹雪芹,而是与批者年龄相仿的其他人。在其他处常出现的"作书人将批书人哭坏了"之类的批语,所揭示的两人之间的关系与此类似,都说明曹雪芹与作书人不是同一人;批者反复提到的"作书人"所作之书应是上文提到的《红楼梦》或《风月宝鉴》。批者在其他地方常说"经过者方说得出"等语,说明书中所写这些事件是曹雪芹没有经历过的。

　　更值得注意的是,批者往往将《石头记》与曹雪芹并提,时时强化《石头记》为一部新书而与他书不同的观点。这种有意强化实际上是为了强调曹雪芹所作的创造性工作。在脂批中共有五十处提到《石头记》,几乎都暗中将《石头记》与他书进行比较,都在强调《石头记》的独创性,这反而证明《石头记》的创作是有蓝本的。例如:

①〔法〕陈庆浩:《新编石头记脂砚斋评语辑校·导论》,台湾联经出版事业股份有限公司2010年版,第112页。

②赵建忠:《"家族累积说"〈红楼梦〉作者的新命题》,《河北学刊》2012年第6期。

③戴不凡:《红学评议·外篇》,文化艺术出版社1991年版,第6页。

④〔法〕陈庆浩:《新编石头记脂砚斋评语辑校》,台湾联经出版事业股份有限公司2010年版,第483页。

甲戌本评第三回"也搭着半旧的弹墨椅袱"："又如人嘲作诗者亦往往爱说富丽话,故有'胫骨变(便)成金玳瑁,眼睛嵌(变)作碧璃琉(琉璃)'之诮。余自是评《石头记》,非鄙薄前人也。"①

甲戌本评第五回"红娘抱过的鸳枕"一段："一路设譬之文,迥非《石头记》大笔所屑,别有他属,余所不知。"②

甲戌本评第八回宝钗看玉一段："《石头记》立誓一笔不写一家文字。"③

甲戌本评第八回宝玉上学一段："不想浪酒闲茶一段,金玉旖旎(旎)之文后,忽用此等寒瘦古拙之词收住,亦行文之大变体处。《石头记》多用此法,历观后文便知。"④

庚辰本评第二十七回"各色落花锦重重的落了一地"："不因见落花,宝玉如何突至埋香冢;不至埋香冢,如何写葬花吟。《石头记》无闲文闲字正此。"⑤

可以看到,脂砚斋等人主要是在对《石头记》高超的写作技巧加以评点,在这些评点中暗中将《石头记》与此前同类著作加以比较,以强调《石头记》与它们的区别。第二条对"红娘抱过的鸳枕"一段文字表示怀疑,认为这样的文字与《石头记》的写法不同,不知从何而来,这正说明《石头记》是在他书的基础上重新创作而成的,遗留下一些他书的字句或痕迹("别有他属")。脂砚斋等人此举的目的就是要将《石头记》与他书区别开来,强调这是一部前所未有的新著。陈庆浩上述观点是针对《石头记》而发,而《石头记》的作者是曹雪芹是没有问题的,这可从脂砚斋等人上述批语得到证明。吴世昌认为明义题诗的《红楼梦》,"称它

①〔法〕陈庆浩:《新编石头记脂砚斋评语辑校》,台湾联经出版事业股份有限公司 2010 年版,第 75—76 页。
②〔法〕陈庆浩:《新编石头记脂砚斋评语辑校》,台湾联经出版事业股份有限公司 2010 年版,第 118 页。
③〔法〕陈庆浩:《新编石头记脂砚斋评语辑校》,台湾联经出版事业股份有限公司 2010 年版,第 185 页。
④〔法〕陈庆浩:《新编石头记脂砚斋评语辑校》,台湾联经出版事业股份有限公司 2010 年版,第 203 页。
⑤〔法〕陈庆浩:《新编石头记脂砚斋评语辑校》,台湾联经出版事业股份有限公司 2010 年版,第 529 页。

为《石头记》似乎是有道理的"①。因此或可这样认为：明义提到的《红楼梦》不是《石头记》，《石头记》是《风月宝鉴》和《红楼梦》合成之后的作品，也就是脂砚斋等人反复批阅的本子。以往研究者多根据明义诗提到的内容来推断二者的区别，较少利用脂砚斋等人的批语来论证《石头记》的独立性。根据脂砚斋等人的批语，可以发现，他们始终在强调《石头记》是一部新书，与以往小说不同。简言之，《石头记》是一部新作，此前存在一部名为《红楼梦》的书。如果冷枚《红楼梦图》为真，它所依托的可能是这部书。

## 第六节　"新妆荡清流，光景两奇绝"：其他冷枚（款）《红楼梦图》

乾隆皇帝是否读过《红楼梦》的问题向来有争论。最早指出乾隆阅读《红楼梦》的是嘉庆间学者宋翔凤（1779—1860）。在赵烈文（1823—1894）造访宋凤翔时饭后的闲谈中，宋翔凤谈到了此事。据赵烈文《静能居笔记》："曹雪芹《红楼梦》，高庙末年，和珅以呈上，然不知所指。高庙阅而然之，曰：'此盖为明珠家作也。'后遂以此书为珠遗事中。曹实栋亭先生子，素放浪，至衣食不给。其父执某钥空室中，三年，遂成此书云。宋于翁云。"②这里提到的《红楼梦》规模不甚庞大，与脂砚斋等人反复批阅的《石头记》应不是一本书。其中，"高庙阅而善之"，在蒋瑞藻《小说考证》中作"高庙阅而然之"。根据台北图书馆 2013 年出版的《静能居日记》和原稿本，蒋瑞藻的引文是错误的③。

这段记述说明：其一，乾隆看过《红楼梦》，时间是乾隆末年，由和珅呈递。不过，这里所说的《红楼梦》既不是程甲本也不是程乙本，而是前文提到的《石头记》之前的《红楼梦》，与明义题诗的《红楼梦》为同一部书。这部《红楼梦》事先流传过，后来与带脂砚斋批语的《石头记》在清王室中同时流传。根据冯其庸的研究，《石头记》己卯本就曾是怡亲

---

①吴世昌：《论明义所见〈红楼梦〉初稿》，《红楼梦学刊》1980 年第 1 辑。
②黄一农：《二重奏：红学与清史的对话》，中华书局 2015 年版，第 591 页。
③黄一农：《二重奏：红学与清史的对话》，中华书局 2015 年版，第 593 页。

王弘晓（1722—1778）的藏书,他的亲友多次抄录过[①];1961年北京图书馆购得的乾隆年间一百二十回的抄本《红楼梦》,也是出自某个清王府。这些情况说明各种版本的《红楼梦》在当时清王室中均有传抄,乾隆如果读不到才是怪事。其二,《红楼梦》的作者曹雪芹是"棟亭先生子"[②],与袁枚《随园诗话》"康熙间,曹棟亭为江宁织造……其子雪芹撰《红楼梦》一书,备记风月繁华之盛"的记述是一致的。此处记述虽然和袁枚一样将曹雪芹误作曹寅子,但同时再次说明《红楼梦》的作者是曹寅子侄一辈的人,这与脂批中的"三十年前作书人"的事实是吻合的。因此,和珅呈递的《红楼梦》可能是《石头记》之前的《红楼梦》。只不过,这已不是乾隆首次阅读,早在乾隆登基前后,他即已阅读过这本书。

冷枚《红楼梦图》落款"臣冷枚恭绘",因而如果作品为真,这幅作品可能是冷枚奉乾隆之命所作,而且应作于乾隆登基不久的几年间。因为乾隆不仅读过《红楼梦》,而且还相当喜爱("高庙阅而善之"),所以才会让冷枚创作这样一套册页,以供玩赏。在乾隆元年至乾隆七年养心殿造办处档案记录中,冷枚在七年间创作作品五六十幅（套）,如圆明园通景画、《老妪解诗图》《雪艳图》《惜花春早起》《爱月夜眠迟》《圣帝明王图》《养正图》《桐荫刺绣图》二张以及洋漆插屏画等,没有提到《红楼梦图》,但是,乾隆四年,冷枚曾画过一套"册页":"乾隆四年正月初五日七品首领萨木哈来说,太监胡世杰传旨:冷枚现画圣帝明王图,养正图上面像着冷枚画,其余另着人画。再将养正图着冷枚起稿呈览,俟准时再画。再着令（冷）枚将册页手卷随意起好稿几张呈览,亦准时再画。"[③]这里提到的"册页"与《红楼梦图》类似,但未知是何作品,或者就是《红楼梦图》亦未可知。

根据相关研究,冷枚《红楼梦图》中的部分内容与明义题诗的《红楼梦》是重合的,二者所依据的可能是同一版本。吴世昌、马瑞芳等学

---

①冯其庸:《梦边集》,陕西人民出版社1982年版,第8—9页。

②宋翔凤,江苏苏州人,曾为泰州学正,专攻今文经学,其为学重考据,《过庭录》（十六卷）一书乃考据学之经典著作;重阐发经典之微言大义及其政治伦理,著有《论语郑注》十卷、《五经通义》一卷等。因此,以考据著称的苏州学者宋翔凤,与赵烈文的谈话应该不是捕风捉影之论;而且,宋翔凤此论还来自于曹雪芹的好友敦诚等师友辈人物。

③张荣选编:《养心殿造办处史料辑览》（第2辑）,故宫出版社2012年版,第108页。

者,根据明义的题诗、棠村的《风月宝鉴序》和脂砚斋等人的批阅,推测出两书内容在《石头记》中的分布情况①。马瑞芳指出,《石头记》中涉及《风月宝鉴》的内容有十七处,大多是"追求肉欲而丧命的风月故事,这些内容在明义咏《红楼梦》绝句中概无反映,说明明义见到的《红楼梦》还没有将旧本《风月宝鉴》组合进去,《风月宝鉴》还作为旧作单独存在",王熙凤是《风月宝鉴》中的"女一号"②。而"明义所见《红楼梦》写的'风

图10-21 清 冷枚(款)《怡红夜宴》,北京亨申世纪拍卖有限公司秋季艺术品拍卖会,2014年8月20日

月繁华'是以贾宝玉为中心的少男少女纯情恋爱和美梦成空","是以贾宝玉为中心的一个完整的爱情故事";这部《红楼梦》是"《红楼梦》成书过程中早期的、内容单一却首尾齐全的《红楼梦》"③。作者的推测是合理的,这个版本的《红楼梦》不仅曾在曹家内部流传,而且还曾流传到清宫为乾隆、冷枚等人所见。冷枚《红楼梦图》及他所作的其他《红楼梦》图不涉及《风月宝鉴》的内容,也能说明这个问题。只不过,《石头记》创作完成后,这部书渐渐被后者取代了。

据笔者统计,冷枚《红楼梦图》与明义题诗所涉及的《红楼梦》有以下内容重合:第一,《红楼梦图》第四页"怡红院开夜宴"与明义题诗第一首"佳园结构类天成,快绿怡红别样名"对照,二者都提到了怡红院,这

---

① 关于曹雪芹《石头记》成书过程中各种稿本之间的研究,可参看陈庆浩:《八十回本〈石头记〉成书再考》(《红楼梦学刊》1995年第1辑)、周绍良:《"雪芹旧有〈风月宝鉴〉之书"》(《红楼梦学刊》1979年第1辑)、沈治钧:《红楼梦成书研究》(中国书店,2004年版)等。
② 马瑞芳:《〈红楼梦〉成书过程推测》,《红楼梦学刊》2004年第2辑。
③ 马瑞芳:《〈红楼梦〉成书过程推测》,《红楼梦学刊》2004年第2辑。

图 10-22　清　冷枚（款）《黛玉葬花》，北京华辰拍卖有限公司 2011 年 5 月 17 日春季拍卖会

说明怡红院在本部《红楼梦》中是存在的，且是故事发生的重要场所之一。第二，《红楼梦图》第二页"滴翠亭扑蝶"与明义题诗第四首"追随小蝶过墙来，忽见丛花无数开"重合。第三，明义题诗第五首"侍儿枉自费疑猜，泪未全收笑又开。三尺玉罗为手帕，无端掷去复抛来"与《红楼梦图》第二页"滴翠亭扑蝶"、第三页"羞拢红麝串"重合。第四，明义题诗第七首"红楼春梦好模糊，不记金钗正幅图。往事风流真一瞬，题诗赢得静工夫"与《红楼梦图》第一页"神游太虚境"、第六页"梦兆绛云轩"重合。第五，明义题诗第十一首"可奈金残玉正愁，泪痕无尽笑何由。忽然妙想传奇语，博得多情一转眸"，与《红楼梦图》第二页"滴翠亭扑蝶"重合。第六，明义题诗第十九首"莫问金姻与玉缘，聚如春梦散如烟。石归山下无灵气，纵使能言亦枉然"，与《红楼梦图》第六页"梦兆绛云轩"重合。除这六处内容重合外，明义题诗第十三首"拔取金钗当酒筹，大家今夜极绸缪。醉倚公子怀中睡，明日相看笑不休"，与《红楼梦图》下册第四页"怡红院开夜宴"重合，并与冷枚另一幅《红楼梦图》重合（图 10-21）；第十八首"伤心一首葬花词，似谶成真自不知。安得返魂香一缕，起卿沉痼续红丝"[1]，与冷枚一幅《葬花图》重合（图 10-22）。这些重合说明两人所依据的《红楼梦》文本应是一个系统的。

　　冷枚《红楼梦图》与明义题诗不重合的包括：上册第四页"雪里折红梅"、第五页"画蔷痴及局外"、第七页"栊翠庵品茶"、第八页"秋夜制

①一粟编：《红楼梦资料汇编》，中华书局 1964 年版，第 11—12 页。

图 10-23　清　冷枚(款)《红楼梦图·潇湘馆听琴》,纵 37 厘米,横 28
厘米,东方 21 世纪酒店 2012 年秋季拍卖会

风雨词"、第九页"脂粉香娃割腥啖膻"、第十页"芦雪亭赏雪";下册除第
四页"怡红院开夜宴"外其他没有重合。即使如此,仍可看出,冷枚款
《红楼梦图》与明义题诗涉及的内容在今本《红楼梦》中所处的回目基本
一致。

　　总体看冷枚款《红楼梦图》有两个特点值得注意:其一,涉及到八十
回以后的情节,下册第八页"潇湘馆听琴"(图 10-23)是一百二十回本
《红楼梦》第八十七回的内容。根据画面所示,宝玉和妙玉正在潇湘馆外
听黛玉抚琴,院墙内的青青翠竹说明抚琴者是林黛玉;宝玉面向妙玉,伸
出手指着潇湘馆,似乎正与妙玉讨论琴音问题,这个场景与书中描写一
致。《红楼梦》第八十七回写道:"说着,二人走至潇湘馆外,在山子石上
坐着静听,甚觉音调凄清。"与画面的内容一致。这个场面在冷枚的另
一幅作品也出现过(图 10-24)。有人认为这幅作品呈现的是《西厢记》
中的经典片段"西厢听琴",这是不准确的。首先,"西厢听琴"中的人物
所处空间与此画不同;其次,画面中的人物与《西厢记》差别很大;再次,

图 10-24　冷枚（款）《二玉听琴》立轴，纵 123 厘米，横 36 厘米，浙江盘龙拍卖有限公司 2006 年秋季艺术品拍卖会

诸多细节证明这是《红楼梦》中的场景。与此处册页不同，这是一幅立轴，上钤"冷枚字吉臣""内廷供奉"印章，题诗曰："深窗美人忆年华，浪说文姬识断弦。何似风前贞女引，低昂一曲使人怜。"在细节方面，两者有以下区别：两幅作品中的人物形象虽基本一致，但人物装束有较大差别，如立轴中黛玉的衣服以红色为主，册页中则以青绿为主，但在册页其他场合中，黛玉的衣服则以红色为主；立轴中的宝玉带着项圈，册页中的则没有；立轴中的妙玉是典型的尼姑发饰，册页中的则类似于闺阁中的女子；立轴中的宝玉、妙玉二人立于潇湘馆门外，册页中二人

则坐在山子石上。作为不同作品中的人物，有些差距也很自然，这种情况在古画中也很常见。冷枚涉及到《红楼梦》八十回以后情节的作品还有一幅，画面呈现的是百二十回本《红楼梦》中第八十一回"占旺相四美钓游鱼"。这两处情节可能是早期《红楼梦》抄本中的内容。引人注意的是，在冷枚款的其他作品，类似的场景也时常出现（图 10-25）。

其二，冷枚款《红楼梦图》与古本《红楼梦》的内容具有一致性，所呈现的多为清新动人的诗意画面，而没有涉及《风月宝鉴》中的"风月"笔墨，也没有任何内容涉及《风月宝鉴》的女一号王熙凤。同时还可看出，在《石头记》或通行本中与《红楼梦图》中内容同时出现的贾敬、蒋玉菡、刘姥姥、贾环等相关事件亦均被舍弃，这似乎也说明二者内容来源的不同。而且，除上册第一页涉及第五回内容外，几乎没有二十回以前的内容，也没有内容涉及到《大观园》。这与戴不凡论证"石兄旧稿"中

的大观园比较一致①。其他内容基本集中在第三十回和第六十回左右，其中第四十九回和第七十六回内容被多次表现，《石头记》中的其他内容均未涉及。在笔者发现的冷枚其他有关《红楼梦》的作品中，同样存在这个特点。这些迹象似乎也印证了马瑞芳对早期《红楼梦》内容的推断，说明冷枚所依据的可能不是八十回本的《石头记》。而且，这部《红楼梦》中还有部分内容和今本《红楼梦》八十回后的内容重合，这也说明当时曹雪芹创作《石头记》时是有了后面的相关内容的构思，只不过还没有被他改写增补到《石头记》中。

图 10-25　清　冷枚（款）《双美图》

图 10-26　清　冷枚（款）《春乐图》

图 10-27　清　冷枚（款）《人物镜心》

① 戴不凡：《曹雪芹"拆迁改建"大观园》，《红楼梦学刊》1979 年第 1 辑。

图 10-28　清　冷枚(款)《梳妆仕女图》,纸本设色,纵 126 厘米,横 50 厘米
北京嘉禾瑞丰国际 2014 年 12 月 28 日冬季艺术品拍卖会

图 10-29　清　冷枚(款)《八美图》,纸本设色,纵 37 厘米,横 33 厘米
广东宝通 2012 年 4 月 15 日春季艺术品拍卖会

图 10-30 清 冷枚(款)《调鹦图》

图 10-31 清 冷枚(款)《琵琶仕女图》

# 第十一章 "蜀锦装全璧吴工"

## ——仇英《清明上河图》与《金瓶梅》的互文关系

实际上,除了《红楼梦》文本中有大量图像作品外,在中国古代尤其是明清时期的小说戏曲文本中,作者有意嵌入图像的情况是比较常见的,例如,《金瓶梅》中就出现了四季美人图、海潮观音像、人像写真、《吕洞宾戏白牡丹图》《庄子惜阴图》等诸多画作。由于叙事的需要,这些图像大多具有象征含义,有些图像则仅是时代习俗的反映。明代中后期,宦迹图、雅集图、宗教画等长卷创作甚为发达,伴随着这种情况的发展,长篇小说创作也迎来了一个快速发展、发达的历史时期。这些长篇画卷上的图像结构、人物造型、事件与情境等,多带有程式化特点,不仅在不同绘画作品上反复出现,而且还出现在《金瓶梅》《水浒传》《意中缘》《玉环记》和《红楼梦》等小说戏曲中。这似乎说明,明代中后期的长卷与长篇之间具有某种内在的艺术关联。例如,仇英本《清明上河图》中的诸多场景和画卷的结构布局,与《金瓶梅》的叙事结构、场景设置、人物活动,可以形成较为密切的关联。本章以历史学家吴晗的《金瓶梅》研究为切入点,对二者之间的艺术关联进行分析,从而为《红楼梦》文本图像渊源研究提供更多证据。

吴晗在二十世纪三十年代发表的《金瓶梅》研究系列论文影响很大,他通过对《清明上河图》(后文简称"《清》卷")在明代嘉靖、万历年间收藏情况的考察,基本厘清了王世贞父子与严嵩父子的交恶过程,再结合《明史》等文献考证了《金瓶梅》的创作时间和作者问题。作为中间环节,《清》卷在嘉靖至万历年间的收藏和再创作情况,在这一研究中极为重要。于是,六米长卷《清明上河图》,与百回本长篇小说《金瓶梅》,被联系在了一起。吴晗以《清》卷为视点切入《金瓶梅》的创作时间、社会背景等问题,暗含了将长卷与长篇进行对读、研究的思路。董其昌等人的记述表明,《金瓶梅》的早期抄本、刻本均出现在苏州,而吴晗则考证出《清》卷自元至明在苏州地区辗转流传的情况,可为之提供佐证。由于研究目的的限制,吴晗的研究在 1932 年戛然而止,我们接续这一思路,将问题重新展开。

## 第一节　从长卷到长篇:吴晗的《金瓶梅》研究

自明末至民初,各种笔记、序跋多有关于《金瓶梅》作者及其创作时代的记录。直到二十世纪新文化运动以后,鲁迅、阚峰、郑振铎、吴晗、李辰冬、沈雁冰等学者参与进来,学术界开始在这些笔记传闻的基础上,以科学、严谨的考证方法和文艺批评方法介入《金瓶梅》的研究。作为明史专家,吴晗的研究更多借助了明代的史学文献。二十世纪三十年代,吴晗撰写了三篇关于《金瓶梅》的研究文章。第一篇文章是发表在 1931 年 12 月出版的《清华周刊》第 36 卷第 4、5 期合刊上的《〈清明上河图〉与〈金瓶梅〉的故事及其衍变》(后文简称"《衍变》")一文。半年后,他又撰写了一篇《补记》,发表在 1932 年 5 月出版的《清华周刊》第 37 卷第 9、10 期合刊上。作者使用"辰伯"的笔名发表了这两篇文章。第三篇文章是发表于 1934 年 1 月北京立达书店出版的《文学季刊》创刊号上的《〈金瓶梅〉的著作时代及其社会背景》(后文简称"《背景》")一文。统观这三篇文章 ① 可以发现,《清》卷在吴晗研究中的地位是逐渐降低的。

吴晗通过《清》卷研究《金瓶梅》,尚未上升到自觉的方法论高度。这是因为作为王世贞年谱的附录之一,《衍变》的重点在于通过《清》卷的收藏过程廓清王世贞父子与严嵩父子之间的政治关系,而这个问题有助于《金瓶梅》的作者与成书时间等问题的解决。吴晗根据王世贞《弇州山人四部稿》《明史·王世贞传》等,证明王忬与严世蕃交恶与诗画无

---

① 姚灵犀编撰的《瓶外卮言》一书是最早的《金瓶梅》研究论文集,1940 年由天津书局出版。其中收录了《背景》一文,但对其中的引文做了大量删削。吴晗的这三篇文章,后来均收录在周钧韬收集整理的《金瓶梅资料续编》(1919—1949)一书中。这本书作为"中国古典小说戏曲研究资料丛书"的一种,由北京大学出版社于 1991 年出版。辽宁省博物馆编《〈清明上河图〉研究文献汇编》(万卷出版公司 2007 年版)收录了《衍变》《补记》两篇文字。

关并得出结论:"我们知道一切关于王家和《清明上河图》的纪载,都是任意捏造,牵强附会"、"《清明上河图》与王家毫无关系"、"一切《清明上河图》和《金瓶梅》涉及王世贞的故事,都出于捏造,不足置信。"① 此文发表后,吴晗"无意中"又发现一些关于《清》卷的资料,撰写了《补记》。这篇文章对《清》卷自张择端创作完成入藏宋内府直到清初被嘉禾谭梁生所得的"五百年中的经历"进行梳理,进而为"《金瓶梅》非王世贞所作"的观点补充证据。《背景》是在《衍变》《补记》二文的基础上增删所成,有三点大的变化:

其一,增加了"四、《金瓶梅》是万历中期的作品"和"五、《金瓶梅》的社会背景"两个部分,第四部分又分为"(一)太仆寺马价银"、"(二)佛教的盛衰与小令"、"(三)太监、皇庄、皇木及其他"和"(四)古刻本的发现"等。

其二,在"二、王忬的被杀与《清明上河图》"中增添了田艺蘅《留青日札》"严嵩"条关于嘉靖四十四年(1565)严嵩抄没家产清单所提到的"宋张择端《清明上河图》"以及此图由严嵩从苏州陆氏以一千二百金所购且"才得其赝品"的记载,同时结合《昆新两县合志》卷二十《顾梦圭传》所记,勾勒出《清》卷由宜兴徐氏到明内府的辗转过程。

其三,为使文章更加切题,吴晗在文前增加了一段总领的文字:"要知道《金瓶梅》这部书的社会背景,我们不能不先考定它的产生时代。同时,要考定它的产生时代,我们不能不把这一切关于《金瓶梅》的附会传说肃清,还它一个本来的面目",同时将原来"明嘉隆间产生的一部小说"改为"一部现实主义作品",将"嘉隆时代的市井社会的侈糜鄙俚的生活"改为"作者所处时代的市井社会的侈靡淫荡的生活"② 。这些增添和改动,反映出吴晗在史学研究方面的阶级分析方法,其任务是解决《金瓶梅》的"著作时代及其社会背景",故而此文既没有深化《衍变》《补记》所发现的《清》卷在苏州地区的创作和收藏情况,也几乎完全抛开《清》卷,将研究重点放在了对《金瓶梅》诞生前后时期官商勾结、人民被繁重的赋税和高利贷剥削的社会背景的考察上。

---

① 吴晗:《〈清明上河图〉与〈金瓶梅〉的故事及其衍变》,《清华周刊》1931 年第 36 卷第 4、5 期合刊。
② 吴晗:《〈金瓶梅〉的著作时代及其社会背景》,《文学季刊》1934 年 1 月创刊号。

但是对《清》卷的忽视,影响了吴晗对相关问题的判断。

其一,王世贞不仅见过《清》卷真本,而且他至少见过三本不同的《清》卷,另外两本分别是他本人收藏的《清明易简图》和其弟王世懋收藏的吴人黄彪仿制本《清》卷,因而吴晗认为"《清明上河图》与王家毫无关系"的观点是错误的。

吴晗所引王世贞《四部续稿》卷一六八《〈清明上河图〉别本跋》说得很清楚:"张择端《清明上河图》有真、赝本,余俱获寓目,真本人物、舟车、桥道、宫室皆细于发,而绝老劲有力。初落墨相家,寻籍入天府,为穆庙所爱,饰以丹青。赝本乃吴人黄彪造,或云得择端稿本加删润,然与真本殊不相类,而亦自工致可念,所乏腕指间力耳。今在家弟所。此卷以为择端稿本,似未见择端本者。"[1] 由此可知王世贞对《清》卷真本、黄彪本和"别本"均有研判。王世贞本人收藏的"别本"即为《清明易简图》,现藏台北"故宫博物院"。有人根据台北"故宫博物院"编辑出版的《故宫书画图录》,认为王世贞藏本《清》卷在《四部稿》《四部续稿》中没有记载[2],实有误解,因为王世贞本人称之为"《清明上河图》别本",并有两篇记载文字。台北"故宫博物院"藏本上有沈德潜跋文《清明易简图疏解》,亦可证此图曾为王世贞收藏:"明代此图归李东阳宾之。图上有二印。又归王世贞元美亦有印。"[3](见图11-1)吴晗说王世贞对《清》卷的记述是"轻描淡写",进而反推《清》卷与其无关。这是由于他仅阅读了相关文献却没有见到作品原件所致。王世贞所写这两条跋语有五六百字之多,所述内容极为重要,不仅不是"轻描淡写",反而说明王世贞对此卷极为看重。而且,这两段跋语涉及三本《清》卷,而不是两本;所记"此卷以为择端稿本,似未见择端本者",与台北"故宫博物院"认为王世贞所藏本为《清明易简图》是一致的。而且,王世贞对张择端的画作似乎有浓厚的兴趣,除藏有一本《清》卷,他还曾收藏张择端《春山图》一卷。《石渠宝籍初编》第十一卷:"张择端《春山图》一轴,次等,宙一,贮御书房,素绢本,着色画,款署张择端,诗堂有俞允文识语一。"其根据是俞允

---

① (明)王世贞:《弇州山人题跋》,汤志波辑校,浙江人民美术出版社2012年版,第527页。
② 汤宇星:《弇山之石:王世贞与苏州文坛的艺术交游》,中国美术学院出版社2015年版,第39页。
③ 台北"故宫博物院"编:《故宫书画图录》第16册,台北"故宫博物院"1997年版,第74页。

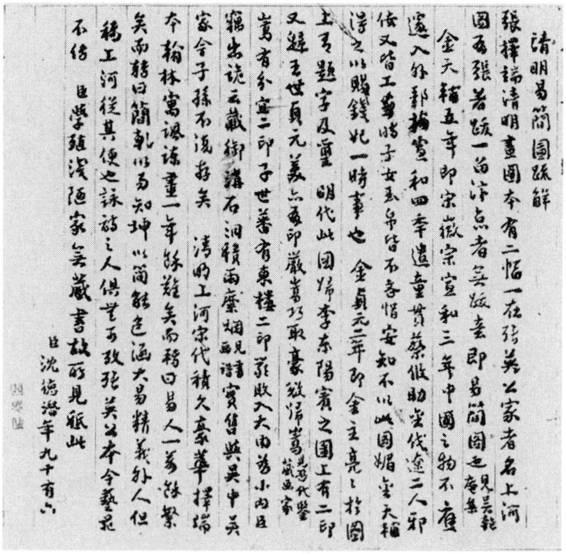
清明易簡圖疏解

張擇端清明畫圖本有二幅一在張吳二家者名上河

臣沈德潜年九十有六

图 11–1　清　沈德潜《清明易简图疏解》，局部，绢本设色，台北“故宫博物院”

文的题跋：“余爱择端所画清明上河图，布景繁而不杂，以为神笔。后复于王元美，许见其初，稿亦有一种法。然皆不若此之精润，可谓至神上乘，笔付题其首，善鉴者识之。”[①] 目前所知张择端的作品仅有三件，而与王世贞有关的就有两件。

因此，明清笔记关于王世贞与《清》卷的记述虽不尽准确，但有一定根据，王家与《清》卷并非“毫无关系”，亦无法为“《金瓶梅》非王世贞作”作证。更有趣的是，张竹坡在评批《金瓶梅》的时候，还指出了王世贞《金鱼赋》与《金瓶梅》的互文性关系[②]。

其二，《清》卷自元至清在苏州、昆山等江南地区的鉴藏情况更为复杂，远远超过吴晗梳理的过程，而这些被吴晗遗失的细节与《金瓶梅》有

① 刘渊临：《清明上河图之综合研究》，见辽宁省博物馆编：《〈清明上河图〉研究文献汇编》，万卷出版公司 2007 年版，第 275 页。

② 崇祯本第五十四回，写西门庆与众人到观音庵起经赏景，在金鱼池乐水亭上看金鱼，有“凭朱栏俯看金鱼，却象锦被也是一片浮在水面”，有张竹坡夹批：“一篇《金鱼赋》。”此或可为《金瓶梅》为王世贞作提供又一证据。王世贞曾作《金鱼赋》，谓金鱼“麟奕奕而垂锦”，以锦写金鱼，与《金瓶梅》一致。此篇《金鱼赋》被后人遴选为王世贞的代表作，认为其“所著词赋可追纵《骚》《选》，略举《金鱼赋》一段，即可见其风裁”。详细论述参见王思豪：《赋法：〈诗经〉学视域下的〈金瓶梅〉批评观》，《文学研究》2017 年第 3 卷第 1 期。

更为直接、紧密的联系。根据吴晗的梳理，自宋至元，《清》卷的流传轨迹较为单一，但自明代开始收藏者转换的频率忽然增大，同时《清》卷的仿制品增多，《清》卷的收藏情况变得扑朔迷离。这种复杂情况主要是在松江、昆山、太仓、吴中一带发生的，后来又转移至北京。这种现象是前后时期苏州一带商品经济发达、艺术品创作和消费繁荣的必然产物，仇英及其追随者的仿作成为市场需求的主体，大量《清》卷由此产生。这一现象与《金瓶梅》在苏州地区的传播和刊刻之间存在某种内在关联，不能以偶然现象视之。根据董其昌、袁中道、沈德符等人记载，《金瓶梅》的早期抄本开始是在苏州文人圈中传阅的，最早的《金瓶梅》刻本也是在苏州刊印的，而且这一版本中的第五十三至五十七回有大量吴语出现，很可能是苏州文士增补的。种种迹象说明，《金瓶梅》与这一时期苏州地区《清》卷的收藏和仿制活动有关。可惜的是，囿于各种前见，吴晗虽发现了这一现象，但未进一步深入研究。

　　其三，对待明清笔记等材料，要有辩证的思维和眼光，正像陈寅恪所说，换一种思维和眼光，"伪材料"也可以变成"真材料"。作为一名历史学家，吴晗认定，《寒花盦笔记》《万历野获编》等关于《清》卷和《金瓶梅》的记载均是"故事"："一切关于《金瓶梅》的故事，都是只是故事而已，都不可信。应该根据真实史料，把一切荒谬无理的传说一起踢开，还给《金瓶梅》一个原来的面目。"[1] 由于首先认定这些记载是"故事"，是"荒谬无理的传说"，因而"都不可信"，应"一起踢开"，故而他在随后的文章中以"太仆寺马价银""皇庄、皇木"等为切入点，考证了《金瓶梅》的成书时间。吴晗所引用的《明史》等资料，看起来确凿无疑，但并不能保证结论的可靠性。例如，他作为重要证据的"太仆寺马价银"在嘉靖时期即已出现，并非万历时期特有的现象。这就否定了其结论的有效性。因此，明清笔记中的"故事""传说"等不一定都是"荒谬无理的"。吴晗按照历史性原则将明清笔记的记载看作是"故事""传说"，是"荒谬无理的"，违背了学术研究甄别史料的基本原则：一方面，这些材料的作者和时代均真实可靠，没有争议，材料本身是真实的，至于材料所记述

---

[1] 吴晗：《〈清明上河图〉与〈金瓶梅〉的故事及其衍变》，《清华周刊》1931 年第 36 卷第 4、5 期合刊。

的内容真实与否,需做进一步甄别;另一方面,既然这些材料的作者和时代均无争议,作为严谨的学术研究,我们可通过这些材料"说明此时代及作者之思想"①,充分挖掘这些材料所蕴含的另一种历史真实。

即使存在上述问题,吴晗通过《清》卷研究《金瓶梅》的思路仍有价值:其一,王世贞父子与严嵩父子是《清》卷与《金瓶梅》之间发生直接关联的关键人物,故而对王、严两家之间迷离的政治关系的廓清,可为解决《金瓶梅》的作者和成书时间等问题提供证据,这是通过历史考证研究《金瓶梅》乃至明清小说的方法;其二,根据明清笔记记载,吴晗敏锐察觉到《清》卷与《金瓶梅》之间的重要关联,这是一种通过绘画或图像研究《金瓶梅》乃至明清小说的方法。前一种方法一直沿用至今,后一种方法直到近年来文学图像学兴起才开始引起注意,但大家多将注意力集中在对《金瓶梅》插图的研究上。我们可以反其道而行之,对《清》卷呈现的场景与《金瓶梅》文本展开研究。

## 第二节　长卷与长篇的兴起:明清笔记的内在根据

作为明史专家,吴晗对明代的文学和艺术创作情况是较为熟悉的,他似乎感觉到《清》卷和《金瓶梅》之间具有某种内在的意涵关涉。他在《衍变》开篇写道:"《金瓶梅》是明嘉隆间产生的一部小说,所描写的是嘉隆时代的市井社会的奢侈鄙俚的生活。它的细致生动的白描技术和汪洋恣肆的气势,在未有刻本以前即已为当时文人学士所叹赏惊诧。"②吴晗首先将《金瓶梅》产生的时间界定在嘉隆时期,描写的是这一时期"市井社会的奢侈鄙俚的生活"。他借用绘画领域中的"白描"手法来指称《金瓶梅》细致真实的描写,用"汪洋恣肆的气势"修饰《金瓶梅》的庞大规模和内容。实际上,如果用这两个特征修饰、描述《清》卷,反而更为恰当。与《金瓶梅》几乎同一时期,仇英在苏州仿制了八米长卷

---

① 陈寅恪:《冯友兰中国哲学史上册审查报告》,《金明馆丛稿二编》,生活·读书·新知三联书店 2009 年版,第 280 页。
② 吴晗:《〈清明上河图〉与〈金瓶梅〉的故事及其衍变》,《清华周刊》1931 年第 36 卷第 4、5 期合刊。

《清明上河图》,无论是内容还是形制,都与吴晗对《金瓶梅》的界定相一致。浦安迪指出:"许多连接文人画与散文小说的那种相同的癖性倾向也遍及明末文学的其他每一种体裁"①,因而《清》卷与《金瓶梅》之间极有可能存在某种关联,这种关联并不是历史史实的必然联系,而是指两者作为同一文化母体的产物所具有的先天性联系。

因此,吴晗的研究思路应引起我们继续思考:袁中道、李日华、沈德符、屠本畯等这些几乎与《金瓶梅》作者同时代而又知识渊博、长期从事书画创作和鉴藏的学者和官员,为什么要将《清》卷与《金瓶梅》放在一起记述? 其内在根据是什么? 正像有学者所证明的,无论是材料还是论证,吴晗均"未推翻'伪画致祸'说"②。同时有以下事实可以肯定:其一,王氏父子与严嵩父子确实有交恶,且他们均热衷于画作的鉴藏,均与《清》卷有某种联系;其二,明代中后期以来,制作"伪画"的情况在苏州地区确实盛行,而且中国绘画本就以"临""摹""仿""拟"等为基本的创作方式,包括《清》卷本身在内的历代名迹在这一时期多被以这种方式重新仿制;其三,《金瓶梅》早期抄本的流传及其刻印,所发生的人群和地区与《清》卷高度重合。

这些基本事实应是明清笔记将《清》卷和《金瓶梅》并置记述的根据,反映出更为隐蔽的艺术逻辑:长卷与长篇的同时出现,绝对不能看作是偶然的历史现象。王伯敏指出:"明代是近古绘画发展的重要时期,这与当时的其他各种学术思想的发展有一定的关系。适应当时城市繁荣和市民的需要,明代的通俗文学是发达的。施耐庵的《水浒传》,罗贯中的《三国演义》,吴承恩的《西游记》,都在文学史上占有重要的地位。这些通俗文学的出现,直接或间接地影响到当时民间美术以至版画的发展。"③这一观察无疑是敏锐的,但作者没有提到《金瓶梅》,而且他所指的《水浒传》等作品对民间美术和版画的影响是存在的,但这种影响不单是文本对图像制作的影响,反过来同样存在。同时,作者根据语言(白话)或形式(章回),将这些作品界定为"通俗文学",未注意到文人情趣对这些作

---

① 〔美〕浦安迪:《明代小说四大奇书》,沈亨寿译,生活·读书·新知三联书店2015年版,第17页。
② 许建平:《王世贞与〈金瓶梅〉》,河南人民出版社2012年版,第56页。
③ 王伯敏:《中国绘画通史》(下册),生活·读书·新知三联书店2018年版,第4页。

品的渗透和改造,因而将之与表现雅致趣味的文人画传统割裂开来。

浦安迪指出,《金瓶梅》等四大奇书虽然使用了此前时期通俗文学的形式、故事和意象模型,但他们的修订者或作者则是晚明时期"资深练达的文人学士":"我相信,这几部小说的最完备修订本的作者和读者正是创作了独树一帜的明代'文人画'和'文人剧'精品的同一批人。"[①]因此,即使像《隔帘花影》《嫖经》这样荒淫的书籍,也没有人怀疑它们的作者"都是很有学问的人"[②]。明代中后期的文化艺术极为繁盛,这种兴盛以规模庞大的人物故事画、昆曲剧本和长篇章回小说为表征而体现出来[③]。这正是明清笔记将《清》卷与《金瓶梅》并置记述的社会文化基础。这一点被吴晗忽略了。

浦安迪没有对此展开详细论述,但我们可以根据这一时期文学艺术的创作情况做出补充分析。在绘画领域,以长卷形式出现的雅集图、宦迹图、宫苑图、行乐图等人物故事画大量出现,仇英《汉宫春晓图》、杜堇《宫中图》和《清》卷的大量复制和流行,成为这一时期绘画创作的独特现象,以《清》卷、《南都繁会图》为代表的规模庞大的世俗手卷在这一时期的艺术品创作和收藏中占有重要地位。与此类似,《水浒传》《金瓶梅》等长篇章回小说不仅摆脱了宋元画本的形式,而且其内容也逐渐从神魔鬼怪、历史传说向现实中人们的日常生活转移,《金瓶梅》是这种转移的结果之一。它也是此前中国小说不断累积发展的必然结果。

在戏曲领域,王世贞《鸣凤记》、梁辰鱼《浣纱记》、汤显祖《牡丹亭还魂记》等长篇巨制,动辄数十本,其规模和容量,使戏曲作品超越了以往南戏和北曲仅以成套曲词为主体的样本形式,其吸纳、表现复杂社会现实的能力空前增强了,实现了跨越式发展。一大批著名的昆曲作家被认为是《金瓶梅》的作者不是偶然的。根据《幽怪诗谭小引》的记述,作为昆曲剧作的代表性作者,汤显祖还"是欣赏、肯定《金瓶梅》最初的读者之一"[④]。汤显祖阅读的《金瓶梅》则是其表兄刘守有之子刘承禧所

①〔美〕浦安迪:《明代小说四大奇书·序》,沈亨寿译,生活·读书·新知三联书店2015年版,第1页。
②〔荷〕高罗佩:《中国古代房内考》,李零等译,商务印书馆2007年版,第273页。
③〔美〕浦安迪:《中国叙事学》,北京大学出版社2018年版,第22—29页。
④王汝梅:《金瓶梅版本史》,齐鲁书社2015年版,第4页。

**图 11-2　宋　张择端(款)《清明易简图》,局部,售卖书画和骨董的店铺,台北"故宫博物院"**

珍藏的,后者是《金瓶梅》抄本最早的收藏者和传播者之一。更为有趣的是,人们还把欣赏昆曲的方法引入对《金瓶梅》等奇书小说的欣赏之中,强调阅读《金瓶梅》应"于念文时,即一字一字作昆腔曲,拖长声,调转数四念之,而心中必将此一字,念到是我用出的一字方罢",而这正是"读《金瓶梅》小说法"[①];张竹坡颇有信心地指出,如果《金瓶梅》的作者"不做此一篇市井的文字,他必能另出韵笔,作花娇月媚如《西厢》等文字也"[②]。而为戏曲、绘画、小说等艺术繁荣提供社会土壤的,是商品经济的发展、世俗社会的形成和艺术品生产和消费的商品化(图11-2),故而人们可以将《清》卷和《金瓶梅》这两种表现世俗生活的长篇巨制并置记述。

　　作为与《金瓶梅》作者几乎同时代的人,袁中道、董其昌等人并非不知道王世贞父子与严嵩父子之间的世代仇恨和政治纠葛,但在他们的文化和艺术观念中,《清》卷和《金瓶梅》应该被置于这种共同的语境中加以理解。人们观看《清》卷就如同在阅读《金瓶梅》,或者说,观看《清》卷与阅读《金瓶梅》能够获得相同或相似的艺术美感。因此,这些记述虽可能存在史实上的误差,却有着文化逻辑上的真实性和可靠性。

　　与此相应,人们对长篇巨制的艺术作品的欣赏方式也高度一致,这

---

是由当时社会共同的审美趣味决定的：人们对日常生活本身充满了无限的兴趣，时代的审美趣味由传奇性转向世俗性，人们乐意通过"把玩"的方式对生活中的细节流连沉浸。《金瓶梅》等长篇章回小说并非是为了市民阅读而创作的，其浩瀚卷秩和抄写难度及其昂贵的代价，无论如何是民间文人和市民不能承受的。

有学者认为《金瓶梅》在引用时新俗曲新乐方面得心应手，而在运用诗文等正统雅文学方面存在诸多缺憾，进而认为它出自民间市民之手[①]。这种观点忽略了另外一个事实：《金瓶梅》所化用的诗句在后来文人诗词别集中同样存在，而且它所使用的语境与叙事高度融合，不存在所谓"对雅文化的陌生"，而且其描写对象是以西门庆为代表的新兴市民阶层，曲词运用自然无法考究，否则就不符合人物身份。更明显的事实是，《金瓶梅》已成为像董其昌、袁中道等富有且社会地位极高的文人士大夫的"案头读物"，如同这一时期盛行的乐舞戏曲和歌妓，这些作品是他们花前月下、茶余饭后用以消遣时光、体验生活乐趣的艺术载体，故而张竹坡指出《金瓶梅》"为千古锦绣才子作案头佳玩，断不可使村夫俗子作枕头物也"[②]。虽然《金瓶梅》以不学无术的西门庆及其生活为主体，但这正反映出文人审美趣味的变化。正像韩南所指出的，苏州、山东等地区的方言进入到小说叙述中，说明人们（尤其是高雅的文人）对方言文学的态度已经发生了改变，而且，"在词曲乐府及小说方面，人们态度的转变最为明显。"[③] 民间方言、故事和意象在《金瓶梅》中出现，与文人士大夫转向世俗的审美趣味的变化是一致的，他们更乐于在这种世俗趣味的享受中体验生存的乐趣，而过度的沉溺也会引发他们的反思。这是一种不同于通过玄思冥想所形成的精神境界的新状态。

这一点同样体现在他们对手卷欣赏兴趣的扩大方面。明代中后期，绘画鉴藏从卷轴向手卷的发展，与这种审美趣味的变化是匹配的：在私密而雅致的书房中，人们缓缓打开一幅手卷，世俗生活中的方方面面在

---

① 杨彬：《〈金瓶梅〉的文本引用及其作者问题》，姚大勇、张玉梅编：《王世贞与明清文化国际学术交流会论文集》，上海三联书店 2016 年版，第 474 页。
② 王汝梅等校点：《张竹坡批评第一奇书金瓶梅》，齐鲁书社 1991 年版，第 49 页。
③〔美〕韩南：《〈金瓶梅〉的版本及其他》，见《韩南中国小说论集》，王秋桂等译，北京大学出版社 2008 年版，第 209 页。

画卷上一一呈现,仿佛自我也置身其中。《清》卷"高不满尺"而"长约三丈"的近乎失去比例协调性的形制,似乎是为满足这种带有窥探意味的审美趣味而设置的。这种观画方式所获得的乐趣,是欣赏卷轴画不可比拟的。传统卷轴画一般以自然山水为主体,一旦打开悬挂,自然万物便一览无余,无法给观者带来新奇感,虽然这类作品的打开也有一个持续性的过程;同时,对这种画作的欣赏一般是对画作的技巧及其背后哲理的思考,这与对世俗生活的观赏亦有不同。实际上,明代中后期此类作品的商品化和世俗化,某种程度上消解了其可能具有的思想性和深刻的哲理意蕴——人们可以在商铺中购买此类作品(图11–2),其作者也不再是具有深邃思想的文人,以模拟谋生的画工可以使用带有程式化的技法和意象创作这类作品,其欣赏主体也由文人转变为市民,因而西门庆的仆人韩道国和王六儿家里也可以悬挂山水条屏,他们不是传统意义上山水画的理想观者。

当然,北宋时期即有与《清》卷几乎同等规模和形制的手卷(例如王希孟《千里江山图》),但这类作品呈现的对象是自然,画家及其支持者似乎要以庞大的规模使天下尽在掌握之中,欣赏它与欣赏《清》卷所产生的美感是截然不同的。更为奇特的是,"在16世纪早期,君子们大体上不再画像,人物画逐渐成为像杜堇这样的职业画家(不论彼时如何为人看重)的专属领域"[1],因而董其昌之类文人士夫对《清》卷的观赏,似乎带有更多对象化的因素,他们仍然只为自我的精神世界画像,而不为世俗世界创作,虽然他们沉浸在世俗世界的乐趣中不能自拔。于是,这种诞生于传统山水画欣赏中的对持续性和隐秘性追求的审美方式,与这一时期人们对世俗生活的欣赏结合起来,并通过对《清》卷、《汉宫春晓图》一类手卷和《金瓶梅》等长篇章回小说的欣赏而实现。在下文的论述中,我们可看到仇英本《清》卷与《金瓶梅》之间更详细的内容关联。

与这种私密化的艺术品欣赏方式并行的,是明代色情绘画的发展。《金瓶梅》第十三回写到李瓶儿从内府带来的一套春宫册页《二十四春意图》,被西门庆拿到潘金莲房中,两人按图行事,就是这种情况的真实反映,故而高罗佩将《金瓶梅》《隔帘花影》与这类画作看作同一文化母

---

① 〔英〕柯律格:《明代的图像与视觉性》,黄晓鹃译,北京大学出版社2016年版,第45页。

体的产物加以论述。这类作品一般尺幅短小,画面逼真,适合私下玩赏。其实,春画的标准带有很大弹性,并非所有春画都与男女交合有关。在明代的语境中,呈现女性私密生活状态的画作一般都被称为春画,仇英《汉宫春晓图》即是如此:"表现汉代仕女自娱自乐的画卷,现在看来完全是端庄得体的,但对于明代的男性观者而言,却可能具有一种我们今天很难理解的色情刺激。"① 像袁宏道这样出身世家的高级文人,在初次看到《汉宫春晓图》时也不免有浑身战栗的激情感动。高罗佩也注意到,"明代中期,较好的春宫画并不画裸体。当时有些确实是画较大的、有色情场景的画,但画中的人物全身都穿着衣服,风格是明代晚期仇英的那种风格"② 。明代文人沈德符将这一时期春画的流行追溯到汉代的荒淫帝王和唐代的武后,并对元明以来藏传佛教男女交欢图像在贵族婚姻中的使用情况表达了意见和看法;他本人还收藏了一幅来自日本的春画扇面,"上写两人野合","情状如生"。同时,他将明代此类画作的始作俑者归为唐寅和仇英。

据李诩《戒庵老人漫笔》记载,明代商人以很高的价格从日本进口大量春画,而春画的色情含义即由日语中的 shunga 衍生而来。在传为李渔所作的《肉蒲团》第三回,未央生拿了一套托名赵子昂、题名《汉宫遗照》且有三十六页之多的春宫册页给他的妻子玉香观赏 —— 图册之命义来自宋诗"三十六宫都是春"。玉香原以为"是些遗像",没想到第三页就是"一个男子搂着一个妇人,竟赤条条在假山石上干事",便要让丫鬟拿去烧掉。未央生说:"这是一件古董,价值百金,我向朋友借来看的,你若赔得起百金,只管拿去烧。"③ 这个例子说明,能够欣赏这类画作的人要么是西门庆一样的暴发户,要么出身世家或内府,潘金莲这样穷苦出生的人是没有机会看到的。除《金瓶梅》《肉蒲团》之类作品与这类画作关系密切之外,即使是《红楼梦》这类精致典雅且以少男少女为主体的著作也可能与之有关。例如,出版于 1642 年的《鸳鸯秘谱》中写道:"赵翰林为十二钗暨六如六奇、十洲十荣等图。其亦欲挽末流之溺

---

① 〔英〕柯律格:《明代的图像与视觉性》,黄晓鹃译,北京大学出版社 2011 年版,第 180 页。
② 〔荷〕高罗佩:《中国古代房内考》,李零等译,商务印书馆 2007 年版,第 298 页。
③ 〔荷〕高罗佩:《中国古代房内考》,李零等译,商务印书馆 2007 年版,第 287 页。

耶？空空子为陈欲集，溺者其几于振乎？”①这里所使用的"十二钗""空空子""芳卿"等带有色情意味的词汇，被曹雪芹加以雅化而使用在他的著作中。

与此相关，在这一时期，高雅文人所恪守的古典传统的审美趣味逐渐被对"时玩"的欣赏所代替，仇英及其追随者所仿制的《清》卷，遍及苏州与京城，成为艺术品消费中的抢手货，这在某种程度上加速了张本《清》卷的经典化，使之从此前的默默无闻一跃而成为当时艺术品收藏的经典作品之一。根据吴晗等人的研究，可以发现，即使张择端真正创作了《清》卷，但这件作品并没有得到徽宗皇帝的认可，不久之后他即将之作为物品赐给某一位大臣，而张择端本人也没有被记载到《宣和画谱》一类宫廷文献之中；直到四百年后，《清》卷才引起明代学者和艺术家的重视，故而人们将王、严两家的政治纠葛与《清》卷联系起来记述，这正像王世贞所说，"《清明上河》一图，历四百年而大显，至劳权相出死构，再损千金之直而后得，嘻，亦已甚矣"②。实际上，此时人们更大程度上是将《清》卷作为艺术品来消费的，而不是用来收藏的。在时人眼中，仇英及其后学仿制的《清》卷大有压倒张择端真本的趋势，故而文徵明在题跋中将仇英看作"择端后身"："(《清》卷)真本已入天府不可复见，今仇生实父于五百年之后从粉本——摹写精工劲巧，无纤微不到。岂实父即择端后身，复继其技巧于世耶。"③随着对"时玩"（"假骨董"）玩赏的普及，苏州一带成为这一时尚的核心地区，并影响到京城等北方地区："自古以来，古董多赝品，尤以苏州为甚。明代苏州各种生产技艺，号称甲天下，但又能擅长伪造各种古代器物。如新写的画绢，刚铸的铜鼎。"④沈德符《万历野获编》"时玩""假骨董""好事家"等篇，对这种情况有精彩的记述。王士性（1547—1598）亦指出当时苏州地区艺术品消费在全国的重要性："姑苏人聪慧好古，亦善仿古法为之，书画之临摹，鼎彝之治淬，能令真赝不辨。又善操海内上下进退之权，苏人以为雅者，则四方随

---

① 〔荷〕高罗佩：《中国古代房内考》，李零等译，商务印书馆 2007 年版，第 307 页。
② （明）王世贞：《弇州山人题跋》，汤志波辑校，浙江人民美术出版社 2012 年版，第 528 页。
③ （明）文徵明：《跋清明上河图》，引自辽宁省博物馆编：《〈清明上河图〉研究文献汇编》，万卷出版社公司 2007 年版，第 71 页。
④ 陈宝良：《明代士大夫的精神世界》，北京师范大学出版社 2017 年版，第 442 页。

而雅之,俗者,则随而俗之。"①苏州地区的审美文化和艺术趣味具有极强的影响力和辐射力,《清》卷在苏州地区的大量仿制和《金瓶梅》在苏州地区的传抄和刊印,既是这一艺术趣味的反映,也是它的结果。

　　与人们对《东京梦华录》的怀旧式欣赏相同,这种对世俗生活本身的欣赏似乎在繁华的汴京时代就已存在,张择端所制之《清》卷似乎就是最好的证明,但这件作品的具体创作时间至今仍存在争议,人们(例如高居翰)甚至认为《清》卷是金元时期的作品。但画史记载宋徽宗曾作过类似于《清》卷的手卷作品《梦游化成图》,其画中人物"如半小指,累数十人,城郭、宫室、麾幢、鼓乐、仙嫔、真宰、云霞、霄汉、禽畜、龙马,凡天地间所有之物,色色具备,为工甚至,观之令人起神游八极之想,不复知有人间世,奇物也。"②这件作品的规模与《清》卷类似,呈现的对象既是仙境也是世俗生活,观画者透过画面可以产生对现实生活的超越之感。邵宝(1460—1527),这位无锡地区、成化年间庚辰科进士,是李东阳的学生,他或许在乃师处有幸一览《清》卷,他为此所撰写的跋文描述了他观看《清》卷时的审美感受:"其间若贵贱、若男女、若老幼少壮,无不活活森森真出乎其上;若城市、若郊原、若桥坊第肆,无不纤纤悉悉摄入乎其中。令人反复展玩,洞心骇目,阅者而神力欲耗,而作者精妙未穷,信千古之大观,人间之异宝。"③在这位文人的记述中,《清》卷可以反复展玩,观者也可获得"洞心骇目"的震惊效果,在耗费大量心神之后而越发为作者的精妙技艺和细致呈现所折服——他将画卷当作"文本"细致"阅读",就像吴晗将《金瓶梅》当作"画卷"而"观看"一样。更为有趣的是,在落款中,其"二泉邵宝"的雅号与西门庆"四泉"、王三官"三泉"两号亦成对照。

　　从创作方式看,像《清》卷这样形制巨大的画作,其场景、意象、人物一般是对此前同类题材作品的集合和汇总。例如,仇英的《汉宫春晓图》就是对历史上此类作品的集成,画面呈现的"莳花""扑蝶""写真""博

①(明)王士性:《广志绎》,见《四库全书存目丛书·史部地理类》第251册,齐鲁书社1997年版,第718页。
②(元)汤垕《画鉴》,《画史丛书》,马采标点注译,邓以蛰校阅,人民美术出版社2016年版,第55页。
③(明)邵宝:《清明上河图跋》,引自戴立强:《今本〈清明上河图〉残缺说》,《中国文物报》2005年4月27日第7版。

古""观书""垂钓"等场景、情境和意象,都有相关类型的画作传统。现藏北京故宫博物院的仇英人物册页中的一幅《贵妃晓庄》,与《汉宫春晓图》的笔法、风格、场景都高度一致。这说明人们可以将类似作品集成一幅大型作品加以欣赏。对于《清》卷来说,其呈现的汴京的繁华世界本身就令人回想,尤其是《东京梦华录》所塑造的感伤而华丽的美感,更加刺激了人们对繁华古都的追慕。在明代中后期世俗美学兴起的基础上,人们把欣赏眼光投射到《清》卷之上,因而当时人们对《清》卷的仿制,基本上没有看到实物,而是凭借记忆加以想象性塑造,所反映的正是当时社会的市井生活。这种大规模仿制《清》卷的情况从十六世纪开始盛行:"那时仿制品不是直接来源于原作,而更多的来源于记忆。……当发现那是伪造品时,人们已经不再计较了,仿本可能就是这样更广泛地流传开来。"① 由于大量仿本的存在,像董其昌这类文豪,很可能都没有见过真本《清》卷,故而只能依靠传闻和仿本记述。

　　可以发现,《汉宫春晓图》《清》卷一类长卷的创作方式,与《金瓶梅》《水浒传》等长篇作品的创作高度一致:它们都是对早期故事版本的改写,同时增添新的时代内容,使作品规模不断扩大进而成为一部新作。韦陀( Roderick Whitfield )指出:"很显然,(《清》卷)所有后期版本都源于同一个原作,但在被再次创作的时候,不断融入画家个人的意识,在向下传承的过程中,变得更加复杂精致:比如,初看各种版本不易分辨其先后顺序,但是时代特征的积累过程却有可能作为判定的标准之一。"②《清》卷仿本制作过程中的"时代特征的积累过程",使"仿本的主题内容与原作的图像本质差距越来越大",例如在仿本《清》卷中,它们虽然也呈现了市民生活内容,但颇为有趣的是,张本《清》卷中在城乡生活中付出艰苦劳动的内容在仿本《清》卷中出现得越来越少,其画面所呈现的繁华都市生活更多是作为消费市场而存在的。这就像《金瓶梅》《水浒传》等长篇作品原本都是单个的故事,逐渐累积成编,世代累积创作的同时不断将不同时代的文化艺术因子吸收到文本之中,使文本含量越来

---

① 〔英〕韦陀:《张择端的〈清明上河图〉》,见辽宁省博物馆编:《〈清明上河图〉研究文献汇编》,万卷出版公司 2007 年版,第 219 页。

② 〔英〕韦陀:《张择端的〈清明上河图〉》,见辽宁省博物馆编:《〈清明上河图〉研究文献汇编》,万卷出版公司 2007 年版,第 200 页。

越丰富,也越来越精致化,最终成为摆放案头、私下把玩的高雅作品。因此,从创作方式角度我们也可将《清》卷与《金瓶梅》并置研究。

或问,张本《清》卷可能创作于宣和时期,最晚也为金代的作品,而《金瓶梅》创作于嘉隆或万历时期,二者怎么可能是同一文化母体的产物? 回答这个问题,需要结合《清》卷在明代苏州至京师地区的仿制和销售情况加以考察。出身艺术世家的艺术家兼学者文嘉(1501—1583)见过严嵩家藏的《清》卷,但他对此作的评价不高,认为其"所画皆舟车城郭,桥梁市尘之景,亦宋之寻常画,无高古气也"[1],认为严氏以一千二百金得之并不值得。文嘉显然是按照山水画的标准对《清》卷做出了评价。这从侧面说明张本《清》卷似不为明人推崇,明代晚期出现的大量与《清》卷有关的仿制与鉴赏活动应另有所本,所反映的也是这一时期新的社会现状和审美趣味的诞生,而这也正是孕育《金瓶梅》的社会时代和艺术语境。

## 第三节 "仇子此卷何为":《金瓶梅》与
## 仇英《清明上河图》

实际上,吴晗在考证《清》卷在以王、严家族为核心的江南地区的传播情况时,是以张本《清》卷为对象的,换言之,他仅关注了一本《清》卷。根据《清明易简图》上的印章,可以发现上有"东楼子""宾之""分宜""严世蕃印"等印章,这说明严嵩父子高价购买的《清》卷不是通常所说的《清明上河图》,而是《清明易简图》[2]。这说明吴晗对《清》卷的研究可能忽略了《易简图》和《清》卷大量摹本之间相互假借的复杂关

---

[1] (明)文嘉:《钤山堂书画记》,见辽宁省博物馆编:《〈清明上河图〉研究文献汇编》,万卷出版公司2007年版,第275页。

[2] 例如,有学者认为《清明易简图》才是真正的《清明上河图》,才是张择端的"真笔":"'清明易简图'即是'清明上河图',此五字原为金章宗所题。……自苏舜举(1295)题诗一开头即云'清明易简新图成'以后,此画即成了'清明易简图'。根据五十多年后杨准的题跋,知道'清图'被装池官匠所易,其所易去之真本即此本'易简图',此时即为苏舜举所得,故有此题。因改'上河'为'易简',而此改题可能有下说两种含义之一,(一)即指其题跋文字等已被裁易。(二)为恐其珍藏之被夺,以免引人注意,故易其名,将金章宗所题'上河'改为'易简',也就更名符其实了!"刘渊临:《清明上河图之综合研究》,见辽宁省博物馆编:《〈清明上河图〉研究文献汇编》,万卷出版公司2007年版,第300页。

系。在更早的历史时期，《清明上河图》就已经成为艺术品而大量流行，其名称是此类画作的通用名。李日华(1565—1635)指出，早在宋元时期，"京师杂货铺每上河图一卷，定价一金，所作大小繁简不同，想子扩所睹本有异耳。"① 这说明那些表现世俗生活场景的画作一般被题以"上河图"出售，价格为一金，规模尺寸大小不一，内容繁简有别。他推测，这是由作者所依据的摹本不同所造成的。根据吴宽的题跋可知，他还见到了《清》卷的粉本，他用"今画谱具在"指称这种情况，并对历史上人们将《清》卷的作者归属于张择端提出了质疑，而认为应该有更多人根据"画谱"创作了《清》卷②。徐邦达则认为，晚期《清》卷"大都是从仇氏仿本上转抚下来的，他们基本上没有看到过张择端的真迹"③。由此可见《清》卷被仿制、流传情况的复杂性。吴晗当年仅关注张本《清》卷而忽略《易简图》，无法触及《清》卷与《金瓶梅》之间更为密切的关系。

即使我们将李日华提到的小尺寸《清》卷排除在外，类似于张本《清》卷的作品在当时也极为流行。除元代摹本外，至今仍能看到大量明清时期的摹本。根据日本学者古原宏伸的统计，目前通行《清》卷可分为三种类型，共32本，其中仇英(款)《清》卷有14本，而有些无款的作品很可能也是仇英后学及其门人的作品④。刘渊临根据大量《清》卷和文献记载，认为"除了两本早期'清图'外，其余晚期的'清图'，通通都是摹本"⑤。这些作品中与《金瓶梅》诞生时代最近且内容高度重合的，是仇英本《清》卷。仇英同时还是著名长卷《汉宫春晓图》的作者。这幅临摹、汇集而成的长卷，当时即被项元汴题上"值二百金""子孙永宝"等字样，以示其珍贵。而那些在全国流传、作为商品的《清》卷作者，多是

---

① (明)李日华：《紫桃轩杂缀》，见辽宁省博物馆编：《〈清明上河图〉研究文献汇编》，万卷出版公司2007年版，第304页。

② 吴宽说道："金燕山张著，以此图为张择端笔，必有所据。至后人乃以择端作于宋宣政间，今画谱具在。当时有如斯人斯艺，而独遗其名氏何耶？大卿朱公，藏此已久，予始获展阅。"吕佛庭：《评延春阁本张择端"清明上河图"画卷》，见辽宁省博物馆编：《〈清明上河图〉研究文献汇编》，万卷出版公司2007年版，第46页。

③ 徐邦达：《〈清明上河图〉的初步研究》，见辽宁省博物馆编：《〈清明上河图〉研究文献汇编》，万卷出版公司2007年版，第156页。

④〔日〕古原宏伸：《清明上河图研究》，见辽宁省博物馆编：《〈清明上河图〉研究文献汇编》，万卷出版公司2007年版，第330—331页。

⑤ 刘源临：《清明上河图之综合研究》，见辽宁省博物馆编：《〈清明上河图〉研究文献汇编》，万卷出版公司2007年版，第304页。

仇英的门徒或他的追随者。如果吴晗注意到这一事实,他可能会关注更多资料,从而得出客观、准确的结论。

在这种语境下,仇英的创作可以为我们考察《清》卷和《金瓶梅》的关系提供很好的材料。仇英本《清》卷与张本《清》卷的内在艺术关联可能更为复杂,而这一关联在系列历史事件的纠缠中很容易被我们忽略。王、严两家长达几十年的纠葛多次牵连到仇英及其作品,由此我们可以将仇英及其创作与《金瓶梅》建立联系。明代学者朱舜水曾收藏一幅李昭道的作品《海天落照图》,他在跋语中记述了严世蕃向王忬索求此图的经过,后者不舍此图,便"属仇英响揭一幅馈之",后被严世蕃发现为仿制品,两家由此交恶;而王世贞本人亦曾在严氏父子败落后见到一幅《海天落照图》,同时指出原收藏者因不舍此画"乃延仇英实父别室摹一本,将欲为米颠狡狯,而为怨家所发"[1]。仇英仿制的画作虽是赝品,但已进入高层文人圈中,他们对这些作品是肯定的,这也是当时苏州艺术品消费情况的一个反映,仇英本《清》卷是在这种时代背景中诞生的。如果将张择端、仇英二人绘制的两本《清》卷与《金瓶梅》比较,可以发现,仇英本与《金瓶梅》有更多一致之处,虽然它所呈现的场景发生在苏州,而《金瓶梅》描写的内容发生在山东。

更为巧合的是,张著在《清》卷上将张择端的出生地写作"东武",而"关于这一地点有两种说法:一种说法是在江苏;另一种说法则在山东。Arthur Waley 倾向于前一种说法,而最近中国大陆一些学者的文章则认为东武是现今的山东省诸城县"[2]。换言之,现有资料无法证明张择端与苏州没有关系,他甚至可能就是在江南地区长大并接受了绘画方面的训练,这一点并不影响张择端以想象或绘画的方式对汴京城进行记录。同时,让人不能忽视的证据显示,张本《清》卷中繁华忙碌的城市是"一座理想化的城市",而且其郊外、运河、城内的三段结构,"是经过精心安排的布局",因而是画家按照构想设计而成的[3]。更为重要的是,明代绘画创

---

①（明）王世贞:《弇州山人题跋》,汤志波辑校,浙江人民美术出版社 2012 年版,第 562 页。

②〔英〕韦陀:《张择端的〈清明上河图〉》,见辽宁省博物馆编:《〈清明上河图〉研究文献汇编》,万卷出版社公司 2007 年版,第 196 页。

③〔美〕韩森:《〈清明上河图〉所绘场景为开封质疑》,见辽宁省博物馆编:《〈清明上河图〉研究文献汇编》,万卷出版社公司 2007 年版,第 465 页。

图 11-3　明　仇英《清明上河图》（台北本），局部，宅院一，台北"故宫博物院"

作自初期开始，就进入了被后世学者称为"掇英"的阶段，这一创作方法使"宋元传统"在明代得以复苏和发展，由此形成明代中后期绘画"大汇总"的阶段："当时的画家们都在寻找古人的'本原'，自觉或不自觉地走着'师古人'的道路"，"紧扣宋元传统的模式，甚至画面的章法，大体上都局限在宋元的范围内"，"当时的画家，尽一切努力吸取传统的精华"①。明代二百多年间绘画的发展和汇总，在理论上以董其昌的思想体系为代表，在创作上则以仇英《清明上河图》《汉宫春晓图》为代表，无论是山水写意传统还是人物宗教传统，各种绘画类型的技法、构图和情境均被容纳到这两幅巨著之上，故而董其昌等人将仇英称为"赵伯驹后身""择端后身"。作为宋王室成员，赵伯驹画作所呈现的细致典雅而不乏萧散高迈的风格，被看作宋画传统的正宗，董其昌为仇英所起之雅号正好将宋画传统在明代的复苏和发展通过仇英的作品体现出来，这从一个侧面揭示了两种《清》卷之间的联系。

　　即使单独考察仇英本《清》卷与《金瓶梅》的关系，情况也极为复杂。据考证，"中外收藏仇英《清明上河图》，版本众多，据统计达四五十本"，而其中举世公认艺术水平最高的有三本："一是著录《石渠宝笈续编》

① 王伯敏：《中国绘画史》（下册），生活·读书·新知三联书店 2017 年版，第 8 页。

图 11-4 明 仇英《清明上河图》(台北本),局部,宅院二,台北"故宫博物院"

卷,现藏辽宁省博物馆(简称辽博本);二是著录《石渠宝笈初编》卷,现藏台北'故宫博物院'(简称台北本);三是著录吴荣光《辛丑销夏记》和裴景福《壮陶阁书画录》卷,现藏民间,亦称《仇英模清明上河图》(简称辛丑本)"①。经过细致比对,可以发现这三本《清》卷的构图、笔法等高度一致,可能均出自仇英之手。同时,三本之间也存在诸多细部的不同,例如台北本和辛丑本在表现内城巡检司旁一大户人家时,所有建筑、街道、店铺均一致,但店铺名称有了变化,而且最里面的楼阁里的人物场景也发生了变化:辛丑本呈现的是一个孤枕难眠的妇人,偌大的楼阁中只有她一人卧在床上,从其侧身沉思的状态看,她不是生病,可能是家族出现了变故,因为宅院中的其他房间亦空空如也。这与街道上熙来攘往的人群和店铺里忙碌的生意恰好形成对照;而在台北本中,楼阁中的女子变成两人:一位女仆捧着一匹红色绸缎,向她的主人汇报着什么事情,身着青紫色长裙的女主人侧面看着她,好像正在询问着什么,但她家中的其他房屋中也没有人,院中苍翠的树木植被,使之显得越发冷清,她家里似乎也遭受了什么变故(图 11-3 )。这里,我们选择台北本,考察仇英本《清》卷与《金瓶梅》之间的内容关联。

<hr />

① 柯继承:《大明苏州:仇英〈清明上河图〉中的社会风情》,古吴轩出版社 2018 年版,第 2 页。

　　可以看到,仇英本《清》卷基本是按照宅院排列的顺序呈现的:以苏州阊门为原型的城墙将世界分为城内和城外两个空间,居住在城外的多为普通百姓,还有一些没有取得功名的文人家庭,因而城外的居民住宅和商铺之间基本上处于独立状态。换言之,这些居民没有掌握能够开展商业活动的固定资产。而在城内,整个街道被几家大宅院占据,宅院内部是私人的居住空间,临街是这些宅院拥有的商铺。这成为城内建筑的基本形式。这些宅院的主人拥有着较高的社会地位和充足的物质财富,能够从事各种商业活动和人事交游,因而也能欣赏艺术和展开娱乐活动。

　　图11-4呈现的是进城后的第二家宅院,与第一家相比,其规模、房间、人员和沿街商铺,均具有数量上的优势。而且,与第一家宅院冷清的境况相比,这似乎是一家欣欣向荣、正处于上升期的仕宦大族:宅院各处进行着交游和歌舞活动,人员到处走动,展现出勃勃生机。如果我们将之看作是西门庆家在狮子街的建筑结构,看来似无不妥。更为有趣的是,这两家宅院紧密相连,正像西门庆和花子虚两家的房舍关系;而且,我们也可以将第一户人家空寂无人的景象,看作是花子虚去世后李瓶儿与丫鬟独守空房时的场景。在《红楼梦》的描写中,整条街被宁、荣二府占了大半,也是这种情况的反映。这种院落结构也可以与《金瓶梅词话》第十五回写李瓶儿在狮子街新买的房子对比来看:"门面四间,到底三层。仪门进去,两边厢房,三间客座,一间稍间。过道穿进去,第三层三间卧室,一间厨房。后面落地紧靠着乔皇亲花园。"①而且,围绕在这座宅院周围的"五色染坊""道地药材""金银器""灼龟占卜""绸绫纱罗""官盐"等店铺,与西门庆经营的"缎子铺""绒线铺""生药铺""盐铺"等均高度相似。这所宅院的居住空间和商业空间高度一体化了。《清》卷中这种将封闭的生活空间与开放的外在空间相比照的艺术构思,同样存在于《金瓶梅》和《红楼梦》中,具有极强的象征意涵:"深院大宅,围绕着高墙,中心是一个封闭的花园,经过近邻通向周围的市区,连接京都,就这样暗示通向天下。"②

　　更进一步看,这家大门口的石狮子和门旁的蝙蝠图案(图11-4a),

①（明）兰陵笑笑生:《金瓶梅词话》,陶慕宁点校,人民文学出版社2000年版,第163页。
②〔美〕浦安迪:《明代小说四大奇书》,沈亨寿译,生活·读书·新知三联书店2015年版,第65页。

图 11-4a 门首

图 11-4b 阁楼

图 11-4c 明 仇英《清明上河图》(台北本),局部,宅院二

图 11-4d　宅院的居住空间

初步显露出其家族在财富和官阶方面的特点,因而可以推测这户人家应该极为富有而又身居高位。更为直接的证据是,在这所庞大的宅院的中间位置的楼阁之上,坐着三位身着官服、头戴官帽的人,"集庆阁"的匾额说明这里是一个会客兼娱乐的所在,他们正在欣赏歌舞,一名身着红色衣服的歌妓正舞着曼妙的舞姿,旁边四位女子分别拿着笛、笙、琵琶和一种击打乐器正在演奏(图 11-4b)。坐在中间、穿着红色官服的老者在画卷中出现了三次——他应该是这家的主人。外书房有两名清客相公正在下棋,因为主人正在陪客,他们享受着难得的清静时光;旁边一扇小门与街道相连,也是他们的出入之所,一条宽阔的护城河将宅院和外面的世界隔断,中间一段画廊连接其间,而中间的门是关闭的(图 11-4c)。这一切都显示出这户人家高贵的社会地位。

　　根据宅院内正在发生的事情,我们可以合理推测,这是一个处于上升时期又穷奢极欲的大家族:不断举行的宴饮和歌舞活动,女眷们或忙碌或闲适的生活,都显示了这个家族的新气象。那位男主人多次出现在画面中,他是这幅作品中当之无愧的主人公;他的一连串的社交和公务活动,使整个画卷成为正在进行中的社会生活的载体。可以看到,男主人除了在集庆堂接待两位官员之外,在东南角的凉台上,他还与另外三位身居官位的朋友在饮茶,旁边有一位正在煮茶的仆人和两位演奏音乐的乐工(图 11-4e)。而在集庆堂后面的蔷薇架下,一位身着红色衣服的女子手持团扇,回身跟身后的女仆交待着什么,她则要到凉台之上服务

图 11-4e　凉台品茶

图 11-4f　品茶赏乐

图 11-4g　侍女、主人

（图 11-4g）。与凉台品茶形成对角线的所在，是画面的西北角，这里是一个临河而建的阁楼，男主人正在和另外两位朋友品茶赏乐，其中一位带着圆帽，可能没有官衔；一位女子正在演奏琵琶（图 11-4f）。

　　而在从这家宅院下边的桥上过去的第二个宅院中，我们又看到这位身着红色官服的人正在另外一家人家里的做客（图 11-5b）。这家的宅院比他家的院子小了很多，大约不足其五分之一，家里的仆人和沿街的商铺也少很多。其主人可能是这位官员的门生或弟子，故而这位官员在这里得到了无限的尊敬。而在街道上，我们又看到他穿着红色官服骑着大马，在一群士兵的护卫下巡查市场的秩序（图 11-5a），不远的前方有几个泼皮正在醉酒打架，几位侍卫拿着武器前往。由此可以推

图 11-4h　宅院前的商业空间

图 11-5a 　　　　　　　　　　图 11-5b 　　　　　　　　　　图 11-5c

断,这位身着红色官服的人正是城内负责治安的官员,类似于西门庆在清河县衙担任的提刑所千户之职。在图 11-5c 中,他又来到家门口沿街铺面算卦先生处闲坐,看着街上游艺僧人的表演;在图 11-5d 中,他骑着马到另外人家结交,后面的仆人捧着一匹锦缎跟随——画面中频繁出现的染坊、衣店、锦缎、绒线铺等,很容易让人跟西门庆家经营的产品建立联系。而在图 11-5e 中,他又脱下官服,和友人一起踏春,看到河边正在进行的杂技表演时,他也会驻足观看。这些景象都说明他是一位热爱生活的官员,他积极参与社会生活的各方面活动,他也是这个生活空间中的主人。当然,人们可以认为这位身着红色氅衣的人可能不是同一个人,而是其他人穿了同样的衣服——在画面中,我们可以发现三十余位穿着与他同样衣服的人物,有的年轻,有的年长,有的步行,有的骑马(图 11-5g、11-5h、11-5i)。而且,在图 11-5f 的衣店中,老板正在向顾客展示这一类型的衣服。这说明这种衣服可能是当时流行的款式——他的强大影响力引领了整座城市男性服饰的时尚。即使如此,我们也可以确定这三十余个人物中有十几个是他。这位男主人的社会交往颇为频繁,所交往的人员也较为多样,欣赏歌舞和饮酒活动,成为其日常生活的重要组成部分。这些活动的开销无疑是巨大的,也让我们想起西门庆府中没有休止的类似生活。

更引人注目的是,这家宅院中的女性的数量是惊人的。仅画面上出

图 11-5d 图 11-5e 图 11-5f

图 11-5g 图 11-5h 图 11-5i

图 11-5 明 仇英《清明上河图》，局部，台北"故宫博物院"

图 11-6a 《易简图》中的歌妓 　　　　图 11-6b 《易简图》中的李师师

图 11-6 宋 张择端《清明易简图》,局部,台北"故宫博物院"

现的女子,就达到二十五位之多。其中有七位是歌妓,六位明显是仆人,其他可能是主人的妻子、妾或者女儿。显然,这位出现三次的男主人公,是这座庞大宅院中的唯一主人,这座宅院也是他享受日常生活的私密所在,他可以与知交好友一起品茶赏乐,也可以与歌妓或他的妾谈情说爱,同时还有贤惠的妻子为他打理家务。在另外一本仇英款《清》卷上,同一阁楼上的"集庆堂"匾额被置换为"武陵春台",正在舞蹈的女子则是明代中后期声名卓著的歌妓武陵春,而图 11-7 中欣赏音乐的亭子上还挂有一个题着"青楼"二字的匾额①。在《易简图》中,一排屋宇连绵的宅院临街的门额上题名"李师师瓦肆",后者身着红色衫裙正在"嘉乐楼"上为两位客人跳舞,周围是从事服务工作的侍女( 图 11-6b )。而在瓦肆左边的桥上,一名女子坐在轿子里往这边赶来,轿旁跟着一个老妈妈;她身着的红色上衣标志出她的歌妓身份;女子坐在轿内打开轿帘往外看,没有大家闺秀的礼仪限制( 图 11-6a )。可以推测,她正像《金瓶梅》中的

---

① 余辉:《隐忧与曲谏:〈清明上河图〉解码录》,北京大学出版社 2015 年版,第 260 页。

图 11-7　明　仇英《清明上河图》(台北本),城内左手第一家宅院内景,台北"故宫博物院"

吴银儿、郑爱月等一样,是可以到大户人家走动的私人歌妓。看来,这类歌舞欣赏活动在当时是普遍的;而且,妓女频繁出入这类大户人家,使她们与为人妻妾的女子的身份的界限逐渐模糊了。

在仇英本中,进入内城左手边第一家宅院里,一个士绅模样的老者正在和一位朋友欣赏一位红色女子弹奏琵琶,一位蓝衣女子正在吹奏凤萧,而旁边则是一名私塾先生在给七八个顽童上课(图 11-7)。这两处青楼的场景说明作者有意呈现了当时社会中娱乐业的发达。这就像西门庆可以根据需要而随意到吴银儿家亦或是郑爱月儿家一样。而在台北本中,仇英将这两处置换为大户人家的内景。即使如此,这户人家众多的女子也容易让观者将之与青楼联系起来。在图 11-4c 中,一段画廊将宅院和外界连在一起,顺着两名女子的目光,我们可以看到,在她们的左前方有五位女子在太湖石旁的秋千架边喜乐,一位红衣女子在秋千上正荡得高兴,旁边是两位观看的女子,这个春日里的游戏场景让人想起《金瓶梅》中那位善打秋千最后自缢而死的宋惠莲。在图 11-4d 的右上角,两名女子出了二门,往前边的花园中赶去,园中两只仙鹤和两只小鹿正在自在游戏,园中盛开的鲜花和亭台,说明这里是一个优美的休闲场所,她们赶去游玩。画面正中间的楼阁里,一位红衣女子正在弹奏古筝,三位女子在旁边聆听;她们左边的楼阁里,一名女仆正捧着一批红色锦缎送给她的主人。这所宅院既是典型的女性空间,也是男性空间——女性多样、安静、祥和的生活状态是为那位男主人服务的。

因此,女性人物的大量出现,以及画家对她们生活内容的细致呈现,成为晚期《清》卷与张本《清》卷的重要区别之一。按照这一标准,《清明易简图》可能也属于晚期《清》卷,而不是像有些学者所认为的那样——它才是张择端所创作的真本。而且,《易简图》中的城门与仇英本《清》卷中以苏州阊门为原型的城门高度一致,很可能是其变形的产物。虽然《易简图》后有"翰林画史臣张择端进呈"的落款,但由于没有张择端其他书法作为旁证,人们无法确认它就是张择端的笔迹;而且,对于以制作赝品著名的苏州匠人来说,题上这样的落款,正是他们将仿品作为真品出售的策略之一。与仇英本类似的情况之一是,《易简图》中也出现了数量可观的女性人物,她们或在室内,或在街市上,正在展开各种活动。但正像有学者所发现的,在张本《清》卷中"女性很少":"桥上有很多人走来走去,可是没有一个女性(除非轿子里坐着一个妇女),画上有 500 多人,女性只有 20 名左右。"① 作者并未对张本《清》卷中的这一现象做出解释,而这正可以成为我们区分不同时期《清》卷的依据之一。

在张择端创作《清》卷的历史时期,女性尤其是有教养且富贵家庭中的女子无需抛头露面,除非这些女子要通过自己的工作满足家庭生活的需要。即使在呈现宅院内部景观的画面中,我们也很少能看到作者对女性室内生活场景的呈现,如果张本《清》卷呈现的是理想的社会和生活,那么这个社会没有给女性留下合适的位置,她们是这个城市里的隐藏者。正像《金瓶梅》对富家女性生活的全方位描述一样,在仇英本《清》卷中,女性不仅在街市上游走,而且她们在自己家里的生活也被画家细致呈现出来,她们是活生生的生活主体,有必要予以细致呈现——她们是这个城市中不可或缺的人,无论她们是歌妓亦或贵妇人,都应该是城市生活的一员。所以作者同时指出,研究妇女史的学者无法从张本《清》卷中获得更多有用的信息;恰恰相反,《金瓶梅》和晚期《清》卷对

---

① 〔美〕韩森:《〈清明上河图〉所绘场景为开封质疑》,辽宁省博物馆编:《〈清明上河图〉研究文献汇编》,万卷出版公司 2007 年版,第 467 页。

女性生活的细致呈现,对人们了解这一时期的女性生活具有无可替代的史料价值。

显然,这位担任重要官职的人,享受着权利、财富和女性带给他的一切乐趣,如何持续不断地获得大量财富,成为重要问题。我们看到,其宅院临街的铺面几乎都是他的私有财产,其经营商品的多样性显示出他可能从各种商品交易中获得更多利润。这条繁华的街道从右至左,租用其铺面经营的店铺依次为"布店""纸店""官盐""打造铜器""书坊""绸绫纱罗""道地药材""倾银店""灼龟"等,共九家,在其门首左边则是没有悬挂门牌的骨董书画店(图 11-4h)。如果将"布店"前方不远处的"小儿药室""大夫脉药"与其门口的"道地药材"联系起来看,则其经营范围更为广泛。这就像西门庆在狮子街门市上看街上"往来人烟不断,诸行货殖如山"(第七十九回)的情景。这些商业活动均与人们的日常生活密切相关,无疑可以给他带来源源不断的利润。从他与各位官员密切的交往看,他还通过自己独特的身份为自己的商业活动保驾护航,以获得更多收入。根据这些场景,我们如果将在画面中反复出现的红衣官员看作是《金瓶梅》中西门庆的替身,似乎没有什么不妥:无论是庞大的居住环境、众多的妻妾女仆,还是其所任官职及其从事的商业活动,都与西门庆高度重合——仇英本《清》卷,似乎是一部呈现在画卷上的《金瓶梅》。

如果我们将视野从这处宅院转移到其他场景,还可发现更多仇英本《清》卷与《金瓶梅》之间相互关联的内容。例如,在仇英本《清》卷中,我们可以发现图像文本对人们日常生活的广泛参与和建构(图 11-8a、11-8b、11-8c、11-8d、11-8e):巫术活动、艺术欣赏、商品交易、宗教崇拜,都离不开图像文本的参与。这一点在《金瓶梅》中也是常见的。在图中,有两处呈现了人们利用图像进行占卜的场景:在城外牙行的旁边,一位白衣书生将系列人像悬挂在一棵柳树上,他手拿折扇,向周围围观的人侃侃而谈(图 11-8a);根据其文雅的衣装可以推测,他可能是一位落魄的文士,不得不以这种方式讨生活。在题名"麻衣神相"的系列图像中有男有女,有文有武,有官员有平民,似乎涵盖了所有人人生经历中的各种可能性。在图 11-4c 中,在内城谋生的这位占卜先生有了固定的工作场所,店铺门口有"灼龟"的招牌,店铺中间是一幅人像,似乎显示了他不同寻常的师承关系,而在他的对面则是两位身着官服的人,他们似乎正在向这位先生询问人生中可能发生的转折。不断出现的占卜活动,延续了古老的对图讲故事的传道方式,图像似乎暗藏着某种不可揣度的玄机。这也说明,这一时期人们对未来生活和生命的探究有着强烈的渴望,他们无法掌握自己的命运走向,即使在看似稳定的农业生活中也暗含着诸多不可预测的偶然性,只不过,他们往往把这种偶然性赋予某种必然性的成分。

与这种占卜活动并行的,是各种宗教信仰活动。在仇英本《清》卷中,无论是内城还是外城,多次出现了僧、道同行谈论的场景:他们不时相互交谈,仿佛《红楼梦》中提到的"一僧一道"和《金瓶梅》中的吴道官和普静禅师(图11-8f)。在图11-8d中,一群僧人手持铙钹,边走边奏,后面一位僧人身着红色僧衣,匍匐在地,面前放着钵盂向人行乞,在他身后,一位童子持着一轴山水楼阁画,这幅作品可能是这位僧人的作品,它的存在说明他是一位具有文采和艺术修养的僧人,他可以此获得更多的捐赠。但结合画面中多次出现的装裱、出售画作的场景看,这类作品已经成为流行商品,不能排除这是僧人为了方便行乞而购买的作品。而在图11-8c中,两名女子来到城外的庙宇中,她们在水月观音佛像前表达自己的愿望和寄托。这些场景说明以占卜、佛教和道教为主体的宗教信仰活动广泛渗透到人们的生活中,人们借助图像文本展开了自己的宗教信仰活动。在《金瓶梅》中,吴道官、黄真人、胡僧等僧道人物频繁出现在西门庆家中,他们不仅借助此类图像为死去的人举行法事,而且还为活着的人占卜未来,世俗与宗教的交织构成人们生活的常态。

而在图11-8b中,可以看到,这是一处专门从事书画装裱的工作坊,门口"精裱名公书画册页手卷"的招牌引人注目,主人正在从事装裱工作,他的旁边坐着一位书生模样的人,他似乎就是这件作品的创作者,另外一个仆人抱着四五轴作品正在走来,这说明此时人们对书画作品的需求是持续且较为普遍的,以至于人们可以此为业。

在图11-8e的店铺中,书画交易正在进行,这是一幅山水作品,旁边的古琴、弦筝和里面的各色钟鼎器皿,说明这是一个专门从事骨董书画交易的店铺,但其货物的庞杂说明这里出售的东西并不是专门性的,

图 11-8a

图 11-8b

图 11-8c

图 11-8d

图 11-8e

图 11-8f

图 11-8　明　仇英《清明上河图》,局部,台北"故宫博物院"

因而也可能不是唯一性的,更大的可能是他出售的画作和器物都是批量生产的作品,是一种艺术商品。人们需要这类商品装饰自己的居所,无论是文人、官宦还是平民,似乎都可以是艺术品的收藏者和鉴赏者。在后文的论述中可以看到,这种情况更为鲜明地出现在《金瓶梅》中,是仇英本《清》卷与《金瓶梅》存在较强互文性关系的又一证据。只不过,与《清》卷的直接呈现不同,作为语言文本的《金瓶梅》提到的这些画作,不仅仅是世俗生活的记录和呈现,而且还转化为一种寓言形式而成为文本的一部分。这些图像是读者进入文本的独特途径。

综上可见,与张本《清》卷相比,仇英本《清》卷与《金瓶梅》的联系更为紧密,二者之间可供比较之处也更为明显。但由于各种原因,吴晗将张本《清》卷作为研究重点,忽略了晚期《清》卷仿制和流传的复杂情况,因而无法对《清》卷与《金瓶梅》的关系做出更为详实的论述。通过对比阅读可发现,晚期《清》卷与《金瓶梅》作为晚明社会文化母体的共同产物,二者在内容呈现、趣味表达等方面都体现出高度的一致性,二者共同存在的集成式的创作方式也有某种相通之处。这为我们理解图像与文本的互动关系,提供了新的参照。

### 第四节　"烟云纸上见神思":《金瓶梅》中的画作

自二十世纪三十年代至今,学术界一般认为吴晗在《金瓶梅》研究领域的贡献是提出了"《金瓶梅》非王世贞所作"的观点,扩大了《金瓶梅》作者问题的研究视域。至今,人们已经提出不下于三十人作为《金瓶梅》的作者,各种奇谈怪论层出不穷,与此不无关系。今天,我们换个角度看,吴晗通过《清》卷研究《金瓶梅》的思路,暗含着通过图像进入文本的批评方法,这一方法与中国小说创作和批评传统联系密切,因而可以将之上升到方法论的高度加以审视,这样更能凸显其研究所具有的普遍性价值和意义。而以仇英本《清》卷为代表的晚期手卷,与《金瓶梅》所描绘的社会生活之间所具有的高度一致性,为这种批评方法的展开提供了绝佳的例证。在这种情况下,我们也可以将通过图像阅读文本作为《金瓶梅》的一种"读法"看待。

　　对于明清小说的阅读和批评来说,"读法"一直都是十分重要的问题。张竹坡在展开批评之前,写下了《第一奇书凡例》《杂录》《竹坡闲话》《冷热金针》《〈金瓶梅〉寓意说》《苦孝说》《第一奇书非淫书论》《第一奇书〈金瓶梅〉趣谈》《批评第一奇书〈金瓶梅〉读法》等九篇带有纲领性的文字,就是强调"读法"的重要性。这一思路与明清以来的小说批评方法具有内在联系。正是在这个历史语境中,张竹坡提出了"凡小说,必用画像"的观点:"凡小说,必用画像。如此回凡《金瓶》内有名人物,皆已为之描神追影,读之固不必再画。而善画者,亦可即此而想其人,庶可肖形,以应其言语动作之态度也。"①张竹坡所谓"画像"是指作者对小说人物的刻画形象直观,跃然纸上,有很强的感染力,使人如见其人。他使用的"白描""渲染"等词汇也是在这个层面上使用的。

　　这种情况来源于这一时期人们对图像的大量使用。正像我们在仇英本《清》卷和《易简图》中所看到的那样,在明代中后期的社会生活中,图像参与了社会生活的各个领域,人们使用宗教画或山水人物装饰自己的生活空间,并使用画像的象征性内涵对自己人生命运的走向做出预判,人们没有将图像的象征性看作客观的外在对象,而是对其深信不疑。人们还相信,通过图像可以将已经死去的人留下来,作为自己思念的对象,寄托自己的哀思和情感,就像西门庆对李瓶儿画像的感伤一样。《金瓶梅》第七十三回,在李瓶儿去世后的宴席上,应伯爵看到西门庆穿着从京城何太监那里讨回来的官衣,"罩着青段五彩飞鱼蟒衣,张牙舞爪,头角峥嵘,扬须鼓鬣,金碧掩映,蟠在身上,唬了一跳",不由问道"这衣服是那里的"②,这从一个侧面说明图像所蕴含的观念的重要性:这一图像蕴含着政治权力、社会地位和财富等象征性内涵,及其对社会其他成员的控制性功能。因而我们要对《金瓶梅》中出现的画作及其思想做出分析,以发现图像对叙事展开和文本意蕴生成的支配性作用。

　　明清时期,人们常将描写生动逼真的文章和著作比喻为画作,称

---

① 王汝梅等校点:《张竹坡批评第一奇书金瓶梅》,齐鲁书社 1991 年版,第 433 页。
② (明) 兰陵笑笑生:《金瓶梅词话》,陶慕宁校注,人民文学出版社 2000 年版,第 965 页。

之为"写生之文"。清人吴道新《文论》指出"作文须如作画",而古今之人,取法司马迁、苏东坡、王实甫、罗贯中、汤显祖之作,皆"以其文皆写生者也",而袁中道所谓"案头不可少之书",如《左传》《国语》、韩柳文、《西厢记》《牡丹亭》《水浒传》《金瓶梅》等,"岂非以其书皆写生之文哉!"① 闲斋老人则称赞《水浒》《金瓶梅》"摹写人物事故,即家常日用米盐琐屑,皆各穷神尽相,画工化工合为一手,从来稗官无有出其右者"②。因此,这些作者都可称之为"能写生者":画家与诗人有本质上的一致性。有人对此进行批评,认为"小说不可用":"古文写生逼肖处,最易涉小说家数,宜深避之。避之如何?勿用小说家言而已矣。明季人犯此病者多,以其时小说盛行,人多喜读之故也。"③ 刘廷玑《在园杂志》:"如《水浒》,本施耐庵所著,一百八人,人各一传,性情面貌,装束举止,俨有一人跳跃纸上。天下最难写者英雄,而各传则各色英雄也。天下更难写者英雄美人,而其中二三传则别样英雄、别样美人也。串插连贯,各具机杼,真是写生妙手。"④ 张竹坡使用"画""如画""画工"等词汇批评书中人物描写和叙事艺术,与这一传统是联系在一起的。

同时我们也要看到,这种借用绘画领域的词汇或话语进行小说批评的方法,将小说文本与图像文本对比的思路,还有可以开拓之处。这种评价仅关注图像的直观性而忽视其思想性,故而需要我们在这方面做出新的探讨。此外,这种批评方法对《金瓶梅》《西游记》《水浒传》等作品中出现的大量画作几乎没有讨论。金圣叹、张竹坡等人何以大量利用绘画术语展开批评而对小说文本中出现的画作却视而不见呢?这就需要展开新的研究。

实际上,《金瓶梅》中的某些场景,可能就来自于某些流行的画作,就像《红楼梦》对仇英作品中的某些情境、场景进行复制创新一样,因而我们也可将之与前后时期的相关画作进行对读。例如,第十五回吴月娘

---

① (清)吴道新:《文论》,见朱一玄编:《金瓶梅资料汇编》,南开大学出版社2002年版,第565页。

② (清)闲斋老人:《儒林外史序》,见朱一玄编:《金瓶梅资料汇编》,南开大学出版社2002年版,第566页。

③ (清)平步青:《霞外捃屑》卷七《小说不可用》,见朱一玄编:《金瓶梅资料汇编》,南开大学出版社2002年版,第575页。

④ (清)刘廷玑:《在园杂志》,见朱一玄编:《金瓶梅资料汇编》,南开大学出版社2002年版,第560页。

图 11-9　清　华煊《八美图》，绢本设色，纵 32 厘米，横 330 厘米，美国私人收藏

众人在李瓶儿新买的狮子街楼上观灯的描写，就可以与华煊创作于十八世纪的一幅《八美图》对比来看（图 11-9）。当时吴月娘带着李娇儿、孟玉楼、潘金莲到李瓶儿家做客，又有董娇儿、韩金钏儿两个唱的，共七八人在楼上观灯：

> 楼檐前挂着湘帘，悬着彩灯。吴月娘穿着大红妆花通袖袄儿，娇绿段裙，貂鼠皮袄。李娇儿、孟玉楼、潘金莲都是白绫袄儿，蓝段裙。李娇儿是沉香色遍地金比甲，孟玉楼是绿遍地金比甲，潘金莲是大红遍地金比甲，头上珠翠堆盈，凤钗半卸，鬌后挑着许多各色灯笼儿。搭伏定楼窗往下观看。[1]

　　这个场景与《八美图》较为相似：根据图中八位美女的姿态，可以知道，她们正站在楼上栏杆处向下眺望。高居翰认为这幅画尺寸较大，是挂在妓院或旅馆厅堂处的作品，其内容呈现的是八位妓女向楼下过往人群招徕顾客的场景[2]。这个推测与老板悬挂这幅画作的用意是一致的。为了更好达到这一目的，画家使用了带有幻视技法的手段，使八位美人看起来更为逼真，且向楼下的观者发出邀请。她们有的手拿折扇，有的手拈时鲜花卉，有的露出纤纤玉指，有的轻抚脸颊，各种动作极尽妖媚。左起第二位女子的衣襟上还挂着佛珠，说明她是一位佛教徒，而第三、

---

① （明）兰陵笑笑生：《金瓶梅词话》，陶慕宁校注，人民文学出版社 2000 年版，第 164 页。
② James Cahill, *Pictures for Use and Pleasure: Vernacular Painting in High Qing China*, University of California Press, 2010, p.152.

四、五、八位女子均做出带有挑逗意味的兰花指的动作①。

正像高居翰考察到的,这类画作在明代中后期的扬州一带即已流行,虽然这是一幅清代早中期的作品,但其功能和技法却延续了早期作品的特点。这幅画作呈现的场景与《金瓶梅》第十五回所写吴月娘众人楼上观灯极为相似:李娇儿自己是行院出身故而对此没有感觉,吴月娘恪守闺门习俗,不便在此处观看以防止让楼下人看到自己的容貌;潘金莲、孟玉楼同两个唱的,较少礼教的约束,"只顾搭伏着楼窗子,往下观看":"那潘金莲一径把白绫袄袖子搂着,显他遍地金掏袖儿,露出那十指春葱来,带着六个金马镫戒指儿,探着半截身子,口中嗑瓜子儿,把嗑了的瓜子皮儿都吐下来,落在人身上。和玉楼两个嘻笑不止。"②与《八美图》一样,潘金莲的"白绫袄袖子"和"十指春葱"通过显露的方式而带有极强的引诱意味和挑逗性,但是她们各色不一的装饰掩盖了她们的真实身份:有人从她们的"内家装束"推测她们可能是"贵戚皇孙家艳妾",有人认为"莫不是院中小娘儿"。如果联想到第二回潘金莲每日在家里楼上嗑瓜看人并做出同样的姿势,我们即可明白,在《金瓶梅》的语境中,"连瓜子也成了既是卖弄风情的标志,又是危险的调情工具"③。实际上,路人对她们身份的模糊评价进一步确证了仇英本《清》卷中同样存在的女性身份的互渗现象:她们既是良家女子同时又是妓女。西门庆本人还将孟玉楼、潘金莲二人称为"粉头",并将玉箫、春梅等四个丫鬟培训成"唱的"——他似乎要将自己的家庭改造为妓院。更有意味的是,妓院当时亦称为"院里"。根据后文的描述可知,街上众人不认得孟玉楼,而认得潘金莲,并做出种种议论,而此时的西门庆被一帮帮闲拉扯到丽春院与李桂姐寻欢作乐。

正像人们考察到的,自唐代开始,小说作者即已在文本中嵌入图像,到《金瓶梅》时代,这一写作方法已经甚为成熟,图像不再是点缀,而完全融入叙事中,成为叙事的一部分;文学作品中有些重要的画作及其特

---

① 余辉:《清代民间肖像画初探》,见澳门博物馆编:《像应神全:明清人物肖像画学术研讨会论文集》,故宫出版社 2008 年版,第 105 页。

② 〔明〕兰陵笑笑生:《金瓶梅词话》,陶慕宁校注,人民文学出版社 2000 年版,第 165 页。

③ 〔美〕浦安迪:《明代小说四大奇书》,沈亨寿译,生活·读书·新知三联书店 2015 年版,第74 页。

定意涵,还预设了叙事的展开,丰富了文本的思想。例如,在《西游记》中,孙悟空因被唐僧遣返花果山来到龙宫,看到座上悬挂一幅《圮桥进履图》,呈现的是张良为黄石公捡鞋子的场景,孙悟空受到图像的感动而回到唐僧身边。这是图像制约叙事的典型例子。与《西游记》《水浒传》等作品一样,《金瓶梅》的文本世界充满隐喻,其文本中出现的大量画作无不具有隐喻功能,这些画作将全书情节绾合成一个严密的事件整体——图像强化了事件的隐喻性和反讽性。作为一部规模庞大的叙事作品,《金瓶梅》中的各种要素似乎都应置于这个前提之下讨论。

　　事实确实如此。图像在《金瓶梅》中有独特的叙事功能[①]和隐喻性,是作者的一种"寓言"手法。我们可以崇祯本与词话本开头处的一个区别对此加以说明。在崇祯本开头,删改者添设了一幅猛虎画像。学术界一般认为,在现有三个版本系统中,"词话本"最早,"崇祯本"删除了词话本中显得冗余的众多曲词,更适合阅读,"张评本"则最晚,与崇祯本在文本上没有过多差别。但对于倡导"寓意"说的张竹坡来说,《金瓶梅》中的所有物事均具有"依山点石,借海扬波"的功能。关于崇祯本对词话本的删改以及二者间存在的差异,已有很多研究成果,但多未注意到这个细节。词话本第一回"景阳冈武松打虎　潘金莲嫌夫卖风月"在讨论一番酒色财气之后,直接转移到"宋徽宗皇帝政和年间""那时山东阳谷县,有一人姓武,名植,排行大郎",直到第二回武松往东京出差后西门庆才开始出现。这是《金瓶梅》与《水浒传》藕断丝连的直接反映,作

---

① 与通常所说的"图像叙事"不同,这里所说的"图像叙事"有自己的规定性:通常所说的"图像叙事",是指利用图像(绘画、照片、摄影等)表现事件的过程,既使事件的时间性被空间化,而又不影响事件作为时间的序列发展,其研究对象一般是现实具体的图片、电视、电影、插图、版画、器物上的图案等作品。参见龙迪勇《空间叙事研究》第九章《图像叙事的本质与基本模式》,生活·读书·新知三联书店 2014 年版,第 411—455 页。作者所说"从单幅图像到多幅图像"的"图像叙事",主要是指电影、电视等图像作品,同时涉及文字和声音等表现媒介。因此一般意义上的图像叙事,研究的是图像本身的内容在叙事方面具有的特点。我们所说的图像叙事指另外一种情况:其研究对象是叙事作品中出现的虚拟图像,如《红楼梦》中的《冬闺集艳图》《海棠春睡图》,《西游记》第十四回所写孙悟空看到的《圮桥进履图》,《迷楼记》中所写的大型士女壁画等。这些图像不是现实中实存的图像,而是作者为叙事的需要虚拟创构的作品,被作为作者叙事的载体或构成要素,对整个事件的发展起到推动、阻碍、凝聚作用,从而将事件发展过程中的各种要素从零散状态而凝结成一个整体。由于叙事的需要,这类图像内容本身融化在事件的时间序列之中,一般带有较强的象征性和隐喻性,以强化图像对于叙事的支配作用。

者入题本书的速度稍显缓慢。崇祯本第一回直接以"西门庆热结十兄弟　武二郎冷遇亲哥嫂"入题，不仅改写了词话本回前关于酒色财气的讨论内容，而且首先让西门庆、应伯爵等书中人物出场，向读者说明这是一部新书，同时又以西门庆兄弟结义与武松亲兄弟相见做对比，为西门庆死后应伯爵一干人投靠他人的行径埋下伏笔和对照。在这一改动中，"冷—热""亲—义"的对比关系无疑被删改者强化了，事件的寓言性质也增强了。作者写西门庆等十人在玉皇庙结拜，边走边谈话：

> 一面又转过右首来，见下首供着个黄将军，威风凛凛。上首又是一个黑面的，是赵元坛元帅，身边画着一个大老虎。白赉光指着道："哥，你看这老虎，难道是吃素的，随着人不妨事么？"伯爵笑道："你不知，这老虎是他一个亲随的伴当儿哩。"谢希大听得，走过来，伸着舌头道："这等一个伴当随着我，一刻也成不的。我不怕他要吃我么！"伯爵笑着向西门庆道："这等，亏他怎地过来！"西门庆道："却怎的说？"伯爵道："子纯一个要吃他的伴当随不的，似我们这等七八个要吃你的随你，却不吓死了你罢了。"[1]

文中提到的黄将军和赵元坛是道教四大护法神中的两位，赵元坛即赵朗，号公明，为正财神。据传说，后羿射日时八日落在青城山变为鬼王作恶，其中一个则变化为人，隐居蜀中，修炼得道，后来被奉为道教四大护法之一。在道教中，赵朗一般是骑着黑虎的形象。崇祯本对赵公明骑虎图像的描写充满了寓言性质。

第一，虎作为赵公明的"随身伴当"，二者之间的亲密关系被谢希大转化为吃与被吃的关系；第二，应伯爵则进一步将虎与人之间生物性的吃与被吃关系，转移为人与人之间的伦理关系：应伯爵等人与西门庆结拜本质上是金钱关系，是因为西门庆有钱，能跟着他白吃白喝，"我们这七八个要吃你的随你"道出了结义的本质。第三，随后，吴道官借众人说老虎之言，提出"官人们讲这老虎，只俺这清河县，这两日好不受这老虎的亏"，引出真实的"老虎吃人"，又以白赉光所说"别砍坏了虎皮"的笑话，将老虎作为钱财象征的意义进一步强化。再过几日，到十月初十，

---

[1] 秦修容整理：《会评会校本金瓶梅》，中华书局1998年版，第22页。

应伯爵到西门庆家里，约他同去看打虎英雄，于是两人同到街上酒楼内看，又遇到谢希大，前面结拜三人又因看虎而聚在一起，可看作是对前文的呼应，同时引出武松这一人物，为后文武松"冷遇亲哥嫂"做铺垫。第四，在观看的过程中，"那打死的老虎，好像锦布袋一般，四个人还抬不动"，西门庆看到骑在马上的武松，"咬着指头道：'你说这等一个人，若没有千百觔水牛般力气，怎能勾动他一动儿是的？'"这又为后文西门庆在酒楼饮酒看到武松便首先逃跑的情节做铺垫，故崇祯本眉批云："伏数语，便挑动酒楼之避，一针不漏。"①西门庆等三人饮酒品评，为后文武松追打西门庆作张本，文心细腻之至。可见，崇祯本开头提到的这幅赵公明骑虎图像，是对整个事件过程的隐喻。多层含义之间不断转换，形成事件发展的不同阶段，直到第十回武松"充配孟州道"始告一段落，而最终以西门庆病死、武松杀嫂做结。

如果将"虎"与"打虎"的象征意涵扩大来看，这幅图像的统摄功能就更为强烈。在传统语境中，"虎"的凶猛强烈一般被作为内心不可遏制的欲望的象征，因而人们又将之比喻为色欲，"打虎"某种程度上是对内心欲望的克制与征服；同时，虎作为欲望的代表，又进一步转化为色欲的代表从而成为美女的象征，因而"打虎"成为男性征服女性的象征。这些看似矛盾而又相反相成的象征性内涵均以"打虎"表征出来。这两种象征内涵在书中以两个关键情节印证：其一，《水浒传》中写武松斗杀西门庆，正是代表人对欲望的克服，而在《金瓶梅》中，作者将西门庆放走，武松误杀李外传，但西门庆最后纵欲而死，正是他不能克服、战胜心中欲望尤其是色欲的下场，他是被"色欲"这只隐形的老虎吞噬的。其二，虎作为色欲的代表，在书中以潘金莲实之，故而书中反复用"虎狼年纪"修饰潘金莲，"武松打虎"某种程度上成为人征服色欲的象征，其性质与后来武松杀嫂一致，同时也说明，与西门庆一样，潘金莲对色欲的无止境追求最终葬送了自己的性命。在这个意义上，崇祯本第一回的赵公明骑虎图像对全书叙事的影响就更为强烈了：这幅图像的象征含义始终影响、决定着全书叙事的展开。

实际上，无论是山水画还是人物画，到明代中后期都形成了一整套

①秦修容整理：《会评会校本金瓶梅》，中华书局 1998 年版，第 26 页。

隐喻系统:特定的意象符号、技法和场景的呈现,不仅在结构和技法上带有程式化特点,而且其表达的思想和观念也具有鲜明的集体性倾向,而同时期的小说文本中也布满修辞和隐喻,二者遵循着共同的修辞惯例并发生互相渗透的现象。这种相互渗透有时是直接对应的,有时则是相互反衬的。这两种情况在《金瓶梅》中都大量存在。例如,西门庆在薛嫂带领下到孟玉楼家里相见,玉楼家"三间倒坐客位,正面上供养着一轴水月观音、善财童子,四面挂名人山水"①。悬挂水月观音或海潮观音像,是这一时期女子房间装饰的潮流,我们在《金瓶梅》中可看到多幅。在书中的赞文中,作者还将人间美人比喻为观音像——美人画与观音像的界限正处于消失之中,这也是世俗社会与宗教领域界限消失的表征。故而明清画工用口诀来描述绘制这类观音像:"画神如人,见之可亲。"② 柳梦

图 11-10　明　佚名《薛媒婆说娶孟三儿》,插页,崇祯本《金瓶梅》

梅拣到杜丽娘的行乐图,还以为是一幅观音像,待他看到画卷中女郎的小脚时,才明白他所参拜的原来是一幅美人图。如果将这一场景与《金瓶梅》此处的描写相互对照,可以发现二者之间的一致性:"小脚"成为性别和性欲的表征。但观音像毕竟属于宗教绘画,慈眉善目的观音一如既往地怜悯着世人,而世人不知道自己正处于苦海之中,故而西门庆和孟玉楼的相会充满色情意味:除了水月观音形象的暗示之外,媒婆薛嫂将孟玉楼的裙子掀起来,露出"一对刚三寸半"的金莲来而使"西门庆满心欢喜"——崇祯本这一回的插图准确地呈现了

---

① (明)兰陵笑笑生:《金瓶梅词话》,陶慕宁校注,人民文学出版社 2000 年版,第 70 页。
② 王伯敏:《中国绘画通史》(下册),生活·读书·新知三联书店 2018 年版,第 293 页。

这一场景(图 11-10 )。同样,在武大郎的道场法会上,道人五更天就"铺陈道场,悬挂佛像",上演的却是潘金莲与西门庆幽会的场景;潘金莲与陈经济在楼上私会,这三间楼上"中间供养佛像"(第九十二回),亦是例证——佛教图像本来向世人强调色欲的禁忌,却强化了人们对色欲的追求。

　　类似的描写还见于第六十九回:西门庆到王招宣府中与林太太相会,见其后堂"正面供养着他祖爷太原节度邠阳郡王王景崇的影身图,穿着大红团龙蟒衣玉带,虎皮校椅坐着观看兵书,有若关王之像,只是髯须短些。旁边列着枪刀弓矢。迎门朱红匾上'节义堂'三字,两壁书画丹青,琴书潇洒。左右泥金隶书一联:'传家节操同松竹,报国勋功并斗山'。"[①] 这段看似客观呈现的描写无不具有反讽意味:以"节义""节操""报国""勋功"传家的招宣府中正在上演着无耻的通奸,这越发让"有若关王之像"的王景崇的影身图显得滑稽不堪。更值得玩味的是,在西门庆观看王景崇画像的同时,林太太也在帘后观看他:"身材凛凛,语话非俗,一表人物,轩昂出众。头戴白段忠靖冠,貂鼠暖耳,身穿紫羊绒鹤氅,脚下粉底皂靴",而画像上威风凛凛的王景崇,似乎又在观看着二人正在进行的会面。在随后二人交媾之事的描写中,作者反复引用"战""交战"来写二人之间的疯狂状态,这是对招宣府中正统形象的进一步解构。于是,厅堂中"旁边列着枪刀弓矢"的形象也被色情化了——它们成为西门庆征服林太太的象征物。第八十四回,吴月娘到碧霞宫还愿,来到方丈室,见"香几上供养着一轴'洞宾戏白牡丹'图画",呈现的是吕洞宾度脱妓女白牡丹的风流故事,出现在道观中殊为不妥,暗示了后文殷天锡意欲强奸吴月娘一事的发生。

　　因而《金瓶梅》中这些图像的含义与功能都被寓意化了,这使得图像与文本之间的张力结构更加富有弹性,从而使书中场景和事件充满了让人不得不加以探索的诱惑力。如果我们忽略这些嵌入文本中的寓意化的图像的复杂性,则很难对相关事件和人物有准确的理解。例如,词话本第五十九回写西门庆到郑爱月房间,"但见帘拢香霭,进入明间内,供养着一轴海潮观音;两旁挂四轴美人,按春夏秋冬:惜花春起早,爱月夜眠迟,掬水月在手,弄花香满衣 [1];上面挂着一联:卷帘邀月入,谐瑟待云来。上首列四张东坡椅,两边安二条琴光漆春凳。西门庆坐下,看见上面楷书'爱月轩'三字" [2]。郑爱月房间中的物质陈设均被文人化了,所体现的艺术趣味颇为典雅,苏东坡的名字被用来命名椅子,"爱月轩"三字楷书典雅端庄,让人无法想入非非;墙壁上四幅颇具诗意的美人画及其所题诗句,暗示等待中的西门庆即将见到的郑爱月就是画中人。如果我们将二人妓女与嫖客的身份过滤掉,而将之置换为才子佳人式的故事,例如崔莺莺和张君瑞,那么这里典雅的物质陈设似乎就是合乎情理的,因而也是审美性的。但由于二人身份的特殊性,这里的一切都被寓意化和色情化了,其房间中的海潮观音像由此转化为美人图。随后郑爱月出来,作者形容她的美貌:"若非道子观音画,定然延寿美人图",进一步确证了它的性质。随后,二人"进入粉头房中",但见"云母屏,模写浓淡之笔;鸳鸯榻,高阁古今之书",旁边的文锦囊、象窑瓶、博山炉,让人以为这里应是高级的书房,而不是妓女接客的所在。

有研究者对此似乎颇为不解:"上述充斥着套语和卖弄的文辞雅言,与全篇俚俗而生动的风格似乎格格不入,其来历也颇可令人生疑。" [3] 作者随后举出梅节的考证,认为这段文字和后来所写郑爱月房中《爱月美人图》及其上所题"有美人兮迥出群"一诗,都是作者引自《怀春雅集》,并认为"嫖客与妓女之间的肮脏生意,与这样的雅言实在是风马牛不相及了"。这种想当然的看法无法探寻到这里图像使用和韵文描写的真相:《金瓶梅》引用《怀春雅集》的描写,正说明这种室内装饰是当时社会的时尚和潮流,这不仅不能成为否定性证据,反而可以进一步确证作者描写的真实性。古物、书籍、绘画、书法,用以装饰妓女的房间,正是晚明时期青楼文化的标配。

图 11-11 被认为是顾见龙依照崇祯本插图创作的《金瓶梅》册页中

---

① 唐寅曾有这四幅美人画及题画诗四首,这说明四季美人图此时已成为一种程式化的作品。南宋时期,刘克庄亦曾写过五言排律《惜花春起早》:"清早披衣起,春深好事家。非干眠警枕,自是惜名花。培溉疏泉脉,攀翻带露葩。看常先晓蝶,来未散晨鸦。风恶为台避,晴烘着幕遮。古人云昼短,莫待夕阳斜。"

② (明)兰陵笑笑生:《金瓶梅词话》,陶慕宁校注,人民文学出版社 2000 年版,第 728 页。

③ 杨彬:《〈金瓶梅〉的文本引用及其作者问题》,姚大勇、张玉梅编:《王世贞与明清文化国际学术交流会论文集》,上海三联书店 2016 年版,第 479 页。

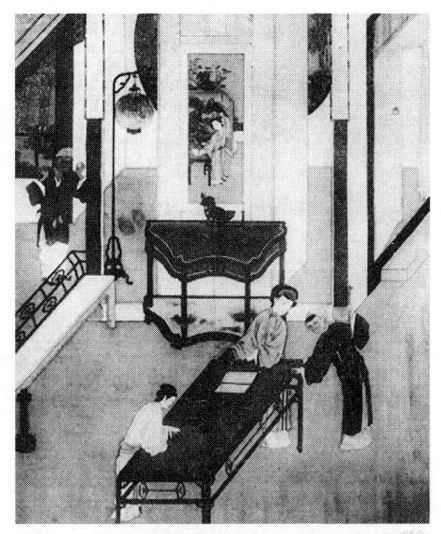

图 11-11　清　顾见龙《金瓶梅》插图,纵39 厘米,横 31.4 厘米,美国纳尔逊艺术馆 　图 11-12　清　顾见龙《金瓶梅》插图,纵39 厘米,横 31.4 厘米,美国纳尔逊艺术馆

的一幅,呈现的是李瓶儿嫁入西门庆家的情景:一众帮闲在观看新婚的李瓶儿,相互之间窃窃议论不已;在厅堂正中,一幅巨型卷轴青绿山水挂在中间位置,这是一幅时尚性的作品,无法看出作者所要表达的高深的思想或曲折的情感。李瓶儿身后的书架让人惊讶:在《金瓶梅》的描写中,我们似未看到关于西门庆家中装饰有书籍的地方,他本身就是个学习拳脚的无赖泼皮,根本没有读过书,因而我们可以将之看作是装饰作品。在仇英本《清》卷和《易简图》中,我们能看到多家出售名家文集和画作的店铺,这说明这一时期人们对于书画作品的需求是旺盛的,它们已转化为装饰性商品,就像今天富贵之家都有书房并在书房中定制精美的书架然后放上装饰性书籍一样。顾见龙画作的真实记录,可为我们进入郑爱月的房间提供很好的视觉材料。

在图 11-13 中,"围炉博古"也是这一时期闺阁生活中的重要内容,她们不仅创作、赏玩书画作品,而且还对历史悠久的古物有浓厚的兴趣。这也可以为我们理解郑爱月房间何以会有这么多画作器物提供帮助。当然,论者也可以这是西门庆家或贵族家庭而否定妓院中也是如此。但正像有论者观察到的,这一时期的文学作品或绘画作品在描述妓女形象时,标志其身份的不再是琵琶等乐器而是手持书卷。

图 11-13　清　陈枚《月曼清游图册·围炉博古》,绢本设色,纵 37 厘米,横 31.8 厘米,北京故宫博物院

　　高居翰在他生前的最后一本著作中还引用了上述可能为顾见龙创作的《金瓶梅》插图册页中的另外一幅( 图 11-12 ):这是妓女李桂姐宅院中的空间,一幅巨型美人图挂在厅堂中央,"画中的妇人正站在桌旁,桌上有一本打开的书;她身后有展开的屏风,屏风旁边可以通向一个有竹子和盛开鲜花的花园"[1]。书籍、画作和器物,都在向人们展示妓院内部颇具文雅气息的优美环境。他进一步强调道:"这幅画中画呈现了与画作本身典型而类似的结构框架和模式。"[2]如果人们以为这幅作品同样是根据《金瓶梅》文本创作的因而缺乏说服力,那么我们可以看高居翰使用的另外一幅与《金瓶梅》同时期的作品( 图 11-14 )。这件托名唐寅的作品,呈现的是妓院内部的场景:一位侍女打开帘栊,她的主人正在走进来。显然,在她们的前方是这间房子更为阔大的内部空间,一位没有露面的人正在等待她们的到来。高居翰也注意到画面中的百宝阁和架子上的书画、古物:"这幅画高 1.7 米,拥有幻觉空间 —— 它的右边是一个百宝阁,架上摆着整齐的书籍和一些精致的器物,一条地毯延伸至观者所在的

[1]James Cahill. *Pictures for Use and Pleasure: Vernacular Painting in High Qing China*, University of California Press, 2010, p.160.

[2]James Cahill. *Pictures for Use and Pleasure: Vernacular Painting in High Qing China*, University of California Press, 2010, p.160.

空间——这些因素都增强了人们对画中女子的想象。"① 这些作品似乎已经可以证明《金瓶梅》所呈现的郑爱月房间内的书画和古物等陈设的真实性。熟悉这一文化环境的读者则不会有所疑惑，也不会将之与名门仕女的闺房等同。

图 11-14　明　唐寅（款）《美人图》，绢本设色，纵 167 厘米，横 62.5 厘米，E. A. Strehleek 收藏

更为重要的是，证明郑爱月房间中四季美人图的时代性，并不能让我们完全进入《金瓶梅》深邃的文本空间之中。根据前后时期挂画的原则，人们一般按照季节时令选择所悬挂的作品，而不会像郑爱月这样在冬季时将四时作品一起挂上，所以郑爱月房间中的画作看似显示出其不俗的审美趣味，但却暴露出她的出身和所受的艺术教育的局限。因而作者对郑爱月房间陈设的描写与郑爱月的身份和教养是贴合的，不会使人感到意外。在《围炉博古》册页的题诗上，乾隆就指出，在寒冷的冬季，闺阁中应"评量名画关心处，先展消寒九九图"（图 11-13）。这种挂画、观画方式显示出宫廷女子生活的雅致。这是郑爱月们无法比拟的。

与其他画作一样，这里的画作和书法作品对叙事的展开同样具有制约作用，它们是整个事件的重要组成部分。如果我们将视野再扩展一下，似乎还应记得西门庆受他的干儿子王三官邀请到后者家里做客，然后又到后面书院中听曲休息。这是一座单独的院落，有三间房，院子中"花木掩映，文物消洒"，并有一匾云"三泉诗舫"："四壁挂四轴古画：轩辕问道、伏生坟典、丙吉问牛、宋京观史。"② 如果我们知道郑爱月与王三

---

① James Cahill. *Pictures for Use and Pleasure: Vernacular Painting in High Qing China*, University of California Press, 2010, p.157.
② （明）兰陵笑笑生：《金瓶梅词话》，陶慕宁校注，人民文学出版社 2000 年版，第 950 页。

官的暧昧关系,就可以将这里的匾额和古画与她房间中的类似作品比照来看:"三泉"是王三官的雅号,后因西门庆不悦而改为"二泉";他将书房命名为"舫",说明这里是他的私人空间,用来寻欢作乐;四幅古画中的轩辕、伏生、丙吉都是好学而渊博的学者或高官①,王三官显然是将这些人当作榜样来砥砺自我的。但正像郑爱月房间里的四季美人图中的美人是妓女而不是淑女一样,这四幅古画也具有反讽的意味:王三官不仅没有好好读书,反而整日流连妓院,结交狐朋狗友。当然,西门庆在自己的书房中也挂着《庄子惜阴图》,并配有"瓶梅香笔砚,窗雪冷琴书"的对联,但他没有珍惜时间,更没有读书。如果再将西门庆死前最后一次与郑爱月相见的那个晚上在其房间所见的《爱月美人图》联系在一起来看,或可明白她房间中的四季美人图以及匾额的题款,很有可能都是王三官的杰作。

在此可以看出,这些画作还承担了颇为重要的叙事和写人功能:郑爱月、西门庆与王三官三人之间的复杂纠葛亦由此呈现。在这幅画作的题诗中,王三官认为郑爱月的才华与古代著名才女蔡琰不相上下,其容貌甚至还超越了著名的才女和美女卓文君,而这两位才名卓著的古代美人都出身世家,是郑爱月无法比拟的。更有甚者,王三官还在诗作之后留下了自己的落款:"三泉主人醉笔",以显示自己具有魏晋士人般放浪形骸的自由情思②。

根据随后的对话可以看出,郑爱月并不知道西门庆已经知道了王三官的雅号,不然也不会公然将这幅画挂在房间中接待西门庆。从郑爱月对王三官母亲、娘子及其家世的深切了解来看,两人应有非比寻常的交往;郑爱月房间中的书画和器物,或许也能部分反映出她的精神和情趣,不然王三官也不会认为她的精神世界纯洁如雪而充满仰慕结交之意。郑爱月将王三官的书画作品公开悬挂,在西门庆来了也没有收起来,除了她不知道西门庆已经知道王三官的雅号之外,更为重要的原因是她本人对王三官似乎也情有独钟。她将王三官母亲林氏、妻子黄氏的情况详

---

①前者典故出处易明,惟"宋京观史"不知所指为何人何事,有待考证。

②王三官题诗云:"有美人兮迥出群,轻风斜拂石榴裙。花开金谷春三月,月转花阴夜十分。玉雪精神联仲琰。琼林才貌过文君。少年情思应须慕,莫使无心托白云。"(明)兰陵笑笑生:《金瓶梅词话》,陶慕宁校注,人民文学出版社 2000 年版,第 1059 页。

细介绍给西门庆,除了投西门庆所好之外,更重要的原因是借西门庆打压李桂姐而使之与王三官疏远,同时也希望通过西门庆对林、黄二人的奸淫来缓解内心的嫉妒之情——她似乎已经爱上了王三官,否则也不会如此处心积虑地谋划这项庞大工程。由此可见其心思之细密。西门庆离去前,她又嘱咐道:"爹若叫我,早些来说",这显然是为了避免再次出现这晚因王三官的诗画而让二人关系差点露馅的危险。由此亦不难理解,西门庆染疾将亡时,郑爱月反用壮阳之物乳鸽熬粥给西门庆吃;她伶俐地跳上床喂食西门庆,其动作的轻松正反映出她看到西门庆将要去世时的欢快心情。

与此相应的是,西门庆本人对书画一窍不通,更不会写情诗给她,除了打牌、喝酒、花钱、奸淫,其他雅事一概不会,他也不屑于从事这些事情,因而西门庆除了贪恋郑爱月年轻貌美和可爱的身体外,根本无法走进她的内心世界。而王三官既可写诗作画,又善解风情,还有显赫的世家身份,两人或许正是风月场中的知己。如果做进一步推测,或可这样认为,郑爱月房间中文雅多情的书画作品恰好满足了王三官的精神需求。我们看到,在王三官母亲的居所和他本人的书房中,所悬挂的画作要么是祖先神像,要么是励志作品,根本无法满足他对温馨而体贴的女性世界向往的心理需求。这就像贾宝玉在宁国府一看到《燃藜图》便感到十分厌烦,是同一道理。因而王三官的娘子黄氏虽然只有十九岁,"生的怎样标致,就是个灯人儿也没他那一段儿风流妖艳",但即使如此,因王三官"通不着家","只能家中守寡"。这似乎正印证了高居翰的研究:这一时期真正的爱情似乎仅发生在青楼中,"文人出身的学者官员群体一直是青楼的主要顾客。"①

总之,《金瓶梅》中出现的画作种类多样,青绿山水、人物故事画、宗教画、屏风画等各种样式齐全,充分显示了这一时期绘画作为装饰性商品的时代潮流。这与仇英本《清》卷中出现大量书画店铺的场景可以对比理解——画作既参与了人们的生活,又建构了人们的精神世界和审美情趣。作为一部充满隐喻和寓言手法的长篇叙事作品,这些画作既是叙

①James Cahill. *Pictures for Use and Pleasure: Vernacular Painting in High Qing China*, University of California Press, 2010, p.158.

事的一部分,又支配了叙事;既构成人物生存的空间,又彰显了人物的情趣,从而成为叙事和写人的重要载体。与前代文学作品相比,《金瓶梅》中的画作与文本的融合达到了很高的程度,基本上是水乳交融,浑然一体,显示出作者在创作时既吸纳了社会生活现实,又充分注意到画作对叙事的重要作用。《金瓶梅》的成功实践,为《红楼梦》中的相关描写积累了经验。

## 第五节　"真容留于后人传":李瓶儿传真考论

如前所述,明代中后期,作为商品使用的绘画大范围渗透到人们的生活之中,死亡是人生中的重要大事之一,绘画亦应为此服务。故而这一时期专门从事"传影""传神""写真"或"揭白"工作的画师群体有所扩大。这一工作既可为活着的人服务,也可为死去的人服务。人们希望通过画师的生花妙笔将自我的画像留存下来,以供纪念。这一时期关于传神的理论著作众多,人物画谱大量印刷。人们一般引用地理学和相面术对人面像的位置经营进行分类,这种理论总结和技法汇编使这类作品的创作变得十分方便。这都是社会大量需求之后出现的结果 ——需求

图 11-15　清　沈源《院本清明上河图》,局部,绢本设色,北京故宫博物院

和创作相互促进、相得益彰。在张择端款《清明易简图》、现存三本仇英本《清》卷中,均出现了"传真"的场景,就是对这种生活习俗的真实记录。能够制作、使用这类画像的人家一般是书香门第或富贵家族,平民百姓难有财力使用这类画像。

值得注意的是,在沈源领衔绘制的院本《清》卷中,传神和写真的场景消失不见了,代之以文人作画的场景(图 11-15):这是一处规模不大而临河的小院子,一位文人正在书房之中绘制画作,从画面可以看出,这是一幅梅兰竹菊之类表现高雅情怀的作品;周围没有围观者,他独自一人身处斗室,说明这一创作是为了满足自我精神世界的需要而展开的;从其散漫的坐姿来看,他正在潇洒自如地进行创作,无需考虑是否会因为粗心大意而出现某种技巧上的失误——这是一次完全自在自为的创作。街上忙碌的人群,河面上来往的商船,院中正在烧水烹茶的童子,这一切都显示出他是一位独立自主的文人,不需要为生存而创作。这样一来,仇英本《清》卷中的传神场景的社会意义马上发生了逆转:这位画师是一位工匠,绘画是他谋生的手段,他为别人创作,这样整个画面就缺乏了深邃的精神性内涵。显然,沈源对仇英本《清》卷这个场景的改写,能够进一步呈现乾隆在冷枚创作的《十宫词图·晋宫》上所题的诗句:"而今四海浑无事,只驾羊车日夜游。"院本《清》卷的观者是身处宫廷的乾隆皇帝,而仇英本《清》卷的观者是处于社会市井中的人。

在《金瓶梅》中,作者两次写西门庆到王招宣府上时均看到太原节度邠阳郡王王景崇的影身图,第七十九回西门庆死后"吴大舅、二舅正在卷棚内看着与西门庆传影"等,都是这种习俗的反映。《红楼梦》第五十三回写宁、荣二府除夕祭宗祠,祭祀前即"请神主,又打扫上房,以备悬供遗真影像",到正月十七日行礼祭祀后,才"掩了宗祠,收过影像",写的也是这种习俗。在《金瓶梅》中,作者重点描写的是李瓶儿去世后请画工韩先儿绘制的传真画像。从第六十一回"李瓶儿苦痛宴重阳""形容瘦的十分狼狈了",到第八十回"月娘分付把李瓶儿灵床,连影抬出去,一把火焚之",这二十回中李瓶儿的写真影像,制约了整个事件的发展走向,成为我们理解西门庆、吴月娘等人的重要载体。因此,将仇英本《清》卷中的"传真"场景与《金瓶梅》中李瓶儿传真的情节对比分析,是我们认识二者之间关联的又一重要线索。

图 11-16　宋　张择端（款）《清明易简图·传神》，局部，台北"故宫博物院"

图 11-17　明　仇英《清明上河图·写真宅院》，局部，台北"故宫博物院"

除了相关文献记载,张择端款《清明易简图》和仇英本《清》卷,为我们理解《金瓶梅》中的描写提供了直观的资料。图 11-16 是《易简图》中的"传神"部分。像主是这家宅院的主人,他正坐在画师旁边供其临摹,旁边立着一个仆童。画师已经勾勒出像主容貌的轮廓,下一步是上色的工作。这座宅院临街而建,北面是门面,南边临河,便于生活和运输货物,因而其地理位置在繁华的城市中是极为优越的。虽然画面显示这所宅院规模不大,但院中隐约露出的秋千架,说明这里还有一处颇具规模的花园。因此,像主一家在城中生活富裕,家庭幸福,同时有较高的社会地位,故而可以将画师延请到家中为自己画像。西门庆请韩先儿给李瓶儿画像,送给他十两银子、一匹缎子,就是不菲的报酬。韩先儿曾经是"宣和殿上的画士",还曾给西门庆家画过围屏 ——这是一位典型的依靠绘画谋生的画工。当然,从后文他为李瓶儿画像的诸多细节中可以看到,他心思细密,技巧过硬,完全可以依靠绘画创作养活自己和家人。他绘制的李瓶儿影身图成为西门庆寄托哀思的作品。

仇英本《清》卷中传神的场景更为细致:像主是一位身着红衣的官员,在明代中后期这种衣服是地位颇高的官员才能穿着的服饰,其官阶应不下于一品( 图 11-17 ),而且其宅院西边就是规模更大、戒备森严的皇家园林,里面的景象更加繁华多姿。果然,这座宅院的规模相当庞大:沿街的十家铺面似乎都是他家的生意,其门前的"宫用雅扇""画笔""当""绫袜""典衣""木屐雨伞"等商铺,经营着艺术品和生活用品;与外界交流的门开在东边,门后一位身着红衣的官员( 可能仍是前文提到的画卷中的主人公 )携小童和礼物前来拜会;三进房屋又可分为三个独立的院落,院中山石点缀,树木葱茏,一望便知是本地的望族。画师工作的地方是街对面的单独小院,是这家人家与外界交流的又一重要地方:门前的河道使之可以与外界联系,一艘船上几个人正在搬运货物,说明了其地理位置的优越性。更为重要的是,在画面的左下角有一处牌楼,上有"进士"字样,另外被屋宇遮住的可能是"及第"二字。这处牌坊说明这个家族可能既是世代书香门第,又是钟鸣鼎食之家,正像冷子兴评价江南甄家一样,"然本地便也推他为望族了"。与《易简图》中像主坐在画师旁边当模特不同( 图 11-16 ),这位官阶极高的像主并不在场( 他的崇高地位决定了他的缺席 ),画师一个人按照记忆中的像主形象进行创作。像主本人的缺席，反而说明在这所宅院中他无处不在：画师画卷上的形象已经呼之欲出，接近创作的尾声，他似乎边在进行扫尾的工作边对自己的作品点头不已，想象着获得雇主的肯定；画中的主人留着时尚而标准的胡须，面露自信和蔼的微笑，双手拢在袖中，正襟危坐在虎皮太师椅上，既轻松又不失庄重，这不由让我们想到王招宣府中正堂上王景崇的画像："穿着大红团龙蟒衣玉带，虎皮校椅坐着观看兵书。"而且，这是一件"大影"，其尺寸与真人不相上下，因而可能是用来作为家族影像使用的，可以像王景崇画像一样悬挂在厅堂之上。古典肃穆的牌楼，真人大小的画像，庞大多层的宅院，河道上运输货物的商船，家门前不断前来拜会的客人，以及院中象征社会身份的玲珑太湖石，都说明他是这座城市中不可或缺的重要人物。

　　仇英本《清》卷中的写真场景，同样出现在他为项元汴家族订制的《汉宫春晓图》中，这进一步说明了传真留影在当时社会的流行程度。与前两本长卷中像主均为男性不同，在《汉宫春晓图》中，宫廷画师正在为一群皇帝的妃嫔画像（图11-18）。人们按照"汉宫"的提示推测，这位正在工作的画师可能是历史上因贪污腐化而著名的毛延寿。实际上，与这一时期题名《清》卷的其他画作一样，这幅作品除了标题为"汉宫"外，其内容与汉宫几乎没有任何关联：它是一幅当代作品。这位画师正在为一位身着红色上衣的女性画像，旁边多位女子在观看和议论，她们可能也会在接下来让画师为自己画像。从画作上的人物容貌看，这是一幅高度写实的作品，已经完成了大半，还有其他细节有待完善。在另一处，丫鬟拿着已经画好的画给另外一个女子观看（图11-19），画中人正是她本人，两者之间高度一致，可见画师传神的技巧是过关的。丫鬟手中还有另外一件作品，这说明画师已经工作了很长时间，他似乎要为每一位宫中人画一幅肖像。此处画作的尺寸，乃是"一轴半身"，没有背景，因而也没有人物事件，事件性的缺乏使之成为单纯的肖像作品。而在《金瓶梅》中，西门庆让韩先儿为李瓶儿画了两幅："一轴大影"，是全身像；"一轴半身"，就类似这里出现的作品，后来被西门庆放在李瓶儿灵前供养。这些场景为我们考察《金瓶梅》中李瓶儿传真的描写提供了图像文本。

　　明代中后期，为死去的女性留影，已为社会允许，故而《金瓶梅》所

图 11-18　明　仇英《汉宫春晓图·写真》,局部,台北"故宫博物院"

图 11-19　明　仇英《汉宫春晓图·赏真》,局部,台北"故宫博物院"

写李瓶儿传真事件是可能的。在中国古代，以图像的方式保存神人影像的做法，具有悠久的历史，汉代麒麟阁和唐代的凌烟阁，均绘制有对国家做出贡献的功臣画像；《汉书·列女传》所记述的德行高尚的女子也有画像留存，杜堇《千秋绝艳图》可看作画卷上的"列女传"。据考证，为死去的人传影的习俗可能受到了佛教的影响，即佛家将死去的大师的形象以图像的方式留存下来以供后学瞻仰；但唐代刻本《妙法莲华经》引首上一幅为死去的妇人画像的图像说明，一般人死后也可以请画师画像①。

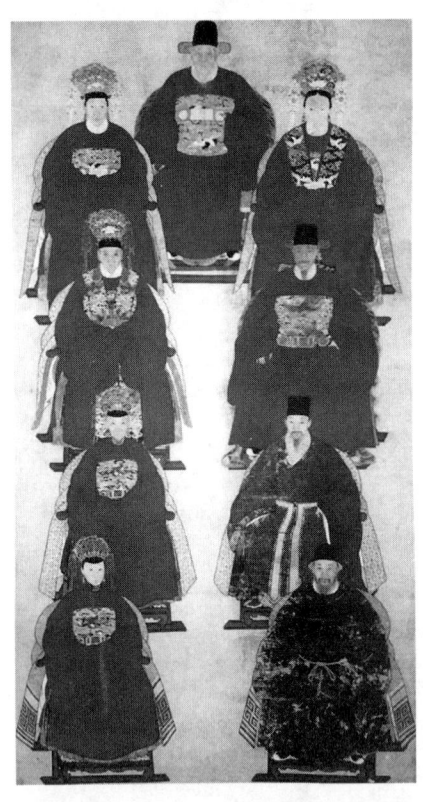

图 11-20　明　佚名《周用四代像轴》，纸本设色，纵 164 厘米，横 86.5 厘米，南京博物院

王树村根据张彦远《历代名画记》所记西京总持寺堂内有"李重昌画恩大师影"的记载，推测遗像称为"影"始于唐代："唐代的很多高僧圆寂后，人们都会为其建一座'影堂'，将其生前肖像画供奉其中。民间画工为亡者临终画像，谓之'图影'，'恩大师影'即总持寺方丈之遗像，遗像称'影'始见于此。"②自此以后，这种为死去的人留影的做法逐渐演变为一种习俗而流传至今。创作这种画像和宗教画像，成为民间画工工作的重要内容之一③。然而，受礼制的影响，为死去的女子画像经过了漫长的发展过程。在宋代时人们还禁止为死去的女子画像。朱熹指出，男性画像可以展出，因为这与礼无碍，但女子不行："至于妇人，生时深居闺门，出则乘辎軿，拥蔽其面，既死，岂可使画工直入深室，揭

①王伯敏：《中国绘画通史》（上册），生活·读书·新知三联书店 2018 年版，第 419 页。
②王树村：《中国肖像画史》，姜彦文等整理，河北美术出版社 2016 年版，第 63 页。
③秦岭云：《民间画工史料》，人民美术出版社 2018 年版，第 133—137 页。

掩面之帛,执笔望相,画其容貌?此殊为非礼。"①他认为女子即使死去,也不应使画工进入她生前生活的空间之内传写容貌,这是违背礼制的。但是,这一禁止在明代时已经动摇,士大夫为此进行了理论上的论证,从而死去的女子也可以留影,这使李瓶儿死后留影成为可能。但即使如此,为女子留影仍具有某种限度,人们甚至认为能够留影供家族后人瞻仰的应是家族中的正妻,妾一般不享有这种特权,故而吴月娘对西门庆请人给李瓶儿留影就颇有微词。图11-20是明代中后期制作的《周用四代像轴》,可以为我们理解当时留影习俗提供佐证。周用(1476—1547),江苏吴江人,明弘治十五年(1502)进士,历任南京兵部给事中、广东布政司参议、南京工部与刑部尚书等职,最后官至吏部尚书。图中两位夫人分别是原配施氏(赠一品夫人)和副室姜氏(例封太宜人),下面六人分别是周用的三个儿子和他们的妻子。周用的三个儿子都是其副室姜氏所生,故而她可以被画在此卷之上以供后世子孙瞻仰。

　　对于韩先儿来说,要为李瓶儿绘制两幅画像,首先需要解决的难题是如何处理已经死去的李瓶儿因长久生病而变得憔悴不堪的容颜。作者在写韩先儿画像之前,反复提到病中李瓶儿的容颜相貌,都是为第六十三回的画像张本。在李瓶儿病重期间,西门庆病急乱投医,不断请人医治,反而加重了她的病情。在重阳节宴席之后,李瓶儿彻底不能起床,西门庆请年已八十一岁的何老人来看病,但见李瓶儿"面如金纸,体似银条。看看减褪丰标,渐渐消磨精彩",已全然失去了往日的风采。随后不久,谢子纯向应伯爵打听李瓶儿病势,西门庆说道:"身上瘦的通不相模样了。"后来王姑子揭被看时,"李瓶儿身上肌体都瘦的没了,唬了一跳"。没过几日,李瓶儿的容貌即从瘦弱发展到变形,与之前完全判若两人,吴月娘更为直接地称之为"一个人的形也脱了":"眼眶儿也塌了,嘴唇儿也干了,耳轮儿也焦了。"临绘制画像之前,吴大舅由此担心:"动手迟了些,倒只怕面容改了。"因而韩先儿不能按照死去的李瓶儿的容貌画像,而只能靠他非凡的技艺进行创作。当然,韩先儿对自己的技术是自信的,说道:"也不妨,就是揭白也传得。"

　　书中写道:

---

① 〔英〕柯律格:《明代的图像与视觉性》,黄晓鹃译,北京大学出版社2016年版,第99页。

　　（西门庆）一面分付后边堂客躲开,掀起帐子,领韩先生和花大舅众人到跟前。这韩先生用手揭起千秋幡,用五轮八宝玩着两点神水,打一观看,见李瓶儿勒着鸦青手帕,虽故久病,其颜色如生,姿容不改,黄恹恹的,嘴唇儿红润可爱。那西门庆由不的掩泪而哭。①

　　众人所见李瓶儿死后容貌与她病中相比大有不同,可能经过了修饰和整理,故伯爵补充说道:"此是病容,平昔好时,比此还生的面容饱满,姿容秀丽。"后来几经修改,李瓶儿的画像最终完成:"但见头戴金翠围冠,双凤珠子挑牌,大红妆花袍儿,白馥馥脸儿,俨然如生时一般",薛内相来拜祭时,"因看见挂着影,说道:'好个标致娘子'!"即使画像如此逼真,但终究未能传神:"众人无不夸奖:只少口气儿。"根据书中所述,韩先儿此次创作具有以下几方面的特点:其一,他不是一个人创作,他还随身带了一个小童在旁边帮他拿着插屏,协助他的工作。这就像在仇英本《清》卷中出现的那个小童一样(图11-16)。这位童子既是他的助手,也是他的传人。其二,韩先儿可能依据了事先存在的粉本创作了想象中的李瓶儿画像,他先按照一般美人形象的基本轮廓勾勒框架,再根据家人意见进行修改,然后上色。故而孟玉楼等人看到画像后说:"倒像似好时那等模样,打扮的鲜鲜儿,只是嘴唇略匾了些儿。""左边额头略低了些儿。他的眉角,比这眉角儿还湾些",这是与她生前面容饱满的容貌进行的对比。其三,根据韩先儿的叙述,他原来在五月初一到岳庙烧香时见过一次李瓶儿,凭着印象和技法,"须臾,描染出

图11-21　明　佚名《韩画士传真作遗爱》插页,崇祯本《金瓶梅》

①(明)兰陵笑笑生:《金瓶梅词话》,陶慕宁校注,人民文学出版社2000年版,第801页。

个半身来,端的玉貌幽花秀丽,肌肤嫩玉生香。拿与众人瞧,就是一幅美人图儿"(图11-21)——遗像与美人图的界限又一次被作者打破了,类似的场景也在仇英的画作中出现。这确实显示出韩先儿过人的记忆力和作为画家的专业素养。中国古代画家画像不像西方画家画模特,需要模特在那里保持一个姿势,一动不动;古代画家画人物更关注人物的内在丰神,他们有时还在暗中观察对象,然后抓住对象的某一特征而表现之,从而将对象的神态特点表现出来。这一点也体现在韩先儿的创作中。韩先儿为李瓶儿创作了一套两幅画像,一幅大影,一幅半身,李瓶儿出殡后被供在灵前,直到西门庆死去才被吴月娘命人焚烧掉。

这幅作品注定是一件纪念性画作,承载了诸多精神性内涵。正像西门庆所说:"我心里疼他,少不的留了个影像儿,早晚看着,题念他题儿。"这幅画像在此后西门庆的生命中成为寄托哀思的作品,故而它频频参与到事件的发展过程中。一旦成为画中人,其形象的情感性也随之增殖,从而构成叙事的一部分。西门庆请画师为李瓶儿画像,不仅仅是习俗的反映或者寄托自己的哀思,它同时是作者对《牡丹亭》《玉环记》等文学作品中类似情节的回应。汤显祖在不久前完成的《牡丹亭还魂记》中有一幅杜丽娘行乐图,根据画像可知,虽为行乐图,但这幅作品并无行乐的内容,仅呈现了杜丽娘的形象。与韩先儿的想象式创作一样,杜丽娘也按照理想的美人模型描画了自己,其丰润可爱的形象让柳梦梅将之与观音像等同。在守灵的夜晚,西门庆催促子弟拣热闹处唱戏,玉箫唱到《玉环记》第十一出《玉箫寄真》中的"今生难会,因此上寄丹青"一句时,西门庆"忽想起李瓶儿病时模样,不觉心中感触起来,止不住眼中泪落"。在第二日招待薛内相的宴会上,薛内相让演了一出"李白好贪杯"的故事,待他走后,西门庆"还找着昨日《玉环记》上来","将昨日《玉环记》做不完的折数,一一紧做慢唱,都搬演出来"。不仅如此,他还对薛内相的品位提出了批评,认为"内相家不晓南戏滋味"。实际上,这都是偶然,西门庆起先也只要唱热闹戏,待《玉环记》故事打动他后,他便慢慢品度其中滋味——对李瓶儿的思念使他从一个浪荡子转变为一个能够欣赏艺术的人,一个有感情的人。在出殡的描写中,作者又将这幅画像与唐代著名妓女崔徽的画像相提并论。作者将李瓶儿画像与《玉环记》《崔徽歌》等作品加以关联,增加了文本的内容含量。

　　李瓶儿画像后来被西门庆供在灵前,他每次回来都要在灵前吃饭祭拜,跟她说话,好像她仍然在世一般。正是这件画像的存在,使李瓶儿生前居住的空间成为一个属人的空间,从而使其具有了见证者的功能:"灵床安在正面,大影挂在旁边,灵床内安着半身,里面小锦被褥、床儿、衣服、妆奁之类,无不毕具,下边放着他的一对小小金莲,桌上香花灯烛,金碟樏俎,般般供养。西门庆大哭不止,令迎春就在对面炕上搭铺。到夜半,对着孤灯,半窗斜月,翻复无寐,长吁短叹,思想佳人。"① 在随后孤寂的夜晚中,西门庆在李瓶儿画像前与奶子如意屡次发生关系,使整个场景变得极为难堪,画中的李瓶儿每次都"看到"类似场景的发生。第二日清晨,西门庆就"寻出李瓶儿四根簪儿来赏他"。在随后不久的日子里,李瓶儿的衣服、妆奁等物品便逐渐被如意和潘金莲等人占有。在出殡后二日,黄太尉到来,西门庆接待,场景繁华极致,但一会之后"两司八府官员皆拜辞而去。各项人役一哄而散",瞬间又转化为极为冷清的场景。

　　西门庆沉溺在这样冷热不均的事件中,从而使他对李瓶儿的思念变得极端复杂:我们既对他被欲望纠缠而在李瓶儿画像前行事并将她的物品赏给他人感到愤慨,同时又无法对这种情感的真实性产生怀疑;他对李瓶儿的思念之情似乎也只能通过满足欲望的方式表现,李瓶儿的遗物或身体随之幻化为各种形象出现。他一来到李瓶儿房间,"见李瓶儿影",便问"供养了羹饭不曾",而在夜晚中他又与如意在一起并对如意说:"我儿,你原来身体皮肉,也和你娘一般白净,我搂着你,就如同和他睡一般。"② 在书房中午休梦见李瓶儿,他正在感伤,潘金莲来到,"西门庆见他头上戴着金赤虎分心香云,上围着翠梅花钿儿,后鬓上珠翘错落,兴不可遏。"③ 这金赤虎亦是李瓶儿遗物,此时也成为刺激其性欲的物件。西门庆的感情是一种极端复杂而难以言说的情感,李瓶儿的画像见证了这一情感的复杂性。

①（明）兰陵笑笑生:《金瓶梅词话》,陶慕宁校注,人民文学出版社 2000 年版,第 829 页。
②（明）兰陵笑笑生:《金瓶梅词话》,陶慕宁校注,人民文学出版社 2000 年版,第 858—859 页。
　　在第七十五回的描写中,西门庆再次表达了这个意思:"我的儿,你达不爱你别的,只爱你倒好白净皮儿,与你娘的一般样儿。我搂着你,就如同搂着他一般。"
③（明）兰陵笑笑生:《金瓶梅词话》,陶慕宁校注,人民文学出版社 2000 年版,第 862 页。

更重要的是,这幅画像作为西门庆的最爱,时刻刺激着潘金莲、吴月娘等人敏感的神经,由此它又成为嫉恨的对象。在首次欣赏《玉环记》时,潘金莲见西门庆落泪便知他听曲思人,向孟玉楼表达了她的不满。根据潘金莲的记述,西门庆每次出门回来,似乎都要到李瓶儿画像前参拜,并表达对她的思念:"但往那里回来,就望着他那个影作个揖,口里一似嚼蛆的,不知说什么。"又说如意儿"一向在人眼前花哨星那样花哨,就别摸儿改样的,你看又是个李瓶儿出世了!"[①]类似的话语在第七十三回又一次出现:"每日他从那里吃了酒来,就先到他房里,望着他影,深深唱喏,口里恰似嚼蛆一般,供着个羹饭儿着,举箸儿只像活的一般让他,不知什么张致!"[②]由此可见,李瓶儿画像时刻刺激着潘金莲,西门庆与画像之间的互动,惹起她的嫉恨。相比于潘金莲明目张胆的表达,吴月娘对这幅画像心存芥蒂,恨不能焚之后快。只不过,作为正妻,她不能如此直白地表现。

在第七十八回,作者借潘金莲母亲之眼重写李瓶儿灵床:"先是姥姥看见明间内灵前,供摆着许多狮仙五老定胜,树果柑子,石榴苹蓃,雪梨鲜果,蒸酥点心,徼子麻花,满炉焚着末子香蜡,点着长明灯,桌上拴着销金桌帏,旁边挂着他影,穿大红遍地金袍儿,锦裙绣袄,珠子挑牌。"[③]潘母见此反复说:"你娘勾了,官人这等费心追荐,受这般大供养,勾了。他是有福的。"这从侧面说明西门庆对李瓶儿的重视,亦引起吴月娘的不快。李瓶儿死后吴月娘没有到她房间里看过;她虽没有像潘金莲那样直接要李瓶儿的东西,但在睡梦中还想着"李大姐箱子内寻出一件大红绒袍儿,与我穿在身",这是她不忍看李瓶儿的东西白被潘金莲、如意等人占有。西门庆去世不久,吴月娘便"分付把李瓶儿灵床,连影抬出去,一把火焚之。将箱笼都搬到上房内堆放",吴月娘对李瓶儿画像怨恨极深——她有些迫不及待了!

综上所述,吴晗对《清明上河图》与《金瓶梅》的研究,引导我们通过对明代中后期长卷创作与《金瓶梅》等长篇小说的创作进行对比研究。虽然在研究中吴晗由于研究目的和资料所限,没有全面考察这一时

①(明)兰陵笑笑生:《金瓶梅词话》,陶慕宁校注,人民文学出版社2000年版,第938页。
②(明)兰陵笑笑生:《金瓶梅词话》,陶慕宁校注,人民文学出版社2000年版,第971页。
③(明)兰陵笑笑生:《金瓶梅词话》,陶慕宁校注,人民文学出版社2000年版,第1087页。

期《清》卷在苏州一带流传的复杂情况,在个别论断上存在问题,但他所开创的研究思路仍有重要的启发价值。苏州地区商品经济的繁荣,艺术品的商品性和装饰功能增强,作为时尚消费品的《清》卷仿本大量出现,尤其是仇英本《清》卷,真实呈现了当时社会生活的面貌,这与《金瓶梅》以白描写实手法所记录的时代内容高度重合,由此形成图像与文本之间的互文性关系——长卷与长篇成为这一时期社会文化母体所产出的一母同胞的姊妹艺术。

仇英本《清》卷和《金瓶梅》文本均呈现了图像在这一时期社会生活中的重要作用,《金瓶梅》将这些图像融入到文本叙事中,形成了独特的图像叙事方法,为此后《红楼梦》的创作提供了宝贵的艺术经验。这说明图像对中国文学叙事传统的最终形成有着至关重要的推动作用,应该得到系统研究。

# 第十二章 "凡小说，必用图像"

## ——图像与中国文学叙事传统的形成

如前所述，《金瓶梅》《红楼梦》文本世界与图像传统之间具有密切的关联。它们作为中国叙事文学的顶峰，促使我们思考另外一个问题：图像与中国文学叙事传统的形成具有怎样的关联？实际上，中国文学叙事传统的形成，与神话历史图像（人物肖像画）的制作活动之间具有相互呼应、彼此映衬的内在艺术关联。明清学者在评点《金瓶梅》《儒林外史》等作品时常将它们与"铸鼎象物"这一久远的神话图像制作事件联系起来，其原因在于图像作为先民最早的知识载体和叙述方式，不仅影响了"诗""赋""铭""赞"等早期叙述文体的形成，而且对"平话""话本（画本）""章回小说"等叙事文体及其叙事模式的形成也产生了深刻的影响，图像绘制技法被转化为叙事技法加以使用。

明代中后期人物肖像画、历史故事画复兴，大量画作尤其是仕女画（美人图）出现在小说戏曲中。这些画作具有极强的吸纳力量，将文本内部繁杂多样的个别要件凝结成带有隐喻性和思想性的事件整体，并与汉、魏、隋、唐以来的类似文本相互指涉、关联，从而将历史上的同类作品组合为一个持久不衰的文学主题和传统。李贽、金圣叹、脂砚斋等人使用"如画""画境""逼真"等词汇、概念，盛赞《金瓶梅》《红楼梦》等作品实现了画境与诗境的同质同构并有所超越，彰显了叙事艺术的优越性，形成一种不同于西方叙事学对作品进行语言结构分析的叙事理论——图像对中国文学叙事传统形成的重要影响，至此确定下来。明清评点家立足于绘画等传统文化建构理论体系、展开批评实践的做法，为新时代建设具有中华文化特点的理论话语体系提供了启示。

## 第一节　图像与叙事传统：问题的提出

公元六世纪前期，年轻而富有才情的南朝梁太子萧统（501—531）在去世前不久为他编撰的《文选》作序时，提出了"图像则赞兴"的观点："箴兴于补阙，戒出于弼匡，论则析理精微，铭则序事清润，美终则诔发，图像则赞兴。"[①]这个观点指出，汉魏以来"赞"文体的兴盛，是在此前或同时大规模盛行的图像制作的影响下而形成的。他所说的"图像"，是指包括伏羲女娲在内的神话历史人物和事件的图像。这一观点提出了一个颇为重要的理论问题：图像制作与诗、赋、赞、小说等文体形成之间的互动关系问题。无独有偶，惺园退士、龙溪赏奇室主人等在对《儒林外史》《金瓶梅》进行评点时，亦将小说叙事、人物刻画的直观性、生动性和曲折性，与《左传·宣公三年》记载的大禹"铸鼎象物"这一神话图像制作事件联系在一起讨论：

> 《儒林外史》一书，摹绘世故人情，真如铸鼎像物，魑魅魍魉，毕现尺幅；而复以数贤人砥柱中流，振兴世教。其写君子也，如睹道貌，如闻格言；其写小人也，窥其肺肝，描其声态，画图所不能到者，笔乃足以达之。[②]

> 《金瓶梅》，又世所称为第一奇书也。铸鼎象物，魑魅魍魉举莫能遁其形，然而猥亵之语，累牍连篇，诋为导淫，诚非臆说。[③]

人们认为大禹"铸鼎象物"是用图像将不可见的"幽微之物"呈现出来，而文学作品对世态人情的描绘与此类似，因而可以此为标准展开批评。灵岩山樵评《九尾狐》："如铸鼎之象物，若照水之犀光，惊心动目，据实定名，命名为《九尾狐》"[④]，表达了类似的见解。忧患余生认为《官场现形记》中的描写，"如颊上添毫，纤悉毕露；如地狱之变相，丑态百

---

①（梁）萧统编，（唐）李善等注：《六臣注文选》，中华书局1987年版，第3页。

②（清）吴敬梓著，李汉秋辑校：《儒林外史汇校汇评》，上海古籍出版社2010年版，第692页。

③（清）夏敬渠：《野叟曝言·序一》，四川大学出版社2014年版，第1页。

④（清）灵岩山樵：《九尾狐序》，见丁锡根编著：《中国历代小说序跋集》，人民文学出版社1996年版，第1234页。

出"①,将作者的叙事描写与顾恺之的人物画与经卷变相联系起来,指出了文学叙事与图像呈现之间的相似性;同时他还提到"铸鼎象物"事件:"神禹铸鼎,魑魅夜哭;温峤燃犀,魍魉避影。中国官场,久为全球各国不齿于人类,而若辈穷奇浑沌,跳舞拍张,方且谓行莫予泥,令莫予违,一若睥睨自得也者。而不意有一救世佛焉,为之放大千之光,摄世界之影,使一般之嚅嚅而动,蠢蠢以争者,咸毕现于菩提镜中。"②在忧患余生的语境中,官场之丑态犹如禹鼎上的魑魅魍魉、穷奇浑沌等神物形象,皆张皇幽眇、奇形怪状,出人意表。作者不仅在比喻意义上将二者等同,而且将李宝嘉创作《官场现形记》与大禹"铸鼎象物"等同起来,暗含将图像制作与文学创作进行对比分析的思路。因此,与萧统类似,惺园退士等人亦提出了神话历史图像与《水浒传》《金瓶梅》《儒林外史》等叙事文学之间的关系问题。

根据《左传》记载,禹治水成功后会盟诸侯,"远方图物,贡金九牧,铸鼎象物,百物而为之备,使民知神奸……用能协于上下,以承天休"③。根据章炳麟、傅斯年等人的研究,所谓"百物"即"百神"④,所谓"铸鼎象物",是指将各部落方国崇信的神物绘制成图像使之显现出来,为人类的生产生活提供帮助和指导。这些神物图像以铺陈排列的方式呈现于鼎彝、宗庙等器物和建筑上,是这一时期的知识图典;巫觋阶层通过宣教这些图像将祭祀、信仰、礼俗等教导给民众,由此形成"对图言说"的知识传播方式和"以图记事"的叙述方式。系统性的文字出现后,这种"对图言说"转变为"依图作书",图像与文字并列传承知识。与此并行的是"演事":"它通过诉诸视觉形象的表演来再现行动,应该算是最理想的叙事形态。"⑤原始先民所"演"之"事"不是日常生活中的琐事,与图像主要呈现神圣性内容一样,他们所"演"之"事"也是神圣人物的事件,一

---

① (清)忧患余生:《官场现形记叙》,见丁锡根编著:《中国历代小说序跋集》,人民文学出版社1996年版,第1716页。

② (清)忧患余生:《官场现形记叙》,见丁锡根编著:《中国历代小说序跋集》,人民文学出版社1996年版,第1716页。

③ (清)阮元校刻:《十三经注疏》(清嘉庆刊本),中华书局1997年版,第4056页。

④ 章炳麟:《说物》,《太炎文录初编》,《民国丛书》第三编第83册,上海书店出版社1991年版,第21页。

⑤ 傅修延:《先秦叙事研究》,东方出版中心1999年版,第25页。

般与宗教仪式相关。通常来说,"图事"是"演事"的基础——图像对叙事的制约与影响于此可见一斑。值得注意的是,明清评点家在批评中借用了大量来自于建筑、绘画等领域的词汇和观念对叙事作品展开批评,提出了颇为系统的叙事理论,中国文学叙事传统的根源似应从这里寻找。

萧统、惺园退士等人的观点不约而同地指向一点:神话历史图像与中国叙事文学之间应该具有某种内在的关联。迄今为止,还没有相关成果对这个问题进行系统研究。萧统意义上的"图像",指的是神话历史语境中的人物画、肖像画或故事画,这些作品中国古人一般用"图像"称之。当然,西方图像学中的"图像"(Icon)最开始也是指宗教圣象,然后才逐渐扩大到社会生活领域中的图像。

如果详细考察从神话图像到明清人物画的历史,似可发现这样一个颇为重要的图像与文学叙事之间共振互动的现象:原始神物图像的排列方式,对诗、赋、诔、铭、赞等各种带有较强描写性、叙述性的早期文体的形成具有重要推动作用,它们的叙述方式奠定了中国叙事文学得以形成的基础;魏晋六朝时期佛道等宗教制像活动、肖像画和人物品藻发达,而志人志怪小说兴盛;隋唐五代时期佛教经卷的宣讲方式,催生了平话、讲经等长篇叙事文的出现;而随着人物画和故事画的复兴,神话历史图像作为一种思维方式为《金瓶梅》《红楼梦》《牡丹亭》等小说戏曲作品的创作提供了强大的推动作用——在这些作品中,图像对事件的展开和发展起到了不可忽视的制约作用;它仿佛像一个力量强大的凝聚器,将事件发展中的人与事吸纳在自己的画面结构之中。明清评点家借用绘画领域的语汇对这种现象所作的评点和理论总结,使具有中华文化内涵的文学叙事传统最终形成和定型。

正像高居翰指出的那样,以神话历史人物事件和人们日常生活为主题的世俗绘画,是中国绘画史研究中一个被长期忽视的领域[①],这种情况阻碍了人们对图像与中国文学叙事传统之间关系的认识与研究。惺园退士等人的评点,揭示了这一为人遗忘的内在关联。本章通过分析神话历史图像对"诗""赋""铭""赞""平话""变文""小说""戏曲"等叙述文体的形成及其叙述方式的影响,以《金瓶梅》《红楼梦》《牡丹亭》

---

① James Cahill, *Pictures for Use and Pleasure*, University of California Press, 2010, p.6.

等经典文本为对象，总结图像对叙事文学的文本构成、事件结构、文学意蕴、人物刻画等方面的重要影响及其复杂关系，对中国文学叙事传统之形成做出新的阐释。

## 第二节　中国文学叙事传统研究理论基础分析

目前，关于中国文学叙事传统的研究主要集中在以下方面：其一，根据中国文字形成的历史和独特结构方式及其与西方表音文字的差别，指出叙事性在中国文字创造和运用中的重要作用及其与西方语音系统的差别，为探寻中国文学叙事传统的独特性奠定了字源学基础；其二，根据西方叙事学理论关于"叙事"概念内涵的界定，结合史传传统，对中国小说、戏曲等叙事文学乃至诗歌中的铺陈叙事、章回安排、人物塑造等展开分析；其三，根据中国古代尚象的思维传统，提出"意象叙事"的理论框架；其四，根据语言和言语之关系，重视文学文本的口头传播，对中国古代的神话、民间传说、英雄史诗等展开研究；其五，结合中国古代的谶纬思想、辞赋叙事、空间建筑等文化形式，讨论中国文学叙事传统的形成问题。这些成果基本是针对陈世骧1971年提出的"中国文学抒情传统"的观点而做出的补充、发展、完善。它们从中国古代文化、文学的各个方面阐述了中国文学叙事传统的形成、发展、表现特点等问题，具有重要的学术价值和现实意义。但如果按照这种思路，中国有多少种文化思想资源，就可对中国文学叙事传统做出多少种解释。这就把问题泛化了。中国文学叙事传统的形成经历了漫长的历史发展过程，其原因自然是复杂的、多样的。全面解决这一问题，不仅要从中国古代各种文化形式中寻找根据，或从各种文学或非文学作品中寻找例证以证明其历史之悠久，还应对中国文学叙述性特质之所以形成的文体学基础和根本性思维方式进行探索。正像人类各种文化形式均从神话与宗教演变而来一样，这一传统之形成的历史依据也应从这里寻找。同时，这些研究所遵循的思维逻辑和理论资源基本上是西方叙事学理论，因而大多脱离了人类早期以图像传播知识的历史语境，而关于中国本土文化语境中"叙事"的内涵和外延及其对文学创作的影响等问题的研究仍付诸阙如。由于受叙事学理论影响,这些研究奠定在语言学基础之上,具体到中国语境则主要是史传文学与古文字学传统,因而只能为现有的西方叙事理论提供样本,这就将中国文化语境中"叙事"概念狭隘化了。有学者指出:"对'叙事'的狭隘理解是 20 世纪以来形成的,并不符合'叙事'的传统内涵,与'叙事'背后蕴含的文本和思想更是相差甚远。"① 所谓对"叙事"的"狭隘理解",就是指 20 世纪以来借鉴西方以语言结构分析为基础的叙事理论对"叙事"进行理解,但中国文学叙事传统的形成有自己的语境基础。将叙事问题转换为语言学问题的研究思路,还存在需要补正的地方。有学者对中西方"叙事"(Narrative)概念内涵的异同进行了梳理②,中国文学叙事传统本身的文化语境和话语体系亟待重建。

　　西方叙事学理论所使用的概念、逻辑、方法带有鲜明的语言决定论色彩,文学叙事被等同于语言问题,"叙事主体""叙事视角"、"所指"与"能指"等都是语言学中的述行者或施行者的变体,一言以蔽之,"经典叙事学的雄心之一在于倚仗语言学模式总结出一套置之四海而皆准的叙事语法"③。这种研究以"文学是一种语言的艺术"为基础,将文学问题整体转换为语言学问题,然而语言学研究不能涵盖文学及其研究的全部。其次,由于西方叙事学以语言学为基础,而叙事的语言学研究又以表达事件或行动的文本为基础,因而叙事理论须关注时间问题,所谓"倒叙""插叙""补叙"等叙事方法分析,所解决的都是叙事文本中的时间问题。在中国古代,明清评点家和刘熙载《艺概》卷一虽对此有过总结和分析,但它不是中国叙事学关注的重点。目前关于人类早期文本的叙事研究所因循的也是这种方法——人们把这种诞生于现代语言学基础上的分析方法往前追溯,然后将历史文本纳入这个逻辑框架之中;人们对柏拉图的语录或老子关于语言与道之关系的片言只语的讨论的叙事学分析,是这种思维方式的产物。韦勒克等以英美新批评的语言本体论为基础撰写《文学理论》,虽对文学的"画意"特征进行了分析,但仍然将

---

① 谭帆:《"叙事"语义源流考——兼论中国古代小说的叙事传统》,《文学遗产》2018 年第 3 期。
② 胡亚敏主编:《西方文论关键词与当代中国》,中国社会科学出版社 2015 年版,第 160—168 页。
③ 傅修延:《中国叙事学》,北京大学出版社 2015 年版,第 3 页。

诗与画(文学与图像)严格对立起来[①]，将文学研究局限在语言学的范围之内。有学者从逻辑学的角度研究叙事[②]，其本质仍然是语言分析方法在叙事研究中的运用。

因此，这种奠基于结构主义语言学的叙事分析，带有极强的封闭性和排他性，需要更新和发展。同时，叙事理论本身的发展要求新的方法和思想资源积极介入，当代社会生活的快速发展也挑战了自然语言观的合法性并促使其发生转变。因而，中国文学叙事传统研究需要寻找新的理论资源。英国当代叙事学理论家马克·柯里《后现代叙事理论》将以语言学为基础的经典叙事学转化为"多样化、解构主义、政治化"三位一体的当代叙事学[③]，从而使叙事学呈现出开放性。在最近的叙事理论研究中，人们突破语言结构分析方法的限制，将叙事引入理论建构，或者利用理论激活几乎僵死的叙事研究，诞生了马丁·克莱斯沃斯（Martin Kreiswirth）《人文学科的叙事转向》（*Routledge Encyclopedia of Narrative Theory*）、马蒂·许韦里宁（Matti Hyvarinen）《叙事的概念旅行》（*The Traveling Concepts of Narrative*）等著作。叙事介入理论或理论的叙事性，正是人们将生存经验和真理体验介入叙事研究使之挣脱"语言的牢笼"的反映。最近兴起的"叙事逻辑研究"将叙事理论从对文本语言问题的关注转移到对"叙事中的逻辑"的研究，打破了语言认知的逻辑基础，认为"叙事逻辑根本上是与人生密切相关、顺应着人生本体的逻辑"[④]，是对传统叙事学理论的扩容。语言哲学从索绪尔、罗素、维也纳学派、乔姆斯基的经典语言学发展到塞尔、戴维森等人对隐喻的讨论，本身就说明以语言结构主义为基础的叙事分析与文学越来越远，中国文学叙事传统研究无法以此获得更新和发展。

实际上，戴维森等语言哲学家关于隐喻问题的讨论，某种程度上也宣告了经典叙事学分析方法的终结。所谓隐喻，"就是借用在语言层面上成形的经验对未成形的经验作系统描述"[⑤]，其实质是对语言所针对

①〔美〕韦勒克、沃伦：《文学理论》，刘象愚等译，生活·读书·新知三联书店1984年版，第134页。
②董小英：《叙事艺术逻辑引论》，社会科学文献出版社1997年版，第11页。
③〔英〕马克·柯里：《后现代叙事理论》，宁一中译，北京大学出版社2003年版，第8页。
④刘阳：《叙事逻辑研究》，华东师范大学出版社2017年版，第11页。
⑤陈嘉映：《语言哲学》，北京大学出版社2003年版，第378页。

的人类生存经验中"隐藏"的东西的一种显露,将"不可见的"东西转变为"可见的"东西,它充分调动主体的情感能动性以想象或形象的方式对世界做出理解和解释。其潜在的理论指向在于使叙事学理论挣脱语言学的束缚,恢复语言与形象(图像)之间的原初关系。近年关于西方文学与艺术史中的"艺格敷词"(ekphrasis)现象的研究,指出了西方自古代至今的一个颇为重要的"以文述图"的文学现象。所谓"艺格敷词"就是指用语言(文字)对所见到的图像或艺术品(尤其是故事画)进行描述,"是对一种看图经验的语词再现"、"一种叙事的手段"以及"一种混合在叙述中的描写"①。当然,这种描写和叙事方法所依托的是语词,因而关于它的讨论最终落脚点是文本的文学性,即"整个讨论都是围绕文学问题而非绘画问题进行的"②。"艺格敷词"现象所呈现的正是早期人类文化中图像对文学描写影响、决定的现象,关于它的研究极大改变了以往叙事学研究仅从语言现象出发的弊端,是对传统叙事学理论的又一次扩容。同时也让我们看到,叙事作为人类最早的表达方式之一具有更多的渊源和实现形式。在人类文化初期阶段,将"不可见的东西"显现为"可见的东西",首先是通过图像实现的,语言(文字)产生后形成图像与语言(文字)共同承担这一任务的局面,由此形成"图—语"("图—文")关系;当语言(文字)成熟并获得独立之后,这种关系逐渐转变为"语—图"("文—图")关系,语言作为通达、显现真理的主要工具而凌驾于图像之上,原本由图像承担的功能被语言(文字)剥夺,人类文化和文学问题也由此转变为语言(文字)问题③。

　　这种研究方法既可以摆脱语言学的限制,拓展叙事理论研究的范围、更新其研究方法,也可让我们对中国文学叙事传统形成的历史根源有新的认识。在瓦尔堡、贡布里希等人著作的影响下,文学的图像志整理和图像学分析得到较大发展;1987 年国际语词与图像研究会在荷兰成立,也极大促进了语图关系理论的发展。这一思潮和方法与中国古代大量有关诗画关系的论述形成某种呼应关系,一批学术成果应运而

---

① 龙迪勇:《从图像到文学——西方古代的"艺格敷词"及其跨媒介叙事》,《社会科学研究》2019 年第 2 期。
② 李骁:《艺格敷词的历史及功用》,《新美术》2018 年第 1 期。
③ 赵宪章:《文学和图像关系研究中的若干问题》,《江海学刊》2010 年第 1 期。

生,由此形成"文学图像论之中国问题"。这种研究方法逐渐将分析对象从作为抒情文本的诗歌延伸到作为叙事文本的小说戏曲领域。随着研究的推进、深入,中国历史上的"非文学文本"与图像的关系也开始引起研究者的注意:"发现文图关系之中国问题的关键还在于对'中国文学'本身特点的理解,例如文学与非文学没有严格的界分就是其中之一。就此而言,子学图像、史传图像、蒙学图像等也应当蕴含着文图关系之中国问题。"[①]

目前这方面的研究主要有四种形式:其一是文学图像学的理论建构,其二是对中国古代文学文本尤其是小说戏曲的插图进行研究,其三是对以文学文本为基础而衍生出的图像进行研究,其四是对中国古代叙事性图像作品进行研究,提出"图像叙事"或"图绘叙事"。这些研究成果和方法为中国文学叙事传统之研究提供了新的思想资源。同时也应看到,这类研究普遍存在"外在化"倾向,即仅关注文学与图像之间表层的互文性关系(一般以插图作为主要研究对象),而未能深入讨论图像对文学文本基本结构的影响到底何在。插图作为传播某种道德观念或宗教思想的直观载体,更多是作为文字阐述的补充而存在的,它们对文本叙述的影响微乎其微;插图的制作者虽然会在创作过程中体现自己对文本的理解,但无法改变业已形成的文本——它是作为文本的附属物而存在的。而图像叙事主要研究作为空间的图像在叙事方面的独特性,具体到小说戏曲领域,则仍以插图为主要研究对象。实际上,作为人类早期文化知识载体的神话历史图像,其对人物、事件的呈现方式,对诗、赋、赞、铭等早期叙述文体的形成影响甚巨,佛道经卷对图言说的传教方式催生了平话等文体的诞生——它们才是中国文学叙事传统得以形成的基础。

## 第三节　神圣图像与早期叙述文的诞生

按照弗雷泽的观点,作为叙事文学的小说和戏剧都来自于原始时期

---

[①]赵宪章:《文学图像论之中国问题》,载王邦维、陈明主编:《文学与图像》,北京大学出版社2019年版,第5—6页。

的神话信仰与仪式：神话为小说提供基本的人物形象、情节事件，仪式为戏剧提供基本的框架结构。鲁迅《中国小说史略》以神话与传说开篇，将其作为中国小说的起源，延续的也是这种思路。实际上，早在古希腊时期，人们就已经将神话（Mythos）和逻各斯（Logic）作为两种基本的言说方式，神话在叙事学研究中占有重要位置与此是相关的。但是，论者似乎忘记：神话虽是一种言说方式，但记录、传承神话的最早的物质载体不是语言、文字而是图像，因而"神话作为言说方式"某种程度上可转换为"图像作为言说方式"，神话及其思维方式对叙事文学的影响由此也转化为图像及其思维方式对叙事文学的影响。可惜的是，这个基本事实早已为人遗忘。神话是人类文化的知识图典，最早是以图像的方式记载和传播的，目前仍然保存的史前洞穴壁画和出土墓葬等，证实了神话图像传承的情况①。

　　根据考古发掘和文献记载可知，这一时期能够被绘制成图像的内容主要有四类："1. 有关天体宇宙起源及其神灵的探索思考；2. 有关山川地理特征及其神怪的敬畏祭祀；3. 有关图腾崇拜与祖先起源的回忆歌颂；4. 有关氏族部落狩猎、农作、战争、会盟、朝聘等的叙述庆祝。"② 因此，早期图像呈现的内容主要是神话历史与宗教信仰，它们是当时社会的核心知识。巫师集团则用语言文字向普通民众讲述、传播这些内容，进行政治统治和民众教化。尤其是在宗教仪式过程中讲述神话，巫师会在仪式场所的中央悬挂神话图像，根据图像所示进行讲述，由此形成"对图言说"的叙述方式——神话图像对语言（文字）记述和传播具有绝对性的制约作用。与口头传播容易出现变异的情况不同，巫觋在叙述这类神圣性人物事件时，是不允许做出改动的。

　　这种叙述图像的语言（文字）使用方式沿着不同的路向发展：一方面，宗教信仰领域一直沿用这种方式宣传教义、举行仪式，对于文化水平不高的信众来说，这也是宗教信仰传播的主要方式。无论是原始宗教还是人为宗教，一般都采取这种方式。尤其是民间宗教，这种方式几乎原封不动地保存了下来，具有极强的生命力。魏晋以来，随着佛典的翻

① 王怀义：《中国史前神话意象》，生活·读书·新知三联书店 2018 年版，第 219—240 页。
② 江林昌：《图与书：先秦两汉时期有关山川神怪类文献的分析》，《文学遗产》2008 年第 6 期。

译引进和大量寺院的建造，"刻木为佛"、以图传教的方式也随之传入，并与中国原有的宗教图像体系相互借用，扩大了其传播的范围。正像论者考察到的那样，利用汉画等中国本土图像的空间表现形式描绘佛教内容，是"南北朝时期（特别是 6 世纪）中国佛教艺术的一个重要现象"①。这也说明佛教艺术的"中国化"或"本土化"正是其扩大影响的重要方法。敦煌壁画和写本的发现，证明前后历史时期这类图像的大量盛行，而这与以鬼怪佛教故事为主要内容的魏晋小说的兴盛正互为表里。现今发现于河北沧州的一幅佛教水陆画卷，以"五殿阎罗王"的标题向它的观者说明图像呈现的内容是地狱之内正在发生或永恒发生的事情②。这幅水陆画的形制呈长方形，利于张贴、悬挂或携带，正中上方是黑脸威严的阎罗王，周围是他的护法，下方则是各类鬼魂在遭受炼狱折磨的种种景象。这是一幅典型的佛教用以宣扬佛法的图像作品，而教义传播者悬挂或张贴图像面对大众说法，将图像蕴含的宗教内容及其义理传播出去——他或她的言说本身就是一篇内容丰富的叙事作品。同时，由于这种图像类似于卷轴画，可以随时收起张贴并随身携带，极大提高了其宣扬佛法、增加信众的效率。根据梅维恒的考察，以这种方式传播佛教信仰的方式虽在上世纪五六十年代大量减少，但至今仍在河西走廊一带流行③。

就文献记载看，早期文本也大量存在这种依图作书的情况。研究发现，《山海经》《天问》《淮南子·地形训》等重要早期文献，本身就是"依图而作"的产物。例如，《山海经》在叙述神灵及地理方位时经常使用"画似仙人""作画云气车""右三百里"等表示地理空间和图画的表述，这说明《山海经》"本以图为主而以文字为辅。故此标题亦从图画之顺序而曰'海外自西南陬至东南陬者'"④。有人认为《山海经》之前另外存在《山海图》，如陶潜"流观《山海图》"的诗句所称的那样，而《山海图》的最初来源则是九鼎图，其根据是《左传·宣公三年》记载的"铸

---

① 张建宇：《汉唐美术空间表现研究》，中国人民大学出版社 2018 年版，第 274 页。
② 〔美〕梅维恒：《绘画与表演：中国叙事绘画及其起源研究》，王邦维等译，中西书局 2011 年版，彩图 9。
③ 〔美〕梅维恒：《绘画与表演：中国叙事绘画及其起源研究》，王邦维等译，中西书局 2011 年版，第 18 页。
④ 袁珂：《山海经校注》，北京联合出版公司 2014 年版，第 174 页。

鼎象物"神话①。虽然此说备受怀疑,因为根据出土的殷商时期的大量鼎彝,可以发现它们形制很小,表面上也没有图像而以铭文居多;其直径50厘米左右,根本无法刻制图像②,因而它们并不是《山海图》的最早来源。即使如此,"铸鼎象物"这一神话历史事件所反映的夏禹时期以图像施行政治统治、教化民众的情况仍可认定是真实的。例如,《山海经》记述了三个西王母:《西次三经》《大荒西经》记载的西王母都是"其状如人,豹尾虎齿而善啸"的动物形象;《海内北经》则曰:"西王母梯几而戴胜杖,其南有三青鸟,为西王母取食。在昆仑虚北。"③与《西次三经》《大荒北经》的记述相比,《海内北经》对西王母的记述突出了空间性特征:"梯几"的动作是静态的,"南""北"空间方位特征明显,因而《海内北经》的文字应该是对图像的描述。因此可以想见,九鼎上刻制的神物形象转化为民众的知识图谱和行为指南,除让他们直接辨认外还须有巫觋对他们进行讲解。此外,商人以烧制后的甲骨上的纹路图形为基础预测重大事件的未来发展,形成带有叙事性的文字说明,体现了图像对叙事的制约和叙事的神圣性。

《易经》文本更是依图作书创作方式的典型:阴阳二爻和卦爻辞本身就是对"观物"所取之"象"的抽象描述以及对"象"所蕴含的义理的阐发,而且《易经》本身就是殷商时期宗教信仰内容的总结;如果将"河图洛书"传统纳入考察视野则会发现,这种依靠图像而对世界、历史、人生发展做出预测的宗教文化传统则更为悠久,也更为神圣:"它作为神赐的圣典,具有为后世一切经典立法的意义。或者说,它以它的本源性而获得本体价值",而其作为中国古典文化的"原型图像"及其循环性解释的方式"维系了中国文明的历史延续性"④。汉魏以来的谶纬文献甚至包括邵雍《皇级经世》在内的哲学著作,严格说来都带有这种对图言说或依图作书的模式的印记。

就后世所谓文学文体来说,奠基于神圣图像"对图言说"或"依图作

---

①马昌仪:《山海经图:寻找〈山海经〉的另一半》,《文学遗产》2000年第6期。
②〔美〕孙康宜、宇文所安主编:《剑桥中国文学史》(上卷)第一章《早期中国文学:开端至西汉》,柯马丁撰写,生活·读书·新知三联书店2013年版,第35页。
③袁珂:《山海经校注》,北京联合出版公司2014年版,第267页。
④刘成纪:《中国古典阐释学的"河图洛书"模式》,《哲学研究》2018年第3期。

书"的语言(文字)使用方式,对各种早期文体的形成也具有重要影响。最初的文体都是叙述文,原因在于这些文字内容多是对神圣图像和事件的叙述;这些文体的叙述方式不同程度地带有铺陈的特点,原因亦在于最初的神话历史图像是按照铺陈的方式呈现的;即使是单幅图像,它所代表的神灵以及与其相关的神话事件和信仰仪式仍然极为丰富——仪式本身就是系列行动的呈现、展演。实际上,在对图言说的历史语境中,图像并不是图像本身,而是系列神话历史事件以及由此衍生出的道德宗教观念的载体,因而如果用语言陈述一幅单一的图像,就需要大量内容才可能对图像及其观念进行全面的描述。如果用语言描述、呈现王延寿《鲁灵光殿赋》所记述的鲁恭王刘余灵光殿上自女娲伏羲时代至当下的义士贤相图像,其内容无疑是一篇规模巨大的史诗性作品①。后世作为文学类型的神话、传说、史诗和宗教故事等,基本上是按照这种方式流传下来的,神圣图像对叙述文体形成的重要影响于此可见一斑。下面以"诗""赋""赞"三种早期文体为例说明这个问题。

例证一:与古希腊罗马时代"艺格敷词"现象类似,殷周时期宫室墙壁上绘制的神圣图像,对《诗经》中诸多作品的创作产生了重要影响,同时也催生了"诗"作为一种独立文体的形成。研究发现,《诗·大雅》中的《大明》《思齐》《绵》《皇矣》《生民》《公刘》等篇章,"就是西周宗庙祭典中述赞壁画的诗篇":"诗人在歌唱他的人和事时,好像在'看着'什么。靠着想象和虚构,诗人也完全可以用语言营造出艺术的画面。但在这里,诗人并不是用想象的头脑去构造着他诗中的人物、故事,而是在用观看的眼睛去扫描、述说并赞叹着他的场景和事件。与此相伴,诗篇的画面是平面性的,缺少纵深度和立体感。"②正像陈世骧指出的,"诗"字在《诗经》中仅在三首《雅》诗中使用3次,说明这一时期"诗的

---

① 王延寿《鲁灵光殿赋》:"图画天地,品类群生。杂物奇怪,山神海灵。写载其状,托之丹青。千变万化,事各缪形。随色象类,曲得其情。上纪开辟,遂古之初。五龙比翼,人皇九头。伏羲鳞身,女娲蛇躯。鸿荒朴略,厥状睢盱。焕炳可观,黄帝、唐、虞。轩冕以庸,衣裳有殊。下及三后,媱妃乱主。忠臣孝子,烈士贞女。贤愚成败,靡不载叙。恶以诫世,善以示后。"龚克昌等:《两汉赋评注》,山东大学出版社2011年版,第801页。这种涵盖宇宙万物、神话历史人物事件的壁画,规模十分庞大,所以王延寿在赋文的开篇首先描述了灵光殿同样规模庞大的建筑群。可以说,这座建筑本身就是往古遂初以来的知识图典。

② 李山:《〈诗·大雅〉若干诗篇图赞说及由此发现的〈雅〉〈颂〉间部分对应》,《文学遗产》2000年第4期。

独立意识犹在挣扎中渐求独立"①,因而我们可以推测:如果《大明》等诗作是对图像的述赞的观点可以成立,那么我们也可认为对图像的述赞催生、促成"诗"作为一种独立文体的诞生。与西方古典时期"艺格敷词"的重要作用之一是用来赞颂一样,人们还发现《诗·颂》中的篇章与《雅》中的诗作形成了某种程度的对应关系②,这从一个侧面佐证图像对《诗·颂》的重要影响。对于《雅》《颂》诗篇对图述赞及其对应关系,作者在文章的最后发问:"祭祀大典中献神与述祖的诗篇成套制作,系振古如兹,还是到某一时期才有的增创? 如果是后者,它又意味着什么?"③实际上,根据前文所述上古时期图文关系史,可以发现,这两种情况应是同时共存的:"振古如兹",说明这些述赞的诗篇来源于更为古老的神话历史传统;"某一时期才有的增创",说明这些诗篇是后人对前此文本加工之后而形成的新的作品与文体。

朱熹对《诗经》"六义"之一"赋"的解释是"敷陈其事而直言之",这在两个层面指出了图像对《诗经》的影响:"'敷陈其事'指《诗经》(特别是《雅》中的史诗片段)中表现出来的铺排式叙述;'直言'指'赋'与'比'、'兴'的不同之处在于它的非隐喻性。"④换言之,"敷陈其事"的叙述方式,来自于对宫室图像陈列方式的模仿,而"直言"的非隐喻性,则对应了图像呈现的直观性和自明性。因此,《诗经》中大量铺陈事实、细致描摹的内容,实源自于"对图言说"的历史事实,而由《诗》发展而来的"赋""赞"两种文体,与图像的关系同样十分密切。

例证二:如前所述,作为《诗经》"六义"之一的"赋"来源于对铺陈排列的神话历史图像的描述,后来演变为一种独立的文体,因而无论是描述方式、空间布局还是叙述的事件内容,赋与神圣图像之间都有密切关系。根据各种文献和图像资料,基本可以肯定"赋"作为一种独立文体,是由作为《诗经》"六义"之一的"赋"发展而来,此时"赋"的本义即

①陈世骧:《中国"诗"字之原始观念试论》,《中国文学的抒情传统》,生活·读书·新知三联书店 2015 年版,第 88 页。
②李山:《〈诗·大雅〉若干诗篇图赞说及由此发现的〈雅〉〈颂〉间部分对应》,《文学遗产》2000 年第 4 期。
③李山:《〈诗·大雅〉若干诗篇图赞说及由此发现的〈雅〉〈颂〉间部分对应》,《文学遗产》2000 年第 4 期。
④傅修延:《赋与中国叙事的演进》,《叙事丛刊》第 1 辑,中国社会科学出版社 2008 年版,第 7 页。

为"铺陈"，是作为一种描写或叙述的方法来使用的。"赋"的铺陈所承担的是这一时期"诗以纪物"①的功能，就像孔子要人们通过"学乎诗"而"多识于鸟兽草木之名"②，而这种描写或叙述方法的最初根源则是诗人对神物图像的细致描摹。朱光潜在《诗论》中敏锐指出"赋则较近于图画""有几分是'空间艺术'"③的特点，有人则指出赋体与图像之间的关联或类比的实质，是"赋与画在叙事方面有着一些共通的文学原理"④。实际上，早期图像（如岩画、壁画、青铜器纹饰、漆画、帛画和画像砖石等）中的人物、事件、场景，无论是个体图像还是相互之间构成关联的叙述性图像序列，基本上都是按照铺陈的方式呈现的。所谓"赋"者，最早就是使用语言（文字）对这种图像排列方式的描述的结果。这种叙述方式的典型文本是屈原的《天问》，屈原以铺陈的方式描述了楚王先贤祠堂上的神话历史图像，并对往古遂初以来难以理解的物候、事件、神物等提出了自己的疑问。如果将之与鲁恭王灵光殿壁画上的图像进行比对，则可发现其诗句的排列方式与这些图像的排列方式基本吻合。《诗经》中作为描述方式的"赋"向作为文体的"赋"的转变，根本原因亦在于此。

有学者发现汉赋对神话、物品、场景的铺陈叙述方式与汉画像砖石上的图像呈现具有惊人的相似⑤，有的学者则指出二者在空间呈现等方面的相似性可能来自于这一时期相同的神话世界观或宇宙观⑥。这两种以铺陈为典型特征的艺术形式之所以带给观者如此感受，根本原因在于赋的叙述方式和内容本来就是对图像的陈述，但现代学者均未对赋体之形成的图像根源做出解释和说明。对这一问题做出最详细、深入阐述的，是刘勰《文心雕龙·诠赋》。在刘勰的论述中，他反复用"图""画""画境""画绘""雕画"等词语对"赋"的叙述方式加以说明。他说荀况、宋玉之后，赋体"爰锡名号，与诗画境"，而杂赋则"品物毕图"，赋的语言特点则是"丽词雅义，符采相胜，如组织之品朱紫，画绘之著玄黄"，最后总结"赋"在叙述方面的总体特征是"写物图貌，蔚似

---

① 王怀义：《道境与诗艺》，商务印书馆 2019 年版，第 229 页。
② 杨伯峻：《论语译注》，中华书局 1980 年版，第 185 页。
③ 朱光潜：《诗论》，生活·读书·新知三联书店 1984 年版，第 203 页。
④ 许结：《赋体与图像关联的文学原理》，《天中学刊》2019 年第 2 期。
⑤ 包兆会：《论汉赋、汉画像艺术成像方式的相似性》，《文艺理论研究》2011 年第 1 期。
⑥ 李立：《论汉赋与汉画空间方位叙事艺术》，《文艺研究》2008 年第 2 期。

雕画"①。有人认为刘勰所谓"赋""品物毕图",是指东方朔《平乐观赋》等作是其"受诏赋宫馆奇兽异物也"②,指出"赋"是对宫殿上神圣图像的传移和摹写。因此,"赋与画的构图、聚类的相同性","使赋家的描写与画师的绘饰得以具象化与系统化"③。而且,"赋"在描述时往往具有鲜明的空间性特点,或者明确指明所述对象的空间属性,这都是其脱胎于图像所带来的特征。司马相如《子虚赋》描述云梦泽的自然环境时,反复使用"其山""其石""其土"和"其东""其南""其西""其中""其北""其上""其下"等表示空间的词汇,与《山海经》对山海图的描述一样,作者仿佛是对着一幅地理图进行创作。总之,无论是作为文体的赋还是作为叙述方法的赋,均可推定它们都是在描述神圣图像的基础上发展、演变而形成的。有学者将"赋""体物图貌"的叙述特征看成是促进中国文学叙事传统形成的重要因素之一④,无疑具有合理性,但尚未触及二者之间更为深远的以图像为基础的历史关系。

　　例证三:正像萧统指出的,汉魏以来神话历史人物图像制作的兴盛,催生了"赞"这一文体。萧统《文选序》指出"图像则赞兴"的现象,总结了"图像"与"赞"这种文体之间的关系 ——汉魏时期兴盛的人物画、故事画、肖像画制作催生了"赞"这种新文体的诞生。刘勰将"赞"文体的形成追溯到虞舜之时,认为这种文体"发源虽远,而致用盖寡",指出"赞者,明也,助也",是"事生奖叹"的结果⑤。事实上,虞舜时期,"赞"所承担的"明也,助也"的功能并不是为了评价、赞叹、颂扬,而是为了对神话历史图像及其蕴含的内容、意义的说明与传播,那种"结言于四字之句,盘桓乎数韵之辞"的、与"颂"并列的"赞"已经与其图像渊源完全脱离,转化为一种依附于图像创作而产生的新体"颂"。萧统所谓"图像"是指神话传说时代的女娲、伏羲等神人画像,尧舜桀纣等帝王画像和老子、孔子等圣人画像以及当时功臣列女的画像,"赞"则是对这些图像及其背后所蕴含的神话历史事件、图像人物的言行品德的描述和评价,人们称

---

① 范文澜:《文心雕龙注》,人民文学出版社 1958 年版,第 134—136 页。
② 范文澜:《文心雕龙注》,人民文学出版社 1958 年版,第 140 页。
③ 许结:《汉代文学与图像关系叙论》,《社会科学》2017 年第 2 期。
④ 周兴泰:《古代辞赋与中国叙事传统》,《中国比较文学》2014 年第 4 期。
⑤ 范文澜:《文心雕龙注》,人民文学出版社 1958 年版,第 158—159 页。

之为"画赞"。曹植曾经为自伏羲女娲到汉武帝、班婕妤等神话历史人物的图像作赞，凡33篇以及一篇序文。曹植所见图像既有神话历史人物图像，也有"赤雀""宝鼎"等神物图像，同时也有呈现"禹治水""汤祷桑林"等重要历史事件的图像，由此可见这类图像数量之大、影响之深。这些赞文是对"黄帝三鼎""禹治水""文王赤雀"等图像的记述，叙述成分较多。例如他为"禹渡河"图像所作"赞"云："禹济于河，黄龙负船。舟人并惧，禹叹仰天：'予受大运，勤功恤民，死亡命也。'龙乃弥身。"[①]曹植所作画赞与此前"赞"文侧重评价性内容不同，更多对神话历史人物、事件的叙述及其象征意义的阐发，印证了萧统"图像则赞兴"的判断。《世说新语》记顾恺之"历画古贤，皆为之赞也"[②]，反映的也是这一情况。

实际上，自两汉时期设麒麟阁、云台、鸿都门学，当代贤臣名相、功勋卓著之士均被以图像的方式刻绘在宫殿、祠堂等神圣之地，与伏羲、女娲、汤武等神话历史人物并列，由此被绘制成图像的人也就成为神话历史的一部分而获得至高无上的道德神性——"画赞"就是对图像所传达的神圣内涵的归纳和总结。据王充记载，这种情况在汉宣帝时期就已经达到"画图汉列士，或不在于画上者，子孙耻之"[③]的地步。由此可见，与"赋"体的形成类似，"赞"也是对图言说传统的产物，可以看成是作为叙述方式的图像向叙述文体转换的产物的重要证据之一。在讨论"赞"文体与图像之关系的同时，萧统还指出"铭则序事清润"，所谓"序"即秩序、排列，"序事"即将人物生平事迹顺次排列以呈现大致生平。与"赋""赞"一样，"铭"的这种叙事方式同样源自神圣图像的排列方式。

图像影响文体形成的例子还有很多。除了"诗""赋""铭""赞"等文体外，汉魏以来士人画像、佛道等宗教图像与经卷的流行，对这一时期志人志怪小说的兴起与繁盛亦影响甚大。这一时期的画论以"传神"论为核心，针对的是人物画或肖像画，六朝宫廷肖像画的发展也很迅速，顾恺之《画云台山记》不是针对山水画而是针对宗教画的；曹不兴、卫协、谢赫、戴逵、陆探微、张僧繇等，无不是人物画大家。而以蒋少游、杨子

---

① （三国魏）曹植：《画赞并序》，严可均辑录：《全上古三代秦汉三国六朝文》第2册，中华书局1958年版，第1146页。
② 余嘉锡：《世说新语笺疏》，中华书局2015年版，第794页。
③ （东汉）王充：《论衡·须颂篇》，《诸子集成》第七册，中华书局2006年版，第197页。

华、曹仲达为代表的北朝画家,都是以画人物为主,杨子华的《北齐校书图》曹仲达的"曹衣出水"等都是画史上的经典;而北朝的佛教石窟壁画(如新疆、敦煌、麦积山)和高句丽、太原、嘉峪关、昭通、北凉、西凉和南京、镇江等地的墓室壁画等,也主要是宗教故事画和人物画①。因此,魏晋南北朝时期,宗教人物画、故事画是图像制作的主体,山水画只是一个新兴的绘画门类,正走在挣脱宗教画和地理图束缚的道路上,所以会出现"人大于山"、"水不扬波"等后世画家不解的现象,这些艺术特点都是山水画依附于宗教画而尚未独立情况的反映。遍布南北各地的宗教故事画和人物画,是这一时期小说发达的决定性因素。

　　美国汉学家梅维恒通过对敦煌写本、图像和变文的研究发现,这种变文故事图像(亦称"变相")本就是故事讲述人依据的文本,"讲说'变'的人在表演时就使用'变相'作为一种解说故事的手段。因此,'转变'就意味着说故事人通过他的职业上的各种手段使一幅画卷上变现的人物和场景变得真实而生动。"②《金瓶梅》第七十四回写吴月娘彻夜听宣的《黄氏卷》,就是类似的图像与文本共存的长篇叙事文,中间或末尾一般会夹杂一些义理说教的内容以阐发宗教信仰的可信度。佛经变文与图像的密切关系及其宣讲方式,在宋元明时期则演变为说书人的娱乐活动③,长篇叙事文本如平话等在这一文化传统中逐渐形成。经过文人士大夫的改造,佛经变文逐渐衰落、转化,但其宣讲方式则保留下来,同时吸收了民间讲唱故事和社会生活中的世俗事件④,之后则进一步娱乐化和世俗化,说唱表演的成分增加,图像对文本的影响有所降低,但二者仍然并行传播。唐末诗人吉师老《看蜀女转昭君变》,记唐代妇人从事讲唱时"并有图画随时展开,(图画)与讲唱相辅而行"⑤,就是这种情况的反映。据考证,宋元"话本"的别名即为"画本",这说明"话本"小说本就是说书人对图讲故事的结果:"当时是有图画来辅助讲说的。故当时说

---

① 王伯敏:《中国绘画通史》,生活·读书·新知三联书店 2018 年版,第 123—186 页。
② 〔美〕梅维恒:《绘画与表演:中国绘画叙事及其起源研究》,王邦维等译,中西书局 2011 年版,第 2 页。
③ 〔美〕梅维恒:《唐代变文:佛经对中国白话小说及戏曲产生的贡献之研究》,杨继东、陈引弛译,中西书局 2011 年版,第 115 页。
④ 李小荣:《敦煌变文》,甘肃教育出版社 2013 年版,第 158 页。
⑤ 向达:《敦煌变文集引言》,丁锡根编著:《中国历代小说序跋集》,人民文学出版社 1996 年版,第 699 页。

'话本'为'画本'或者是'画'与'话'字同音借用。"① "画本"小说的大量出现为《水浒传》《金瓶梅》等优秀著作的创作奠定了基础。因此或可这样认为：到宋元明时期，中国文学在叙事方面的技法、架构、隐喻系统等已基本定型，中国文学叙事传统亦基本形成。

随着二者互动的加深，图像对叙事文学及其文体形成的影响越来越深入：一方面，这种"对图言说"的故事讲述方式直到明清仍在流行，仇英仿制的《清明上河图》仍呈现了类似的场景，李斗《扬州画舫录》还提到说书人高晋公、曹天卫在娱乐场所使用"五美图"和"善恶图"讲述、表演平话故事的场景②，现在河西走廊、山西民间等地的宝卷宣唱仍采用这种形式。明清章回小说和戏曲也多借鉴话本的各种形式，都是图像影响叙事的显在现象。另一方面，从潜在角度说，图像则逐渐转变为一种思维方式，渗透到小说戏曲的叙事过程中，他们或用绘画的皴染、点苔、白描等方法塑造人物形象、安排情节，或者使用图像推动故事情节向新的阶段发展——图像对叙事发展的影响转化为一种叙事逻辑和技法而发挥作用。因此，在明清小说戏曲等叙事作品中，图像影响、制约叙事并内化为叙事本体被表现出来，图像或绘画作品成为事件展开的重要基础或依据。现代读者对此已无所知，而明清评点家们对此却甚为熟稔，故而能在评点中屡屡点明；同时这些评点家自己也使用绘画领域的术语词汇对小说戏曲的精彩之处进行点评，并对图像与文学二者之优劣进行品评、讨论，形成以图像为基础的叙事理论。明清小说戏曲创作实践的成功和批评实践的理论总结，标志着图像对中国文学叙事传统之形成的影响最终完成。

## 第四节 基于图像的叙事：明清叙事文学中的画作

明清叙事作品中出现大量图像，这与明代中后期此类图像制作活动的兴盛有关，此前已有学者敏锐地注意到这个问题。清人华约渔曾

---

① 王庆菽：《试谈"变文"的产生和影响》，见周绍良、白化文编《敦煌变文论文录》（上册），上海古籍出版社 1982 年版，第 261 页。

② （清）李斗：《扬州画舫录》，中华书局 1960 年版，第 258 页。

用绘画作品比拟《水浒》《红楼》《儒林》诸作:"世传小说,无有过于《水浒传》《红楼梦》者,余尝比之画家,《水浒》是倪、黄派,《红楼》则仇十洲大青绿山水。此书(按:指《儒林外史》)于两家之外,别出机绪,其中描写人情世态,真乃笔笔生动,字字活现,盖又似龙暝(眠)山人白描手段也。"①浦安迪在《中国叙事学》《明代小说四大奇书》等著作中不时点出以"吴门画派"为代表的文人画与叙事文学创作发达之间的内在关联——《红楼梦》第五、四十九回专门提到唐伯虎《海棠春睡图》和仇英《艳雪图》两幅画作,或可为浦安迪的观点提供佐证,虽然这两幅作品都是作者的虚构。正如浦安迪分析的那样,从 15 世纪后半叶开始成熟的明代文化,在思想上和艺术上都具有兼容并包的特征,而"其先锋是画坛上显赫一时的'吴门画派'",在这种文化背景中,造园艺术、珍本书籍收藏、绘画与古物鉴赏等融合在一起,形成文化鼎盛发展的局面,"绘画与书法,诗歌与戏曲,散文与小说,始终是这一文明最耐人寻味的体裁"②;而"文人画追求高雅的艺术意境,有一套特定的章法,从题材的选择到画面的布局,从色彩的运用到意境的创造,都表现出匠心独运的时代气息,代表着文人'自我意识'的觉醒"③。浦安迪的发现和分析,正指出了图像与中国文学叙事传统之间的内在关系。

从王维开始,山水画成为诗词之外文人表达自我思想性情的又一重要艺术形式,人物肖像画的世俗性使之逐渐淡出抒情艺术的范围,而且山水画更易于借助书法的笔法、线条等技法写意传神,使其表现功能空前增强。人物肖像画的首要要求是形似,这使画家不能任意使用线条和颜色,士大夫一般也不创作这类作品,它们多由"画工"完成并被使用在世俗领域,从而与山水画分道扬镳。关于人物肖像画,人们推崇的是李龙眠的白描人物,认为其笔法简约,不用设色即可传神。山水画自五代至明代中期,经过千余年的发展,其程式化的构图方式和技法使其走上了末路;尤其是倪瓒、王蒙等人带有表现主义特征的作品,呈现画家本人主观印象中的山水幻影,使画作脱离了五代以来山水画以真实的自然山

---

① (清)华约渔:《儒林外史题记》,见丁锡根编著:《中国历代小说序跋集》,人民文学出版社 1996 年版,第 1692 页。
② 〔美〕浦安迪:《中国叙事学》,北京大学出版社 2018 年版,第 247 页。
③ 〔美〕浦安迪:《中国叙事学》,北京大学出版社 2018 年版,第 247—248 页。

水为蓝本的创作方式。倪瓒、王蒙等人的作品既是山水画的极致，也象征了它的衰落，人物肖像画应该重新登上艺术舞台的中心。明代中后期商品经济发达，艺术品消费成为时尚，设色鲜丽典雅而意趣幽远的人物画尤其是美人画，得到士人、商人阶层的喜爱并大量使用。《考槃余事》《长物志》等著作都有对家居装饰用画方式进行指导的内容，反映出这个时代人们对此类画作的大量需求。余象斗刻印《类聚三台万用正宗》卷十二《画绘心传》，首先列《写真容人像秘诀》，然后才列梅花、山谷等自然风物的画法[①]，就是这种情况的反映。作为实用类书，这一编排方式说明在本时期的社会生活中，人们对人像写真的需求超过了对山水景物画作的需求。

　　人物肖像画获得了复兴，诞生了杜堇《千秋绝艳图》、仇英《汉宫春晓图》《汉宫百美图》等大型作品；关于人物肖像画的理论总结的著作大量出现，创作技法、理论及其与人相学等相关领域的知识得到充分讨论，《写真秘诀》《传神记》等是这方面的代表著作，"传神论"涵盖的内涵得到极大拓展[②]。而人物画家对笔墨技法的娴熟使用，使其表现功能空前增强了："很长一段时间以来，人物画一直局限在背景陪衬的地位，如今，到了晚明时期，人物画再度走向了台前；其原因在于，人物画的表现能力已经有所扩充，而且，其在功能上的限制，也有一部分被克服了。"[③]当然，同样起源于绘画的易象体系作为中华文化符号的源头，对这一时期的叙事文学也会产生相应的影响。瞿家鏊认为《西游记》"言言元妙，字字精微，其间比喻，皆取法于易象之旨而成"，则指出抽象的《周易》易象对文学创作的影响[④]；张新之在他的评点中则屡次点明《红楼梦》中的事件、情节、人物与"易道"之间的关系。这是图像影响文学叙事的又一重要问题。

　　作为同一社会文化母体的产物，人物肖像画的繁荣不能不影响到明

---

①（明）余象斗：明万历己亥年（1599）刊本《万用正宗》卷十二，东京大学东洋文化研究所藏本，页a。

②王怀义、王兴皓：《沈宗骞"形神观"新探》，《艺术评论》2019年第4期。

③〔美〕高居翰：《山外山：晚明绘画》，王嘉骥译，生活·读书·新知三联书店2009年版，第270页。

④（清）瞿天鏊：《西游原旨序》，见丁锡根编著：《中国历代小说序跋集》，人民文学出版社1996年版，第1369页。

清叙事文学的创作;而且作为对人物、事件、场景进行呈现的艺术,叙事文学与人物肖像画和故事画之间拥有更多的共同点。据记载,施耐庵请画师把宋江等一百零八人的形象画下来,朝夕观摩,如闻见其人音容笑貌而创作了《水浒传》。蔬庵老人将《镜花缘》中百余名形神具备的女子形象的创造与此联系起来评道:"尝闻施耐庵著《水浒传》,先将一百八人图其形像,然后揣其性情,故一言一动,无不肖其口吻神情。此书写百名才女,必效此法,细细白描,定是龙眠粉本。"①《金瓶梅》第七十二回写西门庆书房所悬挂的《庄子惜阴图》、第七十四回宋御史见"西门庆堂庑宽广,院中幽深,书画文物,极一时之盛。又见挂着一幅三阳捧日横批古画,正面螺钿屏风"②,《水浒传》第二十回写阎婆惜房间"正面壁上挂一幅仕女"③,都是当时用画风俗的反映。根据书中描写,阎婆惜母女三人"投奔一个官人不着",她父亲也死了,在王婆撮合之下,宋江"就在县西巷内,讨了一所楼房"与她母女居住,因而阎婆惜居住的这所房子不似西门庆家是高宅大院,可以挂名人山水,这里只是普通人家租赁的居所,因而阎婆惜房间所挂这幅仕女图是一幅没有标明作者的作品,属于一般性的装饰品。这从一个侧面反映出作为装饰品使用的仕女画在当时世俗生活中流行的情况。

据高居翰研究,晚明清初时期,在妓院、茶楼等公共场合,带有特定背景的人物画尤其是美人画,是装饰的主体;在书房、卧室等一些私密场合,人们也常装饰仕女图或美人画,这些作品虽然有些可能出自顾见龙、张震、冷枚等名家之手,但一般没有落款——商品化、装饰性、实用性及其可能引发的暧昧联想,使画家不愿意在这些画作上留下自己的名字④。《金瓶梅》第五十九回写妓女郑爱月房间"供养着一轴海潮观音;两旁挂四轴美人,按春夏秋冬:惜花春起早,爱月夜眠迟,掬水月在手,弄花香满衣"⑤,就是这种情况的真实记录。

当然,这些画作虽然看起来诗意十足,品格较高,但也是没有作者

---

① (清)李汝珍:《镜花缘》,《古本小说集成》第2辑,上海古籍出版社2017年版,第1580页。
② (明)兰陵笑笑生:《金瓶梅词话》,陶慕宁校注,人民文学出版社2000年版,第986页。
③ (明)施耐庵著,金人瑞评:《水浒传》,齐鲁书社1991年版,第387页。
④ James Cahill, *Pictures for Use and Pleasure*, University of California Press, 2010, p.150.
⑤ (明)兰陵笑笑生:《金瓶梅词话》,陶慕宁校注,人民文学出版社2000年版,第728页。

的匿名作品，而且是前后时期流行于市场的画作。唐寅有题《惜花春起早》等四季美人图的诗四首，可以让我们一窥四幅美人图的大致内容。他题自画《牡丹图》云："海棠庭院又春深，一寸光阴万两金。拂曙起来人不解，只缘难放惜花心。"① 这四幅美人图可能是唐寅根据市场需求创作的，与郑爱月房中的美人画可以相互印证。正像高居翰分析的，到清初时期，这类主要在酒馆、青楼、旅馆悬挂使用的美人图已经与文人文化结合在一起，被作为对往昔事件美好回忆的母题而转移到士绅阶层及其家庭内部，甚至还影响了皇室对这类图像的欣赏②。例如，乾隆元年四月，冷枚就为乾隆皇帝创作了这套作品中《惜花春起早》等两幅作品。另外一个例证也可证明当时美人画的流行：宗教女仙画像越来越向美人画转化，以至于人们一般很难对二者进行区分。郑爱月房间所挂"海潮观音像"，其实也类似于美人图——宗教人物画转向了只为观赏的画作，所以第五十九回写西门庆看到郑爱月打扮出来，美貌异常，"正是：若非道子观音画，定然延寿美人图"；第七十八回写王三官妻子蓝氏美貌："轻移莲步，有珠蕊仙子之风流；款蹙湘裙，似水月观音之态度"。汤显祖《牡丹亭·拾画》写柳梦梅拾到杜丽娘画像，看上面的美人面容也以为是一幅观音像，等他回到房间准备参拜看到一双小脚时，才发现是一幅美人行乐图。这些情况反映了宗教女仙画向世俗美人画转化的情况，以及此类艺术品消费的盛行。

与一般市民、商人家悬挂无名画作不同，《红楼梦》提到美人画时一般指明其作者和所画内容，而且画作的作者是仇英、唐寅诸名家，其画作内容要么来自于历史上的著名典故，要么来自于艺术史上的著名作品，这种情况集中反映在《红楼梦》第五回写秦可卿卧室悬挂唐伯虎《海棠春睡图》、第四十九回贾母房间悬挂仇英《艳雪图》的描写中。当然，在怡红院和宁国府的小书房也悬挂了两幅无名之作。这样两种情况的存在，说明美人画的使用范围是较为广泛的，只不过士大夫家庭多使用历史名迹，虽然这些作品可能是伪作。这些情况从多个角度说明美人画在明清时期社会不同阶层中的流行情况。作为消费品的美人画需求量较

① （明）唐寅著，周道振、张月尊辑校：《唐寅集》，上海古籍出版社 2013 年版，第 155 页。
② James Cahill, *Pictures for Use and Pleasure*, University of California Press, 2010, p.158.

大,可能存在批量生产的情况。高居翰指出,这一时期的扬州等地出现了以某一位画家为核心、以家族亲友为主要成员的工作坊,专门从事此类画作的生产①。这些画家中的优秀者(如徐枚)或经过引荐或趁皇帝南巡时自荐,得到皇帝的认可后进入宫廷,从而进一步扩大了这类作品的影响范围,也提升了它们的艺术品位。

与此同时,此类绘画的观者群体遍布文人、官员、皇室、商人甚至仆人等各个阶层,正像柯律格对创作于1734年的《扬州雅集图》中一个片段的分析那样,在文人观画的同时,他们身后的仆人也将眼光投射到画面上,并表现出心领神会的愉悦表情,这使他从一个仆人转化为一个艺术欣赏者②。可以看到,在《红楼梦》第十九回描写的宁国府贾珍小书房发生的事件中,茗烟也是一位美人画的观者,并用自己的行动仿拟了画卷中的内容。这些迹象说明,此时人物画、肖像画和故事画,参与文学和生活建构的能力空前增强了。

明清叙事文学中的图像作品并不具有独立的意义,它们本质上是语言塑造的产物,因而它们只有将自己融入叙事才能获得存在的价值;一旦图像融入叙事,就可以发现它们具有较强的吸附能力,从而以自己为中心将作品中的人物、事件、意象乃至思想意蕴吸纳到画面之上,或推动小说叙事的发展,或刻绘事件中人物形象及其相互之间错综复杂的关系,离开它,我们总会感觉作品少了些独特韵味。例如,如果我们将惜春创作《大观园行乐图》的诸多细节删除,表面上看似乎并不影响事件的完整性,甚至有些读者根本就没有注意到这幅画作的存在,但它所造成的缺憾将是无法弥补的 —— 就像那块大荒山青埂峰下镌刻了整部《红楼梦》文字的顽石一样,《大观园图》作为画卷上的《红楼梦》,本身就是整个事件的图像呈现,无论如何也无法缺席③。

明清叙事文学作品中图像牵扯叙事的情况,经历了一个发展、形成和成熟的过程。在起初阶段,作品写到仕女图像时可能仅仅是时代习俗的反映,图像还没有对叙事产生影响,叙事与图像还是彼此外在的。例

---

① James Cahill, *The Three Zhangs, Yangzhou Beauties, and the Manchu Court,* Orientations 27:9 (October 1996), pp.22-38.

② Craig Clunas, *Chinese Painting and Its Audience,* Princeton University Press, 2017, p.128.

③ 王怀义:《论惜春的〈大观园行乐图〉创作》,《明清小说研究》2019年第1期。

如，《水浒传》第二十回，写宋江到阎婆惜房间，看到"正面壁上挂着一幅仕女"，这幅仕女图仅是阎婆惜房间里的一种装饰品，反映的是当时仕女画作为消费品的情况，但后续事件的展开与它无关。而在《说岳全传》中，一幅带有叙事性质的故事画，就极大影响了事件的展开和发展，但也一闪而逝，图像凝聚叙事诸要素的能力还未完全显露出来。《说岳全传》第五十六回写王佐用断臂之计伪装成说书人混入金军军营，以讲故事的方式让金军统帅陆文龙降服：王佐让陆文龙遣散周围侍卫，"便取出一幅画图来呈上"，"殿下接来一看，见是一幅画图，那图上一人有些认得，好像父王。又见一座大堂上，死着一个将军，一个妇人。又有一个小孩子，在那妇人身边啼哭"[①]。这幅作品此后不再出现，但事件发展出现了急剧转变，不仅陆文龙降宋，还使曹宁将军一同归顺，图像由此成为事件的一部分。因此，明清叙事文学作品出现画作，不仅仅是时代消费时尚的反映，同时也是叙事的推进器：画作融入事件，并以其直观性而成为事件发展的关键节点，具有强烈的象征性意涵。而在《金瓶梅》《红楼梦》《聊斋志异》《画图缘》《林兰香》等作品中，画作与图像的作用和意义则变得更为复杂。例如，《金瓶梅》第七回写西门庆到孟玉楼家相亲，其客厅中悬挂着"一轴水月观音"，"四面挂名人山水"，正是在这样的背景下，媒婆薛嫂儿"向前用手掀起妇人裙子来"，让西门庆观看孟玉楼的三寸金莲[②]。有人指出这一场景的色情意味："有观音的画像和名人山水在旁，这一举动的确相当无耻。"[③]图像与事件的相互指涉、印证，形成了可供品度的意味，从而增加了叙事的内涵和魅力。

所以，我们把明清人物肖像画的兴盛情况与同时期叙事文学创作联系在一起考察，问题就变得十分清晰：我们无法把这两种同一时期的艺术现象对立起来而认为它们之间的发展无任何关系，这显然无法令人信服。更可能的情况是，绘画领域的创作实践与理论总结，与同时期的小说戏曲创作及其评点大量借助绘画资源的情况正可形成互为表里的文化现象，否则，无论如何我们都无法解释这种现象。可以看到，许多作品在叙事过程中除了借用绘画的技法进行人物事件的描写外，还会在

---

① （清）钱彩编次：《说岳全传》，上海古籍出版社2010年版，第330页。
② （明）兰陵笑笑生：《金瓶梅词话》，陶慕宁校注，人民文学出版社2000年版，第80—81页。
③ 〔英〕柯律格：《明代的图像与视觉性》，黄晓鹃译，北京大学出版社2016年版，第189页。

作品中设置重要的画作以支撑情节的展开。因为叙事需要，这类图像以人物肖像画为主，同时也有少量山水画作品。正像论者指出的，"中国古代文学中存在着一个持久不衰的主题，即画屏上的美女走下屏面，幻化成真——正是在这种特定的背景中产生出了中国版的匹克梅林（Pygmalion）神话"①。人物画或画中美人，以其美妙逼真的形象和深厚的文化积淀，影响了中国古代叙事文学的事件结构和主题意蕴的生成。

　　美人画对中国文学叙事结构和思想意涵的重要影响，可从下面几个著名的故事中见出。据《松窗杂记》记载，唐代处士赵颜因见到画中美人而爱慕不已并想纳其为妻，画工让他昼夜不止地呼叫"真真"，一年后这位名为"真真"的画中美人果然走下画卷，与他为妻并生下两个孩子②。苏庵主人《绣屏缘》记载了唐玄宗送给杨贵妃一架屏风的故事。这架由隋文帝以水晶、玳瑁、犀牛角、珍珠等珍贵材料制成的屏风，名为"虹霓"，上绣"前代美人之形，各长三寸许"③，均为前代美人，共三十五人，皆形象如真，恍若天外之物，但它的拥有者（隋文帝、义成公主、杨贵妃等）后来皆离奇死去。可以看到，这些画中美人一旦突破画卷的限制，就获得了自己的主动性进而影响整个事件的展开。面对画中美人，作为观

---

① 巫鸿：《画屏：空间、媒材和主题的互动》，《时空中的美术》，生活·读书·新知三联书店 2016 年版，第 247 页。Pygmalion，又译作"皮格马利翁"。据罗马诗人奥维德《变形记》记载，皮格马利翁是塞浦路斯岛上的天才雕刻家，他把自己关在神庙里与外在世界隔绝以从事一尊女神像的雕刻，并将最美丽的衣服穿在雕刻身上，他发现这尊女神像几乎是一位完美到无可挑剔的美人形象。待女神像快要完成时，他发现自己已经爱上了她。为此，他在阿弗洛狄特的神庙内祈祷，希望自己能和这尊女神像结婚。阿弗洛狄特知道后，专程去观看了这尊神像，她发现女神像竟然与自己颇为相似，不由心生感动，于是就答应了皮格马利翁的请求。当皮格马利翁再次来到神庙时，果然发现女神像已从一尊雕像变成了一个真实美丽的女人。实际上，神庙里的工匠们确实竭尽所能的制作生动美丽的神像以吸引信众，也有很多工匠被自己创制的女神像所吸引并深深爱上了她们。

② 李时人编校：《全唐五代小说》，陕西人民出版社 1998 年版，第 2136 页。

③ （清）苏庵主义编次：《绣屏缘》，《古本小说集成》第 4 辑，上海古籍出版社 2017 年版，第 6 页。分别为："裂缯人也"（妹喜）、"定陶人也"（戚姬）、"穹庐人也"（王昭君）、"当垆人也"（卓文君）、"亡吴人也"（西施）、"步莲人也"（窅娘）、"桃源人也"（天台二女）、"斑竹人也"（娥皇女英）、"奉五官人也"（甄姬）、"温肌人也"（赵合德）、"曹氏投波人也"（曹娥）、"吴宫无双返香人也"（李夫人）、"拾翠人也"（游春仕女）、"窃香人也"（贾午）、"金屋人也"（陈阿娇）、"解佩人也"（江妃二女）、"为云人也"（巫山神女）、"董双成也"（蟠桃仙女）、"为烟人也"（紫玉）、"画眉人也"（吴绛仙）、"吹箫人也"（弄玉）、"笑擘人也"（平原君妾）、"垓中人也"（虞姬）、"许飞琼也"（西王母侍女）、"赵飞燕也"（汉成帝皇后）、"金谷人也"（绿珠）、"小鬟人也"（卫子夫）、"光发人也"（李势妹）、"薛夜来也"（薛灵芸）、"结绮人也"（张丽华）、"临春阁人也"（龚孔二嫔）、"扶风女也"（孟光），共 35 人。

者的世俗中人恨不得跃身画内,成为其中的一员,得以一亲美人芳泽;但是,一旦超越画境与现实之间的界限,事件便变得不可操持。这种带有警戒意味的故事,将中国古代叙事作品的思想意蕴提升到哲学的高度,诱发了人们对真幻虚实的思考。

《聊斋志异》卷一《画壁》写一朱姓孝廉至一寺院,"两壁画绘精妙,人物如生。东壁画散花天女,内一垂髫者,拈花微笑,樱唇欲动,眼波将流。朱注目久,不觉神摇意夺,恍然凝想。身忽飘飘,如驾云雾,已到壁上"①,随后发生一系列曲折、惊险的事件。在这篇故事中,寺院壁画成为事件发生之基础。这一情节描写,与贾瑞观看风月宝鉴里凤姐的情景相似:"将正面一照,只见凤姐站在里面招手叫他。贾瑞心中一喜,荡悠悠的觉得进了镜子,与凤姐云雨一番,凤姐仍送他出来。"②如果把壁画的内容去掉,朱孝廉进入画境而发生的事件与一般鬼怪故事并无不同——画境的逼真性使事件获得了别样的美感和意蕴。作者蒲松龄在故事结尾后的评论中指出,逼真如生的画面唤起了潜藏在人们内心的欲望,所有幻境皆是观者自我心境的呈现:"人有淫心,是生亵境;人有亵心,是生怖境。菩萨点化愚蒙,千幻并作。皆人心所自动耳。"③

全面考察明清叙事作品中所见的图像问题,是一项庞大的课题,前人已做了相关工作④,但可开拓的空间依然巨大。这里仅举一个尚未被研究者注意的例子。《红楼梦》第十九回写元妃省亲结束,宁、荣二府摆酒庆贺,贾宝玉在宁国府观看《黄伯央大摆阴魂阵》《孙行者大闹天宫》等鬼怪戏文,无趣得很:

> 因想:"这里素日有个小书房,内曾挂着一轴美人,极画的得神。今日这般热闹,想那里自然无人,那美人自然也是寂寞的,须得我去望慰他一回。"想着,便往书房里来。刚到窗前,闻得房内有呻吟之韵。宝玉倒唬了一跳:敢是美人活了不成?乃乍着胆子,舔破窗纸,

① (清)蒲松龄:《聊斋志异》,人民文学出版社 1989 年版,第 15 页。
② (清)曹雪芹:《红楼梦》,脂砚斋等评,徐少知新注,里仁书局 2018 年版,第 322 页。
③ (清)蒲松龄:《聊斋志异》,人民文学出版社 1989 年版,第 17 页。
④ 王立:《图画崇拜与画中人母题的佛经渊源及仙话意蕴》,《南开学报》2008 年第 3 期;巫鸿:《重屏:中国绘画中的媒材与再现》,文丹译,上海人民出版社 2017 年版,第 108—114 页;李桂奎:《寓"传神"于"传奇":中国古代小说"写真"叙事母题探论》,北京大学中文系主办第五届(2019)中国古代小说国际学术讨论会论文集,第 309—323 页。

向内一看——那轴美人却不曾活,却是茗烟按着一个女孩子,也干那警幻所训之事。①

此处描写是"中国版的匹克梅林神话"的世俗再现。宁国府小书房里这幅精致动人的美人图是贾宝玉心理人格的投射,这种"以假为真"的情感想象,让我们想到风月宝鉴被贾代儒放在火中炙烤时的呼喊:"你们以假为真,何苦来烧我?"贾瑞观看风月宝鉴与此处贾宝玉观美人画可谓相互写照、表里如一:观画与观镜获得了统一性。"风月宝鉴"作为一面镜子,观者在镜中见到的不是自己的影像,而是自我内心欲望的对象,它的另一面则是欲望的对立面——死亡的象征形象骷髅。有论者指出,贾宝玉对画中美人的体贴,是一种"'欲'令智昏的'意淫'":"宝玉想到贾珍'小书房'里的画中美人'极画的得神'时,是否也会记得昔日他在秦可卿的卧房中也见过一幅画?这两幅画如果汇合再看,是否可以视为是文学再现的形式与情欲的连环图画,互有关联?"②宁国府书房中的这幅美人图,是一幅没有标明作者的作品,可能属于市场流行的装饰性商品。正像高居翰分析的那样,《红楼梦》中两幅没有标明作者且带有十八世纪技法特征的美人图——另一幅是怡红院入门处"笑吟吟的女孩儿"——都是带有诱惑性的画作③。而且宁国府里这座僻静的小书房属于私密空间,极可能装饰了这类作品,并与茗烟所干之事相互指涉、彼此证明,形成文本与图像之间的合体性关系。

实际上,正像道学评点家张新之将书中出现的《大观园行乐图》《携蝗大嚼图》《冬闺集艳图》看作是整部《红楼梦》的象征一样,他同样认为这幅美人画亦是整部《红楼梦》的象征:"一部《红楼》,作如是观。"④这轴美人图是"茗烟事件"的见证者,画面内容可能与此情此景相似。余国藩将这幅美人画与《海棠春睡图》合在一起,称其为"情欲的连环画",揭示了美人画所蕴含的情欲主题,虽然他错误地认为后者也是色情作品。

其实,贾宝玉窥视之景象已在第七回"贾琏戏熙凤"、第十二回"贾

①（清）曹雪芹:《红楼梦》,脂砚斋等评,徐少知新注,里仁书局 2018 年版,第 500—501 页。

②〔美〕余国藩:《〈红楼梦〉、〈西游记〉与其他》,李奭学编译,生活·读书·新知三联书店 2006年版,第 156 页。

③James Cahill, *Pictures for Use and Pleasure,* University of California Press, 2010, p.162.

④冯其庸辑校:《重校〈八家评批红楼梦〉》,青岛出版社 2015 年版,第 539 页。

天祥正照风月鉴"和第十五回"秦鲸卿得趣馒头庵"等回的描写中出现，而在本回以茗烟出之，又在第七十三回以图像的方式再次正面呈现：傻大姐在大观园内掏促织，"在山石背后得了一个五彩绣香囊，其华丽精致，固是可爱"，上面绣的是"两个人赤条条的盘踞相抱"①。敏感的评点家早已看出二者之间的内在关涉："为嫌神鬼妖魔，特来僻处游览，不想又遇一对妖精打架，令人绝倒。"② 洪秋藩不仅指出第十九回起首时演出的《黄伯央大摆阴魂阵》等妖魔鬼怪戏文所蕴含的色情性隐喻内涵，而且还使用"妖精打架"一语将此处描写与第七十三回的内容联系起来："这痴丫头原不认得是春意，便心下盘算：'敢是两个妖精打架？ 不然必是两口子相打。'"③ 傻大姐遇到邢夫人对此图像进行评点以"真个是狗不识"表达了她的见解。脂砚斋对此评道："妙！ 寓言也。大凡知此交媾之情者，真狗畜之说耳，非肆言恶詈，凡识此事者即狗矣。"④ 如果对此处语汇再加深究，则可发现第五回"秦氏便吩咐小丫鬟们，好生在廊檐下看着猫儿狗儿打架"的描写，亦与第七十三回的图像呈现有更为直接的意涵关涉，所以脂砚斋在此处明确批出"细极"⑤ 的字样，而张新之亦使用"是'猫儿打架'"⑥ 与书中完全一样的词汇来强化其象征内涵。深得贾母喜爱的傻大姐，以类似于现象学还原的童贞之眼光将大观园乃至贾府中的污秽之事和盘托出⑦。她所使用的词汇带有极强的互文性，从而将书中看似无关的

---

① （清）曹雪芹：《红楼梦》，脂砚斋等评，徐少知新注，里仁书局 2018 年版，第 1756 页。
② 冯其庸辑校：《重校〈八家评批红楼梦〉》，青岛出版社 2015 年版，第 560 页。
③ （清）曹雪芹：《红楼梦》，脂砚斋等评，徐少知新注，里仁书局 2018 年版，第 1756 页。
④ （清）曹雪芹：《红楼梦》，脂砚斋等评，徐少知新注，里仁书局 2018 年版，第 1756 页。
⑤ （清）曹雪芹：《红楼梦》，脂砚斋等评，徐少知新注，里仁书局 2018 年版，第 135 页。
⑥ 冯其庸辑校：《重校〈八家评批红楼梦〉》，青岛出版社 2015 年版，第 258 页。
⑦ 作者描写傻大姐："生得体肥面阔，两只大脚，作粗活简捷爽利，且心性愚顽，一无知识，行事出言，常在规矩之外。贾母因喜欢他爽利便捷，又喜他出言可以发笑，便起名为'呆大姐'，常闷来便引他取笑一回，毫无避忌，因此又叫他'痴丫头'。"姚燮批道："观此数语，为诸姑娘作一反。"张新之评道："是悉黛玉反照。"因此，傻大姐这一人物形象正是金陵十二钗的反面，故其毫无机心识识的识见能够让大家习以同常的事件裸露、呈现出本来面目。除了傻大姐发现绣春囊而引发抄检大观园这一重大事件之外，而"傻大姐儿的娘"又是将贾琏伙同鸳鸯偷出贾母东西典当的事情向外传播的关键人物。第七十四回，邢夫人要贾琏准备二百两银子用八月十五节下使用，贾琏回说没处借钱，邢夫人就拿这件事质问贾琏，贾琏回来和凤姐疑惑是谁走漏了风声。平儿道："那日说话时没人，但晚上送东西来的时节，老太太那边傻大姐儿的娘可巧来送浆洗衣服。他在下房里坐了一会子，看见一大箱子东西，自然要问，必是小丫头们不知道，说出来了，也未可知。"张新之评道："一书奸盗财色，悉以傻大姐指点，而特用恍惚之笔出之，深意也。"冯其庸辑校：《重校〈八家评批红楼梦〉》，青岛出版社 2015 年版，第 1806、1819 页。

情节吸纳、整合成一个整体。

如果将视野向前追溯,则可发现,宁国府小书房中的这幅美人画,与历史上以美人画(或美人屏风)为核心的故事之间亦可形成某种呼应与指涉关系——图像成为文本跨越历史而连接成一个整体的媒介。再回过头来看张新之将这幅美人图等同于《红楼梦》的观点,就可以见出其批评眼光之敏锐。这也说明这幅一闪而逝的"一轴美人",正是全书重要的情节关卡,其对全书叙事及其意义生成的重要性是不能忽视的;如果我们将这幅美人画与《松窗杂记》《玉环记》《绣屏缘》《十美图》《聊斋志异》等作品中的美人画放在一起考察,更可发现作品与作品之间的意蕴关联。虽然《红楼梦》中的画中美人没有像前代玄幻作品所叙述的那样由假转真,但是现实生活中正在发生的事件反复说明世间之人正在以他们的行动验证着画作的真实性。与那些奇幻而略带恐怖、警戒意味的故事中的悲剧结局一样,作为验证《大观园行乐图》的贾府中的人物与事件最终也是以悲剧告终的——事件的发展确证了图像内容,而图像内容已经预先设定了事件的发展。

相似的情况还见于《金瓶梅》第六十二至八十回出现的李瓶儿画像。这幅人物写真,由流落民间的宫廷画家韩先儿绘制,一直放在李瓶儿居所灵前,西门庆时常到画像前寄托自己的哀思。这幅写真随着西门庆的去世而被焚毁——它成为诸多事件的见证者和诱发者。它既是西门庆对李瓶儿的情感寄托,其逼真性又使之成为欲望的对象,诱发了西门庆与奶子如意之间的系列事件,具有极为强烈的反讽意义。这幅"只少了口气儿"的画像,时刻刺激着吴月娘、潘金莲等人敏感的情感神经——它的逼真性使之成为李瓶儿死后的替身,强化了西门庆对她的思念,因而它也成为诸多女性嫉恨的对象,所以西门庆一死,"月娘吩咐把李瓶儿灵床,连影抬出去,一把火焚之"[①],并未实现当初"精爽不知归何处,真容留与后人传"的目的。这些事件通过李瓶儿的画像被聚拢起来,人物的情感心理也通过它而显现出来,它似乎成为一面具有魔力的镜子,吴月娘一干人等在镜中纤毫毕露。在作者的行文中,他又将这幅画像与唐代名妓崔徽的自画像和《玉环记》中的玉箫写真相对照,从而将

---

① (明)兰陵笑笑生:《金瓶梅词话》,陶慕宁点校,人民文学出版社 2000 年版,第 1126 页。

不同时代的文本绾合成一个整体。在第六十二回的戏文扮演中，西门庆贴旦扮演的玉箫唱到"今生难会，因此上寄丹青"一句时，西门庆"忽想起李瓶儿病时模样，不觉心中感触起来，止不住眼中泪落，袖中不住取汗巾儿搽试"①。在吴道官宣念的铭文中，这幅屡次引人赞叹的写真与唐代名妓崔徽的写真小像建立了联系②，似乎预示着西门庆悲惨的结局。

　　如果我们将《玉环记》第十一出《玉箫寄真》对玉箫病中将写真寄给韦相公、《牡丹亭》中杜丽娘在病中留下写真图像以及崔徽病中托人转寄画像给裴敬中等情节放在一起考察，则可发现李瓶儿画像具有另一种含义：西门庆给李瓶儿留影的情节设计，就不仅仅是时代习俗的反映，同时也将自我与其他文本建构成一个整体。西门庆"忽想起李瓶儿病时模样"的描写，似乎就是在提醒读者应该将历史上类似的作品与事件放在一起考察。显然，在作者细腻、细致的笔墨展现中，李瓶儿画像引起的事件波澜、映射出的幽暗人性，远远超过了此前作品——兰陵笑笑生以这种方式向他的前代文本致敬，同时又体现了自己的独创性。

　　总之，明代中后期人物肖像画的兴盛与明清小说戏曲创作的发达，形成了某种和谐共振的艺术频率，图像对作品叙事的影响、推动、制约，使之成为读者进入文本世界不可忽视的存在。这些图像具有极强的吸纳力量，将叙事的各种构成要素以自己为中心而联结成一个整体，促成了叙事的周延性和事件的整体性。同时，这些图像又与历史上其他同类作品形成相互呼应、指涉的互文性关系，不同文本通过图像的相似性跨越历史时空的局限相互对话、映衬，将不同时代文学作品中某种隐含的思想、主题整合成固定的传统，从而将当下文本融入历史以获得完整性。《金瓶梅》等作品中的图像设计，既使作品本身获得了源头活水，又彰显了自身的独特性，理应引起研究者的注意。

---

① （明）兰陵笑笑生：《金瓶梅词话》，陶慕宁点校，人民文学出版社2000年版，第810页。
② 《金瓶梅》第六十五回："徒展崔徽镜里之容，难返庄周梦中之蝶。"元稹曾作《崔徽歌》咏叹崔徽与名士裴敬中的爱情故事。

## 第五节　逼真与如画:以图像批评为基础的叙事理论

正像浦安迪反复强调的,中国文学叙事传统可上溯至悠久的史传作品,而在以《金瓶梅》《红楼梦》为代表的明清章回小说时得以成熟;李卓吾、金圣叹、毛崇刚、张竹坡、脂砚斋等评点家,对这些作品的叙事手法做出了精深而准确的评点和阐发①。但浦安迪尚未发现,张竹坡等评点家,借用了大量来自绘画领域的皴、染、白描、点苔、背面傅粉、山鸣谷应等技法词汇作为批评术语②,以揭示作者对事件、情节、意象的精妙设计与安排。更有论者指出,这些来自绘画领域的技法词汇,还被作者运用到对小说人物的刻画和描写中,"用来传达小说写人所产生的直观美感"③。明清小说评点者经常将历史上的著名画作与作品中的相关情节对比赏析,将小说中的场景、事件以画作的方式命名,如脂砚斋将《红楼梦》第二十六回"黛玉夜坐"的场景描写命名为《金闺夜坐图》——"如画"(与之相关的是"传神""画""活画""化工""画境""逼真"等系列语汇)就这样被作为一个叙事学概念而被使用④。这种情况说明,无论是明清小说的创作还是批评,都与绘画创作密不可分。我们甚至可以说,这种情况的出现某种程度上是对更为久远的神话与图像之间合体关系的复归。更可注意的是,正像在神话时代人们用图像表现诸神形象和事件一样,明清时期以仇英、唐寅、杜堇、曾鲸等人物画大家以及《汉宫春晓图》《千秋绝艳图》为代表的人物画或肖像画,在经过数百年的沉寂之后再度复兴⑤,张竹坡等评点家所使用的批评词汇更多来自人物画和肖像画,与这种情况也是紧密相关的。

---

① 〔美〕浦安迪:《中国叙事学》,北京大学出版社 2018 年版,第 11 页。
② 张世君:《明清小说评点山水画概念析》,《学术研究》2002 年第 1 期。
③ 李桂奎:《中国小说写人研究》,生活·读书·新知三联书店 2015 年版,第 114 页。
④ 朱自清:《论逼真与如画》,《朱自清古典文学论文集》,上海古籍出版社 2009 年版,第 115—124 页;李桂奎:《"以画拟稗"意识与中国古代小说批评》,《文艺研究》2010 年第 7 期;付骁:《论中国"如画"批评的历史形态与形成原理》,《天府新论》2019 年第 4 期;刘泰然:《如画:中国古代视觉图式的历史变迁》,《中国文学研究》2019 年第 1 期。
⑤ 〔美〕高居翰:《山外山:晚明绘画》,王嘉骥译,生活·读书·新知三联书店 2009 年版,第 270 页。

就目前成果看,对上述问题的讨论,一般会演变为对图像与文本相互模仿问题的讨论。由于受到莱辛等人观点的影响,人们还认为文学模仿绘画(如题画诗)不如绘画模仿文学(如诗意图),一般无法产生优秀的作品①。为了更好地呈现作为中国文学叙事概念的"如画"一词的准确内涵,首先要澄清这个问题。总观文图之关系,可以看到二者之间存在此消彼长的变动关系:无论是图对文的制约还是文对图的制约,都处于不稳定状态,而随着人类社会发展及其需求发生相应变化。我们似乎不应使用"制约""决定"之类的词语表达、修饰二者之间的关系,因为在某一方处于主导地位的同时,不是说另一方就失去作用,实际上它仍以潜在方式发生着影响,将二者机械对立的线性思维模式必须打破。那种认为"图最终是被词取代了"②的观点,是这种思维模式的极端化表现。随着人类文化的逐渐成熟和多样化,神话时代作为言说方式和思维方式的图像,其对文本的显性制约作用逐渐降低,更多地转化为一种思维模式对文本产生作用,甚至影响主体对于文本的创造。对于明清叙事作品来说,这一点表现得更为明显。

具体言之,《金瓶梅》《红楼梦》等作品的事件展开、人物塑造明显受到历史悠久的故事画或肖像画传统的制约和影响。这种情况与文学史、文化史上文本模仿图像的情况类似,但又不完全相同。有学者根据模仿的相互性规律总结道:"文化史上也存在不少文本模仿图像的情况。这主要表现在两个方面:(1)某些叙事文本是直接受了图像的启发或根据图像而写成的;(2)不少有创造性的叙事文本用线性、时间性的话语去模仿图像的'共时性'特征,以使其结构或形式达到某种空间效果(尤其是在一些现代或后现代小说中)。"③同时作者又指出:"显然,文本模仿图像的情况在文化史上是比较少见的,艺术史上更多见的是图像模仿文本的情况。"④

这几种情况是存在的,但并不完全如此:其一,图像模仿文本的情况

---

①赵宪章:《文体与图像》,人民文学出版社 2014 年版,第 157 页。
②〔美〕伦纳德·史莱因:《艺术与物理学》,暴永宁、吴伯泽译,吉林人民出版社 2001 年版,第 5 页。
③龙迪勇:《空间叙事研究》,生活·读书·新知三联书店 2014 年版,第 469—470 页。
④龙迪勇:《空间叙事研究》,生活·读书·新知三联书店 2014 年版,第 470—471 页。

确实多见，这也是诸多论著关注插图研究的原因，但这并不能证明"文本模仿图像的情况"是"比较少见的"。这种观点的直接理论来源是莱辛《拉奥孔》第五、六章对这一问题的论述，同时也与文本模仿图像之后很难证明有关，毕竟表现类似题材、情境、事件的图像资料是多种多样的，而且类似的图像作品会在不同时代、国家和地区反复出现，二者互仿之先后难以确认。其二，文本模仿图像的两种形式的突出表现不局限于现代或后现代小说，就中国的情况看，传统小说戏曲存在大量这种情况。其三，这种观点还暗含了另外一种观点：画家模仿文本创造而成的图像作品往往可以成为绘画史上的经典作品，而作家模仿图像所创造的文学作品却很少能成为文学史上的经典作品[①]，因而文本模仿图像注定成为吃力不讨好的事情，天才作家一般不按照这种方式创作。但是，正像笔者对《红楼梦》中仇英、唐寅等人绘画作品分析所得出的结论那样：虽然《红楼梦》中的诸多场景、情境来自于对前人绘画作品的模仿，但《红楼梦》仍具有自己的独创性并超越了它所藉以获得灵感的绘画作品而成为文学史上难以逾越的经典[②]。

因此，明清评点家虽然借鉴"如画""画境""传神""白描"等词汇赞扬作者对人物塑造的传神、事件安排的精妙等，但一旦触及绘画与文本二者优劣高低之分时，他们不约而同地抬高文学而贬低画作。例如，脂砚斋将《红楼梦》第七回王熙凤白日宣淫的场景描写与他"素所藏"的仇英画作对比，此处描写改变了他以往对仇英画作的良好看法："余素所藏仇十洲《幽窗听莺暗春图》，其心思笔墨已是无双，今见此阿凤一传，则觉画工太板。"[③]脂砚斋不仅在贬义层面上使用了明清评点家常用的"画工"一词，而且通过对"画工"之作"刻板"而不灵动的绘画方式进行批评，以反衬《石头记》文字的流利婉转、不着痕迹。李贽评点《莺莺传》，认为元稹对崔莺莺的刻画"欲真"，而吴道子、顾恺之等人的人物画却只能画出形象而无法画出人物的"相思情状"，因而与元稹的文笔相

---

① 赵宪章：《语图互仿的顺势与逆势》，《中国社会科学》2011 年第 3 期。
② 王怀义、陈娟：《〈红楼梦〉文本的图像渊源考论》，《红楼梦学刊》2018 年第 3 期。
③〔法〕陈庆浩：《新编石头记脂砚斋评语辑校》，台湾联经出版事业股份有限公司 2010 年版，第 167 页。

比，"吴道子、顾虎头，又退数十舍矣"①，二者间的差距是巨大的。明清评点家讨论诗画优劣时虽立论不同，但他们一致认为文学是超越绘画的。有学者隐约感受到，明清小说写人"'如画'而'胜画'，达到形神逼真、活灵活现的'画境'，而又超越这种'画境'，直至达到了某种'离形得似'、'出神入化'的'化境'"，"强调小说在传神地写人方面要超越绘画"②。实际上，不仅写人如此，叙事方面同样如此：在脂砚斋的批评中，他将"草灰蛇线""空谷传声""云龙雾雨""烘云托月""两山对峙"等来自于绘画领域的技法称为作者独创的"秘法"③——这些技法在叙事中产生的曲折感远远超过在绘画中的艺术效果。人们一再强调作者对画法的使用提高了语言的表现力，充分实现了"以形写神"之目的。

李贽通过对"化工"和"画工"两概念内涵区别的讨论，跳出写人或叙事的局限，将绘画技法分析拓展到对叙事文学情感本体和自然本体的讨论上，可看作是明清评点家借用绘画术语进行评点的理论总结。李贽以"《拜月》《西厢》，化工也；《琵琶》，画工也"提出了"化工论"。与传统语境使用"画工"一词的含义相同，李贽以之批评《琵琶记》等作品文词精工，作者虽"穷工极巧，不遗余力"，但"语尽而意亦尽"，故而其"气力限量只可达于皮肤骨血之间"而"入人之心者不深"，给人"索然"之感；而"化工"之作，根本无法看出作者"工"在何处，就像天地万物"人见而爱之矣，至觅其工，了不可得"，因而那些"虚实相生""法度理道"等词语只适合用来修饰"画工"之作，却"不可以语于天下之至文"④。在李贽看来，"画工"之作是"为文造情"，而"化工"之作是"为情造文"，作者"非有意于为文"，皆"其胸中有如许无状可怪之事，其喉间有如许欲吐而不敢吐之物，其口头又时时有许多欲语而莫可所以告语之处，蓄极积久，势不能遏"⑤，一旦机会来临便自然成文。换言之，"画工"之作，"非童心自出之言也"⑥，因而其言辞虽然精巧，但情感浅薄虚假，不能引起读者共鸣。

①（明）袁宏道、屠隆等评点：《虞初志》卷五，中国书店1986年版，第8页。
②李桂奎：《中国小说写人研究》，生活·读书·新知三联书店2015年版，第96—98页。
③（清）曹雪芹：《红楼梦》，徐少知新注，里仁书局2018年版，第5页。
④（明）李贽：《焚书》，李竞艳注说，河南大学出版社2016年版，第321—322页。
⑤（明）李贽：《焚书》，李竞艳注说，河南大学出版社2016年版，第322页。
⑥（明）李贽：《焚书》，李竞艳注说，河南大学出版社2016年版，第325页。

可以看到，李贽"画工"说主要在三个方面反对《琵琶记》等作品：其一，这类作品太过于强调辞藻、修辞、义理；其二，这类作品的感情是雕饰的、虚假的，因而不能感动人；其三，这类作品成为礼教的传声筒而且压制纯真之本心。因而"化工说""把'童心说'拓展了一步，由作家论范畴发展到作品论"①。此说同时还将文学作品的最高境界向内外两方面延伸，实现了情感本体与自然本体的融合：向内，"化工"之作是"绝假纯真，最初一念之本心"（"童心"）显现的结果，这为"化工说"奠定了情感本体的基础；向外，李贽认为《西厢记》等作品的艺术审美效果可与自然万物自在显现之美相媲美，这为"化工说"奠定了自然本体的基础。在对《水浒传》的评点中，李贽将"化工"一词的理论内涵由本体论转向作品论，对叙事作品的人物和结构特点提出了要求："第一，'化工'之境要求人物形神兼备；第二，'化工'之文应结构自然，天衣无缝"②。李贽在《水浒传》第十三回回末评道："《水浒传》文字形容既妙，转换又神，如此回文字形容刻画周谨、杨志、索超处，已胜太史公一筹；至其转换到刘唐处来，真有出神入化手段，此岂人力可到？定是化工文字，可先天地始，后天地终也。不妄，不妄。"③所谓"形容既妙"，是指《水浒》文字刻画如画，如在目前，达到绘画般逼真，直如"画工"之作；所谓"转换又神"，是指《水浒》叙事灵活变化、毫无定则，常给人出神入化之感，真是"化工"手笔，非人力所能实现者，因而可以"先天地始，后天地终"。李贽对"画工""化工"两概念理论内涵的分辨，代表了明清评点家对二者的使用情况。

根据李贽对"画工"与"化工"区别的分析，可以看出，明清评点家认为文学超越绘画的根本原因，来自于更为久远的自然哲学或道学本体论思想，与老子所谓"天地有大美而不言"的思路一脉相承。虽然从东汉时期开始，人们即使用"如画"一词描述、讨论人物丰神并成为一个专有词汇④，但是"圣人以山水媚道"的观念早已成为中国绘画创作和批评的哲学基础。毕竟，相比于人的功利性和有限性，自然山水以其无形式

---

① 陈洪：《中国小说理论史》，天津教育出版社 2005 年版，第 64 页。
② 陈洪：《中国小说理论史》，天津教育出版社 2005 年版，第 85 页。
③（明）施耐庵著，李贽评：《水浒传》，上海古籍出版社 1988 年版，第 182 页。
④ 朱自清：《论逼真与如画》，《朱自清古典文学论文集》，上海古籍出版社 2009 年版，第 116 页。

的形式美感体现出博大而丰厚的审美价值——它直接体现了道,或者本身就是道。在刘勰的语境中,他虽然多次使用"图画""锦绣""雕画"等来自于图像实践的词汇形容文学带给读者的阅读体验,但他仍将这种图画式的直观性美感归根于道,即使是天地山川的各种美丽景象,也是道所赋予的,因而"云霞雕色,有逾画工之妙;草木贲华,无待锦匠之奇"①。但是,我们同样可以看到,例如在石涛的著述中,他将绘画与天地万物的道体起源联系在一起,以绘画中的线条"一画"比拟贯通自然万物的"气",将自然本体论和气化宇宙观统一在绘画中。换言之,在石涛等人心目中,绘画与文学在本体论层面无法区分高下,或者说能达此境界的是山水画而不是人物画。明清评点家之所以贬低绘画而高扬文学,实则另有原因,那就是文学作品可以"画出无限不可画处"。

例如,金圣叹评《水浒传》第九回"仰面看那草屋时,四下里崩坏了,又被朔风吹撼,摇振得动":"如画,便画也画不来。"②此处写林冲所居草屋崩坏是静态场景,故可以"如画",但是朔风吹撼茅屋、欲倒未倒的动态过程,却是画作无法呈现的。这种状态也无法呈现于画境,如果以绘画表现,则最多只能表现出朔风吹撼草屋时的倾斜状态,但倾斜状态显然不能呈现草屋在朔风中"摇振得动"的动态过程,因而"便画也画不来"。这也是顾恺之所谓"画手挥五弦易,目送归鸿难"③。正像钱钟书分析的那样,除了事件本身持续性的动态特征"画不出"之外,五官感觉甚至比喻性的颜色等,画家也是无法画出的④。杜丽娘画完自己的写真行乐图后感慨道:"三分春色描来易,一段伤心画出难。"⑤所以叙事文学中的人物心理活动和事件发展的内在逻辑关系,也是画家无法画出的。李贽在《水浒传》第二十一回回末评道:"此回文字逼真,化工肖物。摩写宋江、阎婆惜并阎婆处,不惟能画眼前,且画心上;不惟能画心上,且并画意外。顾虎头、吴道子安能到此?"⑥在宋江杀阎婆惜一节文字中,与金圣叹两次使用"点染""如画"略作评点不同,李贽用了十八个"画"字盛赞作

①范文澜:《文心雕龙注》,人民文学出版社1958年,第1页。
②(明)施耐庵著,金人瑞评:《水浒传》,齐鲁书社1991年版,第211页。
③余嘉锡:《世说新语笺疏》,中华书局2015年版,第796页。
④钱钟书:《七缀集》,生活·读书·新知三联书店2002年版,第37—47页。
⑤(明)汤显祖:《牡丹亭》,《汤显祖戏曲集》,上海古籍出版社2010年版,第289页。
⑥(明)施耐庵著,李贽评:《水浒传》,上海古籍出版社1988年版,第300页。

者对人物、事件刻画的成功,这也落实在他在回末总评中所说的"文字逼真";作者"画眼前""画心上""画意外"三种不同的叙述方法,将从对眼前直观人事的刻画逐渐转移到对人物内心活动和事件发展的内在逻辑情理及不可预测之偶然性的描写,由表及里、峰回路转,因而是画工之作无法实现的。

　　类似的观点也出现在惺园退士的评点中:"《儒林外史》一书,摹绘世故人情,真如铸鼎象物,魑魅魍魉,毕现尺幅,⋯⋯画图所不能到者,笔乃足以达之。"①惺园退士的评价也可以"画工""化工"二语该之:"毕现尺幅",即"画工"也;"画图所不能到者",即"化工"也。换言之,《儒林外史》的文字笔墨既可以塑造图画的直观形象,又可以超越图像的直观性而表现人物独特的内心世界——语言表达的灵活性、连续性及其提供的广阔想象空间超越了图像。因此,明清评点家的上述观点首先与他们的批评对象是语言文本有关,试想如果他所批评的文本不能超越绘画,他又为何花费如此巨大的精力进行自己的批评工作? 相比于图像传达的固定性,语言表达具有更多的灵活性和包容性。李贽评《世说新语》《焦氏类林》二书:"目睛既点,则其人凛凛自有生气;益三毛,更觉有神,且与其不可传者而传之矣。"②所谓"不可传者而传之",就是对语言传达灵活性的肯定,这正是绘画所不具备的。绘画所"不可传者"包括除了视觉所见内容之外的感觉、听觉、嗅觉等感官内容,以及人物的独特个性和内心活动。例如,我们在观赏《汉宫春晓图》时,虽然对其中的人物与事件能获得大致了解,但是我们无法窥探她们的内心世界及其喜怒哀乐,宫苑中合欢花的香气和清晨清新而湿润的空气,观者亦无法感知。周瘦鹃提出"小说亦名画也"之后,指出画作所存在的弊端:"(小说)写人物则声容笑貌,各各不同,或美或丑,或善良或奸慝,无不跃然纸面,如活动写真,而描写心曲,一言一语,不啻若自其口出,则又为名画家所不能者。"③简言之,明清评点家在使用"如画""画境""传神""逼真"等词语对故事情节和人物形象进行点评时,综合包括了欣赏主体的感官感

①(清)吴敬梓著,李汉秋辑校:《儒林外史汇校汇评》,上海古籍出版社2010年版,第692页。
②(明)李贽:《初潭集·又叙》,中华书局1974年版,第3页。
③周瘦鹃:《〈小说名画大观〉序》,见陈平原、夏晓虹编:《二十世纪中国小说理论资料》(第一卷,1897—1916),北京大学出版社1989年版,第533页。

受和情感想象，因而他们在借助绘画的直观性时又超越了前者而指向更为渺远的想象空间。

可见，明清评点家不约而同地将绘画与文学进行比较，他们对作者在人物内心刻画和事件情理逻辑的精心安排心领神会，将之喻为"化工"之作，就像天地大道通过万物显现而为世人所爱一样，不见丝毫人工痕迹而人自爱之，这是叙事的最高境界。实际上，人们更希望"化工"与"画工"能够很好地融入在一本著作之中，使作品既有画工之作般的形象、直观、细致，又具有化工之作的玄远境界。在明清评点家对"画工""化工"二词的交替使用中，可以看到他们基本上是认为《金瓶梅》等作品其实已经达到了二者共存的"兼美"境界。闲斋老人在为《儒林外史》作序时指出了人们对《水浒传》《金瓶梅》的共识："言者津津夸其章法之奇，用笔之妙，且谓其摹写人物事故，即家常日用米盐琐屑，皆各穷神尽相，画工化工合为一手，从来稗官无有出其右者。"[1]《水浒传》《金瓶梅》《红楼梦》《牡丹亭》等作品以其精工、准确而传神的描写达到此境界，可以"先天地始，后天地终"。

总之，明清评点家将绘画技法作为批评的文法使用，与他们个人的生命体验和审美感悟结合在一起，读来分外亲切，对于读者对作品的理解和审美感受力的培养均具有重要的意义。有人指出："以宇宙天地为怀抱的奇书评点世界，是一个生龙活虎的世界。评点家在这个世界中的角色自认，是有别于亚里斯多德们的体系建构和逻辑推理的。"[2]用西方叙事学语言结构分析方法讨论中国叙事文学总觉隔靴搔痒，不如金圣叹、张竹坡等人用传统术语直指要害、豁然醒目而真意全出。

论者指出明清评点家使用绘画术语批评《水浒传》《西厢记》等作品，揭示其内在的审美意蕴，"更能体现中华民族特有的美学感受机能与境界"[3]。明清评点家对中国古代叙事文学所做的理论阐述，是具有中华民族文化特点的叙事理论，标志着中国文学叙事传统至此形成。这些术

---

[1]（清）闲斋老人：《儒林外史序》，见丁锡根编著：《中国历代小说序跋集》，人民文学出版社1996年版，第1681页。

[2]杨义：《中国叙事学》，人民出版社1997年版，第332页。

[3]吴子林：《经典再生产——金圣叹小说评点的文化透视》，北京大学出版社2009年版，第139页。

语虽来自于不同文化领域,但小说本身的文体内涵和艺术特性使这些术语"具有一定的理论建构意义","是中国古代文学叙事理论的重要组成部分"①。明清评点家借用传统话语展开批评、建构理论,这些概念的独特内涵还需更细致的提炼和总结,同时也要注意将这些概念与西方相关概念进行比较,"寻求中国文论概念更广泛的适应性"②,从而促进新时代中国特色文艺理论话语体系的建设。

①谭帆等:《中国古代小说文体文法术语考释·前言》,上海古籍出版社2013年版,第28页。
②高建平:《构建新时代中国文艺理论体系》,《中国社会科学报》2019年9月27日。

# 结　语

## ——《红楼梦》：可感性的文本

正像清代评点家揭示的那样，《红楼梦》是一部传统社会的百科全书，各种文化形式在这个文本世界中融合，传统经典的艺术程式、意象以各种方式滋养着作者的文思，使这部作品变得分外灵动而不可捉摸。二百余年的《红楼梦》研究的历史，在这方面做出了充分的探索。本书另辟蹊径，专门讨论《红楼梦》的文本世界与历史上的图像世界之间所具有的千丝万缕的联系。这一论题的展开为我们理解《红楼梦》文本世界的形成提供一个新的面向。与以往关于《红楼梦》与传统文艺形式之间的研究一样，本研究不仅在于揭示《红楼梦》文本世界与中国悠久的绘画传统（尤其是故事画、人物画和肖像画）和同时期西方绘画之间或隐或显的艺术关联，揭示其中可能蕴含的寓意和哲理，更重要的是，这一研究还应该让我们对《红楼梦》文本世界的性质有新的认识和理解，并在此基础上深化我们对人类文化与文明形式的理解。

为了寻找解味之人，曹雪芹在书中设置了重重迷障：带有象征意涵的意象符号、充满寓意的命名方式、正话反说的叙事策略，都是作者寻找知音的尝试。然而，读者一旦将自己的阅读兴趣集中在这方面，那么他越是用力搜求，离作者的真实用心就越远，所谓"路头一差，愈骛愈远"。虽然上述技法的使用，是明清叙事文学和绘画创作的一种惯例，但历来评点家无不在提点读者要抛除这些被作者置于文本的外在性内涵而回到文本本身。他们所使用的策略就是"纯是画境""如画""画"等系列词汇，将文本从语言和寓意的迷宫中解放出来而变得可见可感，以回复真我本身。对于《红楼梦》来说，情况也是如此。胡适、俞平伯等人为摆脱《红楼梦》诞生以来的种种迷障，付出了极大的努力，但在这一过程中我们又陷入各种新的迷障之中。同时，移植而来的现代西方美学和艺术观念也极大影响了我们对《红楼梦》的阅读。下面，我们以浦安迪的《红楼梦》研究为个案,分析这个问题。

## 第一节　浦安迪的《红楼梦》研究:寓意批评

浦安迪对明代四大奇书和《红楼梦》的研究,在中西学界均有较大影响。尤其是他在普林斯顿大学完成、1976 年出版的博士论文《〈红楼梦〉的原型与寓意》( *Archetype and Allegory in the Dream of the Red Chamber* ),四十余年来影响不衰,钱钟书、夏志清、李欧梵、姜其煌等学者均有过相关评述①。浦安迪作为明清小说研究领域影响较大的学者,其《明代小说四大奇书》《中国叙事学》《浦安迪自选集》等,都相继翻译出版。2018 年,这本书由夏薇经过数年努力翻译完成,题名《〈红楼梦〉的原型与寓意》,由生活·读书·新知三联书店出版②。浦安迪的《红楼梦》研究方法可概括为"寓意批评",即一方面从《红楼梦》的人物命名、情节安排、意象分布等探寻《红楼梦》的"本义"或"寓意",同时又将《红楼梦》文本纳入某种"预先铸就的思想模式"之中,从而将《红楼梦》的感性世界扁平化、抽象化、概念化。浦安迪在这种方法的指导下展开了对《红楼梦》批语的辑录、研究工作,致使其"以偏概全"的遴选方法遗失了很多有价值的资料。《红楼梦》的文本是一种能够唤起视觉、听觉等感官感觉的"可感性文本",以感觉的直接性抵抗着任何寓言化、强制性的文本阐释。浦安迪的寓意批评致使批评实践与文本事实相互对立、相互否定,最终走向文本的反面,违背了《红楼梦》作为文学作品的审美属性。

总体上看,浦安迪的《红楼梦》研究方法是从小说情节、意象、命名等细节探寻文本中蕴含的客体化的哲理模式或寓意,我们称这种研究方法为"寓意批评"。浦安迪指出,这种方法是研究包括《红楼梦》在内

①关于浦安迪的《红楼梦》研究,可参看夏薇:《浦安迪〈红楼梦的原型与寓意〉读译记》,《红楼梦学刊》2017 年第 2 辑;钱钟书:《人生边上的边上》,生活·读书·新知三联书店 2002 年版,第 184 页;张惠:《红楼梦研究在美国》第二章第三节"浦安迪'刺猬型'红学研究",中国社会科学出版社 2013 年版,第 125—142 页。

②〔美〕浦安迪:《〈红楼梦〉的原型与寓意》,夏薇译,生活·读书·新知三联书店 2018 年 10 月版。

的中国奇书文本的重要方法:"寓意问题是奇书文体的人物塑造和设定
主题的重要写法之一。研究奇书文体而不研究寓意,则如入宝山而空
回。"① 他的《明代小说四大奇书》《〈红楼梦〉的原型与寓意》《中国叙事
学》等著作,都贯彻了这一研究方法,影响深远。就《红楼梦》来说,在浦
安迪看来,《红楼梦》作为奇书文体的集大成式的著作,奇书文体所具有
的反讽和寓意在书中随处皆是,因而只有用这种批评方法才能真正破解
《红楼梦》复杂的文本谜团:"《红楼梦》师承奇书文体,用反讽修辞法来
烘托它的正面故事和人物背后的深层含义,我们就必须再进一步探讨书
中'所刺'的本意究竟何在。"② 于是,揭示《红楼梦》"正面故事和人物背
后"的"深层含义"和"'所刺'的本意",就成为浦安迪《红楼梦》研究的
根本任务。

　　浦安迪的寓意批评是针对此前《红楼梦》研究大多探讨作者和版本
等问题,而不重视"对小说文本含义的阐释"的现象而做出的一种新的
阐释方法 ——寓意批评是对《红楼梦》传记批评和版本研究的反驳和
回应,是要建立一种新的红学范式。浦安迪认为,胡适、周汝昌等人的自
传说观点和研究,与《红楼梦》所要传达的"言外之意"存在冲突,因而
他也从寓言和反讽的角度否定《红楼梦》的自传性质。他说:"很多人基
于本书的自传性质,而误以为贾宝玉只代表作者自身的本相,殊不知自
传体的虚构作品也常常有作者内省自己往事的反讽意味。"③ 但是,对于
《红楼梦》来说,如果把书中含有的"作者自身的本相"的内容全部剔除
或全部赋予某种"含义"或"所刺",显然也不符合作者创作的基本事实。
就像作者在开篇所阐明的那样,他在创作过程中,"俱是按迹寻踪,不敢
稍加穿凿,致失其真",将自己所经历的一番"梦幻" ——亦是现实生活
的别称 ——和盘托出。虽然自传说最终走向穿凿附会而遭人鄙弃,但全
盘否定作者创作本书的自传性质也是不妥当的。诚然,在脂砚斋的评点
和《红楼梦》文本中,他们确实指出"史笔"和"《春秋》的法子"在书中
有所运用,其间人物名称、诗词酒令等,皆有所寓,这些内容成为寓意批
评得以展开的基础,因而以探寻"本义"为主要任务的寓意批评是有某

---

① 〔美〕浦安迪:《中国叙事学》,北京大学出版社 2018 年版,第 212 页。
② 〔美〕浦安迪:《中国叙事学》,北京大学出版社 2018 年版,第 156 页。
③ 〔美〕浦安迪:《中国叙事学》,北京大学出版社 2018 年版,第 156 页。

种合理性的。但是,这种批评显然不能穷尽《红楼梦》文本所有的内涵,《红楼梦》让人着迷的地方亦不在此。如果人们阅读《红楼梦》像破解谜语、追寻谜底一样,则《红楼梦》的魅力早已不复存在,因为没有人在知道谜底之后还会对谜面深深着迷。

浦安迪把曹雪芹的创作称作"寓言(意)创作":

> 我认为,作者通过叙事故意经营某种思想内容才算是寓意创作。如果在现实的描述中简单地呈露某种生活的真实,我们只能说这部书有思想内容,至多可以说它适宜于寓意式的阅读。如果作者确实有意对人物和行为进行安排,从而为预先铸就的思想模式提供基础,我们就有理由说,他已经进入了寓言创作的领域了。①

根据浦安迪的界定,可以看到,包括《红楼梦》在内的以寓言创作方式而成书的奇书文体具备以下特征:其一,要有"叙事";其二,要有"某种思想内容"和"预先铸就的思想模式";其三,"叙事"是为"故意经营""某种思想内容"服务的,也就是作者有意设置、安排的;其四,以"现实的描述""呈露""生活的真实",不属于寓言创作。根据这种界定,《红楼梦》作者反复提到的"实录"的内容就被排除在《红楼梦》文本之外,因为这些内容只是生活本身,并不是作者通过叙事策略而经营某种思想并为某种"预先铸就的思想模式"提供证明材料,因而批评者也无法从这些内容中找到"寓意"或"所刺"的内容。还可看到,根据寓言创作的要求,人物、事件不仅是作者为了某种"寓意"有意安排的结果,而且还必须要为"预先铸就的思想模式提供基础",这样,作品本身的价值被消解殆尽,而成为"预先铸就的思想模式"的注脚或证明物。这种批评方法会使批评与文本相互对立、相互否定,最终走向文本的反面,违背文学作品的审美属性。

在浦安迪的论述中,《红楼梦》文本布满了这种证明物:他用"二元补衬的复杂现象"指称《红楼梦》中时常出现的真—假、冷—热、出—入、动—静、阴—阳等情节、意象和人名设置,而复杂的五行观念在书中也简化为金—木相生相克之关系;而且,"'二元补称'布局的意象,一

---

① 〔美〕浦安迪:《中国叙事学》,北京大学出版社 2018 年版,第 202 页。

且与标记人物禀赋运命的五行相生模式发生联系,便益加寓意化了。"①
显然,"以我观物,故物皆着我之色彩",一旦以寓意化的眼光打量《红楼
梦》,则书中几乎所有叙述都变成了"寓言",似乎都隐含着某种微言大
义。例如,在作者看来,薛宝钗在林黛玉之后进入贾府,也成为"作者运
用寓意手法构筑情节的显证"②,因为薛宝钗属于五行中的"金",而林黛
玉属于五行中的"木",宝钗在黛玉之后进贾府,正是"金克木"五行观念
的反映 ——黛玉、宝钗先后进入贾府的情节安排,由此成为五行观念的
证明物。实际上,抛开其他情节设置不论,我们根本无法证明作者是按
照五行相生相克的观念来设置这一情节的。按照书中所写,宝钗进贾府
的事理缘由与黛玉截然不同,她是为了入京待选,而黛玉是失去双亲不
得不如此作为;二者之间是否存在相生相克的五行观念,无法找到文本
证据。相比于考证论者可以举出各种例证证明宝钗进贾府纯粹是王夫
人姐妹策划的一场阴谋的结论,浦安迪的结论并无更加可靠且令人信服
的证据。

　　实际上,浦安迪本人也已隐约意识到寓意批评可能带来的弊端,即
曹雪芹蕴含血泪体验的创作会由此转化为一种只为符合某种外在于主
体的虚幻的、客体化的哲理模式而展开的创作。即曹雪芹的创作是"嵌
入式的":把各种各样的材料嵌入到一个预先存在的哲理模式之中。这
显然既不符合《红楼梦》的创作实际,也不符合读者阅读《红楼梦》所产
生的情感体验。当然,某种程度上的"嵌入"工作是存在的,因为《红楼
梦》庞大复杂的文本容量涵盖了此前历史上几乎一切文化艺术形式和政
治历史信息,如果不是作者有意为之,显然不会出现这种情况。正像浦
安迪指出的,这种嵌入式的创作,是奇书文体的一贯特点:十六世纪规模
庞大的昆曲剧本已经具有涵盖古今的能力,所以文学文本记录、反映历
史和现实生活的能力空前增强,社会各个阶层的文化、习俗、艺术、政治
历史事件等,"所有这一切都被巧妙地镶嵌在一个相当定型的结构框架
里",昆曲剧本的这种结构模式"对文人小说体裁的结构参数之形成起过

①〔美〕浦安迪:《中国叙事学》,北京大学出版社 2018 年版,第 206 页。
②〔美〕浦安迪:《中国叙事学》,北京大学出版社 2018 年版,第 208 页。

主要的作用"①。包括《红楼梦》在内的中国六大奇书小说,均具有这种明显的嵌入成分。尤其是《金瓶梅》大量引入时宪类书、流行小曲、日历医方等内容,更增加了其创作的嵌入成分。对于《红楼梦》来说,情况也是如此。除了这种材料的嵌入外,《红楼梦》等作品还有将某种哲学观念、哲理模式嵌入小说文本的情况。

　　为此,浦安迪不得不把这些"外在哲理模式"转化为作者的人生经验和某种永恒性的人生哲理。他说:"我们对此还需问个明白,曹雪芹把书外的哲理模式嵌入小说描写,是有意证实一种先入之见的结构呢,还是仅仅成了虚假的哲理遮掩? 换言之,阴阳五行那种暗示性的运用是否提高了对人生本质的理性认识?"② 按照寓意批评,曹雪芹的创作必然成为"嵌入式的",把某种"书外的哲理模式"运用各种语言技术,"嵌入"小说人物、意象、情节之中。这显然不符合伟大作家和伟大作品的特质。于是,浦安迪通过修辞转化,一方面明确指认曹雪芹就是"把书外的哲理模式嵌入小说描写",同时又说这些模式是为了揭示作者"对人生本质的理性认识",《红楼梦》的各种"寓意"由此转化为"人生本质的理性认识",从而与文学的本质达成一致。在这种情况下,《红楼梦》中所有动人的场景、绮丽的意象都被所谓"永恒的哲理""人类生存的经验"等一般性、扁平化的抽象观念所代替,从而消解了《红楼梦》文本的诗意性和情感价值。浦安迪说道:"当我们跟随作者留下的最明显的标记,在大观园的人物中去寻找一个整体意义的层面 ——全视角时,所有这些线索的总和就可以与某一范围的意义画等号。构成小说叙述文本的具体事件往往是最无意义、最不重要的,都是些与不朽无关的东西,这些个体因素一起进入了一个超过了它们之和的整体中。"③ 如果《红楼梦》中"构成小说叙述文本的具体事件"因为是"与不朽无关的",因而"是最无意义、最不重要的",那么,《红楼梦》还有存在的价值吗? 人们为何不直接阅读《周易》等著作来认识阴阳五行哲学,而要颇费周折地阅读《红楼梦》来理解

---

① 〔美〕浦安迪:《明代小说四大奇书》,沈亨寿译,生活·读书·新知三联书店 2015 年版,第29 页。

② 〔美〕浦安迪:《中国叙事学》,北京大学出版社 2018 年版,第 208 页。

③ 〔美〕浦安迪:《〈红楼梦〉的原型与寓意》,夏薇译,生活·读书·新知三联书店 2018 年版,第268 页。

这些所谓的哲理模式呢？浦安迪宣称"年轻姑娘们在封闭庭园中成长的经历给人的感觉,实际上的确证明了与那些用来使整体宇宙流概念化的相同的结构模式,归根到底是对人类经验之信仰的肯定"[①]。这种将小说文本中的"具体事件"抽象化为某种预先存在的哲理模式,正是"文学的终结":哲学凌驾于文学之上,小说文本中的"具体事件"被剥离掉时间属性而空心化和本质化进而成为玄冥之境的思考对象。这是柏拉图奠定的哲学对文学的剥夺的论调。人们不禁会问:人类的情感经验需要理性的哲思来赋予存在的意义吗？文学需要哲学来赋予存在的意义吗？

　　浦安迪坦言,他"尝试将两千多年的西方文学史压缩成一套可行的假设,以适用于中国文本的需要"[②]。这种设想与实践也可以反过来理解,即中国文学成为西方文学某种"假设"或"模式"的证明物。因此,浦安迪的批评方法是将文学作品的有限叙述形式纳入较为固定的结构模式,这正延续了原型批评的一贯逻辑和方法。他按照原型批评理论,认为这些"结构模式","包含了各种有条理的概念化模型的同源之处,在不同文化体系中,人类经验正是通过这些概念化模型而得到理解的"[③];他认为,这些"结构模式"或"概念化模型"在文学作品中有时是"不言自明的",有时是作者自行植入的,"《红楼梦》的作者们在两种可能性之间自由往来"[④]。为此,作者用三章内容(分别为第一章《中国文学中的原型和神话》、第二章《女娲和伏羲的婚姻》和第三章《互补二元性与多项周旋性》)为论证《红楼梦》的原型结构做铺垫。这三章内容力求将早期中国暧昧不清的哲学与神话概括为一个逻辑脉络清晰的二元互补或多项周旋的结构模型,从而为《红楼梦》中看似存在的冷热、真假、金木等诸多二元因素和五行结构要素提供一个可以被盛放的容器。为了证明这种

---

① 〔美〕浦安迪:《〈红楼梦〉的原型与寓意》,夏薇译,生活·读书·新知三联书店 2018 年版,第268 页。

② 〔美〕浦安迪:《〈红楼梦〉的原型与寓意》,夏薇译,生活·读书·新知三联书店 2018 年版,第106 页。

③ 〔美〕浦安迪:《〈红楼梦〉的原型与寓意》,夏薇译,生活·读书·新知三联书店 2018 年版,第8 页。

④ 〔美〕浦安迪:《〈红楼梦〉的原型与寓意》,夏薇译,生活·读书·新知三联书店 2018 年版,第8 页。

做法的普遍有效性,浦安迪又花了两章篇幅(第五章《中国文学与西方文学中的寓言》、第六章《西方寓言中的庭园》)为讨论大观园做铺垫。在这一系列的比较、转换中,《红楼梦》中的"具体事件"统统被压缩为抽象的"人类经验",但这种"经验"的本质、特点为何,我们不得而知。

　　显然,浦安迪的这种批评方法是一种类似于技术工人操作的"技术活",而不是直面文本和生命情感的文学欣赏活动,极类似于卡西尔所批评的那些对神话做出各种各样解释的"寓言式解释技术":"它们对神话现象的'解释'归根结蒂成了对这些现象的全盘否定:神话的世界成了一个虚假的世界,成了其它什么东西的伪装。它并不是一种信念,而是一种十足的弄虚作假。"① 这种寓言式解释技术不仅消解了《红楼梦》作为情感世界和生活世界的真实性,而且这种解释本身也被否定:无论对《红楼梦》"主旨""本义"做何种解释,均严重违背了《红楼梦》作为文学文本的内在规定性,无疑是"痴人说梦"。所以有学者对浦安迪的牵强解释不由评道:"读了这部评论《红楼梦》的著作,我们真有下笔千言,离题万里的感觉。它与文艺批评和美学研究的真正目的相去似乎十分遥远"②,而李欧梵则直言,浦氏此书"未能深入研究《红楼梦》本身"③。

## 第二节　寓意批评指导下的《红楼梦》评点研究

　　在寓意批评观的指导下,浦安迪还对不同时期、不同版本的《红楼梦》批语进行研究,编纂有《红楼梦批语偏全》一书。根据这一批评原则,浦安迪将自己的研究与俞平伯、陈庆浩、冯其庸等人的评点研究区别开来。浦安迪编纂此书并非仅仅是为《红楼梦》评点研究积累资料,而是为寻找、确证《红楼梦》的原型与寓意服务的。浦安迪预感到,随着印刷技术的普及,《红楼梦》各种评批版本大量影印,这些资料已经不像胡适时代,仅为极少数人占有;而且,此前陈庆浩、俞平伯等人关于脂批的精湛校订工作基本完成,著作亦已出版;魏绍昌、冯其庸等人的著作也对

---

① 〔德〕卡西尔:《人论》,甘阳译,上海译文出版社 2003 年版,第 115 页。
② 姜其煌:《欧美红学》,大象出版社 2005 年版,第 85 页。
③ 李欧梵:《西潮的彼岸》,江苏教育出版社 2005 年版,第 96 页。

清人的其他评点著作进行过梳理,因而单纯将各种版本的《红楼梦》批语辑录出版已失去极端重要的意义。

在浦安迪看来,作为古代文章评点衍生物的小说、戏曲评点,在中华人民共和国成立以来的研究中历来被作为"封建观念"的产物而被摒弃在"严肃研究范围之外,(人们)未充分挖掘这座矿山的瑰宝"①。同时,《红楼梦》评点内容的使用,"主要目的在于揭开有关作者身世、创作过程、版本年代诸问题的新知识而已,很少认真着眼于脂评内容本身对阐明小说原意的见解,何况那些后期批评本,更是置之不理"②。

众所周知,《红楼梦》在创作过程中就有脂砚斋等人进行评批工作,留下了大量资料。这些资料至今仍是我们研究《红楼梦》各种问题的重要资料。《红楼梦》流播之后,各种评点本大量涌现,这些评点对《红楼梦》的作者问题、本事来源、文艺价值等进行了颇为详细的阐述,为后来《红楼梦》研究奠定了基础。鉴于这些资料的重要性,浦安迪也对包括脂批在内的各种评点内容进行了长达二十余年的收集、整理工作,他几乎穷尽了海内外所有版本的《红楼梦》评点内容。诚如作者所言,该书"原意是又偏又全"。所谓"又偏又全",是指作者希望对现有的关于《红楼梦》批语辑录的著作对这些批语"不分轻重,只是一条条照抄或复制原文,并未从任何价值判断的基础上去挑选那些对读者较有实用的资料"③的做法有所矫正,通过这本书,他希望在对这些批语有所取舍的基础上更大程度满足《红楼梦》研究(探寻原意)的需要。

这种做法只是理想的状态,存在诸多问题:其一,俞平伯等人利用脂批和后期批语研究《红楼梦》"作者身世、创作过程、版本年代诸问题",本身不是缺点,因为这些问题理应是《红楼梦》研究的重要问题甚至核心问题,也是解决其他问题的基础,不应该成为被批评的对象。其二,浦安迪的做法违背了资料辑录工作的基本原则。资料辑录工作讲究客观、准确,不能带有任何价值立场和情感判断,要客观、真实地尊重资料的原始面貌,浦安迪批评前人辑录著作对《红楼梦》批语的"不分轻重""一条条照抄或复制原文",其实正是遵循了这一原则,因为只有这样才能给

---

① 〔美〕浦安迪:《红楼梦批语偏全·前言》,北京大学出版社2003年版,第9页。
② 〔美〕浦安迪:《红楼梦批语偏全·前言》,北京大学出版社2003年版,第9页。
③ 〔美〕浦安迪:《红楼梦批语偏全·前言》,北京大学出版社2003年版,第8页。

其他研究者提供客观、准确、完整的研究资料。浦安迪按照自己研究《红楼梦》的需要对这些资料进行删减而成一编，希望实现"又偏又全"，某种程度上违背了古籍资料整理的原则。其三，由于浦安迪对这些批语分了"轻重"，又在某种"价值判断"的基础上去"挑选"，以印证《红楼梦》的文本是一种"反讽"或"寓言"，因而是对这些资料的肢解、阉割。他明确指出，自己挑选批语的原则是"凭个人多年来读红楼、搞红学的主观取舍，斟酌选出自己觉得较为贴切、深入小说本义的笔墨"①。具体言之，浦安迪是对探寻《红楼梦》本义有用的批语进行了辑录。他将这些批语分为"通"、"奇"、"深"三类，即关于《红楼梦》的一般看法的批语、反映批书人"怪癖心情"的批语和对《红楼梦》本义有"入木三分"理解的批语。为此，浦安迪分外重视张新之的评点，他固然认为张新之的评点不乏"迂阔古怪"，但仍认为通过包括张新之在内的古怪批语"可以窥出对《红楼梦》本义的阐释确有非常广阔的变异范围"。

　　正像浦安迪所说，《红楼梦》的本义确实存在"非常广泛的变异范围"，因而《红楼梦》的"本义"到底为何，历来众说纷纭，不能说都有道理，也不能说都无道理，因而无论以哪种标准、哪种"本义"对这些批评材料进行取舍，都会造成大量宝贵资料的流失。这里举一个例子，说明浦安迪的做法无法达到"既偏又全"的兼美状态。甲戌本第七回夹批"正说着，只听那边一阵笑声，却有贾琏的声音。接着房门响处，平儿拿着大铜盆出来，叫丰儿舀水进去"一段文字道：

> 妙文奇想！阿凤之为人，岂有不着意于风月二字之理哉？若直以明笔写之，不但唐突阿凤身价，亦无妙文可赏。若不写之，又万万不可，故用"柳藏鹦鹉语方知"之法，略一皴染，不独文字有隐微，亦且不至污渎阿凤之英风俊骨。所谓此书无一不妙。②

同一段文字，甲戌本眉批：

> 余素所藏仇十洲《幽窗听莺暗春图》，其心思笔墨已是无双，今

---

① 〔美〕浦安迪：《红楼梦批语偏全·前言》，北京大学出版社2003年版，第8页。
② 〔法〕陈庆浩：《新编石头记脂砚斋评语辑校》，台湾联经出版事业股份有限公司2010年版，第167页。

见此阿凤一传,则觉画工太板。①

浦安迪《偏全》一书"挑选"此处批语如下:

> 妙文奇想阿凤之为人,岂有不着意于风月二字之理哉?若直以明笔写之,不但唐突,阿凤身价亦无妙文可赏。若不写之,又万万不可,故用……略一皴染,不独文字有隐微,亦且不至污渎。②

浦氏这段引文有几处断句有误且存在漏字情况,这里姑且不论。单就引文看,浦安迪辑录的这段批语有以下重要信息被省略了:

其一,作者省略了脂砚斋"故用"二字后面的"柳藏鹦鹉语方知"一句话。这句话见于《金瓶梅》第五回:"毕竟西门庆怎的对何九说,要知后项如何,且听下回分解。雪隐鹭鸶飞始见,柳藏鹦鹉语方知。"③这句诗所指的是西门庆威吓仵作何九,让他在尸验中对武大郎中毒而死视而不见,以掩人耳目。又见于第二十五回,来旺从孙雪娥房中跑出,"此后都知雪娥与来旺儿有首尾",正是:"雪隐鹭鸶飞始见,柳藏鹦鹉语方知。"④脂砚斋批语引用这句话不仅说明脂砚斋等人对《金瓶梅》文本颇为熟稔,而且又用这句诗指出作者此处文法的独特性:用衬托的方法写人事活动,既欲盖弥彰又隐而不露,显示出作者文心之妙。然而,浦安迪在"挑选"文句时竟然把这句话省略掉了。同样,正像敏感的批评家所体悟的那样,"柳藏鹦鹉"与"雪隐鹭鸶"是《金瓶梅》典型的隐喻意象,多次出现在《金瓶梅》第五、二十五、六十七回中,其营造的意境、趣味及其引发的想象空间耐人寻味⑤,而《红楼梦》真假互换、照应朦胧的摇曳笔法正是从这种带有启发性想象空间的意象结构转化而来,其重要性不言而喻。

---

① 〔法〕陈庆浩:《新编石头记脂砚斋评语辑校》,台湾联经出版事业股份有限公司 2010 年版,第 167 页。
② 〔美〕浦安迪:《红楼梦批语偏全》,北京大学出版社 2003 年版,第 42 页。
③ (明)兰陵笑笑生:《金瓶梅词话》,陶慕宁校注,人民文学出版社 2000 年版,第 58 页。
④ (明)兰陵笑笑生:《金瓶梅词话》,陶慕宁校注,人民文学出版社 2000 年版,第 285 页。
⑤ 格非写道:"'雪隐鹭鸶'这个意象,很容易让我们体味到平常的人情世态中所隐藏的深险潜流,让我想起《红楼梦》中'白茫茫大地真干净'的苍劲悲凉,或许还会让我们联想到晚明思想和文学界极为流行的'空'和'无'。当然,《金瓶梅》所强调的'空无'绝非空无一物,它一直在引诱我们去索解隐秘,探幽访胜。"参见格非:《雪隐鹭鸶:〈金瓶梅〉的声色与虚无·序》,译林出版社 2014 年版,第 2 页。

其二,浦安迪漏选了甲戌本眉批"余素所藏仇十洲《幽窗听莺暗春图》,其心思笔墨已是无双,今见此阿凤一传,则觉画工太板"一句,套用蔡义江先生的话说,这句批语对于《红楼梦》研究的重要性无论如何强调都不为过。实际上,这句话也是被历来研究者忽略的一句批语,人们多未注意到这句批语隐含的诸多重要信息。

它至少透露了以下信息:第一,作者曹雪芹与批者脂砚斋等人均具有绘画方面的知识储备,包括绘画创作和批评的知识话语等,他们都十分熟悉并已融入到他们的创作与评批中;第二,脂砚斋提出仇英(仇十洲)画作与《红楼梦》之间联系的问题,毕竟在第五十回的描写中,"仇十洲的《艳雪图》"再次出现,又一次提醒读者要将仇英画作与《红楼梦》对比来看;第三,在两处的描写中,作者和批者不约而同地将《红楼梦》与仇英画作进行比较,一致认为后者是画工的作品,缺乏风流蕴藉、可供品度的韵味,而《红楼梦》的描写别致隐含、意境高远,远胜过后者。这几点都是关合《红楼梦》整部书的大问题。如果研究者仅仅按照浦安迪"挑选"的批语研究《红楼梦》,恐怕会遗失更多重要的信息。同样,在第五十回批语的辑录中,浦安迪遗失了姚燮和张新之等人寥寥几笔但颇为精彩的评点。针对历来为人咏叹而呈现为画作的"雪里折红梅"的描写"一看,四面粉妆银砌,忽见宝琴披着凫靥裘站在山坡背后遥等,身后一个丫鬟抱着一瓶红梅",姚燮评道:"美人粉本。"张新之评道:"妙极画本,普通一赞。"① 我们无法判断姚张二人"美人粉本""妙极画本"的一致评价,是否存在相互启发、转借的情况,但二人均将此处描写与绘画摹本等同来看,所指出的正是《红楼梦》文本与绘画作品之间相互模仿、创造的情况。

可惜的是,在浦安迪的着意"挑选"中,这些看似无助于理解《红楼梦》"本旨""本义"或"寓意"的批语多被遗失掉了。类似的情况还有很多,这里就不一一列举了。这说明,按照寓意批评的标准遴选《红楼梦》批语,无法做到真正的"以偏概全"。这些资料"横看成岭侧成峰",因研究论题之不同,看似"没有价值"的批语换一个角度很可能变成非常重要的资料,给我们提供一个新的观看、解读《红楼梦》的视角或方法。

---

① 冯其庸辑校:《重校〈八家评批红楼梦〉》,青岛出版社 2015 年版,第 1277 页。

## 第三节　寓意批评的局限与《红楼梦》文本的可感性

浦安迪的寓意批评虽然是对西方艺术批评"反讽"概念的重新解读而确立的,同时也与明清小说评点中常用的"寓意批评"方法有关。张竹坡在评点中专列《金瓶梅》寓意说"一节文字,可看作寓意批评的系统论述:"稗官者,寓言也。其假捏一人,幻造一事,虽为风影之谈,亦必依山点石,借海扬波。故《金瓶》一部,有名人物不下百数,为之寻端竟委,大半皆属寓言。"[①]张竹坡的"寓意说"主要是针对书中的人物命名,他认为这些人物的姓名多半含有深意(浦安迪所谓"言外之意"),故用"寓意"称之。《金瓶梅》中人物命名的这种情况,也存在于《红楼梦》中。同时,在《甲戌本·凡例》、脂砚斋等人的批语中,他们确实反复使用"却是是书本旨""有深意""大有寓意""此书不可看正面,只看反面"等字样或语句,来提请读者注意书中那些"意在言外"、看似有寓意的描写。这或许是浦安迪寓意批评得以成立的文本基础。

然而,《金瓶梅》《红楼梦》等规模庞大的文本和深邃多面的精神世界,并非仅用寓意即可完全解释,更无法使用寓意显现其艺术魅力。对于文学,人们之所以要反复阅读、仔细沉潜,不在于书中的寓意,而在于书中那些能够唤醒不同感受、感觉和想象空间的描写。谜语则不然。没有人对已经揭破谜底的谜面有更多兴趣。如果掌握寓意成为读者进入文本的正确途径,那么人们就可以不用"玩味"这些文本,而仅将它们作为谜语一样揭破即可。这正像苏珊·桑塔格在《反对阐释》一文中分析的那样:文学阐释者面对深邃优秀的文本时,总感觉无能为力,由此而生种种恐惧,为此他们使用各种手段、方法和技巧对文本进行各种各样的解释,这样,他们就可以获得内心的安定感。寓意批评也是如此。

正像浦安迪将"六大奇书"定义为"文人小说"一样,"文人画"与"文人小说"正可看作由明代中后期的文化母体一同诞下的姊妹。他指出:"以'四大奇书'为其顶峰的一些文学发展呈现出与绘画界所持有的

---

① 王汝梅等校点:《张竹坡批评第一奇书金瓶梅》,齐鲁书社1991年版,第13页。

抱负有许多异曲同工之处,它们基于同一种教养和共同的审美标准,而最重要的是都想通过文艺实践来实现自我的一种追求。"①将诉诸想象的文学与诉诸视觉的绘画作为这一时期文化母体的同一产物,说明浦安迪敏锐感受到明代四大奇书在文本呈现方面所具有的绘画特质,这也是评点派在他们的评点过程中屡次使用绘画术语进行点评的原因②。这也说明包括《红楼梦》在内的小说文本是一种能够唤起视觉、听觉等各种感官感觉的文本,是一种"可感性的文本"。这与明代中后期兴起的感性审美浪潮应是互为表里的。这种文本以感觉的直接性抵抗着任何寓言化的、强制性的批评,艺术技巧的多样化并非要实现"言在此而意在彼"或"意在言外",而是作者"自我意识"或自我生命情感的流露。例如,浦安迪曾经认识到《红楼梦》所写的大观园内的生活是"工笔画般的大观园行乐图",然而,囿于寓意批评寻找真意的思路,他认为这只是作者真一假置换、二元补称结构的一种表现形式而已。学者的理性思维和哲理探寻,使浦安迪忽略了《红楼梦》文本中的感性成分,使之成为空洞哲理的证明物。

　　实际上,浦安迪对《红楼梦》"工笔画般的大观园行乐图"性质的判定,反映出他已隐约感受到《红楼梦》文本的可感性特征。《红楼梦》文本的可感性,与寓意批评寻求"本义""本旨"的做法是根本冲突的。我们发现,在《红楼梦》那些精彩而诗意的描写中,读者根本不能放置任何"言外之意"。例如,《红楼梦》第二十五回写黛玉:

　　　　却说黛玉因见宝玉近日烫了脸,总不出门,倒时常在一处说说话儿。这日饭后看了两篇书,自觉无趣,便同紫鹃雪雁做了一回针线,更觉烦闷。便倚着房门出了一回神,信步出来,看阶下新进出的稚笋,不觉出了院门。来到园中,四顾无人,惟见花光柳影,鸟语溪声。林黛玉信步便往怡红院中来,只见几个丫头舀水,都在回廊上围着看画眉洗澡呢。③

---

① 〔美〕浦安迪:《明代小说四大奇书》,沈亨寿译,生活·读书·新知三联书店2015年版,第16页。
② 张世君:《明清小说评点山水画概念析》,《学术研究》2002年第1期。
③ (清)曹雪芹:《红楼梦》,人民文学出版社2008年版,第341—342页。

　　正像脂砚斋指出的,本处描写"纯用画家笔写",因而我们仿佛亲见了黛玉午后生活的光景。在阅读中,我们除了细细品味其中的诗意,"言外之意"之类的意义阐释无法安放;或者说,我们在阅读类似文本时,根本无需想到其中是否含有寓意。在脂砚斋的批语中,我们看到,这位深知书中每处描写意有所指的读者,似乎也无意做出更多的意义阐释,而只能沉浸在文本所营造的诗情画意之中,不得不连用古人诗句对此处描写进行点评:针对"倚着房门出了一回神",脂砚斋批道:"所谓'闲倚绣房门吹柳絮'是也";针对"信步出来,看阶下新迸出的稚笋",脂砚斋批道:"妙妙,'笋根稚子无人见',今得颦儿一见,何幸如之。"针对"不觉出了院门,来到园中,四顾无人",脂砚斋批道:"恐冷落园亭花柳,故有是十数字也。"针对"惟见花光柳影,鸟语溪声",脂砚斋批道:"纯用画家笔写。"针对"几个丫头舀水,都在回廊上围着看画眉洗澡",脂砚斋批道:"闺中女儿乐事。"①

　　可以看到,这段描写黛玉春日无聊、在园中漫步的文字,处处诗意,无"言外之意",我们也无法索隐到它"所刺"何物;它所呈现的,就是一个静谧、寂寥而安逸的闺阁情境。第一处所引诗句出自李商隐《访人不遇留别馆》:"卿卿不惜锁窗春,去作长楸走马身。闲倚绣帘吹柳絮,日高深院断无人。"②第二处所引诗句出自杜甫《慢兴九首》其七:"糁迳杨花铺白毡,点溪荷叶叠青钱。笋根稚子无人见,沙上凫雏傍母眠。"③在李商隐的诗作中,他所探寻而不见的寂寥院落,春光被锁进深院之中,无人欣赏,而只与日影为伴;在杜甫的诗作中,春天来临,万物复苏,一派欣欣向荣之景象,但这景象与人类世界无关,自然万物自在生长,这种"无人之境"不是要排除人对自然的参与,而是作为生活主体的诗人,感受到春天到来时自然本身的自在天然之美,因而虽然是"无人之境"却祥和安宁、自在自为。作者一方面从杜甫、李商隐等人的诗作中汲取诗意的营养加以转化,同时又使用画家直接呈现的方法,将黛玉等闺阁女子的日常生

①〔法〕陈庆浩:《新编石头记脂砚斋评语辑校》,联经出版股份事业有限公司 2010 年版,第487 页。
②〔法〕陈庆浩:《新编石头记脂砚斋评语辑校》,联经出版股份事业有限公司 2010 年版,第487 页。
③〔法〕陈庆浩:《新编石头记脂砚斋评语辑校》,联经出版股份事业有限公司 2010 年版,第487 页。

活状态活脱画出,既是对日常生活的实录,又是情感的自然流露。对于这样的描写,寓意批评是无用武之地的。

这种画面感鲜明的场景描写和意境呈现,是《红楼梦》文本诗意性生成的基础,也是《红楼梦》区别于其他文本的内在特质。这样的描写只要求读者沉浸其中、慢慢品味即可,而无需探寻其中是否有"寓意"。或者说,作者就是要以这样的描写,消解事件之外的"寓意"而让我们回到文本本身。再如第四十六回,写平儿与袭人等在大观园里枫树下讨论鸳鸯的事情,"平儿听了自悔失言,便拉他(鸳鸯)到枫树底下,坐在一块石上",脂砚斋对"枫树底下"评道:"随笔带出妙景,正愁园中草木黄落,不想着此一句,便恍如置身于千霞万锦,绛雪红霜之中矣。"[1] 显然,在我们的日常阅读中,我们可能会沉浸在贾赦逼婚这一事件中,容易把"枫树底下"四个字滑落,而只关心平儿等人对这一事件前后因果及其他事件和人物的评述。脂砚斋此处的点评,让我们从事件的发展过程中抽身出来而回复到当时当地的情境之中,让我们体味到"千霞万锦、绛雪红霜"的绚丽秋色的美的意境,视觉感受与情感想象的参与,打破了鸳鸯事件发展的线性结构而使之审美化了。这是一种感觉化、感性化的阅读方式,只有这种阅读才能与《红楼梦》文本的可感性形成情感呼应关系。

类似描写在书中是常见的。如第二十六回,写黛玉到怡红院的路上,"刚到了沁芳桥,只见各色水禽都在池中浴水,也认不出名色来,但见一个个文彩炫耀,好看异常,因而站住看了一会";第五十九回,"一日清晓,宝钗春困已醒,搴帷下榻,微觉轻寒。及启户视之,见园中土润苔青,原来五更时落了几点微雨"等,这些画面感鲜明、诗意浓厚的描写,当然也有"言外之意",但这个"意"不是"本旨""本意""所刺"的客体化的历史事件或抽象哲理,而是《红楼梦》对人物命运、情感不可言传的生命体验的传达,需要我们透过语言、进入情境才能体悟出来。脂砚斋评论黛玉与宝玉谈吃燕窝粥一事道:"中一段写黛玉与宝玉满怀愁绪,有口难

---

①〔法〕陈庆浩:《新编石头记脂砚斋评语辑校》,联经出版股份事业有限公司2010年版,第627页。

言,说不出一种凄凉,真是吴道子画顶上圆光。"① "吴道子画顶上圆光",
是指吴道子的宗教人物画,往往将宗教人物衬以圆光,而这圆光虽然存
在但不能目视,之所以要衬以圆光,就是要把无形的神性形象化,而这种
神性是需要观者体悟才能得到的。对于《红楼梦》来说,黛玉、宝玉二人
那些"有口难言"的生命体验,只能靠读者将自身转变为宝林之流,感同
身受,才能真正体味到。这也是一种"意在言外",这里的"意"是同情的
了解,相互的安慰,是将书中人物的体验、情感内化为我们自身的体验、
情感的过程。因而书中的人物、事件、情境,他们不是单纯冷热、真假的
二元结构或多样周旋的证明物,他们是活生生的人,他们的生命经历,是
独特完满的生活世界,就像黑格尔所说:"每个人都是一个整体,本身就
是一个世界,每个人都是一个完满的有生气的人,而不是某种孤立的性
格特征的寓言式的抽象品。"② 这要求我们在面对小说人物和事件时,应
该把他们看作是"完满有生气的人",而不能把人物和事件孤立化、寓言
化甚至抽象化、概念化。

　　有学者指出:"生活现实如此生动,人物言行如此活泼的一部《红楼
梦》,难道主要是在讨论真和假、色和空的抽象理论问题吗? 这是不符合
事实的。"③ 在浦安迪的批评中,《红楼梦》的人物、事件、情境,完全被寓
言化和抽象化了,《红楼梦》本身的艺术价值被简化为某种哲理模式或
结构,大观园具有了西方文学中作为寓言而存在的乐园的性质,换言之,
《红楼梦》在成为世界文学的一分子的时候,已经不是它自己;它可以是
某种模式,也可以是某种哲理,可以与《圣经》《玫瑰传奇》等作品形成
同质关系,但我们无法再感受到《红楼梦》作为生命之书的温度。浦安
迪寓意批评的使用范围是极其有限的,一旦被无限泛化就会成为否定文
本也否定自己的工具,需要后来者反思、警惕。我们将《红楼梦》的文本
性质界定为"可以感知的文本",不是倡导印象式阅读或批评方式,而是
通过这种方式进入文本的情感氛围和思想世界。这种阅读行为与布鲁
姆所认为的文学阅读的根本性质不在于对文本陈述的内容进行视觉化

---

① 〔法〕陈庆浩:《新编石头记脂砚斋评语辑校》,联经出版股份事业有限公司 2010 年版,第
　　646 页。
② 〔德〕黑格尔:《美学》第一卷,朱光潜译,商务印书馆 1979 年版,第 303 页。
③ 姜其煌:《欧美红学》,大象出版社 2005 年版,第 88 页。

的感知而在于想象的观点并无矛盾[①]。重温布鲁姆的这句话，或许更能让我们沉浸在《红楼梦》独特的精神世界之中：

　　　　阅读在其深层意义上不是一种视觉经验。它是一种认知和审美的经验，是建立在内在听觉和活力充沛的心灵之上的。

①〔美〕布鲁姆：《西方正典·中文版序言》，江宁康译，译林出版社 2011 年版，第 1 页。

# 附　录

## 附录1：文献记载中的曹雪芹画作一览表

| 题材 | 题名及样式 | 文献依据 | 备注 |
|---|---|---|---|
| 蔬菜、瓜果 | 《种芹人曹霑画册》根据实物，其样式为画册，共8幅 | 现藏贵州博物馆 | 其中第六幅题诗："冷雨寒烟卧碧尘，秋田蔓底摘来新。披图空羡东门味，渴死许多烦热人。"这首诗和其他画作被认为是曹雪芹的作品。 |
| 石头 | 《怪石图》根据题材内容，推测其样式为立轴 | 敦敏《懋斋诗钞》之《题芹圃画石》 | 敦敏《题芹圃画石》："傲骨如君世已奇，嶙峋更见此支离。醉余奋扫如椽笔，写出胸中块垒时。"[1]曹雪芹可能在此幅作品上自题了一首诗。 |
| 人物 | 《海客琴樽图》样式为扇面 | 吴恩裕《曹雪芹〈废艺斋集稿〉丛考》 | 原文："陶北溟先生告诉过我，抗日战争爆发之前，他在武昌看见过曹雪芹画的扇面《海客琴樽图》，上面还有他自题的一首绝句。"[2] |
| 石头 | 《怪石图》根据敦敏诗命名根据题材内容，推测其样式为立轴 | 吴恩裕《曹雪芹〈废艺斋集稿〉丛考》 | 原文："张政烺同志对我说，他在1946年看见过署名'梦阮'画的一幅石，画旁有从上端直到下端的题诗。"[3]吴恩裕推测，《红楼梦》中"爱此一拳石，玲珑出自然；溯源应太古，堕世又何年？有志归完璞，无才去补天；不求邀众赏，潇洒做顽仙"[4]一诗，可能是曹雪芹原来题《怪石图》的诗。 |

① 一粟：《红楼梦资料汇编》，中华书局1964年版，第6页。
② 吴恩裕：《曹雪芹〈废艺斋集稿〉丛考》，当代中国出版社2010年版，第4页。
③ 吴恩裕：《曹雪芹〈废艺斋集稿〉丛考》，当代中国出版社2010年版，第4页。
④ 吴世昌：《曹雪芹丛考》，上海古籍出版社1980年版，第26页。吴世昌对此评说道："雪芹好画石，这和他书中主角前生是石头，脂砚常呼宝玉为'石兄'是一致的。愿意买画中顽石的人大概不多，则雪芹即不得知醉。以他的亲戚和交游而论，他的画可以卖给当时的权贵，但他似乎避之唯恐不及。……这块'顽石'是宁可贫困，也不愿意损害他的'傲骨'的。"吴世昌：《〈红楼梦〉探源》，北京出版社2013年版，第57—58页。

续表

| 题材 | 题名及样式 | 文献依据 | 备注 |
|---|---|---|---|
| 人物<br>（高士） | 《抚松远眺图》<br>根据题材内容，推测<br>其样式为立轴 | 吴恩裕《曹雪芹<br>〈废艺斋集稿〉<br>丛考》 | 原文："魏宜之先生说1954年有人<br>以曹雪芹的书简求售，并看见过曹<br>画的《抚松远眺图》。"钤印两枚，其<br>一为"燕市酒徒"。① |
| 风筝 | 《风筝图》<br>根据记述，推测其样<br>式为系列图谱，约为<br>16幅 | 《南鹞北鸢考工<br>志》 | 这些风筝图原是曹雪芹所画风筝<br>图谱，内容有燕子、凤凰、美人等，<br>同时对这些图谱的颜色搭配、制作<br>过程、使用方法，以歌诀的方式加<br>以说明，艺术性很高。 |
| 草虫、花卉 | 《彩蝶牡丹图》<br>根据记述，此图为风<br>筝成品插画 | 《瓶湖懋斋记盛》 | 原文："董邦达看到曹雪芹的'比翼<br>燕'风筝时，不禁叫绝，指着'比翼<br>燕'膀内飞向牡丹花丛的一只彩蝶<br>问道：'雪芹此笔法来自何处？'雪<br>芹说：'此不得不如此之笔也。盖两<br>色相犯过近，极易混淆，故用此法。<br>余睹西洋画后，吸其用色之长，作<br>此"迷笔"，幸勿以杜撰见笑也'。"② |
| 人物<br>（美人） | 《宓妃图》<br>根据记述，此图为风<br>筝成品 | 《瓶湖懋斋记盛》 | 原文："语未毕，过公指（宓妃）而诧<br>问曰：'（前立）者谁耶？'余应曰：<br>'吾公视其为（真）人也乎？实亦风<br>筝。'"③ |
| 草虫 | 《乌金翅图》<br>根据题材内容，推测<br>其样式为扇面或小帧 | 《岫里湖中琐艺》 | 扇面眉批："语云：'百闻不如一<br>见。'信哉斯言：襄闻雪芹论画，窃<br>疑其有过激之言，今睹此《乌金翅<br>图》，光彩闪耀，能不令人心折耶？<br>笃斋识，庚辰荷月。"④ |
| 草虫 | 《墨蝶图》<br>根据题材内容，推测<br>其样式可能为扇面 | 孔祥泽的回忆 | 原文："孔祥泽少时，就曾看见过溥<br>儒由礼王府借来的一批曹雪芹的<br>书画，他的母亲还描摹下来曹雪芹<br>画的一个墨蝶。"⑤ |

①吴恩裕：《曹雪芹〈废艺斋集稿〉丛考》，当代中国出版社2010年版，第4页。
②吴恩裕：《曹雪芹〈废艺斋集稿〉丛考》，当代中国出版社2010年版，第63页。
③吴恩裕：《曹雪芹〈废艺斋集稿〉丛考》，当代中国出版社2010年版，第57页。
④吴恩裕：《曹雪芹〈废艺斋集稿〉丛考》，当代中国出版社2010年版，第103页。
⑤吴恩裕：《曹雪芹〈废艺斋集稿〉丛考》，当代中国出版社2010年版，第220页。

续表

| 题材 | 题名及样式 | 文献依据 | 备注 |
|---|---|---|---|
| 人物 | 《天官图》<br>根据现存其他《天官图》,推测其样式为立轴 | 周汝昌《红楼梦新证》、吴恩裕《曹雪芹佚著浅探》 | 画上有"雪鸿轩"印文,不知是否为曹雪芹印信。原文:"此事的直接关系人沈同志,年已五十余,他自小在扬州读书,原籍和先人世居瓜州镇。前一两年内他曾和至好友人谈述过:他家曾保有祖先世传珍藏的《红楼梦》作者曹雪芹当年手画的《天官图》一幅,确为真迹。"① 根据吴恩裕的说法,这名名为"江慰庐"的先生看到吴在《文物》上的论文后,专门写信给吴,讲述了曹雪芹南行一事及所绘《天官图》的经历,后来吴还到镇江见到了江慰庐和《天官图》收藏者的弟弟沈星甫②。周汝昌言"上系读者江慰庐先生惠函所提供的一个传闻,据最后来函,纠正初说,谓实系雪芹事毕而北返之事,画上有'雪鸿轩'印文。"按两位先生所述信件内容基本一致,因而可能是江慰庐先生同时给周、吴两位先生去信说明此事。 |
| 花草 | 《兰花图》③<br>刻绘在木制书箱上2幅 | 现藏北京曹雪芹纪念馆 | 略 |
| 纹样 | 《为芳卿绘编锦纹样彩图稿本》2册、织锦纹样彩图稿本1册,共计3件,具体页数不详 | 《废艺斋集稿》 | 原文:"据说那册书里的纹样很多,如万字不断锦、回纹锦、福寿连绵锦、鹿鹤同春锦、仙寿百龄锦、鸳鸯戏水锦、吉祥如意锦、世世平安锦、盘长锦等等。这些锦的纹样,有些都是乾隆时甚至再早些已经流行了的纹样。……我们要注意,芳卿自绘的都是'草图稿本',那就是说,她画的都是原始稿本,而雪芹画的则是'彩图稿本'。"④ |

---

① 周汝昌:《红楼梦新证》,中华书局 2014 年版,第 670 页。
② 吴恩裕:《曹雪芹佚著浅探》,天津人民出版社 1979 年版,第 22 页。
③ 冯其庸:《曹雪芹家世红楼梦文物图录》(下册),第 394—395 页。
④ 吴恩裕:《曹雪芹佚著浅探》,天津人民出版社 1979 年版,第 26 页。

续表

| 题材 | 题名及样式 | 文献依据 | 备注 |
|---|---|---|---|
| 山水 | 《北风图》① 根据描写，其样式可能为立轴，写雪景，有雪芹题诗 | 张宜泉《伤芹溪居士》 | 原文："谢草池边晓露香，怀人不见泪成行。北风图冷魂难返，白雪歌残梦正长。琴里坏囊声漠漠，剑横破匣影铓铓。多情再问藏修地，叠翠空山晚照凉。"② |

---

① （清）恽寿平：《南田画跋》："《毛诗·北风图》，其画雪之滥觞耶？六代以来，无流传之迹，唐惟右丞有《江干雪意》，乃雪山，至今尚留人间，然亦似曹弗兴龙头，未易窥见。自右丞以后，能工画雪，惟营邱、华原。而许道宁又神明李、范之法者。余从西溪观铜山雪色，以道宁笔意求之，未能如刘褒画北风，师四座凉生也。"毛建波校注：《南田画跋》，西泠印社出版社2008年版，第91页。刘褒乃东汉桓帝时画家，传其曾画《云汉图》《北风图》，今皆不传。晋张华：《博物志》："尝画《云汉图》，人见之觉热，又画《北风图》，人见之觉凉。"

② 吴世昌对此评说道："'北风图'当即雪芹为宜泉所画，故在宜泉诗注中两次说到他'善画'。'白雪'则泛指其文，用'阳春白雪，和之者寡'一典。但下文'梦'字则有双关意义，既指雪芹之长眠地下，又指《红楼梦》之曲高和寡，残稿未完。"见吴世昌：《〈红楼梦〉探源》，北京出版社2013年版，第63—64页。

## 附录2：脂砚斋等人涉及画作、画家批语一览表

| 序号 | 回数 | 原文 | 评点 |
|---|---|---|---|
| 1 | 第一回 | 一二等富贵风流之地 | 甲戌本侧批：妙极！是石头口气，惜米颠不遇此石。 |
|  | 第二回 | 雨村向窗外看道 | 甲戌本侧批：画。 |
| 2 | 第三回 | 细看形容，与众各别 | 甲戌本眉批：又从宝玉目中细写一黛玉，直画一美人图。 |
| 3 | 第五回 | 有唐伯虎画的《海棠春睡图》 | 甲戌本侧批：妙图。 |
| 4 | 第七回 | 同丫鬟莺儿正描花样子呢 | 甲戌本侧批：一幅《绣窗仕女图》，亏想得周到。（有正本同） |
| 5 | 第七回 | 便知有话回，因向内努嘴儿 | 甲戌本侧批：画。（有正本同） |
| 6 | 第七回 | 叫丰儿舀水进去 | 甲戌本眉批：余素所藏仇十洲《幽窗听莺暗春图》，其心思笔墨已是无双，今见此阿凤一传，则觉画工太板。 |
| 7 | 第八回 | 晴雯向里间炕上努嘴 | 甲戌本侧批：画。 |
| 8 | 第十九回 | 说着翻身起来，将两只手呵了两口 | 己卯本夹批：活画。 |
| 9 | 第十九回 | 人家有"冷香"，你就没有"暖香"去配 | 己卯本夹批：的是颦儿活画。然这是阿颦一生心事，故每不禁自及之。 |
| 10 | 第十九回 | （黛玉）一面理鬓 | 己卯本夹批：画。 |
| 11 | 第十九回 | 黛玉点头笑道 | 己卯本夹批：画。 |
| 12 | 第十九回 | 黛玉也倒下，用手帕子盖上脸 | 己卯本夹批：画。（庚辰本同） |
| 13 | 第二十三回 | 肩上担着花锄，锄上挂着花囊，手内拿着花帚 | 庚辰本侧批：一幅《采芝图》，非《葬花图》也。 |
| 14 | 第二十三回 | 肩上担着花锄，锄上挂着花囊，手内拿着花帚 | 庚辰本眉批：此图欲画之心久矣，誓不遇仙笔不写，恐袭我颦卿故也。己卯冬。 |
|  | 第二十三回 | 肩上担着花锄，锄上挂着花囊，手内拿着花帚 | 庚辰本眉批：丁亥春间，偶识一浙省新发，其白描美人真神品物，甚合余意。奈彼因宦缘所缠无暇，且不能久留都下，未几南行矣。余至今耿耿，怅然之至。恨与阿颦结一笔墨缘之难若此，叹叹。丁亥夏，畸笏叟。 |
| 15 | 第二十四回 | （卜世仁）便冷笑道 | 庚辰本夹批：神理如画。 |
| 16 | 第二十六回 | 红玉便赌气 | 庚辰本侧批：如画。 |

| 序号 | 回数 | 原文 | 评点 |
|---|---|---|---|
| 17 | 第二十六回 | （红玉）一面说着，一面出神 | 庚辰本侧批：总是画境。 |
| 18 | 第二十七回 | （黛玉）无事闷坐，不是愁眉，便是长叹 | 庚辰本侧批：画美人之秘诀。 |
| 19 | 第二十七回 | 那林黛玉倚着床栏杆，两手抱着膝，眼睛含着泪 | 甲戌本侧批：画美人秘决。 |
| 20 | 第二十七回 | 那林黛玉倚着床栏杆，两手抱着膝，眼睛含着泪 | 庚辰本侧批：前批得画美人秘诀，今竟画出《金闺夜坐图》来了。 |
| 21 | 第三十八回 | 迎春又独在花阴下拿着花针穿茉莉花 | 己卯本夹批：看他各人各式，亦如画家有孤耸独出，则有攒三聚五，疏疏密密，直是一幅《百美图》。（庚辰本同） |
| 22 | 第四十五回 | （黛玉）羞的脸飞红，便伏在桌上嗽个不住 | 庚辰本夹批：妙极之文，使黛玉自己直说出夫妻来，却又云画的扮的。本是闲谈，却是暗隐不吉之兆，所谓"画中爱宠"是也。谁曰不然？ |
| 23 | 第五十八回 | （袭人）一面说，一面忙端起轻轻用口吹 | 己卯本夹批：画。（庚辰本同） |
| 24 | 第七十六回 | 你们只管说，我听着呢 | 庚辰本侧批：如画。 |

## 附录3：脂批中作为描写方法使用的画法一览表

| 序号 | 回数 | 原文 | 评点 |
|---|---|---|---|
| 第一种情况：将画法作为情节构思的方法使用 | | | |
| 1 | 第一回 | 批阅十载，增删五次 | 甲戌本眉批：若云雪芹披阅增删，然则开卷至此这一篇楔子又系谁撰？足见作者之笔狡猾之甚。后文如此者不少。这正是作者用画家烟云模糊处，观者万不可被作者瞒弊了去，方是巨眼。 |
| 2 | 第一回 | 竟不如我半世亲睹亲闻的这几个女子 | 甲戌本眉批：事则实事，然亦叙得有间架，有曲折，有顺逆，有映带，有隐有见，有正有闰，以至草蛇灰线，空谷传声，一击两鸣，明修栈道，暗度陈仓，云龙雾雨，两山对峙，烘云托月，背面傅粉，千皴万染诸奇，书中之秘法，亦复不少，予亦于逐回中搜剔刳剖，明白注释，以待高明，再批示谬误。 |
| 3 | 第一回 | 风尘中之知己也 | 蒙府本侧批：在此处已把种点出。 |
| 4 | 第二回 | 回前 | 甲戌本回前批：此回亦非正文本旨，只在冷子兴一人，即俗谓冷中出热、无中生有也。其演说荣府一篇者，盖因族大人多，若从作者笔下一一叙出，尽一二回不能得明，则成何文字？故借用冷字一人，略出其大半，使阅者心中，已有一荣府隐隐在心，然后用黛玉、宝钗等两三次皴染，则耀然于心中眼中矣。此即画家三染法也。 |
| 5 | 第二回 | 我们也不知什么真假 | 甲戌本侧批：点睛妙笔。 |
| 6 | 第二回 | 便是那年回顾雨村者 | 蒙府本侧批：点出情事。 |
| 7 | 第二回 | 雨村不耐烦等 | 甲戌本眉批：未出宁荣繁华盛处，却先写一荒凉小景；未写通部入世迷人，却先写一出世醒人。回风舞雪，倒峡逆波，别小说中所无之法。 |
| 8 | 第二回 | 那日进了石头城 | 甲戌本侧批：点睛神妙。 |
| 9 | 第二回 | 上面还有许多字迹 | 甲戌本眉批：一部书中第一人，却如此淡淡带出，故不见后来玉兄文字繁难。 |
| 10 | 第四回 | 忙具衣冠出去迎接 | 甲戌本侧批：横云断岭法，是板定大章法。 |
| 11 | 第四回 | 咱们且忙忙收拾房舍，岂不使人见怪 | 甲戌本侧批：闲语中补出许多前文，此画家之云罩峰尖法也。 |

| 序号 | 回数 | 原文 | 评点 |
|---|---|---|---|
| 12 | 第五回 | 人情练达即文章 | 甲戌本眉批:如此画联,焉能入梦? |
| 13 | 第五回 | 海棠春睡图 | 甲戌本侧批:妙图! |
| 14 | 第五回 | 假作真时真亦假,无为有处有还无 | 甲戌本夹批:正恐观者忘却首回,故特将甄士隐梦景重一渲染。 |
| 15 | 第五回 | 真好个所在 | 甲戌本侧批:已为省亲别墅画下图式矣。 |
| 16 | 第五回 | 忽听宝玉在梦中唤他小名 | 甲戌本侧批:云龙作雨,不知何为龙?何为云?何为雨? |
| 17 | 第六回 | 待下人未免太严些个 | 甲戌本夹批:略点一句,付下后文。 |
| 18 | 第六回 | 奶奶下来了 | 蒙府本侧批:刘姥姥不认得,偏不令问明,即以"奶奶下来"之结局,是画云龙妙手。 |
| 19 | 第六回 | 不过略动了几样 | 蒙府本侧批:白描入神。 |
| 20 | 第六回 | 你蓉大爷在那里呢 | 甲戌本侧批:惯用此等横云断山法。 |
| 21 | 第七回 | 丫鬟们道,在这屋里不是 | 甲戌本夹批:用画家三五聚散法,写来方不死板。 |
| 22 | 第七回 | 还亏了一个秃头和尚 | 甲戌本侧批:奇奇怪怪,真如云龙作雨,忽隐忽见,使人逆料不到。 |
| 23 | 第七回 | 娘胎里带来的一股热毒 | 蒙府本夹批:"热毒"二字画出富家夫妇图一时,遗害于子女,而可不谨慎? |
| 24 | 第七回 | 那屋里不是四姑娘 | 甲戌本夹批:用画家三五聚散法写来。 |
| 25 | 第七回 | 就往于老爷府里去了 | 甲戌本夹批:又虚点一个于老爷,可知所尚僧尼者,悉愚人也。 |
| 26 | 第七回 | 穿夹道从李纨后窗下过 | 甲戌本夹批:细极!李纨虽无花,岂可失而不写者,故用此顺笔便墨,间三带四,使观者不忽。 |
| 27 | 第七回 | 便到黛玉房中去了 | 甲戌本夹批:又生出一小段来,是荣、宁中常事,亦是阿凤正文。若不如此穿插,直用一送花到底,亦太死板,不是《石头记》文字。 |
| 28 | 第八回 | 宝玉因夸前日在那府里珍大嫂子的好鹅掌鸭信 | 甲戌本夹批:为前日秦钟之事,恐观者忘却,故忙中闲笔,重一渲染。 |
| 29 | 第十六回 | 回前 | 故只用琏、凤夫妻二人一问一答,上用赵姨讨情作引,下文蓉、蔷来说事作收,余者随笔顺笔略一点染,则耀然洞彻矣。此是避难法。 |

续表

| 序号 | 回数 | 原文 | 评点 |
|---|---|---|---|
| 30 | 第十六回 | 贾琏道:如今当今体贴万人之心 | 甲戌本侧批:大观园一篇大文,千头万绪,从何处写起?今故用贾琏夫妻问答之间,闲闲叙出,观者已省大半。后再用蓉、蔷二人重一渲染,便省却多少赘瘤笔墨。此是避难法。 |
| 31 | 第十六回 | 才刚老爷叫你作什么 | 己卯本夹批:细思大观园一事,若从如何奉旨监造,又如何分派众人,从头细细直写将来,几千样细事,如何能顺笔一气写清?又将落于死板拮据之乡。故只用琏、凤夫妻二人一问一答,上用赵妪讨情作引,下用蓉、蔷来说事作收,余者随笔顺写,略一点染,则耀然洞彻矣。 |
| 32 | 第十七回 | 其山石树木,虽不敷用 | 甲戌本侧批:余最鄙近之修造园亭者,徒以顽石土堆为佳,不知引泉一道。甚至丹青,唯知乱作山石树木,不知画泉之法,亦是恨事。 |
| 33 | 第十七回 | 原来这桥便是通外河之闸,引泉而入者 | 己卯本夹批:写出水源,要紧之极。近之画家着意于山,若不讲水。又造园囿者,惟知弄莽葐顽石,壅笨冢,辄谓之景,皆不知水为先着。此园大概一描,处处未尝离水,盖又未写明水之从来,今终补出,精细之至。 |
| 34 | 第二十一回 | 也不知是真丢了,也不知是给了人给了什么带去了 | 庚辰本侧批:纯用画家烘染法。 |
| 35 | 第二十四回 | 况他们有甚正事谈讲 | 庚辰本眉批:是书最好看如此等处,系画家山水树头邱壑俱备,未用浓淡墨点苔法也。丁亥夏,畸笏叟。 |
| 36 | 第五十回 | 门斗上有"暖香坞"三个字 | 庚辰本夹批:看他又写出一处。从起至末一笔一部之文,也有千万笔成一部之文,也有一二笔成一部之文也。有如"试才"一回,起若都说完,以后则索然无味,故留此几处,以为后文之点染也。此方活泼不板,眼目屡新。 |
| 37 | 第五十一回 | 宝钗听说,方罢了 | 庚辰本夹批:此为三染无痕也,妙极。天花无缝之文。 |
| 38 | 第七十五回 | 尤氏听了,便不往前去,仍往李氏这边来了 | 庚辰本夹批:前只有探春一语,过至此回,又用尤氏略为陪点,且轻轻谈染出甄家事故,此画家来落墨之法也。 |

| 序号 | 回数 | 原文 | 评点 |
|---|---|---|---|
| | | 第二种情况:将画法作为描写人物的方法使用 | |
| 1 | 第二回 | 近因女学生哀痛过伤本自怯弱多病的,触犯旧症,遂连日不曾上学。 | 甲戌本侧批:又一染。 |
| 2 | 第二回 | 不然我自己心里糊涂 | 甲戌本侧批:甄家之宝玉乃上半部不写者,故此处极力表明,以遥照贾家之宝玉。凡写贾宝玉之文,则正为真宝玉传影。 |
| 3 | 第二回 | 只可惜他家几个姊妹都是少有的 | 甲戌本侧批:实点一笔,余谓作者必有。 |
| 4 | 第二回 | 竟是个男人万不及一的 | 甲戌本侧批:未见其人,先已有照。 |
| 5 | 第三回 | 忙忙叙了两句 | 甲戌本侧批:画出心事。 |
| 6 | 第三回 | 只见两个人搀着一位鬓发如银的老母迎上来 | 甲戌本眉批:此书得力处,全是此等地方,所谓颊上三毫也。 |
| 7 | 第三回 | 三人皆是一样的妆饰 | 蒙府本侧批:欲画天尊,先画从(众)神。如此,其天尊自当另有一番高山世外的景(影)像。 |
| 8 | 第三回 | 熙凤外貌一段文字 | 甲戌本眉批:试问诸公,从来小说中,可有写形追像至此者? |
| 9 | 第三回 | 上上细细打量了一回 | 甲戌本侧批:写阿凤全部传神第一笔也。 |
| 10 | 第三回 | 本名珍珠 | 蒙府本侧批:袭人之性情,不得不点染明白者,为后日旧(归)案。 |
| 11 | 第四回 | 并不为此些微小事,值得他一逃 | 甲戌本侧批:妙极。人命视为些些小事,总是刻画阿呆耳。 |
| 12 | 第四回 | 可知天从人愿 | 蒙府本侧批:写不肖子弟如画。 |
| 13 | 第四回 | 好任意施为 | 甲戌本侧批:寡母孤儿一段,写得毕肖毕真。 |
| 14 | 第六回 | 这周瑞先时曾和我父亲交过一件事 | 蒙府本侧批:画出当日品行。 |
| 15 | 第六回 | 只见几个挺胸叠肚指手画脚的人 | 蒙府本侧批:世家奴仆个个皆然,形容逼真。 |
| 16 | 第六回 | 说东谈西呢 | 甲戌本夹批:不知如何想来,又为侯门三等豪奴写照。 |
| 17 | 第六回 | 轻裘宽带,美服华冠 | 甲戌本侧批:如纨绔写照。 |
| 18 | 第六回 | 这里凤姐又想起一事来 | 甲戌本眉批:传神之笔,写阿凤跃然纸上。 |

| 序号 | 回数 | 原文 | 评点 |
|---|---|---|---|
| 19 | 第七回 | 叫丰儿舀水进去 | 甲戌本夹批:妙文奇想。阿凤之为人,岂有不着意于"风月"二字之理哉?若直以明笔写之,不但唐突阿凤声价,亦且无妙文可赏;若不写之,又万万不可。故只用柳藏鹦鹉语方知之法,略一皴染,不独文字有隐微,亦且不至污渎阿凤之英风俊骨。所谓此书无一不妙。 |
| 20 | 第七回 | 叫丰儿舀水进去 | 甲戌本眉批:余素所藏仇十洲《幽窗听莺暗春图》,其心思笔墨已是无双,今见此阿凤一传,则觉画工太板。 |
| 21 | 第七回 | 忽然宝玉问他读什么书 | 甲戌本夹批:二字写小儿,得神。 |
| 22 | 第八回 | 不妨事的 | 甲戌本眉批:一路用淡三色烘染,行云流水之法,写出贵公子家常不迹不离气致。经历过者则喜其写真,未经过者恐不免嫌繁。 |
| 23 | 第八回 | 罕言寡语,人谓藏愚,安分随时,自云守拙 | 甲戌本眉批:画神鬼易,画人物难。写宝卿正是写人之笔,若与黛玉并写更难。今作者写得一毫难处不见,且得二人真体实传,非神助而何。 |
| 24 | 第八回 | 林黛玉已摇摇的走了进来 | 甲戌本侧批:(摇摇)二字画出身。 |
| 25 | 第八回 | 慢慢的放了酒,垂了头 | 甲戌本夹批:画出小儿愁蹙之状,楔紧后文。 |
| 26 | 第十三回 | 既是咱们的孩子要捐 | 甲戌本侧批:奇谈,画尽阉官口吻。(己卯夹、庚辰夹、有正同) |
| 27 | 第十七回 | 惟见花光柳影,鸟语溪声 | 甲戌本侧批:纯用画家笔写。 |
| 28 | 第十八回 | 一时,又十来个太监都喘吁吁跑来拍手儿 | 己卯本夹批:画出内家风范。《石头记》最难之处,别书中摸不着。(庚辰夹同) |
| 29 | 第十九回 | 宝玉看见袭人两眼微红,粉光融滑 | 己卯本夹批:八字画出才收泪之一女儿,是好形容,且是宝玉眼中意中。(庚辰夹、有正同) |
| 30 | 第二十四回 | 骑着大叫驴,带着五辆车,有四五十个和尚道士 | 庚辰本夹批:妙极。写小人口角羡慕之言,加一倍毕肖,却又是背面傅粉法。 |
| 31 | 第二十六回 | 只见黛玉在床上伸懒腰 | 甲戌本侧批:有神理,真画出。(庚辰夹、有正同) |
| 32 | 第二十六回 | | 庚辰本侧批:写倪二、(紫)英、湘莲、玉菡侠文,皆得传真写照之笔。丁亥夏,畸笏叟。 |
| 33 | 第四十三回 | 不如拘来咱们乐 | 庚辰本夹批:纯写阿凤,以衬后文。二人形景如见,语言如闻,真描画的到。 |

| 序号 | 回数 | 原文 | 评点 |
|---|---|---|---|
| 34 | 第三十八回 | 迎春又独在花阴下拿着花针穿茉莉花 | 己卯本夹批:看他各人各式,亦如画家有孤耸独出,则有攒三聚五,疏疏密密,直是一幅《百美图》。(庚辰本同) |
| 35 | 第五十二回 | 回末 | 有正本回末总评:写宝玉写不尽,却于仆从上描写,一番,于管家见时描写一番,于园工诸人上描写一番。园中马是慢慢行,出门后有事一阵烟,大家气象,公子局度如画。 |
| 36 | 第五十二回 | 回末 | 有正本回末总评:中一段写黛玉与宝玉满怀愁绪,有口难言,说不出一种凄凉,真是吴道子画顶上圆光。 |
| 37 | 第五十六回 | 一人手托着腮颊出神,不是别人,却是宝玉 | 己卯本夹批:画出宝玉来,却又不画阿颦,何等笔力。偏不从鹃写,却写一雁,更奇。是仍归写鹃。 |
| 38 | 第五十八回 | 只得拄了一支杖,靸着鞋,步出院外 | 己卯本夹批:画出病势。(庚辰本同) |
| 39 | 第五十八回 | 你是什么阿物儿,跑来胡闹。怕也不中用,跟我快走罢 | 己卯本夹批:如何?必是含怨之人。又拉上宝玉,画出小人得意来。(庚辰夹同) |
| 40 | 第五十八回 | 天长地久,如何是好 | 己卯本夹批:画出宝玉来。(庚辰本同) |
| 41 | 第五十八回 | 宝玉便就桌上喝了一口 | 己卯本夹批:画出病人。(庚辰本同) |
| 42 | 第七十三回 | 只有他说我的,没有我说他的 | 庚辰本夹批:妙极,直画出一个懦弱小姐来。 |
| 43 | 第七十四回 | 妖妖趫趫,大不成个体统 | 庚辰本夹批:活画晴雯出来,可知已前知晴雯必应遭妒者,可怜可伤,竟死矣。 |
| 44 | 第七十五回 | 只听里面称三赞四,耍笑之音虽多 | 庚辰本夹批:妙,先画赢家。 |
| 45 | 第七十五回 | 又兼有恨五骂六,忿怨之声亦不少 | 庚辰本夹批:妙,又画输家。 |
| 46 | 第七十六回 | 方知贾母伤感,才忙转身陪笑,发语解释 | 庚辰本夹批:转身妙。画出对月听笛如痴如呆,不觉尊长在上之形景来。 |
| 47 | 第七十六回 | 这是何苦,又咒他 | 庚辰本夹批:又画出宝玉来,究竟不知是咒谁,使人一笑一叹。 |
| 48 | 第七十九回 | 生得相貌魁梧,体格健壮,弓马娴熟 | 庚辰本夹批:画出一个俗物来。 |
| 49 | 第八十回 | 话说金桂听了,将脖项一扭,嘴唇一撇 | 庚辰本夹批:画出一个悍妇来。 |

## 附录 4：清宫旧藏《汉宫春晓图》画作一览（记载与实物现今可见）①

| 序号 | 画名 | 作者 | 款识 | 绘制时间 | 钤印 | 著录 |
|---|---|---|---|---|---|---|
| 1 | 汉宫春晓图 | 仇英 | 仇英实父董制 | 1542—1552 | 仇英实父 | 《石渠宝笈》初编"御书房" |
| 2 | 汉宫春晓图 | 仇英（传） | 无 | 不详 | 十洲 | 《石渠宝笈》初编"养心殿" |
| 3 | 清院本汉宫春晓图 | 冷枚 | 癸未春三月奉敕仿仇英汉宫春晓图臣冷枚恭画 | 康熙四十二年，癸未年，1703 | | |
| 4 | 清院本汉宫春晓图 | 金昆 卢湛 程志道 吴桂 | 乾隆三年臣金昆臣卢湛臣程志道臣吴桂奉敕合笔恭画 | 乾隆三年，戊午年，1738 | 金昆 | 《石渠宝笈》初编"重华宫" |
| 5 | 清院本汉宫春晓图 | 孙祜 周鲲 丁观鹏 | 乾隆六年长至月臣孙祜周鲲丁观鹏奉敕恭画 | 乾隆六年，辛酉年，1741 | 臣丁观鹏恭画 | 《石渠宝笈》初编"重华宫" |
| 6 | 清院本汉宫春晓图 | 周鲲 张为邦 丁观鹏 姚文瀚 | 乾隆十三年八月臣周鲲张为邦丁观鹏姚文瀚合笔恭绘 | 乾隆十三年，戊辰年，1748 | 臣丁观鹏恭画 | 《石渠宝笈》续编"重华宫" |
| 7 | 清院本汉宫春晓图 | 丁观鹏 | 乾隆三十三年冬月奉敕敬摹仇英笔意臣丁观鹏恭绘 | 乾隆三十三年，戊子年，1768 | 臣观鹏恭画 | 《石渠宝笈》续编"御书房" |

①本表主要参考秦晓磊《乾隆朝画院〈汉宫春晓图〉研究》"附录一"，中央美术学院 2012 年硕士学位论文，第 54 页。本表增加了康熙四十二年冷枚绘制的《汉宫春晓图》的情况。

附录 5：清宫旧藏《汉宫春晓图》一览（仅存记载，
实物不可见）①

| 序号 | 造办处档案记载 | 时间 | 出处 |
|---|---|---|---|
| 1 | 如意馆：乾隆元年正月初九日，司库常保首领萨木哈来说：太监毛团交汉宫春晓图手卷一卷。传旨：交沈源照样着色画一卷。其画上如有应添减处，着伊添减着画。钦此。 | 乾隆元年，丙辰年，1736 | 《清宫内务府造办处档案汇总》卷7，第173页。 |
| 2 | 如意馆：乾隆二年正月十一日，员外郎陈枚来说：太监毛团交汉宫春晓图手卷一卷。传旨着陈枚另改画一卷。人物照原样，渲染山石着唐岱，钦此。 | 乾隆二年，丁巳年，1737 | 《清宫内务府造办处档案汇总》卷7，第767页。 |
| 3 | 画院处：乾隆三年三月初十日，接得圆明园来贴，内称据芰荷香绘画处押贴，内开乾隆三年正月二十六日，太监毛团传旨：仇十洲汉宫春晓手卷一卷，着交陈枚与芰荷香画画人起稿呈览，钦此。 | 乾隆三年，戊午年，1738 | 《清宫内务府造办处档案汇总》卷8，第222页。 |
| 4 | 如意馆：乾隆二十一年十一月十二日，接得催总德魁押贴一件，内开本月十一日，太监胡世杰交汉宫春晓手卷一卷，传旨：着姚文瀚用绢仿画，钦此。 | 乾隆二十一年，丙子年，1756 | 《清宫内务府造办处档案汇总》卷21，第708页。 |
| 5 | 如意馆：乾隆二十二年二月十三日，接得员外郎郎正培押贴一件，内开二十一年十一月十一日，太监胡世杰持来冷枚画汉宫春晓手卷一卷，传旨：着姚文瀚用白绢仿画一卷，钦此。于二十二年正月十一日太监胡世杰传旨仿此卷意思改画连昌宫词，其尺寸照此卷，钦此。 | 乾隆二十二年，丁丑年，1757 | 《清宫内务府造办处档案汇总》卷22，第518页。 |
| 6 | 如意馆：乾隆二十二年十二月初三日，接得员外郎郎正培押贴一件，内开本月初一日，太监张良栋持来仇英画汉宫春晓图手卷一卷，宣纸一张，太监胡世杰传旨：着金廷标仿画一卷，钦此。 | 乾隆二十二年，丁丑年，1757 | 《清宫内务府造办处档案汇总》卷22，第580页。 |
| 7 | 如意馆：三十日接得员外郎安太、李文照押贴一件，内开二月二十三日太监胡世杰交仇英画汉宫春晓手卷一卷。传旨：着金廷标仿画，钦此。 | 乾隆三十二年，丁亥年，1767 | 《清宫内务府造办处档案汇总》卷30，第816页。 |

①本表主要参考秦晓磊《乾隆朝画院〈汉宫春晓图〉研究》"附录二"，中央美术学院2012年硕士学位论文，第55页。

| 序号 | 造办处档案记载 | 时间 | 出处 |
|---|---|---|---|
| 8 | 如意馆:乾隆五十二年六月十一日,接得郎中保成押贴,内开四月初五日,太监鄂鲁里交仇英画汉宫春晓手卷一卷,陈枚、孙祜、金昆、戴洪、程志道等画清明上河图手卷一卷,金昆、陈枚、孙祜、丁观鹏、程志道、吴桂等画庆丰图手卷一卷,传旨:交如意馆着姚文瀚、贾全、庄豫德仿画,钦此。 | 乾隆五十二年,丁未年,1787 | 《清宫内务府造办处档案汇总》卷50,第186页。 |

## 附录 6：冷枚（款）《红楼梦图》

### 上　册

神游太虚境

滴翠亭扑蝶

羞拢红麝串

雪里折红梅

画蔷痴及局外

梦兆绛云轩

栊翠庵品茶

秋夜制风雨词

脂粉香娃割腥啖膻

芦雪亭赏雪

## 下　册

病补雀金裘

柳叶渚嗔莺叱燕

醉卧芍药茵

怡红院开夜宴

重建桃花社

海棠结社

凹晶馆月夜联句

潇湘馆听琴

品笛桂花阴

稻香村课子

# 图片说明

| 序号 | 朝代 | 作者 | 名称 | 尺寸 | 来源 |
|---|---|---|---|---|---|
| 第一章 | | | | | |
| 1-1 | 清 | 张纯修 | 棟亭夜话图 | 局部 | 国家图书馆 |
| 1-2 | 明 | 杜堇 | 千秋绝艳图 | 局部 | 北京故宫博物院 |
| 1-3 | 清 | 华煊 | 八美图 | 纵32厘米，横330厘米 | 美国私人收藏 |
| 1-4 | 清 | 佚名 | 抱瓮仕女 | 纵147.3厘米，横65.4厘米 | 美国大都会艺术馆 |
| 1-5 | 清 | 佚名 | 桐荫仕女屏风 | 纵128.5厘米，横326厘米 | 北京故宫博物院 |
| 1-6 | 清 | 孙温 | 红楼梦图·大观园正门 | 纵43.3厘米，横76.5厘米 | 旅顺博物馆 |
| 1-7 | 清 | 冷枚 | 红楼梦图·滴翠亭扑蝶 | 纵28厘米，横37厘米 | 2012年日本东方21世纪酒店拍卖会 |
| 1-8 | 清 | 冷枚 | 红楼梦图·稻香村课子 | 纵28厘米，横37厘米 | 2012年日本东方21世纪酒店拍卖会 |
| 第三章 | | | | | |
| 3-1 | 清 | 曹霑 | 种芹人曹霑画册及题诗 | 纵31.5厘米，横29.4厘米 | 贵州博物院 |
| 3-2 | 清 | 佚名 | 康熙便服写字像 | 纵50.5厘米，横31.9厘米 | 北京故宫博物院 |
| 3-3 | 清 | 吕焕成 | 汉宫春晓围屏 | 局部 | 藏地不详 |
| 3-4 | 宋 | 李公麟 | 五马图（珂罗版） | 局部 | 北京故宫博物院 |
| 3-5 | 明 | 唐寅 | 临李龙眠饮中八仙图卷 | 纵31.9厘米，横994.5厘米 | 辽宁博物馆 |
| 3-6 | 宋 | 李公麟 | 维摩演教图卷 | 纵34.6厘米，横207.5厘米 | 北京故宫博物院 |
| 3-7 | 宋 | 李公麟 | 醉僧图卷 | 纵32.5厘米，横60.8厘米 | 美国弗利尔美术馆 |
| 3-8 | 清 | 余省 | 斗寒图 | 局部 | 北京歌德拍卖公司2012年秋季艺术品拍卖会 |
| 3-9 | 明 | 吕纪 | 九思图 | 局部 | 广州华艺国际拍卖公司2003年冬季拍卖会 |

| 序号 | 朝代 | 作者 | 名称 | 尺寸 | 来源 |
|------|------|------|------|------|------|
| 3-10 | 宋 | 李公麟 | 维摩居士像 | 纵95厘米,横56厘米 | 日本京都博物馆 |
| 3-11 | 宋 | 李公麟 | 丽人行 | 纵33.4厘米,横112.6厘米 | 台北"故宫博物院" |
| 3-12 | 宋 | 佚名 | 秋葵图 | 局部 | 台北"故宫博物院" |
| 3-13 | 元 | 佚名 | 如意平安图 | 不详 | 《故宫周刊》第30卷 |
| 3-14 | 明 | 商祚 | 秋葵彩蝶图 | 纵128.5厘米,横106厘米 | 台北"故宫博物院" |
| 第四章 |||||| 
| 4-1 | 明 | 仇英 | 百美图 | 局部 | 美国克利夫兰美术馆 |
| 4-2 | 明 | 仇英 | 十八学士登瀛图 | 纵32.5厘米,横395厘米 | 私人收藏 |
| 4-3 | 清 | 孙祜等 | 十八学士文会图 | 纵39厘米,横1138.2厘米 | 台北"故宫博物院" |
| 4-4 | 清 | 佚名 | 雍正妃画像·灯下缝衣 | 纵184厘米,横98厘米 | 北京故宫博物院 |
| 4-5 | 清 | 允禧 | 秋庭夜坐图 | 纵113厘米,横55.8厘米 | 嘉德2010年春季拍卖会 |
| 4-6 | 清 | 徐扬 | 采芝图 | 局部 | 北京故宫博物院 |
| 4-7 | 明 | 沈周 | 夜坐记并图 | 纵84.5厘米,横21.8厘米 | 台北"故宫博物院" |
| 4-8 | 清 | 佚名 | 采芝图 | 纵204厘米,横131厘米 | 北京故宫博物院 |
| 4-9 | 清 | 佚名 | 雍正行乐图 | 不详 | 藏地不详 |
| 4-10 | 清 | 佚名 | 乾隆朝服像 | 纵220厘米,横183厘米 | 北京故宫博物院 |
| 4-11 | 清 | 丁观鹏 | 是一是二图 | 纵147.2厘米,横16.5厘米 | 北京故宫博物院 |
| 4-12 | 清 | 冷枚 | 扫花仕女图 | 纵59厘米,横30厘米 | 河南省文物交流中心2006年秋季艺术品拍卖会 |
| 4-13 | 清 | 郎世宁 | 香妃像 | 纵147厘米,横71厘米 | 北京故宫博物院 |
| 4-14 | 清 | 顾见龙 | 人物册 | 纵29厘米,横17厘米 | 西泠印社 |
| 4-15 | 清 | 郎世宁 | 威弧获鹿图 | 局部 | 北京故宫博物院 |
| 4-16 | 清 | 冷枚 | 雪艳图 | 纵70厘米,横49厘米 | 天津博物馆 |
| 4-17 | 清 | 顾见龙 | 探梅图 | 局部 | 藏地不详 |

| 序号 | 朝代 | 作者 | 名称 | 尺寸 | 来源 |
|------|------|------|------|------|------|
| 第五章 | | | | | |
| 5-1 | 清 | 陈枚 | 月曼清游图册·凉台玩月 | 纵 37 厘米，横 31.8 厘米 | 北京故宫博物院 |
| 5-2 | 清 | 禹之鼎 | 双英图 | 纵 136 厘米，横 56 厘米 | 清华大学美术学院 |
| 5-3 | 晋 | 顾恺之 | 女史箴图·修容 | 纵 24.8 厘米，横 348.2 厘米 | 大英博物馆 |
| 5-4 | 宋 | 苏汉臣 | 靓妆仕女图 | 纵 25.2 厘米，横 26.7 厘米 | 美国波士顿艺术馆 |
| 5-5 | 清 | 禹之鼎 | 履中西郊寻梅像轴 | 纵 129.8 厘米，横 66.3 厘米 | 北京故宫博物院 |
| 5-6 | 清 | 费丹旭 | 金陵十二钗图册·凤姐踏雪 | 纵 20.3 厘米，横 27.7 厘米 | 北京故宫博物院 |
| 5-7 | 清 | 冷枚 | 敕仿汉宫春晓图 | 局部 | 北京故宫博物院 |
| 5-8 | 清 | 佚名 | 雍正妃画像·消夏赏蝶 | 纵 184 厘米，横 98 厘米 | 北京故宫博物院 |
| 5-9 | 清 | 沈源等 | 圆明园四十景·上下天光 | 局部 | 法国国家图书馆 |
| 5-10 | 清 | 孙温 | 红楼梦图·斗寒图 | 纵 43.3 厘米，横 76.5 厘米 | 旅顺博物馆 |
| 5-11 | 明 | 仇英 | 汉宫春晓图 | 局部 | 台北"故宫博物院" |
| 5-12 | 明 | 戴进 | 南屏雅集图 | 纵 33 厘米，横 161 厘米 | 北京故宫博物院 |
| 5-13 | 清 | 佚名 | 雍正妃画像·持表对菊 | 纵 184 厘米，横 98 厘米 | 北京故宫博物院 |
| 5-14 | 清 | 佚名 | 宴寝怡情图册 | 纵 40 厘米，横 36.8 厘米 | 美国波士顿美术馆 |
| 5-15 | 清 | 孙温 | 红楼梦图·怡红院 | 纵 43.3 厘米，横 76.5 厘米 | 旅顺博物馆 |
| 5-16 | 清 | 金廷标 | 仕女图 | 纵 222.7 厘米，横 130.7 厘米 | 北京故宫博物院 |
| 5-17 | 清 | 佚名 | 西厢记插图 | 纵 198.5 厘米，横 130 厘米 | 美国弗利尔艺术馆 |
| 5-18 | 清 | 冷枚 | 敕仿汉宫春晓图 | 局部 | 北京故宫博物院 |
| 5-19 | 清 | 冷枚 | 雪艳图 | 纵 70 厘米，横 49 厘米 | 天津博物馆 |
| 5-20 | 清 | 陈枚 | 月曼清游图册·桐荫乞巧 | 纵 37 厘米，横 31.8 厘米 | 北京故宫博物院 |
| 5-21 | 清 | 陈枚 | 月曼清游图册·踏雪寻诗 | 纵 37 厘米，横 31.8 厘米 | 北京故宫博物院 |
| 5-22 | 清 | 陈枚 | 月曼清游图册·寒夜探梅 | 纵 37 厘米，横 31.8 厘米 | 北京故宫博物院 |
| 5-23 | 明 | 仇英 | 江楼远眺图 | 纵 89.5 厘米，横 37.3 厘米 | 波士顿美术馆 |

| 序号 | 朝代 | 作者 | 名称 | 尺寸 | 来源 |
|---|---|---|---|---|---|
| 第六章 | | | | | |
| 6-1 | 清 | 佚名 | 雍正妃画像·裘妆对镜 | 纵184厘米,横98厘米 | 北京故宫博物院 |
| 6-2 | 清 | 佚名 | 雍正妃画像·倚门观竹 | 纵184厘米,横98厘米 | 北京故宫博物院 |
| 6-3 | 清 | 佚名 | 雍正妃画像·博古幽思 | 纵184厘米,横98厘米 | 北京故宫博物院 |
| 6-4 | 清 | 郎世宁 | 弘历观画图 | 纵136.4厘米,横62厘米 | 北京故宫博物院 |
| 6-5 | 清 | 丁观鹏 | 洗象图 | 纵132.5厘米,横62.6厘米 | 北京故宫博物院 |
| 6-6 | 清 | | 倦勤斋通景画 | | 北京故宫博物院 |
| 6-7 | 清 | | 倦勤斋通景画 | | 北京故宫博物院 |
| 6-8 | 清 | | 三希堂内景 | | 北京故宫博物院 |
| 6-9 | 清 | 董邦达 | 三希堂记意图 | 纵56厘米,横44厘米 | 北京故宫博物院 |
| 6-10 | 宋 | 赵佶 | 五色鹦鹉图 | 纵53.5厘米,125.1厘米 | 美国波士顿美术馆 |
| 6-11 | 清 | 焦秉贞 | 南巡虎丘行宫图卷 | 纵58.5厘米,横544厘米 | 香港佳士得2009年春季拍卖会 |
| 6-12 | 清 | 佚名 | 雍正行乐图册 | 纵39.5厘米,横30.5厘米 | 北京故宫博物院 |
| 6-13 | 清 | 佚名 | 雍正行乐图册 | 纵39.5厘米,横30.5厘米 | 北京故宫博物院 |
| 6-14 | 清 | 郎世宁等 | 乾隆平定西域得胜图 | 局部 | 北京故宫博物院 |
| 第七章 | | | | | |
| 7-1 | 明 | | 杜丽娘行乐图 | 插图 | 万历刊本牡丹亭 |
| 7-2 | 清 | 佚名 | 大观园图 | 纵137厘米,横362厘米 | 中国第一历史博物馆 |
| 7-3 | 清 | 佚名 | 大观园图 | 纵137厘米,横362厘米 | 中国第一历史博物馆 |
| 7-4 | 清 | 孙温 | 红楼梦图 | 纵43.3厘米,横76.5厘米 | 旅顺博物馆 |
| 7-5 | 明 | 仇英 | 四季仕女图·春季卷 | 局部 | 日本大和文化馆 |
| 7-6 | 明 | 仇英 | 四季仕女图·夏季卷 | 局部 | 日本大和文化馆 |
| 7-7 | 明 | 仇英 | 汉宫春晓图 | 局部 | 台北"故宫博物院" |

续表

| 序号 | 朝代 | 作者 | 名称 | 尺寸 | 来源 |
|------|------|------|------|------|------|
| 第八章 |||||
| 8-1 | 明 | 唐寅 | 李端端落籍图 | 纵 122.8 厘米，横 57.3 厘米 | 南京博物院 |
| 8-2 | 明 | 唐寅 | 王蜀宫妓图 | 纵 124.7 厘米，横 63.6 厘米 | 北京故宫博物院 |
| 8-3 | 明 | 唐寅 | 吹箫仕女图 | 纵 164.8 厘米，横 89.5 厘米 | 南京博物院 |
| 8-4 | 明 | 唐寅 | 陶谷赠词图 | 纵 168.8 厘米，横 102.1 厘米 | 台北"故宫博物院" |
| 8-5 | 明 | 唐寅 | 牡丹仕女图 | 纵 125.9 厘米，横 57.8 厘米 | 上海博物馆 |
| 8-6 | 明 | 唐寅 | 小庭良夜图轴 | 纵 91 厘米，横 46 厘米 | 北京 2006 年荣宝斋秋季拍卖会 |
| 8-7 | 明 | 唐寅 | 蕉叶仕女图卷 | 纵 20.3 厘米，横 61.6 厘米 | 美国大都会艺术博物馆 |
| 8-8 | 清 | 佚名 | 鸳鸯秘谱 | 纵 22 厘米，横 22 厘米 | 《中国古代房内考》 |
| 8-9 | 清 | 佚名 | 鸳鸯秘谱 | 纵 22 厘米，横 22 厘米 | 《中国古代房内考》 |
| 8-10 | 清 | 佚名 | 风流绝畅插图 | 纵 22 厘米，横 22 厘米 | 《中国古代房内考》 |
| 8-11 | 清 | 佚名 | 石头记己卯本 | 局部 | 第十九回空行 |
| 第九章 |||||
| 9-1 | 明 | 佚名 | 仇英像 | 不详 | 南京博物院 |
| 9-2 | 明 | 仇英 | 西厢记插图 | 局部 | 美国弗利尔美术馆 |
| 9-3 | 明 | | 金瓶梅崇祯本插图 | 插页 | 第八回 |
| 9-4 | 明 | | 金瓶梅崇祯本插图 | 插页 | 第二十三回 |
| 9-5 | 明 | | 金瓶梅崇祯本插图 | 插页 | 第五十回 |
| 9-6 | 清 | 佚名 | 燕寝怡情图册 | 纵 40 厘米，横 36.8 厘米 | 美国波士顿美术馆 |
| 9-7 | 清 | | 石头记南图本 | 艳雪图 | 第四十回 |
| 9-8 | 清 | | 石头记庚辰本 | 双艳图 | 第四十回 |
| 9-9 | 明 | 仇英 | 仕女赏梅图 | 信息不详 | |
| 9-10 | 清 | 吕焕成 | 汉宫春晓围屏 | 纵 231.0 厘米，横 648.6 厘米 | 香港佳士得 2005 年秋季拍卖会 |
| 9-11 | 清 | 吕焕成 | 汉宫春晓围屏·斗草 | 局部 | 香港佳士得 2005 年秋季拍卖会 |

| 序号 | 朝代 | 作者 | 名称 | 尺寸 | 来源 |
|---|---|---|---|---|---|
| 9-12 | 清 | 吕焕成 | 汉宫春晓围屏·调鹦 | 局部 | 香港佳士得2005年秋季拍卖会 |
| 9-13 | 清 | 吕焕成 | 汉宫春晓围屏·博古 | 局部 | 香港佳士得2005年秋季拍卖会 |
| 9-14 | 清 | 吕焕成 | 汉宫春晓围屏·簪花 | 局部 | 香港佳士得2005年秋季拍卖会 |
| 9-15 | 明 | 仇英款 | 汉宫春晓图 | 局部 | 美国克利夫兰美术馆 |
| 9-16 | 明 | 仇英款 | 汉宫春晓图 | 局部 | 美国克利夫兰美术馆 |
| 9-17 | 明 | 仇英 | 人物故事图册·贵妃晓妆 | 纵41.4厘米，横33.8厘米 | 北京故宫博物院 |
| 9-18 | 明 | 仇英 | 汉宫春晓图·簪花 | 纵30.6厘米，横574.1厘米 | 台北"故宫博物院" |
| 9-19 | 明 | 仇英 | 汉宫春晓图·引首 | 局部 | 台北"故宫博物院" |
| 9-20 | 明 | 仇英 | 汉宫春晓图·引首 | 局部 | 台北"故宫博物院" |
| 9-21 | 清 | 冷枚 | 敕仿汉宫春晓图·引首 | 局部 | 北京故宫博物院 |
| 9-22 | 清 | 冷枚 | 敕仿汉宫春晓图·引首 | 局部 | 北京故宫博物院 |
| 9-23 | 清 | 袁耀 | 汉宫秋月图轴 | 纵194.7厘米，横116厘米 | 北京故宫博物院 |
| 9-24 | 清 | 袁耀 | 汉宫春晓图轴 | 纵196厘米，横100厘米 | 扬州博物院 |
| 9-25 | 清 | 袁耀 | 汉宫秋月图轴 | 纵194.7厘米，横116厘米 | 北京故宫博物院 |
| 9-26 | 清 | 冷枚 | 十宫词图·吴宫 | 纵33.1厘米，横29.3厘米 | 北京故宫博物院 |
| 9-27 | 清 | 冷枚 | 十宫词图·楚宫 | 纵33.1厘米，横29.3厘米 | 北京故宫博物院 |
| 9-28 | 清 | 冷枚 | 十宫词图·秦宫 | 纵33.1厘米，横29.3厘米 | 北京故宫博物院 |
| 9-29 | 清 | 冷枚 | 十宫词图·汉宫 | 纵33.1厘米，横29.3厘米 | 北京故宫博物院 |
| 9-30 | 清 | 冷枚 | 十宫词图·魏宫 | 纵33.1厘米，横29.3厘米 | 北京故宫博物院 |
| 9-31 | 清 | 冷枚 | 十宫词图·晋宫 | 纵33.1厘米，横29.3厘米 | 北京故宫博物院 |
| 9-32 | 清 | 冷枚 | 十宫词图·齐宫 | 纵33.1厘米，横29.3厘米 | 北京故宫博物院 |
| 9-33 | 清 | 冷枚 | 十宫词图·陈宫 | 纵33.1厘米，横29.3厘米 | 北京故宫博物院 |
| 9-34 | 清 | 冷枚 | 十宫词图·隋宫 | 纵33.1厘米，横29.3厘米 | 北京故宫博物院 |
| 9-35 | 清 | 冷枚 | 十宫词图·唐宫 | 纵33.1厘米，横29.3厘米 | 北京故宫博物院 |
| 9-36 | 清 | 虞沅 | 闹中雅会图 | 纵126.7厘米，横66.8厘米 | 嘉德2007年春季拍卖会 |

续表

| 序号 | 朝代 | 作者 | 名称 | 尺寸 | 来源 |
|------|------|------|------|------|------|
| 9-37 | 明 | 仇英 | 人物故事图册·竹院品古 | 纵 41.4 厘米, 横 33.8 厘米 | 北京故宫博物院 |
| 9-38 | 明 | 仇英 | 仕女图 | 纵 95 厘米, 横 38 厘米 | 高居翰数字图书馆 |
| 9-39 | 明 | 唐寅 | 王蜀宫妓图 | 纵 124.7 厘米, 横 63.6 厘米 | 北京故宫博物院 |
| 第十章 | | | | | |
| 10-1 | 清 | 黄鞠 | 题跋落款四件 | 略 | 略 |
| 10-2 | 清 | 冷枚款 | 红楼梦图目录上册 | 纵 37.0 厘米, 横 28.0 厘米 | 2012 年东方 21 世纪酒店艺术品拍卖会 |
| 10-3 | 清 | 冷枚款 | 红楼梦图目录下册 | 纵 37.0 厘米, 横 28.0 厘米 | 2012 年东方 21 世纪酒店艺术品拍卖会 |
| 10-4 | 清 | 冷枚款 | 董小宛真照 | 纵 56.5 厘米, 横 33.6 厘米 | 香港长风国际拍卖公司 2008 年秋季拍卖会 |
| 10-5 | 清 | 冷枚款 | 达摩渡江图 | 纵 80 厘米, 横 38 厘米 | 北京嘉禾瑞丰国际拍卖有限公司 2013 年春季拍卖会 |
| 10-6 | 清 | 冷枚款 | 手札 | 纵 22 厘米, 横 26 厘米 | 北京卓德国际拍卖公司 2014 年夏季拍卖会 |
| 10-7 | 清 | 冷枚 | 罗汉图册·顽石点头 | 纵 33.8 厘米, 横 29.5 厘米 | 北京瀚海拍卖有限公司 2009 年春季拍卖会 |
| 10-8 | 清 | 冷枚 | 罗汉图册·神通服象 | 纵 33.8 厘米, 横 29.5 厘米 | 北京瀚海拍卖有限公司 2009 年春季拍卖会 |
| 10-9 | 清 | 顾见龙 | 人物册·斩钉截铁 | 纵 29 厘米, 横 17 厘米 | 西泠印社 |
| 10-10 | 清 | 顾见龙 | 人物册·红叶题诗 | 纵 29 厘米, 横 17 厘米 | 西泠印社 |
| 10-11 | 清 | 顾见龙 | 人物册·美人蝴蝶 | 纵 29 厘米, 横 17 厘米 | 西泠印社 |
| 10-12 | 清 | 顾见龙 | 人物册·芭蕉春月 | 纵 29 厘米, 横 17 厘米 | 西泠印社 |
| 10-13 | 清 | 顾见龙 | 人物册·有凤来仪 | 纵 29 厘米, 横 17 厘米 | 西泠印社 |
| 10-14 | 清 | 顾见龙 | 人物册·蕉叶美人 | 纵 29 厘米, 横 17 厘米 | 西泠印社 |
| 10-15 | 清 | 顾见龙 | 摹古粉本 | 纵 36.8 厘米, 横 29.2 厘米 | 美国纳尔逊-阿特金斯博物馆 |

续表

| 序号 | 朝代 | 作者 | 名称 | 尺寸 | 来源 |
|------|------|------|------|------|------|
| 10-16 | 清 | 冷枚款 | 人物镜心·夏季卷 | 纵 66 厘米,横 32 厘米 | 北京翰嘉盛世拍卖有限公司 2014 年迎春艺术品拍卖会 |
| 10-17 | 清 | 冷枚款 | 人物镜心·春季卷 | 纵 66 厘米,横 32 厘米 | 北京建亚世纪拍卖有限公司 2014 年秋季艺术品拍卖会 |
| 10-18 | 清 | 陈枚 | 月曼清游图册·杨柳秋千 | 纵 37 厘米,横 31.8 厘米 | 北京故宫博物院 |
| 10-19 | 清 | 冷枚款 | 洗桐图 | 纵 126 厘米,横 30 厘米 | 上海国际 2012 年春季拍卖会 |
| 10-20 | 清 | 冷枚 | 雪艳图 | 纵 70 厘米,横 49 厘米 | 天津博物馆 |
| 10-21 | 清 | 冷枚款 | 怡红夜宴 | 局部 | 北京亨申世纪拍卖有限公司 2014 年秋季拍卖会 |
| 10-22 | 清 | 冷枚款 | 黛玉葬花 | 局部 | 北京华辰拍卖有限公司 2011 年春季拍卖会 |
| 10-23 | 清 | 冷枚款 | 红楼梦图·潇湘馆听琴 | 纵 37 厘米,横 28 厘米 | 东方 21 世纪酒店 2012 年秋季拍卖会 |
| 10-24 | 清 | 冷枚款 | 二玉听琴 | 纵 123 厘米,横 36 厘米 | 浙江盘龙拍卖有限公司 2006 年秋季拍卖会 |
| 10-25 | 清 | 冷枚款 | 双美图 | 不详 | 不详 |
| 10-26 | 清 | 冷枚款 | 春乐图 | 不详 | 不详 |
| 10-27 | 清 | 冷枚款 | 人物镜心 | 不详 | 不详 |
| 10-28 | 清 | 冷枚款 | 梳妆仕女图 | 纵 126 厘米,横 50 厘米 | 北京嘉禾瑞丰国际 2014 年冬季拍卖会 |
| 10-29 | 清 | 冷枚款 | 八美图 | 纵 37 厘米,横 33 厘米 | 广东宝通 2012 年春季拍卖会 |
| 10-30 | 清 | 冷枚款 | 调鹦图 | 不详 | 不详 |
| 10-31 | 清 | 冷枚款 | 琵琶仕女图 | 不详 | 不详 |
| 第十一章 | | | | | |
| 11-1 | 清 | 沈德潜 | 清明易简图题跋 | 局部 | 台北"故宫博物院" |
| 11-2 | 宋 | 张择端款 | 清明易简图 | 局部 | 台北"故宫博物院" |
| 11-3 | 明 | 仇英 | 清明上河图 | 局部 | 台北"故宫博物院" |
| 11-4 | 明 | 仇英 | 清明上河图 | 局部 | 台北"故宫博物院" |

续表

| 序号 | 朝代 | 作者 | 名称 | 尺寸 | 来源 |
|---|---|---|---|---|---|
| 11-5 | 明 | 仇英 | 清明上河图 | 局部 | 台北"故宫博物院" |
| 11-6 | 宋 | 张择端 | 清明易简图 | 局部 | 台北"故宫博物院" |
| 11-7 | 明 | 仇英 | 清明上河图 | 局部 | 台北"故宫博物院" |
| 11-8 | 明 | 仇英 | 清明上河图 | 局部 | 台北"故宫博物院" |
| 11-9 | 清 | 华煊 | 八美图 | 纵 32 厘米,横 330 厘米 | 美国私人收藏 |
| 11-10 | 明 | 佚名 | 薛媒婆说娶孟三儿 | 插页 | 崇祯本《金瓶梅》 |
| 11-11 | 清 | 顾见龙 | 《金瓶梅》插图 | 纵 39 厘米,横 31.4 厘米 | 美国纳尔逊艺术馆 |
| 11-12 | 清 | 顾见龙 | 《金瓶梅》插图 | 纵 39 厘米,横 31.4 厘米 | 美国纳尔逊艺术馆 |
| 11-13 | 清 | 陈枚 | 月曼清游·围炉博古 | 纵 37 厘米,横 31.8 厘米 | 北京故宫博物院 |
| 11-14 | 明 | 唐寅款 | 美人图 | 纵 167 厘米,横 62.5 厘米 | E. A. Strehleek 收藏 |
| 11-15 | 清 | 沈源 | 院本清明上河图 | 局部 | 北京故宫博物院 |
| 11-16 | 宋 | 张择端款 | 清明易简图·传神 | 局部 | 台北"故宫博物院" |
| 11-17 | 明 | 仇英 | 清明上河图·写真宅院 | 局部 | 台北"故宫博物院" |
| 11-18 | 明 | 仇英 | 汉宫春晓图·写真 | 局部 | 台北"故宫博物院" |
| 11-19 | 明 | 仇英 | 汉宫春晓图·赏真 | 局部 | 台北"故宫博物院" |
| 11-20 | 明 | 佚名 | 周用四代像轴 | 纵 164.0 厘米,横 86.5 厘米 | 南京博物院 |
| 11-21 | 明 | 佚名 | 韩画士传真作遗爱 | 插页 | 崇祯本《金瓶梅》 |

# 参考文献

（按作者姓氏音序排序）

A

阿英:《红楼梦版画集》,上海出版公司 1955 年版。

阿英:《近代文学丛钞》,中华书局 1960 年版。

阿英:《漫谈红楼梦的插图和画册》,《文物》1963 年第 6 期。

〔美〕艾尔曼:《科学在中国（1550—1900）》,原祖杰等译,中国人民大学出版社 2016 年版。

澳门艺术博物馆:《像应神全:明清人物肖像画学术研讨会论文集》,故宫出版社 2015 年版。

B

〔英〕巴罗:《巴罗中国行纪》,何高济等译,商务印书馆 2013 年版。

包兆会:《论汉赋、汉画像艺术成像方式的相似性》,《文艺理论研究》2011 年第 1 期。

北京曹雪芹学会:《〈种芹人曹霑画册〉品鉴会综述》,《曹雪芹研究》2016 年第 4 期。

〔美〕贝一明:《画中的小说》,《曹雪芹研究》2018 年第 1 期。

〔德〕本雅明:《本雅明文选》,陈永国、马海良译,中国社会科学出版社 1999 年版。

〔美〕布鲁姆:《影响的剖析:文学作为生活方式》,金雯译,译林出版社 2016 年版。

C

蔡星仪:《恽寿平研究》,天津人民美术出版社 2000 年版。

蔡义江:《〈红楼梦〉是怎样写成的》,浙江文艺出版社 2012 年版。

曹雪芹:《红楼梦》,脂砚斋等评,徐少知新注,里仁书局 2018 年版。

陈宝良:《明代士大夫的精神世界》,北京师范大学出版社 2017 年版。

陈洪:《中国小说理论史》,天津教育出版社 2005 年版。

陈庆浩:《八十回本〈石头记〉成书再考》,《红楼梦学刊》1995 年第 1 辑。

陈庆浩:《新编石头记脂砚斋评语辑校》,台湾联经出版事业股份有限公司 2010 年版。

陈师曾:《中国绘画史》,中华书局 2010 年版。

陈世骧:《中国文学的抒情传统》,生活·读书·新知三联书店 2015 年版。

陈骁:《清代〈红楼梦〉的图像世界》,浙江工商大学出版社 2015 年版。

陈寅恪:《金明馆丛稿二编》,生活·读书·新知三联书店 2009 年版。

虫天子编:《香艳丛书》,上海书店出版社 2014 年版。

　　　D

戴不凡:《曹雪芹"拆迁改建"大观园》,《红楼梦学刊》1979 年第 1 辑。

戴不凡:《红学评议》,文化艺术出版社 1991 年版。

戴立强:《今本〈清明上河图〉残缺说》,《中国文物报》2005 年 4 月 27 日第 7 版。

〔法〕丹齐格:《什么是杰作》,揭小勇译,广西师范大学出版社 2015 年版。

邓晓东:《唐寅研究》,人民出版社 2012 年版。

邓云乡:《云乡话书》,中华书局 2015 年版。

丁锡根编著:《中国历代小说序跋集》,人民文学出版社 1996 年版。

　　　F

樊志斌:《论〈种芹人曹霑画册〉的真伪及研究中存在的几个问题》,《曹雪芹研究》2016 年第 4 期。

范文澜:《文心雕龙注》,人民文学出版社 1958 年版。

方豪:《方豪文录》,北平上智编译馆 1948 年版。

方豪:《中西交通史》,上海人民出版社 2015 年版。

方豪:《中国天主教人物传》,宗教文化出版社 2007 年版。

方闻:《中国艺术史九讲》,上海书画出版社 2016 年版。

方晓伟:《曹宣生平主要活动系年》,《曹雪芹研究》2013 年第 1 期。

方晓伟:《曹寅评传年谱》,广陵书社 2010 年版。

〔意〕费布拉罗:《性与艺术》,贺艳飞译,广西师范大学出版社 2016 年版。

冯其庸:《敝帚集——冯其庸论红楼梦》,文化艺术出版社 2005 年版。

冯其庸:《梦边集》,陕西人民出版社 1982 年版。

冯其庸辑校:《重校〈八家评批红楼梦〉》,青岛出版社 2015 年版。

傅修延:《赋与中国叙事的演进》,《叙事丛刊》第 1 辑,中国社会科学出版
社 2008 年版。

傅修延:《先秦叙事研究》,东方出版中心 1999 年版。

G

〔美〕高居翰:《画家生涯:传统中国画家的生活与工作》,杨贤宗等译,生
活·读书·新知三联书店 2012 年版。

〔美〕高居翰:《江岸送别:明代初期与中期绘画》,夏春梅等译,生活·读
书·新知三联书店 2009 年版。

〔美〕高居翰等:《不朽的林泉:中国古代园林绘画》,生活·读书·新知三
联书店 2012 年版。

〔美〕高居翰:《气势撼人:十七世纪中国绘画中的自然与风格》,李佩桦等
译,生活·读书·新知三联书店 2009 年版。

〔荷〕高罗佩:《中国古代房内考》,李零等译,商务印书馆 2007 年版。

顾太清、奕绘:《顾太清奕绘诗词合集》,上海古籍出版社 1998 年版。

国家图书馆辑录:《古本红楼梦插图绘画集成》,全国图书馆文献缩微复
制中心 2001 年版。

H

〔美〕韩南:《〈金瓶梅〉的版本及其他》,见《韩南中国小说论集》,王秋桂
等译,北京大学出版社 2008 年版。

〔日〕合山究:《红楼梦新解:一部"性别认同障碍者"的乌托邦小说》,陈
翔译,台湾联经出版事业股份有限公司 2017 年版。

洪振快:《红楼梦古画录》,人民文学出版社 2007 年版。

胡经之:《中国古典文艺学丛编》,北京大学出版社 2001 年版。

胡晴:《信手拈来无不是》,《红楼梦学刊》2007 年第 5 期。

胡淑芳:《〈风月宝鉴〉为明人旧稿试论》,《湖北师范学院学报》1997 年
第 2 期。

胡文彬:《红楼梦与中国文化论稿》,中国书店 2005 年版。

黄立新:《红楼梦十论》,复旦大学出版社 1990 年版。

黄丽莎、姚婕:《从钦天监到如意馆——再论清宫洋风画的兴起》,《新美

术》2016 年第 3 期。

黄兴涛编:《明清之际西学文本》,中华书局 2013 年版。

黄一农:《曹雪芹现存诗画考论》,《红楼梦研究辑刊》2015 年总第 11 辑。

黄一农:《二重奏:红学与清史的对话》,中华书局 2015 年版。

　　　J

江林昌:《图与书:先秦两汉时期有关山川神怪类文献的分析》,《文学遗产》2008 年第 6 期。

江滢河:《乾隆御制诗中的西画观》,《故宫博物院院刊》2001 年第 6 期。

静轩:《〈红楼梦〉中的绘画》,《曹雪芹研究》2011 年第 2 期。

　　　K

〔意〕卡尔维诺:《为什么读经典》,黄灿然、李桂蜜译,译林出版社 2012 年版。

〔法〕克里斯蒂娃:《符号学:符义分析探索集》,史忠义等译,复旦大学出版社 2015 年版。

〔法〕克里斯蒂娃:《主体·互文·精神分析》,祝可懿等编译,生活·读书·新知三联书店 2016 年版。

　　　L

〔德〕莱辛:《拉奥孔》,朱光潜译,人民文学出版社 1979 年版。

兰陵笑笑生:《金瓶梅词话》,陶慕宁校注,人民文学出版社 2000 年版。

雷文学、成杰:《唐寅与〈红楼梦〉》,《武汉理工大学学报》2004 年第 3 期。

李晨辉:《18 世纪中国宫廷的洋风画 ——兼论曹雪芹对洋风画的态度》,《文化学刊》2016 年第 11 期。

李斗:《扬州画舫录》,中华书局 2007 年版。

李桂奎:《寓“传神”于“传奇”:中国古代小说“写真”叙事母题探论》,北京大学中文系主办第五届( 2019 )中国古代小说国际学术讨论会论文集。

李桂奎:《中国小说写人研究》,生活·读书·新知三联书店 2015 年版。

李立:《论汉赋与汉画空间方位叙事艺术》,《文艺研究》2008 年第 2 期。

李山:《〈诗·大雅〉若干诗篇图赞说及由此发现的〈雅〉〈颂〉间部分对应》,《文学遗产》2000 年第 4 期。

李小荣:《敦煌变文》,甘肃教育出版社 2013 年版。

李晓愚:《从怀抱琵琶到手捧书本:绘画中名妓形象的演变》,《新美术》2017 年第 1 期。

李濬之:《清画家诗史》,浙江人民美术出版社 2014 年版。

李亦梅:《冷枚〈仿仇英汉宫春晓图〉研究》,《议艺份子》2008 年第 11 期。

李亦梅:《冷枚非"臣字款"仕女画之研究》,《议艺份子》2009 年第 12 期。

李贽:《初潭集》,中华书局 1974 年版,第 3 页。

李贽:《焚书》,李竞艳注说,河南大学出版社 2016 年版。

辽宁省博物馆编:《〈清明上河图〉研究文献汇编》,万卷出版公司 2007 年版。

林莉娜:《明清宫廷绘画艺术鉴赏》,台北"故宫博物院"2013 年版。

林纾:《春觉斋论画》,浙江人民美术出版社 2016 年版。

刘成纪:《中国古典阐释学的"河图洛书"模式》,《哲学研究》2018 年第 3 期。

刘丽莎:《从"宝琴立雪"看〈红楼梦〉与绘画》,《红楼梦学刊》2009 年第 2 辑。

刘梦溪:《红学研究的集成之作:读黄一农教授〈二重奏:红学与清史的对话〉》,《清华学报》第 45 卷 2015 年第 1 期。

刘梦溪:《〈牡丹亭〉与〈红楼梦〉》,文化艺术出版社 2010 年版。

龙迪勇:《空间叙事研究》,生活·读书·新知三联书店 2014 年版。

卢辅圣:《近现代书画家款印综汇》,上海书画出版社 2002 年版。

卢辅圣:《中国书画全书》,上海书画出版社 2009 年版。

鲁迅辑录:《唐宋传奇集》,《鲁迅全集》第十卷,人民文学出版社 1973 年版。

陆涛:《叙事的停顿与凝视》,《红楼梦学刊》2010 年第 3 辑。

陆涛:《中国古代小说插图及其语—图互文研究》,南京大学出版社 2014 年版。

**M**

马昌仪:《山海经图:寻找〈山海经〉的另一半》,《文学遗产》2000 年第 6 期。

马瑞芳:《〈红楼梦〉成书过程推测》,《红楼梦学刊》2004 年第 2 辑。

马瑞芳:《一部早期的、内容单一的〈红楼梦〉 ——对明义〈题红楼梦绝句二十首〉的考察》，《红楼梦学刊》2003 年第 2 辑。

马雅贞：《刻画战勋：清朝帝国武功的文化建构》，社会科学文献出版社
　　2016 年版。

〔英〕迈克尔·苏立文：《东西方艺术的交会》，赵潇译，上海人民出版社
　　2014 年版。

〔法〕梅洛 - 庞蒂：《可见的与不可见的》，罗国祥译，商务印书馆 2017 年版。

〔美〕梅维恒：《绘画与表演》，王邦维等译，中西书局 2011 年版。

〔美〕梅维恒：《唐代变文》，杨继东、陈引弛译，中西书局 2011 年版。

　　　　N

〔比〕南怀仁：《南怀仁的欧洲天文学》，余三乐译，大象出版社 2016 年版。

聂崇正：《宫廷艺术的光辉》，东大图书股份有限公司 1996 年版。

聂崇正：《"康熙南巡图"作者新考》，《紫禁城》2003 年第 2 期。

聂崇正：《清宫廷画家冷枚其人其作品》，《中国国家博物馆馆刊》2014 年
　　第 8 期。

聂崇正：《袁江　袁耀》，河北教育出版社 2003 年版。

　　　　P

蒲松龄：《聊斋志异》，人民文学出版社 1989 年版。

〔美〕浦安迪：《明代小说四大奇书》，沈亨寿译，生活·读书·新知三联书
　　店 2008 年版。

　　　　Q

钱彩编次：《说岳全传》，上海古籍出版社 2010 年版。

钱钟书：《七缀集》，生活·读书·新知三联书店 2002 年版。

〔美〕乔迅：《魅感的表面：明清的玩好之物》，刘芝华、方慧译，中央编译出
　　版社 2017 年版。

秦剑蓝：《视觉文化理论与〈红楼梦〉语—图史研究》，《江西社会科学》
　　2009 年第 5 期。

秦岭云：《民间画工史料》，人民美术出版社 2018 年版。

秦修容整理：《会评会校本金瓶梅》，中华书局 1998 年版。

秦祖永：《桐阴论画》，浙江人民美术出版社 2014 年版。

　　　　R

裘新江：《曹寅与滁州》，《曹雪芹研究》2012 年第 2 期。

阮元校刻:《十三经注疏》(清嘉庆刊本),中华书局 1997 年版。

S

沙爽:《唐寅传》,作家出版社 2016 年版。

商伟:《逼真的幻象:西洋镜、线法画与大观园的梦幻魅影》,《文学经典的传播与诠释》,"中研院" 2013 年第四届国际汉学会议论文集。

商伟:《假作真时真亦假:〈红楼梦〉与清代宫廷的视觉文化》,《文学研究》第 4 卷第 1 期。

沈旭元:《随情赋彩,随彩抒情 ——〈红楼梦〉的色彩描绘》,《红楼梦学刊》1982 年第 4 辑。

沈治钧:《补谈〈种芹人曹霑画册〉真赝》,《红楼梦研究辑刊》2016 年总第 12 辑。

施耐庵著,金人瑞评:《水浒传》,齐鲁书社 1991 年版。

施耐庵著,李贽评:《水浒传》,上海古籍出版社 1988 年版。

〔美〕史景迁:《曹寅与康熙》,温恰益译,台北时报文化出版事业有限公司2012 年版。

宋庆中:《"曹君芹溪携来李奉常仿云林画" 及〈种芹人曹霑画册〉漫谈》,《曹雪芹研究》2015 年第 2 期。

T

台北 "故宫博物院" 编:《故宫书画图录》,台北 "故宫博物院" 1997 年版。

台北 "故宫博物院" 编:《明四家特展·仇英》,台北 "故宫博物院" 2014年版。

谭帆:《"叙事" 语义源流考》,《文学遗产》2018 年第 3 期。

谭帆等:《中国古代小说文体文法术语考释》,上海古籍出版社 2013 年版。

汤显祖:《汤显祖戏曲集》,上海古籍出版社 2010 年版。

汤宇星:《弇山之石:王世贞与苏州文坛的艺术交游》,中国美术学院出版社 2015 年版。

唐文基等:《乾隆传》,人民出版社 1994 年版。

童教英:《中国古代绘画简史》,复旦大学出版社 1991 年版。

W

王伯敏:《中国绘画通史》,生活·读书·新知三联书店 2018 年版。

王充:《论衡》,《诸子集成》第七册,中华书局 2006 年版。

王怀义:《道境与诗艺》,商务印书馆 2019 年版。

王怀义:《红楼梦诗学精神》,里仁书局 2015 年版。

王家诚:《明四家传》,台北"故宫博物院"1999 年版。

王立:《图画崇拜与画中人母题的佛经渊源及仙话意蕴》,《南开学报》
　　2008 年第 3 期。

王梦阮、沈瓶庵:《红楼梦索隐》,北京大学出版社 2013 年版。

王群栗点校:《宣和画谱》,浙江人民美术出版社 2012 年版。

王人恩:《红楼梦考论》,中国社会科学出版社 2015 年版。

王汝梅:《金瓶梅版本史》,齐鲁书社 2015 年版。

王汝梅等校点:《张竹坡批评第一奇书金瓶梅》,齐鲁书社 1991 年版。

王士性:《广志绎》,《四库全书存目丛书·史部地理类》第 251 册,齐鲁
　　书社 1997 年版。

王士祯:《池北偶谈》,中华书局 1982 年版。

王世骧:《中国画论研究》,生活·读书·新知三联书店 2013 年版。

王世贞:《弇州山人题跋》,汤志波辑校,浙江人民美术出版社 2012 年版。

王树村:《民间珍品图说红楼梦》,台湾东大图书股份有限公司 1996 年版。

王思豪:《赋法:〈诗经〉学视域下的〈金瓶梅〉批评观》,《文学研究》2017
　　年第 3 卷第 1 期。

巫鸿:《时空中的美术》,生活·读书·新知三联书店 2016 年版。

巫鸿:《中国绘画中的"女性空间"》,生活·读书·新知三联书店 2019
　　年版。

巫仁恕:《奢侈的女人:明清时期江南妇女的消费文化》,商务印书馆 2016
　　年版。

吴恩裕:《曹雪芹〈废艺斋集稿〉丛考》,当代中国出版社 2010 年版。

吴恩裕:《曹雪芹佚著浅探》,天津人民出版社 1979 年版。

吴晗:《〈金瓶梅〉的著作时代及其社会背景》,《文学季刊》1934 年 1 月
　　创刊号。

吴晗:《〈清明上河图〉与〈金瓶梅〉的故事及其衍变》,《清华周刊》1931
　　年第 36 卷第 4、5 期合刊。

吴敬梓著,李汉秋辑校:《儒林外史汇校汇评》,上海古籍出版社 2010 年版。

吴世昌:《〈红楼梦〉探源》,北京出版社 2013 年版。

吴世昌:《论明义所见〈红楼梦〉初稿》,《红楼梦学刊》1980 年第 1 辑。

吴新雷、黄进德:《曹雪芹江南家世丛考》,黑龙江教育出版社 2009 年版。

吴子林:《经典再生产 —— 金圣叹小说评点的文化透视》,北京大学出版社 2009 年版。

X

〔美〕希尔斯:《论传统》,傅铿、吕乐译,上海人民出版社 2014 年版。

夏敬渠:《野叟曝言》,四川大学出版社 2014 年版。

向彪:《曹雪芹的世界眼光》,《红楼梦学刊》2005 年第 1 辑。

萧统编,李善等注:《六臣注文选》,中华书局 1987 年版。

徐鑫:《香妃谜案 —— 清宫档案与考古中的香妃》,东方出版社 2014 年版。

许建平:《王世贞与〈金瓶梅〉》,河南人民出版社 2012 年版。

许结:《汉代文学与图像关系叙论》,《社会科学》2017 年第 2 期。

许嵩:《建康实录》,张忱石点校,中华书局 1986 年版。

Y

严可均辑录:《全上古三代秦汉三国六朝文》,中华书局 1958 年版。

严宽:《红楼梦八旗风俗谈》,中华书局 2015 年版。

严丽娟:《试论〈康熙南巡图〉的主持者与绘制者》,《东南文化》1991 年第 6 期。

杨伯达:《清代院画》,紫禁城出版社 1993 年版。

杨伯峻:《论语译注》,中华书局 1980 年版。

杨臣彬:《恽寿平》,吉林美术出版社 1996 年版。

杨新:《胤禛美人图揭秘》,故宫出版社 2013 年版。

姚大勇、张玉梅编:《王世贞与明清文化国际学术交流会论文集》,上海三联书店 2016 年版。

姚灵犀编撰:《瓶外卮言》,天津书局 1940 年版。

一粟:《红楼梦资料汇编》,中华书局 1964 年版。

余国藩:《〈红楼梦〉〈西游记〉与其他》,李奭学译,生活·读书·新知三联书店 2006 年版。

余国藩:《重读石头记》,李奭学译,麦田出版社 2004 年版。

余辉:《清代民间肖像画初探》,见澳门艺术博物馆编《像应神全 —— 明清人物肖像画学术研讨会论文集》,故宫出版社 2015 年版。

余辉:《隐忧与曲谏:〈清明上河图〉解码录》,北京大学出版社 2015 年版。

余嘉锡:《世说新语笺疏》,中华书局 2015 年版。

俞丰:《王翚画论译注》,荣宝斋出版社 2012 年版。

俞剑华:《中国古代画论精读》,人民美术出版社 2011 年版。

俞平伯:《红楼心解:读〈红楼梦〉随笔》,广西师范大学出版社 2005 年版。

俞平伯:《红楼梦辨》,商务印书馆 2011 年版。

〔美〕宇文所安:《迷楼》,程章灿译,生活·读书·新知三联书店 2014
　　年版。

袁宏道、屠隆等评点:《虞初志》,中国书店 1986 年版。

袁珂:《山海经校注》,北京联合出版公司 2014 年版。

恽寿平:《南田画跋》,毛建波校注,西泠印社出版社 2008 年版。

　　　　Z

张庚:《国朝画征录》,浙江人民美术出版社 2011 年版。

张建宇:《汉唐美术空间表现研究》,中国人民大学出版社 2018 年版。

张荣选编:《养心殿造办处史料辑览》,故宫出版社 2012 年版。

张世君:《明清小说评点山水画概念析》,《学术研究》2002 年第 1 期。

张廷玉等:《明史》,中华书局 2000 年版。

张万基:《曹雪芹的祖辈与绘画》,《红楼梦学刊》1985 年第 2 辑。

张小庄:《清代笔记日记绘画史料汇编》,荣宝斋出版社 2013 年版。

张志:《红楼析论:曹学与红学的融合》,中国书籍出版社 2016 年版。

张志坚:《另说红楼》,山西人民出版社 2008 年版。

章炳麟:《太炎文录初编》,《民国丛书》第三编第 83 册,上海书店出版社
　　1991 年版。

赵建忠:《"家族累积说":〈红楼梦〉作者的新命题》,《河北学刊》2012 年
　　第 6 期。

赵建忠:《红楼梦续书考辨》,百花文艺出版社 2019 年版。

赵宪章:《文体与图像》,人民文学出版社 2014 年版。

赵宪章:《语图互仿的顺势与逆势》,《中国社会科学》2011 年第 3 期。

周道振等辑校:《唐寅集》,上海古籍出版社 2013 年版。

周功鑫:《清康熙前期款彩〈汉宫春晓〉漆屏风与中国漆工艺之西传》,台
　　北"故宫博物院"1995 年版。

周钧韬:《金瓶梅资料续编》(1919—1949),北京大学出版社 1991 年版。

周汝昌:《红楼梦新证》,中华书局 2014 年版。

周汝昌:《红楼艺术》,人民文学出版社 2016 年版。

周汝昌:《周汝昌梦解红楼梦》,译林出版社 2011 年版。

周绍良、白化文编:《敦煌变文论文录》,上海古籍出版社 1982 年版。

周绍良:《"雪芹旧有〈风月宝鉴〉之书"》,《红楼梦学刊》1979 年第 1 辑。

周兴泰:《古代辞赋与中国叙事传统》,《中国比较文学》2014 年第 4 期。

朱淡文:《〈红楼梦〉论源》,江苏古籍出版社 1992 年版。

朱淡文:《西番莲:曹雪芹理想之象征》,《曹雪芹研究》2016 年第 2 期。

朱光潜:《诗论》,中华书局 2012 年版。

朱家溍编著:《明清室内陈设》,故宫出版社 2004 年版。

朱新华:《关于曹芹溪的一则史料》,《文汇报》2011 年 3 月 30 日。

朱一玄编:《金瓶梅资料汇编》,南开大学出版社 2002 年版。

朱自清:《朱自清古典文学论文集》,上海古籍出版社 2009 年版。

宗白华:《宗白华全集》,安徽教育出版社 2008 年版。

Craig Clunas, *Chinese Painting and Its Audiences,* Princeton University Press, 2017.

James Cahill, *Meiren Hua: Paitings of Beautiful Women in China,* Beauty Revealed: Images of Women in Qing Dynasty Chinese Painting.

James Cahill, *Pictures for Use and Pleasure: Vernacular Painting in High Qing China,* University of California Press, 2010.

James Cahill, *The Three Zhangs, Yangzhou Beauties, and the Manchu Court,* Orientations 27:9 (October 1996).

McMahon, *Misers, Shrews, and Polygamists: Sexuality and Male–Female Relations in Eighteenth–Century Chinese Fiction,* Duke University Press, 1995.

Sarah Handler, *Alluring Settings for Accomplished Beauties,* Beauty Revealed: Images of Women in Qing Dynasty Chinese Painting.

# 后　记

本书是我主持的 2018 年度国家社科基金后期资助项目"《红楼梦》文本图像渊源考论"（批准号：18FZW001）的最终成果。

2014 年秋季学期，我在台湾大学中国文学系访学。当时，为了撰写《中国审美意识通史·秦汉卷》，我上午在台湾大学图书馆看书，下午在温州街 22 巷寓所写作，生活简单而有规律。十月的一个下午，台大法学院陈亚希同学约我到台北"故宫博物院"去。那日秋风怡人，阳光正好，台北故宫人很多。当时书画部有展览，我随着人群移动，看到一幅长卷上的场景感觉颇为熟悉，便不由走到画卷的起首部分，看后才知这幅画是仇英的著名作品《汉宫春晓图》。这是我第一次见到这件作品，但却有一种无法言说的亲切感，隐约觉得它与《红楼梦》应有某种内在的关联。这一点"情根"，便成为本书的起源。

这年十二月份，哥伦比亚大学东亚系商伟教授在台大中文系开设"明清小说研究：问题与方法"的课程，为期两个月，我参与了旁听。期间，商伟教授讲到了他正在从事的《红楼梦》与清宫视觉文化研究的论题。这更加让我确信可以将《红楼梦》与明清时期的绘画作品进行对比研究。与此同时，我在一本拍卖图录中发现了一套没有标明作者和标题的《红楼梦图》，但在该图册最后一页发现了"臣冷枚恭绘"的落款，才知这套图册可能是历经康、雍、乾三朝的宫廷画家冷枚的作品。于是，在上课的过程中不时与商伟教授交流看法，课程结束后，我便形成了《清代宫廷画家冷枚〈红楼梦图〉述论》的文章作为课程作业。回到美国后，商伟教授还介绍了密歇根大学安娜堡分校的刘礼红教授，并嘱咐她给我发来了一些有关冷枚研究的资料。为了更全面地了解冷枚，我竭力收集更多资料，有一天在某网站上看到冷氏家族第二十六代孙冷继家先生的联系电话，便与他取得了联系。冷先生已七十多岁，很热情，不久他寄给我三册冷枚主持修订的《冷氏宗谱》复印本。这是此前冷枚研究尚未涉及到的材料。

　　因为这套图册，我曾与里仁书局徐秀荣先生有过较为深入的讨论。他听说这套画册后，很感兴趣，我便将二十四幅图片发给他，后来我们又约在温州街福华文教国际会馆的咖啡厅见面，边吃边聊。他表示，与冷枚的其他作品相比，这套册页显得不是那么工整，可能是伪作。"但即使是伪作，也很有研究价值。"他补充道。后来，他选择其中一幅"凹晶馆月夜联句"作为2015年3月我在里仁书局出版的《红楼梦诗学精神》一书的封面，印刷后果然精致典雅、清新脱俗，颇得红楼神韵，非一般画作可比。这更加坚定了我继续将这一研究展开下去的信心。

　　到2018年春季时，历经四年时间，我撰写了28万字左右的书稿。我将书稿寄给我的博士后合作导师、中国社会科学院文学研究所高建平教授和北京大学哲学系朱良志教授，请二位先生予以指点。后来，二位先生又同意推荐本书申报2018年度的国家社科基金后期资助项目。经过五位匿名专家的评审，本书在当年9月获得批准立项。立项后，我按照五位专家的评审意见和建议修改了原来论述中的不妥之处，同时增补了大量图片以辅助论证，做到图文并茂，力求实现趣味性、可读性与学术性的兼容。尤其是2020年初的三个月时间，新冠病毒肆虐，天地变色，华夏同悲，在禁足期间唯有通过研读《红楼梦》《金瓶梅》这两部中华文学经典来缓解心中的忧虑。至2020年6月，书稿历经六年时间，完成了修订、定稿等工作，终于可以申请结项了。在结项过程中，各位匿名评审专家给予本书积极的评价，从而使课题得以顺利结项。当然，本书涉及大量中国古代尤其是明清时期的画作，鉴定这些作品的真伪，是一门艰深、复杂的学问，我对此涉足尚浅，又缺乏这方面的系统训练，故而难免出现论述或材料选择不够妥当甚至错误之处。这些问题都是由于本人学殖欠缺所造成的，责任由我自负。

　　书稿撰写期间，中国红楼梦学会会长张庆善先生、北京外国语大学段江丽教授、天津师范大学赵建忠教授、复旦大学应必诚教授，都对本书提出了颇具建设性的修改意见和建议。在台湾大学访学期间，我还旁听过欧丽娟教授的《红楼梦》课程，她对《红楼梦》的痴迷和执着令我敬佩。期间，我还与江苏师范大学文学院郝敬波教授、胡政教授、蔡茂教授，广西师范大学田旭明教授，南京艺术学院曾佳博士等，经常一起到乐学书店买书、到蕙风堂书店看画展、到上鼎川湘小厨饮酒，度过了难忘的岁月。

在与曾佳一起上课时,她告诉了我高居翰去世的消息——高居翰晚年撰写的最后一本专著、加州大学出版社 2010 年出版的 *Pictures for Use and Pleasure: Vernacular Painting in High Qing China* 一书给了我很多灵感和启发。2019 年春,沙先一教授不远万里,从美国将此书的英文本带给了我。

胡政博士在文献收集方面颇有专长,本书中很多画作的高清图片和重要文献都是他提供给我的;曾佳博士长期从事中国绘画研究,为我提供了很多宝贵的图像资料。此外,中国社会科学院吴子林研究员,中国艺术研究院何卫国研究员、张颖研究员、李修建研究员、孙伟科研究员,上海师范大学朱军教授,华东师范大学美术学院朱浒教授、澳门大学人文学院王思豪教授,故宫博物院谭浩泽编审,上海社会科学院李亦婷女士,北京曹雪芹学会位灵芝、曹学美二位女士等众多师友,都曾对本书的撰写和前期成果发表提供过帮助。我的导师、华东师范大学中文系朱志荣教授,自始至终关注本书的撰写,每当我懈怠、偷懒时他都给予了棒喝与批评,从而使本书得以按时完成。

在本书出版前,《文艺研究》《红楼梦学刊》《明清小说研究》《故宫博物院院刊》《曹雪芹研究》《中国美术研究》《中国美学研究》《中国文化研究》《社会科学》《美学与艺术评论》《艺术评论》《人文杂志》《人大报刊复印资料》等刊物陆续发表、转载了书中的相关章节,使之得以提前与读者见面。其中,本书结语部分曾以"寓意批评的限度"为题,发表于《文艺研究》2019 年第 5 期,2020 年获得首届冯其庸红学论著奖提名。第五章第五节由马淼女士在我的指导下撰写了初稿,然后由我进行了修改和补充。陈娟博士和申丽媛博士协助我校读了部分书稿,李张怡、董思奇、田丽媛协助我校对了全书文献。全国哲学社会科学工作办公室和武汉大学为本书出版提供了经费支持。我的博士同学常利辉一直关注本书的写作。

现在书稿出版在即,特向上述师友和机构表示感谢!

作　者
2021 年夏月于珞珈山下